Das Buch

Der amerikanische Wissenschaftler Dr. Peter Jance ist ein Genie. Er arbeitet an einem hoch geheimen Waffenprojekt, das den USA erlauben würde, auf Jahre hinaus jeden Schurkenstaat im Zaum zu halten. Doch die durch Nanotechnologie winzige, hoch energetische und satellitengesteuerte Wunderwaffe ist noch nicht vollständig entwickelt, und Jance läuft die Zeit davon, denn er leidet an Bauchspeicheldrüsenkrebs. Sein Freund, der Neurobiologe Frederick Wolfe, weiß einen Ausweg. Er hat eine Methode entwickelt, das Gehirn eines Menschen in den Körper eines anderen zu verpflanzen. Das Verfahren ist noch nicht ausreichend getestet, aber Jance hat nichts zu verlieren, er will weiterleben und stellt sich für die Operation zur Verfügung. Was er nicht vorausahnt, sind die Schwierigkeiten, die ihm sein neuer Körper bereiten wird und in dem sein Geist sich bald zurechtfinden muß: Dieser hat sein eigenes Gedächtnis und ein Vorleben, von dem Jance nichts weiß. Bald wird ihm klar, daß Frederick Wolfe vieles seit langem geplant hat. Als Jance beschließt, nicht länger mitzuspielen, beginnt eine gnadenlose Jagd …

Der Autor

Wes Craven hat als Regisseur von Horror-Meisterwerken wie *Nightmare on Elm Street* und *Scream* Filmgeschichte geschrieben und legt hier seinen ersten Roman vor. Er lebt in Los Angeles.

WES CRAVEN

Identity

Thriller

Aus dem Englischen von
Veronika Dünninger

Ullstein

Besuchen Sie uns im Internet:
www.ullstein-taschenbuch.de

Umwelthinweis:
Dieses Buch wurde auf chlor- und säurefreiem Papier gedruckt.

Deutsche Erstausgabe im Ullstein Taschenbuch
1. Auflage August 2007

Titel der amerikanischen Originalausgabe: *Fountain Society*
(Simon & Schuster, New York)
Umschlaggestaltung: HildenDesign, München
Nach einer Vorlage von Büro Hamburg
Titelabbildung: © plainpicture/Deepol
Gesetzt aus der Aldus
Satz: Pinkuin Satz und Datentechnik, Berlin
Druck und Bindearbeiten: Ebner & Spiegel, Ulm
Printed in Germany
ISBN 978-3-548-26730-2

Für Esther Lurie, Leitbild und Freundin,
die mich schon vor so vielen Jahren drängte,
diese Geschichte zu Papier zu bringen.

1

Gefängniskomplex 14 – Haifa

In der Zelle saßen fünfzehn Mann. Sie maß drei mal vier Meter und stank nach Schweiß, Schmutz und Angst. Der einzige Luxus war ein Loch in der Mitte des Betonbodens, das als Toilette diente. In der Zelle befanden sich, soweit Raschid al-Assad es beurteilen konnte, drei libanesische Kommandomitglieder, die unter sich blieben und noch mehr gefürchtet wurden als ihre Bewacher. Einen von ihnen hatte man während seiner Festnahme übel zugerichtet, und er raste vor Fieber und Gangränschmerzen. Das wiederum versetzte die anderen in eine mörderische Stimmung.

Dann saßen dort noch sechs unbedeutende Palästinenser, von denen Raschid keinen kannte. Nach seinem Eindruck konnten sie allenfalls Arbeiter, Fahrer oder aus der Armee entlassene Diebe sein – der übliche schiitische Abschaum. Sie brachten die echten palästinensischen Kämpfer in Verruf, schrien unter der Folter, machten sich in die Hose und hatten nichts Wichtiges preiszugeben, wenn sie nach kurzer Zeit umfielen. Er verachtete sie.

Bei den vier Syrern handelte es sich vermutlich um irgendwelche Spione – Industriespione, aller Wahrscheinlichkeit nach. Er ignorierte sie.

Dann war da Raschid selbst – stolz, ein sunnitischer Moslem und Hisbollah-Guerilla zu sein. Noch nie hatte er auch nur einen Laut von sich gegeben, obwohl man ihm alles abgenommen hatte, was sich mit einer Kneifzange entfernen ließ.

Und dann war da noch dieses große, blonde Schwein von einem Russen dort drüben in der Ecke.

Diesen Russen konnte man nicht kennenlernen. Das wußte Raschid. Er war außer ihm der einzige Profi hier, und er war unnahbar. In der ersten Nacht hatte irgend jemand versucht, ihn aufs Kreuz zu legen, und der Russe hatte dem Trottel den Rest gegeben, bevor er auch nur den Mund aufmachen konnte, um zu protestieren. Die Leiche hatte man zwei Tage später fortgeschafft, als der Geruch die Wachleute zwei Stockwerke über ihnen erreichte.

In genau diesem Wachraum las in genau diesem Augenblick Lieutenant Joram Ben Ami, Wachkommandeur der Geheimdienst-Einheit in Haifa, eine Nachricht von seinem Vorgesetzten in Jerusalem. Der Anruf aus Washington, den sie beide erwartet hatten, war mittags um 12.45 Uhr Ortszeit bei ihnen eingegangen – morgens um 1.45 Uhr Washingtoner Zeit –, was als gutes Zeichen gewertet wurde. Es hieß, daß die CIA genau dann verschlüsselte telefonische Nachrichten übermittelte, wenn diese aller Wahrscheinlichkeit nach am wenigsten Aufmerksamkeit auf sich zogen. Die Angelegenheit, in der dieser Anruf kam, hatte sich nun schon lange genug hingezogen, um womöglich ungeschickte Fehler, ein Durchsickern an die Presse oder die ungewollte Aufmerksamkeit von stillen Informanten oder rührseligen Kongreßabgeordneten zu bewirken. Doch letztendlich war der Ablauf geheim geblieben, so daß sich Israelis und Amerikaner auch weiterhin gegenseitig von Nutzen sein konnten. Ben Ami hatte den Befehl, zwei weitere Transporteinheiten vorzubereiten. Damit würde sich die

Zahl der Gefangenen, die man in den vergangenen sechs Monaten in die USA verladen hatte, auf insgesamt zehn erhöhen – und die israelische Luftwaffe im Gegenzug noch einmal fünf Sparrow-Luft-Luft-Raketen erhalten. Ein ausgezeichnetes Geschäft, fand Ben Ami.

Als ersten wählte er Raschid al-Assad aus, den Hisbollah-Guerilla. Raschid war das mutterlose Arschloch, das im Verdacht stand, vor sechs Wochen im Zentrum von Haifa einen Bus mit jüdischen Siedlern in die Luft gesprengt zu haben. Bedauerlich war dabei lediglich die Tatsache, daß al-Assad unversehrt verladen werden sollte.

Die zweite Transporteinheit hatte Ben Amis Vorgesetzter bestimmt – es sollte der Russe sein, der für den Irak spioniert hatte. Dieser mußte einer leichten Behandlung unterzogen werden, daher gab Ben Ami die Befehle an sein bestes Team weiter. Ein gewöhnlicher Splitthammer wurde dabei benutzt, erstens weil sie ihn eben zur Hand hatten, aber auch, weil sie alle Russen haßten, die Scudraketen verkauften. Er verlor seine Zähne, aber es dauerte erstaunlich lange.

Kurz vor Sonnenuntergang setzte eine unmarkierte amerikanische C-120 auf der Landebahn vor dem Gefängniskomplex auf. Ein halbes Dutzend länglicher Kästen wurden mit Hilfe von Gabelstaplern entladen, und die beiden Gefangenen, in Handschellen und von Medikamenten betäubt, von CIA-Mitarbeitern an Bord genommen. Die Maschine erhob sich wieder in die Luft, und das Geschäft war abgewickelt.

Zwanzig Stunden später, Tausende von Meilen entfernt von dieser Landebahn und voneinander, würden Raschid al-Assad und sein russischer Reisegefährte in den Händen einer Organisation sein, die so geheim war, daß nicht einmal die CIA-Agenten, die als ihre Verbindungsmänner auftraten, ihre eigentlichen Ziele kannten.

Keiner der beiden Männer würde seine Ankunft länger als ein paar Tage überleben.

St. Moritz, Schweiz

Kurz vor dem Orgasmus überkam Elizabeth auf einmal dieser seltsame Gedanke, in den *Wizard of Oz* verwickelt zu sein.

Sie war in Dorothys Haus, und der Wirbelsturm peitschte um sie herum, rüttelte an den Fensterläden und toste in ihren Ohren. Holz splitterte vom Dach, und sie wurde hoch in die Luft gehoben.

Und dann dachte sie schließlich an gar nichts mehr – was immerhin hieß, daß sie keine Zwangsvorstellungen hatte.

Die ganze Woche über hatte sie diesen Nachmittag durchdacht, hatte gedanklich in einer Spalte alle Gründe aufgelistet, sich blicken zu lassen, und in einer anderen alle Gründe, die Beziehung zu beenden. Das Problem dabei war, daß in beiden Spalten immer wieder dieselben Punkte auftauchten.

Doch zumindest in diesem Augenblick war sie frei von dem Gedanken, der sie am meisten quälte – daß sie Hans Brinkman vielleicht nie wiedersehen würde.

Sie krümmte den Rücken und gab sich dem Sturm hin. Sie hörte, wie er befreit aufschrie, doch dann schien er, so sehr er sich auch bemühte, nicht mehr bei der Sache. Er rollte sich auf die Seite, und einen Augenblick später stieß er das Hotelfenster auf. Er sog die kalte Alpenluft in ein paar tiefen Zügen ein.

Auch sie war außer Atem.

Er wandte sich zu ihr um und lächelte sein vollendetes Lächeln, dann kam er wieder zu ihr ins Bett, zog die Dekke über sie beide und küßte sie.

»Das war wundervoll«, sagte sie.

»Aber du bist nicht ...« Er machte eine Handbewegung.

»Nein, aber eine Uhr ist stehengeblieben«, sagte sie leichthin und erwiderte sein Lächeln. »Wirklich, Hans, mach dir keine Gedanken deswegen.«

Er rollte sich ebenso rasch aus dem Bett, wie er hineingestiegen war, und seufzte auf. »Ich bin eben ein egoistisches Schwein, stimmt's?«

»Ja, stimmt, aber das ist *mein* Problem.«

Sie hatte es ebenfalls leichthin sagen wollen, obwohl ihr eigentlich nicht danach zumute war. Sie wurde den Gedanken nicht los, was ihr all diese Samstage letztendlich gebracht hatten. Zugegeben, er war reich, sah gut aus und kannte keine Furcht, aber sie war schon öfter mit gutaussehenden, einflußreichen Männern zusammengewesen und hatte doch nicht ein Zehntel dessen empfunden, was sie bei Hans – oder für ihn – empfand. Die anderen hatten sie angehimmelt oder reich beschenkt – aber nicht Hans. Aufmerksamkeit, die bekam sie schon, aber in plötzlichen, unerwarteten Schüben, denn seine Tage verbrachte er im allgemeinen in der Welt der globalen Finanzen, während er die Abende seiner Ehe widmete – und all dem gesellschaftlichen Leben, das damit verbunden war. Orte, die sie nicht kannte und an die sie nicht eingeladen wurde. Im Grunde genommen war sie, wie sie selbst wußte, ein völliges Geheimnis, das er vor seinem restlichen Leben und den Leuten, die es darin gab, verborgen hielt. In seiner Welt gab es sie nicht. Nur hier, in diesem Zimmer, für ein paar Stunden im Monat. Aber das war nicht genug, und auch wenn sie zugelassen hatte, daß diese Beziehung ihr wichtiger als alles andere wurde, so wußte sie doch auch, daß sie irgendwann, früher oder später, enden mußte. Und in letzter Zeit dachte sie widerstrebend, daß sie lieber früher als später enden sollte.

Während Hans sich anzog, äugte sie unter der Dekke hervor und sah ihm zu, wie eine Biologin, die aus einem Versteck ein nicht alltägliches Tier beobachtet. Hans Brinkman war fünfunddreißig, zehn Jahre älter als sie, mit goldblondem Haar und grün-braun gesprenkelten Augen. Wie Wasserbecken in Gebirgsflüssen, war es Elizabeth durch den Kopf geschossen, als sie seine Augen das erste Mal gesehen hatte – kühl und voller geheimnisvollen Lebens. Die Nachmittagssonne schimmerte auf seinem schönen muskulösen Körper, seinem dicken blonden Haarschopf. Der letzte Höhepunkt war sein dritter gewesen, und doch wirkte er überhaupt nicht erschöpft. Er war sogar im Bett ein Athlet, stellte sie fest, und jedesmal fochten sie eine Art Wettkampf aus, in dem sie stets zu unterliegen befürchtete.

Sie befand sich auf halber Höhe einer verdammt gefährlichen Abfahrt, als sie ihn entdeckte – ein bunter Blitz, der im strahlenden Schweizer Sonnenschein auf Skiern an ihr vorbeischoß.

»Von links!« Und dann nur noch ein verschwommener Fleck.

Das hatte ihre Aufmerksamkeit von Anfang an gefesselt, denn im allgemeinen war *sie* es, die an den wenigen vorbeiraste, die sich auf diese steile Piste wagten. Aber da war noch etwas. Ein Gefühl, daß sie ihn kannte – oder kennen sollte –, und es war so stark, daß ihr beinah unheimlich war.

Hatte sie an dieser schnittigen, rasanten Gestalt ein jungenhaftes Grinsen entdeckt?

Reflexartig schoß Elizabeth in einem halsbrecherischen Bogen über die Eisplatte, die sie bis zu diesem Augenblick wohlweislich vermieden hatte. Nachdem sie fünfzig Meter bergab halb gefallen, halb geflogen war, gelang es ihr schließlich nur dank einer Mischung aus Mut, Können und purem Glück, auf beiden Beinen zu landen. Aber sie war vor ihm, und entschlossen, daß es dabei auch blieb, richtete sie die Skier genau hangabwärts und startete durch.

Aber so einfach war die Sache nicht. Was dann folgte, war ein erst spannungsgeladenes, dann schwindelerregendes und schließlich nervenzermürbendes Rennen, bei dem die beiden in einer halsbrecherischen Talfahrt um den ersten Platz wetteiferten. Das letzte Stück war ein Kopf-an-Kopf-Rennen, eine steile, schnurgerade Abfahrt, die an ihrem Ende wieder auf den normalen Hang traf. Und in dem Augenblick, an dem sie diese Schnittstelle erreichten – Elizabeths Herz pochte wie wild, und der Wind peitschte ihr ins Gesicht –, kreuzte plötzlich ein Snowboardfahrer auf dem Haupthang genau vor der Bahn ihres Rivalen, und Elizabeth wußte im selben Augenblick, wenn sie jetzt nicht Platz machte, dann würde der Mann neben ihr mit hundertvierzig Stundenkilometern wie eine tonnenschwere Ladung Ziegelsteine in den Jungen rasen.

Sie bremste scharf, und mit einem triumphierenden Aufschrei schoß der Mann auf ihre Bahn herüber und war verschwunden, ohne sich noch einmal umzublikken.

Spätestens dann hätte sie es wissen müssen.

Später, auf der Skihütte, hielt er nach ihr Ausschau und lud sie auf einen Drink ein. Sie nahm unwillkürlich an, und nachdem sie eine Zeitlang Jet-set-Geographie betrieben und vergeblich überlegt hatten, wo sie sich schon einmal begegnet waren, machte er ihr das erste Kompliment: »Wir sind beide verrückt, wissen Sie«, sagte er.

Sie lachte und nickte. »Sie sind ein Profi?« fragte sie und meinte es ernst. Er lächelte breit, offensichtlich geschmeichelt, daß sie ihn dafür hielt.

»Finanzwesen.«

Sie zog die Augenbrauen hoch, aufrichtig erstaunt.

»Sie hätten mir genausogut erzählen können, daß Sie Wissenschaftler sind«, lachte sie.

»Das war ich auch fast«, sagte er nüchtern. Einen Augenblick schien es, als sei er in Gedanken verloren, völlig fasziniert von etwas, was er eben mit seinem geistigen Auge wahrgenommen hatte. Dann widmete er ihr wieder seine ganze Aufmerksamkeit.

»Als ich noch Physik studierte, habe ich *nie* etwas Gefährliches getan. Erst seit ich in der Hochfinanz bin. *Da* lohnt es sich allerdings, Kopf und Kragen zu riskieren. So, wie Sie es getan haben. Haben Sie auch die Finger im Geld?«

Sie kniff die Augen zusammen. Die Finger im Geld? Was für eine seltsame Ausdrucksweise.

»Dafür bin ich nicht schlau genug.«

»Ja, natürlich. Was haben Sie für einen IQ, um die 140?«

Sie sah ihn an und stellte fest, daß sie keine Ahnung hatte.

»Wirklich, das kann ich sehr gut«, hakte er interessiert nach. »Ich liege nie falsch. Welche Punktzahl hatten Sie bei den Eignungstests fürs College, 1500?«

»Ich war nie auf dem College«, räumte sie ein.

»Kein College? Ich bin schockiert.«

»Bin ich damit in Ihren Augen das blonde Dummerchen?«

Er beugte sich zu ihr und runzelte die Stirn. »Elizabeth, Sie wissen doch, weshalb Männer blonde Frauen Dummerchen nennen?« fragte er mit einem jungenhaften, feierlichen Ernst, den sie als sehr verführerisch empfand.

»Nein.«

»Weil sie sich in Gegenwart einer schönen Blondine selbst als Dummerchen fühlen, da sie nicht ausdrücken können, was sie empfinden, wenn sie einer schönen Frau begegnen.«

Da war etwas Wahres dran, und es war lieb von ihm, so etwas zu sagen. Aber es war auch absolut unaufrichtig. Als sie sich jetzt tiefer ins Bett kuschelte und sich jene Begegnung rückblickend und aus sicherer Entfernung vor Augen hielt, wußte sie genau, daß sie bei Hans Brinkman noch nie auch nur eine Spur von Selbstzweifeln entdeckt hatte – falls er überhaupt je irgendwelche hegte. Nein, die einzige Schwäche, die er sich je hatte anmerken lassen, war seine Unfähigkeit, so lange bei ihr zu bleiben, daß sie seine Anwesenheit als selbstverständlich empfinden konnte. O Gott, wie gern hätte sie diesen Luxus genossen. Doch statt dessen gab es für sie lediglich das flüchtige Abenteuer mit dem noch nicht zugerittenen Roß – ohne Ritter – nur das sagenhafte weiße Pferd. Dieser mythischen Energie war sie erlegen, und zwar qualvoll erlegen – und nun lag sie hier, ein Jahr später, im gleißenden Licht der Wirklichkeit, ein blondes Model in einem schwarzen Notizbuch, das Hotelspielzeug eines Investmentbankers, der kaum Zeit für sie hatte.

Wie vorhersehbar war *das* gewesen?

Sie zog die Decke fester um sich und dachte nach. Hatte sie Angst davor, ihn gehen zu lassen, oder einfach nur Angst vor *ihm*?

Die Antwort, so argwöhnte sie voller Reue, lautete: beides. Und diese Furcht, die bisweilen fast schon verlockend war, ließ Hans in ihren Augen nur noch begehrenswerter erscheinen. Es ließ sich nicht leugnen, daß Elizabeth Gefallen an der Gefahr fand – sie sehnte sich nach dem Reiz und dem Geschmack, die von ihr ausgingen. Und tief in ihrem Inneren war sie sogar überzeugt, daß jenseits solcher Orte und Situationen die Wirklichkeit lag, die sie sich so sehr wünschte. Von den Schweizer Bergen bis zu den Runways von Paris hatte sie alles, was ihr am Herzen lag, immer dann entdeckt, wenn sie über die Wege der Angst auf jene andere Seite gelangte.

Alles, was ihr am Herzen lag, einschließlich Hans.

Doch für dieses berauschende Gefühl, das die Angst in ihr auslöste, hatte sich Elizabeth schon einmal in eine grauenvolle Lage gebracht, und sie hätte dabei um ein Haar ihre Schönheit und ihren Lebensunterhalt verloren – ihr Leben selbst nicht zu vergessen. Und so hatte sie sich auch einen gesunden Schutzmechanismus zugelegt. Und in diesem Augenblick, als Furcht und Verlangen und eine blinde Vorahnung um sie herumwirbelten, da merkte sie, daß sie Hans Brinkman zunehmend objektiv betrachtete.

Du kannst dich von all dem trennen, dachte sie. Laß es einfach hinter dir, Mädchen!

Sie sah, wie er sie anlächelte, als hätte er ihre Gedanken gelesen. »Worüber grübelst du nach, Elizabeth?« fragte er.

Sie zuckte zusammen. Dieser leicht herablassende Tonfall, wenn er sie bei ihrem vollen Namen nannte –

warum war ihr das nicht schon längst auf die Nerven gegangen? »Ich habe an den Tag zurückgedacht, an dem wir uns kennenlernten«, sagte sie.

»Und hast ihn verwünscht«, neckte er sie, und bevor sie ihm zustimmen konnte, fuhr er fort: »Ich habe dich belogen, weißt du.«

Sie sah ihn an, auf einmal beängstigt. Er grinste.

»Na ja, nicht wirklich belogen. Ich habe dir nur etwas verschwiegen. Ich habe dir nicht erzählt, daß ich ein Auge auf dich geworfen hatte.«

Das Atmen fiel ihr inzwischen schwer. »Du hattest ein Auge auf mich geworfen?«

»Ich hatte dein Foto in *Allure* entdeckt – du erinnerst dich doch noch an den kleinen Leseraum in der Skihütte? Und als ich aufsah, standst du dort im Eingang. Es war wie ein Wunder. Als hätte uns das Schicksal füreinander bestimmt. Oder als seien wir uns irgendwo schon einmal begegnet.«

»In einem anderen Leben«, wollte sie ihm schnodderig entgegnen, doch als sie die Worte aussprach, klangen sie wie eine Feststellung und machten ihr Angst. Sie schienen so zutreffend, obwohl sie sich die Worte überhaupt nicht zurechtgelegt hatte. Dieses Déjà-vu-Gefühl.

»Etwas in dieser Richtung, ja. Es hat mich glatt umgehauen. Ich hatte fast schon Angst davor, mich dir zu nähern – ich weiß nicht, warum. Ich habe so etwas noch nie erlebt. Und dann dachte ich mir, am besten werde ich sie auf der Piste ein bißchen beeindrucken, dann haben wir gleich was, worüber wir uns unterhalten können.«

»Das hat dann ja auch geklappt«, sagte sie vorsichtig.

»Aber du hast mich auch beeindruckt«, sagte er fast schon liebevoll. Er berührte ihr Haar. »Du fängst doch nicht etwa an, es zu bereuen, oder?« fragte er, und auf einmal lag in seiner Stimme eine Traurigkeit, die sie zutiefst berührte.

»Nein!«

Er lächelte wieder. War er jetzt zufrieden? Oder durchschaute er sie etwa vollkommen – amüsiert, wie es nur ein echter Zyniker kann? Sie war enttäuscht und wütend über sich selbst. *Doch,* ich bereue es. *Komm schon,* Lizzy, im Reich der Tiere – in dem Hans zweifellos lebt – ist ein Lächeln nur eine Form des Zähnefletschens.

»Wir beide erinnern mich an diesen einen Cole-Porter-Song«, sagte er sanft. »Wie heißt er doch gleich?«

»Ich kenne keinen einzigen Cole-Porter-Song«, log sie. Sie wußte genau, welchen er meinte.

»*Too hot not to cool down*«, sang er völlig falsch. »Ist es das, wovor du Angst hast? Der Fluch des Engels?«

Sie sah ihn an. Sie wußte, gleich würde er ihr erklären, was er meinte, und genau das tat er auch.

»Es ist eine logische Folge, die sich aus den Blondinenregeln ergibt: Männer glauben, sie sind nicht gut genug für dich, und handeln entsprechend. Sie hauen ab, oder sie vermasseln alles, und sie tun dir weh. So war es bis jetzt doch immer, stimmt's?«

»Wohingegen du weißt, daß du gut genug bist?« gab sie zurück, ohne auf seine Frage einzugehen. Worauf in aller Welt wollte er eigentlich hinaus?

»Ja«, sagte er, wobei seine Stimme einen sanfteren Klang annahm. »Wir wurden dafür geschaffen, zusammenzusein.«

Sie holte tief Luft. Ob er es nun beabsichtigt hatte oder nicht, er hatte ihr jedenfalls einen Ansatzpunkt geboten, den sie einfach aufgreifen mußte. »Warum sind wir es dann nicht?« hörte sie sich fragen. »Hast du Angst davor, dein Familienleben ins Wanken zu bringen?«

Es war das erste Mal, daß sie, wenn auch nur indirekt, auf seine Frau angespielt hatte, und sie verspürte einen Anflug von Reue, als sie sah, wie sich seine Miene verdüsterte, doch sie hakte weiter nach. »Ich finde, wir sollten darüber reden«, sagte sie und machte sich auf das gefaßt, was er vielleicht entgegnen würde. Und dann, als er nichts entgegnete, fuhr sie fort: »Ich bin mir nicht sicher, daß ich noch länger so weitermachen will wie bisher.«

Er nickte, während er beiläufig aus dem Fenster auf die Berge in der Ferne sah. »Weißt du, da bin ich mir selbst auch nicht so sicher.«

Elizabeth spürte, wie sich ihre Brust verengte. Es war schon schlimm genug, einem anderen den Laufpaß zu geben. Aber selbst den Laufpaß zu bekommen, das war entsetzlich.

»Sie ist sauer auf mich«, sagte er vage. »Sie sagt, ich bin – ständig zerstreut. Ich habe nur noch meine Arbeit im Kopf, sagt sie. Nicht daß ich es ihr verübeln kann. In letzter Zeit geht eben jeder von uns mehr oder weniger seinen eigenen Weg – unser Leben scheint so besser zu klappen.« Er zuckte die Schultern. »Hör zu, ich will eigentlich nicht über Yvette reden. Jedenfalls nicht heute.« Er warf einen Blick auf seine Armbanduhr.

»Wann denn dann?«

Er ignorierte ihre Frage. »Natürlich, ich hasse Hotels auch«, sagte er in Antwort auf das, was sie selbst gerade gedacht hatte.

»Dann eben bei mir. Einen gewissen Heimvorteil könnte ich gut gebrauchen.«

»Nein, ich will dich nicht gefährden.«

Sie sah ihn an. »Mich gefährden?«

»Je weniger Yvette weiß …«, begann er, und sein Blick wurde wieder vage. Er sprach den Satz nicht zu Ende.

»Nächstes Mal reden wir über alles. Wir machen reinen Tisch. Ich verspreche es dir.« Abrupt wandte er sich ab und zog sich weiter an, während Elizabeth versuchte, sich über ihre Gefühle klarzuwerden. Sie beobachtete, wie sein Körper in seinem dunkelgrauen Anzug verschwand, bis er wieder nichts als ein gutsituierter, eleganter Geschäftsmann war. Sie versuchte, ihre Atmung unter Kontrolle zu bringen, doch es gelang ihr nicht.

In einem Anfall echter Verzweiflung begriff sie, daß sie noch immer bis über beide Ohren in ihn verliebt war.

»Samstag, Elizabeth«, sagte er, als er schon an der Tür stand, und warf ihr eine Kußhand zu. »Gleiche Zeit, okay?«

Er war verschwunden, noch bevor sie mit leiser Stimme, unschlüssig und fassungslos erwidern konnte: »Samstag, ja.«

Sie hörte, wie er zum Fahrstuhl eilte, hörte, wie der Fahrstuhl surrte, als er nach unten fuhr.

Als sie die Decke an sich zog, spürte sie die Kälte auf einmal bis auf die Knochen, und sie rollte sich zu einer Kugel zusammen und zog sich die Decke über den Kopf, bis sie völlig im Schutz der Dunkelheit verborgen lag.

2

White Sands, New Mexico, Delta Range

Peter Jance spürte jede Minute seiner 76 Jahre, als er die langgezogene Anhöhe aus Gestrüpp und hartem Sand hochkletterte, die er und sein Team auf den Spitznamen Mons Venus getauft hatten. Sein einstmals volles goldblondes Haar war inzwischen eine schüttere graue Mähne, doch mit seinem Falkengesicht sah er noch immer sehr gut aus, und geistig war er zumindest bei diesem Projekt allen anderen meilenweit voraus.

Und wie üblich machte ihm das verdammt schwer zu schaffen.

Nur wenige ebenbürtige Genies billigten ihm zu, daß das, woran er arbeitete, auch durchführbar war. Ansonsten hielt man ihn in wissenschaftlichen Kreisen für übergeschnappt.

Und vielleicht hatte man damit ja recht, sagte sich Peter, während er in die Ferne blinzelte. Der Tag war wie geschaffen für Gefühle von Zerrissenheit und Selbstzweifeln, falls er dergleichen überhaupt hätte empfinden können. Die brennende Sonne ging wie ein Schmiedehammer auf den Sand und die Mesquitesträucher nieder, und rings um ihn herum fluchten die Leute über die Hitze. Peter hingegen genoß sie in vollen Zügen. Wie ein Büßer, der über die Peitsche frohlockt, dachte er im stillen, doch seine Liebe zu dieser Landschaft wurde dadurch kaum geschmälert. Das Raketen-Testgelände

White Sands umfaßte ein Gebiet von rund achttausend Quadratkilometern in der Wüste von New Mexico – ein Gebiet, das etwa so groß war wie Rhode Island, Delaware und der Distrikt von Columbia zusammen. Und nun war es ihm als Spielplatz zugedacht, ein Paradies aus welligem Grasland, Sanddünen und Lavaströmen, die sich bis zu Gebirgsausläufern und zerklüfteten Canyons hinzogen. Er liebte das Leben, das es dort gab – Dickhornschafe, Gabelantilopen, Berglöwen. Es gab Steinadler und Krötenechsen, Klapperschlangen, Känguruhratten und Taranteln. Kojoten, Luchse und Füchse jagten hier in der Nacht; Maultierhirsche, Erdkuckucke, Riesentausendfüßler und Skorpione konnte man tagsüber antreffen. Selbst eingeführte Arten wie der Afrikanische Spießbock, eine rund zweihundertfünfzig Kilo schwere Antilopenart aus der Kalaharisteppe, lebten hier munter zu Tausenden. Das war einer der selten erwähnten Vorteile, wenn man auf einem streng geheimen, schwer zugänglichen Stützpunkt arbeitete: nur wenige Menschen kamen hierher, und die Natur gedieh prächtig.

Bis auf jenen Abschnitt der Natur, der für die US-Armee arbeitete. Dieser Abschnitt flößte dem Betrachter schon weniger Ehrfurcht ein, und kein geringes Bedauern.

Die Soldaten.

Verdammt, seine Eingeweide schmerzten ihn. Regten sich da die Schuldgefühle oder die Krankheit? Oder hatten sich die beiden inzwischen hoffnungslos miteinander verknüpft?

Du hast dir die Suppe eingebrockt, dachte er sich, dann mußt du sie jetzt auch auslöffeln. Was machte es schon, wenn er sich die »feindlichen Truppen« nicht selbst ausgedacht hatte? Als die Idee vor drei Monaten erstmals aufkam, da hatte er sich noch gegen die Einbeziehung lebendiger Versuchsobjekte ausgesprochen, und zwar so lange, bis Colonel Oscar Henderson, der Pfennigfuchser, der für die Finanzierung dieses Projekts zuständig war, das Thema für erledigt erklärte. Hendersons Starrsinn konnte man unterschiedlich deuten: als Zeichen dafür, daß er den Glauben an Peters Vision verloren hatte und sein Können und selbst seine Loyalität anzweifelte. Oder lediglich als das Bedürfnis, auf Peters Projekt zu pissen, damit es seinen eigenen Geruch annahm. Macht muß Willkür ausüben – wie Peter inzwischen begriffen hatte –, andernfalls ist sie nichts als vernünftige Politik. Nachdem er ein Leben lang für seine Vision gekämpft hatte – während man ihm vorwarf, die Hand zu beißen, die ihn fütterte –, hatte er diese Wahrheit endlich begriffen.

Seine Frau Beatrice hingegen neigte eher zu der Theorie des Loyalitätstests als Erklärung dafür, weshalb Henderson auf lebendigen Versuchsobjekten beharrte. Sie hatten eine Woche lang darüber gestritten, und Peter hatte die Ansicht vertreten, daß es sie alle in ein schlechtes Licht rückte und völlig unnötig war. Beatrice hatte ihn natürlich Pompano genannt – ihre Bezeichnung für einen pompösen Arsch –, und wie üblich hatte sie recht gehabt. Schließlich konnte er jederzeit umkehren und den Hügel wieder hinabsteigen, oder nicht? Henderson herausfordern, bis er seine Drohung wahrmachte? Und würde er es tun? Nein. Im Gegenteil, die Schelte seiner Frau würde ihn nur in seinem Entschluß bestärken, dieses Projekt planmäßig bis zum Ende durchzuführen. All die Bedenken, die er Beatrice gegenüber geäußert hatte – kaum mehr als rituelle Selbstzweifel –, stellten lediglich einen Versuch dar, den stechenden Schmerz in seinen Eingeweiden zu lindern, indem er sein Gewissen erleichterte. Mit der logischen

Konsequenz, daß seine Symptome nun stärker aufflackerten als je zuvor. Die Pillen, die er nahm, versetzten seine Innenohren in eine Art Schwebezustand, und nun, während er durch den Sand bergauf stapfte, mußte er schon wieder Wasser lassen, obwohl er es erst vorhin – fünf Minuten bevor er den Bunker verlassen hatte – getan hatte.

»Dr. Jance? Könnten wir vielleicht ein bißchen langsamer machen?«

Peter warf einen Blick zurück, den Hügel hinunter. Das Team seiner Mitarbeiter schleppte sich nach besten Kräften hinter ihm her, und einer der Männer, Alex Davies, hatte offensichtlich beschlossen, die Rolle des Sprechers zu übernehmen. Peter lächelte. Alex war wirklich der einzige, der sich diesen vertraulichen Vorschlag, das Tempo zu verlangsamen, erlauben konnte. Peter kannte ihn seit seiner Kindheit, und auf diesen Umstand baute Alex. Er war ein anständiger Bursche, trotz seiner zerzausten Haare und seines Tattoos. Peter nahm an, daß er vielleicht sogar ein Gewissen hatte, was bei Wissenschaftlern seiner Generation selten vorkam. Peter mochte ihn deswegen und – wenn er sich's recht überlegte – auch wegen dieser unverkrampften Art, klipp und klar seine Meinung zu äußern. Obwohl das gesamte Team ständig vor sich hin jammerte und stöhnte, hatte sich doch außer ihm noch nie jemand auch nur über einen Punkt dieses komplexen und aufreibenden Projekts beklagt, mit dem sie sich wie angelernte Hilfsarbeiter herumplagten.

Natürlich hatte Peter, wie er rückblickend selbst erkannte, während des Auswahlverfahrens auf genau dieses ehrgeizige, bedingungslose Engagement großen Wert gelegt. Mit diesen wilden Genies, die man quer durch die Vereinigten Staaten an allen Universitäten des Landes aufgespürt hatte, bestand das Team aus den besten und begabtesten Wissenschaftlern, die heutzutage im Bereich der Waffenentwicklung arbeiteten. Noch feucht hinter den Ohren, das mochten sie schon sein, und in Alex' Fall vielleicht etwas unberechenbar, aber wer sonst würde schon für ein Taschengeld entsetzlich lange Arbeitszeiten auf sich nehmen, nur um der Gelegenheit willen, mit Peter Jance zusammenzuarbeiten?

Cap Chu, seinen Beschleunigungsspezialisten, hatte er sich vom MIT, dem Massachusetts Institute of Technology, geholt. Cap, der in Oakland geboren war, stammte aus einer chinesischen Einwandererfamilie, die in der zweiten Generation in den USA lebte. Man sah ihn stets in derselben Uniform – einem Raiders-T-Shirt und abgeschnittenen Levis-Shorts –, und wenn er, wie so oft, unbewußt die Sprechweise seines Chefs nachahmte, dann mußte sich Peter mühsam das Lachen verbeißen. Aber in spätestens zehn Jahren würde Cap Chu genau der richtige Kandidat sein, um das Standardwerk über Teilchenwaffen für das nächste Jahrhundert zu verfassen – der Bursche war, wie Beatrice es ausdrückte, ein Geschenk des Himmels.

Hank Flannagan, der eben stehenblieb, um sich eine Marlboro anzustecken, war ein weiterer ungeschliffener Diamant. Flannagan kannte die Wirkung der Kernfusion bei Waffensystemen so gut wie wütende Jungs die Wirkung eines Steins auf ein Schaufenster. Wenn er sich entspannen wollte, dann machte er es sich bei rund einhundert Stundenkilometern auf seinem Geländemotorrad bequem und raste über das Buschland oder an atemberaubenden Schluchten entlang, während andere Motorradfahrer neben ihm abbremsten und sich vor Entsetzen die Augen zuhielten. Peter, der selber genau wußte, was Lebensgefahr hieß, unterstützte dieses Hobby. Denn Flannagan kehrte von diesen Ausflügen nicht nur unversehrt zurück, sondern auch sprühend vor Ideen, wie sich selbst die hartnäckigsten mathematischen Probleme, vor denen das Team stand, lösen ließen.

Die Frau, die mit von der Partie war und die sich in diesem Augenblick bei Alex Davies unterhakte, war Rosemarie Wiener. Die Tatsache, daß Peter ein Projekt leitete, mit dem eine noch nie dagewesene Tötungseffizienz erreicht werden sollte, ließ sie völlig kalt. Sie war selbst ein kluger Kopf auf dem Gebiet der taktischen Anwendung von Mikrowellen- und Ultraschallstrahlen und ein begeisterter Anhänger ausgeklügelter militärischer Waffensysteme. Sie war in einem Kibbuz aufgewachsen und ließ sich von niemandem etwas gefallen – außer vielleicht von Alex, mit dem sie im Augenblick heftig flirtete, wobei sich ihr fröhliches Lachen hell über die flimmernde Hitze erhob.

Peter fragte sich, ob Lust sie trieb oder politischer Instinkt. Bei dieser Generation ließ es sich nur schwer sagen. Sicher, wenn es unter diesen jungen Senkrechtstartern einen gab, der es wirklich zu etwas bringen würde, dann war es Alex Davies, und das hieß, selbst wenn Rosemarie nur privat die Fühler ausstreckte, hatte sie eine gute Wahl getroffen.

Noch stärker für Alex sprach allerdings die Tatsache, daß er der Enkel von Dr. Frederick Wolfe war, der selbst sein eigenes Geheimprojekt für die Armee leitete, sowohl auf anderen Geheimbasen als auch hier in White Sands. Und wenn Alex auch allein schon eine gute Partie war, so machte ihn seine Verwandtschaft mit Frederick Wolfe zu einer Attraktion, die durch nichts mehr zu überbieten war. Jeder aus Wolfes Umgebung stieg rasch auf, und sein Projekt mit dem Codenamen »Jungbrunnen« war auf dem Stützpunkt fast schon legendär. Es wurde mit Forschungsmitteln überschüttet und unterlag einer so strengen Geheimhaltung, daß nicht einmal Peter, der Wolfe zu seinen ältesten Freunden zählte, auch nur den blassesten Schimmer hatte, worum es bei Jungbrunnen eigentlich ging.

Falls überhaupt irgend jemand über das Jungbrunnen-Projekt Bescheid wußte – da war sich Peter sicher –, dann war es seine eigene Frau Beatrice, die als Neurobiologin an Wolfes Projekt mitarbeitete. Doch selbst sie erfuhr lediglich das Allernötigste – zumindest nach dem zu urteilen, was sie Peter erzählte. Über den Gegenstand des Jungbrunnen-Projekts konnte Peter also lediglich Vermutungen anstellen, wenn er einmal einen stillen Augenblick für sich hatte, was selten genug vorkam. Beatrice' Spezialgebiet war Rückgraterneuerung. Vielleicht war es ja eine Art Versuch, Wirbelsäulenschäden zu beheben, die von Kriegsverletzungen herrührten, aber das war nicht mehr als eine Vermutung. Beatrice schwor, daß Wolfe der einzige war, der das Projekt in seiner Gesamtheit überblickte, doch mit dieser Antwort konnte sich Peter nur schwer zufriedengeben, wenn er sich vor Augen hielt, was für hochrangige Persönlichkeiten in Wolfes Forschungskomplex ein und aus gingen. Offensichtlich war Wolfe mit seinem Jungbrunnen-Projekt der Liebling irgendeines hohen Tiers – vielleicht sogar des Commander-in-Chief selbst –, und das hieß, daß der Sinn und Zweck des Projekts nicht nur im Detail bekannt war, sondern auch als bedeutend eingestuft wurde. *Außerordentlich* bedeutend, nach der Höhe der Forschungsmittel zu urteilen, über die sich Wolfe allem Anschein nach freuen konnte.

Na dann, viel Glück! Peter war kein Mann, der einem Freund seinen Erfolg mißgönnte.

Außerdem war es schließlich so, daß sich die beiden seit

ihren Zwanzigern kannten und oft auf demselben Testgelände und mit demselben Personal arbeiteten – und sogar, wie in diesem Fall, mit Familienmitgliedern des anderen. Wolfe hatte Beatrice im Rahmen des Jungbrunnen-Projekts einen einflußreichen Posten gegeben, und Peter hatte sich im Gegenzug bereit erklärt, Alex mit an Bord zu nehmen. Peter ließ dem Jungen den Freiraum, den er benötigte, um seine Marotten auszuleben, während Wolfe Beatrice in einem Labor in der Karibik untergebracht hatte. Für sie als Paar war das eine Abmachung, die es ihnen erlaubte, nah beieinander zu bleiben, aber doch nicht so nah, daß sie sich gegenseitig die Augen auskratzten, wie sie es im allgemeinen taten, wenn sie an ein und demselben Projekt arbeiteten. Peter empfand dies als Segen, denn er und Beatrice brauchten einander sehr, und ihre Beziehung lebte von genau der richtigen Mischung aus Nähe und Distanz. Zu nah beeinander fühlten sie sich unwohl, zu weit voneinander getrennt waren sie verloren.

»Hey, Onkel Peter, haben wir's bald geschafft?« In diesem Tonfall, der genau die richtige Mischung aus Freundlichkeit und Ironie hatte, konnte sich der Junge eine solche Bemerkung erlauben. Alex Davies war ein unberechenbarer Bursche, das schon, aber doch einer, den Peter gern bei sich hatte. In Beatrice' Augen hingegen war Alex ein Fähnchen im Wind, das sich bald hierhin, bald dorthin drehte. Doch jegliche Bedenken von Peters Seite, dem man den Burschen, wie er selbst fand, mehr oder weniger aufgenötigt hatte, hatten sich schon in der ersten Woche nach Ankunft des jungen Mannes zerstreut. Zum einen kannte Alex die labyrinthartige Konstruktion der Kray-Supercomputer auf dem Stützpunkt wie seine Westentasche. Dieses Wissen versetzte Peter in die Lage, jede Woche Dutzende von Theoremen,

Algorithmen und mathematischen Modellen in dieses Projekt einzuspeisen – anstatt nur einmal im Jahr über die üblichen Kanäle. Allein schon aus diesem Grund war Alex für ihn ein Geschenk des Himmels. Insofern war die Tatsache, daß Alex Rockbands mochte und so aussah und klang wie ein vermurkster Genversuch, kaum von Belang. Bei seiner ganzen schrulligen, skurrilen Art war Alex unentbehrlich für die Überlebenschancen des Projekts und letztendlich auch für seinen Erfolg.

Peter ignorierte den stechenden Schmerz in seiner Bauchgegend und marschierte in dem mörderischen Tempo weiter, das er schon am Fuß des Hügels vorgegeben hatte. Trotz seiner Krankheit besaß er mehr Energie als die meisten Männer, die nur halb so alt waren wie er. Er war einen Meter achtzig groß und ging nicht ein bißchen gebeugt. Schließlich hatte er in jungen und mittleren Jahren keine Gelegenheit ausgelassen, sich körperlich zu fordern. Er hatte Nepal mit dem Fahrrad durchquert, als noch niemand – außer Fotografen der *National Geographic* – dieses Land kannte, und war im Rahmen von Erkundungsarbeiten für einen Ölkonzern durch halb Borneo gewandert. Er hatte – aus purem Vergnügen – an sämtlichen Marathonläufen der Ostküste teilgenommen, und noch bis vor kurzem spielte er mit einer Leidenschaft Squash, die seinen Gegnern Angst und Schrecken einjagte. Nicht daß er sich bei irgend etwas von alledem mächtig ins Zeug gelegt hätte. Seine große Liebe – seine Besessenheit, um genau zu sein – war die Physik, die Quelle einer jeden Herausforderung, die wirklich von Bedeutung war. Es war nur Zufall, daß ihn die Natur mit einem dieser unglaublich athletischen Körper ausgestattet hatte – einem, mit dem er, so schien es jedenfalls über Jahre hinweg, alles machen konnte, was er wollte.

Er hatte ihm, Peter, ein vergnügliches, bewegtes Leben ermöglicht und ihm, was am wichtigsten war, eine ausgezeichnete Plattform für sein Gehirn zur Verfügung gestellt, das mit gesundem, sauerstoffreichem Blut bestens versorgt wurde, so daß sein unbestrittenes Genie sechs Jahrzehnte lang mit Volldampf arbeiten konnte.

Bis der Bauchspeicheldrüsenkrebs kam.

Ja, Pech gehabt, was? Im Roulettespiel der Zellen hatte er die Doppelnull erwischt.

Nicht daß er erwartet hatte, völlig unversehrt ins Grab zu sinken – so optimistisch war er nicht. Aber trotzdem, diesen Krebs, der ihn aus heiterem Himmel und mitten in seiner wichtigsten Lebensaufgabe getroffen hatte, hatte er als eine unverdiente Strafe empfunden. Im Augenblick setzte der Krebs seinem Körper wieder besonders übel zu und lenkte ihn in unerträglicher Weise von seiner geistigen Arbeit ab. Komm schon, Jance, schalt er sich selbst, während er die Zähne zusammenbiß, um den Schmerz zu lindern, hör endlich auf, dich zu bemitleiden.

Er versuchte, sich auf die Arbeit zu konzentrieren, die vor ihm lag, auf die unzähligen Aufgaben, die noch erledigt werden mußten, bevor er mit seinem Countdown beginnen konnte. Er sagte seiner eigenen Krankheit den Kampf an, indem er sie sich in völlig anderen Bildern ausmalte. Wenn der Schmerz eine Art heißhungrige Bestie war, die ihn von innen her in Stücke riß, so stellte er sie sich als etwas ohne jedes Charisma vor – einen dunklen Hamster in einem Laufrad. Es funktionierte fast. Zumindest versetzte es ihn in die Lage weiterzumarschieren. Und dann war er am Ziel. Er hielt vor den »feindlichen Soldaten« und starrte sie an, als sähe er sie zum ersten Mal.

Und der Feind starrte unverwandt zurück. Zweihundert Schafe, die sie in einem Schwung von einem Viehzüchter gekauft hatten, der wußte, daß er besser nicht zu viele Fragen stellte. Fünfzehn Kühe – Milchvieh, das seine produktivste Phase längst hinter sich gelassen hatte und daher zu einem absoluten Schleuderpreis zu bekommen war. Fünfundsiebzig Schweine in luftgekühlten Aluminiumkäfigen, zu schlau, als daß sie sich einen Haltestrick anlegen ließen.

Schweine, o mein Gott.

Er wandte den Blick ab und kickte einen Stein aus dem Weg, während er auf das erste unglückliche Geschöpf zuging. Er überprüfte den Haltestrick, und als Alex und der Rest seines Mitarbeiterteams endlich angekeucht kamen, sah er sich bereits die Waffenbrüder dieses Tiers an, die quer über dem Hügelkamm Aufstellung bezogen hatten – ein Feind, der wie angefroren dort verharrte, wo man ihn festgebunden hatte.

»Na, sehen die vielleicht nicht glücklich aus, Chef?« sagte Flannagan und begann, das erstbeste Mutterschaf anzublöken.

»Laß das«, sagte Peter, den in diesem Augenblick ein neuer Gedanke im Hinblick auf seine Krankheit überkam – daß es vielleicht einen erzürnten, beleidigten Gott gab, der sie ihm auferlegt hatte.

»Sie werden doch wohl nichts bereuen, oder?« fragte Alex leise. Peter fuhr herum – die Zielgenauigkeit der Frage traf ihn unvermittelt.

Der Blick in Alex' Augen war ebenso schelmisch wie unergründlich, doch noch bevor Peter etwas entgegnen konnte, trug der Wind von unterhalb des Hügelkamms einen Schrei zu ihnen hoch. »Zum Teufel, wie heiß ist es hier eigentlich?« Es war der Tierpfleger – ein Einheimischer, wie Peter wußte, aber wie hieß er doch gleich? Irgendwas mit P, oder war es mit K …?

O Gott, jetzt löschte die Bestie auch noch sein Gedächtnis aus.

Perkins.

Vergiß den Krebs. Denk einfach nicht mehr dran.

»Achtundvierzig Grad«, schrie jemand zurück.

»So'n *Scheiß*, achtundvierzig. Es ist verdammt heißer als *das*!«

Peter zuckte zusammen, als der stechende Schmerz wieder stärker wurde.

»Celsius«, sagte er, als Perkins zu ihm hochgeschlendert kam, mit blauen Augen unter seinem Filzhut hervorblinzelnd.

»Das sind über einhundert in Fahrenheit, stimmt's?«

»Etwa einhundertzwanzig, um genau zu sein.«

Der Tierpfleger warf ihm einen trüben Blick zu. »Mein Gott, das ist verdammt noch mal zu heiß.«

»Dann sollten wir besser sehen, daß wir weiterkommen, oder?« sagte Peter mit einem raschen Blick auf die Schweine in ihren Käfigen, bevor er sich, als Perkins' Beeper ertönte, zu ihm umwandte.

»Sir, hier steht, man soll Ihnen sagen, daß B angekommen ist«, las Perkins die Nachricht vor. »Können Sie damit was anfangen?«

Der Schmerz in Peters Bauchgegend ließ augenblicklich nach. Zum ersten Mal an diesem Nachmittag spürte er, wie sich sein Herz, seine Eingeweide, sein ganzer Körper entspannten.

»Das ist Beatrice«, sagte er lächelnd, während er sich mit beiden Händen die langen grauen Haare zurückstrich.

»Beatrice, Sir?«

»Meine Frau, noch ein Dr. Jance. Sie wollte sich gern den Test anschauen. Bringen Sie sie hierher, ja, Perkins?«

Perkins runzelte die Stirn und warf einen Blick auf die Tiere.

»Je schneller Sie sie hierherbringen«, brummte Peter, »desto kürzer werden diese Tiere leiden müssen.« Perkins nickte grimmig und machte sich auf den Weg, den Hügel hinunter. Peter nahm noch einmal all seine Kräfte zusammen und wandte seine Aufmerksamkeit wieder den Tieren zu.

Es war nicht einfach. Allein schon der Lärm und der Geruch waren entsetzlich, und er bemühte sich, seine Sinne vor beidem zu verschließen. Die Zeit war knapp und Colonel Oscar Henderson, der für die Finanzen zuständig war, konnte es kaum noch erwarten, dem ganzen verdammten Projekt endlich den Geldhahn abzudrehen. Wolfe selbst hatte ihn gewarnt. In Wolfes Augen gab es seit dem Fall der Mauer keinen einzigen lebenden Politiker mehr, der sich auch nur einen Pfifferling um den militärisch-technologischen Fortschritt scherte – es sei denn, es sicherte ihm seine Wiederwahl.

Peter wußte, daß er recht hatte. Man benötigte einen guten Feind, um die Dinge in Gang zu halten. Natürlich, es gab immer ein paar durchgeknallte Typen, milliardenschwere Terroristen, ein halbes Dutzend milliardenschwere Terroristen, ein halbes Dutzend Verbrecherstaaten mit einem Atomwaffenpotential, das durchaus Anlaß zu Besorgnis gab, ganz zu schweigen von einem chaotischen, paranoiden Rußland. Peter hatte all diese Argumente längst ins Feld geführt. Trotzdem war die Finanzierung seines Projekts ständig gefährdet. Im Grunde genommen war es sogar so, daß die meisten großen Projekte auf dem Stützpunkt – mit Ausnahme der Jungbrunnen-Gesellschaft, die überhaupt nicht auf Waffen ausgerichtet zu sein schien – finanzielle Einschnitte hinnehmen mußten.

Und so wußte Peter, daß er jedes Fünkchen seiner schwindenden Kraft in die Aufgabe stecken mußte, die vor ihm lag – seine Waffe fertigzustellen und den Nachweis zu erbringen, daß sie auch funktionieren konnte. Das war das einzige, was zählte. Nicht das Leben von ein paar Tieren, die ohnehin sterben würden, nicht einmal sein eigenes Leben. Die Arbeit war das einzige, was zählte. Und der Erfolg.

Er ignorierte den dunklen Schmerz, der sich schon wieder wie eine Spirale durch seine Eingeweide bohrte, und sah gebannt zu, wie sein Team ausschwärmte, um Haltestricke zu überprüfen und Entfernungsmesser neu einzustellen. Es waren noch fünfzig Minuten bis zum Countdown, und die Zeit rann ihm durch die Finger, rasant schnell wie Quarks in einem Beschleunigungsmesser. Sein Nobelpreis, seine internationalen Auszeichnungen, das Labor am MIT, das nach ihm benannt war – nichts von alledem zählte jetzt noch, falls es überhaupt je gezählt hatte. Jenseits all der Anerkennung und der Zweifel gab es nichts als die *Idee,* die sich allmählich der Wirklichkeit näherte, dank unermüdlicher Forschungs- und Entwicklungsarbeit, die bis zu diesem Augenblick nicht enden zu wollen schien. In fünfzig Minuten würde der Moment eintreten, an dem sich vielleicht alles verwirklichen würde. Die Idee würde Substanz annehmen. Und wenn es dazu kam, wußte Peter, dann würde die Substanz dieser Idee in absehbarer Zeit die militärische Denkweise insgesamt bestimmen.

Doch der Zeitfaktor – die Notwendigkeit, sich all die Stunden, Monate und Jahre das Gehirn zu zermartern, alles durchzurechnen und durchzuspielen und immer wieder von neuem zu versuchen – machte aus allem ein einziges großes Rennen gegen die eng begrenzte Lebensspanne eines Menschen. Lächerlich geringe Budgets, willkürliche Fristen und Nörgeleien seitens der Armeeführung, die nicht den blassesten Schimmer hatte – all das hatte sich gegen ihn verschworen, gegen seine Arbeit, seinen Traum, seinen Platz in der Wissenschaftsgeschichte. Experimente, die mit einer entsprechenden finanziellen Ausstattung wie am Schnürchen geklappt hätten, wurden Hals über Kopf vom Reißbrett ins Gelände gezerrt und für immer fallengelassen, wenn sie nicht auf Anhieb gelangen. Dieses Verfahren grenzte schon an Wahnsinn, und unterm Strich sah es im Grunde so aus: Wenn der heutige Probelauf fehlschlug, dann war er mitsamt seiner Forschung wertlos, und das letzte Jahrzehnt seines Lebens würde als reinste Zeitverschwendung betrachtet werden.

Der Schmerz biß sich in seinem Bauch fest. Peter knurrte innerlich zurück.

Du bist hier, schwor er sich. Du stehst die Sache jetzt durch, und deine Zweifel soll der Teufel holen!

Er drehte sich zur Seite und pißte gegen eine Yuccapalme, ohne auf den brennenden Schmerz zu achten. Irgendwo hinter ihm blökte ein Schaf so erbärmlich, als würde ihm die Kehle durchgeschnitten. Perkins hatte recht. Es war Zeit, daß sie in die Gänge kamen, sonst würden sie alle noch vor Hitze umkommen.

Südliche Zufahrtsstraße, White Sands

Zehn Meilen südlich von Peters Arbeitsstätte flachte sich die Wüste ab, bis sie an ein Backblech erinnerte, und erstreckte sich, soweit das Auge reichte, im gleißenden Licht ausgedörrt und sandig bis an das Tularos-Becken fern am Horizont. Diese trostlose Mondlandschaft wurde durch eine Fahrspur, die aus zwei Furchen bestand, in der Mitte halbiert, und über diese holperte ein völlig verstaubter Range Rover, aus dem eine Auspuffwolke in die brütend heiße Luft entwich, die selbst eine halbe Meile weiter hinten noch zu erkennen war.

In dem Range Rover befanden sich Peters Frau, Dr. Beatrice Jance, und Dr. Frederick Wolfe, der am Steuer saß. Wolfe war Anfang Siebzig, bleich und hager, mit Haaren wie Stahlwolle, schweren Augenlidern und einem fleischigen Mund, dessen Mundwinkel in einem Ausdruck permanenter Mißbilligung heruntergezogen waren. Seine Chirurgenfinger waren lang und grobknochig, und sein gewaltiger runder Schädel war übersät mit Leberflecken, so groß wie Vierteldollarmünzen. Er hatte das Auftreten eines Mannes, der das Beste erwartet, während er mit dem Schlimmsten rechnet, und bei dem auch schon die leiseste Mißbilligung wie ein Fluch klang. *Nosferatu* war der Spitzname, den ein vorwitziger junger Genetiker ihm gegeben hatte, der nicht länger als eine Woche bei ihm gearbeitet hatte. Der Mann fand sich wenig später als Biologielehrer an einer High-School in Mexiko wieder. Es war besser, gefürchtet zu werden, als geliebt zu werden, wie schon Machiavelli, eines von Wolfes wenigen Idolen, empfahl. Noch besser war es allerdings, sich selbst so bedingungslos und treu zu lieben, daß sich die Frage gar nicht erst stellte.

Und im Grunde genommen lief für Wolfe nach dieser Maxime alles bestens.

Wissenschaftler aus aller Welt hatten sich um dieses unermüdliche Genie geschart, dessen Experimente auf dem Gebiet der Biogenetik so waghalsig und weitreichend waren, daß niemand außer ihm selbst das Ausmaß ihrer Bedeutung ermessen konnte. Und trotzdem spielte Wolfe diese ehrgeizigen Wissenschaftler so geschickt gegeneinander aus, daß er von ihrer Arbeit das Beste bekam, seine eigenen Geheimnisse jedoch für sich selbst und seinen allerengsten Kreis behielt. Eigentlich hatte noch nie jemand, den er in sein Team holen wollte, sein Angebot ausgeschlagen, und niemand, den er einmal mit an Bord genommen hatte, war je freiwillig wieder gegangen.

Beatrice Jance war in dieser Hinsicht keine Ausnahme.

Während er den Range Rover durch den Wüstensand lenkte, beobachtete Wolfe sie aus den Winkeln seiner schwarzen glitzernden Augen. Beatrice war noch immer eine eindrucksvolle Frau – ihr herrliches, aschblondes Haar war schon vor langer Zeit in ein leuchtendes Weiß übergegangen, und ein paar neuentstandene Falten umspielten ihren breiten, blassen Mund, doch ihre sportliche Anmut war noch immer dieselbe, und die sanften grauen Augen blickten erstaunlich lebendig. Doch sein Lächeln hatte sie nie erwidert, nicht ein einziges Mal in der letzten halben Stunde. Natürlich nicht – ihre Gedanken galten mit Sicherheit ausschließlich Peter. Sie sah zu ihm herüber, ertappte ihn dabei, wie er sie ansah, und lächelte, als er den Blick abwandte. Was dieses Lächeln allerdings zu bedeuten hatte, das würde er schon verdammt gern wissen.

»Wenn ich noch mehr Staub schlucken muß«, brüllte sie ihm über den Lärm des Windes hinweg zu, »dann scheiße ich demnächst noch einen Ziegelstein.«

Wolfe zuckte leicht zusammen. Diese lässige, rauhbeinige Art, die sie an den Tag legte, wenn sie vulgär klingen wollte, wirkte etwas abstoßend. Mit Peter war es genau dasselbe. Das Problem bei den beiden war: egal, wie weit sie sich im Rahmen ihrer Arbeit auch voneinander trennen mußten, sie blieben doch stets irgendwie beisammen. Es verblüffte ihn, aber gleichzeitig ärgerte es ihn auch. Es gab so etwas wie eine zu große Nähe. Die beiden lebten von ihren gegenseitigen Zweifeln und Ängsten, wie er vermutete, und das vor allem jetzt, wo Peters Krankheit bedrohlich über ihnen allen schwebte. Es war schon rührend, wie man versucht hatte, Peters Krebserkrankung vor ihm geheimzuhalten, dem einen Mann, dem nie etwas entging, und dem einen Mann, der sie alle retten konnte.

»Dann können wir beide ja von Glück reden, daß wir angekommen sind«, sagte Wolfe, womit er ins Hier und Heute zurückkehrte. Er zog einen Personalausweis aus seiner Tasche und bremste den Rover an einem unkrautüberwucherten Zaun.

Ein Mann trat an ihr Fenster und überprüfte sorgfältig die Papiere. Wolfe beobachtete ihn mit olympischer Ungeduld.

»Sie sind offensichtlich neu hier.«

Der Wachposten, mit einem rundlichen Gesicht und einer Knollennase, ignorierte den vernichtenden Blick, den Wolfe ihm zuwarf. Irgendwo in seiner zivilen Schutzweste knisterte ein Walkie-talkie. Er ignorierte es ebenfalls, bis er Wolfes Ausweis zu Ende überprüft hatte.

»Turnusmäßiger Wechsel nach sechs Monaten«, sagte er schließlich und hielt ihnen seinen eigenen Ausweis entgegen. Wolfe tat ihn mit einer Handbewegung ab. »Wie war D. C., Dr. Wolfe?«

»Belämmert und besoffen«, brummte Wolfe. »Wie immer.«

Der Wachposten äugte unsicher zu Wolfes Beifahrerin hinüber. »Beatrice«, seufzte Wolfe. »Mr. Grünschnabel will deine Papiere ebenfalls sehen.«

Beatrice kramte in ihrem abgegriffenen Lederbeutel und holte ein paar Taschenbücher, ein Asthmaspray, einen wissenschaftlichen Taschenrechner und eine Tube Sonnencreme hervor – alles, nur nicht ihre Papiere.

»Dr. Beatrice Jance«, sagte sie, als sei damit alles geklärt.

Der Wachposten nahm eine deutlich strammere Haltung an.

»Die Frau von Dr. Peter Jance?«

Sie lächelte, völlig unbekümmert. »Zufällig ist *er* auch mit *mir* verheiratet.«

»Ich mein's ernst. Tut mir leid.« Der Wachposten trat einen Schritt zurück und salutierte respektvoll. »Dann wünsche ich Ihnen beiden noch einen schönen Tag«, sagte er und zückte sein Walkie-talkie, um sie anzukündigen. Wolfe bemerkte, wie Beatrice die Augen leicht zusammenkniff, als sie die Automatic sah, die sich der Wachposten unter seiner Weste quer über die Brust geschlungen hatte. Er legte den Gang ein, und innerhalb weniger Sekunden waren der Wachposten, die Hütte und der Tornadozaun aus Natodraht hinter dem Range Rover im Staub verschwunden.

»Peter scheinen sie wirklich alle zu kennen«, meinte Beatrice, die über den Wind hinweg noch immer brüllen mußte.

Wolfe warf einen ausdruckslosen Blick auf sie. War das eben lediglich der schlichte Stolz einer Ehefrau gewesen, oder hatte sie versucht, eine Kerbe in seine Eitelkeit zu hauen?

»Jeder Junge mag Erwachsene, die Sachen in die Luft fliegen lassen«, sagte er mit einem prüfenden Blick auf sie.

»Das muß es sein«, sagte sie.

Ihr Tonfall war völlig neutral, ohne eine Spur von Ironie oder Bedauern. Ihr Engagement für die Sache ist ebenso beeindruckend wie ihre Schönheit, stellte Wolfe fest. Er kam sich so leer vor wie ein Päckchen aufgerauchter Zigaretten und trat das Gaspedal bis zum Anschlag durch.

Zwei Meilen tiefer in der Wüste erreichten Wolfe und Beatrice den Komplex aus Pferchen, Ställen und Wohngebäuden, den Wolfe in den vergangenen fünf Jahren als sein zweites Zuhause bezeichnet hatte. Der Jungbrunnen-Komplex, der mit seiner flachen, langgezogenen Form und seinem nüchtern-bedrohlichen Gepräge eher wie eine Haftanstalt für Wirtschaftskriminelle aussah, war genau genommen eine inoffizielle Einheit des Direktorats *Schlachtfeld und Umgebung*, eines der zahlreichen Forschungslabors der Armee, die rings um White Sands verstreut lagen.

Die Armee hatte erstmals 1946 einen Stützpunkt in White Sands errichtet. In den ersten Jahren hatte die Fernmeldetruppe mit ihrer Radar- und Telekommunikationstechnik dazu beigetragen, daß die im Krieg erbeuteten deutschen V-2-Raketen in der Frühzeit des US-Raumfahrtprogramms für amerikanische Zwecke entsprechend umgerüstet werden konnten. Inzwischen umfaßten ihre Projekte nicht mehr ausschließlich Raketentechnik, sondern reichten über Waffensysteme und -forschung bis hin zu Möglichkeiten der biologischen und chemischen Kriegsführung, die sich Hitlers Baumeister des Todes nicht einmal in ihren kühnsten Träumen hätten vorstellen können.

Peter Jance' Projekt mit dem Codenamen »Hammer«, dessen Zentrum sich fünfzehn Meilen weiter auf demselben Testgelände befand, war ein solches Unternehmen, und hier im Jungbrunnen-Projekt hielt Wolfe die Fäden für das größte aller Geheimnisse in der Hand. Jungbrunnen war ein Projekt, das sowohl in White Sands als auch auf einem zweiten Geheimstützpunkt in der Karibik angesiedelt war. Hier in White Sands hatte man jedoch den jüngsten Durchbruch erreicht, und Wolfe konnte es kaum noch erwarten, Beatrice das Ergebnis vorzuführen.

Er parkte den Wagen, ließ die Schlüssel stecken und nickte einem Mann zu, der in lässiger Haltung unter einer Gruppe dürrer Palmen stand. Als der Wachposten den Projektleiter erkannte, ließ er seine Automatic sinken. Beatrice setzte eine dunkle Sonnenbrille auf, um sich gegen das grelle Licht zu schützen.

»Nicht ganz so hübsch wie auf der Insel«, sagte Wolfe.

»Verflucht heiß hier.« Beatrice schnitt eine Grimasse und spuckte irgend etwas aus, was sich in ihren Mund verirrt hatte. »Nicht einmal das Ungeziefer hält es hier im Freien aus.«

Wolfe stapfte zu einem nahegelegenen Schweinekoben: »Vielleicht ist das der Grund, weshalb die Einheimischen hier so wortkarg sind«, sagte er und starrte gebannt auf ein großes, rosafarbenes Schwein, das im Stroh döste. Es hatte sich auf die Seite gerollt, und auf seiner Haut glänzte noch immer das Kühlwasser, mit dem man es zuletzt benetzt hatte. In seinem Ohr klemmte eine Nummer, und quer über dem Rücken trug es einen dikken Verband.

»Perkins?« rief er irritiert.

Kaum hatte das Schwein Wolfes Stimme wahrgenommen, stemmte es sich mit einem Ruck hoch und schleppte sich auf seinen Koben zu, wobei es ein Paar nutzlose

Hinterbeine nachzog und fortwährend quiekte. Beim Anblick dieses Leids nahm Beatrice' Gesicht einen besorgten Ausdruck an, während Wolfes im selben Augenblick vor Zorn errötete.

»*Perkins!*« brüllte er, und das Schwein stürzte in einem Anfall von Panik der Länge nach hin, so daß es mit dem Verband am Zaun hängenblieb. Der Verband wurde dabei völlig heruntergerissen und legte eine grauenhafte Narbe bloß, die sich quer über sein Rückgrat zog.

»O mein Gott«, sagte Beatrice. »Frederick, wo ist denn hier die Kontrolle?«

»*Perkins!*«

Das Schwein quiekte ein letztes Mal laut auf und quälte sich in seinen Stall. In diesem Augenblick fuhr Perkins in einem staubigen roten Kleintransporter vor. In einer Ecke der Windschutzscheibe klebte eine offizielle Plakette der Security-Kontrolle, doch alles andere an diesem Laster stammte aus dem Jahr 1956. Mit einem breiten Grinsen, das seine Zahnlücken bloßlegte, schwang sich Perkins aus dem Fahrzeug.

»Hey, Dr. Wolfe, haben Sie schon einen Blick auf das Schwein da geworfen?«

»Und wenn schon?« raunzte Wolfe ihn an. »Haben Sie mich etwa deswegen hierherbestellt? Was zum Teufel haben Sie sich eigentlich gedacht?«

Perkins schluckte, und das Grinsen verschwand aus seinem Gesicht. Sein Job – die Gesamtverantwortung für all die Tiere hier in White Sands – war ohnehin bestenfalls undankbar, und er wußte, daß er jetzt, nachdem Dr. Wolfe ausgerechnet zu diesem Komplex zurückgekehrt war, erst recht alle Hände voll zu tun haben würde. »Dieses Schwein da? Aber nein. Das *andere*, das würde Sie interessieren, dachte ich.« Er drehte sich zu einem Schuppen in ihrer Nähe um und gab ein paar quiekende Laute von sich. Wenige Sekunden später tauchte ein zweites Schwein mit einem ähnlichen Verband im Eingang des Schuppens auf.

Aber dieses Tier war anders. Dieses Tier trottete vor sich hin. Zumindest bis es Wolfe sah. Dann raste es plötzlich wie ein wildgewordener Stier in die entgegengesetzte Richtung. Wolfe war fasziniert von der perfekten Beweglichkeit des Tiers. Perkins grinste wieder.

»Ich hatte doch recht, Sie hierherkommen zu lassen, stimmt's?«

»Welche Nummer hatte das Tier?«

»P365.«

Wolfes Stimme senkte sich zu einem leisen Flüstern. »O verflucht.«

Er drehte sich zu Beatrice um. Sie lächelte zum ersten Mal an diesem Nachmittag – ein strahlendes Lächeln.

»Ist das eines von meinen?« fragte sie.

»Das ist es allerdings«, sagte Wolfe und stürzte plötzlich hinter dem Schwein her, als wollte er es für sie zurückholen. Perkins warf einen fragenden Blick auf Beatrice, die das Schwein anstarrte, als sei es ein längst verflossener, verzauberter Liebhaber. Komische Leute, diese Kopfarbeiter, dachte Perkins. Er zuckte mit den Schultern und räusperte sich.

»Es fährt demnächst ein Transport nach Delta Range los, Madam. Doktor Jance sagte, Sie bräuchten vielleicht eine Mitfahrgelegenheit?«

»Und ob«, sagte sie. »Wie geht's denn dem grauhaarigen Monster?«

»Wie darf ich das auffassen, Madam?«

»Ein geballtes Energiebündel?«

»Ja, Madam.« Perkins grinste und hielt die Tür seines

Kleinlasters für sie auf. Weiter hinten hatte Wolfe P365 in die Enge getrieben, um es genauer zu begutachten. Das Schwein kauerte in Wolfes Schatten.

»Wird Dr. Wolfe auch mitkommen?«

Beatrice nickte angespannt. »Ich nehme es an.« Und mit einem angenehm erwartungsvollen Schauder stieg sie in den Lastwagen.

Damals, nach dem Krieg, der alle Kriege beenden sollte, folgten die Jahre, in denen der Tevatron-Collider gebaut wurde, ein Ungetüm in dem nach Fermi benannten Nationalen Beschleunigungslabor in Illinois. Als stärkster Teilchenbeschleuniger der Welt schoß der TC bei Kollisionsenergien von 1,8 Billionen Elektronenvolt Protonen gegen Antiprotonen. Peter hatte den Nachweis dafür erbracht, daß Atome nicht nur aus Protonen und Elektronen bestanden, die um einen Nukleus kreisten – er hatte einen wichtigen Beitrag dazu geleistet, daß die Tür zu einem »Teilchenzoo« von Gluonen, Mesonen und mysteriösen atomaren Staubpartikeln namens Quarks aufgestoßen wurde, während der Rest der Wissenschaft hinterherhinkte.

Aber erst unter der Reagan-Administration fand Peter endlich die verdiente Anerkennung, ohne die Knüppel, die ihm nach Hiroshima in den Weg geworfen wurden, und die Zweifel, die nach dem Zusammenbruch des Kommunismus zunächst laut wurden. Er hatte alles entwickelt, von einfachen Bordgeschützen bis hin zu Ultraschallwaffen, die innerhalb der entsprechenden Reichweite die Augen und Innenohren eines jeden Soldaten zum Schmelzen bringen konnten. Die Probleme, die inzwischen auftraten, waren technischer, nicht bürokratischer Natur – es ging um Fragen der Größe und des

Energiebedarfs. Jede seiner Konstruktionen besaß ein gewaltiges Ausmaß, war enorm kostspielig und verbrauchte etwa soviel Energie wie ganz Manhattan im Monat Juli. Ein einziger Schuß aus diesen Waffen, das war alles, was man hatte – es dauerte sechs bis acht Stunden, bis man mit ihnen erneut feuern konnte. Keine von ihnen konnte man im tatsächlichen Kampf einsetzen.

Bis der »Hammer« kam.

Dieser Prototyp einer Waffe versprach wirkungsvoll und tödlich zugleich zu sein. Peter war eine phänomenale Miniaturausgabe davon gelungen, indem er ihre gesamte Hardware und all ihre Algorithmen in Nanotechnologie nachbaute. Diese Waffe enthielt technische Vorrichtungen, die in den Magen einer Stechmücke passen würden, Schaltungen, die man nur unter einem Elektronenmikroskop erkennen konnte, Linsen, die sich aus einzelnen Atomen zusammensetzten. Und was noch beeindruckender war: Es war ihm gelungen, den Energieverbrauch extrem niedrig zu halten, indem er eine Verbindung zwischen der Waffe und einem Top-Secret-Satelliten herstellte. Dieser Satellit stellte den massiven Energiestrom zur Verfügung, indem er ihn mittels riesiger Kollektoren direkt vom Solarwind holte.

Wenn die Waffe funktionierte, dann würde es innerhalb der nächsten vier Jahre vierundzwanzig solcher Satelliten im All geben, alle geostationär, wobei mindestens zwei von ihnen von einer Bodenkontrolle aus erreichbar sein mußten, wo auch immer in der Welt sich diese befand. Wenn es eintausend dieser Bodeneinheiten gab, dann konnte kein Verbrecherstaat und kein aufstrebender Diktator der tödlichen Schlagkraft der Waffe standhalten, und das wußte die Armee.

Falls es funktionierte. Falls er das verdammte Ding

stabilisieren konnte. Eine Energielenkwaffe wie diese feuerte keine Kugeln oder Granaten ab, sondern Partikelstrahlen. Diese wurden produziert, indem negative Ionen auf ungeheure Geschwindigkeiten beschleunigt wurden, bevor man ihnen dann, in der letzten Nanosekunde, ihr zusätzliches Elektron entriß – und auf diese Weise einen Lithium-Ionen-Strahl von 30 Millionen Watt und 5 Millionen Ampere schuf, der 100 Billionen Watt pro Quadratzentimeter genau auf das Ziel richtete.

Aufgrund dieser ungeheuren Schlagkraft war der »Hammer« ein wenig launisch. Aber er besaß ein phantastisches Potential für eine saubere Tötungseffizienz. Bis vor kurzem hatte Peter diese Waffe noch geliebt wie ein stolzer Vater.

Und wenn sie funktioniert, dann werde ich sie auch wieder lieben, dachte er reumütig, während er ein unwillkürliches Aufstöhnen unterdrückte – der Schmerz in seinen Eingeweiden schien sich mit jedem Ticken der Uhr zu verschlimmern.

Peter warf einen letzten Blick auf den Apparat, klappte die Verschalung zu und wandte sich zu Alex Davies um, der jede seiner Bewegungen mit einem unergründlichen Lächeln verfolgt hatte. Hatte Alex etwa eine Spur von Unsicherheit bei ihm bemerkt? Und wenn ja, was zum Teufel gab es da zu lächeln?

»Gehen wir in den Bunker«, sagte er.

Blockhaus A, eine ganze Meile von der Erfindung entfernt und noch einmal so weit von den Tieren, die ihnen als Zielscheibe dienten, war ein dunkler Betonbunker, dessen Kontrollraum für die Abfeuerung mit rund drei Meter dicken Wänden ausgestattet war. Das Dach, eine neun Meter dicke Stahlbetonschicht, hatte man in den vierziger Jahren entworfen, um der Schlagkraft großer Raketen wie beispielsweise der V-2 standhalten zu können, die mit einer Geschwindigkeit von 2000 Meilen pro Stunde aus einer Höhe von 100 Meilen abgeworfen wurden. Den Bunker, der mit seiner modrig-feuchten Luft etwa so gemütlich war wie ein Mausoleum, hatte man 1945 für das Manhattan-Projekt benutzt. Der abbröckelnde Beton war mit Graffitisprüchen bemalt, die zum Großteil von jungen Physikern stammten, deren Namen inzwischen jedes Kind kannte. *Wenn du nicht Teil der Lösung bist,* hatte Feynman in den sechziger Jahren geschrieben, *dann bist du Teil des Präzipitats.* Und einen von Peters Lieblingssprüchen, der von Einstein selbst stammte, hatte irgendein Unbekannter an die Wand geschrieben: *Relativ betrachtet, wann hält München an diesem Zug?*

Eine Hupe ertönte.

Die letzten Beobachter strömten herein, unter ihnen auch Peters Armeeschatten, Colonel Henderson – der herzlose Henderson, wie er bei Freund und Feind gleichermaßen hieß –, wobei Peter von vornherein der letzteren Kategorie zugerechnet wurde. Henderson war ein ausgesprochen muskulöser, glattrasierter Mann in den Fünfzigern. Zwischen seinen Zähnen steckte stets eine nicht angezündete H. Upmann Corona Major, und er besaß humorlose dunkle Augen, die er in einem fort zusammenkniff, als würde er eine Zahlenreihe betrachten, die falsch addiert war. In diesem Augenblick wies er mit einer Handbewegung auf den Monitor, auf dem man die Tiere auf dem Hügel erkennen konnte, und entwarf für ein halbes Dutzend hochrangiger Besucher ein Szenario. Peter saß neben ihm und wartete auf seinen Auftritt.

»Was wir hier haben«, erläuterte Henderson, »ist eine

Angriffslinie von dreihundert feindlichen Truppen – sagen wir der Einfachheit halber Iraker. Sie stehen kurz vor einem talwärts gerichteten Vorstoß, um eine amerikanische Vorhut zu umzingeln, die von jeglicher militärischer Unterstützung abgeschnitten ist. Richtig, Dr. Jance?«

»Es ist Ihr Film«, bemerkte Peter ohne jede Begeisterung. Wo zum Teufel steckte Beatrice?

»Und hier drüben«, fuhr Dr. Henderson fort und ging zum nächsten Bildschirm über, auf dem die Waffe im gleißenden Wüstenlicht schwärzlich schimmerte, »haben wir den ›Hammer‹. Mit Tausenden von Mitarbeitern und Milliarden von Dollar hergestellt – da sollten wir doch ein Ergebnis erwarten dürfen, mit dem wir alle zufrieden sein können, meinen Sie nicht auch, Doktor?«

Peter wich Hendersons boshaft-skeptischem Blick aus und sah zur Tür hinüber – es schien noch jemand zu kommen. Als er Frederick Wolfe eintreten sah, ging Peter vor Enttäuschung ein leiser Stich durchs Herz. »Schön, daß du kommen konntest, Freddy«, sagte er.

»Das würde ich mir doch auf keinen Fall nehmen lassen«, sagte Wolfe in gönnerhaftem Tonfall und versenkte seine hochgewachsene Gestalt in einem Stuhl, den man für ihn reserviert hatte. Er nickte Alex zu, der sich beim Eintreten seines Großvaters unauffällig in eine Ecke des Bunkers zurückgezogen hatte. »Aber bist du dir wirklich sicher, daß du Alex hier mit dabeihaben willst? Es sind schon Tastaturen in die Luft geflogen, wenn er sie nur berührt hat.« Wolfe lachte als einziger laut auf, womit er die finsteren Blicke der anderen Crewmitglieder auf sich zog. Seine Angewohnheit, sich über Alex lustig zu machen, wurde von allen anderen im Team als störend empfunden und auch übelgenommen. Peter beobachtete, wie Wolfe Alex kurz über den Kopf tätschelte – und dann vergaß er die beiden, als die Tür erneut aufging und er das Gesicht erblickte, nach dem er sich so lange gesehnt hatte – seit Jahren, wie es ihm vorkam, obwohl er und Beatrice lediglich einen Monat voneinander getrennt gewesen waren. Er streckte ihr die Hand entgegen, und Beatrice ergriff sie und hob ihr Gesicht für einen hauchzarten Kuß zu seinem hoch.

»Ich dachte schon, ich müßte das alles ohne dich durchziehen«, sagte er.

»Aber niemals«, sagte sie. Sie wußte seine Besorgnis gleich richtig einzuschätzen und schenkte ihm den Blick, den sie ihm schon so oft geschenkt hatte: *Du bist wunderbar, was immer auch geschieht.* Sein Herz hüpfte vor Freude, und der Schmerz in seinem Bauch ließ augenblicklich nach. »Es gab eine angenehme Überraschung beim Jungbrunnen-Komplex«, sagte sie lächelnd. »Einen kleinen Durchbruch.«

»Einen guten?« fragte er höflich. Im Lauf des letzten Jahres hatten ihn seine eigenen Versuche und gelegentlichen Zweifel so sehr in Atem gehalten, daß er kaum noch mitverfolgt hatte, in welche Richtung sich die Forschungsarbeit seiner Frau eigentlich entwickelte.

»Keinen schlechten. Wie fühlst du dich?«

»Besser«, log er. »*Viel* besser.«

»Peter?«

»*Ehrlich.* Den ganzen Tag noch keine Krämpfe.« Er küßte sie noch einmal. Jede gute Ehe, das war einer seiner Lieblingssprüche, basierte auf Angst. In seinem Fall war es nicht die Angst, Beatrice' Liebe zu verlieren – das war für ihn … undenkbar –, sondern die Angst, ihr Sorge oder Schmerzen zu bereiten. »Was hast du gesehen?« fragte er. »Eines von den Schafen?«

»Ein Schwein.«

»Und sah es vielversprechend aus?«

»Sehr. Sehr vielversprechend. Hör zu, wir unterhalten uns später darüber. Ich will dir schließlich nicht die Schau stehlen«, sagte sie, ohne es wirklich zu meinen. Als ob ich das könnte, lautete die zärtliche, unausgesprochene Botschaft in ihren klaren grauen Augen. Er fühlte einen Kloß im Hals. Wenn der Ausdruck »in guten wie in schlechten Zeiten« je konkrete Bedeutung hatte, dann im Hinblick auf Beatrice' unerschütterliche Hingabe an ihn und seine Arbeit. Seit fünfzig Jahren waren sie verheiratet. Und wenn man, wie Peter manchmal witzelte, auch noch berücksichtigte, daß sie beide intensiv an ihrer wissenschaftlichen Forschung arbeiteten, dann hätte man eigentlich allein schon deswegen eine Tafel an ihrer Straßenecke anbringen müssen. Doch während Peters Verdienste bereits auf vier Seiten in der *Britannica* gewürdigt wurden, war Beatrice' herausragende Leistung auf dem Gebiet der Neurobiologie bislang lediglich den engsten Kreisen ihres Fachgebiets ein Begriff. Peter leitete sein eigenes Projekt; Beatrice arbeitete anonym für Frederick Wolfe. Und nicht ein einziges Mal – das erstaunte ihn immer wieder – hatte sie sich beklagt. »Hals- und Beinbruch«, sagte sie und küßte ihn noch einmal.

»Na, nun kommt schon zum Schluß, ihr beiden«, sagte Wolfe, der von hinten an sie herantrat. Er verzog den Mund zu einem Lächeln. »Zeit, die Welt für die Demokratie zu retten.«

Peter ging mit seinem Team die wichtigsten Punkte noch einmal durch. Sie saßen in den Startlöchern.

»Die Verbindung zu dem Vogel ist hergestellt und steht«, sagte Cap Chu, wobei seine Stimme, die so sehr nach Peter klang, dumpf vom Betonboden widerhallte.

»Wir sind bei Null minus dreißig Sekunden, und der Countdown läuft.«

Stille legte sich über den Raum.

Peter überprüfte die Instrumente. Alles lief wie am Schnürchen. Er wünschte sich zutiefst, er könnte dasselbe auch von seinen Körperfunktionen behaupten – im Augenblick stach der Schmerz von der Bauchgegend nach oben, und zehn Sekunden später, als er spürte, wie sich der Raum um ihn drehte, merkte er, wie er unwillkürlich seine Hand nach Beatrice ausstreckte.

Und dann wurde die Waffe abgefeuert.

Der Krach des Impulses war selbst durch die drei Meter dicke Stahlbetonschicht noch zu vernehmen – ein tiefes, elektrisches Hämmern, das mit einem donnernden Energieschlag seinen Höhepunkt erreichte. Die Bildschirme, die das Testgelände zeigten, verfärbten sich vor Hitze weißlich.

Alles in Ordnung, dachte Peter, während Beatrice ihre Fingernägel in seine Handfläche krallte. Das war zu erwarten, sagte er sich, und Beatrice lockerte ihren Griff.

Was nicht zu erwarten war, das war die Explosion, die danach folgte – ein gewaltiger, durchdringender Knall gegen den Bunker, durch den sie auf einmal alle ins Taumeln kamen. Jedes der roten Lichter auf den Schalttafeln blinkte auf; alles, was nicht niet- und nagelfest war, flog quer durch die Luft, und die Druckwelle, die eine Sekunde später folgte, klatschte die Kleidungsstücke an die Körper der Anwesenden und klirrte ihnen in den Ohren.

»Keiner rührt sich, bis die Entwarnung kommt«, brüllte Chu, während er sich schwankend zurück zur Schalttafel bewegte.

Die Bilder auf den Monitoren kehrten zurück, und die Darstellung des Hügels, der das Ziel gewesen war, bot den grauenhaftesten Anblick, den man sich vorstellen konnte.

Überall, wo ein Tier gestanden hatte, war nun ein Leuchtfeuer aus Gewebe, Fett und Knochen.

Es gab nichts, was an Leben auch nur erinnerte. Nirgends.

Oscar Henderson grölte begeistert auf.

»Haben Sie *das* mitgekriegt? *Allmächtiger Gott!*«

Peter, der um Atem rang, rappelte sich mühsam hoch. Ein paar der hohen Besucher klatschten Beifall und klopften sich gegenseitig auf die Schulter, doch vor allem hatte sich eine ehrfürchtige Stille über den Bunker gelegt. Mit einer solchen Schlagkraft hatte niemand gerechnet.

»Ach du Scheiße«, flüsterte Alex – immer und immer wieder, wie ein Mantra. Beatrice, die wie alle anderen sprachlos vor Verblüffung war, starrte nun ihren Mann an, und eine unbestimmte Angst stieg in ihrer Kehle hoch. Peters Gesicht war aschfahl.

»Peter?«

»Mit mir ist alles in Ordnung.« Er trat an den Monitor und besah sich das Chaos bei Punkt Null. Cap Chu äugte unsicher zu ihm hinüber und schüttelte den Kopf.

»Was war das denn für eine Explosion, Dr. Jance, so weit hörbar? Ich dachte, das sollte alles irgendwie still und heimlich ablaufen, oder nicht?«

Unter Schmerzen holte Peter einmal tief Luft. Er mußte nicht erst hinsehen, um Bescheid zu wissen. »Wir hatten doch eine Kamera an der Waffe, oder?«

Chu nickte und drückte auf den Schalter.

Auf dem Bildschirm war nichts als Schneegestöber.

»Was ist?« fragte Colonel Henderson, als Peter an ihm vorbei zur Tür schoß.

Draußen war die in der Wüste übliche Hochofentemperatur noch einmal kräftig in die Höhe geschnellt und hatte sich in eine grauenerregende Art urzeitlicher Hitze verwandelt. Auf dem Hügel schwelten die Feuer inzwischen ihrem Ende entgegen, Hunderte schwarzer Rauchfahnen, die zu einer einzigen dunklen Schicht aufstiegen.

Peter zwang sich zu einem Blick in die Richtung, in der einmal die Waffe gestanden hatte.

Er sah einen Krater aus verbogenem Metall und lodernden Flammen. Sonst nichts.

Er wandte sich ab und erblickte Henderson, der schnaufend auf ihn zukam.

»Na ja«, brummte Peter mürrisch, »wir könnten immer noch versuchen, sie an die polnische Armee zu verschleudern. Ziel auf deinen Feind und laß dir dabei selbst den Kopf wegpusten.«

»Aber Sie sind doch so nah dran, verdammt noch mal!« entgegnete Henderson hellauf begeistert. »Ich meine, sehen Sie sich doch bloß mal die Ziele an.«

Henderson starrte völlig verzückt auf den schwelenden Hügel, auf dem es vor wenigen Minuten noch vor Tieren gewimmelt hatte.

»Wissen Sie denn, was schiefgegangen ist?«

»Die Waffe ist explodiert«, sagte Peter.

Henderson ließ sich einfach nichts von seiner guten Laune nehmen. »Aber wissen Sie auch warum?«

»Ja, ich weiß warum«, entgegnete Peter wütend. »Weil wir alles überstürzt haben. Weil wir nicht genügend Tests durchgeführt haben. Weil wir, wenn wir die Frist verschoben hätten, wie wir es hätten tun sollen, unser Budget um drei Millionen überschritten hätten. Sie haben abgelehnt. Ich dachte, vielleicht haben wir Glück. Aber offenbar hatten wir keines.«

Henderson warf einen Blick auf den schwelenden Trichter an der Stelle, an der bis vor kurzem noch die Waffe gestanden hatte.

»Wir haben doch noch eine von dieser Art auf Lager, oder nicht?«

»Im Bau befindlich. Die Finanzierung wurde von Ihrer Stelle gestoppt, glaube ich.«

Hendersons plumpe Züge verzerrten sich zu einem Grinsen. »Das war, bevor Sie eine gesamte Division auf eineinhalb Kilometer Entfernung zerstäuben konnten.« Er legte einen kräftigen Arm um Peters knochige Schultern. »Wenn Sie irgendeine Idee haben, wie Sie das nächste Ding flottmachen können, bei Gott, dann werden Sie morgen früh das zweite Exemplar in Angriff nehmen.«

»Wir haben nur ein Problem dabei«, sagte Peter. »Wir sind pleite.«

»Ich werde mich darum kümmern, daß Sie Ihr Geld kriegen, keine Sorge. Mit einem Anruf ist das alles erledigt.« Henderson kicherte vergnügt vor sich hin, während er davonstapfte, vorbei an Beatrice, die im Eingang des Bunkers stand. »Sie können verdammt stolz auf Ihren Alten sein«, sagte Henderson, während er an ihr vorbei in den Bunker ging.

»Oh, das bin ich auch«, sagte Beatrice, lächelte und streckte tapfer die Arme nach ihrem Mann aus, als hätte Peter eben einen Touchdown geschafft. Sie sagte irgend etwas, und Peter gab sich alle Mühe zu verstehen, was es war, aber alles um ihn herum wurde auf einmal in einen schwarzen Strudel tief in seinem Kopf gerissen, und das laute Rauschen übertönte jedes ihrer Worte.

Im nächsten Augenblick fiel er wie mit der Axt gefällt um.

3

St. Moritz, Schweiz

»Lizzy, im Augenblick gefällst du mir überhaupt nicht. Und ich kann mir nicht vorstellen, daß deine Arbeit nicht leidet.«

»Die Agentur ist zufrieden – niemand beklagt sich«, sagte Elizabeth, während sie auf den See hinausblickte, auf dem sich das Wasser in einer herbstlichen Brise kräuselte. Der Winter kündigte sich bereits an, und die Pappeln, die den Blick auf den St. Moritzer See umsäumten, hatten sich in leuchtendes Blutrot und Gold gehüllt – pergamentartige Blätter wehten über den Tisch des Straßencafés, in dem Elizabeth Parker und Annie Rodino bei einem späten Mittagessen saßen.

»Aber dein Haar gefällt mir sehr gut«, sagte Annie.

»Tatsächlich? Im Moment ist es irgendwie nichts Halbes und nichts Ganzes.« Sie zupfte es mit einer Hand zurecht. Ihr Haar war so lang wie schon seit Monaten nicht mehr, und allmählich nahm es wieder sein natürliches Blond an, nachdem sie es für einen Auftrag von Lancôme blauschwarz gefärbt hatte. Hatte Hans sie je mit schwarzem Haar gesehen? Sie konnte sich nicht erinnern – sie konnte an nichts denken als daran, daß sie schon seit zwei Wochen nichts mehr von ihm gehört hatte, und daß sie den ganzen Nachmittag das seltsame Gefühl gehabt hatte, er würde anrufen und sich entschuldigen. Aber er hatte es nicht getan.

»Der Bursche ist nicht gut für dich«, erklärte Annie. Sie war zehn Zentimeter kleiner als Elizabeth und fünf Kilo schwerer, mit rotbraunen Locken, Sommersprossen und plumpen kleinen Händen, die ständig in Bewegung waren.

Elizabeth nickte. »Stimmt. Aber manchmal denke ich auch, daß er das Beste ist, was mir je passiert ist.«

»Da machst du dir etwas vor.«

»Meinetwegen«, sagte Elizabeth taktvoll. Sie wußte, daß Annie, ihre älteste Freundin überhaupt, sie gern als die Verletzliche, das Opferlamm sah. Im allgemeinen fand Elizabeth diese Ansicht einfach lachhaft, aber in letzter Zeit schien Annie damit irgendwie ins Schwarze zu treffen. »Du denkst, ich brauche jemanden, der sich um mich kümmert, stimmt's?«

»Das ist ja nichts Neues«, sagte Annie und nippte an ihrem Campari. Im Grunde genommen hatten sich die beiden Freundinnen nicht mehr aus den Augen gelassen, seit sie sich vor acht Jahren in Paris kennengelernt hatten. Sechs Jahre zuvor hatte Elizabeth ihren Vater durch einen schweren Herzinfarkt verloren. Ihre Mutter brach damals völlig zusammen, und bei ihr selbst regte sich das Fernweh. Sie hatte für ein Abenteuer in Europa aufs College verzichtet. In ihrer ersten Woche im Ausland hatte sie Annie kennengelernt, und innerhalb von acht Tagen waren die beiden Mädchen unzertrennliche Freundinnen geworden. Beide fanden Arbeit in der florierenden Modewelt – Elizabeth als Model und Annie als Auszubildende bei einem Designer für Sportbekleidung. Beiden war es sehr gut ergangen, sowohl beruflich als auch gesellschaftlich. Elizabeth hatte etliche Verehrer, mitsamt den entsprechenden Angeboten für ein seßhaftes Leben. Aber es war Annie gewesen, die einen drolligen Schweizer Investor namens Roland geheiratet hatte, der nach Mailand gekommen war, um einen Blick auf die brandaktuelle Kollektion zu werfen, die Annie – inzwischen nach eigenen Entwürfen – angefertigt hatte.

Annie war Roland nach Zürich gefolgt, aber die beiden Freundinnen pflegten ihre Freundschaft gewissenhaft und besuchten sich so oft wie möglich, vor allem wenn Elizabeth – wie es nach Annies nüchterner Einschätzung genau jetzt der Fall war – offenbar vom Kurs abkam.

»Lizzy«, sagte Annie zwischen zwei Bissen Omelett, »dieser Mann ist bekannt dafür, daß er Models anbaggert. Du könntest jede beliebige sein, solange du nur umwerfend aussiehst. Was du natürlich tust, du Miststück.«

Elizabeth wußte, daß sie eigentlich lachen sollte, aber sie konnte es nicht.

»Ich bin mir nicht sicher«, sagte sie unbestimmt. »Er sagt, das Schicksal hat uns füreinander bestimmt.«

Annie warf ihr einen Blick zu und lachte laut auf.

»Ich würde ja auch darüber lachen, wenn ich nicht genau dasselbe empfinden würde«, sagte Lizzy.

»Was das Schicksal für dich bestimmt hat, ist, daß du immer den Laufpaß bekommst«, sagte Annie und warnte sie mit einem Finger, wie eine Mutter ihr Kind, das zu nah an einem heißen Herd steht. »Willst du meine Theorie hören, warum du so empfänglich dafür bist? Dein Vater starb, als du noch klein warst, stimmt's?«

Da haben wir's schon wieder, dachte Elizabeth. »Elf ist nicht so klein.«

»Es ist vorpubertär, das meine ich damit. Du warst völlig vernarrt in deinen Vater, und er starb, bevor du ins rebellische Alter kamst – nein, hör mir zu –, und jetzt siehst du die Männer durch eine rosarote Brille –«

»Nicht die Männer. *Diesen* Mann.«

»Nicht nur das, sondern du warst der Augapfel deines Vaters. Hast du mir nicht selbst einmal erzählt, daß deine Mutter eifersüchtig auf dich war? Daß sie gesagt hat, du würdest es nie weiter bringen als bis zur Werbung für Damenunterwäsche?«

»Meine Mom war eben eine Pessimistin. Eltern machen sich immer Sorgen – und sie hatte selbst nie ihr eigenes Geld, keine Karriere, keine höhere Ausbildung –«

»Bei deinem Grips hätte sie dafür sorgen sollen, daß du aufs College gehst. Weißt du noch, du hast mir doch mal erzählt, daß du Ärztin werden wolltest – damals, als du auf der Yacht diesen einen Mann wiederbelebt hast?«

»Ich wollte Ärztin werden, als ich sechs Jahre alt war. Wirklich, Annie, was soll denn das alles?«

»Er ist verheiratet«, sagte Annie knapp. »Verheiratete Männer kehren zu ihren Ehefrauen zurück.«

»Er hat sie nie verlassen. Sie sind noch immer zusammen. Es ist eine Geschäftsbeziehung.«

»Lizzy«, stöhnte Annie, »erspar mir das.«

Elizabeth setzte sich aufrecht hin. »Na schön, wenn wir schon bei einem Psychologie-Grundkurs sind, versuchen wir's doch mal damit: Hans war auf dem College ein As in Mathe, klar? Er wollte ein großer Wissenschaftler werden – Plasmaphysik, irgendwas in der Richtung. Aber dann, noch während seines Studiums, mischt er irgendwann ein bißchen an der Börse mit, und bald sahnt er bei irgendwelchen Technologiedingern richtig dick ab. Er bricht sein Studium ab und geht in die Finanzen und wird dort ein echter Senkrechtstarter. Aber im Grunde genommen gehört er gar nicht in diese alte Welt des Geldes, in die er da hineingeschlittert ist. Und dann lernt er diese Frau kennen, diese Yvette, die alle möglichen Verbindungen und einen Vater in der Hochfinanz hat. Er schließt einen kleinen Kompromiß mit seinem Herzen und heiratet sie. Ich meine, ich will nicht sagen, daß da nicht auch eine gewisse Anziehung bestand, anfangs, aber ...«

Sie brach ab, als ihr auf einmal die Erinnerung an ihr letztes Zusammensein durch den Kopf schoß. Wie sie sich liebten, wie er sie danach ignorierte, wie er ängstlich aus dem Fenster schaute, als ob ihn unten von der Straße jemand beobachtete.

»Ich meine, Hans ist ein Genie, aber in seiner ganz eigenen Art – nicht in der Art, die er sich ursprünglich erhofft hatte. Und deswegen fühlt er sich jetzt ein bißchen frustriert.«

»Bitte.«

»Eigentlich will er Gutes tun. Ich glaube, im Grunde seines Herzens ist er ein Umweltschützer.« Sie versuchte es mit einem Lächeln. Annie nahm es ihr nicht ab.

»Also wirklich, Lizzy – wenn du das glaubst, dann muß ich dir wirklich die Augen öffnen. Du nimmst ihn ständig in Schutz, dabei hast du doch etwas weitaus Besseres verdient. Du bist eine wunderbare, intelligente, attraktive, großherzige Frau –«

»Jetzt hör mal auf mit diesem Blödsinn.«

»*Du* machst Blödsinn. Du hast eine große Seele, und du läßt sie dir verderben.«

Elizabeth verzog das Gesicht. »Wenn du mir jetzt mit diesem New-Age-Kram kommst, dann geht mir wirklich der Hut hoch. Wenn ich die Wahl habe, dann ist mir dein Psychogeschwafel von vorhin immer noch lieber als das jetzt.«

»Das werte ich als Zeichen, daß ich recht habe«, sagte Annie zufrieden. »Ich glaube, du hast schon einmal gelebt – du wurdest selbstbewußt geboren. Und deswegen ergibt diese Sache mit Hans einfach keinen Sinn.«

Elizabeth warf verzweifelt die Hände in die Luft. »Na schön, wenn du weiterhin darauf beharrst, unsinniges Zeug zu schwafeln, dann habe ich eben eine große Seele, und Hans auch, okay? Wahrscheinlich besteht deswegen diese Verbindung zwischen uns. Großartiger Sex und große Seelen – das ist doch eine Partie, zu der der Himmel seinen Segen gegeben hat.«

»Du bist verrückt.«

Elizabeth grinste. Im Augenblick konnte sie sich diesem Urteil durchaus anschließen. »Soll Liebe denn nicht ein wenig verrückt sein?«

»Ein *wenig*. Sagen wir, du bist auf der *Titanic* und hältst einen Gin Tonic in der Hand. Das Eis in deinem Drink, das ist *wenig*. Das Eis auf dem Eisberg, der genau auf dich zukommt, das ist *nicht* wenig. Begreifst du den Unterschied?«

Elizabeth schwieg. Dann hörte man am Tisch ein Handy klingeln. Beide Frauen griffen nach ihren Handtaschen. »Das ist meines«, sagte Elizabeth, und erwartungsvoll fügte sie hinzu: »Es ist Hans.«

Sie klappte das Handy auf. Sie konnte sofort hören, daß er in seinem Wagen saß, und er entschuldigte sich überschwenglich, bevor sie auch nur ein Wort sagen konnte. »Ich hatte verdammt viel zu tun«, sagte er. »Nächste Woche, versprochen. Wir fliegen wieder mit dem Learjet hoch. Das hat dir doch so gut gefallen. Oder wir fahren raus auf den Schießstand.«

»Nein«, sagte Elizabeth mit einem Blick auf Annie, die sie mit ernster Miene ansah.

»Was meinst du damit, nein?«

»Ich werde dich nicht mehr wiedersehen«, sagte Elizabeth. Annie reckte begeistert eine Faust in die Luft.

»Was meinst du damit?«

»Ich weiß nicht, was ich damit meine.« Das war die Wahrheit – sie hatte unüberlegt gesprochen, und was dabei herausgekommen war, hatte entsetzlich endgültig und völlig falsch geklungen.

»Du machst dir Sorgen um mich. Bitte nicht.«

Doch mit diesen Worten erreichte er nur genau das Gegenteil von dem, was er wollte. Im nächsten Augenblick machte sich Elizabeth tatsächlich große Sorgen und fragte sich, worüber er sich wohl Sorgen machte. »Es ist wegen Yvette«, sagte er, bevor sie die Frage laut stellen konnte.

»Was ist mit Yvette?«

»Ich habe das Gefühl, sie läßt mich vielleicht verfolgen. Hey, Leute, wenn ihr jetzt zuhört«, sagte er laut, »ich bin euch schon auf der Spur.« Und dann fügte er rasch hinzu: »War nur 'n Witz, Elizabeth.«

»Ach ja? Es klang aber nicht danach.«

»Ich wollte dich nicht damit belasten. Es ist nur diese blöde Paranoia.«

Sie spürte, wie ihr ein Schauder über den Rücken lief, und hörte sich selbst sagen: »Hans, ich glaube, ich bin hier die Last. Mach's gut, ja?«

»Elizabeth? Es tut mir leid.«

»Mach's gut, Hans«, sagte sie und brach die Verbindung ab. Annie berührte ihre Hand, fast schüchtern, fast so, als hätte sie nicht gewollt, daß Elizabeth all dies durchmachen mußte.

»Alles in Ordnung mit dir?«

Elizabeth nickte. Sie sah sich um, während ihre Stimmung auf einen Tiefpunkt sank. Die Plätze im Café hatten sich gelichtet. Es war kurz vor Sonnenuntergang, und Nebel stieg aus dem See empor. Möwen und Enten ließen sich zwischen verankerten Booten platschend auf dem Wasser nieder, und die letzte Fähre machte am Kai fest. Und auf einmal wollte Elizabeth nur noch zu Hause sein.

»Du hast das Richtige getan«, sagte Annie.

»Ich weiß«, log sie.

»Das mußt du dir immer wieder sagen, okay?«

»Okay.«

»Versprochen?«

»Versprochen«, sagte Elizabeth. In diesem Augenblick meinte sie, was sie sagte, und glaubte daran. Felsenfest. Doch wie lange dieser Entschluß anhalten würde – Jahre, Monate oder Minuten –, davon hatte sie selbst nicht die leiseste Ahnung.

White Sands – Der Jungbrunnen-Komplex

Vor der gesichtslosen, langgestreckten Anlage mit den Regierungsgebäuden lag eine Schneeschicht auf den Mesquitesträuchern. Die Wachposten zogen die Reißverschlüsse ihrer Parkas hoch und kauerten sich näher an die Flammen, die aus den leeren 200-Liter-Fässern hochschlugen, die in der Umgebung verstreut standen. An diesem Tag war die Security im Jungbrunnen-Komplex so stark wie noch nie, ebenso das Aufgebot an Fahrzeugen – Humvee-Jeeps, Avis- und Hertz-Geländewagen mit Allradantrieb und sogar ein schlammverschmierter Lincoln-Town-Car und ein Cobra-Helikopter der Armee, dessen Plexiglaskuppel in schützende Zeltbahnen gehüllt war.

Im größten Jungbrunnen-Bau, im größten Besprechungszimmer hielt Frederick Wolfe in einem weißen Laborkittel hof, während sich seine spinnenartige Silhouette im Halbdunkel der flackernden Bildschirme hin und her bewegte. Vor ihm saßen ein halbes Dutzend hoher Wissenschaftler mit noch höherer Sicherheitsstufe und noch einmal so viele Offiziere des Militärs, von denen aber bis auf Oscar Henderson keiner Uniform trug.

»Wie wir alle wissen«, sagte Wolfe in einem so ruhigen, so völlig emotionslosen Tonfall, daß ein Frosthauch durch den Raum wehte, »kommt man ohne die Kunst, eine durchtrennte Wirbelsäule wieder zusammenzufügen, überhaupt nicht weiter. Das war stets das Hindernis, unüberwindlich, unbezwingbar. Das ist der erste Schritt, der uns gelingen mußte – eine vollständige Durchtrennung der menschlichen Wirbelsäule rückgängig zu machen.«

Er richtete seinen Laser-Zeigestock auf einen hochauflösenden Großbildschirm, auf dem eine betäubte weiße Ratte in einer klinischen Großaufnahme zu erkennen war. Mit einem raschen Schnitt wurde ihr rasierter Rükken geöffnet, so daß die Wirbelsäule vom Schwanz bis zu den Schultern sichtbar wurde. Eine Operationsschere glitt unter den weißlichen Strang aus Nerven und Knochen, und die Wirbelsäule wurde kurzerhand in zwei Teile geschnitten. Einige der Männer, selbst die kampfgestählten unter ihnen, zuckten merklich zusammen. Hendersons tiefliegende Augen leuchteten erwartungsvoll auf.

Nicht weit von ihm entfernt stand Beatrice im Schatten und sah auf den Bildschirm, ohne auch nur einen Muskel zu bewegen. Weder wandte sie den Blick ab, noch zuckte sie zusammen, trotz des Schwalls von Blut und Körpersäften. In ihren fünf Jahrzehnten als Neurobiologin hatte sie schon Schlimmeres zu Gesicht bekommen. In Beatrice' Augen leuchtete vielmehr etwas völlig anderes auf als der Abscheu der Offiziere, die hier zu Besuch waren, oder Hendersons ungebührliches Entzücken. Es war von einer solch übernatürlichen Intensität, daß es unter gewöhnlichen Umständen und in einem heller beleuchteten Raum alle Blicke auf sich gezogen hätte. Aber niemand sah zu Beatrice; alle Augen waren auf den Bildschirm gerichtet.

»Zugegeben, unsere Methoden waren anfangs etwas grob«, fuhr Wolfe fort. »Tatsache ist aber auch, daß noch bis vor kurzem *jeder* Versuch einer Wiederverknüpfung nicht nur grob, sondern auch vergeblich war.«

»Das hat Sie doch sonst nie abgehalten«, bemerkte Henderson trocken.

Die Offiziere der niedrigeren Ränge lachten höflich auf. Wolfes Blick ließ sie verstummen. Er gab seinem Enkel Alex, der an einem Pult mit Computern und Bildgeneratoren saß, die man an den Bildschirm angeschlossen hatte, ein Zeichen. Alex hackte in seine Tastatur, und auf dem Bildschirm erschien nun eine mikroskopische Aufnahme der durchtrennten Wirbelsäule; das abgeschnittene Ende war genau auf die Kamera gerichtet.

»Selbst bei einem kleinen Säugetier besteht die Wirbelsäule aus einem äußerst empfindlichen und komplexen Geflecht aus Knochen, Körpersäften, Membran und Nervenbündeln. Was noch schlimmer ist, sobald die Wirbelsäule einmal durchtrennt ist, setzt sie häufig, ausgehend von der Schnittstelle, einen Prozeß der Selbstzerstörung in Gang und vergrößert somit das Problem. Es ist, als sei die Natur dazu vorprogrammiert, die begonnene Arbeit auch abzuschließen und das betreffende Individuum endgültig zu Boden zu strecken, um der gesamten Art eine unnötige Belastung zu ersparen.«

Die Zuschauer sahen – jeder bis an seine persönliche Schwelle des Ekels – weiter auf den Bildschirm, auf dem nun Aufnahmen immer komplexerer Versuche gezeigt wurden, bei unterschiedlichen Labortieren die durchtrennte Wirbelsäule wieder zusammenzusetzen. Es war ein erbärmliches Schauspiel von Nähten und Drähten, in denen völlig bewegungsunfähige Geschöpfe hilflos zappelten. Henderson starrte mit unverwandtem Blick auf die Monitore. Etwas Großartiges lag in der Luft, und er fieberte dem Ereignis mit schamloser Erwartung entgegen.

»Aber dann«, verkündete Wolfe – und an dieser Stelle legte er eine bedeutungsvolle Pause ein und kostete die Stille genüßlich aus –, »gelang uns ein Durchbruch. Auf der Grundlage von Forschungsarbeiten, die am Karolinska-Institut in Schweden begonnen wurden, konnten wir ein Stück von einem halben Zentimeter Länge aus den Wirbelsäulen unserer Ratten heraustrennen und ihnen anschließend Nervenfasern aus dem Brustbereich entnehmen, um die Lücke zu schließen.«

»Warum Nervenfasern aus dem Brustbereich?« fragte einer der Offiziere mit so leiser Stimme, daß Henderson die Frage wiederholen mußte.

»Man hätte sie genausogut von jeder anderen Stelle – mit Ausnahme der Wirbelsäule – entnehmen können«, entgegnete Wolfe. »Es ist nur so, daß die Fasern im Brustbereich länger sind. Die Nervenfasern an der Wirbelsäule sind die einzigen, die sich selbst zerstören, wenn sie erst einmal verletzt sind. An anderen Körperteilen wachsen sie im allgemeinen wieder nach. Wenn beispielsweise ein Arm sauber abgetrennt wird, so läßt er sich wieder annähen, und die Nerven erneuern sich mit der Zeit. Aber bevor wir unsere These aufstellten«, fuhr er fort, wobei sein Blick auf Beatrice ruhte, »dachte noch nie jemand auch nur im Traum daran, Nervenfasern, die nicht von der Wirbelsäule stammen, zu verwenden, um eine Wirbelsäule wieder zusammenzufügen. Und als wir den Versuch unternahmen, stellten wir fest, daß sich mit Hilfe solcher Fasern tatsächlich der Schnitt in der Wirbelsäule schließen ließ. Nicht immer, und nicht perfekt, aber doch mit beachtlicher Regelmäßigkeit, und zum ersten Mal in der Geschichte der Medizin war es gelungen, daß Tiere ihren Hinterleib noch bewegen konnten, *nachdem* man ihre Wirbelsäule durchtrennt hatte. Alex?«

Alex hämmerte wieder auf ein paar Tasten.

»Als nächstes sind wir zu Kaninchen übergegangen«, sagte Wolfe, »in der Hoffnung, größere Operationsbereiche würden uns die Versuche erleichtern ...«

Ein enttäuschtes Murmeln ging durch die ersten Reihen. Auf dem Bildschirm sah man nichts als eine Reihe lebloser Tiere.

»Alle erwiesen sich als nicht lebensfähig«, sagte Wolfe, der die emotionale Wirkung seines Vortrags, den er sorgfältig ausgearbeitet und noch sorgfältiger einstudiert hatte, auf diese begriffsstutzigen Militärs sichtlich genoß. »Ihr äußerst komplexer neurologischer Aufbau hat uns in diesem Fall tatsächlich entgegengearbeitet.«

Henderson räusperte sich lautstark. »Wenn Sie schon bei einem verdammten Kaninchen Ihr Ziel nicht erreichen, wie können Sie dann von uns die Finanzierung eines Projektes erwarten, das –«

Er brach ab. Wolfes Zeigefinger, der auf den Bildschirm wies, hatte ihn verstummen lassen. Dort gab es inzwischen etwas Neues zu sehen. Einem der Kaninchen war es schließlich gelungen, sich hochzurappeln. Das unglückliche Geschöpf konnte nicht wirklich laufen, aber es schleppte sich auch nicht vorwärts. Es taumelte irgendwie dahin, eine Art kleiner Frankenstein mit Fell.

»Schließlich, nach etlichen wiederholten Versuchen«, fuhr Wolfe mit etwas höherer Stimme fort, »erzielten wir bei diesen komplexeren Tieren insofern einen Erfolg, als meist nicht nur die Sterblichkeitsrate auf Null zurückging, sondern auch eine partielle Heilung erreicht wurde.« Er lächelte dünn. »Im allgemeinen geben wir unseren Tieren keine Namen, aber dieses hier haben wir Duracell genannt.«

Die Leute in den Laborkitteln lachten kurz auf, wie zu erwarten war. Henderson verzog das Gesicht nicht einmal zu einem Lächeln, und die restlichen Militärs folgten seinem Beispiel.

»Natürlich«, beeilte sich Wolfe zu sagen, »mußten wir uns danach einem noch komplexeren Lebewesen zuwenden.« Erneut betätigte Alex seine Schalttafel, und auf der gesamten Breite des Bildschirms erschien das überaus lebhafte Schwein, das Beatrice zuvor beobachtet hatte, als es zu flüchten versuchte. Um den Hals trug es inzwischen einen Strick, den der Tierpfleger, Perkins, grinsend in der Hand hielt.

»Wie wir feststellen konnten, war die Arbeit an größeren Tieren für uns mit einem gewissen Vorteil verbunden«, erklärte Wolfe. »Obwohl der Aufbau der Wirbelsäule bei Schweinen weitaus komplexer ist – die Axonen und Dendriten bestehen aus mehreren Millionen miteinander verknüpften Nervenfasern –, ist sie doch aufgrund ihrer Größe weitaus leichter zu erkennen und läßt sich daher auch leichter zusammenfügen.«

An dieser Stelle nickte Henderson bedächtig, als wollte er den übrigen Schwachköpfen zu erkennen geben, daß er Wolfes Präsentation begriffen hatte. Was sind diese Sterblichen hier doch für Idioten, dachte Wolfe und dämpfte seine Stimme dramatisch. »Aber uns gelang immer noch lediglich eine partielle Heilung mit Hilfe von Nervenfasern, die anderen Körperteilen entnommen wurden. Was uns fehlte, das war eine Möglichkeit, die Wirbelsäule wieder zusammenzufügen, und zwar jeweils ein ursprüngliches, submikroskopisches Element an ein ebensolches.« Und mit diesen Worten wandte er sich an die einzige Frau unter den Anwesenden – Beatrice. »Und an dieser Stelle machte uns meine Kollegin, Dr. Beatrice Jance, ihre außerordentliche Entdeckung zugänglich – eine, die wirklich Nobelpreis-Kaliber besitzt.«

Henderson stieß einen Seufzer aus. »Hoffentlich«, sagte er, »können wir jetzt endlich zur Sache kommen und erfahren, was für eine Entdeckung das war.«

Beatrice erhob sich. Die Augen aller Männer richteten sich auf sie. Wolfe lächelte. Sie hatte eine majestätische Art und eine Ausstrahlung, mit der sie der Ungeduld der Anwesenden abrupt Einhalt gebot.

»Ich bin mir sicher, Beatrice kann dies weitaus besser erklären als ich«, sagte er. Beatrice trat hinüber an den Bildschirm, wobei sie Henderson, der sich in seinem Stuhl aufrichtete, kaum eines Blickes würdigte. Wolfe lächelte in sich hinein.

»Was Sie nun hören werden, Colonels, das wird Ihnen gefallen«, sagte er. »Vielleicht kriegen Sie sogar einen Stern dafür.«

Henderson tat, als hätte er nichts gehört.

»Meine Entdeckung ist die folgende«, begann Beatrice in einem so würdevollen, feierlichen und dramatischen Tonfall, daß die Hälfte der Zuschauer auf ihren Plätzen nach vorn rutschte. »Im Rahmen der postoperativen Autopsien an höherentwickelten Tieren, bei denen man eine Wirbelsäulendurchtrennung vorgenommen hatte, unternahmen diese Tiere Versuche, die Wunden zu heilen – Versuche, die genau auf die Wirbelsäule abzielten und auch von ihr selbst ausgingen.«

»Welche Art von Versuchen?« fragte Henderson vorsichtig.

»Absonderungen«, sagte Beatrice. »Von bisher unbemerkten und unbestimmten Enzymen und Spuren von DNA-Materie, die auf der submikroskopischen Ebene einen deutlich erkennbaren Erneuerungsprozeß in die Wege geleitet hatten.«

»Erneuerung im Sinne von Heilung?«

»Eine erste Stufe der Heilung«, bestätigte Wolfe.

»Wollen Sie uns damit sagen«, fragte Henderson, »daß sich eine Wirbelsäule aus eigenem Antrieb von selbst heilen kann, wenn wir sie einfach in Ruhe lassen?«

»Das mit Sicherheit nicht«, sagte Beatrice. »Diese Substanz kann lediglich kleinere Störungen an der Wirbelsäule beheben. Es ist vergleichbar mit, sagen wir, einem Mechaniker, der eine Schramme ausbessert, aber nicht einen zertrümmerten Kotflügel ersetzt.«

Henderson gefiel die Art, wie sie redete. Er konnte ihr folgen. »Also, eine Art Verstauchung oder so etwas – das könnte diese Substanz beheben?«

»Genau«, sagte Beatrice. »Alles, was sich auf mikroskopischer Ebene abspielt. Für uns in dieser Form also völlig unbrauchbar. Aber wir hatten die Vermutung, daß es sich vielleicht um einen evolutionären Prototyp handeln könnte.«

»Wie bitte?«

»Eine Art ersten Entwurf, wenn Sie so wollen, für etwas, was noch weitaus leistungsfähiger sein kann, wenn es sich im Lauf der Evolution entwickelt.«

»Und was soll das sein?«

»Ein Super-Kleber für die Wirbelsäule?« fragte Henderson.

Einige der Anwesenden kicherten nervös, aber Beatrice ließ sich nicht beirren. Sie lächelte und behandelte Henderson, als sei er das schlaueste Kind in ihrer Klasse. »Das ist ein ausgezeichneter Vergleich«, sagte sie. »Eine Art DNA-Klebstoff. Und genau das macht ihn zu einem sehr *intelligenten* Klebstoff. Einem, der ein fester Bestandteil der Wirbelsäule ist, der sozusagen eine Kopie der spezifischen DNA-Struktur der Wirbelsäule besitzt und der von der Natur dazu bestimmt ist, der Wirbelsäule wieder zu ihrem Normalzustand zu verhelfen. Er ist nur so relativ schwach, so unausgereift in seiner evolutionären Entwicklung, daß ihn bis jetzt noch nie jemand bemerkt hat. Wahrscheinlich auch deshalb nicht, weil noch nie jemand daran gedacht hat, danach zu suchen.«

»Vielleicht«, bemerkte Colonel Henderson trocken, »weil noch nie jemand über die Mittel verfügte, die Sie hatten.«

»Es wird sich alles für Sie lohnen, glauben Sie mir«, versicherte ihm Wolfe. »Beatrice' Durchbruch bestand nicht nur darin, das Bindemittel zu entdecken, sondern auch darin, es synthetisch herzustellen und zu vervielfältigen.«

Henderson kniff die Augen zusammen. Die Möglichkeiten, die sich hier auftaten, lagen auf einmal knisternd in der Luft.

»Wir konnten«, sagte Beatrice, »unseren – wenn Sie so wollen – ›genetischen Klebstoff‹ nehmen, die Enden durchtrennter Wirbelsäulen damit bestreichen und damit eine Verbindung herstellen.«

»Eine Verbindung«, sagte Henderson vorsichtig. »Für eine vollständige Neuverknüpfung?«

»Es sieht danach aus«, sagte Beatrice fast flüsternd.

Ein Gewirr von aufgeregt wispernden Stimmen tönte durch den Raum. Wolfe betrat wieder das Podium und stellte sich neben Beatrice. »Unser ›Klebstoff‹ besitzt genaugenommen eine doppelte Funktion. Erstens ist er ein DNA-Bindemittel, aber zweitens – was noch viel wichtiger ist – ist er ein Nervenkatalysator.«

Beatrice bemerkte die verständnislosen Blicke und schaltete sich ein. »Er bewirkt, daß sich durchtrennte Nerven und Synapsen auf der submikroskopischen Ebene, auf der kein Chirurg etwas bemerken könnte, mittels eines Netzwerks von Millionen von Dendriten finden und wiederverknüpfen können – jenseits unserer physischen Möglichkeiten, dergleichen zu erreichen.«

Henderson rutschte auf seinem Platz hin und her. »Die Sache ist verdammt heiß«, sagte er. »Falls sie stimmt.«

»Sie stimmt. Und es freut mich, daß Sie das auch zu schätzen wissen, Colonel«, sagte Wolfe trocken. »Wir haben im Grunde genommen eine Abkürzung für einen Erneuerungsprozeß gefunden, für den die Natur vielleicht noch eine Million Jahre benötigt hätte – eine natürliche Substanz, um durchtrennte Nervenbahnen zu heilen.« Um Henderson außen vor zu lassen – wo er hingehörte –, fiel Wolfe wieder in seinen wortgewandten Stil zurück. »Im Grunde genommen, Colonel, können wir sagen, daß sich an dieser Stelle Ihre Aufhebung der protokollarischen Beschränkungen als besonders hilfreich erwiesen hat.«

Das war das Stichwort für Alex, und im nächsten Augenblick erschien auf dem Bildschirm eine extreme Nahaufnahme einer Wirbelsäule. Sie war in sterile Tücher gehüllt und in orangefarbene Desinfektionslösung getaucht, und die Haut war auf beiden Seiten nach hinten abgezogen, so daß der blanke Knochen und ein rotweiß gestreiftes Muster aus Muskeln und Rippen zu sehen waren. Während Henderson mit einem ebenso lüsternen wie ungläubigen Lächeln auf den Bildschirm starrte, wurde die glänzende, schnabelartige Spitze eines gewaltigen Schneideinstruments in das Gewebe neben der Wirbelsäule eingeführt und dann tief nach unten durchgedrückt. Hände tupften den hervorschießenden Blutschwall ab, und die Klinge des Instruments blieb mit der Oberseite genau über der Wirbelsäule liegen.

»Dieses war das erste von zehn Versuchsobjekten, die uns von der Agentur zur Verfügung gestellt wurden«, sagte Wolfe mit einem Kopfnicken in Hendersons Richtung. »Der Schnitt wurde oberhalb des Schlüsselbeins, an der Vertiefung zwischen den Rückenwirbeln C1 und C2 vorgenommen, genau unterhalb des Hirnstamms selbst. Bis auf das Rückenmark und die entsprechenden Rückenmarkshäute betraf der Schnitt lediglich die linke und die rechte Wirbelsäulenarterie.«

Zwei Zangen tauchten nun am rechten und linken Rand des Bildschirms auf und klemmten beide Arterien oben und unten ab. Im Besprechungszimmer zuckte niemand auch nur mit einem einzigen Muskel.

»Der Schnitt war aus chirurgischer Sicht völlig unkompliziert«, sagte Wolfe, während sich die Klinge des Instruments nach unten bewegte, zwischen zwei Rükkenwirbel drang und das Rückenmark selbst durchtrennte. Diesmal flossen reichlich Blut und Rückenmarksflüssigkeit, doch Wolfes Stimme verriet nicht die geringste Spur von Gefühl – er hätte ebensogut über die Öffnung eines Telefonkabels berichten können. Fast alle Militärs schlossen für einen Moment die Augen oder sahen zur Seite. Hendersons Blick jedoch war auf den Bildschirm geheftet, auf dem man nun in einer noch größeren Nahaufnahme einen Querschnitt des durchtrennten Stumpfes sah.

»In diesem Stadium der Evolution«, sagte Wolfe ruhig, »haben wir es natürlich mit einem weitaus komplexeren Organismus zu tun. Wir haben hier nicht nur einen beträchtlichen Bestand an weißer und grauer Hirnsubstanz, sondern auch einen geschätzten Bestand von rund zwanzig Millionen Nervenfasern. Ich muß Ihnen nicht ausdrücklich sagen, daß ein derartiger Versuch bislang noch nie unternommen wurde.«

Bei diesen Worten wurde die Kameraeinstellung auf einmal erweitert. Auf dem Bildschirm war nun der gesamte Operationssaal zu sehen, man konnte Wolfe in voller Montur erkennen, zusammen mit etwa zwei Dutzend weiterer medizinischer Fachleute – Neurochirurgen, Anästhesisten, Bypass-Spezialisten, Krankenschwestern – sowie mehreren Armeeoffizieren in Uniform. Und noch etwas war nun überdeutlich zu erkennen. Das Versuchsobjekt dieses Experiments war kein niederes Tier.

Es war ein Mensch.

Augenblicklich sprang Henderson auf. »Mein *Gott*«, schrie er. »Wer zum Teufel hat Ihnen gestattet, Gesichter zu zeigen – was zum Teufel haben Sie sich eigentlich *gedacht?*«

Ebenso plötzlich schwenkte die Kameraführung wieder zurück zu einer extremen Nahaufnahme. »Colonel Henderson, beruhigen Sie sich bitte«, sagte Wolfe. »Es handelt sich hierbei um einen Rohschnitt, der lediglich intern verwendet wird.«

»Wolfe, ich will das Original davon!«

»Das Original befindet sich in sicherer Verwahrung«, sagte Wolfe besänftigend, und wieder legte sich Stille über den Raum. Doch diesmal beinhaltete sie die nüchterne Erkenntnis, daß sich mit dieser schlichten Feststellung das Machtgefüge verschoben hatte und daß es nun Wolfe war, der hier die Kontrolle innehatte, nicht Henderson. Gott allein wußte, wo sich das Original des Videos befand, aber es war ein überwältigend starker Trumpf in Wolfes Hand. Er sah Henderson ohne eine Spur von Arglist an.

»Möchten Sie denn, daß dies hier geschieht, oder nicht?«

Die Frage schwebte im Raum.

Einsichtig nahm Henderson wieder Platz. »Wie weit sind Sie denn damit?« fragte er ruhig.

Alex, der das Geschehen mit Adleraugen verfolgte, drückte auf eine Taste. Das Video lief mit einer neuen Einstellung weiter, die einen unrasierten, graugesichtigen Mann in einem Krankenhausbett zeigte, dessen Oberkörper dick einbandagiert war. Wolfe und einige andere Leute in Laborkitteln standen neben ihm und forderten ihn auf, sich zu bewegen. Der Mann bewegte erst das eine Bein, dann das andere. Seine Bemühungen waren krampfhaft und schwächlich, aber deutlich erkennbar.

»Das war Versuchsperson Nummer fünf«, erklärte Wolfe.

Die Kamera schwenkte nun zu einer weiteren Versuchsperson – einer noch dünneren, die jedoch aufrecht auf der Bettkante saß. Auf dem Bildschirm flüsterte Wolfe der Versuchsperson etwas ins Ohr, und der Mann versuchte, sich zu erheben. Er konnte es nicht und sackte in sich zusammen. Pflegekräfte fingen ihn auf, während Wolfe sich entfernte.

»Nummer sechs konnte fast stehen«, erklärte Wolfe, »aber leider verstarb er am darauffolgenden Tag. Aber bei Nummer sieben konnten wir dann erstmals echte Erfolge erkennen.«

Der nächste Ausschnitt zeigte wieder einen anderen Mann, diesmal einen, der um die Taille dick einbandagiert war und der sich erfolgreich auf den Beinen halten konnte. Sein Lächeln war gefroren, und sein Blick schwankte zwischen Hoffnung und blankem Entsetzen. Wie all die anderen Versuchspersonen stammte auch er aus dem Nahen Osten, ein Mann mit einem bleichen, eingefallenen Gesicht, das auf eine lange Haftzeit schließen ließ.

Beatrice, die wieder auf ihrem Stuhl Platz genommen hatte, sah mit grimmiger, zwiegespaltener Miene auf den Bildschirm. Im Raum schwebte ein unangenehmes Gefühl, als hätte man die Grenze des Erlaubten überschritten – war sie etwa die einzige, die es bemerkte? Nein, Alex Davies schien es ebenfalls nicht entgangen zu sein – ihr fiel auf, daß seine Hand so stark zitterte, daß er einen Schnitt zwischen zwei Videosegmenten auf der Tastatur verpatzte und den Vorgang noch einmal wiederholen mußte.

»*Raschid al-Assad*«, hörte Beatrice ihn fast unmerklich sagen, in einem ehrfurchtsvollen, wissenden Flüsterton. Er kennt ihre Namen, er kennt ihre Geschichte, begriff Beatrice. Sie war erstaunt. Und beängstigt.

»Bei Versuchsperson Nummer neun«, fuhr Wolfe fort, nachdem er Alex mit einem Blick zum Schweigen gebracht hatte, »konnten wir auf Materie zurückgreifen, die wir den Wirbelsäulen früherer Versuchspersonen entnommen und mit synthetischen Stoffen kombiniert hatten. Dadurch bekamen wir erstmals einen DNA-Klebstoff, mit dem wir eine Person aufrecht hinstellen konnten.«

Diesmal drückte Alex auf die richtigen Tasten, und das Videobild blieb unbeweglich.

»Und wie geht's ihm inzwischen?« fragte Henderson.

Wolfe zuckte ein wenig mit einer knochigen Schulter. »Er hat fünf Tage überlebt, danach hat die Klebung leider nicht mehr gehalten.«

»O mein Gott«, sagte Henderson.

»Aufgrund gewisser Terminzwänge haben wir ihn vielleicht etwas zu schnell auf die Füße gestellt«, sagte Wolfe. »Aber es ist offensichtlich, daß das Verfahren durchführbar ist.«

Henderson warf einen raschen Blick auf Beatrice, bevor er sich wieder an Wolfe wandte.

»Und da sind Sie sich hundertprozentig sicher?«

Wolfe zog eine Zigarette aus einem Päckchen in seiner Jackettasche. »Hundertprozentig sicher«, sagte er mit einem raschen Blick auf Beatrice, während er sich die Zigarette anzündete, »bin ich mir darin, daß es unsere Pflicht ist, es zu versuchen. Aber«, fügte er hinzu, während er das Streichholz schüttelte, um die Flamme zu löschen, »ich bin auch der festen Überzeugung, daß wir schon bald unsere erste Versuchsperson in der Gesellschaft willkommen heißen werden.«

»*Wie* bald?«

»In ein paar Wochen. Vielleicht sogar noch früher. Leider«, fügte er hinzu, »haben wir nicht mehr genügend menschliche Versuchsobjekte, geschweige denn Zeit zur Verfügung. Und da benötigen wir Ihre Hilfe.«

Henderson brauste auf. »Glauben Sie vielleicht, Terroristen wachsen auf Bäumen?«

Wolfe erwiderte seinen Blick. »Es ist zu spät, um sich mit dieser Frage zu befassen«, sagte er ruhig. »Die Frage, die Sie mir beantworten müssen, lautet: Glauben Sie vielleicht, Wissenschaftler wie Peter Jance wachsen auf Bäumen?«

4

Bern, Schweiz

Hans Brinkman war lausiger Stimmung.

Es fing damit an, daß er heute blaumachte, und die Tatsache, daß er genau das nicht vergessen konnte, machte ihn rasend. Ein Mann von seinem Format sollte schließlich in der Lage sein, sich ab und zu einen Vormittag freizunehmen und auf ein paar Runden in den Club zu fahren, ohne gleich in tausend Ängsten zu schweben, ob nicht alle Leute während seiner Abwesenheit Mist bauen würden.

Und sie *werden* Mist bauen, dachte er.

Er stieg in den Ring, ohne auf die Aufmerksamkeit zu achten, die er auf sich zog. Der Sportklub war nicht nur einer der teuersten, sondern auch einer der exklusivsten der Schweiz – ohne eine entsprechende Empfehlung (in Hans' Fall durch seinen Schwiegervater) standen die Chancen besser, im Lotto zu gewinnen. Der Nachteil einer solchen Exklusivität bestand natürlich in einer gewissen – inzuchtbedingten – organischen Schwäche, einem Hang zum Bauchansatz und einem frühen dreifachen Bypass, und unter diesen abgekämpften, alternden Büffeln stach Hans Brinkman wie ein junger Löwe hervor.

Ein gequälter Löwe allerdings. Er konnte sich Elizabeth einfach nicht aus dem Kopf schlagen. Oder den ebenso beunruhigenden Gedanken, der ihn die letzten achtundvierzig Stunden verfolgt hatte – das fast schon greifbare Gefühl, daß er eine kolossale Fehlentscheidung getroffen hatte und daß er für diesen Irrtum mit seinem Leben bezahlen sollte. Es war ein völlig verrückter Gedanke, das wußte er selbst, und doch ärgerte es ihn, wie glaubwürdig er ihm trotz allem erschien. Nicht daß er Angst vor dem Tod hatte, aber er fürchtete sich davor, die Kontrolle zu verlieren.

Es gefiel ihm nicht, wenn er etwas – oder sich selbst – nicht mehr unter Kontrolle hatte. Und seine Emotionen nicht mehr unter Kontrolle zu haben war schlichtweg unerträglich.

Und dann war da noch dieses Gefühl, daß ihn die Leute beobachteten, und zwar nicht nur diese aufgeblasenen Idioten in der Sporthalle, die die Daumen gedrückt hielten, daß sein Gegner ihn mit einem gezielten Faustschlag niederstrecken würde. Sondern die Leute auf der Straße, in den Cafés, den Autos und heute morgen sogar vor seinem Chalet. Er war überzeugt, daß ihn irgend jemand *beobachtete,* und das konnte zweierlei bedeuten: Entweder ließ ihn seine Frau Yvette *tatsächlich* beschatten, wie er es Elizabeth gegenüber leichthin angedeutet hatte, oder er betrat allmählich die gewundenen Geheimgänge der Paranoia und projizierte seine eigenen Selbstzweifel auf sorgfältig ausgewählte Fremde.

Er versuchte, diese unangenehmen Gedanken zu verdrängen. Er blickte auf den Mann, der ihm im Ring gegenüberstand, einen leitenden Bankangestellten, der fünf Jahre jünger war als er selbst.

»Fertig?«

»Na klar.«

Er bewegte sich wie eine Katze kreisend im Ring, stieß zu und wich aus, täuschte einmal an und dann noch einmal, bevor er seinen Gegner mit einem heimtückischen linken Haken erledigte. Während der arme Teufel zur Seite taumelte, hob Hans seine Rechte und boxte ihn in die Seile. Er tänzelte noch ein paar Schritte vor – und der Mann warf entsetzt seine Handschuhe von sich.

»Schon gut!« schrie er mit schriller Stimme auf. »Sie haben gewonnen – mein Gott!«

Hans tänzelte davon. Er fuchtelte mit beiden Fäusten wild durch die Luft, während seine Füße unbestimmte Schritte machten. Er selbst schwitzte kaum, der andere Mann hingegen war klatschnaß und zitterte.

»Nächstes Mal vielleicht um Geld?« fragte Hans beiläufig.

»Vielleicht lieber nicht«, entgegnete der Banker. »Dann haben Sie womöglich einen Schläger in den Händen, und dann sind Sie noch mal so gefährlich.«

Hans zuckte mit den Schultern, doch in diesem Moment klingelte sein Handy. Er sprang über das Seil und nahm beim zweiten Mal ab. Fast im selben Augenblick fluchte er vor Zorn, riß sich die Handschuhe von den Fingern und schleuderte sie zu Boden.

»Was sind Sie eigentlich, ein Praktikant?« bellte er in sein Telefon. »Verkaufen Sie alles! Ich habe Ihnen doch gesagt, das würde Den Haag nicht durchdrücken!« Wer auch immer am anderen Ende war, wurde nun das Opfer einer Schimpfkanonade, die die gesamte Sporthalle in Atem hielt.

Und dann war Hans Brinkman verschwunden, und ein Schweigen, das alles sagte, blieb hinter ihm zurück. Der unglückliche Anrufer würde ein anderes Arschloch beischaffen, das für ihn den Dreck einstecken mußte, und Hans Brinkman war in einer solchen Wut, daß er sich persönlich um die Sache kümmern würde.

Auf dem Weg zu seinem Chalet in Monthey rief er

aus seinem Porsche am Flughafen an und befahl seiner Flugbesatzung, den Learjet startklar zu machen. Aber kaum hatte er aufgelegt, beschlich ihn wieder das Gefühl, daß der Tod auf ihn lauerte. Wenn er es nüchtern analysierte, erschien ihm dieses Gefühl zwar unsinnig, aber es war doch so überwältigend stark, daß er, wie er fand, lieber nicht fliegen sollte, wenn er so aufgebracht oder abgelenkt war wie jetzt. In den gut fünf Jahren, die er nun schon seinen eigenen Jet flog, war er bereits etlichen Zusammenstößen nur knapp entgangen, wenn seine Stimmung auf einem solchen Tiefpunkt war wie jetzt. Er rief noch einmal an und sagte den Flug ab. Eine schöne, ausgedehnte Spazierfahrt durch die Berge – das würde ihn vielleicht auf völlig neue Gedanken bringen.

Als er in die Auffahrt vor seinem Chalet einbog, sah er den cremefarbenen Bentley, der in einer der vier Garagen parkte. Yvette, der letzte Mensch, dem er im Augenblick begegnen wollte, war von einer ihrer endlosen Lunchverabredungen zurück.

Auf der Terrasse hielt er einen Augenblick inne. Etwas in ihm sträubte sich immer noch dagegen, Yvette zu begegnen, und er starrte über das Geländer in die Ferne, als sei es das erste Mal. Auf einer Höhe von rund 2500 Metern hatte man einen völlig freien Blick bis hin zum Genfer See, rund zwanzig Kilometer in nordwestlicher Richtung. Die zerklüfteten Gipfel der Alpen, durchsetzt mit kleinen Weilern, Kirchturmspitzen und Wasserfällen, ragten steil in den Himmel. Hans wurde bewußt, daß sich dieser überwältigende Ausblick ihm meist genau dann bot, wenn er in sein Funktelefon fauchte – hätte er sich in einem bleiernen Würfel befunden, hätte er von dieser Aussicht auch nicht mehr mitbekommen.

Doch jetzt erkannte er ihre majestätische Schönheit.

Und er erkannte ebenfalls, daß er sie vermissen würde, wenn er sie nicht hätte.

Er ging an dem Swimmingpool mit seinen olympischen Ausmaßen vorbei in sein Schlafzimmer, wo er einem Hausmädchen, das die Spiegel putzte, eine Anweisung gab. Sie eilte in Richtung Kleiderschrank, nahm einen Koffer herunter und begann, für ihn zu packen. Er schlüpfte aus seinen Sportsachen und zog Anzug und Krawatte an. Er entschied sich für einen taubengrauen Zweireiher von Schiaparelli, den er sich in Paris hatte maßschneidern lassen, dazu passend ein Paar handgearbeitete Halbschuhe von Cleverly in der Royal Arcade in London.

All das hier aufgeben? Wen hielt er damit eigentlich zum Narren?

Als er sich fertig angezogen hatte, schloß das Hausmädchen eben den Koffer. Und in genau dem Augenblick, als er sich zum Gehen wandte, trat Yvette ins Zimmer und blieb wie angewurzelt stehen.

»*Pas encore*«, sagte sie leicht irritiert. Sie hatte glänzende, collagengestärkte Lippen und trug genug Goldschmuck, um eine Revolution zu finanzieren. »Wer hat denn diesmal Mist gebaut, Liebling?«

»Die Züricher Niederlassung. Ich werde sie alle feuern.«

»Und was ist mit der Party bei den Taverniers?«

»Das machst du schon«, sagte er. »Es sind sowieso eher deine Freunde als meine.«

Sie nahm eine steife Haltung an. »Kein Wunder – du bist ja auch nie hier. Wann kommst du zurück?«

Ich habe sie einmal geliebt, dachte er. Und jetzt hat sie Privatdetektive. »Am Sonntag, spätabends.«

Sonntag, dachte er, o mein Gott, Elizabeth.

Er hatte vorgehabt, sie zurückzurufen, sich dafür zu entschuldigen, daß er sie versetzt hatte, vielleicht sogar, falls nötig, seinen Zeitplan umzuändern. Bei seinem letzten Anruf hatte ihr Abschied so abrupt, so endgültig geklungen. Ich werde sie von unterwegs anrufen, dachte er, während er Yvettes Blick auswich, die ihn von der anderen Seite des Betts traurig musterte.

»Was verloren?« fragte Yvette.

Meinen gottverdammten Verstand, dachte Hans. Bilder von Elizabeth schossen ihm durch den Kopf – jedes einzelne, kostbare Detail – ihr Körper mit all seinen Geheimnissen, ihr süßes Gesicht und ihr seidiges Haar, der herzzerreißende Laut, den sie jedesmal ausstieß, wenn er in sie eindrang, ihr stiller Ernst, der zarte, blasse Flaum auf ihrem Bauch, ihr abrupt aufflackernder, süffisanter Humor, ihre klaren grauen Augen …

Er zwang sich, nicht mehr an sie zu denken. Dachte an die Details, die es noch zu regeln gab, bevor er von hier verschwinden konnte. Also, wo war seine Brieftasche – in seiner anderen Hose, wo sonst? Und jetzt stellte sich die Frage nach dem Wagen. Er überlegte, ob er seinen Lagonda Rapide nehmen sollte, ein echtes Juwel mit Selbstantrieb, das er kürzlich bei Coys in Kensington erstanden hatte. Aber dann griff er doch lieber nach den Schlüsseln für seinen BMW 750i – auf dieser Fahrt zählten für ihn Geschwindigkeit und Zuverlässigkeit. Außerdem – wenn der Rapide ausgerechnet auf dieser Fahrt liegenbleiben sollte, was nur allzu wahrscheinlich war, dann würde er, Hans, so aufgebracht, wie er im Moment war, ihn vermutlich an Ort und Stelle abfackeln. Und das wäre wirklich schade, denn schließlich hatte der Wagen doch fünfhunderttausend Dollar gekostet.

Mach dir nichts vor, sagte er sich, als der BMW hinter

der Einfahrt zu seinem Chalet um die erste Kurve bog und Yvettes Gesicht hinter dem Schlafzimmerfenster im ersten Stock verschwand – du brauchst Elizabeth. Du gierst nach ihr wie ein Junkie nach seinem Stoff. Du versuchst schon seit Monaten, mit ihr Schluß zu machen, aber im Grunde deines Herzens weißt du, daß du dir vor lauter Angst, du könntest sie verlieren, in die Hose machst. Ruf sie von Zürich aus an, mitten aus einer Vorstandssitzung, und wenn es sein muß, erzähl ihr irgendeine gottverdammte Lüge, die sie vielleicht gerne hört.

Oder sag ihr die Wahrheit. Sag ihr, daß du beschlossen hast, dein Leben umzukrempeln.

Marinehospital Bethesda, Maryland

Irgend etwas tief in Peters Innerem schüttelte ihn, eine weißliche Glut aus Wut, Angst und Dringlichkeit. Er schreckte aus dem Schlaf hoch und sah seine Frau, die sich über ihn beugte. Als nächstes spürte er die Schläuche in seinen Armen, die Kontrollsensoren, die auf seiner Brust klebten. Und den entsetzlichen Schmerz in seinem Bauch.

»Peter?« sagte Beatrice.

Er versuchte, sich aufrecht hinzusetzen, und stellte fest, daß er keinerlei Kraft besaß. Er fiel zurück und starrte sie an. Seine Augen waren kalt.

»Wo zum Teufel bin ich?«

»Bethesda«, sagte Beatrice und blickte ihn finster an, als hätte sie ihn heimlich im Bett rauchend ertappt.

»Was?« krächzte er. »Was ist los?«

»Wir müssen reden.«

Peter ließ langsam seine Blicke schweifen, als würde er

erwarten, die Wände des Bunkers und die Leute darin zu sehen. »Ist mit dem Team alles in Ordnung?«

»Es geht allen gut«, sagte sie mit leiser Stimme.

»Aber was ist denn dann los? Wurde uns der Geldhahn abgedreht? Hat Henderson etwa gesagt: ›Ich hab's ja gleich gewußt‹?«

Sie schüttelte den Kopf, während sie mit den Tränen kämpfte, und griff nach seiner Hand. Einen Moment lang konnte sie nicht sprechen.

»Spuck's schon aus«, sagte er. »Ich kann es verkraften.«

»Peter, im Augenblick sieht es nicht gut aus für uns.«

»Willst du mich verlassen?« fragte er. Er bemerkte, wie sich das Krankenzimmer langsam drehte, ohne sich wirklich zu bewegen. Was für ein hübscher Trick, dachte er, noch dazu einer, den man als eine Art atomares Paradigma verwenden könnte.

»Peter«, sagte Beatrice scharf. »Sei jetzt bitte einmal ernst.«

»Ich bin ernst«, sagte er. »Ich habe eben an das Drehmoment gedacht –«

»Du stirbst«, sagte sie.

Peter schwieg. War das alles, was sie ihm zu sagen hatte?

»Hast du gehört, was ich gesagt habe?«

»Ich sterbe. Ja. Ich weiß. Tun wir das nicht alle?«

»Aber du stirbst verdammt viel schneller, du sturer alter Trottel. Hör endlich auf, deine Spielchen mit mir zu treiben.«

»Na schön«, sagte Peter. Der Schmerz in seinen Eingeweiden erschwerte ihm das Sprechen. »Ich nehme an«, scherzte er ein wenig gequält, »du hast wieder mit diesen Quacksalbern geredet.«

Beatrice schloß für einen kurzen Moment die Augen. »Selbst ein Medizinstudent im ersten Semester könnte das bei dir feststellen. Es ist metastatisch. Es ist in deiner Leber und in deinem Knochenmark.«

»Und weiß Gott wo noch überall.«

Sie ergriff seine Hand.

»Peter, es gibt eine *Chance*. Es gibt eine mögliche Lösung.«

Er heftete den Blick an die Decke, die sich langsam bewegte, und zählte die Reihen von Perforationspunkten in der Dämmschicht. »Und was soll das für eine Lösung sein?«

Beatrice blickte auf ihren Schoß. »Frederick meint, von uns aus sind wir jetzt soweit.«

»*Soweit?* Soweit wofür?«

Er sah, wie sie ihre Kraft zusammennahm, sich die Worte zurechtlegte, Zwiespalt und Zweifel beiseite schob. In einer Krisensituation war das genau ihre Art. »Henderson gefällt, was er auf dem Testgelände gesehen hat. Und den anderen Militärs auch.«

»Ja. Ich weiß, was Henderson gefällt.«

»Sie sind aufgeregter als je zuvor.«

»Wegen der Waffe.«

Er hörte, wie sie die Zähne aufeinanderbiß.

»*Deinetwegen*. Deiner Lebensdauer wegen.«

»Das freut mich für sie. Und was für ein Wunder hat Wolfe da noch auf Lager?«

»Du weißt also Bescheid. Du weißt, daß es Freddy ist.«

»Es ist doch immer Freddy. Und jetzt spuck's schon aus, Beatrice, hör auf, um den heißen Brei herumzureden.«

Und so begann sie zu erzählen. Eine Zeitlang war er sich nicht sicher, ob er nicht in einem Alptraum gelandet war. Der Unterschied dabei war, wenn ein Traum allzu beklemmend für ihn wurde, dann hatte er einen schon vor langer Zeit von ihm entwickelten Trick, wie er von selbst aufwachen konnte. Aber aus dieser Geschichte hier konnte er nicht aufwachen. Beatrice redete immer weiter, in einem überzeugten, monotonen Tonfall, der ihn an nichts so sehr erinnerte wie an Frederick Wolfe selbst. Er hatte ihr genaue Anweisungen gegeben, was sie sagen sollte, hatte ihr die Worte in den Mund gelegt, hatte sie so gründlich vorbereitet, daß sie selbst kaum noch denken mußte. Je länger sie sprach, desto stärker bemühte sie sich, ihre Stimme möglichst sanft klingen zu lassen. Der grauenhafte Inhalt ihrer Worte, in diesem gekünstelten, ruhigen Tonfall vorgebracht, das beides gab ihm das Gefühl, der Kopf würde ihm zerspringen.

»Gott im Himmel«, hörte er sich sagen. Wie lange hatte sie schon dort neben ihm gesessen? Das Licht draußen vor dem Fenster war inzwischen ein tristes Grau.

»Peter, du mußt doch geahnt haben, was los war.«

»Niemals«, beteuerte er mit matter Stimme.

»Meine Forschung? Ich weiß ja, daß du im letzten Jahr das Interesse daran verloren hast, aber ich bitte dich – du wußtest doch, welche Tragweite sie hatte. Was meinst du denn, was sich hier abgespielt hat? Und in der Karibik? Die Fruchtbarkeitsklinik, die Freddy früher geleitet hat. Glaubst du vielleicht, er hat sich aus reiner Menschenfreundlichkeit damit befaßt?«

»Schon gut. Ja, natürlich.«

»Erzähl mir bloß nicht, der Gedanke ist dir noch nie in den Sinn gekommen. Worum es bei all dem ging?«

»Natürlich ist mir der Gedanke in den Sinn gekommen. Es gibt nichts, was ich Freddy nicht zutrauen würde. Ich dachte nur nicht –«

»Was? Was dachtest du nicht?«

»Daß es die entsprechende Technologie gibt«, sagte er in einem hoffnungslosen Tonfall. »Daß es sie je geben würde.«

»Nun, es gibt sie. Es gibt sie hier. Und *wir* sind auch hier.«

Er spürte, wie ihn das letzte bißchen Kraft verließ. »Du hast recht«, räumte er ein. »Ich habe es nicht wahrhaben wollen.«

Beatrice faltete geduldig die Hände. »Ob es dir gefällt oder nicht«, sagte sie ohne eine Spur von Bedauern in der Stimme, »du bist ein Gründungsmitglied.«

»Gründungsmitglied! Wo sind wir hier, in Cooperstown? Glaubt Wolfe vielleicht, er leitet einen Country-Club? Gründungsmitglied wovon?«

»Der Gesellschaft.«

»Typisch Wolfe – trickst mit irgendwelchem euphemistischen Blödsinn herum –«

Sie ergriff seine Hand – ihre eigene zitterte. »Sie mußten die Versuchspersonen irgendwie benennen. Die Jungbrunnen-Gesellschaft ...«

»Beatrice, bitte, ich bin krank, nicht dumm.«

»Entschuldige. Werd jetzt nicht gereizt. Bitte.«

»Mein Gott, Beatrice, graut dir denn nicht bei der Vorstellung?«

»Natürlich graut mir dabei. Ich hätte nie gedacht, daß es einmal soweit kommen würde, aber nun ist der Fall eben doch eingetreten. Und wir haben darüber gesprochen, du weißt es nur nicht mehr.«

»Wir haben *nicht* darüber gesprochen.«

»Als ich diese Angst vor der Dyskrasie im Blut hatte? Die Thrombozytose? Und der Hydroxyharnstoff, der nicht mehr in Ordnung war?«

»Das war ein Gedankenexperiment«, sagte Peter.

Ihre Beharrlichkeit war wirklich bewundernswert. »Und zu welchem Schluß sind wir damals gekommen?«

Er wußte es, aber er schaffte es nicht, der Tatsache ins Auge zu blicken. »Das hier ist etwas anderes«, sagte er. »Das hier ist ungeheuerlich.«

»Warum? *Warum* ist es etwas anderes? Du hast der Sache selbst zugestimmt – ein notwendiges Übel. Eine erbärmliche Wahl, wenn man im Grunde gar keine Wahl mehr hat. Das ist das Beste, was das Leben in manchen Augenblicken zu bieten hat. Und jetzt ist einer dieser Augenblicke.«

Peter starrte auf das Fenster, hinter dem es allmählich dunkler wurde. Jetzt glaubte er Rauchschwaden zu erkennen. Vielleicht träumte er ja auch. Irgend etwas brannte. Vielleicht war es sein Leben, das zu Asche wurde.

»Peter, bitte. Wir haben keine Zeit mehr. Wir haben noch weniger Zeit, als du glaubst.«

»Darum kann es doch wohl kaum gehen.«

»*Genau* darum geht es.«

»Und was ist mit meiner Arbeit, wenn man sich das einmal überlegt? Was zum Teufel sollte das alles eigentlich? Soll vielleicht jeder einfach in Luft aufgelöst werden, der Leuten wie Henderson nicht in den Kram paßt? Gott steh uns bei. Diese Krankheit, Beatrice – vielleicht sollte sie mich ja befallen –«

»Peter, hör dir einmal selbst zu –«

»Vielleicht habe ich sie mir selbst auferlegt. Vielleicht ist sie eine Art Strafe?«

»Von wem? Von oben? Und wofür? Dafür, daß du getan hast, wofür du geboren wurdest? Einen tausendjährigen Frieden, Peter, davon ist bei der Armee die Rede; das ist es, was uns der ›Hammer‹ ihrer Ansicht nach bringen kann –«

»Ach wirklich? Die wollen sich selbst arbeitslos machen? Also, wer will hier etwas nicht wahrhaben?«

Auf einmal wurde sie aufbrausend. »Dann tu es eben für mich, klar? Wenn schon nicht für dich. Du mieser Schuft!« schrie sie, und dann begann sie plötzlich zu schluchzen, und vor Wut traten ihr die Tränen in die Augen. Peter starrte sie an, und er sah das blanke Entsetzen und die innige, grenzenlose Liebe. Er schloß die Augen – ihre Emotion war zu stark, zu eindringlich. Wenn er jetzt starb – und daran bestand nicht der geringste Zweifel –, dann müßte eigentlich sein gesamtes Leben auf einmal an ihm vorbeiziehen. Aber das geschah nicht. Was vor seinem geistigen Auge auftauchte, das war ihr *gemeinsames* Leben. Die Liebe, die Häuser, die Betten, die Labors, die feste Entschlossenheit, es zum Erfolg zu bringen, und allein schon die Länge dieses Lebens. Mit Ecken und Kanten, und vor allem war es *da*. All das würde schon sehr bald vergangen sein.

Aber es war nicht zu retten, nicht um einen solchen Preis.

»Nein«, hörte er sich sagen. »Nicht einmal für dich.«

Er glaubte, nachdem er das ausgesprochen hatte, würde er sich vielleicht etwas besser fühlen. Er rollte sich auf die Seite und wartete darauf, daß irgend etwas geschah. Eine Art Erlösung vielleicht. Doch statt dessen rollte er sich nur noch tiefer in seinen Schmerz ein.

In der folgenden Nacht spürte er, wie er abwärts rutschte, wie ihn ein eisiger Wind über ein glattes Gefälle nach unten drückte. Immer deutlicher sah er vor sich ein gewaltiges schwarzes Loch, das gähnend vor ihm klaffte und ihn in einen Zustand solch völliger Selbstvergessenheit sog, daß es ihn mit Schrecken erfüllte. Der Schmerz war inzwischen höllisch – stärker als alles, was man ihm geben konnte, um ihn zu lindern.

Es war noch keine vierundzwanzig Stunden her, seit er Beatrice' Vorschlag so entschieden abgelehnt hatte, und doch kam es ihm wie eine Ewigkeit vor. Der Schmerz war der Elastizitätsverstärker und das Reagens der Zeit. Er dehnte Sekunden auf Jahrhunderte aus und schürte seine Angst. Auf einmal spürte er, wie ihm alles, woran er aus tiefstem Herzen geglaubt hatte, entglitt und nichts mehr übrigblieb bis auf das schlichte Verlangen, um jeden Preis von seinen Qualen erlöst zu werden. Alles andere erschien im weißglühenden Licht dieses Drangs als Idiotie oder, was noch schlimmer war, als abscheuliche Drohung. Er versuchte, wieder auf die Ebene seiner eigenen Menschlichkeit zurückzukehren, aber das war in etwa, als würde er versuchen, an einem eisigen, moosbedeckten Wasserfall emporzuklettern. Zu seiner großen Überraschung wollte er nur noch leben.

Als er die Augen aufschlug, saß Beatrice an seinem Bett. Er streckte die Hand aus, spürte, wie sie sie ergriff, und fühlte sich einen Moment lang sicher. Sie hatte seine Gedanken gelesen, und sie war hier, um seine Gebete zu erhören. Neben der Wärme ihres Körpers spürte er die Kälte seines eigenen noch stärker. Er schloß die Augen, als ihn auf einmal ein noch heftigerer Schmerz durchzuckte, und der Atem stockte ihm mitten in der Kehle. Er fühlte sein Herz rasen, wie ein Pferd, das in einem brennenden Stall gefangen ist, und hörte, wie er selbst sein Schicksal besiegelte.

»Gott stehe uns allen bei, Beatrice. Ich werde alles tun, was du sagst.«

In einem Ausdruck plötzlicher Erleichterung atmete

sie tief durch. Und er spürte, wie ihn Panik ergriff; er hatte bereits Angst, es könnte schon zu spät sein. Und der Schmerz war inzwischen unerträglich geworden.

»Ich brauche eine Morphium-Infusion«, sagte er heiser.

»Peter. Danke.«

In ihren Augen standen Tränen, als sie eine Hand hochriß und sich vor das Gesicht hielt. Doch dann richtete sie sich auf und wandte sich zum Flur um: Da stand Frederick Wolfe, ein gespenstischer Schatten im Türrahmen. Wie lange hatte er schon dort gelauert, so nah, daß er genau den Augenblick mitbekam, in dem Peter nachgab? Als Beatrice ihm zunickte, entfernte sich Wolfe mit klappernden Schritten und rief im Flur irgendwelche Namen aus. Fast im selben Augenblick hörte man weitere Schritte und gedämpfte Stimmen, und dann beugten sich plötzlich unzählige Gestalten über Peter, wie eine Heerschar von Todesengeln, und mit einem Gefühl von unglaublicher Erregung und Erleichterung spürte er, wie die Nadel in seinen Arm eindrang. Das letzte, was er sah, war Beatrice, die sich die Hand vors Gesicht hielt und von Schluchzen geschüttelt wurde, und Wolfes bleiche Gestalt neben ihr, seine langen Finger, die er wie zum Gebet ausgestreckt hielt, seine schwarzglänzenden Augen, ein triumphierendes Lächeln auf seinem Gesicht.

Und dann ging die Welt aus wie ein Licht.

Schweizer Jura

Einhundert Kilometer hinter Bern, auf dem Weg nach Zürich, kreisten die Gedanken von Hans noch immer um Elizabeth. Um den Schmerz zu lindern – oder ihn zumindest angenehmer zu gestalten –, legte er die CD *Kind of Blue* ein, die Miles-Davis-Session aus den späten fünfziger Jahren, mit Coltrane und Bill Evans und noch ein paar anderen Musikern, die einfach den richtigen Ton trafen, so daß sich seine Stimmung jedesmal schlagartig aufhellte. Elizabeth hatte ihm dieses Album vorgestellt; eines Samstags hatte sie ihn schüchtern um die Erlaubnis gebeten, es zu spielen, während sie sich liebten. Damals hatte er sie plump verdächtigt, sie wolle lediglich bei ihrem Liebesspiel die Führungsrolle übernehmen. Erst jetzt wurde ihm allmählich klar, daß sie – vielleicht unbewußt – versuchte, ihn von seinem eigenen, egoistischen Vergnügen abzulenken und somit ihr eigenes zu verlängern. O Gott, dachte er, sie hat sich von mir soviel Dreck bieten lassen.

Und sie tut dir gut. War das nicht die Botschaft dieser Musik? Jeder Takt ließ in ihm die Erinnerung an die Berührung, den Geruch und das Gefühl lebendig werden – ein leiser, schimmernder Nachglanz der Freuden ihrer Nachmittage. Er stellte die Musik lauter und machte das Schiebedach auf.

Der Gedanke schoß ihm durch den Kopf, daß er sich vielleicht verliebt hatte.

Sofort wehrte sich etwas in ihm gegen diesen Gedanken. Du darfst dich da nicht hineinsteigern.

Dann laß dir ein besseres Wort dafür einfallen, hielt er jener Stimme entgegen. Und dann trat Schweigen ein.

Auf gar keinen Fall werde ich diese Frau sausenlassen, dachte er entschlossen. Im Gegenteil, wir werden uns noch öfter sehen als bisher. Nachts ebenso wie tagsüber, an Werktagen ebenso wie an Wochenenden, und Yvettes Verdächtigungen soll der Teufel holen. Wir müssen diese Sache durchboxen – wir sind vom Schicksal dazu bestimmt, und sie wußten es beide. Auf einmal verspürte er nur noch das Bedürfnis, Elizabeth zu finden, weiterzufahren, seinen Namen zu ändern, sich einen Bart wachsen zu lassen und mit ihr nach Bora Bora zu verschwinden.

Er drückte aufs Gaspedal. Der dicke Zwölfzylindermotor reagierte mühelos, und der Wagen schoß einen der gewundenen Pässe der Juraberge hoch. Er war erfüllt von Liebe, sogar für diese Berge. Er mußte daran denken, daß die Geologie schon seit der Grundschule eine seiner großen Leidenschaften war, und er hatte keinen besseren Ort gefunden, um dieser Leidenschaft zu frönen, als in diesen Namensvettern der Jurazeit, diesem ehrfurchtgebietenden Labyrinth aus Felsgestein, Tannen und Wasserfällen, in denen zu dieser frühen Stunde kaum ein Wagen unterwegs war. Und während er über die uralten Verbindungsstraßen raste, wanderten seine Gedanken zurück in die Zeit, als seichte Meere und neu entstehende Lebensformen ihre Überreste diesen Höhenzügen überlassen hatten.

Paläontologe hätte ich werden sollen, dachte er. Alles, nur nicht das, was ich geworden bin. Er sah aus dem Fenster – und fand augenblicklich seine Ruhe wieder, verloren in der prähistorischen Weite der Landschaft, in der seine kleinlichen Alltagssorgen völlig unbedeutend erschienen. Er spürte förmlich das Tosen der urzeitlichen Ozeane, die durch tektonische Hebungen himmelwärts zu den Gipfeln umgestülpt wurden, die nun rings um ihn in die Höhe ragten.

Über diese Straße sollte ich irgendwann einmal mit Elizabeth fahren, überlegte er sich. Sie liebt diese Berge vermutlich ebenso wie ich. Wenn ich sie manchmal auf einen Rundflug mitgenommen habe – diese Augenblicke zählten mit zu den schönsten, die wir je zusammen hatten, über schneebedeckten Gipfeln kreisend, während wir die Schönheit der Natur bewunderten. Mein Gott, hatte es denn überhaupt irgendwelche schlechten Augenblicke gegeben? Im Moment konnte er sich an keinen einzigen erinnern.

Ruf sie an, du kaltschnäuziger Idiot. Sag ihr, wie du dich fühlst, bevor du nicht mehr weißt, wie es ist, etwas zu fühlen.

Er zermarterte sich das Gehirn nach ihrer Telefonnummer. Seit er das Gefühl hatte, daß er verfolgt wurde – daß Yvette Privatdetektive engagiert hatte –, hatte er Elizabeths Nummer aus all seinen Kurzwahlspeichern gelöscht. Er verwählte sich zweimal, bevor ihm die richtige Nummer wieder einfiel, und dann blockierten die Berge die Verbindung. Erst ein Knistern, dann war die Leitung tot. Er versuchte es erneut, immer und immer wieder, und wollte schon aufgeben, als er ihre Stimme schließlich hörte, schwach und verloren und voller Hoffnung.

»Hallo? *Hallo?*«

»Elizabeth? Ich bin's.«

»*Hans?* Die Verbindung reißt ab. Wo bist du?«

»Auf dem Weg nach Zürich. Das sind die Berge, du fällst immer wieder aus der Leitung. Ich werde schnell sprechen, in Ordnung? Ich will, daß wir beide zusammen sind. Hast du mich gehört?«

Knistern. Und dann: »Ja. Ja, ich habe dich gehört.«

»Du glaubst mir nicht. Ich weiß. Aber es stimmt. Ich will einen Weg für uns beide finden, und Yvette und alles andere soll der Teufel holen, klar? Elizabeth?«

»Ich weiß nicht, was ich sagen soll.«

»Sag ja. Sag, daß du mit mir zusammensein willst,

dann kann uns nichts mehr aufhalten. *Willst* du es? Bitte.«

Eine qualvolle Pause. »Ja. Ja, ich will.«

»Ich weiß, ich war ein absolutes Arschloch –«

»Niemand ist perfekt. Hans, ich hatte solche Angst –«

»Wovor?«

»Wovor? Vor dem, was du zu mir gesagt hast – daß andere unsere Gespräche mithören – was ist, wenn genau jetzt irgend jemand mithört – sie könnten doch –«

Den Rest hörte Hans nicht mehr. Er war eben um eine stark ansteigende Kurve gebogen, und auf einmal tauchte ein riesiges, schwarzes Wohnmobil mit aufgeklappter Motorhaube vor seiner Windschutzscheibe auf, das am Straßenrand hielt, aber fast die gesamte Breite der Fahrbahn einnahm.

»O mein Gott!«

»Hans?«

Er bremste scharf, und der BMW drosselte sein Tempo, aber es war zu spät. Wie es aussah, würde er den Wagen genau von vorne rammen. Der Mann, der eben noch einen Blick in den Motor geworfen hatte, schnellte entsetzt hoch, während Hans fluchte und das Lenkrad herumriß, auf den Abgrund zu – etwas, was ihm bewußt nie in den Sinn gekommen wäre, aber es war die einzige Möglichkeit, den armen Teufel nicht über den Haufen zu fahren. Der 750er raste gegen den galvanisierten Stahl der Leitplanke, drehte sich seitlich und wurde unter entsetzlichem Kreischen quer über die Fahrbahn geschleudert. Er prallte mit voller Wucht gegen den Berghang. Glas splitterte, und Chromteile flogen in irren Kurven durch die Luft. In Sekundenschnelle füllten sich sämtliche Airbags, und ein seltsames Gemisch, das nach Gummi, Schießpulver und Maisstärke roch, erfüllte die Luft.

Einen Augenblick lang war er wie betäubt, dann glaubte er sich in Sicherheit. Doch nicht einmal eine Sekunde später riß der Wind den Airbag fort, und der Wagen steuerte erneut auf die Leitplanke zu.

Diesmal prallte er genau im rechten Winkel dagegen, so daß die Leitplanke entzweibrach und hinter sich nur noch den gähnenden Abgrund freigab. Aber sie hatte dem Wagen den letzten Schwung genommen, und so kam Hans' verbeulter BMW genau an dieser Stelle zum Stillstand, am Fahrbahnrand über dem Abgrund wippend, unter sich nichts als fünfhundert Meter dünne Alpenluft. Eine Gewichtsverschiebung würde genügen – und dann würde ihn nichts mehr trennen von dem rund zweieinhalb Kilometer breiten Juragestein siebenhundert Meter unter ihm.

Zu benommen, um die Gefahr, in der er schwebte, zu begreifen, bewegte er sich und tastete nach seinem Kopf, um festzustellen, ob er noch dran war. Dann hörte er den Aufschrei.

»Nicht bewegen! Um Himmels willen!«

Dieser Ruf brachte ihn soweit wieder zur Besinnung, um ihm klarzumachen, daß er in seinem Fahrzeug im wahrsten Sinn des Wortes wie auf einer Wippe saß. Der Fahrer des Wohnmobils kam auf ihn zugerannt. Hans lehnte sich in seinem Sitz zurück und merkte, wie die Hinterräder des Wagens wieder auf der Straße Halt fanden. Er versuchte die Tür zu öffnen, aber sie war fest verklemmt.

»Was zum Teufel hatten Sie denn da mitten auf der Straße zu suchen?« brüllte er wütend. Der Fahrer des Wohnmobils hob beschwichtigend die Hände.

»Immer mit der Ruhe, Kumpel – immer mit der Ruhe!«

Er merkte, daß der Wagen wieder stärker dem Abgrund entgegenkippte.

Gelähmt vor Entsetzen starrte Hans durch die Windschutzscheibe, hinter der der Ausblick nun erst recht beängstigend steil abfiel. Dann gab es einen dumpfen Aufschlag, und der Wagen fiel zurück in eine horizontale Lage. Hans warf einen Blick über die Schulter nach hinten und sah, daß ein zweiter Mann auf den Kofferraum seines Wagens gesprungen war, während ein dritter hinzueilte, um es ihm gleichzutun. Der Fahrer des Wohnmobils stand inzwischen neben ihm am Fenster und drängte ihn, den Wagen zu verlassen.

»Klettern Sie einfach durchs Fenster – jetzt ist fürs erste alles in Ordnung, Kumpel!«

Amerikanischer Akzent. Das hätte er sich denken können – diese verfluchten Touristen mit ihrem gottverdammten Wohnmobil. Er tauchte mehr oder weniger durchs Fenster, während der Fahrer des Wohnmobils ihn hinauszog und ihm auf die Füße half. In dem Augenblick, in dem Hans sich zu ihm umdrehen wollte, verspürte er auf einmal einen heftigen, stechenden Schmerz in seinem Arm.

Irritiert schnellte er zurück. Einen Moment lang glaubte er, er hätte sich den Arm an einem scharfkantigen Stück Stahl aufgeritzt. Aber er hatte den Wagen gar nicht mehr berührt. Der Schmerz kam von etwas, was der Mann in seiner Hand hielt – einem kleinen, dunklen Gerät mit einem Auslöser und einer Nadel.

»Was zum Teufel machen Sie denn da?« stieß Hans hervor. Eigentlich hatte er den Mann anbrüllen wollen, doch seine Stimme war nur ein undeutliches Knurren.

Und dann wurde auf einmal alles um ihn schwarz.

Die drei Männer gingen mit raschen Bewegungen ans Werk – ein erfahrenes, eingespieltes Team.

»War ziemlich knapp«, bemerkte der Fahrer mit einem

Blick auf den Wagen am Rand des Abgrunds, während er Hans an den Füßen hochhob. Einer der anderen nickte und packte Hans an den Schultern.

»Wer konnte schon ahnen, daß er so verdammt *schnell* fahren würde? Mein Gott!«

Innerhalb einer Minute hatten sie ihn ins Innere des Wohnmobils verfrachtet und zogen ihm die Kleidung aus, während ein vierter Mann, der nackt und in Handschellen dabeisaß, mit blankem Entsetzen zusah. Er war etwa in Hans' Alter, ebenso groß wie er und hatte dasselbe sandfarbene Haar. Seine bleiche Gesichtsfarbe hingegen ließ vermuten, daß er längere Zeit im Gefängnis gesessen hatte. Er betete leise auf russisch.

Die anderen Männer nahmen ihm die Handschellen ab und befahlen ihm mit vorgehaltener Waffe, Hans' Kleidung anzuziehen. Der Russe zitterte; offensichtlich hatte er keine Ahnung, was zum Teufel hier eigentlich vor sich ging, war aber doch schlau genug, um zu wissen, daß es nichts Gutes war. Genau wie Hans besaß auch er einen jugendlichen, kräftigen Körper. Nur sein Gesicht, in dem die Zähne fehlten, die man ihm mit einem israelischen Hammer ausgeschlagen hatte, wirkte seltsam greisenhaft.

Sobald die Männer ihn in Hans' Kleidung gesteckt hatten, war die Sache einfach. Sie knüppelten ihn nieder, trugen ihn zu dem Wagen hinüber und warfen ihn über das Seitenfenster auf den Fahrersitz. Einer der Männer goß gut zwanzig Liter Benzin mit hoher Oktanzahl über den bewußtlosen Russen und ins Wageninnere, bevor er ein brennendes Streichholz hinterherwarf.

Es folgte eine ohrenbetäubende Explosion, und die beiden anderen Männer sprangen von der hinteren Stoßstange.

Die Schwerkraft erledigte den Rest. Der Wagen kippte noch ein Stück weiter vor, dann rutschte er über den Rand und stürzte in die Tiefe, wobei er sich fast fünf Sekunden lang träge drehte, bevor er schließlich auf einen Felsvorsprung aufschlug. Die Wucht des Aufpralls brachte den Benzintank zum Explodieren, und das Fahrzeug wurde zu einem Kometen aus Feuer und verbogenem Metall. Als es schließlich weit, weit unten zu liegen kam, war das Wohnmobil oben auf der Straße längst verschwunden.

Keine zwei Stunden später befand sich Hans Brinkman – inzwischen an einen Infusionsschlauch angeschlossen, um ihn in ein Koma zu versetzen – an Bord einer C-20 mit Sonderausstattung, eines militärischen Modells des Golfstrom-III-Executive-Jets. Mit einer Spitzengeschwindigkeit von mehr als fünfhundert Meilen pro Stunde und einer Reichweite von über viertausend Seemeilen war die Maschine für diese Mission hervorragend geeignet. Sie war bei der Air West registriert, einem Tarnunternehmen der Nationalen Sicherheitsbehörde. Die Benutzung erfolgte durch einen solch ausgeklügelten Filter von Organisationen innerhalb der verschlüsselten Hierarchie des amerikanischen Geheimdienstes, daß es den Flug im Grunde gar nicht gab.

Hans wurde von Dr. Emilio Barrola überwacht, einem fünfundsechzigjährigen Facharzt für Neurochirurgie, den Frederick Wolfe persönlich ausgewählt hatte. Barrola war knapp einen Meter neunzig groß, mit grünen Augen und aufgeblähten Nasenflügeln, dunklem, wallendem Haar und den kräftigen Händen und langen, feingliedrigen Fingern eines Konzertpianisten. Er trug eine dünne Brille mit Drahtgestell und ein maßgeschneidertes Nadelstreifenhemd und besaß ebensoviel Ehrgeiz wie Erfahrung. Er war sich vollauf darüber im klaren, daß ihn seine Beteiligung an diesem Projekt leicht ins Gefängnis bringen konnte, sollte je etwas davon ans Licht der Öffentlichkeit dringen. Er wußte aber auch, daß er in die höchsten Sphären wissenschaftlicher Errungenschaften hochkatapultiert werden konnte, wenn ihm und seinen Kollegen demnächst gelang, was ihnen seiner Ansicht nach gelingen mußte, und sein Herz hämmerte gegen seine Rippen, auch wenn er nach außen hin die Ruhe selbst war.

Der Muskelprotz, der Barrola als Assistent zur Seite stand, war der zweiunddreißigjährige Lieutenant Lance Russell, ebenfalls handverlesen, in diesem Fall jedoch von Colonel Oscar Henderson. Russell bestand aus über einem Meter achtzig Muskeln und Knochen, mit einem Verstand so schlicht und geschliffen wie ein Tranchiermesser. Sein Bürstenschnitt ließ auf der Kopfhaut, quer über dem linken Schläfenlappen, eine tiefe Kerbe erkennen, die von einer Such- und Tötungsmission in Bagdad herrührte. Das Blau in seinen Augen war auffallend hell, fast schon weiß. Russell hatte die Anweisung, Hans' Körper mit seinem Leben zu verteidigen und jeden kaltzumachen, der seinen unversehrten Zustand bedrohte. Russell war ein Experte auf dem Gebiet der unkonventionellen Kriegsführung, besaß mehrere schwarze Gürtel und keinerlei Gewissen, das ihm in die Quere kommen könnte, wodurch er für diese Aufgabe hervorragend qualifiziert war.

Der unmarkierte Flug wurde durch NATO-Fluglotsen von einem militärischen Sektor in den nächsten weitergeleitet, bis er sich weit über dem Nordatlantik befand. Einhundert Meilen vor Long Island wurde er von einem Stratotanker der US-Nationalgarde New Jersey in Empfang genommen und aufgetankt, einer Boeing KC-135R, die ausschließlich auf versiegelte Order hin und mit hochrangigen Offizieren im Cockpit zum Einsatz kam. Von dort wurde der Golfstrom-Jet vom NORAD-Radarnetz in Colorado Springs übernommen. Er glitt an der Ostküste der USA entlang in Richtung Süden, ständig überwacht von aufmerksamen Augen eintausend Meter tief im Granitgestein, ein leuchtender kleiner Punkt auf dem Radarschirm – einer von Zehntausenden, die nicht nur sämtliche Flugzeuge, sondern auch jeden Satellit und jedes Stück Weltraumschrott, das größer als ein Basketball war, anzeigten. Er trug die Bezeichnung FS2308, Dringlichkeitsstufe eins. Davon abgesehen war er völlig anonym.

Über der Halbinsel von Florida schwenkte der Jet um zehn Grad in östlich-südöstliche Richtung und überflog die Große Bahama-Insel, Nassau und eine Reihe kleinerer Inseln und Korallenriffe, die im türkisblauen Meer verstreut lagen, bis schließlich Kuba in Sicht kam. Das Flugzeug vermied den kubanischen Luftraum, kam aber nahe genug, um von der Luftraumüberwachung der Marines in Guantánamo registriert zu werden. Es flog weiter, an Haiti und der Dominikanischen Republik vorbei, bevor es schließlich über Puerto Rico langsam die Klappen ausfuhr und an Höhe verlor. Die Hafenfestung von San Juan huschte genau bei Sonnenuntergang so nah unter ihnen vorbei, daß die Flugbesatzung die Touristen erkennen konnte. Und dann kam ein winziger Fleck in Sicht, genau hinter dem östlichen Ausläufer von Puerto Rico.

Der zweistrahlige Jet lief bereits mit Reservetreibstoff, als er auf den Boden aufsetzte und am Ende der kleinen Landebahn zum Stillstand kam. Auf dem Flughafen rührte sich nichts. Normalerweise wurde er lediglich von Maschinen angeflogen, die den Sichtflugregeln unterlagen, so daß nach Sonnenuntergang im allgemeinen Ruhe einkehrte. Heute abend wurde diese Stille zusätzlich durch sechs Humvee-Jeeps der Marines sichergestellt, die rings um das Gelände standen und den Befehl hatten, alle Zivilisten fernzuhalten.

Ein einziges Fahrzeug, ein schwarzer Chevrolet Suburban, bewegte sich über den Platz, um die Maschine in Empfang zu nehmen. Hinter seinen dunklen Rauchglasfenstern befand sich so etwas wie ein Krankenhaus. Colonel Oscar Henderson stand am Flugzeug zum Empfang bereit, schüttelte Lieutenant Russell die Hand und sorgte dann dafür, daß Hans mit möglichst wenig Wirbel in das Fahrzeug verfrachtet wurde.

In dem Augenblick, in dem sich der Wagen entfernte, heulten die Motoren der C-20 bereits zum Abflug auf. Trotz des niedrigen Treibstoffstands war es der Maschine nicht gestattet, ihren Aufenthalt hier zu verlängern. Sie hatte den Befehl, zurück nach Guantánamo zu fliegen, um dort aufzutanken und einen neuen Auftrag entgegenzunehmen. Schon am darauffolgenden Abend würden die Maschine und ihr Pilot in Indonesien einen Agenten an Bord nehmen, der dort ein erfolgreiches Attentat auf einen irregeleiteten IWF-Banker verübt hatte. Und wie schon bei dem eben abgewickelten Auftrag würde der Pilot auch in diesem Fall keinerlei Details kennen – und erst recht keine Fragen stellen. Das Flugzeug und sein Echo entfernten sich fast ebenso rasch wie der Suburban.

Die Humvees schwenkten vor und hinter dem Wagen ein, und die gesamte Karawane verschwand in der Nacht. Innerhalb weniger Minuten war das einzige, was man noch hörte, der volltönende Chor von Grillen und Laubfröschen, der den nächtlichen Beginn eines neuen Kampfes um Futter und Fortpflanzung ankündigte.

5

St. Moritz, Schweiz

Elizabeth hatte seit sechsunddreißig Stunden nicht geschlafen.

Am Tag zuvor, während der Aufnahmen für Calvin Klein, hatte sie sich von einer plötzlichen Lethargie übermannt gefühlt. Es war fast dasselbe unbezwingbare Gefühl gewesen, das Annie, nach ihren Worten, in dem Jahr erlebt hatte, in dem sie mit dem Epstein-Barr-Virus zu kämpfen hatte. Sie döste zwischen den Einstellungen nur noch auf ihrem Stuhl vor sich hin und reagierte so langsam auf die Anweisungen des Fotografen, daß er sie schließlich anbrüllte. Und danach folgte dann die befürchtete Aussprache: der Account-Executive, der Art-Director und der Kunde debattierten, ob sie den heutigen Arbeitstag abschreiben und ein neues Model engagieren sollten. Das war dann der Augenblick, in dem Elizabeth sich endlich am Riemen riß und sich wieder auf die Arbeit konzentrierte, so daß am Ende des Tages doch alle wieder miteinander zufrieden waren. Gott sei Dank.

Aber es war doch beschämend. Sie war ein Profi – und niemand hatte sie anders bezeichnet, nicht einmal während ihrer ersten Tage als Katalogmodel. Sie schleppte sich zurück in ihre Wohnung und hörte die Nachrichten auf ihrem Anrufbeantworter ab. Keine von Hans. Sie ließ sich ins Bett fallen und hoffte auf einen tiefen, klärenden Schlaf, doch ihre Gedanken liefen schon im nächsten Augenblick auf Hochtouren. Irgendwann nach Mitternacht stand sie auf und begann zu lesen. Sie verschlang einen Großteil von *Vernunft und Gefühl*, doch danach quälte sie der Gedanke an Hans nur noch mehr; sie machte sich immer noch die größten Sorgen und war dem Schlaf kein bißchen näher. Sie warf Jane Austen beiseite und griff statt dessen nach einer zerfledderten Taschenbuchausgabe von *Alice im Wunderland*, was zumindest dem wirklichen Leben etwas mehr zu entsprechen schien.

Und dann tat sie etwas, was sie – das hatte sie sich geschworen – eigentlich niemals tun wollte: Sie rief Hans in seinem BMW an, die einzige Nummer, unter der sie ihn anrufen durfte. Wie er ihr einmal erklärt hatte, würde man Yvette niemals in einem Yuppiemobil antreffen.

Es kam keine Antwort. Der Anschluß, den sie erreichen wollte, befand sich nach Auskunft der digitalen Stimme außerhalb des Netzbereichs. Außerhalb des Netzbereichs? Was sollte das heißen? War er vielleicht auf einen Teller Nudeln nach Rom geflogen?

Warum hatte er sie nicht zurückgerufen?

Im Morgengrauen kochte sie sich Tee und versuchte, positiv zu denken, als das Telefon klingelte. Es war Annie, und ihre Stimme klang tränenerstickt.

Entweder zog sich die Welt zusammen, oder Elizabeth dehnte sich aus, genau wie Alice, denn sie hatte auf einmal das Gefühl, ihr Kopf würde gegen die Decke gedrückt.

»Annie, was ist los?« fragte sie ängstlich.

»Lizzy, ich hab schreckliche Neuigkeiten.«

Elizabeth wollte schon fragen, ob es etwas mit Annies Mann Roland zu tun hatte. Doch sie wußte, daß es das nicht sein konnte. Dann hatte sie plötzlich das Gefühl, taub zu sein. Annie quasselte in einem fort, doch Elizabeth konnte sich aus ihren Worten nichts zusammenreimen.

»Du dachtest dir doch schon, daß so etwas passieren könnte. Du hattest eine Art Vorahnung, hast du neulich beim Mittagessen gesagt, oder?«

»Eine Vorahnung?«

»Ich weiß noch – als er dich anrief, da hast du zu ihm gesagt: ›Ich werde dich nicht mehr wiedersehen.‹ Und danach hast du gesagt: ›Ich weiß nicht, was ich damit meine.‹ Und ich dachte, du meintest damit, daß du die Beziehung beenden würdest, aber –«

Elizabeth fühlte sich wie gelähmt. »Du sprichst von Hans.«

»O mein Gott. O Lizzy. Du stehst unter Schock. Es tut mir leid.«

»Nein.« Sie rang um Atem. »Sag's mir noch einmal. Ich bin jetzt da.«

Und dann legte Annie ihr in abgehackten Sätzen alles dar. Autofahrer hatten am nächsten Morgen die zertrümmerte Leitplanke entdeckt. Der erste Mann, der anhielt, glaubte, in der Tiefe ein verkohltes Autowrack zu erkennen. Die Behörden wurden verständigt und Bergsteiger hinuntergeschickt.

»Nein«, sagte Elizabeth mit scharfer Stimme. »Nein.«

Das Telefon fiel ihr aus der Hand, und sie hob es wieder auf.

»Es war sein BMW, Kleines. Und er saß drin. Es gab dort Reifenspuren, Lizzy – der Wagen ist über siebzig Meter weit geschlittert. Es heißt, daß er viel zu schnell gefahren ist. Seine Frau hat den Reportern erzählt, daß er wütend war, als er das Haus verlassen hat. Irgend jemand hat Mist gebaut, und er wollte's ihm zeigen. Entweder das, oder er ist am Steuer eingeschlafen. Es tut mir so leid.«

»Er ist nicht eingeschlafen«, sagte Elizabeth.

»Na ja, aber woher willst du wissen, daß –«

»Was ist mit dem anderen Wagen?«

»Was für einem anderen Wagen? Es war kein anderer Wagen da. Er hat einfach die Kontrolle über –«

»Annie, ich habe doch mit ihm gesprochen!«

»Du hast mit ihm *gesprochen*?«

»Ja! Er hat gebrüllt – geflucht –, als ob ihm irgend etwas in die Quere gekommen ist. Es muß ein anderer Wagen gewesen sein. Und dann war die Leitung tot –«

»Kleines, es war kein anderer Fahrer beteiligt. Lizzy?«

»Schon gut«, sagte Elizabeth. Sie sank zu Boden und glitt in eine Ecke. Ihr Mund fühlte sich trocken an, und ihr wurde schwarz vor Augen.

»Mußt du heute arbeiten?« fragte Annie sanft.

»Wir sind gestern fertig geworden.« Und dann weinte sie plötzlich, von Kälte und Entsetzen geschüttelt, wie ein Kind.

»Lizzy? Lizzy, Liebes, bist du noch da? Ich bin schon auf dem Weg zu dir. Halt durch, ja?«

Hans Brinkmans Tod sandte Schockwellen durch die gesamte Europäische Gemeinschaft. Sein Freundeskreis war umfangreich gewesen, und die Schar seiner Geschäftspartner, Speichellecker und Bewunderer noch beträchtlicher. Die Zahl derer, die eine Einladung zur Trauerfeier erhalten hatten und damit an den Friedhofseingängen durchgelassen wurden, belief sich auf über vierhundert. Sie füllten die Kapelle des Züricher Fluntern-Friedhofs und verteilten sich auf den umliegenden Rasenflächen, wo sie unter zweihundert Jahre alten Bäumen der Lobrede lauschten, die aus den Lautsprechern ertönte.

Annie, die darauf bestanden hatte, Elizabeth zur Beerdigung zu fahren, holte sie mit einiger Verspätung ab. Als die beiden den Friedhof erreichten, mußte Elizabeth zu ihrer Bestürzung feststellen, daß sie nur noch unter der Menschenmenge im Freien an der Trauerfeier teilnehmen konnten.

»Es ist sowieso ein geschlossener Sarg, glaube ich«, sagte Annie mit matter Stimme.

»Dann muß ich wenigstens einen Blick auf den Sarg werfen.«

»Lizzy, es tut mir leid, ich mußte noch tanken. Und sie hätten dich sowieso nicht hineingelassen.«

»Nein, wahrscheinlich nicht, oder?« Auf einmal bemerkte sie all die scheinbar zufällig Anwesenden, die etwas weniger Wichtigen, die Schaulustigen, die sich keine Beerdigung entgehen ließen und sich nach allen Seiten hin ausgebreitet hatten.

Genau das war ich für Hans, dachte sie. Nicht wirklich in seinem Leben. Aber nein, begriff sie auf einmal voller Ungestüm – in jener Nacht hatten sie am Telefon wieder zusammengefunden. In jenem Augenblick hatte sie einen tiefen Einklang mit ihm verspürt, eine geheimnisvolle Vertrautheit, über die keiner von ihnen näher zu sprechen wagte. *Ich will, daß wir zusammen sind,* dachte sie – und wunderte sich über die Stärke ihres Gefühls, über diesen fast schon körperlichen Drang, ihm jetzt, im Tod, nahe zu sein. War es denn ein schwächliches, egoistisches Empfinden, dieser Wunsch nach einem Abschluß? Nein, ausgeschlossen. Sie mußte *dort* sein, mitten unter den wirklich Trauernden, denen, die ihn geliebt hatten. Wenn man sie ließe, dann würde sie sich auf den Sarg werfen und ihn laut beim Namen rufen.

Hinter ihr standen zwei Männer in blauen Nadelstreifenanzügen, beäugten sie und tuschelten miteinander. Yvettes Privatdetektive, die verhindern sollten, daß sie einen Skandal auslöste?

Es war noch ein Wagen dabeigewesen – da war sie sich sicher!

Aber Annie hatte gesagt, es sei keiner dabeigewesen, o verflucht noch mal! Gequält wandte sie ihre Aufmerksamkeit wieder den Stimmen zu, die aus dem Lautsprecher drangen.

Ein Pfarrer sprach eben seine abschließenden Worte, sprach von der Vergänglichkeit des Lebens und Gottes beschützenden Armen an einem fernen Ort, unberührt von aller irdischen Mühsal und der zerstörerischen Kraft der Zeit. Als nächstes ergriffen Kollegen und alte Schulkameraden das Wort, die allesamt in geschliffenen Sätzen Hans' Eigenschaften als Banker und Visionär, als Skifahrer, Pilot und Sportsmann von olympischer Größe hervorhoben. Eine geschlagene Stunde lang lauschte sie aufmerksam den anerkennenden Worten, die Hans' Beharrlichkeit, Kraft, Intelligenz, Strebsamkeit und Gerissenheit huldigten.

Sie wartete und wartete, um wenigstens einen Menschen zu hören, der davon sprach, wieviel Hans seinem Herzen bedeutet hatte. Aber niemand tat es. Nicht ein einziger.

Der Gedanke jagte ihr einen eisigen Schauder über den Rücken.

Kurz bevor man den Sarg zur Beisetzung ins Freie trug, wurden alle Trauergäste eingeladen, sich an der Grabstelle zu versammeln. Elizabeth und Annie schritten gemeinsam eine breite Ulmenallee entlang, in der man die Zikaden zirpen hörte. Für einen Augenblick wurde ihr etwas wohler ums Herz – zumindest würde sie nun dabeisein, wenn man ihn zur letzten Ruhe bettete. Ihr Puls verlangsamte sich wieder. Doch als sie an dem betreffenden Friedhofsabschnitt ankamen, mußten sie feststellen, daß er abgeriegelt war, während Männer die Namen mit denen auf einer Liste verglichen. Leute, die nicht auf der Liste standen, wurden höflich abgewiesen und aufgefordert, sich in das Kondolenzbuch in der Kapelle einzutragen. Es war völlig ausgeschlossen, daß Elizabeths Name auf dieser Liste stand.

»Das ist seine Frau«, brummte Annie. »Wenn sie nicht irgendwelche Leute ausschließen kann, dann ist es kein echtes Ereignis.« Sie legte besorgt die Stirn in Falten: Elizabeths Gesicht war aschfahl, verfärbt von einem Gefühl, das sie nicht genau bestimmen konnte. »Komm schon«, versuchte es Annie. »Du quälst dich doch nur selbst. Warum lassen wir uns nicht einfach irgendwo vollaufen?«

Elizabeth schüttelte traurig den Kopf. »Annie, sei mir nicht böse, aber ich glaube, ich muß jetzt allein sein. Geh du hin und sieh zu, wie er beerdigt wird. Du kannst mir ja nachher davon erzählen, das wird mir bestimmt helfen.«

Annie dachte einen Augenblick lang über den Vorschlag nach, dann lehnte sie ab. »Ich fahre dich nach Hause.«

»Nein, ich kann mir ein Taxi nehmen«, sagte Elizabeth. In ihrem Kopf regten sich Gedanken. »Ich werde nur rasch in der Kapelle etwas in das Buch schreiben und dann vielleicht ein bißchen spazierengehen.«

»Lizzy, bist du sicher? Du wirkst ein bißchen wackelig auf den Beinen.«

»Ein bißchen. Aber es geht mir gut, Annie«, beschwichtigte Elizabeth ihre Freundin und küßte sie auf beide Wangen. Sie wartete, bis Annie sich entfernte, vorbei an den beiden Männern in Nadelstreifenanzügen, von denen einer eine Kamera über der Schulter trug. Als Annie ihren Blicken entschwunden war, wandte sie sich um und ging in die entgegengesetzte Richtung.

Sie ging nicht zur Kapelle – was sollte sie schon in dieses Buch schreiben? Statt dessen ging sie auf den Boulevard hinaus und die Zürichbergstraße hoch, an der Friedhofsmauer entlang. Ein für die Jahreszeit ungewöhnliches Tauwetter hatte den Schnee schmelzen lassen; Wasser strömte über die Rinnsteine, und der Himmel war bei weitem zu hell für ihre Stimmung, die sich zunehmend verdüsterte. Ein Pärchen ging an ihr vorbei, lachend, Arm in Arm, wobei die Hand des Mädchens die des Jungen in seiner Manteltasche umfaßt hielt. Elizabeth senkte den Kopf und beschleunigte ihre Schritte. Auf der anderen Straßenseite befand sich das nördliche Ende des Züricher Zoos, der ebenfalls von einer hohen, efeubewachsenen Mauer umgeben war. Sie hörte irgendein Tier schreien – ein tiefes, ständig wiederkehrendes *ugh, ugh, ugh,* das ihr angst machte. Sie hatte das Gefühl, in der Falle zu sitzen, gefangen zwischen dem unfaßbaren Reich des Todes auf der einen Seite und der unergründlichen Wildheit des Instinkts auf der anderen. Hundert Meter weiter unten hielt sie an der Südmauer des Friedhofs inne und sah sich vorsichtig um.

Zwischen dem Gehsteig und der knapp drei Meter hohen Mauer war ein Baum gewachsen. Er hatte eine rauhe Borke und stand aufrecht wie ein Pfosten. Ohne lange zu überlegen, stemmte sie sich mit dem Rücken gegen das grobkörnige, graue Gemäuer, drückte die Füße gegen den Baumstamm und kletterte an ihm hoch wie ein Bergsteiger an einer Felswand. Wenige Augenblicke später sprang sie von der Mauer auf den Friedhof und landete zwischen einer Gruppe von Birken. Von menschlichem Leben war nirgends eine Spur zu entdecken.

Sie fühlte sich schon besser.

Sie stapfte zwischen den Bäumen hindurch auf einen

verlassenen Werkshof und drückte sich an etlichen Geräteschuppen, aufgerollten Kunstrasenteppichen und haufenweise welken Blumen vorbei, bis sie schließlich das eigentliche Friedhofsgelände erreichte.

An dieser Stelle hielt sie einen Augenblick inne und lauschte. Ein sanfter Wind bewegte die Birkenblätter, und irgendwo gurrte eine Taube – ein wehmütiger Kontrapunkt zu der fernen Stimme des Pfarrers, der in diesem Augenblick das Vaterunser sprach. Sie folgte der Richtung, aus der die Worte kamen, bis sie auf einmal die verchromte Winde an Hans' Sarg sah, die im Licht der Sonne blinkte. Sie schlich näher.

Bald stand sie nah genug, um eine hochgewachsene Frau mit vollen, blassen Lippen erkennen zu können, die sich in diesem Augenblick dem Grab näherte. Dort angekommen ließ sie eine Rose auf den Sarg fallen, trat zur Seite und verbarg ihr Gesicht hinter einem schwarzen Schleier.

Yvette, dachte Elizabeth und duckte sich unauffällig hinter eine der größeren Gruften. Auf einmal schoß ihr der Gedanke durch den Kopf, daß Hans ihr niemals ein Foto von seiner Frau gezeigt hatte – und sie ihn auch niemals danach gefragt hatte. Sie bereute beinahe, daß sie sie jetzt gesehen hatte. Die Frau wirkte so seltsam leer, so bitter, so verstört, als hätte Hans – so dachte sie plötzlich – die Frau, die er einst geheiratet hatte, aus irgendeinem Grund völlig mittellos hinterlassen.

Oder war das etwa ihre eigene Trostlosigkeit, die sich hier Luft machte?

Sie versuchte, den Schmerz des Verlustes zu empfinden, in seinem tatsächlichen Ausmaß, aber die Tränen wollten einfach nicht fließen. Fühlten sich alle in diesem Augenblick ebenso leer? War das vielleicht Hans' Vermächtnis? Nichts zu hinterlassen als ein Gefühl von Leere und Verwirrung?

Und dann entdeckte Elizabeth noch eine Frau – eine, die etwas abseits von den anderen stand und so heftig schluchzte, daß ihre Schultern zitterten. Niemand schien zu wissen, was mit ihr war – oder wer sie war –, und etliche Leute traten vor Verlegenheit ein, zwei Schritte zur Seite.

Bei Elizabeth öffneten sich auf einmal alle Schleusen. Sie mußte so heftig weinen, daß sie von einem körperlichen Schmerz überwältigt wurde, der ihr in die Magengrube fuhr und ihr die Kehle zuschnürte, so daß sie fast zu ersticken glaubte. Unter diesen Schmerzen hatte sie jede Hoffnung aufgegeben, unentdeckt zu bleiben. Auch sie schluchzte nun völlig hemmungslos, so daß sich etliche Trauergäste nach ihr umwandten. Die gramgebeugte Frau drehte sich ebenfalls zu ihr um, und ihr Blick blieb auf Elizabeth haften – wie der Blick eines Reisenden, der, in einer endlosen Wüste verloren, auf einmal ein anderes menschliches Wesen vor sich sieht. Irgend etwas an ihr kam Elizabeth bekannt vor, und inmitten ihres Kummers überlegte sie fieberhaft, wer diese Frau sein könnte. Hans' Mutter? Nein. Ausgeschlossen. Sie war zierlich, diese Frau, und sehnig, ein dunkler, fast schon mediterraner Typ, mit einer reservierten, respektvollen Art, selbst in ihrem Schmerz – wie eine vergessene Tante oder eine innig geliebte alte Hausangestellte. Hans' Kindermädchen vielleicht? Hatte er überhaupt je ein Kindermädchen gehabt? Und wenn diese Frau hier nicht seine Mutter war, wo *war* sie dann? Oder sein Vater? Lebten seine Eltern überhaupt noch? Was wußte sie selbst – oder irgend jemand anders – wirklich über diesen Mann? Was wußte *irgend jemand* über ihn, abgesehen von seinen greifbaren finanziellen Erfolgen und Sporttrophäen?

Die Frau kam auf sie zu.

Elizabeth wollte schon zurückweichen, aber dann blieb sie doch standhaft dort, wo sie war. Was sie fälschlicherweise für eine mediterrane Gesichtsfarbe gehalten hatte, erkannte sie bei genauerem Hinsehen als eine lederartige Sonnenbräune. Die Frau streckte eine zierliche Hand aus und faßte Elizabeth beim Handgelenk.

»Elizabeth«, sagte sie. Ihr eindringlicher Blick traf Elizabeth wie über einen unsichtbaren Abgrund hinweg. Erschrocken äugte Elizabeth für einen kurzen Moment hinüber zu der Frau mit dem schwarzen Schleier. Sie befanden sich außer Hörweite der anderen Trauernden, doch die Hand der kleinen, sonnengebräunten Frau lag noch immer auf ihrem Arm. Elizabeth verspürte einen eisigen Schauder. »Woher wissen Sie meinen Namen?« fragte sie.

Die Frau kniff die Lippen zusammen. »Ich bin – ich war – seine Mutter.«

»Oh, es tut mir so leid.« Hans hatte also tatsächlich mit einem anderen Menschen, und keinem geringeren als seiner Mutter, über Elizabeth gesprochen. Ihr Herz hämmerte so heftig, daß sie kaum noch Luft bekam. Sie stand wie benommen da, hörte die Frau atmen und verspürte zumindest für einen kurzen Augenblick eine seltsame Gelassenheit. Es war das erste Mal überhaupt, daß ihr jemand begegnete, der Hans gekannt hatte, jemand, der ihn geliebt hatte. Allein schon diese Tatsache schien ihr Kraft zu geben.

»Ich hatte gehofft, mit Ihnen sprechen zu können«, sagte die Frau.

»Tatsächlich?«

»Ja, tatsächlich«, sagte die Frau in einem nüchternen Tonfall, und ihre tiefliegenden Augen musterten Elizabeth. Sie hatte einen Südstaaten-Akzent – Texas, vermutete Elizabeth.

»Ich glaube, über all das hier würde ich auch gerne mit jemandem reden«, sagte Elizabeth leise.

»Das kann ich mir vorstellen.« Die Frau streckte ihr die Hand entgegen. »Ich bin Rose-Anne.«

Elizabeth warf einen verstohlenen Blick in Yvettes Richtung und senkte ihre Stimme. »Wußten Sie von mir?«

»O ja.«

Sie nahm all ihren Mut zusammen. »Dann gibt es etwas, was Sie wissen sollten. Ich habe noch wenige Augenblicke vor Hans' Tod mit ihm gesprochen. Vor dem … Unfall.«

Bei diesen Worten wurde ihr bewußt, wie bange ihr zumute war. Yvette starrte inzwischen genau zu ihr zurück, und im nächsten Augenblick drehten sich auch die beiden Männer in Nadelstreifenanzügen, die ihr schon vor der Kapelle aufgefallen waren, langsam zu ihr um.

»Vielleicht sollten Sie besser nicht hiersein«, sagte Rose-Anne abrupt.

Elizabeth sah wieder zu ihr zurück – und plötzlich erkannte sie, daß die Zeit knapp wurde. »Irgend etwas stimmt da nicht«, beeilte sie sich zu sagen. »Irgend etwas an der Art, wie er starb.«

Rose-Anne nickte bedächtig. »Kennen Sie das Restaurant Kronenhalle?« fragte sie.

Elizabeth blickte verwirrt drein. »Wie, in Zürich? Am Fluß?«

»In der Rämistraße, ja. Treffen Sie mich dort am nächsten Dienstag in der Bar. Drei Uhr. Paßt Ihnen das?«

»Drei Uhr. Ja. Das paßt. Ich werde dasein.«

»Ich freue mich darauf«, sagte Rose-Anne, und dann ließ sie Elizabeths Arm los und kehrte wieder zu der Gruppe der Trauernden zurück. Elizabeth sah, wie einer der beiden Männer dem anderen etwas ins Ohr flüsterte. Der zweite Mann nickte, und Elizabeth wurde von einer solch panischen Angst ergriffen, daß sie sich schnell hinter das Denkmal duckte und dann auf den kleinen Birkenhain zurannte.

Mein Gott, dachte sie wirr. *Yvette hat ihn ermorden lassen!*

Nein, das ist doch wahnwitzig, entschied sie.

Aber warum beobachten sie mich dann?

Falls sie mich beobachten, *falls* ich nicht dabei bin, verrückt zu werden. Sie zwang sich, einen Augenblick innezuhalten und einen Blick nach hinten zu werfen. Durch die Bäume konnte sie erkennen, daß jetzt niemand mehr zu ihr hinübersah – inzwischen richteten sich alle Blicke wieder auf die Grabstelle – Yvette, Rose-Anne und all die anderen wandten sich wieder der Trauerfeier zu, während Hans Brinkmans Sarg in die Erde hinabgelassen wurde. Die beiden Männer in Anzügen konnte sie hingegen nirgends mehr entdecken. Elizabeth drehte sich um und rannte mit flatterndem Herzen zurück zu den Schuppen. Sie fand eine Leiter, die lang genug war, legte sie schwungvoll gegen die Friedhofsmauer, kletterte an ihr hoch und sprang auf den Bürgersteig. Von dort rannte sie los, und sie rannte lange, als hinge ihr Leben davon ab. Und nach allem, was sie wußte, tat es das auch.

Vieques Island war einzigartig in der Karibik.

Erstens war es halb zivil, halb militärisch und nur wenigen Zivilisten bekannt, die nicht selbst von der Insel stammten. Knapp sechs Meilen vor dem östlichen Ende von Puerto Rico gelegen und offiziell Teil des puertoricanischen Staatsgebiets, spiegelte Vieques Island völlig gegensätzliche Epochen wider. Rinder und Silberreiher sprenkelten die dichtbewaldeten Hügel der Insel, und auf den rund einhundertdreißig Quadratkilometern lebten das Jahr über nicht mehr als achttausend Einwohner, die ihren Lebensunterhalt hauptsächlich mit Viehzucht, Fischfang oder Zuckerrohranbau bestritten – nicht viel anders als ihre Vorfahren im sechzehnten Jahrhundert. Das andere Vieques, ungleich stärker im zwanzigsten oder sogar einundzwanzigsten Jahrhundert verankert, beherbergte einen Marinestützpunkt der Vereinigten Staaten, der sich sowohl in westlicher als auch in östlicher Richtung bis ans äußerste Ende der Insel ausdehnte. Dieser Stützpunkt, ein Monstrum, das sich über zwei Inseln erstreckte und das Präsident Franklin Roosevelt im Jahr 1940 in Auftrag gegeben hatte, hieß Roosevelt Roads. Er umfaßte insgesamt rund 125 Quadratkilometer, 35 auf Puerto Rico und 90 auf Vieques selbst. Zusätzlich zu den siebzehn Unterabteilungen der Navy-Basis enthielt Roosevelt Roads auch etliche Nebenstützpunkte oder Einrichtungen der Armee, der Marine und der Küstenwache der USA. Es war das reinste Bienenhaus an militärischer Aktivität, und diese Aktivität unterlag größtenteils strengster Geheimhaltung.

Das östliche Ende von Vieques Island war ein Artillerie-Übungsgelände und Bombenabwurfplatz und stand seit drei Jahrzehnten im Mittelpunkt heftiger Auseinandersetzungen. Sowohl die einheimische Bevölkerung als auch verschiedene Umweltschutzgruppen hatten seit den sechziger Jahren gegen die Anlage angekämpft und wutschnaubend argumentiert, dort gäbe es inzwischen mehr Krater als auf dem Mond. Und als ob all das noch nicht genügte, hatte die Navy kürzlich auch wieder Übungen mit scharfen Napalmbomben aufgenommen. Colonel Oscar Henderson wußte, daß irgendein gottverdammter Umweltfreak die gesamte Anlage garantiert permanent mit einem Fernglas beobachten würde, und hatte aus eben diesem Grund sein Veto gegen Frederick Wolfes Pläne eingelegt, sein Labor an der Ostküste zu errichten, egal, wie tief er es im Boden versenken konnte.

Statt dessen hatte er am äußersten Ende des westlichen Komplexes eine Anlage finanziert, die mit modernster Spitzentechnologie ausgestattet war. Da die Insel rund einhundertdreißig Quadratkilometer umfaßte, die zum Großteil der Navy gehörten, war dort reichlich Platz für die benötigte Pufferzone. Und so erhielt Wolfe Anfang der sechziger Jahre die Genehmigung, seine Experimente auf dem Gebiet der Genetik hier durchzuführen – unter einem Deckmantel der Geheimhaltung, der ihm mehr Freiheit ließ als je zuvor einem Wissenschaftler im Regierungsauftrag.

Als enger Vertrauter etlicher Verwaltungsdirektoren der Navy hatte Wolfe Ergebnisse versprochen, die der Menschheit – allen voran den Navy-Angehörigen selbst – bedeutenden Nutzen bringen würden. Aber was – in politischer Hinsicht – noch wichtiger war, er hatte der Navy-Führung versprochen, sämtliche genetischen Veränderungen an der DNA der Zivilbevölkerung zu beobachten, die – wie ein paar Weichlinge befürchteten – infolge der weniger bekannten Aktivitäten auf dem Übungsgelände möglicherweise auftreten könnten. Intern war bekannt, daß die Munitionen, die auf dem Bombenabwurfplatz getestet wurden, mit jeder Explosion eine immer exotischere Mischung aus Partikeln und Gasen freisetzten. An einem durchschnittlichen Übungstag gaben rund dreihundert Tonnen Munition – TNT, NO_3, NO_2, RDX und Tetryl – ihren Qualm und Schutt in den Wind ab. Die Navy war nervös, aber da es schließlich viel billiger war, mit den Jagdbombern von ihrem Stützpunkt in Cherry Point, North Carolina, hierherzufliegen, als sie zu ihrer möglichen Alternative zu schicken, dem Bombenabwurfplatz Nellis in Nevada, der der Air Force gehörte, wollte niemand den Abwurfplatz schließen. Außerdem, wer wollte schon warten, bis die gottverdammte Air Force in ihrem Zeitplan einmal eine freie Lücke fand, wenn doch die Navy selbst genau hier einen erstklassigen Bombenabwurfplatz hatte?

Also hatte Wolfe seine Beobachtungen gemacht und Empfehlungen ausgesprochen und mit seinen genetischen Experimenten – die bei der Navy ohnehin niemand begriff oder begreifen wollte – alle versöhnlich gestimmt.

Und um sich noch mehr einzuschmeicheln, hatte Wolfe sich außerdem bereit erklärt, hier auf dem Stützpunkt eine mustergültige gynäkologische Klinik einzurichten – eine, um die man sie nicht nur bei der restlichen Navy, sondern bei den gesamten Streitkräften beneiden würde.

Eine der beliebtesten und erfolgreichsten Dienstleistungen, die er anbot, war seine Fruchtbarkeitsberatung.

Die kleine, mit weißen Schindeln bedeckte Klinik, auf einem dubiosen Marinestützpunkt auf einer noch dubioseren Insel gelegen, wurde bald zu einem Mekka für frustrierte kinderlose Paare innerhalb der Navy. Es sprach sich rasch herum, daß Dr. Frederick Wolfe eine ausgesprochen glückliche Hand hatte, wenn es darum ging, ihnen zu einer Schwangerschaft zu verhelfen, und jüngere ebenso wie ältere Paare strömten in Scharen zu ihm.

Innerhalb von fünfzehn Jahren – bevor die Klinik dem Hospital in Bethesda, Maryland, angegliedert wurde – wurden auf Vieques über fünfzehnhundert Kinder geboren, davon knapp zweihundert infolge von In-vitro-Fertilisation, Samenspenden und später auch Fruchtbarkeitspillen.

Frederick Wolfe war auf dem Stützpunk ein Held. Absolut niemand äußerte auch nur ein Wort der Kritik an dem, was er tat.

Sein Prestige stieg noch mehr, als er einen Top-Secret-Vertrag bei einer Behörde erhielt, der einer so hohen Geheimhaltungsstufe unterlag, daß nicht einmal die Navy über seine Absichten und Fortschritte auf dem laufenden gehalten wurde. Die Navy profitierte jedoch insofern, als daß Wolfes Fördermittel großzügig aufgestockt wurden, so daß sie gerne bereit war, einen eisengepanzerten Sicherheitsring um seine äußersten Gebäudeanlagen zu errichten – und auch diesmal keinerlei Fragen zu stellen.

In diese Anlagen wurde der Körper von Hans Brinkman überführt.

»Also, unterm Strich, wie stehen die Chancen?«

Emilio Barrola, der Neurochirurg, äugte über seine Drahtgestellbrille. Die Frage kam von der Zuschauergalerie, am Ende eines kurzen chirurgischen Briefings. Normalerweise hätte er sie ignoriert, aber diese Leute hier, die Colonel Hendersons dieser Welt, bezahlten für das gesamte Verfahren, also war er ihnen eine Antwort schuldig. Sein Mentor, Wolfe, hätte genau gewußt, was er sagen sollte, aber im Augenblick war Wolfe nirgendwo im Operationssaal zu entdecken. Wolfe befand sich in seinem privaten Arbeitszimmer und näherte sich einem tiefen Alphastadium. Gerüchten zufolge konnte es so tief werden, daß schon einmal eine Abordnung buddhistischer Mönche vom Dalai Lama selbst losgeschickt wurde, um seine Auswirkungen zu beobachten. Die Mönche hatten sich danach ratlos am Kopf gekratzt. Die Korrektheit dieser Anekdote war natürlich nicht gesichert, aber den Trancezustand gab es tatsächlich, und was Wolfe betraf, so war er absolut unerläßlich, wenn man Spitzenleistungen erbringen wollte. Und somit war Barrola, zumindest für eine Zeitlang, auf sich allein gestellt.

»Die Chancen? Eins zu tausend vielleicht. Vielleicht auch eins zu einer Million. Es wäre töricht –« Hastig nahm er das Wort zurück. »Ich sollte besser sagen, schwierig, sich auf eine bestimmte Zahl festzulegen. Man muß sich nach dem Erwartungswert richten – Wahrscheinlichkeit mal Erfolgswert. Ein Scheitern ist für uns mit keinerlei Kosten verbunden – bis auf die, die Sie, meine Herren, im Rahmen dieses Versuchs so großzügig übernommen haben.« Das war gut, dachte er, und er wünschte, Wolfe wäre dabeigewesen und hätte es gehört. »Wohingegen ein Erfolg« – und bei diesen Worten wies er mit einer, wie er hoffte, päpstlich wirkenden Geste auf die Versuchsperson – »uns allen einen unschätzbaren Nutzen bringen wird. Mit anderen Worten –«

Hinter Barrola, neben dem Operationstisch, stand Beatrice Jance, verschloß die Ohren vor diesem Geschwätz und ergriff die Hand ihres bewußtlosen Ehemanns. Derart aufgeblasenes Getue hatte stets genau diese Wirkung auf sie beide gehabt. Ob es in einem Hörsaal war, bei einer Ausschußsitzung, auf einer Party oder in einem Kino – jedesmal streckten sie in solch einem Fall die Hände zueinander aus und hielten sie fest gedrückt, bis der peinliche Moment vorbei war. Dies war nur eines ihrer vielen Rituale ehelicher Telepathie, die sich im Lauf der Jahre entwickelt hatten, die niemand kannte außer ihnen selbst und die unter keinerlei Einfluß von außen standen.

Peter, der unter starken Beruhigungsmitteln stand, konnte Beatrice' Hand selbst nicht drücken. Das hinderte sie jedoch nicht an der Annahme, daß er Barrolas Blödsinn bestens verstand. Sie hielt seine Hand weiterhin fest gedrückt, während sie die Deckenlichter des Operationssaals anstarrte. Na los, dachte sie, wir haben nichts zu verlieren als unsere Seelen.

Dann hörte sie, wie eine Krankenbahre herangerollt wurde, und auch wenn ihr der Blick auf den anderen Mann durch eine OP-Trennwand versperrt war, wußte sie doch, daß *er* dort war, keine drei Meter entfernt. Sie hörte leise trippelnde Schritte, während der Mann auf den Tisch gelegt und in die richtige Lage gebracht wurde, und sie drückte Peters Hand noch fester und zwang sich, einen Blick in Richtung der Bahre zu werfen.

Kannst du ihn erkennen?

Sie blickte zurück auf Peters Gesicht, die reglosen, traumlosen Augen unter den Lidern, die bewegungslosen Lippen.

Sieht er mir ähnlich?

Sie versuchte, das Zucken in ihrem Gesicht zu unterdrücken.

Peter, das bist du.

Ein grauenerregendes Bild tauchte plötzlich vor ihrem

geistigen Auge auf – ein Gemälde, das sie einmal gesehen hatte. Es stellte einen hünenhaften Mann dar, einen mißgestalteten Riesen, der eine hilflose menschliche Gestalt in seiner Faust umklammert hielt und sie sich eben in den Mund schieben wollte. Goya, erinnerte sie sich. Eines seiner Werke. Wie hieß es doch gleich? Ach ja. *Kronos verschlingt seinen Sohn.*

Sie hörte sich selbst einmal tief Luft holen, als ein Schwesternteam auf den Tisch zutrat. Sie warteten, bis sie die Hand ihres Mannes losgelassen hatte.

Augenblicklich wurde der Körper für die Operation eingehüllt. Innerhalb von Sekunden war Peter unter einem Meer aus grünem OP-Stoff ihren Blicken entzogen. Die Schwestern gingen zügig vor – und nach wenigen Minuten lagen nur noch sein Kopf und die Oberschenkel frei.

Barrola gab das Zeichen, und der Anästhesist führte einen Schlauch in Peters Luftröhre ein.

Durch diesen Schlauch verabreichte er ihm einen äußerst raffinierten Cocktail aus Barbituraten, der Peter in einen noch tieferen Schlaf versetzte – in dasselbe leichte Koma, in das man Hans Brinkman zehn Stunden vorher versetzt hatte. Durch die Barbiturate wurde die Sauerstoffaufnahme in Peters Gehirn und damit sein Blutbedarf stark verringert. Nachdem man etwa zwanzig Minuten lang unterschiedliche Gasmischungen immer wieder neu eingestellt hatte, wurden sowohl Peter als auch Hans ihrem jeweiligen Team von Herzspezialisten übergeben.

Rasch wurden bei jedem der beiden Männer zwei Einschnitte vorgenommen, einer in die große Oberschenkelarterie, knapp unter der Hautoberfläche an der Innenseite des Schenkels, der andere in die Oberschenkelvene. In diese Öffnungen wurden gewaltige Katheter eingeführt und verschlossen. Der nächste Schritt war sowohl bei Peter als auch bei Hans derselbe: Das Blut wurde aus den Arterien in die gewaltige Anlage aus Schläuchen, verchromten Zylindern und Kühlkammern gepumpt, aus denen jeweils eine der beiden Herz-Lungen-Maschinen im Wert von etlichen Millionen Dollar bestand. Und mit derselben Kraft wurde das Blut eines jeden Mannes zurück in die Vene gepumpt. Im Grunde hatte man einen Bypass um die Herzen gelegt und sie somit überflüssig gemacht.

An diesem Punkt rutschten die Zuschauer auf der Galerie – zumindest diejenigen, die Barrolas Briefing aufmerksam verfolgt hatten – auf ihren Sitzen nach vorn. Irgend etwas Andersartiges, irgend etwas Neues würde man im nächsten Augenblick in diesen Prozeß einfügen. Die Pumptechniker drehten an Skalen und drückten auf Schalter, die Maschinen hämmerten und stampften und die Kerntemperatur eines jeden Mannes begann dramatisch zu fallen, genau wie die Temperatur im Operationssaal selbst. Alle Mitarbeiter, die nicht an den künstlichen Herzen zu tun hatten, nutzten die Gelegenheit, um in sterile Daunenwesten zu schlüpfen; ihr Atem wurde sichtbar, während die Gehirne der beiden Männer durch Hypothermie bis zum Stillstand abgekühlt wurden.

Dieses Verfahren war, wie Barrola eben erläutert hatte, sowohl in zivilen als auch in regierungsamtlichen Operationssälen perfektioniert worden; in ihm lag der Schlüssel zum Erfolg künftiger Bypass-Operationen und Herztransplantationen. Allerdings war das Verfahren außerordentlich schwierig, und genau jetzt war man am kritischen Punkt angelangt. Als die Körpertemperatur der beiden

Männer nur noch 23 Grad Celsius betrug – 14 Grad unter der Normaltemperatur –, befahl Barrola, jedem von ihnen eine starke Kaliumchloridlösung zu injizieren.

Ihre Herzen blieben stehen, als hätte man einen Schalter betätigt. Das Alarmsignal, das diesen Zustand anzeigte, zerriß auf einmal die Stille und dröhnte durch den Raum, unerträglich laut, bis jemand auf die Idee kam, ihn abzuschalten.

Barrola holte einmal tief Luft.

Bei Herztransplantationen wurde üblicherweise in jeden Teil des Körpers *außer* ins Herz Blut gepumpt. Dieses Verfahren hatte man schon unzählige Male in Operationssälen überall in der zivilisierten Welt erfolgreich angewandt. Aber Frederick Wolfe hatte dem Verfahren eine völlig neue Richtung gegeben, und Barrola war sein eifriger, wenn auch etwas nervöser Protegé gewesen. Daß man die Herzen von Hans und Peter zum Stillstand gebracht hatte, war nur ein erster Schritt. Sobald man die Gehirntemperatur tief genug abgesenkt hatte, würde man das Blut vollständig aus beiden Körpern pumpen. Die Sache hatte auch einen Namen, und Alex Davies, der oben auf der Galerie von der ersten Reihe aus zusah, verriet ihn Colonel Oscar Henderson, der – nach dem verwirrten Ausdruck auf seinem breiten, wettergegerbten Gesicht zu urteilen – allmählich alle Hoffnung fahrenließ, in absehbarer Zeit einen Stern auf seinen Epauletten bewundern zu dürfen.

»Es heißt Desanguination«, sagte Alex grimmig.

»Was zum Teufel soll das sein?« fragte Henderson im Flüsterton.

»Das ist das, was die Vampire in den Filmen machen«, sagte er. »Oder Amtsärzte in Leichenhallen«, fuhr Alex fort, während er beobachtete, wie Henderson erblaßte. Er verzog den Mund zu einem dünnen Lächeln, und Henderson stellte keine weiteren Fragen.

Der Zufluß zu den Körpern wurde geschlossen, und zehn Minuten später befand sich der Lebenssaft der beiden Männer in den Maschinen und nirgendwo sonst.

Ohne Blut im Körper gelangte kein bißchen Sauerstoff auch nur in eine einzige Zelle des Gehirns oder sonst irgendeines Organs. Auch hierfür gab es einen Fachausdruck, und Alex Davies, der mit gebannter Aufmerksamkeit nach vorn starrte, nannte ihn den Militärs, die rings um ihn saßen.

Er hieß Tod.

Es war eigentlich nicht sonderlich schwer, Patienten aus diesem Zustand wieder zurückzuholen. Wolfe hatte es schon oft getan, und die Technik wurde im Grunde überall in den führenden medizinischen Zentren der westlichen Welt angewandt. Aber was danach kommen sollte, das nicht. Was nun folgte, das war einfach unvorstellbar, und es gab weltweit nur einen einzigen Neurochirurgen, der die technischen Mittel, die uneingeschränkte Vollmacht und die grenzenlose Überheblichkeit besaß, es in die Tat umzusetzen.

Barrola persönlich verständigte telefonisch Frederick Wolfe.

Sein Mentor benötigte im allgemeinen eine Viertelstunde, um aus seinem tiefen Alphastadium in die Wirklichkeit zurückzukehren – selbst vor weitaus einfacheren Operationen als der, die ihm jetzt bevorstand –, und damit blieb gerade noch genug Zeit für die letzten Vorbereitungen.

Man hatte sowohl Peter als auch Hans den Schädel rasiert. Während Barrola selbst sich Hans zuwandte, ging sein bester Assistent bei Peter ans Werk. Sie zogen jeweils eine Linie rings um den Schädel, am Hinterkopf angefangen und an den Schläfen vorbei nach vorn – bei Hans knapp über den Ohren, bei Peter knapp darunter. Bei beiden zog sich die Linie quer übers Gesicht, durchschnitt die Augenhöhle genau in der Mitte und verlief dann weiter über den Nasenrücken. Spiegelverkehrt kam eine ebensolche Linie von der entgegensetzten Seite. Und dann vollzogen Barrola und sein Assistent mit Hilfe modernster Laser-Schneideinstrumente die Einschnitte unter die Haut. Da man beide Körper mehr oder weniger trockengelegt hatte, floß kaum ein Tropfen Blut. Die Arbeit ging rasch voran.

Für Barrola war der kniffligste und entscheidendste Schnitt derjenige um die Augenpartie, und es war kein Zufall, daß man ihm, zu dessen zahlreichen Fachgebieten auch die plastische Chirurgie zählte, die Arbeit an Hans übertragen hatte. Dieses war der Empfängerkörper, und es war von ausschlaggebender Bedeutung, daß er anschließend perfekt funktionierte, einschließlich der Tränenwege, die er nun vorsichtig umging. Die Augen selbst spielten keine Rolle. Augen waren, in anatomischer Hinsicht, nichts als eine Verlängerung des Gehirns, und das Gehirn von Hans war inzwischen bedeutungslos.

Barrola erledigte die letzten Schnitte und trat zur Seite. Krankenschwestern würden die Kleinarbeit übernehmen und die Kopfhaut nach hinten streifen, um den Knochen unter ihr freizulegen. Er trat zu Peter hinüber, um dort die letzten Vorbereitungen zu überwachen, und legte zwei identische Titanscheiben auf die Augen des sterbenden Wissenschaftlers. Auf gar keinen Fall durfte ihre Struktur durch einen Sägefehler oder Knochensplitter beeinträchtigt werden. Peters Augen und sein Gehirn waren hier das Wesentliche.

In dem Moment, als Barrola fertig wurde, verstummte die Galerie.

Frederick Wolfe betrat den Operationssaal.

Er wirkte größer als sonst, als hätte das Zen-Stadium seine hochgewachsene, schlaksige Gestalt noch um ein paar Zentimeter verlängert. Verschwunden waren die bewundernden Blicke, die er im allgemeinen für Beatrice übrig hatte, die Mischung aus Jähzorn und Verachtung, mit der er die Militärs einschüchterte, die saloppe, gebieterische Art, mit der er seinen Enkel Alex behandelte. Fast jede Spur von Arglist und Gemeinheit war durch die Meditation und die unvergleichliche Dringlichkeit dieses Augenblicks ausgelöscht worden. Er besaß völlige Kontrolle, sowohl über sich selbst als auch über diesen Operationssaal.

Assistenten klappten Röntgenapparate auf, während andere den CD-Player einschalteten, der die restliche Nacht hindurch bei voller Lautstärke seine Lieblingsaufnahme von Richard Strauss' *Vier Letzten Liedern* spielen würde. Dieses melancholische Meisterstück, nur wenige Monate vor dem Tod des Komponisten vollendet, erfüllte Wolfes Herz jedesmal unweigerlich mit einer wohltuend schmerzlichen Wehmut, vor allem wenn es von Jessye Norman gesungen wurde. Den Militärs drehte sich der Magen um, und Beatrice wünschte, sie könnte Peters Hand drücken, doch Wolfe selbst blieb völlig gleichgültig und unbekümmert gegenüber ihrem Urteil. Das hier war *seine* Zeit, *sein* Ort, *seine* Operation. In diesem Augenblick – und von diesem Augenblick an, wenn es irgendwo auf dieser Welt Gerechtigkeit gab – war er schlicht und ergreifend der wichtigste Wissenschaftler der Erde.

Er wandte sich von den Röntgenaufnahmen ab. Er

hatte sie sich in der Nacht zuvor eingeprägt, und es hatte keine Veränderungen gegeben.

»Verschwenden wir keine Zeit«, sagte er.

»Ich bin soweit, wenn Sie es sind«, sagte Barrola in einem unterwürfigeren Tonfall, als er es beabsichtigt hatte.

»Und ob ich das bin. An die Arbeit.«

Wolfe trat auf Peter zu, Barrola auf Hans. Jeder der beiden Männer war von seinem eigenen Operationsteam umgeben. Und jeder der beiden wußte, wenn er jetzt scheiterte, dann würde er nie wieder eine solche Gelegenheit erhalten, zu Macht und Ruhm zu gelangen, zumindest nicht innerhalb dieses Labyrinths von Geheimprojekten, die die Spitze militärisch-medizinischer Technologie darstellten. Andererseits wußten beide aber auch, daß im Fall eines Erfolgs ihr Prestige in unangeahnte Höhen schnellen würde, höher, als sie es sich in ihren kühnsten Träumen ausmalen konnten. Und Wolfe selbst war sich darüber im klaren, daß ihm als dem genialen Baumeister dieses Projekts das Verdienst für eine Entdeckung gebühren würde, die mit der der DNA vergleichbar war – das Schlüsselelement beim Übergang von einer menschlichen Evolutionsebene auf die nächste.

Seine Hand fühlte sich so sicher an wie noch nie.

Er kümmerte sich persönlich um die Installation und Anpassung der Mayfield-Klammer, eines unhandlichen Apparats aus Stahlteilen, an dessen Enden sich vier Greifinstrumente befanden, so daß er im Grunde nicht anders aussah als eine ausgeklügelte Kollektion von Eiszangen. Die Mayfield-Klammer war dazu da, daß der Kopf des Subjekts in der Idealposition in einem völlig reglosen Zustand verharrte, so daß nichts verwackeln oder verrutschen konnte und die Hand des Chirurgen oder gar die Messerklinge selbst nicht abglitt. Die Klammer mußte perfekt an Peters Schädel angepaßt werden, und zu diesem Zweck scharte sich ein kleiner Trupp von Spezialisten um Wolfe, ebenso wie um Barrola.

Wolfe schimpfte und fauchte, während Stifte festgezogen, dann wieder gelockert, Gelenke umgebogen und neu eingestellt wurden. Als die Klammer endlich in der Position war, die er für ideal hielt, ließ er den gesamten Apparat an Peters Tisch befestigen. Dann wurden die Zangen in allen vier Himmelsrichtungen rings um den Schädel angelegt und festgeschraubt. Die wenigen Blutstropfen, die dabei noch zutage traten, wurden rasch von den Schwestern weggetupft, während die Techniker damit begannen, die Kopfpartie des OP-Tisches selbst in eine Schräglage zu bringen.

Oben auf der Zuschauergalerie bemerkte Alex Davies, wie sich Beatrice Jance zum ersten Mal abwandte. Peter, der halb auf dem OP-Tisch lag und halb wie ein Stück Fleisch an der Klammer hing, sah aus wie ein Obdachloser auf einer Parkbank.

Ich frage mich, was sie wohl empfindet, dachte Alex, seine hellen Augen fest auf Beatrice gerichtet. Seine eigenen Emotionen hätte er unmöglich schildern können – und es auch gar nicht gewollt. Es war eine unselige Mischung aus Abscheu, Belustigung und ausgesprochener Anteilnahme an dem Schicksal des sterbenden Mannes auf dem Operationstisch, dessen Genie er verehrte. Und noch etwas war mit dabei, ein tiefes und perverses Gefühl. Es war der heimliche Wunsch, mitzuerleben, wie die gesamte Operation in einem Chaos endete, wie Blut spritzte und Geräte in die Luft flogen, während diese abscheuliche Nazi-Musik endlich abbrach. Es war derselbe lahmarschige, hochgestochene Schwachsinn, den ihm sein Großvater nach Kräften eingetrichtert hatte, seit er drei Jahre alt war.

Er ließ den Kopf auf die Brust sinken. Mein Gott, dachte Beatrice, die in diesem Augenblick zu ihm hinübersah, Alex Davies ist eingeschlafen. Dann zwang sie sich, den Blick wieder nach unten zu richten.

Die Techniker traten von den Tischen zurück.

Wolfe sah hinüber zu Barrola. Er war ebenfalls soweit. Wolfe schöpfte einmal tief und bedächtig Luft und brachte sich in sein Zentrum, bis er seinen Atem in seinem Ki spüren konnte. Dann verlangte er mit leiser Stimme nach seinem Midas Rex.

Barrola folgte seinem Beispiel.

Was nun in den Operationssaal gebracht wurde, war eine messingbeschichtete Knochensäge, groß und gewaltig und ohne jeden Schnickschnack – die reinste Sechziger-Jahre-Technologie. Die Midas Rexe wurden mit Druckluft betrieben, und mit den dicken, grünen Schläuchen, die von ihren Preßluftflaschen wegführten, hätten sie besser in eine Garage gepaßt als in einen OP. Aber durch die Leistungskraft dieser Maschinen ließ sich die Gefahr, daß ein Knochen splitterte, auf ein Minimum reduzieren, so sauber konnte man mit ihnen schneiden. Gesteuert wurden sie von den jeweiligen Chirurgen, und Wolfe und Barrola waren unter ihnen die besten.

Nach einer Viertelstunde behutsamen Sägens sah der Operationssaal aus wie das rauchgeschwängerte Hinterzimmer einer Kneipe, und Alex Davies war wieder putzmunter. Der feine Staub, der von den Schädeln der beiden Männer kam, drehte sich in sanften Spiralen unter den grellen Lichtern und vermengte sich mit dem rauhen Atem der zwei Dutzend Techniker und Mediziner, die sich in dem eiskalten Raum abmühten. Es war unmöglich, den Blick abzuwenden.

Schließlich verstummten die Maschinen. Sie wurden

den Technikern übergeben, die sie verstauten; man würde sie nicht mehr benötigen. Wolfe, noch immer über Peters Körper gebeugt, hielt einen Moment inne, warf einen Blick auf die Galerie und sah Beatrice zum ersten Mal wieder in die Augen. Er konnte ihre Angst spüren, aber auch ihre Dankbarkeit, und es erfüllte ihn mit Befriedigung. Er wußte, daß sie wußte, was nun folgen würde, und es beglückte ihn, daß sie dabeisein würde – dabeisein, wie sein Genie ans Werk ging. Doch zu seiner Bestürzung war sie sehr blaß, schüttelte den Kopf, fühlte sich offensichtlich unwohl. Einen Augenblick später erhob sie sich und bahnte sich mit schwankenden Schritten über die Galerietreppe ihren Weg zum Ausgang.

Er begriff, daß er sie nicht mehr zu Gesicht bekommen würde, nicht bevor die Operation abgeschlossen war. Er wandte sich wieder Peter zu, hob seine Schädeldecke ab und legte sie in eine Schale aus rostfreiem Stahl. Und hier lag nun, gräulich-rosa im Argonlicht schimmernd, der Gegenstand, dessen Erhaltung Wolfes eigentliche Lebensaufgabe war – das Gehirn jenes Mannes, den so viele Leute, die von Wolfes eigenen herausragenden Leistungen nichts wußten, als das größte lebende Genie des zwanzigsten Jahrhunderts betrachteten.

Und jetzt war es Wolfes Aufgabe, daß dieses Instrument bis ins einundzwanzigste Jahrhundert hinein weiter funktionierte. Es war eine Aufgabe, zu der er bereits vor fünfunddreißig Jahren den ersten Schritt unternommen hatte, nur zwei Gebäude weiter, in seiner gynäkologischen Klinik – und zwar mit der Geburt von Hans Brinkman selbst.

Innerhalb eines halben Jahres nach ihrer ersten Begegnung waren Frederick Wolfe und Peter Jance nicht nur Kollegen geworden, sondern – in dem offenen Wettstreit, den die Koryphäen der Wissenschaft unter sich gern austrugen – auch enge Freunde.

Anfangs hatten sie sich diesen Stützpunkt mit Dutzenden führender Wissenschaftler geteilt, die für die US-Regierung arbeiteten und von denen jeder mit irgendeiner Entwicklung befaßt war, die dem Pentagon, wie man dort hoffte, in jenen Nachkriegsjahren seine Vormachtstellung sichern sollte. Peter war vollauf damit beschäftigt, auf dem östlichen Testgelände von Vieques irgendwelche Dinger in die Luft fliegen zu lassen – er arbeitete damals an Bordgeschützen, riesigen, unförmigen Apparaten, die hochaufgeladene Partikel mittels einer Technik abfeuerten, die aus heutiger Sicht schon mittelalterlich wirkte. Es gelang ihm nie, die Waffen auf eine brauchbare Größe zurechtzustutzen, nicht einmal für Schlachtschiffe, und seine Mißerfolge sorgten bei Wolfe und Beatrice, aber auch bei ihm selbst, oftmals für Heiterkeit. Trotzdem war Peter bei den Regierungsleuten beliebt, denn seine Schußwaffen, so groß sie auch sein mochten, jagten jedesmal, wenn sie abgefeuert wurden, zweitausend Quadratmeter der Insel in die Luft. Sie setzten große Hoffnungen auf ihn. Sie wußten, es war nur eine Frage der Zeit.

Wolfe selbst hatte auf dem Gebiet der Genetik bereits große Fortschritte erzielt, und im Rahmen seiner Untersuchungen fragte er gelegentlich Freunde, ob sie ihm selbst nicht Material für seine Versuche zur Verfügung stellen könnten. Nichts Dramatisches – ein halber Liter Blut hier, ein paar Hautabschabungen da, und im Gegenzug bekamen sie von Wolfe einen gerahmten Ausdruck ihrer DNA, den sie sich über ihren Schreibtisch hängen konnten. In Beatrice' und Peters Fall hatte er außerdem versucht, den beiden bei einer Problemschwangerschaft zu helfen, obwohl Beatrice eine Unmenge von Fasergeschwulsten in der Gebärmutter hatte, die ihre Chancen, einen Fötus austragen zu können, erheblich verminderten. Beatrice erlitt eine Fehlgeburt, und danach hatten sie und Peter es nie wieder versucht.

Wolfe hatte manchmal den Verdacht, daß Beatrice ihn für diesen Mißerfolg verantwortlich machte und – wie sie in einem unvorsichtigen Moment einmal angedeutet hatte – der Ansicht war, sein Neid auf ihr mögliches Glück hätte ihrer Schwangerschaft Unglück gebracht. In Wolfes Augen war das der absurdeste Gedanke, den man sich vorstellen konnte. Ein verheirateter Philosoph, so ähnlich hatte es Nietzsche einmal ausgedrückt, gehört in eine Komödie – und, wie Wolfe fand, ein verheirateter Wissenschaftler ebenfalls. Eifersucht war unter seiner Würde und daher völlig ausgeschlossen. Natürlich, die Tatsache, daß Peter berühmter war, wurmte ihn gelegentlich, aber dieses Gefühl konnte er rasch beiseite schieben, indem er sich vor Augen hielt, wieviel weitreichender und tiefschürfender seine eigenen Errungenschaften einmal sein würden.

In jenen Jahren mußte er im verborgenen arbeiten, im Grunde genommen anonym, sein Genie geheimhalten. Und tatsächlich war das Projekt, das ihm eines Tages seinen Platz im Pantheon der Wissenschaften sichern würde – weit vor Peter und allen anderen –, fast zufällig zustande gekommen.

Damals war bereits allgemein bekannt, daß sich nicht nur Pflanzen, sondern auch Tiere bis zum Stadium einer Kaulquappe klonen ließen, und in Wolfes Augen erschien es völlig im Bereich des Möglichen, so etwas auch bei Menschen zu versuchen. Man benötigte kein Leuchtfeuer und keine verrückten Apparate – man benötigte lediglich eine gewisse Portion Mut und jene Mischung aus Talent und Scharfblick für genetische Strukturen, die bei keinem Wissenschaftler so scharf ausgeprägt war wie bei ihm.

Und ein oder zwei gesunde Eizellen.

Die zu beschaffen war fast schon lächerlich einfach, wenn man sich überlegte, daß Wolfe eine Klinik unterhielt, zu der fortwährend besorgte Paare aus sämtlichen Bereichen der Streitkräfte strömten. Eizellen waren sein Betriebskapital. Und wenn seine Versuche fehlschlugen – nun ja, eine Fehlgeburt war schließlich nichts Ungewöhnliches für Eltern, die sich an Enttäuschungen gewöhnt hatten. Und umgekehrt – jedesmal, wenn eine Schwangerschaft das nächste Drittel erreichte, galt er als absoluter Held.

Und damit war es im Grunde ein Kinderspiel, sobald er die Nanotechnologie perfektioniert hatte, mit der sich die DNA von den Hautabschabungen seiner Freunde intakt abtrennen ließ. Sie den Eizellen der Frauen zu entnehmen, die zu ihm kamen, weil sie seine Hilfe suchten, war ebenfalls kein Problem. Solange er die DNA vollständig bekam, spielte es keine Rolle, wie zerstückelt sie war. Der eigentliche Trick war die Erfindung einer gläsernen Pipette, die so klein und scharf war, daß man eine einzelne menschliche Eizelle mit ihr durchstechen konnte, ohne sie zu zerstören. Sobald er dieses Gerät perfektioniert hatte, hatte er schon alles gewonnen, und mit der Wolfe-Pipette konnte er sowohl die vorhandene DNA entfernen als auch die DNA seiner Kollegen aus der Wissenschaft injizieren.

Neunmal war er damit erfolgreich.

Und einmal hatte er dabei auch die DNA von Peter Jance injiziert.

Die Schwangerschaften wurden mittels unterschiedlicher Kunstgriffe herbeigeführt – manchmal als Folge einer angeblichen In-vitro-Fertilisation, manchmal durch Einsetzung einer Samenspende. Hunderte von Malen hatte man es schon versucht, und meistens war irgend etwas schiefgegangen.

Aber neunmal hatte es geklappt.

Und das Schöne an der Sache war, daß er als einziger Bescheid wußte. Nur Frederick Wolfe kannte die Namen der DNA-Spender, nur er hatte Zugang zu den Dossiers, die die Regierungsleute über die Empfänger angelegt hatten – so groß war das Vertrauen in sein wissenschaftliches Genie.

Wolfe war sich im klaren darüber, daß er unmittelbar vor schier unglaublichen, neuen und entscheidenden Ergebnissen stand. Aber er bemerkte auch eine gewisse Skepsis, die sich im Umfeld des Labors allmählich breitmachte. Also hörte er irgendwann damit auf. Er hatte, was er wollte – die heimliche Gewißheit, daß er nun ein Genie war, das Peter Jance oder irgend jemand sonst in der Welt der Wissenschaft zumindest in nichts nachstand. *Er, und nur er allein, hatte neun gesunde menschliche Klone geschaffen!*

Er lehnte sich zurück und sah zu. Jahrelang.

Jedes Kind, jeder Klon wurde einem Elternpaar geboren, das nichts ahnte. Bei denjenigen, die glaubten, eine Samenspende hätte die Schwangerschaft herbeigeführt, war es natürlich am einfachsten, denn es kam kein Verdacht auf, wenn das Kind keinem der beiden Eltern ähnlich sah. Doch selbst diejenigen Eltern, die nach irgendwelchen Ähnlichkeiten Ausschau hielten, wurden selten enttäuscht. Wo immer es möglich war, hatte sich Wolfe bemüht, die DNA von Freunden zu verwenden, die den Eltern in der einen oder anderen Hinsicht ähnelten. Bis auf wenige Ausnahmen glaubten die hochbeglückten Eltern stets, die tatsächlichen biologischen Eltern zu sein.

Die Eltern und ihre Kinder befanden sich dabei natürlich auf einer Art Durchgangsstation. Als Armeeangehörige schieden sie früher oder später aus dem Dienst aus oder wurden irgendwohin versetzt, und so dauerte es nicht lange, bis Wolfe seine lebenden Wunder auf alle fünf Kontinente verstreut hatte. Er las die Berichte über ihr Leben mit einer solchen Begierde, einer solchen Hingabe, daß er auf die Eltern wie ein entzückter Onkel wirkte und damit ihre volle, uneingeschränkte Loyalität gewann. Sie waren überzeugt, daß er nur das Beste für ihre Kinder wollte.

Doch schon bald nach diesen anfänglichen Erfolgen war Frederick Wolfe auf einen noch weitaus interessanteren Gedanken verfallen. Da jedes dieser Kinder in seinem Zellaufbau eine exakte Entsprechung eines Menschen war, den er kannte, würde es – wenn die Zeit und die Umstände es erforderten – nicht die geringste Abstoßung geben, wenn ein Teil des einen Körpers in den anderen eingepflanzt wurde.

Nicht die geringste.

Fast im selben Augenblick durchschoß ihn die Erkenntnis, was das, in seinem vollen Ausmaß, zu bedeuten hatte. Und in dieser letzten, überwältigenden Vision lag, wie Wolfe wußte, der Keim zu einer Entwicklung, mit der er sich seinen Platz in den Geschichtsbüchern auf ewige Zeiten sichern würde. Jetzt mußte er nur noch die richtigen Leute beim Militär ansprechen und ihnen klarmachen, was er für die militärische Forschung tun konnte, so unwahrscheinlich es auch klingen mochte.

Zunächst war die Reaktion zurückhaltend – man hielt es für buchstäblich nicht möglich. Aber dann sprach er seinen Vorschlag genauestens mit den Militärs durch und erläuterte ihnen jedes Detail und vor allem das Potential, das in diesem Plan steckte, so daß sie ihm schließlich doch Glauben schenkten. Sie waren nicht nur überzeugt, sie waren überwältigt.

Erst kam das Geld und dann der Name – die Jungbrunnen-Gesellschaft.

Theoretisch, so hatte er ihnen erklärt, gab es überhaupt keinen Grund, weshalb ein Mann oder eine Frau von Genie – mit Sicherheit jedenfalls seine Freunde, von denen er bereits Duplikate hergestellt hatte – nicht unendlich weit in die Zukunft versetzt werden konnten, sozusagen huckepack auf dem Körper seines Klons. Und da fast alle diese Klone führende Wissenschaftler auf dem Gebiet der Waffentechnik verkörperten, die bei all ihren Leistungen inzwischen doch unerbittlich in die Jahre kamen, war die Zeit der ausschlaggebende Faktor. Und der Groschen fiel bei ihnen rascher, als er es sich je erhofft hatte. Sein Projekt wurde als geheime Verschlußsache eingestuft und so großzügig mit finanziellen Mitteln ausgestattet, daß Wolfe nur vermuten konnte, die Militärs hofften, er würde demnächst sie *selbst* klonen. Er war überglücklich, und er spürte, daß er nur noch einen Schritt von der Erhabenheit entfernt war, die ihm seiner Ansicht nach schon immer zustand. Denn im Grunde genommen war es so: Wenn sämtliche Verfahrensweisen perfektioniert wurden – und er war sich sicher, daß es dazu kommen würde –, dann würde Frederick Wolfe als das Genie aller Genies in die Geschichte eingehen, als der Mann, der den Sieg über den Tod selbst entworfen und verwirklicht hatte.

Zwanzig Stunden nachdem er Peter Jance' Schädeldecke entfernt hatte, arbeitete Frederick Wolfe noch immer mit einer Inbrunst, die den gesamten Operationssaal in Atem hielt. Zwanzig Stunden war die absolute zeitliche Obergrenze, die das Gehirn ohne Sauerstoff auskam, egal, wie kalt es war. Wolfe kämpfte in einem Wettlauf gegen die Zeit – und die Zeit hatte den Sensenmann selbst auf ihrer Seite.

Frederick Wolfe war ebenso skrupellos wie elegant vorgegangen. Da Peters Körper nicht mehr benötigt wurde, hatte er tiefe Einschnitte an ihm vorgenommen und sich der unschätzbaren grauen Materie von unten, unterhalb der Hirnschale, her genähert. Er hatte die zwölf Hirnnerven isoliert, ebenso die vier Äste der Halsschlagadern, indem er das gesamte umliegende Gewebe abgeschnitten und entfernt hatte. Dadurch konnte er die Nerven- und Arterienverbindungen ausreichend lange dort belassen, bevor er sie von Peters Körper trennte.

Der letzte Stützpfeiler des Gehirns war die Wirbelsäule selbst. Sie wurde zwischen dem ersten und dem zweiten Wirbel mit demselben Präzisionslaser durchtrennt, den Wolfe schon bei den anderen Nerven benutzt hatte. Die schwache Hitze des Strahls ließ sich so fein einstellen, daß er zwischen zwei Kohlenstoffmolekülen hindurchschneiden konnte, ohne auch nur eines von beiden zu beschädigen. Passenderweise war der Laser ein Produkt, das aus der frühen Waffenforschung von Peter Jance selbst stammte – auch wenn sich im Augenblick weder er noch Beatrice, die nicht mehr in den Operationssaal zurückgekehrt war, an dieser hübschen Ironie freuen konnten. Der Stumpf des Hirnstamms wurde für begrenzte Zeit mit einer Kappe verschlossen, um ein Auslaufen der Hirn-Rückenmark-Flüssigkeit zu verhindern. Ohne diese Flüssigkeit, die die für die Zellfunktionen in Gehirn und Rückenmark benötigte Energie und die als Infektionsschutz benötigten Proteine und Lymphozyten lieferte, würde Peter – oder vielmehr sein Gehirn – nicht einen Tag überleben.

Als der Schnitt vollzogen und der Stumpf abgekappt war, war dieses Gehirn durch nichts mehr mit Peters Körper verbunden. Mit einer schwungvollen Bewegung hob Wolfe es heraus. Ein sanftes, saugendes Geräusch war zu vernehmen, als sich das Gehirn mit seinen Satellitenaugen und Sehnerven aus dem gewaltigen Ausgangsportal erhob, das Wolfe in Peters Schädeldecke und Gesicht gesägt hatte. Er ließ die kostbare Masse behutsam in eine verdünnte Kochsalzlösung gleiten, wo sie schimmernd liegenblieb, wie ein exotisches Tier, das man aus den tiefsten Tiefen des Meeres hochgeholt hat.

Bei Hans wandte man ein etwas gröberes Verfahren an. Nachdem man seinen Schädel oberhalb der Ohren durchtrennt hatte, schabte das Team nur noch sein Gehirn heraus. Man mußte lediglich die Wurzeln der Hirnnerven bloßlegen, die vom Körper unten durch die Hirnschale verliefen. Diese Verbindungselemente, zwölf Nerven und vier Arterien, mußten als einziges erhalten bleiben. Daß dies nur auf Kosten des Gehirns von Hans Brinkman möglich war – normalerweise ein katastrophaler Verlust –, war in diesem Fall unerheblich. Hans Brinkmans Gehirn, so eindrucksvoll es auch sein mochte, war nie mehr als ein Schatten des Gehirns von Peter Jance gewesen; ihm fehlte jenes unerklärliche, gottgegebene Etwas, das Peters genetisch identisches Gehirn vom Tag seiner Geburt an in den Rang eines Genies erhoben hatte. Hans Brinkmans Gehirn, inzwischen nur noch eine gräulich-rosafarbene Masse, die aussah wie ein umgestürzter Wackelpudding, wurde in einer Schale aus rostfreiem Stahl weggebracht.

Was nun folgte, war der letzte und kniffligste Verfahrensschritt: die Verschmelzung eines alten Gehirns mit einem jungen Körper.

Dieses Ziel zu erreichen, hatte sich für Wolfe als teuflisch vertrackt erwiesen, und für die Entwicklung dieses Verfahrens mußten ganze Herden von Schweinen, Kälbern und Primaten geopfert werden. Das Problem waren die Hirnnerven, die zwölf lebenswichtigen Nervenstränge an der Hirnbasis. Sie hatten eine Vielzahl von Funktionen zu erfüllen, wie zum Beispiel Bewegung und Empfindungsvermögen des Gesichts, Bewegung von Kopf und Schultern, Gleichgewichts-, Gehör- und Geruchssinn. Ein Hauptstrang, der Vagusnerv, verlief bis in die Körperhöhle hinunter, um dort die sensorischen, motorischen und vegetativen Funktionen von Drüsen, Verdauung und Herzschlag zu steuern. Obwohl Beatrice' genetischer Klebstoff an diesen Fasern weitaus rascher wirkte als an der komplexeren Wirbelsäule, stellten sie aufgrund ihrer anatomischen Lage doch eine äußerst heikle Angelegenheit dar. Genau hinter dem Kehlkopf gelegen, an der Hirnbasis, war der Zugang zu ihnen einfach verdammt schwer.

Das Handwerkszeug und die Methoden, die hier Anwendung fanden, würde man in zivilen Labors noch jahrzehntelang nicht finden, falls es sie dort überhaupt je geben würde. Es handelte sich um Mikrolaser-Skalpelle, Bindemittel, die man aus dem Fötengewebe von Schweinen gewonnen hatte, einen extrem kleinen und wirkungsvollen CAT-Scanner, mit dem man im Grunde virtuell auf Videobildschirmen operieren konnte, und roboterartige Greifzangen, so klein, daß sie zwischen Wirbelsäule und Luftröhre paßten, ohne auch nur einen Schluckauf zu verursachen. Mit all dem wurde die Sache durchführbar. Aber das Verfahren selbst verlangte nach einer solch virtuosen Meisterleistung, wie man sie noch nie erlebt hatte. Selbst die Zuschauer auf der Galerie wußten, daß Wolfe hier bis an die äußerste Grenze ging. Im Augenblick war das Gehirn von Peter Jance nichts weiter als drei Pfund eisgekühltes Protoplasma, und der Körper von Hans Brinkman war kalt wie der Tod, blutleer, mit einem Herzen, das seit acht Stunden nicht mehr geschlagen hatte. Bevor man nicht alle Verbindungen hergestellt hatte, konnte niemand im Operationssaal behaupten, daß man irgend etwas erreicht hatte – außer ungeheuerliche Mengen an Zeit und Geld der US-Regierung zu verschwenden.

In einem Wettlauf mit der Zeit begannen sie mit den ersten Klebungen.

Erste Impedanztests durch das neurologische Überwachungsteam ergaben eine Gehirn-Körper-Kommunikation. Auch wenn diese Aktivität bei weitem noch nicht das Normalmaß erreicht hatte, so wurden doch bereits Informationen von einem Reich ins andere weitergeleitet – so daß der gesamte Saal im Bann des Geschehens stand und Oscar Hendersons Lippen sich leise bewegten, wie in einer Art Gebet.

Selbst Alex Davies reckte den Kopf nach vorn, während er an einem Daumennagel kaute. Daß sich die Verbindungen überhaupt herstellen ließen, hieß schon, daß alles, aber auch alles möglich war, daß diese Operation, dieser gewaltige Sprung in der Evolution selbst, gelingen konnte.

Die beiden Männer arbeiteten Stunden um Stunden, während die Assistenten die hergestellten Verbindungen zwischen Gehirn und Körper den Zuschauern auf der Galerie jeweils im einzelnen anzeigten. Wolfe und

Barrola arbeiteten wie Besessene. Ihre Hände bedienten die Servosteuerungen von Robotern, die Füße stellten auf Pedalen die Schärfe und Tiefe ein, während sie ihren Atem in selbstgesteuerte kleine Röhren bliesen, die die Kraft ihrer Atemluft in Positionierungsbefehle für Roboterfinger umsetzten.

Bei jeder Klebung gab es Anzeichen einer Reaktion. Ob sie sich normalisieren würden oder nicht – das ließ sich unmöglich sagen. Doch jetzt mußte etwas weitaus Schwierigeres versucht werden. Niemand hatte in der Geschichte der Medizin je bewerkstelligt, was nun erreicht werden sollte, nicht einmal Wolfe selbst.

Die Wiederverknüpfung von Hirnstamm und Wirbelsäule widersetzte sich dem Erfolg in einem solchen Ausmaß, daß alles bisher Erreichte belanglos erschien. Es gab jedoch, wie sie sich selbst verzweifelt vor Augen hielten, Grund zur Hoffnung. Die Schnittstelle war auf beiden Seiten, an Hans' Wirbelsäule und an Peters Hirnstamm, tadellos – hier hatte man nicht mit zersplitterten Wirbelsäulenenden zu kämpfen, wie sie beispielsweise nach einem verhängnisvollen Sturz auftreten konnten. Und die Kontaktflächen zwischen Peters Hirnstamm und Hans' Wirbelsäule waren in einer weiteren, noch wichtigeren Hinsicht einzigartig: da Hans ein Klon von Peter war, war jedes abgetrennte Ende im Grunde das genaue Gegenstück des anderen, auf das es wie angegossen paßte: Zelle an Zelle, Faser an Faser, DNA an DNA.

Sie begannen mit der Wiederverknüpfung.

Eine dicke Schicht von Beatrice' DNA-Super-Kleber wurde auf die Oberfläche beider Schnittstellen aufgetragen, wo man ihn einige Minuten einwirken ließ. In dieser Zeit konnten die DNA-Elemente im Klebstoff die neurologischen Fingerabdrücke an jedem Stumpf selbst nachbilden, so daß es auf beiden Seiten keinen Unterschied mehr zwischen der jeweiligen Oberfläche und dem ursprünglichen Wirbelsäulenabschnitt gab, den man mit dem Klebstoff bestrichen hatte.

Und dann, genau in dem Augenblick, in dem der Klebstoff auf beiden Flächen weder zu fest noch zu flüssig war, wurden beide Teile zusammengefügt. Mit Hilfe einer Lasertechnologie, die ursprünglich entwickelt wurde, um Computeranlagen von submikroskopischer Größe genau ausrichten zu können, richteten Wolfe und sein Team nun den alten Hirnstamm und die junge Wirbelsäule so genau aus, daß die identischen Gewebeschichten ihrer Fasern, überbrückt durch Beatrice' Bindemittel, genau aneinandergefügt wurden. Im selben Augenblick begannen die nachgebildeten Oberflächen des DNA-Klebstoffs auf subatomarer Ebene ineinanderzufließen, genau nach dem ursprünglichen DNA-Muster, das entstand, als Peters mütterliche und väterliche DNAs sich geteilt hatten und ihre Hälften zu dem Entwurf eines neuen und einzigartigen Menschen verschmolzen waren.

Die Klebung wurde durch einen dünnen, aber starken stählernen Reif verstärkt, der nicht größer als ein Serviettenring war. Jetzt mußten nur noch die beiden Arterien verknüpft werden, die links und rechts der Wirbelsäule verliefen.

»Wir registrieren eine durchgängige neurologische Aktivität«, platzte eine Stimme heraus. Der Mann, ein Mitarbeiter aus dem neurologischen Überwachungsteam, kam fast ins Stottern und kämpfte damit, zumindest nach außen hin ruhig zu wirken.

Wolfe sah auf.

»Stärke?«

Für einen kurzen Moment blieb dem Mann der Mund

offen, und die Stimme versagte ihm. Die angestrebte Stärke an elektrischen Impulsen zwischen den zusammengefügten Hälften, die Wolfe sich erhofft hatte, betrug zwanzig, vielleicht dreißig Prozent. Damit könnte der Körper leben und vielleicht sogar die unteren Gliedmaßen mit Einschränkungen bewegen. Unter diesen Bedingungen könnte Peter in einem Rollstuhl überleben.

»Achtzig Prozent«, stieß der Mann hervor. »Nein, vierundachtzig!«

Wolfe starrte den Mann an, der seinen Blick mit einem wirren Grinsen erwiderte.

»Es verbessert sich mit jeder Sekunde, Sir.«

Wolfe schluckte. »Und das Hirnnervenbündel?« fragte er ruhig.

»Die Verbindungen sind über allen Klebungen erkennbar«, berichtete ein anderer Spezialist, der hinter einer langen Front von Bildschirmen versteckt saß. »Und zwar immer deutlicher. Alle anderen sind stabil. Keinerlei rückläufige Entwicklung.«

Ein tiefes Schweigen legte sich über den Saal.

Wolfe nickte bedächtig. »Beatrice' Klebstoff scheint hervorragend zu funktionieren«, sagte er. Er beugte sich über Peters neuen Körper. »Schließen wir die Arbeit an ihm ab. Vielleicht haben wir ja Glück.«

Mit äußerster Vorsicht legten sie die Augen in die untere Hälfte ihrer Höhlen durch den seitlichen Schnitt über die Augenhöhlen war dies relativ einfach – und setzten die obere Schädelhälfte auf. Nachdem man rings um den Schädel, an Stirnhöhle und Augenlidern entlang, über der Kopfhaut noch einmal Beatrice' Klebstoff aufgetragen hatte, wurde der Verband umgewickelt. Der letzte Schritt bestand darin, Hans' hervorragende Hornhaut auf Peters sechsundsiebzig Jahre alte Augen zu pflanzen und ihm somit saubere Fenster zu geben, durch die er ihre schöne neue Welt betrachten konnte.

Und dann war die eigentliche Arbeit erledigt.

Wolfe ließ sich zurücksinken, legte Mozart auf und trank eine Tasse *latte macchiato,* die ein eigens geschulter Sergeant des Kasinos zubereitet hatte. Der Mann wußte genau, was Wolfe wann am liebsten trank, einschließlich einer Magnumflasche Cristal-Champagner, die man in seinem Arbeitszimmer kaltgestellt hatte. Bald war es Zeit dafür – sobald das letzte Instrument beiseite gelegt war. Während Wolfe sich entspannte, schlossen Barrola und sein Team die Halsschlagadern wieder an. Kaum hatten sie diese Arbeit abgeschlossen, war Wolfe wieder auf den Beinen.

Jetzt war der spannende Augenblick da – und alle Anwesenden wußten es. Jetzt war die Stunde des Triumphes oder der Niederlage. Entweder würde man diesen Mann auf dem Operationstisch den Klauen des Todes entreißen – oder für immer ein Leintuch über sein Gesicht breiten müssen.

»Rufen Sie Beatrice«, sagte Wolfe leise. »Beatrice sollte hiersein.«

Eine Krankenschwester eilte davon.

»Stellen Sie die Pumpe an«, befahl er.

Techniker drängelten sich nach vorn. Die Chromzylinder der verbliebenen Herz-Lungen-Maschine begannen zu hämmern, die Schläuche zwischen Peter und der Maschine verfärbten sich scharlachrot, und die Rückkehr des Bluts in Körper und Gehirn begann. Peters bläuliches Fleisch nahm eine rosarote Farbe an.

»Wie werden wir ihn denn eigentlich nennen?« überlegte Barrola auf einmal laut.

Wolfes Blick traf ihn. »Ich meine«, fuhr Barrola fort,

während er insgeheim hoffte, ihn nicht beleidigt zu haben, »er ist nicht ganz Peter, aber er ist auch nicht ganz der andere.«

Wolfe lächelte, auf einmal durchaus liebenswert. »Er war vorher Peter, er wird nachher Peter sein, und er ist jetzt Peter. Punkt.«

»Aber wer ist dann das?« fragte Barrola mit einer Geste auf Peter Jance' Leichnam.

»Eine metaphysische Frage«, räumte Wolfe ein. »Eigentlich keine, über die wir uns den Kopf zerbrechen müssen. Die Leute sind, wer sie sind, solange sie leben. Was stirbt, das hört auf zu existieren. Was niemals war, wird niemals sein, was transferiert wird, das wird transformiert, was geliehen oder gestohlen wird, wird der Besitz des neuen Eigentümers. Wir verschieben lediglich Atome von einem Behälter in einen anderen. Es sind immer noch dieselben Atome, und ihre Energie ist ewig und namenlos.«

»Aber die Leute außerhalb –«

»Außerhalb wovon?«

»Von hier.«

»Wir werden seinen Tod natürlich bekanntgeben.«

»Und was sagen wir dann, wer das hier ist?«

Barrola warf einen scheuen Blick auf den Körper von Hans Brinkman, jetzt mit dem eingepflanzten Gehirn von Peter Jance.

Das ist der Haken der modernen Wissenschaft, dachte Wolfe, die Vision mochte noch so einmalig sein – letztendlich benötigte man doch Helfershelfer.

»Was sollen wir denn überhaupt außerhalb von hier mit ihm?« sagte Wolfe entnervt. Barrola legte die Stirn in Falten, als suche er nach einer Antwort, doch Wolfe winkte mit einer kurzen Handbewegung ab. Beatrice betrat den Operationssaal.

Sie trat an das Geländer der Galerie, bleich und zögernd, fast schon zerbrechlich, und starrte hinunter auf ihren Mann. Der gesamte Saal erstarrte in Stille – sie sah sich auf der Galerie um, dann auf Wolfe, dann wieder auf Peter hinunter.

Es ist nicht Peter, dachte sie. Keine Falten, keine Narbe von einer Blinddarmoperation, keine Adern auf den Handrücken. Und doch, bei Gott, er war es – wie sie ihn kaum noch in Erinnerung hatte, damals, als sie zueinanderfanden, vereint durch Leidenschaft und die tiefstmögliche Liebe. Nur daß er jetzt irgendwie ... klarer aussah. Reiner. Ohne ein Gramm Fett, mit hervortretenden Muskeln, ein durchtrainierter Körper, eine perfekte Maschine – gleichzeitig perfekt und doch seltsam, vertraut und doch fremd.

»Resanguination abgeschlossen«, meldete das Pumpteam.

Starr vor Entsetzen warf Beatrice einen Blick auf Wolfe. Was auch immer, wer auch immer – das hier war ihr Peter, und er bewegte sich nicht. Nicht ein bißchen.

Wolfe nickte ihr beschwichtigend zu – jetzt bin ich derjenige, den du brauchst, dachte er – und beugte sich dann wieder über seine Aufgabe.

»Die Paddel! Schnell!«

Beatrice beobachtete, wie man die Reanimationsmaschine herüberrollte. Die letzten Stunden – ob es drei oder acht gewesen waren, dafür hatte sie jedes Gefühl verloren – hatte sie in der Hölle geschmort. Was in Gottes Namen hatte sie sich eigentlich dabei gedacht, als sie sich von Wolfe überreden ließ, Peter die Injektion zu verabreichen und sich damit über seine Selbstmordgedanken hinwegzusetzen – erst all die moralische Verantwortung auf sich zu nehmen und dann solch unrealistische Hoffnungen zu hegen? Er hätte den Krebs besiegen können, trotz seiner erlahmenden Widerstandskraft – Wunder gab es schließlich immer wieder. Aber nicht auf dieser Ebene, nein …

»Fertig!« brüllte Barrola, als er die Paddel an Peters entblößte Brust klemmte.

Der Körper machte einen plötzlichen Satz und blieb dann reglos liegen. Alle warteten, bis sich die Maschine wieder aufgeladen hatte. Beatrice klammerte sich krampfhaft an das Geländer der Zuschauergalerie. Ihre Fingerknöchel hatten sich weißlich verfärbt.

»Fertig!«

Wieder krümmte sich der Körper zusammen, und wieder fiel er zurück. Leblos.

Barrola warf einen hoffnungslosen Blick auf Wolfe, und Wolfe starrte zu ihm zurück. Wieder drückte Barrola die Paddel zusammen.

»Fertig!«

Der Körper zappelte einen Moment lang und krümmte die Wirbelsäule. Wolfe biß die Zähne zusammen und kämpfte gegen die Verzweiflung an. Wie sollte die Klebung bei einer solchen Verkrampfung bloß halten? Wieder fiel der Körper nach hinten zurück. Dann blieb er auf dem Operationstisch liegen, wie eine gewaltige kalte Fleischmasse.

Dann kam von irgendwoher ein Aufschrei.

»Ich hab einen Impuls!«

Es war der Anästhesist, der in diesem Augenblick aufsprang und ungläubig auf sein Instrument starrte. Und dann hörten es auch alle anderen – das untrügliche Piepsen des Herzmonitors, das den Rhythmus des Lebens in dem schlafenden Körper wiedergab.

Peter Jance war am Leben.

»EEG«, brüllte Wolfe mit angespannter Stimme.

»Volle Alpha- und Delta-Aktivität der Hirnnerven«, kam ein Schrei zurück. »Funktional auf Koma-Ebene. Alle Verbindungen zwischen den Nervenbahnen deutlich erkennbar. Entscheidende Fortschritte gegenüber der letzten Messung!«

Ungläubig starrten sich alle gegenseitig an. Ein eigenartiges Schweigen legte sich über den grellen Saal, über die Scharen erschöpfter Techniker, Chirurgen und sonstiger Spezialisten. Die Stille zog sich scheinbar endlos hin – bis der laute Knall des Korkens sie zerriß, der aus dem Hals der Magnumflasche Cristal flog. Alle Köpfe drehten sich, als der Sergeant des Kasinos mit der schäumenden Champagnerflasche in den Saal stürmte, gefolgt von einem Assistenten, der ein Tablett mit Champagnergläsern trug. Jubelrufe und lautes Gejohle erfüllten die Luft. Das herzchirurgische Team vollführte einen Freudentanz, und die Krankenschwestern lagen sich weinend in den Armen. Oben auf der Galerie klopften sich die Militärs gegenseitig auf den Rücken und scharten sich um Henderson, um ihn zu beglückwünschen.

Nur Alex Davies tat etwas anderes. Er schlüpfte so leise durch den Ausgang der Galerie, daß ihn niemand bemerkte. Unten im Saal streckte Barrola Wolfe die Hand entgegen, und Wolfe starrte sie einen Moment entnervt mit majestätischer Gleichgültigkeit an, bevor er sie schließlich schüttelte. Oben auf der Galerie hielt sich Beatrice beide Hände vor den Mund. Barrola reichte Wolfe ein Glas Champagner. Wolfe erhob es hoch in den Saal, und ein Lächeln huschte über sein Gesicht, als sein Blick auf Beatrice fiel, die nun hinter ihren Händen glücklich schluchzte. Er streifte die Latex-Handschuhe ab, ließ sie zu Boden fallen und verließ den Saal.

Sie trafen sich im Obergeschoß. Wolfe legte die Arme um ihre zarten Schultern, hielt sie fest und ging mit ihr zum Parkplatz hinunter.

»Was darf ich erwarten?« fragte sie mit einer gepreßten Stimme, die ihre Ergriffenheit verriet. »Wird es halten?«

»Es gibt keinen Präzedenzfall«, sagte er, während er sich mit seinem knochigen Handgelenk über die feuchte Stirn wischte.

»Das weiß ich.«

»Wir müssen einfach abwarten. In ein paar Tagen wird Barrola die gesichtschirurgische Operation vornehmen. Das schafft man doch ohne Hirn –«

»Freddy –«

»Entschuldige, der Ausdruck war etwas unüberlegt. Dein Klebstoff hat wunderbar funktioniert. Jetzt muß nur noch die Zeit das Ihrige dazu tun.«

Sie starrte ihn an, und der Atem schien ihr zu stocken. »Und wird sie das?«

Wolfe holte einmal tief Luft. Der dankbare und doch hilfsbedürftige Blick in Beatrice' funkelnden grauen Augen versetzte ihn in freudige Erregung. Jetzt liebt sie dich, dachte er.

»Beatrice, wir müssen abwarten. Aber unter uns? Ich glaube, die Chancen stehen ausgezeichnet, daß unser Peter uns schon sehr bald wieder fröhlich anlächeln wird.«

Taktvoll nahm er sie für einen Augenblick sanft in den Arm. Vor dem Gebäude setzte er sie in eine Limousine, die bereits wartete und rasch mit ihr davonfuhr. Dann ließ er sich in seinen eigenen Wagen fallen, wo sein Fahrer ihn in einen Kokon aus Air-conditioning und Mahlers Neunter versetzte. Er bediente sich aus einem Fläschchen Armagnac, das er neben seinem Sitz aufbewahrte, und überlegte, ob er Beatrice in ihrem Zustand vielleicht hätte anbieten sollen, sich die Nacht über um sie zu kümmern.

Das ist es doch, was sie wollte, träumte er vor sich hin. Ach ja, seufzte er und gab sich vollends dem Gefühl des Triumphes und der Eigenliebe hin, das nun durch seinen Organismus strömte – alles zu seiner Zeit.

Als der Champagner ausgetrunken und die grelle Beleuchtung etwas heruntergedreht war, wurde der sechsundsiebzig Jahre alte Körper von Peter Jance, an Krebs und Altersschwäche zugrunde gegangen, zusammen mit den verstümmelten Überresten von Hans Brinkmans Gehirn in einen Sack verpackt. Der Sack wurde fest verschnürt und zu einem Verbrennungsofen gebracht, wo sein Inhalt binnen weniger Minuten zu Gasen und Asche verbrannte. Erstere stiegen in das sanfte Azurblau des karibischen Himmels auf; letztere wurde eingesammelt und auf seinen ausdrücklichen Wunsch Frederick Wolfe persönlich ausgehändigt, der die Asche später in die erste von neun Urnen aus rostfreiem Stahl füllen würde, die er in einem abschließbaren Schrank in seinem privaten Wohnbereich aufbewahrte.

Fünf Meilen weiter, in Vieques' Cafés und Bars, ahnte niemand auch nur das Geringste. Die Touristen bestellten weiter ihre Mai Tais und Heinekens, unbekümmert von irgendwelchen Fragen nach wissenschaftlicher Geltungssucht oder medizinischer Ethik. Die Wirtschaft war gesund. Das Militär war ungeschlagen. Das Leben war schön.

Für die Eingeweihten aus Wolfes engster Umgebung sah es schon bald so aus, als hätte Peter sich einfach nur verjüngt, und schließlich wurde er in einen schwerbewachten postoperativen Bereich gefahren, wo er am nächsten Morgen, noch immer schlafend, Besuch von seiner Frau bekam.

Sobald sie mit ihm allein war, legte Beatrice ihren Kopf auf die Brust ihres Mannes. Tief in ihrem Inneren wußte sie durchaus, daß es die Brust des Empfängerkörpers ihres Mannes war, doch diesen Gedanken verschloß sie so tief in sich wie Wolfe seine Urnen aus rostfreiem Stahl.

Sie hielt sich wacker – ihm zuliebe, wie sie sich sagte. Peter braucht deine Zweifel nicht. Er braucht eine starke Frau, eine, die dem Geist und Verstand, die sich nun in diesem neuen Behälter befanden, aus tiefstem Herzen Mut einflößte – so wie sie es schon in der Vergangenheit stets versucht hatte. Wenn sie gegen irgendein Naturgesetz verstoßen oder Peter und sich selbst zu irgendeiner Strafe verurteilt hatte, die sie sich noch nicht ausmalen konnte – nun ja, für Reue war es jetzt zu spät. Obwohl sie die letzten vierundzwanzig Stunden ununterbrochen im stillen gebetet hatte, glaubte sie doch nicht im geringsten, daß Gott existierte oder, falls Gott existierte, daß es einen Grund gab, weshalb sie Ihn oder Sie oder Es in unverzeihlicher Weise beleidigt haben sollte. Die Natur, das war ein Kampf ums Überleben, und in ihr fanden seit Urzeiten Experimente von unergründlicher Komplexität statt, die noch bizarrere Kombinationen hervorbrachten. Und all das scheinbar ohne jeden Grund. Sie hatte zumindest einen Grund. Ihr ging es ums Überleben, ihr eigenes und das des Mannes, den sie liebte.

Alles andere konnte der Teufel holen.

6

Zürich

Auf dem Weg zum Restaurant Kronenhalle kam Elizabeth über die Brücke, die die Limmat überspannte – eine leicht gewölbte steinerne Brücke, auf der sie und Hans einmal ein Rendezvous gewagt hatten, bevor Yvettes Verdächtigungen dazu führten, daß sie sich nur noch in Häusern trafen. In den Wochen vor seinem Tod hatte sie diesen Ort mehrmals aufgesucht, um noch einmal jenen köstlichen Augenblick nachzuempfinden, als Hans sie vor Gott und einer Busladung Touristen geküßt hatte, von denen einige auch noch ein Foto von ihnen geschossen hatten. Schwäne und Enten zogen – damals genau wie heute – auf dem klaren Wasser ihre Bahnen, Boote schaukelten in den Jachthäfen des Zürichsees, und obwohl nach einem Regenschauer hohe graue Wolken einen blaßblauen Himmel krönten, war die Sicht klar bis hin zu den schneebedeckten Bergen. Doch jetzt schlug ihr das Herz bis zum Hals – der eisige Wind, der vom Wasser her kam, fuhr ihr durch alle Glieder. Und was noch schlimmer war: Sie wußte, es war nicht die Kälte, die ihr zu schaffen machte. Es war eine abgrundtiefe Angst, die sie so heftig schüttelte, daß sie mit den Zähnen klapperte.

Beunruhigt rannte sie über die Brücke, bog nach links ein und folgte der Rämistraße bis zur Hausnummer 4. Das Innere des Restaurants Kronenhalle war in einem üppigen Art-déco-Stil ausgestaltet, mit geschnitztem Holz, geschliffenem Glas und Kunst des frühen zwanzigsten Jahrhunderts. Rose-Anne Brinkman wartete hinten in der Bar in einer Nische. Sie trug ein Baumwollkleid mit Blümchenmuster und einen goldgelben Hut. Der Barmann, ein blasser Italiener mit einem Gesicht wie eine Schildkröte, gab ihr eben Feuer. Rose-Anne klopfte mit der flachen Hand auf den Sitzplatz neben ihr, und Elizabeth schlüpfte unauffällig in die rote Nische.

»Wie fühlen Sie sich?« fragte die Frau unvermittelt, wobei sie Elizabeth mit ihren wachen, hellblauen Augen forschend ansah.

»Ich hab mich schon besser gefühlt«, sagte Elizabeth vorsichtig.

»Ich mich auch. Marco«, rief sie dem Barmann zu, der sie im Spiegel seiner Bar beobachtete, »bringen Sie der jungen Dame hier etwas zum Aufwärmen – oder am besten gleich zwei Courvoisiers.« Sie wandte sich wieder um und kam sogleich zur Sache. »Woher stammen Sie, Elizabeth?«

Hätte sie diese Frau nicht selbst schluchzend auf dem Friedhof erlebt, dann hätte sie vielleicht nicht vermutet, daß sie überhaupt zu trauern vermochte. In dem künstlichen Licht wirkte sie knallhart. Vielleicht war es ja auch der Alkohol oder einfach die Form, die ihre Trauer annahm – wie auch immer, überlegte Elizabeth, es würde ihr dadurch auf jeden Fall leichter fallen, der Frau von ihrem Verdacht zu erzählen, der sich in ihren Augen seit der Beerdigung dramatisch erhärtet hatte. Am letzten Sonntag, als ihr Hans' Stimme und das Geräusch, als die Verbindung abbrach, einfach nicht mehr aus dem Kopf gingen, war sie in die Juraberge gefahren, an den Unfallort, und hatte dort eine Entdeckung gemacht, die sie nicht mehr abschütteln konnte. »Ursprünglich? Aus Lansing, Michigan. Und Sie?«

»Waxahachie, Texas. Ich habe in die Navy eingeheiratet, also hieß es dann bald auch Pensacola, Guam, die Schweiz und Cherry Point, North Carolina. Ach ja, und Vieques.«

»Vieques?« sagte Elizabeth. Der Name weckte irgendeine schwache, quälende Erinnerung in ihr. »Wo liegt das?«

»Ach, das ist so eine kleine, unbedeutende Insel in der Karibik. Und Sie«, sagte sie, während sie die Hand ausstreckte und auf Elizabeths Handgelenk legte, »kannten also meinen Sohn.«

Bei dem sanften Tonfall, den die Stimme der Frau auf einmal annahm, wurde Elizabeth wärmer ums Herz, doch noch im selben Augenblick ermahnte sie sich zur Vorsicht.

»Über eine gemeinsame Freundin«, flunkerte sie.

»Sie waren ein Liebespaar«, verbesserte Rose-Anne sie mit scharfer Stimme.

Elizabeth errötete. »Hat Hans Ihnen das erzählt?« fragte sie in dem gelassensten Tonfall, den sie zustande brachte, und legte die Hände in den Schoß, damit die Frau nicht sah, wie sehr sie zitterten.

»Das mußte er nicht«, erklärte sie. »Es steht Ihnen ja förmlich ins Gesicht geschrieben. Lassen Sie die Flasche da«, wandte sie sich an den Barmann, als dieser die Drinks vor ihnen abstellte. »Aber trotzdem, er hat mir von Ihnen erzählt.«

Das war Musik in Elizabeths Ohren. »Oft?« wagte sie zu fragen.

Die Frau lächelte schwach. »Oft genug. Die anderen hat er nie auch nur mit einem Wort erwähnt. Und wissen Sie, was ich dazu sage? Gut für Sie.«

Sie hob ihr Glas, um mit Elizabeth anzustoßen. »Hatte er denn noch viele andere Frauen?« fragte Elizabeth, während sie die Gläser klingen ließen.

»Trägt der Papst komische weiße Schuhe? Ich bitte Sie, Sie müssen doch gewußt haben, was für ein aalglatter Typ er war. Trinken Sie aus.«

Elizabeth kam der Aufforderung nach. Der Alkohol brannte ihr einen Moment lang in der Kehle, bevor er weiter hinunterrann und eine angenehm feurige Wärme in ihr erzeugte. Rose-Anne nickte anerkennend.

»Ich selbst trinke in letzter Zeit etwas mehr«, sagte sie und leerte ihr eigenes Glas in wenigen hastigen Zügen. »Brandy und Patsy Cline, das hilft mir durch die Nächte.« Sie schenkte Elizabeth nach.

»Falls es Sie aufmuntert«, sagte Rose-Anne, »die anderen haben ihm nichts bedeutet.«

»Woher wissen Sie das?« fragte Elizabeth, gleichermaßen eingeschüchtert und ergriffen von der Offenheit dieser Frau. Sie hatte Angst davor, wie gern sie ihr glauben wollte – und noch mehr Angst davor, es nicht zu tun.

»Weil ich ihn gefragt habe«, lachte Rose-Anne. »Ich bin nicht schüchtern. Die Sache ist die«, fuhr sie etwas vorsichtiger fort, »ich hab mir Sorgen um ihn gemacht.«

Elizabeth wurde stutzig. »Sorgen?«

»Er hat Ihnen doch sicher von Yvette erzählt.«

»Ein bißchen«, räumte Elizabeth ein.

»Nicht daß ich für Seitensprünge viel übrig habe«, erklärte Rose-Anne. »Ich bin aus Texas – dort erschießen wir die Frauen, die mit unseren Männern spielen. Aber die beiden hatten sich längst gegenseitig ausbluten lassen. Hans fehlte immer eine gewisse – sagen wir – Klarsicht für das, was im Leben wirklich zählt. Er war sich selbst immer ein paar Schritte voraus.«

Elizabeth mußte lächeln. »Wenn Sie das meinen, was ich vermute, dann war es wohl so.«

»Und sein Dad und ich, wir konnten ihm nicht helfen. Er hatte schon immer seinen eigenen Kopf. Na ja, bis aufs Fliegen natürlich, aber das kam ja erst später, nach Daves Tod. Nachdem Hans die Physik an den Nagel gehängt hatte.«

Die Stimme der Frau klang nüchtern, und Elizabeth lief ein Schauder über den Rücken. »Sein Vater lebt nicht mehr?«

»Sehen Sie, wie zugeknöpft er war? Keine Ahnung, woher er das hatte – auf ehrlichem Wege hat er sich's nicht geholt. Nein, Kleines, mein Mann ist schon seit fast dreißig Jahren tot. Eine Boden-Luft-Rakete hat ihn 1972 über Hanoi erwischt. Kein Mensch hätte das geschafft. Dave konnte, wenn er flog, selbst einen Sperber umkreisen.«

Elizabeth nickte. »Hans war auch ein begeisterter Flieger.«

»Es ist wahrscheinlich das einzige, was er von den Erzählungen seines Vaters behalten hat. Der Rest, na ja, Dave konnte eben nur fliegen. Hans hingegen schien von allen Dingen fasziniert, und viele waren so kompliziert, daß weder sein Vater noch ich einen Durchblick hatten.«

Elizabeth dachte einen Augenblick lang nach. »Vieques.«

Rose-Anne sah auf.

»Was ist damit?«

Elizabeth zuckte mit den Schultern. »Ich weiß nicht. Seit Sie den Namen das erste Mal erwähnten, geht er mir nicht mehr aus dem Kopf. Wie Oz oder Tara, wissen Sie?«

»Nein.«

Elizabeth lachte. »Ich auch nicht, außer daß er mir irgendwie wie aus einem Märchen vorkommt. Ein Ort, den man kennt, den es aber im wirklichen Leben nicht gibt.«

Rose-Anne kniff die Augen zusammen. »Das ist keine Phantasiewelt. Es ist vielmehr der Ort, an dem Hans geboren wurde. Eine kleine Insel vor Puerto Rico. Ein großer Navy-Stützpunkt. Dave hat dort oft mit seiner Schwadron Übungen mit Bombenabwürfen geflogen.« Sie zögerte einen Augenblick, bevor sie fortfuhr. »Und eine Fruchtbarkeitsklinik gab es dort auch.«

Aus einem Grund, den sie nicht näher bestimmen konnte, spürte Elizabeth, wie ihr Herz zu flattern begann. »Eine Fruchtbarkeitsklinik?«

»Dave und ich hatten es schon fünf Jahre versucht. Gott segne Dr. Wolfe, haben wir immer gesagt.«

»Warum? Wer ist Dr. Wolfe?«

»Der Arzt, der die Klinik leitete. Hans verdankte ihm sein Leben – und wir ihm unser Glück. All die Jahre, die wir mit Warten verbracht hatten – das gab uns das Gefühl, als würden wir unseren Sohn nur noch mehr lieben. Obwohl uns das manchmal«, fügte sie bekümmert hinzu, »wie eine Einbahnstraße vorkam. Daves Tod schien Hans überhaupt nicht zu berühren. Hat alles in sich hineingefressen, nehme ich an.« Sie lächelte ein bittersüßes Lächeln und wandte dann den Blick ab. »Wie haben Sie denn den Tod Ihres Vaters verkraftet?«

Elizabeth runzelte mißtrauisch die Stirn. Sie hatte diese Tatsache Hans gegenüber nur ein einziges Mal erwähnt – mitten in der Nacht, nachdem sie sich geliebt hatten und erschöpft, aber zu glücklich waren, um einzuschlafen. »Hans hat es Ihnen erzählt?«

Rose-Anne nickte. »Auf eine komische Art wirkten Sie wie ein Klebstoff zwischen uns – indem wir uns über

Sie unterhielten, kamen wir uns näher. Sie waren also auch ein Armee-Balg, stimmt's?«

»Ein Armee-Balg? Nein, ich meine, mein Vater war eine Zeitlang in der Navy, das schon. Ich hab meine Kindheit größtenteils verdrängt.«

»Der Tod eines Elternteils kann dergleichen leicht auslösen. Und dann sind Sie selbst irgendwann nur um Haaresbreite dem Tod entgangen, stimmt's? Sie waren eine recht flotte Skiläuferin, hat Hans mir erzählt. Und wie war das, dann hatten Sie einen Unfall?«

Er hatte so viel von ihr erzählt, daß sie nur staunen konnte. Einen Augenblick lang fühlte sie sich bloßgestellt, doch als sie sich klarmachte, was das zu bedeuten hatte, wurde ihr wieder wärmer ums Herz. Sie wandte ihr Gesicht ab. »Ja, einen Unfall«, sagte sie.

»Sehen Sie, jetzt bekommen *Sie* den Mund nicht mehr auf. Auf einer Sprungschanze, stimmt's?«

Wurde dadurch nicht noch alles schlimmer – dadurch, daß sie wußte, wieviel sie ihm bedeutet hatte? »Hatte eben ein bißchen Pech. Eine Furche auf einer vereisten Piste, genau in der falschen Zehntelsekunde – ich glaube, ich bin mit etwa Tempo hundert durch den Schneezaun gebrettert.«

»Und genau in die Bäume, hat Hans mir erzählt. Das Gesicht zerquetscht. Entsetzlich.«

»Na ja«, sagte Elizabeth. »Olympische Größe hatte ich eben nie.«

»Hat Sie das danach nicht abgeschreckt?«

»Eigentlich hatte es genau den gegenteiligen Effekt.«

Rose-Anne lachte, und eine Spur Wärme klang in ihrem Lachen mit. »Das hat Hans auch gesagt. Sie lieben das Risiko – gehen gern aufs Ganze. Und Ihrem Aussehen hat es mit Sicherheit nicht geschadet.«

»Im Grunde«, räumte Elizabeth ein, »hat es ihm sogar geholfen.«

»Das hat Hans mir auch erzählt – mußte man Ihr Gesicht denn vollständig wiederherrichten?«

»Fast«, gab Elizabeth zu. »An meinem Gesicht haben sie bessere Arbeit geleistet als an meinem Knie.«

»Na, sie müssen auf jeden Fall eine gute Grundlage gehabt haben, auf der sie aufbauen konnten. Ihr Foto in *Marie-Claire* hat mich hellauf begeistert. Ich kann nicht einmal zum Friseur gehen, ohne Ihr Gesicht in irgendeiner Zeitschrift zu entdecken. Erinnern Sie mich daran, daß ich mir den Namen Ihres Gesichtschirurgen geben lasse.« Sie trank einen Schluck, bevor sie auf einmal verschwörerisch lächelte. »Möchten Sie ein paar Fotos von Hans sehen?«

Ohne eine Antwort abzuwarten, öffnete Rose-Anne ihre Handtasche und holte einen Stapel Schnappschüsse hervor. Alte Fotos hauptsächlich, in seltsamen Formaten, klein, länglich, gestellt – auch ein paar Fotos aus einem Jahrbuch.

»Hans in seinem ersten High-School-Jahr, als bester Pitcher seines Baseballteams.«

Begierig studierte Elizabeth das Foto. Hans mit vierzehn war bereits Hans.

»Und hier ist er mit dem Tauchteam seiner High-School. Bei den bundesstaatlichen Meisterschaften, die alle zwei Jahre stattfinden. Ein geborener Athlet – ganz gleich, in welcher Sportart er sich auch versuchte. Und ein absolutes As – genau wie Sie«, meinte sie freundlich.

Elizabeth blätterte die Schnappschüsse durch. Geistesabwesend ließ sie die Finger über Hans' Gesicht gleiten, und wieder überkam sie jenes seltsame Gefühl von Seelenverwandtschaft, das sie seit ihrer ersten Begegnung immer wieder beschlich. Sie stieß auf ein Foto von Hans, als er Anfang Zwanzig war, neben einer zweisitzigen Cessna, Schulter an Schulter mit einem grinsenden Mann mit Kinnbart, der etwa doppelt so alt war wie er.

»An dem Tag ist er zum ersten Mal allein geflogen«, sagte Rose-Anne.

»Ist das sein Vater?«

»Sein Fluglehrer. Hat immer gesagt, Hans sei ein Naturtalent. Aber Hans schien einfach alles leichtzufallen – nur nicht, wirklich enge Beziehungen zu anderen Menschen aufzubauen. Ich glaube, Sie kamen näher an ihn heran als irgend jemand sonst.«

Elizabeth kämpfte gegen den Kloß in ihrem Hals und ging zum nächsten Foto über. Hans als kleiner Junge am Strand, wie er sich einen großen roten Ball über den Kopf hielt und übers ganze Gesicht strahlte. Ohne zu fragen, wußte sie, daß es auf Vieques aufgenommen war. »Er sieht so glücklich aus.«

Rose-Anne warf einen raschen Blick auf das Bild. »Hans hat Vieques über alles geliebt. Er wollte immer dorthin zurück, hat es nie geschafft. Er hatte immer soviel um die Ohren, hat sich nie ein bißchen Ruhe gegönnt. Vielleicht findet er ja jetzt seine Ruhe«, fügte sie rasch hinzu. Ihre Stimme klang zum ersten Mal bitter, fast schon zornig. »Also«, wechselte sie das Thema. »Was ist das für eine Sache, die keinen Sinn ergibt?«

Elizabeth holte einmal tief Luft. Ihr Herz raste wie wild. »Ich habe mit ihm gesprochen«, sagte sie, »noch kurz vor dem Unfall. Irgend jemand hat irgend etwas Dummes gemacht – es muß ein anderer Fahrer gewesen sein –, und er war drauf und dran, in ihn hineinzurasen, als die Verbindung abriß.«

Rose-Anne kniff die Augen zusammen. »Sind Sie sich da sicher?« fragte sie in einem nüchternen Tonfall.

»Mir kam es so vor.«

»Die Polizei hat nichts von einem zweiten Wagen gesagt. Die Reifenspuren stammten nur von einem.«

»Es ist nicht nur das«, sagte Elizabeth. »Ich bin zu der Stelle gefahren, an der es passiert ist. Ich hab seine Reifenspuren entdeckt. Er hatte scharf gebremst. Das war deutlich zu erkennen. Und dann muß er abgedriftet sein. In der Leitplanke war eine kräftige Delle, mit derselben Farbe daran wie an seinem Wagen.«

»Er hat die Leitplanke durchbrochen.«

»Aber nicht dort, nein. Er schlitterte zurück auf die Fahrbahn, prallte gegen die Felsen und dann ein zweites Mal gegen die Leitplanke.«

Rose-Anne nahm noch einen Schluck von ihrem Drink. Auf einmal wurde Elizabeth klar, wie schwer es für sie sein mußte, all dies zu hören.

»Und dann«, sagte die Frau, »hat er dort die Leitplanke durchbrochen, stimmt's?«

Elizabeth warf einen prüfenden Blick auf den Barmann. Er beobachtete die beiden Frauen wieder im Spiegel, bis er bemerkte, daß Elizabeth ihn ansah. Dann begann er auf einmal, eifrig ein Glas zu polieren. Elizabeth beugte sich näher zu Rose-Anne hinüber und dämpfte ihre Stimme.

»Die Spuren hören genau am Rand des Abgrunds auf. Der Wagen hatte gar nicht mehr genug Schwung, um von allein in die Tiefe zu stürzen. Man konnte noch genau erkennen, wo der Wagen am Rand der Schlucht liegengeblieben war und wo sich die Reifen eingedrückt hatten, nachdem er dort zum Stillstand kam. Der Wagen hielt erst an – und *dann* fuhr er über den Rand des Abgrunds.«

Rose-Anne wandte den Blick ab und leerte ihren Drink.

»Was wollen Sie also damit sagen ...?«

Elizabeth legte die Stirn in Falten. »Ich weiß es nicht.« Sie trank ebenfalls aus, doch beide bestellten nichts mehr nach. Rose-Anne sah ihr wieder ins Gesicht, und Elizabeth fragte: »Rose-Anne, sagen Sie, hat Hans Ihnen gegenüber je erwähnt, daß er sich verfolgt fühlte?«

Rose-Anne richtete sich auf. »Jetzt werden Sie noch ein richtiger Spürhund, was?«

»Wenn es sein muß.«

Rose-Anne lächelte, als hätte sie begriffen, streckte einen Arm aus und tätschelte Elizabeths Hand. »Im Grunde genommen hat er die ganze Zeit davon geredet. Und als ich ihn letzte Woche besucht habe, da ließ er gerade sein Haus nach Wanzen absuchen.«

»Und was bedeutet das Ihrer Ansicht nach?«

Rose-Anne sah sie einen Moment lang an, dann lachte sie auf. »Ich glaube, es zeigt einfach nur, wie schlecht Hans' Menschenkenntnis war – wenn er glaubte, daß Yvette ihn beschatten ließ. Um seine Affären hat sie sich nicht die Bohne gekümmert. Er hat sie schließlich durchgefüttert, Kleines.«

Elizabeth sah sie an. »Durchgefüttert? Ich dachte, ihr Vater war –«

»Reich? Nein. Beziehungen, die hatte er. Und vielleicht war er früher einmal reich. Aber wenn man da einmal offen und ehrlich Kassensturz gemacht hätte, dann hätte die Familie schon gemerkt, daß sie fast nur noch von der Hand in den Mund lebte. Der Grund, weshalb sie so reich *aussahen*, lag darin, daß ihr Talent, diese Dinge zu leugnen, mindestens so aufgebläht war wie ihr ganzer Lebensstil.«

Sie schüttelte den Kopf. »Yvette war völlig abhängig von Hans.«

»Vielleicht hat sie es wegen des Geldes getan?«

»Vielleicht wird Hans' Vermögen sie eine Zeitlang über Wasser halten – aber nein, Yvette wird es in null Komma nichts durchbringen. Sie ist dumm, aber nicht so dumm, das Huhn zu schlachten, das ihr viertelstündlich goldene Eier legt.«

Elizabeth seufzte. »Aber er war sich so sicher, daß da irgend etwas war.«

»Es gibt ein Wort dafür. Paranoia.«

Elizabeth starrte auf das Foto. Hans, der einen Wasserball hoch über dem Kopf hielt, im Hintergrund eine Palme und das türkisblaue Meer. Erwartungsvoll starrte sie auf das Bild, als würde es im nächsten Augenblick lebendig werden, als würde sich die Palme plötzlich in der Brise wiegen und Hans, mit der Stimme eines kleinen Jungen, ihr irgend etwas zurufen.

Wieder spürte sie Rose-Annes Hand auf ihrem Arm.

»Wirklich, Elizabeth, Sie dürfen sich damit nicht selbst fertigmachen. Sie müssen den Schlag wegstecken und weiterleben. Das tue ich auch.«

Aber sie konnte es nicht. Irgend jemand hatte Hans in diesen Unfall verwickelt, sie spürte es in ihrer Seele.

Aber wenn nicht Yvette, wer dann?

Vieques Island

Daß Peter überlebt hatte, war an sich schon ein Wunder, und es zog weitere Wunder nach sich. Bis auf ein paar blutende Stellen, die sich leicht verarzten ließen, war sein Körper am Leben und sein Zustand stabil. Noch ermutigender war die Tatsache, daß die ersten CAT-Scans keinerlei Läsionen oder Anomalien in seinem Gehirn erkennen ließen. Seine autonomen Funktionen waren allesamt normal, und die Reflexe an den Extremitäten funktionierten ohne jede Einschränkung. Das bedeutete, daß der Hirnstamm aller Wahrscheinlichkeit nach unbeschädigt überlebt hatte. Soweit Wolfe und seine Assistenten es beurteilen konnten, hatten die wichtigsten Klebungen nicht nur gehalten, sondern übermittelten inzwischen auch Nervenimpulse in beide Richtungen so flüssig weiter, wie sie es bei einem unversehrten Körper tun würden. Das Gehirn hatte die Transplantation überlebt, und der Körper die Implantation. Das Ergebnis, erklärte Wolfe mit einer leichten Verneigung vor Mary Shelley, war »atemberaubend«. Henderson schickte weiterhin täglich Blumen und Champagner.

Wolfe hatte die Anweisung gegeben, die Chemikalien, mit Hilfe derer Peter zu seinem Schutz im Koma gehalten wurde, Ende der ersten Woche abzusetzen. Innerhalb von zwei Tagen setzten Peters höhere Hirnströme die Nadeln des EEG sanft in Bewegung, die nun zitternd erste Anzeichen von Aktivität erkennen ließen. Barrola hatte eine Valiuminfusion empfohlen, nur für den Fall, daß bei der Verschmelzung von Körper und Gehirn irgendwo eine Art psychisches Trauma entstanden war, das Peters Psyche beim Aufwachen völlig aus dem Gleichgewicht bringen würde. Wolfe konnte jedoch bei den Scan-Aufnahmen von Peters Gehirn keinerlei Anzeichen eines möglichen Angstzustands erkennen und hatte die Infusion daher beenden lassen. Peters sämtliche kortikalen Meßwerte näherten sich inzwischen dem Normalbereich an.

Bis auf einen zusätzlichen Sauerstoffschlauch für den

Notfall wurden sämtliche lebenserhaltenden Maschinen an Peter abgeschaltet.

Der Körper atmete von allein.

Die Alarmbereitschaft des herzchirurgischen Teams wurde aufgehoben, ebenso die des Notoperationsteams. Bis auf die Sicherheits-Patrouillen lehnte sich nun alles, was im Jungbrunnen-Komplex Rang und Namen hatte, zurück und gönnte sich seit Wochen wieder die erste Pause.

In der Zwischenzeit warteten Wolfe, Beatrice und Emilio Barrola ab, was als nächstes geschehen würde, in Schichten neben Peters Bett sitzend, ohne auf noch mehr Wunder zu hoffen, als sie bereits erlebt hatten – und stets auf das Schlimmste gefaßt.

Doch es ereigneten sich neue Wunder. Jeden Tag.

Tatsächlich schien sich Peters Gehirn in seiner neuen Umgebung bestens zu entwickeln. Die Hirnströme wurden von Tag zu Tag stärker, bis sie in etwa die Meßwerte eines Menschen erreichten, der bei vollem Bewußtsein im Tiefschlaf liegt. Die Elektroden auf seinen Augenlidern registrierten eine REM-Phase – ein deutliches Anzeichen dafür, daß er, wie in einer Art Traumzustand, Bilder wahrnahm.

Im Grunde lebte und schlief er.

Aber ein Unterschied bestand noch, ein entscheidender Unterschied.

Am Morgen schlug er die Augen nicht auf.

Und auch an keinem der folgenden Morgen.

Nach fünf Tagen wurde Wolfe allmählich ungeduldig.

»Jetzt müßte er aber langsam aufwachen«, knurrte er. Doch als er sah, wie alles Blut aus Beatrice' Gesicht wich, bereute er sofort, überhaupt etwas gesagt zu haben. Genau wie Peter, dessen Stellvertreter er nun war, haßte auch er nichts mehr, als ihr Schmerz zuzufügen.

Sie versuchten es mit sanften Injektionen anregender Mittel, jedoch ohne Erfolg. Sie versuchten es mit lautem Krach: nichts. Sie berührten ihn, sie tätschelten ihn. Nichts. Beatrice las ihm Lewis Carroll vor, ihren Lieblingsautor, und Thomas Pynchon, den Peter bevorzugte. Nichts. Sie schilderte ihm jedes Hotel, in dem sie einmal ihren Urlaub verbracht hatten, und – wenn Wolfe das Zimmer verlassen hatte – Höhepunkte ihres gemeinsamen erotischen Lebens. Nichts. Sie versuchten es mit Haydn, für den Peter eine Vorliebe gegenüber Mozart entwickelt hatte und besonders schwärmte. Sie versuchten es mit Ornette Coleman, die Peter über alle Maßen verabscheute.

Nichts.

»Wie lange willst du noch warten?« fragte Beatrice, als die dritte Woche anbrach und ihre Besorgnis allmählich Verzweiflung wich.

»Die Entscheidung liegt nicht bei mir«, erwiderte Wolfe wohlüberlegt. Er wußte, daß sie seine Loyalität prüfen wollte, als spürte sie – auch wenn sie im Moment einzig und allein mit Peters Wohlergehen beschäftigt war –, daß er als Leiter des gesamten Projekts Wichtigeres zu tun hatte. Tatsächlich war es jedoch so, daß er im Augenblick keine anderen Versuchspersonen hatte, an denen er Experimente vornehmen konnte, und daß er auch nicht das Bedürfnis verspürte, sich um irgend etwas anderes zu kümmern als um das Überleben dieses Schlüsselorganismus, der hier vor ihm lag.

»Du spielst mit dem Gedanken, ihm Sterbehilfe zu leisten, stimmt's?« fragte sie, während sie ihn ängstlich beäugte, wie ein Tier, das mit dem Rücken zur Wand steht.

Er sah sie mit aller Liebenswürdigkeit an, die er aufbringen konnte.

»Beatrice, hier könnte man überhaupt keine Sterbehilfe leisten. Ihm zum jetzigen Zeitpunkt, angesichts der Stärke seiner Hirnströme, die Nahrung vorzuenthalten, das könnte als strafbare –«

»Freddy«, sagte Beatrice, die für einen Moment zusammenzuckte, während sie sich von Peters Körper und den summenden und blinkenden Monitoren abwandte, »du bist hier der Herzlose, nicht Henderson.«

»Ich bin mit dir doch völlig einer Meinung«, protestierte Wolfe. »Er ist absolut lebensfähig, und wir werden ihn keinesfalls aufgeben!«

»Andererseits«, wurde hinter ihnen eine Stimme laut. Es war Alex Davies, der Barrolas Schicht übernommen hatte, während der Chirurg auf dem Festland ein paar lukrative Operationen vornahm. »Wer würde schon eine Klage wegen Verletzung ärztlicher Berufspflichten einreichen – wenn man sich's genau überlegt?«

»Alex«, sagte Wolfe sanft, »das reicht jetzt.«

Alex warf einen Blick auf Peter und rieb sich das Kinn.

»Vielleicht hat er ja Angst vor dem Aufwachen«, sagte Alex, ohne sich darum zu kümmern, wie seinem Großvater das Blut ins Gesicht schoß.

»Was meinst du damit, Angst?« fragte Beatrice mit angespannter Stimme.

»Jetzt ermutige ihn doch nicht auch noch«, sagte Wolfe.

»Angst wovor?« hakte Beatrice weiter nach.

Alex rieb sich nachdenklich die Nase. »Angst vor den Auswirkungen im einzelnen. Wissen Sie, was ich damit sagen will? Ich hätte jedenfalls Angst. Er sollte sterben, er war bereit zu sterben, und dann macht ihr beide ihm ein Angebot, das er nicht ablehnen kann.« Er sah sie an und grinste arglos. »Vielleicht hat er Angst davor, euch beiden wiederzubegegnen. Wer weiß, was ihr als Gegenleistung verlangen werdet.«

Sie starrten ihn an.

Er hob beschwichtigend die Hände. »Bin im Augenblick eben in einer etwas schrulligen Stimmung. Tut mir leid.«

Auf Wolfes Stirn trat eine Ader deutlich hervor, während er Alex mit einem Laserblick fixierte.

»Alex«, sagte Wolfe. »Du kannst gehen. Und zwar sofort.«

»War nur so'n Gedanke«, sagte Alex mit einem Schulterzucken. Er winkte einmal freundlich und ging zur Tür hinaus. »Will irgend jemand Kaffee?« Er hielt einen Augenblick inne und sah noch einmal zu ihnen zurück, zuckte wieder mit den Schultern und verschwand.

Beatrice wandte sich wieder an Wolfe.

»Vielleicht ist an Alex' Gedankengang doch etwas dran«, sagte sie.

»Ich bin mir nicht sicher, ob das überhaupt ein Gedankengang war«, knurrte Wolfe.

»Was hast du denn dann für eine Antwort? Warum wacht Peter nicht aus seinem Koma auf?«

»Ich habe keine Antwort«, erklärte er, während er sich im stillen eingestand, daß ihm diese Frau allmählich auf die Nerven ging.

»Das ist nicht die richtige Antwort!« brüllte Beatrice ihn plötzlich an. »Ich will meinen Mann wiederhaben!«

Wolfe erblaßte. Konnte dieser Gedanke, bei dem er sich auf einmal ertappte, wirklich wahr sein – daß er in irgendeinem perversen, eifersüchtigen Winkel seines Herzens gar nicht *wollte*, daß Peter aufwachte? Absurd, dachte er. Wenn Peter stirbt, dann bin ich gescheitert. Alles andere ist kindischer Blödsinn. »Hier gibt es keine richtige oder falsche Antwort«, versuchte er sie zu beschwichtigen, wobei er sich auf einmal isoliert und machtlos fühlte. »Wir werden selbstverständlich alles tun, was in unserer Macht steht. Es würde an Wahnsinn grenzen, weniger zu tun – wenn man sich überlegt, was wir bereits alles investiert haben.«

»Oh, ich verstehe«, bemerkte Beatrice kühl. »Jetzt ist es also eine Frage des Geldes –«

»Das habe ich natürlich nicht gemeint«, empörte sich Wolfe. »Was wir *alle* investiert haben – emotional, geistig – vor allem Peter – Peters Leben ist hier schließlich von ausschlaggebender Bedeutung – das versteht sich doch von selbst.«

»Nein, Freddy. Das versteht sich *niemals* von selbst. Niemals.«

Kalter Zorn lag in ihren Worten, und dann war sie zur Tür hinaus.

Wolfe hörte ihre Schritte, die sich im Flur entfernten, und in einem seltenen Anfall von Selbstkritik verfluchte er sich und seine Taktlosigkeit. All die hart erarbeitete Dankbarkeit und Zuneigung – würden sie sich nun in Rauch auflösen? Sei kein Dummkopf, schalt er sich. Er wandte sich wieder zu Peter um und gelobte im stillen, alles zurückzuerobern, sobald er wieder zu sich kam. Dann werden wir ja sehen, wer wem was schuldet. »Stimmt's, Peter?« sagte er laut.

Das EEG auf dem Monitor schien einen Moment lang stärker auszuschlagen, als wollte es damit eine Antwort geben. Großer Gott, dachte sich Wolfe, jetzt wirst du schon so wirr im Kopf wie dein Enkel. Und bei dem Gedanken an Alex eilte er aus dem Zimmer, um dem kleinen Miststück einzubleuen, ihn nie wieder vor Beatrice in Verlegenheit zu bringen.

7

Vieques Island

Beatrice war in Peters Zimmer gezogen; sie hatte keinerlei Vertrauen mehr und wollte nicht, daß irgend jemand anders bei ihm Wache hielt. Wolfe legte noch immer ein aufgeblasenes Getue an den Tag, und Alex Davies schien ihr aus dem Weg zu gehen.

Irgendwann erwischte sie ihn schließlich an einem Tisch in der Cafeteria des Stützpunkts. Er erkundigte sich höflich nach Peters Zustand – auch wenn sie den Verdacht hatte, daß er darüber längst Bescheid wußte. Sie beschloß, ohne Umschweife zur Sache zu kommen.

»Was ist zwischen euch beiden los?«

»Was meinen Sie damit?« Alex stellte sich dumm.

»Du weißt, was ich meine. Zwischen dir und deinem Großvater.«

Alex zuckte die Schultern. »Das Übliche eben.«

»Er liebt dich abgöttisch«, sagte Beatrice vorsichtig.

Alex lachte laut auf. »Ja, vielleicht. So, wie Lear seinen Narren abgöttisch liebt.«

»Du bist alles andere als ein Narr, Alex.«

»Alles Tarnfarbe«, stimmte Alex ihr lächelnd zu und stocherte in seinem Essen.

»Meinst du, Frederick glaubt noch an das Projekt?«

»Sie meinen, an Peter Jance?«

Sie mußte zugeben, der Bursche war in seiner Entwicklung ein, zwei Schritte weiter, als sie es bei einem

Jungen seines Alters erwartet hätte. »Na schön«, sagte sie. »Meinst du, er wird die Sache mit Peter wirklich bis zum Ende durchfechten? Hat er dich ins Vertrauen gezogen?«

»Soweit er dazu imstande ist, nehme ich an«, sagte Alex. »Doch, er wird bei Dr. Jance auf jeden Fall am Ball bleiben. Es ist allein schon eine Frage des Stolzes. Außerdem muß die Wissenschaft doch schließlich weiterkommen, oder nicht?«

»Vielleicht hätte es jeder verdient, noch ein bißchen länger zu leben. Vielleicht ließen sich dadurch noch jede Menge nützliche Erkenntnisse sammeln.« Sie fühlte sich innerlich kalt. Sie glaubte es nicht einmal selbst. Alex lächelte dünn.

»Die Wissenschaftler zuerst – so hat er es immer verkauft. Und das beinhaltete natürlich die logische Konsequenz, daß die führenden Militärs gleich an zweiter Stelle kamen. Der Grund dafür war natürlich, daß er ihre Fördermittel benötigte – nicht weil er Respekt vor ihnen hat.«

Sie betrachtete den Burschen und sah in seinen Augen all die versteckten Zweifel, die sie selbst an diesem Projekt hegte. Aber nur einen Augenblick lang. Für das notwendige Überleben ihres Mannes war es bei weitem zu riskant, das Projekt auf diese Weise in Frage zu stellen.

»Das überrascht mich«, meinte sie zänkisch. »Du glaubst also nicht, dahinter steckt die Regierung, die will, daß der Präsident ewig lebt?«

Alex schüttelte den Kopf – er faßte ihren Scherz als ernstgemeinten Kommentar auf. »Nein, das Militär ist mächtiger als jeder Präsident – die sind viel länger an der Macht und besser geschützt.« Er grinste schelmisch. Meinte er es ernst – oder nahm er sie auf den Arm? Sie wußte es nicht. »Aber irgendwann wird er dem Militär eine Abfuhr erteilen und sich im privaten Sektor nach Fördermitteln umschauen – da ist nämlich inzwischen das dicke Geld zu holen. In den Unternehmen. Die werden sich für die Unsterblichkeit freiwillig dumm und dämlich zahlen, und sie haben die tiefsten Taschen.« Sie beobachtete ihn. Sie wußte es immer noch nicht.

»Und was ist mit Künstlern? Philosophen?«

Er lachte nur. Dann beugte er sich zu ihr vor und sagte in überraschend ernstem Tonfall: »Peter ist erst der Anfang. Falls er überlebt, dann sind Grandpa keine Grenzen mehr gesetzt. Er wird ihn niemals aufgeben, das kann er sich gar nicht leisten.«

Warum fand sie bloß keinen Trost in diesen Worten? Dann wußte sie auf einmal, an welchem Wort es lag.

»Falls?« fragte sie. »Weißt du vielleicht mehr als ich?«

»Wenn«, sagte Alex. »*Wenn* Peter überlebt. Hören Sie«, fuhr er fort, als hätte er ihre Gedanken gelesen, »ich weiß auch nicht mehr als Sie. Es ist nur –« Er brach ab.

»Was?«

Er sah sie mit einem seltsamen Gesichtsausdruck an, dann zuckte er die Schultern und sagte: »Das Problem ist, Sie wissen nicht viel mehr als *ich*.«

Er sah sie an, als wollte er die Worte auf sie wirken lassen. Und das taten sie.

»Wie … wie zum Beispiel?« fragte sie und bereute die Frage fast schon im nächsten Augenblick.

Alex sah einen Moment lang lächelnd in die Ferne, wie ein kleines Kind, das zu durchtrieben ist, um sich schimpfen zu lassen, wenn man ihm eine Strafpredigt halten will. Dann sah er wieder zu ihr zurück und sagte in nüchternem Tonfall: »Er hat bei euch allen Hautabschabungen vorgenommen, stimmt's? Damals, als er noch die Fruchtbarkeitsklinik hatte?«

Beatrice legte die Gabel beiseite; der Appetit war ihr auf einmal vergangen. »Frederick hat es dir erzählt?«

Alex lachte wieder. »Na ja, mehr oder weniger. Er hat die Informationen in einer verschlüsselten Computerdatei gespeichert, aber dadurch wurde es für mich natürlich erst recht spannend.« Er sah sie verschwörerisch an. Seltsam ist der Bursche schon, dachte sie. Aber sie mochte ihn auch. »Haben Sie eigentlich je die *Peanuts* gelesen?« fragte er.

»Du meinst den Comic?«

Er nickte. »Wissen Sie noch, wie Snoopy, der Beagle, sagt: ›Alles auf dem Boden gehört mir‹? Na ja, und ich hab eben das Gefühl, alles auf einem Computer gehört mir.« Er lächelte. »Es gibt keinen verschlüsselten Logarithmus, den ich nicht knacken kann. Er hat von euch allen die DNA abgenommen.«

Sie konnte nur leicht mit dem Kopf nicken. Sie war einfach zu verblüfft, daß hier jemand fast beiläufig von einem der bestgehüteten Geheimnisse der Vergangenheit sprach – und noch dazu jemand, der so jung war, daß er ihr eigener Enkel sein könnte. Aber er hatte noch mehr Überraschungen auf Lager.

»Ihre eigene eingeschlossen. Stimmt's?«

Sie fühlte, wie ihr das Blut in den Adern gefror. Sie hörte ihre Stimme, als käme sie aus einem anderen Raum. »Ja, ich denke schon.«

»Na bitte«, sagte Alex.

»Und du weißt, wer die Klone sind«, brachte Beatrice hervor, nachdem sie ein paarmal tief durchgeatmet hatte.

»Wie kommen Sie denn auf die Idee?« fragte er. Er

versuchte zu lächeln, doch es wurde nur ein merkliches Zucken.

»Damals bei dem Vortrag«, sagte Beatrice. »Du kanntest den Mann, dessen Rückenmarksnerven wieder zusammengefügt wurden. Ich habe gehört, wie du seinen Namen gesagt hast.«

»Raschid al-Assad«, sagte Alex nach einem kurzen Moment. »Er war ein Versuchskaninchen, kein Klon. Nein, die Klon-Daten bewahrt mein Großvater alle irgendwo anders auf – vielleicht in seinem Kopf, vielleicht im Hinterhof vergraben, wer weiß?« Die letzten Worte hatte er ein wenig zu unbekümmert gesprochen, und er erhob sich fast noch im selben Augenblick. »Hören Sie, es tut mir leid, daß ich Sie damit jetzt einfach sitzenlasse, aber ich hab ein paar Nüsse, die ich unbedingt noch knacken muß. Differentialgleichungen zweiter Ordnung. Will schließlich auf dem laufenden sein, wenn Ihr Mann zu sich kommt – und das *wird* er«, versicherte ihr Alex sanft und hielt beide Daumen hoch, bevor er durch den Ausgang der Cafeteria verschwand.

Beatrice sah ihm nach und fragte sich, ob er tatsächlich soviel wußte, wie er behauptet hatte. Ihr kam der Gedanke, daß er womöglich doch eingeweiht war – ob es nun so geplant gewesen war oder nicht. Vielleicht war das ja auch der Grund, weshalb er so eng in Wolfes Programm eingebunden war. Er wußte vielleicht – im wahrsten Sinne des Wortes –, wo die Leichen im Keller lagen.

Sie nahm sich vor, Alex genauer im Auge zu behalten und möglichst bald wieder mit ihm zu sprechen. Aber irgendwie kam es nie dazu. In den nächsten Tagen verlor Beatrice sowohl Wolfe und seinen schrulligen Enkel als auch ihre eigene Forschungsarbeit zunehmend aus den Augen. Ihre Gedanken kreisten nur noch um Peter. Sie stellte ein Feldbett in seinem Zimmer auf und verscheuchte den Schlaf, um seine Fortschritte genau mitzuverfolgen. Seine Vitalzeichen hatten sich nicht mehr verändert; er wollte noch immer nicht aufwachen, doch tief in ihrem Herzen wußte sie, daß er dort *drin* war, und sie vermutete – und hoffte bei Gott –, daß er intakt dort drin war. »Locked-In-Syndrom« war der Ausdruck, mit dem Wolfe diesen Zustand bezeichnet hatte, wobei er – obwohl er Beatrice doch eigentlich trösten wollte – angedeutet hatte, daß Peter, wenn er nicht bald zu sich kam, tatsächlich sterben würde.

Beatrice, die sich damit nicht einfach abspeisen lassen wollte, hatte ihm entgegnet, er würde Peter überhaupt nicht kennen. Peter war eine Kämpfernatur. Peter gab niemals auf.

Sie hoffte inständig, daß sie recht hatte.

Zwei weitere Wochen verstrichen. Sie verbrachte unzählige Stunden damit, einfach neben seinem Bett zu sitzen und ihn zu beobachten – diesen Mann, der gleichzeitig ihr Ehemann und ein Fremder war.

Aber ein so vertrauter Fremder.

Er war Peter als Fünfunddreißigjähriger, und er weckte in ihr die Erinnerung an ihre erste gemeinsame Zeit und ihre eigene Jugend. Peter war vierzig gewesen, als seine DNA abgenommen wurde, aber sein Klon war noch ein bißchen jünger, mit einer rötlichen, unempfindlichen Haut, glatten Fingernägeln, dichtem, glänzendem blondem Haar und weichen, vollen Lippen.

All das betrachtete sie voller Staunen, auch wenn ihr dabei ein Schauder über den Rücken lief.

Nach drei Wochen war auf seinem Körper kaum

noch eine Spur von Narbengewebe übrig. Beatrice' genetisches Bindemittel hatte die Haut so gut wie nahtlos zusammengefügt. In einem etwas düsteren Augenblick kam ihr der Gedanke, daß sie, wenn sie im zivilen Sektor arbeiten würde, in der Kosmetikindustrie ein Vermögen damit verdienen könnte. Dieses Vermögen wird jemand anders verdienen, überlegte sie sich im stillen, in etlichen Jahren, wenn all dieses Geheimwissen freigegeben und allgemein anerkannt sein würde. Im Augenblick würden Regierungen, wenn sie davon wüßten, Menschenleben opfern, um an das Geheimnis zu kommen, das sie entdeckt hatte – und an das, was man damit aus Peter machen konnte.

»Du siehst genauso aus wie 1958«, sagte sie, während sie ihm über die kräftigen, wohlgeformten Hände strich. »Erinnerst du dich noch an 1958?«

Sie hielt inne. Irgend etwas in diesem Zimmer hatte sich auf einmal verändert. Aber was?

»*Explorer I* – als er es auf seine Umlaufbahn schaffte? Wie oft haben wir uns in dieser Nacht geliebt – dreimal? Viermal? Deine mathematischen Berechnungen haben diesen Flug damals ermöglicht. Gott, ich war so stolz auf dich.«

Was war das für ein neues Geräusch?

Sie warf einen Blick auf die Monitore. War es reines Wunschdenken – oder zeigte der Herzmonitor tatsächlich einen etwas schnelleren Pulsschlag an?

Sie drückte seine Hand fester. »Erinnerst du dich noch an von Braun? Wir haßten seine aufgeblasene Art, wir dachten, er würde den ganzen Ruhm selbst einstecken, und dann hat er dir in aller Öffentlichkeit seinen Dank ausgesprochen. Und dann hast du ihn nachgeahmt, und wir mußten beide lachen – weißt du noch das Himmel-

»Beatrice?«

War es das erste Mal, daß er ihren Namen sprach? Er konnte ihr Ja erkennen – zwei graue Sonnen in einem Meer der Finsternis.

»Ich bin hier, Peter. Kannst du mich hören?«

Er bemühte sich nach Kräften, ihr seinen Gedanken klarzumachen. »Nicht hier«, sagte er.

»Doch. Du bist hier.«

»Nicht ich. Ich bin nicht ich.«

Ihr Schweigen verriet ihm alles.

»Ich habe ja gesagt, oder?«

»Ja. Gott sei Dank hast du das getan.«

Jetzt lag es an ihm zu schweigen. Sein Geist schien irgendwo hoch über dem Bett zu schweben, als kämpfte er darum, dem Körper zu entweichen, in dem er nicht mehr zu Hause war. Eine gräßliche Angst hielt ihn gefangen.

»Peter, kannst du klar denken?«

Seine Zunge war schwer. »Ich hungrig? Ja, hungrig.«

Sie lachte. Der Klang ihres Lachens verscheuchte sein Entsetzen für einen Augenblick und erfüllte sein Herz mit so etwas wie Freude.

»Ich habe gespürt, daß du es für mich getan hast«, sagte sie.

»Hab ich nicht«, brachte er hervor.

Sie erwiderte nichts. Sie wußte, was er meinte. Sie spürte seine Angst, selbst seine Schuldgefühle. Und auch seine aufkeimende Hoffnung. Ihr mütterlicher Schutzinstinkt war äußerst stark; sie wollte ihm in seiner neuen Umgebung Trost zusprechen.

»Peter, weißt du noch, was du gesagt hast? Wie alles werden würde? Na ja, und genau so sollte alles auch werden.«

»S'n Wunder«, brachte er mühsam hervor, und ein Schleier legte sich über seine Augen.

»Ja, ein Wunder.«

Auf einmal weinte er wie ein Baby. Im nächsten Augenblick wollte er sich alle Schläuche vom Körper reißen. Schwestern wurden herbeigerufen, um ihn zu bändigen. Nach ein paar Minuten beruhigte er sich. Er fragte nach fester Nahrung.

»Peter, noch nicht.«

»Dann gehe ich jetzt«, sagte er. Seine Stimme klang kratzig, aber schon stärker als zuvor. Er war sich nicht sicher, ob er es ernst meinte oder sie nur zum Lachen bringen wollte, aber er erzielte genau diese Wirkung. Beatrice lachte, und ein paar Schwestern liefen los, um sich mit Wolfe über Peters Ernährung zu beraten.

Wolfe mahnte zur Vorsicht, doch dann verabreichte man Peter eine Art Babynahrung, einen nährstoffhaltigen Brei, der ihm allem Anschein nach ausgezeichnet schmeckte. Er aß mit dem ungestümen Vergnügen eines Kindes, das an der Brust seiner Mutter liegt.

Sobald er nach irgend etwas fragte, sprangen alle wie nie zuvor, um ihm seinen Wunsch zu erfüllen. Und seine Gedanken wurden komplexer, wenn er erst einmal zufriedengestellt war. Er fragte sich, ob er jetzt nicht einen ungeheuren Einfluß besaß – jetzt, wo er das Pionierboot bei der Erforschung dieser schönen neuen Welt war. So verletzlich und einzigartig auf einem unbekannten Meer. Und es ließ sich nicht leugnen, daß es so war – es war das erste, was Beatrice ihm in Worten geschildert hatte, sobald sie eine längere Unterhaltung führen konnten. Er brachte es nicht übers Herz, ihr zu sagen, wie angst und bange ihm selbst zumute war. Er erzählte ihr, wie normal er sich schon fühlte, obwohl er jedesmal, wenn er einen Blick auf seinen neuen Körper warf, über dessen Fremdartigkeit zutiefst erschrak. Er verstellte sich, und es gelang ihm gut. Natürlich mußte er nicht in jeder Hinsicht lügen. Er erzählte ihr von seiner übergroßen Liebe zu ihr und seiner Dankbarkeit dafür, daß sie nicht von seiner Seite wich, und für alles, was sie während dieser höllischen Prozedur und ihrem Nachspiel mit seinem ungewissen Ausgang durchlitten haben mußte. Dank Beatrice – und selbst dank Wolfe und seiner undurchsichtigen Organisation – war er am Leben.

Doch wenn er allein war, dann beschlich ihn eine bleierne Angst. Er war er selbst und war es doch nicht. Nie wieder würde er in seiner reinsten Form er selbst sein. Er war irgend etwas Drittes. Das Unheimliche an dieser Situation wirkte beklemmend auf ihn, vor allem wenn er kurz vorm Einschlafen war. Noch schlimmer war es, wenn er völlig zermürbt aus einem seiner häufigen Alpträume hochschreckte – endlose Strapazen, in denen er die Schmerzen seiner Krebserkrankung noch einmal durchlebte, als wollte seine Seele – oder was noch von ihr übrig war – ihm einbleuen, dankbar zu sein, alle Schuldgefühle zu vergessen und das Leben in vollen Zügen zu genießen.

Eine Woche nachdem er das Bewußtsein wiedererlangt hatte, begann Peter auf einmal, Theoreme, Postulate und Formeln auszuspucken – alle möglichen Splitter, querbeet aus den unterschiedlichsten Lehrbüchern der Physik –, als sei sein Gehirn wieder völlig da und wollte sich nach einem langen und tiefen Schlaf mit ein paar Denkübungen ein bißchen auflockern. Und bald mußte er schon länger überlegen, bevor er sich fragen konnte, was eigentlich aus seinen Zweifeln geworden war. In der sechsten Woche stand er zum ersten Mal ohne fremde Hilfe auf. In einzelnen Schüben äußerte er auf einmal klare Gedanken zu dem »Hammer« und sprudelte vor neuen, originellen Ideen, so daß sich Wolfe hektisch auf die Suche nach Stenographen machte.

Am nächsten Tag verlangte er nach einem Spiegel, in dem er sich in voller Länge betrachten konnte.

Beatrice beobachtete ihn, während man den Spiegel hereinrollte. Er stand volle fünf Minuten davor, bevor er etwas sagte. Der Anblick seines Körpers, die verblüffende Ähnlichkeit, schien ihn zu verspotten. Das bin ich, sagte er sich selbst. Aber warum sah dieser Körper dann so fremdartig aus und fühlte sich so fremdartig an? Etwa bis zu seinem sechzigsten Lebensjahr hatte er den Übergang von seiner Vergangenheit in seine Gegenwart stets als nahtlos empfunden, als sei er – körperlich ebenso wie geistig – im Grunde nie anders gewesen als mit zwanzig, fast so, als sei er überhaupt nie ein Kind gewesen. Und hier war er nun wieder, fünfunddreißig Jahre alt, und die Wirkung war bis ins letzte Detail so verblüffend, als würde er sich auf dem Jahrmarkt vor einem Zerrspiegel oder in einem Bekleidungsgeschäft aus einem völlig neuen Winkel betrachten. Das kann ich nicht sein, sagte er im stillen zu seinem Spiegelbild. Du bist es ja auch nicht, gab sein Spiegelbild zurück.

»Is' schon 'ne Weile her«, sagte er mit belegter Stimme. Sein Sprechvermögen war, auch wenn es sich allmählich besserte, noch immer unsicher, vor allem wenn er über Dinge sprach, die ihm angst machten; die Fähigkeit hatte sich unmerklich, fast schon ungebeten, wieder angeschlichen.

»Seit du so aussahst?« fragte Beatrice sanft. »Etwa vierzig Jahre.«

»Nich' mal beim Rasieren.«

Sie wußte, was er meinte, auch ohne daß er es ihr erläuterte – daß er es sich im Laufe der Jahre zur Gewohnheit gemacht hatte, sich eigentlich gar nicht mehr im Spiegel zu betrachten, aus Furcht, irgendwelche Schwachstellen oder Schönheitsfehler zu entdecken; im Grunde genommen war sein Hautarzt zu seinem Spiegel geworden. Beatrice kannte dieses Gefühl nur allzu gut.

»Der Körper hier ist besser als mein alter.«

»Ja, das ist er.«

»Er hat ihn gut gepflegt.« Damit hatte er die Sache auf den Punkt gebracht. Jemand anders hatte diesen Körper sein eigen genannt. Er, ein gealterter Mann in einer Lebensphase, die von der Natur für alle Zeiten und alle Arten vorgesehen war, hatte gegen dieses Gesetz verstoßen und diesen Körper für sich in Besitz genommen. Er fragte sich, ob er im Verlauf dieser Phase vielleicht selbst irgendeinen kostbaren Teil seiner Identität eingebüßt hatte. Ein Teil von ihm war sich sicher, daß es so war. Doch ein anderer Teil, ein immer stärker werdender Teil, kämpfte unablässig gegen derartige Zweifel an. Dieser Teil – und er nahm an, dieser Teil war der Körper selbst – wollte einfach nur leben. In diesem Sinne war der Körper jetzt sein eigener, ganz gleich, wie finster diese Wahrheit auch sein mochte. Zurückgeben kannst du ihn jetzt sowieso nicht mehr, *oder?*, sagte er sich.

»Gott sei Dank hat er ihn gut gepflegt«, hörte er Beatrice sagen.

Langsam drehte er sich zu ihr um und starrte sie an. Er sah, wie sie zurückzuckte, und er begriff, daß sie sich in ihrem körperlichen Zustand – verglichen mit seinem – auf einmal gehemmt fühlte. Etwas ungeschickt nahm er sie in die Arme.

Es tat gut, sie zu halten. Der vertraute Geruch ihrer Haut und ihres Haars erregte seine Sinne, und er liebte sie von ganzem Herzen. Vielleicht war das das einzige, was zählte.

In den darauffolgenden Tagen überschüttete sie ihn mit Aufmerksamkeiten jeder nur erdenklichen Art, und er genoß sie in vollen Zügen. Er beklagte sich über das schlechte Essen im Jungbrunnen-Komplex, und man ließ Meeresspezialitäten aus den umliegenden Restaurants herbeischaffen. Er stellte fest, daß sich sein Sprechvermögen von Tag zu Tag verbesserte, und er aß mit immer kräftigerem Appetit, sogar Nahrungsmittel, die er längst zu vermeiden gelernt hatte, wie Sahnesaucen und fetten Käse. Er entdeckte, daß er auf drei Meter Entfernung eine Zeitung lesen und nachtblütigen Jasmin riechen konnte, wenn der nächste Busch einen halben Kilometer entfernt war.

Und er begann, erotische Träume zu haben. Sie blieben so vage, daß er Beatrice davon berichten konnte. Aber wer auch immer seine Partnerin gewesen war – kaum wachte er auf, hatte sie sich verflüchtigt.

»Dann war es also nicht ich«, sagte Beatrice.

Peter verschränkte die Arme hinter dem Kopf und spannte seine Brustmuskeln an. »Natürlich warst du es«, sagte er. »Wer denn sonst?«

Beatrice ließ es dabei bewenden, und er auch. Obwohl er sich beim besten Willen nicht erinnern konnte, wer es gewesen war.

Weitaus rascher, als es irgend jemand zu hoffen gewagt hatte, wurden die wichtigsten Mitglieder aus Peters Team aus White Sands eingeflogen. Als Hank Flannagan, Cap Chu und Rosemarie Wiener am Flughafen von Vieques von Bord gingen, wußten sie nicht mehr, als daß ihnen ein aufregendes Abenteuer bevorstand und sie sich auf einen längeren Aufenthalt einstellen sollten. Beatrice spionierte hinter Alex Davies her, der ihr aus dem Weg gegangen war. Sie stöberte ihn in seinen vier Wänden auf, einer winzigen Steinzelle, völlig kahl bis auf ein riesiges, auf Samt gedrucktes Bild eines Clowns. Er starrte so gebannt auf seinen Computerbildschirm, daß er nicht einmal aufsah, als sie eintrat. Sie erhaschte einen Blick auf einen Dateinamen: H. BRINKMAN 1963–? Wie ein Besessener durchforstete Alex die Datei. Als Beatrice noch einen Schritt näher trat, fuhr er mit einem Aufschrei herum.

»Tut mir leid, wenn ich dich erschreckt habe«, sagte Beatrice. Was führte er da im Schilde? Auf dem Bildschirm entdeckte sie alle möglichen Fenster, doch als sie versuchte, etwas mehr zu lesen, schaltete Alex rasch auf den Bildschirmschoner um.

»Muß mich nur rasch um ein paar E-Mails kümmern«, sagte Alex. »Was gibt's?«

Er benahm sich furchtbar geheimnisvoll, aber Beatrice wußte, was ihr im Augenblick wirklich wichtig war. »Wir haben eine Sitzung zu Peter. Sein Team ist im Anmarsch, und wir müssen besprechen, wie wir die Geschichte nach außen hin darstellen.«

»Ach ja? Und was hat der Alte dabei für Gefühle? Entschuldige, der *Neue*.«

»Ich glaube, seine Gefühle sind zwiespältig«, sagte Beatrice.

»Zu Recht«, entgegnete Alex. »Sie meinen also, er wird alles im Griff haben. Alter Reiter, neues Roß?«

»Ich bin mir sicher, er wird seine Sache sehr gut machen«, sagte Beatrice etwas steif. Alex' unverblümte Art konnte schon anstrengend sein. »Sein Gehirn funktioniert besser als je zuvor.«

»Alte Arterien und das alles.«

Diese Worte trafen sie unerwartet. Warum zum Teufel war ihr das nicht selbst eingefallen? Die Venen und Arterien in seinem Gehirn waren so alt wie er; sie würden sogar noch vorsichtiger sein müssen. »Du hast doch selbst gesehen, was er schon wieder alles für Ideen hatte«, erinnerte sie ihn. Sie versuchte, sich nicht anmerken zu lassen, wie sehr seine unerträglich beiläufige Bemerkung sie getroffen hatte. »Und er sagt, das ist erst der Anfang. Er steht kurz davor, seine Arbeit wiederaufzunehmen, und zwar im vollen Umfang.«

»Na wunderbar. Das ist ja großartig.« Alex fuhr sich mit einer Hand durch seine wilde Mähne. »Und haben wir jetzt schon eine Idee, wie wir die Geschichte nach außen hin darstellen?«

»Wir wollen sagen, daß Peters Sohn seine Nachfolge angetreten hat. Peter Jance junior.«

»Wow, toller Name«, sagte Alex, während er in seinem Drehstuhl hin und her kreiste. »Wie lange hat Grandpa Wolfe denn gebraucht, bis ihm *das* eingefallen ist? Glauben Sie, das wird ihm irgend jemand abnehmen?«

»Warum denn nicht?«

»Na ja«, sagte Alex, »erstens einmal haben Sie beide keine Kinder.«

»Und woher sollte das irgend jemand wissen?« sagte Beatrice. Genau diese Frage war der eigentliche Grund ihres Besuchs. »Es sei denn, es war Teil deines Bettgeflüsters mit Rosemarie Wiener.«

Er lachte schallend auf – sie hatte ihn überrumpelt, wie sie es sich erhofft hatte. »Bettgeflüster? Ich kann mich an kein Bettgeflüster erinnern. Bettgefechte, das schon. Aber was ist mit dem Internet? Nein, Sie haben schon recht, ich male nur den Teufel an die Wand. Peter Jance junior, das ist schon in Ordnung. Und was hat der Bursche sein Leben lang gemacht?«

»Er hat an seinem eigenen Projekt gearbeitet.«

»Was für einem Projekt?«

»Top-secret. So geheim, daß nicht einmal seine Existenz bekanntgegeben werden durfte.«

»Ähnlich wie das Jungbrunnen-Projekt oder der ›Hammer‹.«

»Genau. Wie der Vater, so der Sohn.«

Alex nickte bedächtig. »Ja, das könnte klappen.«

Und es klappte.

Die einzige andere Erklärung – daß Peter Jance junior in Wirklichkeit Peter Jance' Klon war, der nun Peter Jance' Gehirn enthielt – wäre Flannagan, Chu oder Wiener niemals von allein in den Sinn gekommen. Nicht daß Beatrice sich große Sorgen deswegen machte. Peter hatte mit seinen Mitarbeitern niemals über Privatangelegenheiten gesprochen, sondern statt dessen die Arbeit selbst in den Mittelpunkt gerückt. Das plötzliche Auftauchen seines Sohns war zwar bemerkenswert, aber nicht wirklich verblüffend: Flannagan, Chu und Wiener hatten die meiste Zeit ihres Berufslebens an geheimen Regierungsprojekten gearbeitet, weit weg von ihren Familien und Freunden, so daß sie großes Verständnis dafür hatten, wenn ein Projekt streng geheimgehalten wurde. In ihren Augen war das der ganz gewöhnliche Lauf der Dinge. Anlaß zur Besorgnis gab es erst, als Rosemarie anfing, mit ihrem gutaussehenden neuen Vorgesetzten zu flirten, ihre plumpen Beine immer wieder neu übereinanderschlug, wenn sie auf ihrem Stuhl saß – und Pheromene ausstieß, wie Alex den anderen gegenüber bemerkte.

Beatrice ihrerseits beobachtete Peters Gesichtsausdruck und suchte, was sie gar nicht finden wollte – irgendwelche Anzeichen, daß er auf Rosemaries plumpe Annäherungsversuche ansprach. Doch sie entdeckte nichts als eine rein berufliche Leidenschaft, und als die Sitzung vorbei war, nahm Peter sie voller Zärtlichkeit in die Arme.

»Ich bin wieder da«, sagte er und stieß einen Schrei des Triumphes aus, wie er es zum allgemeinen Erstaunen seit neuestem öfter tat.

Auf seine gesamte Umgebung wirkte Peters neugewonnene Begeisterung ansteckend, und sie vertrieb jene Aura des Ungewohnten, die die ersten Tage so beklemmend gemacht hatte. Aus der Sicht von Wolfe und seiner Truppe hatte man bei diesem Mann, der noch vor ein paar Wochen mit einem Fuß im Grab stand, nur den Körper zeitlich zurückversetzt, wie eine Uhr, die man aufzieht und neu stellt. Bis auf den gestählten Körper und einen gelegentlichen Kampfschrei war er noch immer derselbe – all seine Erinnerungen und sein Genie hatten keinerlei Schaden genommen. Er hatte lediglich seine Jugend zurückgewonnen. In gewisser Weise, sagte Wolfe, schien das völlig normal.

»So natürlich«, bemerkte Peter, »wie ein neues Paar Turnschuhe.«

»Genau«, sagte Wolfe. »Nur kein Neid, Ponce de Léon!« Die anwesenden Militärs lachten für einen Augenblick folgsam auf. Im allgemeinen neigte Wolfe nicht zu Scherzen dieser Art. Alex' Hand schnellte hoch.

»Bedauerlicherweise wurde Ponce de Léon zum Schluß von den Eingeborenen ermordet.«

»Alex, geh zurück an deine Arbeit, wenn dir das hier keinen Spaß macht.«

»Es macht mir Spaß, es macht mir Spaß.« Alex grinste übers ganze Gesicht und verschwand. Die Feier begann von neuem. Beatrice ließ Pappbecher kreisen, und die engsten Mitarbeiter bedienten sich mit Hendersons Champagner.

Am nächsten Tag konnte Peter sich nicht mehr erinnern, wer er war.

Es geschah fast unmerklich, und anfangs glaubten sie noch, er mache Witze. Doch dann wurde seine linke Körperhälfte auf einmal völlig taub, und er konnte seine Gliedmaßen nicht mehr bewegen. In aller Eile brachte man ihn zurück ins Bett und verabreichte ihm Medikamente, die die Blutgerinnung hemmten, dazu ein cholesterinabbauendes Mittel, um die sklerotischen Veränderungen in den sechsundsiebzig Jahre alten Hirnarterien nach Möglichkeit rückgängig zu machen. Die Medikamente wirkten innerhalb weniger Stunden, so daß man einen CAT-Scan an ihm vornahm. In der linken Körperhälfte entdeckte man eine leichte Eintrübung, die sich jedoch im Verlauf der Scan-Aufnahme klärte.

»Das hätte alles mögliche sein können«, sagte Wolfe leise und mit ernster Miene. »Etwas verklumpte Materie aus irgendeiner der zwölf Nähte. Wir können von Glück reden, daß es nicht schon früher passiert ist.«

Schon am nächsten Tag machte Peter tatsächlich Witze darüber, doch die allgemeine Stimmung hatte sich verdüstert. Man stellte ihn rund um die Uhr unter ärztliche Kontrolle und erließ eine strenge Vorschrift, nach der seine physiologischen Parameter kontrolliert und dreimal täglich gemessen wurden.

In der Zwischenzeit machte er sich – in einem Rollstuhl sitzend – wieder an die Arbeit.

»Wo ist Stephen Hawkins? Ich will ihn zu einem

Wettrennen herausfordern«, kicherte er, aber niemand stimmte in sein Lachen ein. Beatrice, die im Zimmer war, stand kurz vor dem Zusammenbruch. Flannagan und Chu fragten sich, was mit ihrem neuen Boß passiert war, warum man ihre Laborsitzungen vorläufig auf Eis gelegt hatte, und Rosemarie Wiener litt an Liebeskummer. Oscar Henderson rief jede Stunde bei Wolfe an, verlangte, über die neusten Fortschritte unterrichtet zu werden, und fragte, wann zum Teufel er endlich damit rechnen konnte, daß die Arbeit an der Waffe wiederaufgenommen wurde.

Was Peter betraf, so konnte er Arm und Bein auf der linken Seite immer noch nur eingeschränkt bewegen, und an den Tag zuvor konnte er sich bloß schwach erinnern, ebenso an die verblüffenden Ideen, die er bereits verkündet hatte.

Schweren Herzens begannen sie damit, ihm beizubringen, was er selbst ihnen erst vierundzwanzig Stunden zuvor erklärt hatte.

Zürich

Elizabeth hatte seit drei Tagen nicht mehr geschlafen.

Letzte Nacht hatte sie, von Alpträumen verfolgt, nicht länger als zwei Stunden vor sich hin gedöst. Sie sah Hans' Hände vor sich, die sich schlammbeschmiert unter nassem, schwerem Erdreich an die Oberfläche gruben. Sie hörte ihn, wie er in ihrer Küche für sie beide Frühstück machte. Sie sah ihn in einem Netz des Schmerzes verheddert, in dem er sich unter Qualen wand, während ein schaudererregendes, spinnenartiges Geschöpf mit stählernen Mundwerkzeugen auf ihn zuschoß, um ihn zu umschlingen. Noch nie zuvor hatte sie etwas derart Gräßliches geträumt, und nachdem sie einen bestimmten Punkt überschritten hatte, war an Schlaf nicht mehr zu denken.

Um ihre Qualen zu lindern, empfahl ihr Annie Meditation. Meditation hatte Elizabeth schon nach ihrem Skiunfall, als sie mit einem zerschmetterten Knie und einem Spiralbruch im linken Bein im Krankenhaus lag und, etwas später, auch noch die Schmerzen nach der schweren gesichtschirurgischen Operation zu erdulden hatte, geholfen. Vor ihrem geistigen Auge stellte sie sich einen riesigen weißen Raum vor, dann ging sie los und riß sämtliche Türen und Fenster in ihm auf. Sie ging zurück in die Mitte des Raums und wartete. Im nächsten Augenblick sah sie, wie die leichten Gazevorhänge nach innen flatterten, als sei ein unmerklicher Wind ins Zimmer geweht.

»Das war Hans«, sagte Annie später zu ihr. »Du hilfst ihm, seinen Frieden zu finden.«

Doch Elizabeth bezweifelte, daß diese Übung etwas nützte. In jener Nacht, als sie versuchte, wenigstens ein bißchen Schlaf zu finden, spürte sie seine Hände, die sich an den Rändern ihrer Erschöpfung entlangtasteten, spürte seine Fingernägel, die an der Nahtstelle zwischen Wachsein und Schlafen kratzten.

Sie mußte das Haus verlassen.

Sie ging noch einmal zur Polizei, um die Spuren am Rand der Schlucht zu Protokoll zu geben, die danach aussahen, als hätte dort ein Wagen geparkt. Man erklärte ihr, der Fall sei abgeschlossen, und lehnte es ab, auch nur ihre Aussage aufzunehmen.

Sie verbrachte ein paar Nachmittage mit Annie, aber Annies New-Age-Rezepte gingen ihr allmählich auf die Nerven, und Elizabeth wollte ihr nur ungern noch länger mit ihren Zweifeln zur Last fallen. Außerdem hatte sich Annie selbst schon genau zurechtgelegt, was die Ursache für Elizabeths Probleme war.

»Du durchlebst ein zweites Mal den Tod deines Vaters«, erklärte sie. »Sein Herzinfarkt war sinnlos, genau wie jetzt Hans' Unfall. Deswegen entwickelst du diese Theorien. Du willst die Kontrolle über etwas haben, was längst geschehen ist.«

»Der Wagen ist nicht schnell genug über den Rand des Abgrunds gestürzt, um eine deutliche Reifenspur zu hinterlassen«, beharrte Elizabeth. »Er hätte noch aussteigen können. Irgend jemand muß den Wagen vorgeschoben oder gekippt haben.«

»Die Detektive seiner Frau?«

»Nein, das glaube ich inzwischen nicht mehr.«

»Nein, weil dir seine Mom klargemacht hat, weshalb es nicht so sein konnte. Lizzy, du bist genau wie diese Leute, die den Weltuntergang für einen bestimmten Tag vorhersagen. Und wenn die Welt dann nicht untergeht, dann müssen sie irgendeinen Grund finden, weshalb sie es nicht tat. Zum Beispiel, daß sie es mit ihren Gebeten verhindert haben. Es heißt kognitive Dissonanz. Ich werde dir ein Buch zu lesen geben ...«

An einem Tag, dem bisher schlimmsten, war Elizabeth mit einer Handtasche voller Bargeld noch einmal zum Friedhof Fluntern gefahren und hatte den Arbeitern, die dort mit Baggern die Gräber aushoben, einen dicken Batzen Bestechungsgeld geboten, damit sie Hans noch einmal ausbuddelten. Es waren Nordafrikaner, die glaubten, sie wolle sich über sie lustig machen. Als sie sie überzeugt hatte, daß das nicht der Fall war, steckten sie das Geld ein und erklärten ihr, sie solle um Mitternacht wiederkommen. Sie war der Aufforderung nachgekommen, schaudernd vor Entsetzen, aber entschlossen, Hans noch einmal ins Angesicht zu blicken.

Doch die Totengräber ließen sich nicht blicken. Und was noch schlimmer war, statt dessen kam die Polizei.

Sie war gedemütigt, als Annie und Roland sie gegen Kaution herausholen mußten, und noch tiefer beschämt, als sie sich einen Anwalt nehmen mußte, der eine strafrechtliche Verfolgung noch abwenden konnte. Sie kam mit einer strengen Verwarnung davon, doch in der Zwischenzeit hatte ihre Model-Agentur Wind von der Sache bekommen. Der Leiter des Helvetica-Büros erklärte ihr, wenn sie sich so etwas noch einmal leisten würde, sei ihre Karriere als Model beendet.

Doch zu diesem Zeitpunkt hatte sie schon so lange nicht mehr geschlafen, daß das kaum noch eine Rolle spielte. Die Fotografen begannen, sich über ihr abgespanntes Aussehen zu beschweren, und die Anrufe von Leuten, die ihre Dienste in Anspruch nehmen wollten, kamen immer spärlicher.

Annie fing an, auf Elizabeths Anrufbeantworter die Namen von Psychotherapeuten zu hinterlassen.

Elizabeth ignorierte die Nachrichten. Daß die Jobangebote immer weniger wurden, kümmerte sie kaum. Sie freute sich über die freie Zeit. Sie mußte weitere Nachforschungen anstellen.

Sie machte die Fahrer des Krankenwagens ausfindig, den man an den Unfallort gerufen hatte, und befragte sie eingehend. Einer von ihnen erwies sich als besonders hilfreich, da er eine genaue Beschreibung der Kleidung des Opfers abgeben konnte – der wenigen Fetzen, die nicht zu Asche verkohlt waren, unter anderem das Schiaparelli-Etikett an der Innenseite des Jacketts.

Hans besaß einen Schiaparelli-Anzug, den er vorzugsweise bei Besprechungen trug. Aus taubengrauem Flanell, wie sie noch wußte, und weich wie das Gefieder eines Vogels.

Sie erkundigte sich nach seinem Körperbau und irgendwelchen Besonderheiten, die der Fahrer vielleicht bemerkt hatte.

»Da war diese eine Sache«, erinnerte sich der Fahrer. Er war Franzose, ein unscheinbarer Typ mit deutlich hervortretendem rosa Zahnfleisch und einem Schnurrbart wie eine Briefmarke.

»Was für eine Sache?«

»Ich möchte nicht darüber sprechen, Mademoiselle. Vielleicht könnte Ihnen irgend jemand in der Leichenhalle weiterhelfen. Dort hat man Fotos davon gemacht, wissen Sie. Sie werden unter Verschluß gehalten, aber ich habe einen Freund, der sie Ihnen zeigen könnte.«

»Wie heißt Ihr Freund?«

»Das hängt von Ihnen ab.«

Elizabeth zückte ihr Portemonnaie, doch der Mann schüttelte den Kopf.

»Ich werde es Ihnen sagen, Mademoiselle, wenn Sie mir ein bißchen entgegenkommen.«

Elizabeth spürte, wie sich ihr die Kehle zusammenschnürte. »Sie *haben* also etwas Ungewöhnliches beobachtet?«

»Beim Leben meiner Mutter, das schwöre ich Ihnen.«

Ich hätte, dachte Elizabeth, Hans einen Altar errichten und es dabei bewenden lassen sollen. Ich hätte sein Bildnis an die Wand heften sollen, das eine von Vieques, mit Kerzen ringsherum.

Hans, ich tue es für dich, dachte sie zitternd, während sie sich den Rock aufknöpfte.

Sie verließ die Wohnung des Fahrers, ohne erst noch

zu duschen. »Wenn das hier ein Schwindel ist«, sagte sie dreist, während sie den Zettel mit dem Namen des Mannes hochhielt, der angeblich in der Leichenhalle arbeitete, »dann werde ich wiederkommen, und dann werden Sie nichts als Schmerz spüren, das verspreche ich Ihnen.«

In der Leichenhalle fand sie den Mann, der die Leiche in Empfang genommen hatte. Er begegnete ihr mit Mißtrauen, als sei sie ein Clochard, den es aus der Gosse angeschwemmt hatte. Als sie im Sezierraum einen Blick in den Spiegel warf, erschrak sie über ihr verworrenes Haar und den wilden Ausdruck in ihren Augen. Sie drückte dem Mann zehntausend Franc in die Hand, und er suchte ihr die Unterlagen heraus.

Beim Anblick der Fotos wurde ihr übel.

Die Leiche war kaum mehr als ein verbrannter Rumpf; die Arme bestanden nur noch aus verkohlten Stümpfen, und am Kopf sah man mehr Knochen als Gesichtszüge. Eigentlich hatte sie vorgehabt, die Unterlagen über sein Zahnschema zu fotokopieren oder zu stehlen, doch sobald sie den ersten Blick auf eine Nahaufnahme des Schädels geworfen hatte, war ihr klar, daß da keine Hoffnung bestand. Es war nichts mehr vorhanden, was an Zähne auch nur annähernd erinnerte, nur ein dunkles Loch an der Stelle, an der eigentlich der Mund sein sollte.

Sie übergab sich in einen Papierkorb, und vielleicht verlor sie sogar für einen kurzen Augenblick das Bewußtsein, denn als sie wieder aufblickte, räumte der Mann die Unterlagen schon beiseite.

»Einen Augenblick, ich bin noch nicht fertig«, sagte sie und riß ihm die Nahaufnahme des Schädels aus der Hand. »Wo sind die Zähne?«

»*Comment?*«

»Seine Zähne. Er hat keine Zähne. Ich will sein Zahnschema sehen.«

»*Pas de dents.*«

»Genau. Das sage ich doch. Da müßten aber Zähne *sein*, da müßte es ein Zahnschema geben – *où sont-ils? Comprenez?*«

»*Non. Je ne comprends rien. Allez. Vite.*«

Als sich der Mann abwandte, ließ sie die Schädelaufnahme unter ihrem Mantel verschwinden und rannte zu ihrem Wagen. Im Rückspiegel sah sie, wie der Mann aus der Tür und hinter ihr her stürmte – sie gab Gas und raste wie wild durch die Straßen nach Hause, wobei sie zweimal eine rote Ampel überfuhr.

Sie schloß die Tür von innen zweimal ab, riß eine Schublade auf und holte das Foto hervor, das Rose-Anne ihr gegeben hatte. *Hans als Siebenjähriger* stand in Tinte auf der Rückseite. *Vieques 1970.* Hans' Gesicht strahlte sie an, seine kleinen, vollen Lippen hatte er leicht geöffnet.

Sie zog die Schädelaufnahme unter dem Mantel hervor und starrte auf das dunkle, zahnlose, leere Loch.

Das Telefon klingelte. Schon wieder die Polizei, dachte Elizabeth und ließ den Anrufbeantworter das Gespräch entgegennehmen.

»Lizzy, ich bin's, Annie«, sagte die Stimme. »Ich hab hier noch einen Namen für dich – bei dem *mußt* du es versuchen: Dr. Bender – er ist Schweizer, Jungianer, er hat eine ellenlange Warteliste, aber er ist bereit, dir sofort einen Termin zu geben.«

Elizabeth riß den Hörer hoch.

»Er hatte keine Zähne.«

»Wer hatte keine Zähne? Lizzy, wovon sprichst du überhaupt?«

»Hans. Seine Zähne waren nicht mehr da. Zähne verbrennen nicht, wenn ein Auto in Flammen aufgeht. Jedenfalls nicht, wenn die Knochen nicht verbrennen, und sein Schädel war unversehrt –«

»Meine arme Kleine, was hast du denn nun schon wieder angestellt –«

»Annie, habe ich dir je von Vieques erzählt? Kommt dir das irgendwie bekannt vor? Denn das macht mich zur Zeit auch noch verrückt – ich hab ständig das Gefühl, schon einmal dort gewesen zu sein.«

»Vieques? Nein. Was ist das?«

»Eine Insel. Egal, ich such's mir im Internet raus, das hätte ich schon längst tun sollen.«

»Aber was war das eben mit seinen Zähnen? Lizzy?«

»Es sei denn, es war nicht ...« Elizabeth dachte jetzt laut nach – ihr war kaum noch bewußt, daß Annie am anderen Ende der Leitung war.

»Es war was nicht?«

»Es sei denn, die Leiche war gar nicht Hans. Dann war das der Grund, weshalb es keine Zähne gab, die man mit seinem Zahnschema vergleichen könnte.« Der Gedanke durchzuckte sie mit solcher Wucht, daß sie sich aufs Bett setzen mußte.

»Oh, wow«, sagte Annie.

»Genau«, sagte Elizabeth.

»– du befindest dich noch immer in der Phase des Leugnens, stimmt's? Dieses Leugnen hättest du aber längst hinter dir lassen und in Wut umwandeln sollen. Das hilft. Lizzy, ich rufe Bender an.«

Auf einmal war Elizabeth alarmiert. »Nein. Annie? Es ist schon in Ordnung. Vergiß, was ich gesagt habe. Wirklich, es ist alles in Ordnung. Ich *bin* schon wütend.«

»Bleib schön brav sitzen, geh nirgendwohin. Ich bin gleich bei dir.«

Es klickte in der Leitung, und Elizabeth legte den Hörer auf. Sie nahm die beiden Fotos, eines in jede Hand. Der Anblick des Schädels allein war schon gräßlich genug, aber noch gräßlicher war der krasse Gegensatz zwischen den beiden Bildern: unschuldiger Junge und – was? Unschuldiges Opfer?

War das möglich? War Hans am Leben? Es war nicht mehr als eine Hoffnung, eine verzweifelte Vermutung, und doch fühlte sich Elizabeth auf einmal weitaus ausgeglichener als all die Wochen zuvor. Sie rollte sich auf ihren Futon, deckte sich mit ihrem Mantel zu, und einen Augenblick später schlief sie wie ein Stein.

Als sie am nächsten Tag aufwachte, war es bereits Abend, und Annie hatte eine besorgte Notiz unter der Tür durchgeschoben. Von dem allzu langen Schlaf hatte sie einen höllischen Kater. Ihr Kopf dröhnte, und die Kleider klebten ihr am Leib und rochen nach abgestandenem Schweiß. Sie rappelte sich hoch, ging ins Bad und erleichterte sich. Als sie einen Blick in den Spiegel warf, sah sie die tiefen Falten des Futons auf ihrem Gesicht, ihr völlig wirres Haar.

Im Augenblick spielte es keine Rolle. Also bin ich doch nicht verrückt, dachte sie.

Sie zog sich aus und duschte so heiß, daß sie von einer Dampfwolke umhüllt wurde. Sie ließ einfach alles vom Wasser und der Hitze und der Seife fortspülen – die Müdigkeit und den Dreck und die Scham und die Erinnerung an das, was sie getan hatte und wie sie sich in den letzten Wochen gefühlt hatte.

Sie machte eine regelrechte Zeremonie daraus: Shampoo und Pflegespülung, Haar zurückgebunden, Zähne mit Zahnbürste und Zahnseide geputzt, Trainingsanzug und Tennisschuhe. Eine große Kanne Kaffee, einen dampfenden Becher in der Hand, während sie den Computer einschaltete; heiße Flüssigkeit, die ihr durch die Kehle rann, während Microsoft Windows mit seinem seltsam besänftigenden, musischen Erkennungston auf dem Bildschirm erschien. Sie drückte auf »Start«, dann auf »CompuServe 4.0. für Windows 95« und gab ihr Password ein. Sie wollte eben schon das »World Wide Web« anklicken, als die fröhliche digitale Stimme ertönte: *»Sie haben Post.«*

Sie klickte die Stelle an, und im nächsten Augenblick sträubten sich ihr die Nackenhaare.

Betreff: Sie Glückspilz
Datum: 28-2-99
Von: *IslandMan@AOL.com*
An: *SwissMs@Int'lAccessCompuServe.com*

HERZLICHEN GLÜCKWUNSCH: SIE HABEN SOEBEN EINEN KOSTENLOSEN AUFENTHALT IM HOTEL »BLAUER HORIZONT« AUF DER INSEL VIEQUES, PUERTO RICO, GEWONNEN, ZUR FEIER UNSERES ZWANZIGJÄHRIGEN BESTEHENS. BESTÄTIGUNG ERFOLGT PER FAX. MIT ANDEREN WORTEN, ELIZABETH: WIR WÜNSCHTEN, SIE WÄREN HIER!

Militärstützpunkt Roosevelt Roads, Vieques Island

Die Folgen von Peters Schlaganfall – und niemand wollte eindeutig sagen, daß es tatsächlich ein Schlaganfall gewesen war – blieben, wie sich herausstellte, zeitlich begrenzt. Bis zum Ende der Woche hatte er sich allem Anschein nach vollständig erholt. Seine Arbeit an der Waffe kam gut voran, sein Team war wieder auf dem laufenden, und seine Stimmung insgesamt hatte sich offenbar aufgeheitert. Obwohl er bisweilen noch mitten im Satz abbrach und in die Ferne starrte, fühlte er sich doch insgesamt den anderen und sich selbst inzwischen etwas näher. Beatrice vertraute er an, daß sich sein Gehirn noch immer anfühlte, als schwebte es außerhalb seines Körpers, als fühlte es sich unwürdig, sein neues Zuhause in Besitz zu nehmen, oder – was noch schlimmer war – als sei es auf der Suche nach dem Phantomkörper, von dem man es amputiert hatte. Und wenn ihn Anfälle dieser Art überkamen, dann sprühten in seinen Augen jedesmal Funken des Entsetzens. Beatrice lernte mit der Zeit, diese Anzeichen zu erkennen, und es gelang ihr, ihm über die schwersten Momente hinwegzuhelfen.

»Du bist ein Pionier«, erinnerte sie ihn und hoffte, mit diesen Schmeicheleien seine Ängste zu verscheuchen. »Noch nie hat irgend jemand etwas Derartiges durchgemacht.«

»Ohne Forschung, die man konsultieren kann.«

»Genau. Aber weißt du, woran mich das erinnert?« fragte sie. »An den Wagen.«

1951, als Peter für seine Forschungsarbeit über die Eigenschaften von Plasma in Vakuen den Nobelpreis für Physik erhalten hatte, hatte er sich von einem Teil des Preisgeldes einen BMW gekauft. Er hatte etliche Spötteleien einstecken müssen, als er vor dem Labor damit aufgekreuzt war, aber durch den Besitz dieses Wagens hatte er doch einiges über sich selbst gelernt.

Anfangs plagten ihn noch heftige Gewissensbisse wegen dieses Kaufs; die erheblichen Kosten des BMWs machten ihn sogar verlegen. Als nächstes empfand er das Gefühl, diese luxuriöse Ausstattung nicht zu verdienen und – seltsamerweise – einen so verdammt schnellen Wagen überhaupt nicht steuern zu können. Beatrice hatte ihm seine Schuldgefühle ausgeredet – schließlich sei er ja nicht der erste Nobelpreisträger, der sich einen teuren Wagen leiste. Und auch wenn ihn die Größe und die Geschwindigkeit des BMWs zunächst einschüchterten, so konnte er doch schon nach einer Woche das Gaspedal auf der Autobahn bis nach unten durchtreten und es ebenso leicht dort belassen wie bei seinem alten Volvo. Die Kraft und die Beweglichkeit des Wagens flößten ihm allmählich Ehrfurcht ein – oder, wie Peter es ausdrückte, standen stellvertretend für ihn selbst. Er liebte es, an einer Ampel allen anderen davonzujagen, innerhalb von Sekunden auf hundertsechzig Stundenkilometer zu beschleunigen oder um eine Kurve zu preschen, ohne auch nur ein bißchen ins Schlingern zu kommen.

Auf einer jener pfeilgeraden, zweispurigen Asphaltstraßen in Richtung Los Alamos, auf der sich vor seinem Auge über zehn Meilen hinweg nichts als die freie Fahrbahn erstreckte, hatte er eines Tages Vollgas gegeben und begeistert beobachtet, wie der Tachometer die hundertsechzig, dann die hundertneunzig, dann die zweihundertzehn Stundenkilometer überschritt, bis Salbeipflanzen, Gestrüpp und Yuccapalmen nur noch verschwommen an ihm vorbeizogen. Er dachte zurück an seine Kindheit und an den Tag, an dem er das erste Mal Einsteins Relativitätsgleichungen begriffen hatte, als der Wagen an einer unsichtbaren Steigung auf einmal für einen Moment von der Fahrbahn abhob und nicht auf dem Asphalt, sondern auf hartem Sand zu liegen kam. Der Rest war ein Trichter aus Staub und ein Netz aus feinen Rissen in der Windschutzscheibe, Fetzen zerborstener Kakteen, ein blauer Himmel, der sich im Kreis drehte, und ein Stück Stacheldraht, das einen schrillen

Ton – wie eine angerissene Gitarrensaite – von sich gab, während er siebzig Meter Rasen aus dem Boden riß und weiterflog.

Als der Wagen schließlich der Reibungskraft und dem Widerstand etlicher anderer, im allgemeinen unbeweglicher Objekte erlag, saß er schweigend da und freute sich hinter dem Steuer wie ein Schneekönig. Eine gewaltige Staubwolke hatte sich über den Wagen gelegt. Von innen konnte man lediglich ein schwaches, bräunliches Licht erkennen, das zu der nachdenklichen Betrachtung über seine Sterblichkeit sehr gut paßte.

»Und wie hast du dich dabei gefühlt?« fragte Beatrice. »Weißt du das noch?«

»Glücklich.«

Der Wagen war erstaunlicherweise aufrecht gelandet. Er war am Leben geblieben, unverletzt. Er war schneller gefahren, als er es sich je hätte träumen lassen. Einen Wagen wie diesen würde er nie wieder besitzen müssen, denn in diesem Augenblick hatte er ihn intensiver erlebt, als es die meisten Leute, die einen solchen Wagen besaßen und pflegten, in ihrem Leben je tun würden.

Und das Beste dabei war, er fühlte sich nicht mehr alt.

»Weißt du noch, wie du an jenem Abend nach Hause kamst?« fragte Beatrice.

»Du hättest mich fast gelyncht.«

»Ich dachte, du wärst völlig übergeschnappt.«

»Vom Erfolg verdorben. Oder wie hieß es bei Freud? Du hast mir die Stelle damals gezeigt.«

»Und am nächsten Tag haben wir mit dem Geld von der Versicherung einen VW Käfer gekauft.«

»Aber ich habe mich wie neugeboren gefühlt. Und das mit vierzig.«

»Vielleicht«, sagte Beatrice, »kannst du dieses Gefühl

ja noch einmal erleben. Wenn du die Gewissensbisse wegen dieses Kaufs jetzt hinter dir hast.«

In den Wochen nach dem Zwischenfall in der Wüste hatte Peter einige seiner waghalsigsten Forschungsprojekte in Angriff genommen. Ein Durchbruch folgte auf den anderen. Und dieses Gefühl war ihm noch jahrelang geblieben.

Aber nichts bleibt für alle Ewigkeit.

Langsam, so behutsam, daß er es kaum bemerkte, hatte er begonnen, etwas kürzerzutreten. Er ging kein körperliches Risiko mehr ein und hörte auf, regelmäßig zu trainieren.

»Und du fingst an, mehr zu trinken«, erinnerte sich Beatrice.

»Dazu soll es nicht wieder kommen.«

Wenn er das nicht nur sagte, um ihr eine Freude zu machen, dann tat es ihr gut – es war ein Zeichen, daß er seinen Körper allmählich als eine Herausforderung empfand, nicht mehr als ein abstoßendes Geheimnis.

»Warum sollte es auch wieder dazu kommen?« fragte sie.

Er hatte jetzt den Körper eines Fünfunddreißigjährigen. Seine Muskelkraft war beeindruckend, und sein Bewußtsein erstaunlich. Seine Durchblutung war so stark, daß sie sein Gehirn auf Hochtouren brachte und – mit etwas Glück – auch jeglichen Belag lösen würde, der sich in seinen Hirnarterien abgelagert hatte. Doch obwohl er in den letzten beiden Wochen keinen Rückfall mehr erlitten hatte, konnte er den Gedanken nicht abschütteln, daß sich all diese erstaunlichen Fortschritte von einem Augenblick zum nächsten in nichts auflösen könnten.

»Das sind nur deine Schuldgefühle, die sich da regen«, sagte Beatrice. »Überlaß diese Sorge doch mir, ja?«

Wenn er allein war – meistens im Bad (dem einzigen Ort, an dem man ihm etwas Privatsphäre gönnte) –, dann betrachtete er den Körper, den man ihm gegeben hatte, glitt mit den Fingerrücken sanft über die straffe Haut an seinem Hals und betastete die Stellen unter den Augen, wo er sonst immer Tränensäcke gesehen hatte. Immer wieder sagte er sich, daß hier nicht irgendein fremdartiges Wesen stand, das ihn ungläubig anstarrte, sondern sein eigenes Geburtsrecht – eine Tatsache, die ihm noch immer als eine gefährliche Lüge erschien. Egal, welche Erklärung man auch dafür fand – es war noch immer der Körper eines anderen. Er war wie ein Vater, der auf seinen Sohn blickt.

»Was hat Freud zum Thema Kindsmord zu sagen?« fragte er Beatrice eines Morgens.

»Peter, du kannst doch nicht ewig über diesen Dingen brüten.«

»Ich brüte nicht, ich frage nur.«

»Es ist *nicht* dein Sohn.«

»Ja, ich weiß«, erwiderte er, als würde er seinen Katechismus aufsagen: »Es ist nur ein Teil meines Körpers, den man willkürlich abtrennte und allein weiterwachsen ließ, Zelle für Zelle, Gen für Gen. Mein Privateigentum. Ich selbst. Nur vierzig Jahre jünger. Ich sage, es ist Spinat, und ich sage, zum Teufel damit ...«

Er ließ nur Dampf ab, und sie wußte es; er wollte, daß sie ihm ihre Argumente immer und immer wieder darlegte, wozu sie gern bereit war. Letztendlich fühlte er sich danach immer besser, wie damals in dem BMW. Angesichts der Stärke und der Perfektion des Wagens war es für ihn erst ein unangenehmes, dann ein angenehmes und schließlich ein ekstatisches Gefühl gewesen, in diesem glänzenden, vollkommenen Gefährt zu sitzen. Letztendlich ging es nicht mehr darum, *darin* zu sein, sondern darum, nur noch *es* zu sein. Stark. Energiegeladen. *Jung!*

Und dann war da noch die Sache mit dem Sex, entsann sie sich.

Etwa seit seinem fünfzigsten Lebensjahr hatte Peter Sex allmählich immer weniger bedeutet und ihm immer weniger Vergnügen bereitet. Und als er schließlich die Sechzig überschritt, war ihm Sex nach anstrengenden, spannungsreichen Stunden im Labor und auf dem Testgelände schlichtweg gleichgültig. Aber auch wenn der Anblick von Beatrice' nacktem Körper ihn noch immer erregte, so konnte er es doch nicht ertragen, sich selbst unbekleidet zu betrachten. Ein Segen dabei war nur, daß seine Augen sich schon so verschlechtert hatten, daß er ohne Brille sein schlaffes Fleisch und die Falten kaum noch erkennen konnte.

Aber jetzt war alles anders. Auf einmal erwies sich Sex als das wirksamste Lösungsmittel für Schuldgefühle. Jetzt war er ständig erregt, und jeden Morgen rollte er sich lüstern und liebeshungrig aus dem Bett. Eines Morgens wachte er naß und verklebt auf, während er die Bilder aus seinem letzten Traum noch immer lebhaft vor Augen hatte.

Er war in einem Sternenmeer geschwebt, mit einer Frau, die er nur – und auch nur sich selbst gegenuber – als Engel des Eros bezeichnen konnte. Sie war blond, diese Frau, Mitte Zwanzig, geschmeidig und athletisch, und so unendlich bemüht um sein Vergnügen, so rasch ansprechend auf jeden Gedanken und jede Bewegung, die von ihm kamen. Es war der edelste und befriedigendste Sex, an den er sich erinnern konnte.

Bevor er sich seine Shorts ausziehen konnte, sah Beatrice schon den Fleck.

»Hoppla«, sagte er ein wenig verlegen.

Sie legte den Kopf auf die Seite und versuchte zu lächeln. »Herzlichen Glückwunsch. Willst du mir davon erzählen?«

In der Vergangenheit hatten sie beide immer großen Wert darauf gelegt, sich ihre Träume gegenseitig zu erzählen, es sei denn, es war ein Traum, der den anderen womöglich verletzen konnte, was fast nie der Fall war. Jetzt gab er sich zugeknöpft; das Bildnis des Engels war noch zu tief in seinem Bewußtsein eingegraben. »Hey, weißt du, was mir aufgefallen ist? Ich schlafe wieder auf meiner linken Seite. Weißt du noch, als du deine steife Schulter hattest und auf der rechten Seite schlafen mußtest? Und ich litt doch anfangs immer unter Schlaflosigkeit, und wenn ich endlich einschlief, dann hatte ich diese Träume in der linken Gehirnhälfte. Und jetzt ist es auf einmal überhaupt kein Problem mehr, das ist doch sehr seltsam –«

»So nennst du das also, einen Traum mit der linken Gehirnhälfte?« Sie sah ihn an, und sie war nur ein klein wenig amüsiert.

»Noch etwas. Wenn ich mich morgens angezogen habe – habe ich dann nicht immer meine Socken zuerst angezogen?«

»Warum? Ziehst du sie denn jetzt über deine Schuhe? Dann sollten wir dich lieber noch einmal testen lassen.«

»Nein, ich meine, bevor ich mein Unterhemd anziehe. Jetzt kommen die Socken als letztes dran. Es ist ja nur eine Kleinigkeit, kein Grund zur Beunruhigung, aber doch interessant. Und unter der Dusche kommt es mir auch so vor, als ob ich alles in einer anderen Reihenfolge mache. Ich seife mir erst die Brust und dann die Arme ein. Hast du nicht irgendwann einmal über das Zellulargedächtnis geforscht?«

»Im Aufbaustudium. Es kam nichts dabei heraus.«

»Peptide in Bewegung, Boten-RNA – war das nicht die Theorie?«

»Was hat das denn mit deinen nächtlichen Samenergüssen zu tun?«

»Hab ich gesagt, daß es so ist?«

»Entweder ist es so, oder du masturbierst schon wieder.«

»Na ja, du weißt doch noch, was Oliver Wendell Holmes einmal gesagt hat.«

»Bitte, bleiben wir doch beim The...«

»Ein Jurastudent trat an ihn heran – Holmes war damals schon in den Achtzigern – und fragte ihn: ›Richter Holmes, Sie sind der weiseste Mann in ganz Amerika, können Sie mir sagen, wann ein Mann aufhört, zu masturbieren?‹ Und Holmes sagte –«

»›– da müssen Sie jemanden fragen, der älter ist als ich.‹ Peter, hör auf, dummes Zeug zu reden. Du bist nicht fünfundachtzig, du bist fünfunddreißig, und es ist mir überhaupt nicht unangenehm –«

»Na schön, natürlich war's ein feuchter Traum. So einen hatte ich nicht mehr, seit ich senkrecht in die Luft gepinkelt habe.«

»War sie attraktiv?«

»War wer attraktiv?«

»Das Mädchen in deinem Traum. War es jemand, den wir kennen? Ich nehme nicht an, daß du einen Orgasmus hattest, während du an Madame Curie gedacht hast.«

Das Verteufelte an der Sache war, er hatte das Gefühl, als *würde* er sie kennen. Als hätte er schon viele Male von ihr geträumt, aber beim Aufwachen jedesmal alles vergessen. Und jetzt war sie auf einmal wieder aufgetaucht. Aber diesmal konnte er sich, wenn er wach war, noch an sie erinnern. Genaugenommen konnte er sie gar nicht vergessen, selbst wenn er es versuchte. Irgendein bruchstückhaftes Bild von ihr tauchte den ganzen Tag über irgendwo in seinem Kopf auf.

»Du solltest lieber ein bißchen aufpassen«, bemerkte Beatrice trocken. »Du willst schließlich nicht noch einen Schlaganfall erleiden.«

»Nein, aber ich glaube, es ist gut für die Durchblutung«, entgegnete Peter lächelnd.

Danach, während Peter unter der Dusche stand, rief Beatrice bei Wolfe an.

»Wie fühlt sich unser Patient?« erkundigte sich Wolfe.

»Sexbesessen wie schon lange nicht mehr«, sagte Beatrice. »Was hast du ihm bloß in seinen Orangensaft gemischt?«

Das Lachen, das Wolfe ihr zur Antwort gab, hatte, wie immer, einen etwas grotesken Klang. »Gar nichts. Seine Drüsen arbeiten auf Hochtouren, sein Gefäßsystem ist kein bißchen mehr verstopft. Er ist ein Paradebeispiel des männlichen Körpers in der Blüte seiner Jahre! Das heißt, er ist gesund, was für uns eine höchst erfreuliche Nachricht ist.«

Beatrice runzelte die Stirn. Dieses »uns« kam ihr irgendwie verdächtig vor.

»Ich meine natürlich, für das Projekt«, fügte er hinzu, um die Pause zu füllen, die durch Beatrice' Schweigen entstanden war.

»Ja, natürlich.« Nein, dachte Beatrice, du hast uns beide gemeint. Dich und mich – Wolfe und Beatrice. Was ging bloß in seinem Kopf vor?

»Und auch für dich«, beeilte er sich zu sagen. »Inzwischen kannst du dich wirklich glücklich schätzen. An seinem Tod wärst du zugrunde gegangen. Statt dessen hast du jetzt einen neuen Ehepartner, einen überwältigenden Durchbruch im Bereich der Genetik und einen Mann, der wieder vollauf funktionsfähig ist und glücklich seiner Arbeit nachgeht.«

»Glücklich?«

»Ist er das etwa nicht?«

»Ab und zu.«

»Es liegt doch auf der Hand, daß er gelegentlich noch gewisse Zweifel hat. Er hat einen enormen Anpassungsprozeß zu bewältigen. Aber er wird das alles gut hinkriegen.«

»Dein Wort in Gottes Ohr«, sagte sie, doch insgeheim glaubte sie nicht, daß Gott ihnen noch zuhörte. Und wenn es Ihn tatsächlich gab, dann hatten sie womöglich in nicht allzu langer Zeit eine verdammt hohe Rechnung zu begleichen.

Eine Stunde später befand sich Peter in der Tretmühle des Labors, von Emilio Barrola an Herz- und Lungenmonitore angeschlossen. Barrola stellte den Steigungswinkel des Geräts allmählich immer steiler ein und setzte Peters Organismus so einer immer größeren Belastung aus. Das Problem dabei war, daß Peter es nicht bei einem schnellen Gehen belassen wollte. Trotz Barrolas Protestbekundungen fiel er bald in Trab.

Sein Herz schien der gesteigerten Belastung problemlos standhalten zu können – keine Arrythmie, keine außergewöhnlichen Systolen und nichts, was seine Ursache in verstopften Hirnarterien hatte. Barrola war bisweilen in Versuchung, alle Bedenken in den Wind zu schlagen und nur noch zu staunen; am Tag zuvor hatte eine Doppler-Sonographie der Halsschlagadern ergeben, daß sich die Blutzufuhr zu Peters Gehirn deutlich verbessert hatte. Aber es bestand kein Grund, das Schicksal herauszufordern – Peter hatte man dem sicheren Tod entrissen, damit er geistige, nicht körperliche Wunder vollbringen konnte. Und so stellte Barrola – trotz aller Einwände seines Patienten – die Tretmühle ab. Trotzdem war Peters Aufregung auch weiterhin sehr groß. Angespornt von den Meßwerten dieses Tages zog er sich rasch an und eilte zu seinem Labor, wo ihn sein Team bereits ungeduldig erwartete – allen voran Rosemarie Wiener. Sie trug keinen Büstenhalter, und während sie sich alle vor der Wandtafel um ihn scharten, streifte sie seinen Arm mit ihren Brüsten und bot sich ihm so nur allzu offensichtlich an. Peter fragte sich, ob die pummelige, dunkle Rosemarie vielleicht der Engel des Eros war, der in seinem Traum in eine Vision des vollkommenen Glücks verwandelt wurde.

Ausgeschlossen, entschied er. Tatsächlich war es so, daß er schon den ganzen Tag nicht mehr von dem Gedanken loskam, daß es diese Traumfrau mit all ihren Attributen *tatsächlich* gab. Er wußte, sie war ein Produkt der Phantasie, und doch erregte ihn allein schon der Gedanke an sie, und er erregte ihn tief und heftig in seinem Inneren. Was seinen Geist betraf, so flog er nur noch dahin.

»Mein Vater hat bei diesem Verfahren das Purcey-Protokoll angewendet«, erklärte er ihnen, während die Kreide staubte und Rosemaries Augen voll unverhohlener Bewunderung funkelten. »Auf dieser Grundlage baute bis zu seinem Tod seine Forschungsarbeit auf, daher werden wir es auch weiterhin so handhaben. Allerdings«, sagte er, während er sich in der Fülle von Ideen aalte, die durch sein Gehirn strömten, »wollen wir jetzt einmal versuchen, die Schaltung des Kerngenerators mittels Gammastrahlen zu regeln. Und die Polarität der Epsilon-Schaltungen sollten wir umkehren. Nach meinen Berechnungen müßten sich dadurch die Übertragungsgeschwindigkeiten erheblich steigern lassen, während gleichzeitig die Kerntemperatur abnimmt. Wenn sich das als richtig herausstellt, dann werden wir das Problem der Überhitzung gelöst haben, während sich die Schlagkraft des Strahls gleichzeitig fast verdoppelt.«

Tag für Tag arbeitete er an der Entwicklung neuer Pläne, Theorien und Instruktionen für die Verwirklichung des zweiten Waffensystems. Nach Ablauf dieser einen Woche war dem Team klar, daß die Vorschläge von Peter junior nicht nur ebenso verblüffend originell waren wie die seines Vaters, sondern auch tatsächlich durchführbar. Die geistige Vorarbeit für die neue Waffe, die nun den Codenamen Grand Slam trug, neigte sich in einem solchen Tempo ihrem Ende zu, daß Oscar Henderson ganz schwindlig wurde. Peter Jance junior war sein eigener herausragender Nachfolger geworden. Es war an der Zeit, die ersten Schritte für die eigentliche Konstruktion in die Wege zu leiten. Selbst Wolfe war verblüfft.

Etwas später an diesem Abend, als Peter und Beatrice in ihre getrennt stehenden Betten gingen, spürte Peter zum erstenmal, wie belastend sein neuer körperlicher Zustand für sie sein mußte.

Ihm entging nicht, daß sie ihr Nachthemd absichtlich in einem Augenblick anzog, in dem sie sich von ihm unbeobachtet fühlte, und daß sie ins Bett schlüpfte, während er sich die Zähne putzte.

»Ich war ein Idiot, stimmt's?« sagte er.

»Ach, ich weiß nicht.«

»Das ist ein Ja. Es tut mir leid. Ich war so sehr mit mir selbst beschäftigt. Und hab mich wieder in die Arbeit gestürzt.«

»Das kann ich dir kaum verübeln.«

Sie hatte auf einem kleinen Feldbett geschlafen. Peter ging zu ihr hinüber und setzte sich auf die Bettkante. Mit einem matten Lächeln sah Beatrice zu ihm hoch.

»Ich bin es noch immer, Beatrice.«

Sie nickte. »Ich werde einfach eine Weile brauchen, um mich daran zu gewöhnen.«

»Ich liebe dich noch immer.«

Sie gab keine Antwort, doch ihre Augen füllten sich mit Tränen – nicht aufgrund der Worte selbst, sondern weil er offensichtlich das Bedürfnis hatte, sie auszusprechen. Sie konnte an einer Hand abzählen, wie oft sie sich gegenseitig ihre Zuneigung beteuert hatten, und die Worte »noch immer« waren dabei nie gefallen. Ihre Liebe brauchte keine Worte. Zu sprechen hieß schon zu lügen. »Ich weiß«, sagte sie.

Er strich ihr übers Haar. Er konnte ihren Atem riechen. Er war ein wenig schal, und obwohl sie es beide wußten, hielt es ihn offensichtlich nicht zurück. Er schlüpfte zu ihr unter die Decke.

»Ich weiß nicht, ob das richtig ist«, sagte sie.

»Wie könnte es das nicht sein?« fragte er.

Er nahm sie in seine Arme und küßte sie. Beatrice spürte seine warmen, auffallend vollen Lippen, seinen warmen, harten Bauch und den noch wärmeren, sanften Druck, der von weiter unten kam. Sie kicherte nervös.

»Wie wär's?« flüsterte er. »Hättest du Lust?«

»*So* alt bin ich nun auch wieder nicht«, sagte sie leise.

»Für mich wirst du niemals alt sein.«

»Niemals?«

»Nein«, sagte er mit Bestimmtheit. »Du bist entzükkend, Beatrice. Die wunderbarste Frau der Welt. Ein Engel.«

»In diesem Fall …«, sagte sie und sah aus einem tiefen Brunnen aus Traurigkeit und Liebe und Verständnis zu ihm hoch. Sanft beugte er sich über sie, und sie knipste das Licht aus.

8

Puerto Rico

Keine drei Stunden nachdem Elizabeth das Fax erhalten hatte, das die E-Mail des IslandMan bestätigte, verließ sie Zürich. Es gelang ihr, auf einem Swissair-Flug nach Boston noch einen Platz zu ergattern, so daß sie – jeweils zur Ortszeit – fast zur selben Zeit ankam, zu der sie abgeflogen war. Trotz ihres amerikanischen Reisepasses wurde sie am Zoll festgehalten und durchsucht – offenbar weil sie außer ihrer Umhängetasche keinerlei Gepäck bei sich hatte. Bei der Durchsuchung fand man eine Garnitur Unterwäsche, ein T-Shirt vom Brüsseler Filmfestival und eine Jeans.

»Sie reisen mit ziemlich wenig Gepäck«, bemerkte der Zollbeamte.

»Eine spontane Kurzreise, würde ich sagen.«

Man brachte sie in eine Kabine hinter einem Vorhang, wo sie von einer Zollbeamtin mit hellen Augen und dichtem Haar einer umfassenden Leibesvisitation unterzogen wurde.

»Willkommen in den USA«, sagte Elizabeth säuerlich.

Die Frau hob den Kopf.

»Wir können Sie auch röntgen lassen. Und Sie zur Einnahme von Abführmitteln zwingen.«

»Warum sollten Sie das tun?« fragte Elizabeth. Sie hätte die Frau erwürgen können.

»Könnte doch sein, daß Sie illegale Drogen schmuggeln. Wir haben bei manchen Leuten schon bis zu dreißig Kondome im Darm gefunden, gefüllt mit Heroin. Wie lange haben Sie sich in der Schweiz aufgehalten?«

»Ich habe dort fünf Jahre gelebt.«

»Was machen Sie beruflich?«

»Ich bin Model. Für die Internationale Agentur Helvetica.« Wenn der Zoll das nachprüfte, wußte Elizabeth, dann würden sie erfahren, daß man sie gefeuert hatte, weil sie versucht hatte, eine Leiche exhumieren zu lassen. Vermutlich würden sie sie in ein Zimmer einschließen und die Schlüssel wegwerfen.

Doch statt dessen trat die Zollbeamtin einen Schritt zurück. Elizabeths Karriere als Model war für sie aus irgendeinem Grund offensichtlich von Bedeutung.

»Meine Tochter versucht auch, als Model Fuß zu fassen«, sagte sie. »Vielleicht könnten Sie ihr irgendwie behilflich sein.«

»Ich kann es versuchen«, sagte Elizabeth, die spürte, daß sich hier ein leichter Ausweg für sie bot.

»Sie hat das Zeug dazu. Schönheit, Klugheit, Geschäftssinn. Irgendwo hab ich gelesen, daß man diese drei Dinge dafür mitbringen muß.«

»Wie alt ist sie?«

»Sie wird im Juli fünfzehn.«

Elizabeth kritzelte ihren Namen auf einen Notizblock, darunter die Telefonnummer der Helvetica-Niederlassung in den USA. Die Zollbeamtin winkte Elizabeth mit einer Hand, die in einem Gummihandschuh steckte, hindurch.

»Reine Routinesache. Nehmen Sie's nicht übel.«

»Schon in Ordnung. Und alles Gute für die Karriere Ihrer Tochter«, sagte Elizabeth, während sie sich ihre

Jeans zuknöpfte. Sie mußte sich beeilen, um ihren Anschlußflug nicht zu verpassen – der Schalter der American Airlines befand sich, wenn man mit einem internationalen Flug ankam, genau am entgegengesetzten Ende des Flughafens. Sie erreichte die Maschine mit Ach und Krach.

Mit dem Flug Nr. 97 der American Airlines landete sie abends um halb neun am Internationalen Flughafen von San Juan, Puerto Rico, dem Hauptsitz der Fluggesellschaft in der Karibik, östlich der Stadt gelegen. Da sie auf keinerlei Gepäck warten mußte, saß sie um Viertel vor neun bereits in einem Taxi und um Viertel nach neun in der Lounge des Hyatt-Hotels. Der Flug nach Vieques ging erst am Nachmittag des darauffolgenden Tages, so daß sie jede Menge Zeit totzuschlagen hatte. Als erstes rief sie beim Fremdenverkehrsamt von Puerto Rico an – in der unbestimmten Hoffnung, daß es um diese Stunde vielleicht doch noch besetzt war. Sie hatte unwahrscheinliches Glück – es war nicht nur noch eine Viertelstunde offen, sondern auch im ersten Stock ihres Hotels gelegen.

Der dortigen Angestellten, einer Frau mit einem rundlichen, fröhlich lächelnden und von Akne gezeichneten Gesicht, erklärte Elizabeth, sie sei gekommen, um ihren Gratis-Gutschein abzuholen. Woraufhin die Frau entgegnete, sie hätte keine Ahnung, wovon Elizabeth eigentlich redete. Elizabeth zeigte ihr die Faxbestätigung.

»Vieques Island? Das glaube ich kaum. Was soll das für ein Hotel sein?« Sie warf einen Blick auf das Blatt Papier.

»Das Hotel ›Blauer Horizont‹.«

»Tut mir leid, Miss. Ich glaube nicht, daß es dort Angebote dieser Art gibt.«

ein Franzose, Le Guillou, die Insel als westliche Kolonie in Besitz und wandelte sie im Auftrag Spaniens in eine Zuckerrohrplantage um. Binnen kurzem wurden sämtliche Bäume gefällt und die gesamte Insel mit Zuckerrohr bepflanzt. Danach wurde sie von unterschiedlichen Großmächten immer wieder untereinander verkauft und geplündert. 1898 ging die Herrschaft über die Insel von Spanien auf die Vereinigten Staaten über. Die Lebensbedingungen auf der Insel blieben bis zum Zweiten Weltkrieg unverändert.

> 1941 übernahm die U.S. Navy drei Viertel von Vieques Island als militärisches Trainings- und Testgelände. Ein Großteil der einheimischen Bevölkerung wurde kurzerhand umgesiedelt, und die Insel erbebte fortan unter lautem Befehlsgebrüll und dem Donnern von Bomben, Raketen und Artilleriegranaten, die sowohl von Flugzeugen als auch von Schiffen abgefeuert wurden. Zugeordnet war die Insel dem riesigen Marinestützpunkt Roosevelt Roads auf der Hauptinsel, und sie beherbergte das Camp Garcia des Marine-Korps sowie siebzehn NAVSTAR-Abteilungen und vierundzwanzig untergeordnete Kommandoeinheiten der Navy, der Armee und der Marines.

Ein Militärstützpunkt, dachte Elizabeth. Natürlich, das hatte Rose-Anne Brinkman ihr ja erzählt.

Warum war ihr dann auf einmal so unwohl zumute?

In den Jahren nach dem Kalten Krieg hatte sich die Lage auf der Insel dem Artikel zufolge entspannt, und von Puerto Rico war ein wenig Tourismus nach Vieques herübergeschwappt, der den Verlust der früheren Zuckerindustrie teilweise wettmachte. Doch ansonsten war die Insel in erster Linie ein Ort der Ruhe, bekannt vor allem für seine Mangrovenbäume, seine einsamen Strände und seine Tierwelt.

Was war also aus dem Militär geworden? Was hatte man dort die letzten zehn Jahre eigentlich gemacht?

Als die Glühbirne in ihrem Beifahrerlicht flackernd erlosch und sich nicht mehr wiederbeleben ließ, begnügte sich Elizabeth schließlich damit, die Blätter zu beobachten, die an ihr vorbeirauschten, und die gigantischen Käfer zu zählen, die gegen die Windschutzscheibe prallten.

Sie erreichte die Fähre in letzter Sekunde, kaufte für zwei Dollar ein Ticket und ging an Bord. Das Schiff, das für vierhundert Passagiere gebaut war, beförderte im Augenblick nicht mehr als ein paar Dutzend Partylöwen, die aus den Kasinos von San Juan in ihre Hotels zurückkehrten. Elizabeth überließ sie der feuchtfröhlichen Stimmung an den Resopaltischchen der Bar und trat aufs Deck hinaus.

Der Himmel war von Sternen übersät und die Meeresoberfläche spiegelglatt. Sie blieb an Deck, bis die Fähre in Isabel Segunda ihre Anlegestelle erreichte. Vor ihr lag die siebenstöckige Ruine eines Leuchtturms, und hoch auf dem Hügel hinter den Kaianlagen erhob sich die dunkle Silhouette einer spanischen Festung. Die Luft war angenehm warm, um die 25 Grad, und von einem süßlichen, hohen Zirpen erfüllt. Und ihr Bewußtsein war in diesem Augenblick so stark ausgeprägt, daß dieses Geräusch all ihre Sinne durchdrang.

Sie hörte es noch immer, als sie an der Anlegestelle auf der Toilette war, die sie nach ihrer Ankunft als erstes aufgesucht hatte – denn die entsprechenden Einrichtungen auf der Fähre hatte sie unter gar keinen Umständen benutzen wollen.

»Baumfrösche«, sagte eine Stimme vom Waschbecken neben ihr.

»*Coquís*«, nickte Elizabeth leicht verwirrt.

»Sie waren schon einmal hier«, sagte die Frau. Sie hatte leuchtendrotes Haar, ein offenes, freundliches Gesicht und streng gezupfte Augenbrauen.

»Nein, noch nie.«

»Lassen Sie mich raten. Sie arbeiten für einen Zoo? Oder Sie sehen einfach ziemlich oft *Planet der Tiere*.«

»Ich weiß nicht, woher ich es wußte«, sagte Elizabeth ein wenig beklommen, während sie sich die Hände abtrocknete. Das Wort *coquís* war ihr so leicht über die Lippen gekommen, als hätte sie es schon hundertfach gehört. »Ich muß es im Internet oder sonst irgendwo gelesen haben«, sagte sie wenig überzeugt. Auf einmal fiel ihr ein, daß sie den Ausdruck aus dem Internet im Taxi liegengelassen hatte. »Arbeiten Sie für die American Airlines?« fragte sie die Frau, als sie das Logo der Fluggesellschaft an ihrem Revers bemerkte.

»O ja. Puerto Rico ist unser Hauptsitz, und Vieques ist mein Lieblingsort, wenn ich mich irgendwohin flüchten will. Warum?«

»Haben Sie schon einmal von dem Hotel ›Blauer Horizont‹ gehört?«

Die Frau runzelte die Stirn. »Der Name sagt mir nichts. Steigen Sie dort ab?«

»Das dachte ich«, sagte Elizabeth, während sie die Tür aufhielt und die beiden Frauen gemeinsam die Toilette verließen. »Offenbar bestehen gewisse Zweifel, ob es dieses Hotel überhaupt gibt. Meinen Sie, ich könnte für heute nacht irgendwo anders noch ein Zimmer bekommen?«

»Hier in Isabel? Und Sie haben nichts gebucht?«

»Es war ein ganz spontaner Entschluß.«

Die Frau grinste. »Er muß ja umwerfend sein.«

Elizabeth zwang sich zu einem dünnen Lächeln.

»Das ist er«, sagte sie. Das ist er, das war er, das ist er.

»Entschuldigung«, sagte die Stewardeß, als sie an Elizabeths Miene sah, wie unbehaglich ihr zumute war. »Es geht mich ja wirklich nichts an. Es ist nur so, na ja, Sie wissen schon, das ist eben der Grund, weshalb die meisten Frauen auf diese Insel kommen.« Sie streckte ihr die Hand entgegen. »Mary Blanchard.«

Elizabeth zögerte für den Bruchteil einer Sekunde, bevor sie die Hand schüttelte. »Elizabeth Parker.«

Fünf Minuten später saß sie mit Mary Blanchard und zwei ihrer Kolleginnen in einem Taxi. Eine der beiden war sich hundertprozentig sicher, sie hätte Elizabeth erst vor einer Woche in einem Film gesehen, der während eines Fluges gezeigt wurde. Und durch nichts ließ sie sich von dieser Ansicht abbringen.

»Ich weiß, daß ich Ihr Gesicht kenne«, beharrte sie. Die drei Flugbegleiterinnen plauderten freundschaftlich über Männer und Spieltische und widerliche Passagiere, und Mary Blanchard bot Elizabeth an, sie in ihrem Hotelzimmer auf der Couch schlafen zu lassen. Das Hotel war ein aufgetakeltes Bauwerk aus der Zeit der Jahrhundertwende, einstmals Sitz einer französischen Zuckerrohrplantage und unter dem Namen Casa del Francés bekannt. Es war, wie sich herausstellte, ein recht angenehmer Aufenthaltsort, mit Blick aufs Meer und auf die Stadt Esperanza. Der Besitzer, Ivor Greeley, ein ungehobelter Bursche aus New England mit einer Vorliebe für einen etwas altertümlichen Slang, erkannte, daß hier noch jemand mit von der Partie war, und nahm zwanzig Dollar extra für seine Bemühungen.

»Morgen wird hier ein Einzelzimmer frei«, sagte er zu Elizabeth. Er hatte lebhafte braune Augen und leicht ergraute blonde Härchen in den Nasenlöchern. »Sie können im voraus bezahlen, oder Sie lassen's anschreiben.« Und dann ließ er ihnen, um seinen neuen Gast willkommen zu heißen, auf Kosten des Hauses eine Flasche Rum aufs Zimmer bringen.

Zum ersten Mal seit Wochen schlief Elizabeth die ganze Nacht durch. Gegen Morgen träumte sie, sie würde in einem Sternenmeer schweben. Es war der Himmel, begriff sie dann, flüssig, ozeanisch und salzig, und dann war Hans dort auf einmal bei ihr. Die sanft wogenden Wellen erstrahlten in einem Lichtermeer aus Millionen leuchtender Punkte, als er in sie eindrang. Dann war er plötzlich verschwunden, und sie jagte über antike steinerne Stufen hinter ihm her, bis hinauf nach El Fortín, wo er inmitten einer wildgewordenen Viehherde verschwand, die plötzlich vor ihm aufgetaucht war. Ziegen meckerten vor ihrem Fenster, ein Hahn krähte, und sie begriff, daß sie wach war.

El Fortín?

Sie nahm sich den Reiseführer, der auf dem Fernseher lag, und blätterte ihn durch, bis sie die Abbildung fand, die sie suchte. El Fortín war die Festung, die sie von der Fähre aus gesehen hatte, nach der Bildunterschrift die letzte spanische Bastion in der Neuen Welt.

Das muß ich gestern abend durchgeblättert haben, dachte sie und warf den Reiseführer beiseite. Es sei denn …

Es sei denn, was?

Es sei denn, Hans hatte ihr von Vieques erzählt. Aber nein, das hatte er nie getan. Hatte nie von seiner Kindheit gesprochen, sie nie auch nur mit einem Wort erwähnt.

Und von Rose-Anne hatte sie solche Einzelheiten auch nicht erfahren.

Aber woher wußte sie es dann?

Annie würde ihr jetzt sicher erklären, daß sie zu Hans' Geist Verbindung aufnahm. Der Gedanke war lächerlich, aber warum kam er ihr dann in den Sinn? Hieß das vielleicht, daß sie im Grunde ihres Herzens glaubte, daß er tot war? Nein, sagte sie sich – er ist am Leben. Die Leiche im Sarg – das war nicht seine, und deswegen bist du hier, deswegen läßt du dich auf all diese verrückten Geschichten ein.

Na schön, in Ordnung, erzähl dir das nur immer wieder. Aber woher *wußtest* du es dann? Ihr Vater, der Navy-Mann, war im Laufe seines Lebens um die halbe Welt gereist, hatte seine Familie immer wieder aus ihrer vertrauten Umgebung gerissen und war mit ihr von einem Stützpunkt zum nächsten gezogen. War er vielleicht irgendwann einmal hier stationiert gewesen? Aber das wüßte ich doch noch, dachte sie, oder man hätte es mir erzählt.

Sie hatte keine Antwort. Überhaupt keine.

Draußen vor den Fenstern war das Licht hell und klar, und die Luft kam frisch gefiltert zwischen dichtem grünem Laub hindurch. Sie hinterließ eine Nachricht für Mary Blanchard und schlüpfte ins Freie. Küstenvögel schossen vor einem azurblauen Himmel vorbei und stießen exotische Schreie aus. Die Luft legte sich warm auf ihre Haut, zu warm für die Kleidung, die sie trug.

Ivor Greeley saß auf der Terrasse, trank Kaffee und löste ein Kreuzworträtsel, als sie an ihm vorbeiging.

»Kaffee?« fragte er, und als sie nickte, holte er ihn selbst.

»Ich muß mir ein paar Anziehsachen kaufen«, sagte sie.

»Auf jeden Fall. In denen werden Sie braten. Haben Sie keine Shorts?«

Sie schüttelte den Kopf. »Ich bin etwas überstürzt abgereist.«

Seine Augen verengten sich. »Sind Sie auf der Flucht? War Ihnen der Boden unter den Füßen zu heiß, gab's Ärger mit der Polente, ist eine Belohnung auf Ihren Kopf ausgesetzt?«

Noch nicht, dachte sie verwirrt. »Nein«, sagte sie.

»So'n Pech. Hier gibt's aber auch nie irgendwas Aufregendes. Wie schmeckt Ihnen der Kaffee?«

»Wunderbar«, sagte sie höflich. Sie hatte erst einmal an ihm genippt.

»Kubanisch«, erklärte er voller Stolz. »Er ist nicht ganz legal, deswegen schmeckt er so gut. Ich kann es nicht leiden, wenn man mir vorschreiben will, wessen Kaffee ich nicht kaufen darf, nur weil der Betreffende nicht dieselbe Politik vertritt wie Uncle Sam. Dort, wo ich herkomme, da haben wir aus genau demselben Grund 'ne hübsche Menge Tee im Hafen versenkt.«

»Sie sind also aus Boston.«

»Sehr gut. Ich hab eine Nichte, die geht aufs Emerson College und glaubt, der Zweite Weltkrieg und Vietnam waren ein und derselbe Krieg. Wie kommt es also, daß eine gescheite junge Frau wie Sie ohne Gepäck reist?«

Der Donner, der in diesem Augenblick über den Bäumen hinter der Terrasse heranrollte, ersparte es ihr, diese Frage schon wieder beantworten zu müssen.

»Klingt, als könnte es Regen geben«, sagte sie.

Er nickte. »Morgens haben wir hier manchmal Regen. Aber das da ist kein Regen.«

»Nur Donner?«

»Auch kein Donner. Die Navy übt heute morgen wieder Bombenabwürfe. Fünfhundert-Pfund-Dinger, würde ich sagen – dem Krach nach zu urteilen. Uns Landratten müssen sie eben in Schach halten, wissen Sie.«

Da war sie wieder – die Navy. Was hatte all das bloß mit der Navy zu tun?

Die Bombardierung dauerte etwa eine Stunde an, während des gesamten Frühstücks, das sie in einem nahegelegenen Restaurant einnahm – gebratene Makrele auf Reis und *arepas*, ein köstliches Fettgebäck, das noch mehr undeutliche, unbestimmbare Erinnerungen in ihr wachrief. Natürlich war sie völlig überdreht – vielleicht versuchte sie auch, die quälende Frage, wer sie wohl in dieses nervenzermürbende Paradies eingeladen hatte, in den Hintergrund zu drängen, indem sie sich einredete, daß ihr all das irgendwie bekannt vorkam. Das Essen beruhigte ihre Nerven, und als etwas später die Geschäfte aufmachten, kaufte sie sich Shorts, T-Shirts und ein abgetragenes Arbeitshemd in einem Secondhandshop, der überwiegend einheimische Kundschaft hatte. In einem anderen Geschäft fand sie eine Sonnenbrille und einen kleinen Nylonrucksack, in dem sie all ihre Sachen unterbringen konnte. Ihre alten Tennisschuhe hingegen würden noch völlig ausreichen.

Ihre nächste Anlaufstelle war das Fremdenverkehrsamt. Die Angestellte, eine etwa achtzigjährige Frau mit strahlender Miene und schlohweißem Haar, hatte ebenfalls Bedenken im Hinblick auf das Fax. Sie konnte ihr allerdings bestätigen, daß es das Hotel »Blauer Horizont« tatsächlich gab, und schlug Elizabeth vor, es zunächst einmal dort zu versuchen.

Als sie das Hotel schließlich fand, war sie überrascht

von seinem Charme und seiner Eleganz. Es war ein altertümliches Landhotel, direkt am Strand gelegen, mit Korb- und Bambusmöbeln in der Lobby. Sie wandte sich an die Empfangsdame, eine attraktive Frau mit einer Papierrose im Haar, die damit beschäftigt war, Empfangsbelege der Bar in eine Addiermaschine einzugeben. Auf den Namen Elizabeth Parker war tatsächlich ein Zimmer reserviert worden, allerdings war sie einen Tag zu früh angekommen.

»Ich hab die Fähre genommen«, sagte Elizabeth. »Ich habe hier also einen kostenlosen Aufenthalt gewonnen?«

Die Frau legte den Kopf auf die Seite. »Kostenlos?«

»Ich meine, sehen Sie sich das hier doch einmal an.« Wieder einmal zog Elizabeth das Fax hervor.

Die Frau las das Fax und grinste. »Sie haben wohl einen Freund hier auf dem Stützpunkt, stimmt's?«

Elizabeths Haltung versteifte sich. »Was meinen Sie damit?«

Die Empfangsdame vertiefte sich in einen zerfledderten Buchungskalender und glitt mit dem Finger über ein paar handgeschriebene Vermerke, bis sie denjenigen fand, auf dem auch Elizabeths Name stand.

»Sehen Sie hier? Das Zimmer wurde von Roosevelt Roads aus gebucht. Dazu gehören die beiden Stützpunkte und weiß Gott wie viele Unterabteilungen des Militärs. Aber es kam von dieser Basis, das steht zweifelsfrei fest. Mit Kreditkarte bezahlt und zeitlich nicht begrenzt. Er muß ganz schön Sehnsucht nach Ihnen haben, was?«

Elizabeth spürte, wie ihr auf einmal die Angst im Nakken saß.

»Wie lautet der Name auf der Kreditkarte?« fragte sie. Die Empfangsdame warf einen Blick in den Buchungskalender und schüttelte den Kopf. »Da steht nur die Kontoverbindung. Irgendwelche Buchstaben und eine Codenummer. Das haben wir hier ziemlich oft. Tricks des Militärs – aus Sicherheitsgründen, wissen Sie. Auf diesen Stützpunkten dort draußen laufen alle möglichen Geheimaktivitäten ab. Ein paar verrückte Einheimische glauben, die zerlegen hier ein außerirdisches Raumschiff – wie nennt man das gleich wieder?«

»Reverse-Engineering«, sagte Elizabeth. Sie bemühte sich, nach außen hin ruhig zu erscheinen, während sie das Fax wieder in ihren Rucksack stopfte.

»Keiner von denen redet je über das, was da eigentlich vor sich geht. Es sind im Grunde genommen zwei verschiedene Welten. Wir, die wir hier leben, und sie, die dort drüben auf Teufel komm raus machen, was immer sie wollen und wann immer sie wollen. Möchten Sie Ihr Zimmer sehen?«

Elizabeth schüttelte den Kopf. »Nein.«

»Aber Sie checken doch ein, oder?«

Sie wandte sich auf dem Absatz um. »Nein, das glaube ich nicht.«

»Es ist ein sehr schönes Zimmer!« rief ihr die Frau hinterher.

Elizabeth war schon zur Tür hinaus und auf dem Bürgersteig, als sie hörte, wie die Frau hinter ihr die Tür aufriß und sie noch einmal zurückrief. Elizabeth fuhr herum, als wollte sie zum Angriff ansetzen.

»Madam, hier hat noch jemand telefonisch eine Nachricht für Sie hinterlassen. Es tut mir leid, daß ich es nicht gleich bemerkt habe – sie lag ganz hinten in Ihrem Fach versteckt.«

Wie vom Donner gerührt hielt Elizabeth inne. »Was für eine Nachricht?«

»Sie werden sie nicht lesen können – das Mädchen, das Nachtdienst hatte, hat sie entgegengenommen.« Die Frau sah mit zusammengekniffenen Augen auf das rechteckige, rosa Blatt Papier, das sie in die Sonne hielt. »Da steht, er wird Sie am Flughafen abholen.«

»Wer?«

»Ich glaube, es steht kein Name dabei.« Wieder blinzelte die Frau auf das Blatt Papier. »Ich nehme an, es war der Bursche, der Sie hierherbestellt hat, oder? Also, wollen Sie das Zimmer jetzt?«

»Nein, im Augenblick nicht.« Elizabeth schnappte sich den Zettel mit der Nachricht. Sie war tatsächlich unleserlich. »Aber Sie könnten mir noch etwas sagen.«

»Alles, was Sie wollen. Sie haben eine so lange Reise auf sich genommen, da möchte ich Sie jetzt nicht enttäuschen.«

Elizabeth entfaltete ihre Landkarte. »Wo wird das Flugzeug landen?«

Der Verkehrsflughafen von Vieques war ein sonnenverbrannter Asphaltstreifen, nicht weit von Isabel Segunda entfernt, wo die Fähre angelegt hatte. Elizabeth hatte sich einen Honda Civic gemietet und kauerte nun mit einer Cola und eingeschaltetem Autoradio hinter dem Lenkrad. Sie hörte etwas seichtes Geplauder über die Wetterlage, das vom Marinestützpunkt Roosevelt Roads auf der Hauptinsel ausgestrahlt wurde. Temperatur 25 Grad, Luftfeuchtigkeit 68 Prozent, Taupunkt 20 Grad, Wind aus Ost bei acht Meilen pro Stunde, leicht bewölkter Himmel, Sichtweite zehn Meilen.

Sie warf einen Blick auf ihre Armbanduhr: Viertel vor sieben.

Der Wetterbericht wurde auf einmal vom Dröhnen

eines Flugzeugs übertönt, das über ihren Kopf hinwegdonnerte.

Sie stellte das Radio aus. Das Flugzeug neigte sich bereits in Querlage und setzte im Kurvenflug zur Landung an.

Es war eine zweimotorige Cessna Navajo, die für die Caribair flog. Elizabeth beobachtete, wie die Maschine am Ende der Landebahn zum Stillstand kam, dann griff sie nach dem Fernglas, das sie sich in ihrem Hotel von Ivor ausgeliehen hatte. »Um Vögel zu beobachten«, wie sie ihm erklärt hatte. Mit einem Abstand von rund einhundert Metern befand sie sich in sicherer Entfernung von dem Parkplatz, auf dem ein halbes Dutzend Taxis und Mietwagen warteten.

Sie beobachtete, wie das Flugzeug zu dem kleinen Terminal rollte, während die Cockpittür bereits offenstand, um angesichts der Hitze für etwas Belüftung zu sorgen. Auf dem Parkplatz stiegen die Leute nach und nach aus ihren klimatisierten Wagen.

Alle bis auf einen. Wie sie selbst blieb auch er zunächst tief in seinem Sitz versunken, in einem Range Rover mit einem Nummernschild, das sich von allen anderen deutlich unterschied.

US-Regierung, dachte sie.

Zigarettenrauch drang in dünnen Schwaden durch einen Fensterspalt ins Freie. Während die Passagiere von Bord der Cessna gingen, sah sie zu, wie der Mann hinter dem Steuer seine Zigarette ausdrückte und sich aufrecht hinsetzte.

Es war nicht Hans.

Er war mindestens zehn Jahre jünger, vielleicht nicht einmal älter als zwanzig, mit einer wirren, wasserstoffblonden Mähne und einem Tattoo auf dem Bizeps, das wie ein Armreif aussah. Irgendwie unheimlich und absolut ausdrucksstark. Und auf keinen Fall Hans.

Komm schon, Lizzy, dachte sie, hast du denn wirklich erwartet, daß er es ist?

Und wenn du es nicht erwartet hast, warum kriegst du's dann nicht mit der Angst zu tun?

Der Range Rover rührte sich nicht vom Fleck. Elizabeth schwenkte das Fernglas zurück zu der Cessna. Der Pilot und sein Kopilot verließen eben die Maschine; Passagiere kamen keine mehr nach. Sie sah, wie der junge Mann entnervt mit der Faust gegen das Armaturenbrett schlug, bevor er den Wagen vom Parkplatz lenkte. Er fuhr erst langsam an, doch dann preschte er auf einmal in einem solchen Tempo an ihr vorbei, daß sie sich auf ihrem Sitz tief ducken mußte.

IslandMan, dachte sie.

Und dann sah sie im Rückspiegel noch einmal das Nummernschild der Regierung. Militär. Sie war sich sicher. Sie wartete, bis er etwa ein Dutzend Wagenlängen entfernt war, und fuhr dann hinter ihm her.

Er lenkte den Wagen auf die Straße nach Esperanza und reihte sich in die Schlange der Privatwagen und Taxis ein, die all die Touristen am Flughafen abgeholt hatten. Elizabeth wartete, bis sich ein Lieferwagen, der Tauchausrüstungen geladen hatte, zwischen ihr und dem Range Rover eingefädelt hatte, und hoffte bei Gott, daß der Bursche am Steuer sich nicht umwandte. Etwa auf halbem Weg der Hauptstraße von Esperanza hielt er am Straßenrand an. Elizabeth tat einen Block weiter hinten dasselbe und wartete. Der Bursche stieg aus und überquerte die Straße.

Sie verfolgte ihn durch das Fernglas. Er steuerte geradewegs auf den Strand und das Hotel »Blauer Horizont« zu.

Das Herz schlug Elizabeth bis zum Hals, als sie den Honda aus der Parkstellung löste und im Vorbeifahren einen verstohlenen Blick auf das Hotel warf. Sie sah, wie der Bursche in der Lobby mit derselben Frau sprach, an die sie sich kurz zuvor selbst gewandt hatte – der Frau mit der Papierrose im Haar. Sie antwortete ihm mit einem Kopfschütteln und Schulterzucken, und dann konnte Elizabeth beide nicht mehr erkennen. Sie fuhr einmal um den Block und hielt wieder an derselben Stelle wie schon zuvor.

Der Bursche kam aus dem Hotel, wobei er nervös an seinem Scooby-Doo-T-Shirt zupfte, stieg wieder in seinen Range Rover und brauste davon.

Wieder folgte sie ihm, wobei sie genau aufpaßte, daß sich immer mindestens zwei Wagen zwischen ihnen befanden, auch wenn er inzwischen weitaus schneller fuhr und sie ihn fast schon aus den Augen verlor.

Er fuhr auf einer anderen Straße zurück zum Flughafen und dann weiter in Richtung Norden. Eine Viertelstunde später, als sie an El Fortín vorbeikamen, bog er auf einmal scharf nach rechts ab. Auf einmal überkam Elizabeth die böse Ahnung, daß der Bursche wußte, daß er verfolgt wurde. Sie warf einen Blick in den Rückspiegel, als wollte sie abschätzen, wie weit sie hinter ihm zurückbleiben mußte, um nicht aufzufallen – und entdeckte ein gutes Stück hinter ihr einen zweiten Wagen mit Regierungskennzeichen, der abbremste, als sie abbremste. Auf seiner Windschutzscheibe spiegelte sich die Sonne, so daß sie das Gesicht des Fahrers nicht erkennen konnte, aber jetzt war sie überzeugt, daß sie verfolgt wurde, also verlangsamte sie ihr Tempo noch mehr. Aber nein, jetzt bog der zweite Wagen in eine andere Straße ab, und durch die Seitenfenster konnte sie eine Familie erkennen. Sie hielt wieder nach dem Range Rover Ausschau, konnte ihn jedoch nirgends mehr entdecken. Sie fluchte über sich selbst, daß sie sich so leicht einschüchtern und abschütteln ließ, und trat das Gaspedal ihres Hondas bis zum Anschlag durch. Als sie auf eine Anhöhe kam, konnte sie die Straße auf einer Länge von vierhundert Metern überblicken, doch der Range Rover blieb spurlos verschwunden. Reifenspuren verliefen kreuz und quer durch das Gestrüpp. Welche von ihnen dieser seltsame Bursche genommen hatte, ließ sich unmöglich sagen.

Na, Lizzy, dachte sie, das hast du ja schön verpatzt, was? Sie holte einmal tief Luft und merkte, daß sie das Lenkrad so fest umklammert hatte, daß ihr die Finger schmerzten. Sie hatte höllische Angst, war in Schweiß gebadet und zitterte am ganzen Körper.

Sie lenkte den Wagen an den Straßenrand und zündete sich eine Zigarette an. Wahrscheinlich bist du auf die Weise verdammt viel besser dran, sagte sie sich, während sie einen tiefen Lungenzug tat und sich zur Ruhe zwang. Im Grunde war es so, daß sie nun, nachdem sie die Spur verloren hatte, ein sanftes Gefühl der Erleichterung verspürte. Sie konnte zurück in ihr Hotel fahren und duschen, eine Margarita trinken und vielleicht bei den drei Flugbegleiterinnen vorbeischauen.

Sie ließ den Motor an und fuhr in eine Abzweigung, um zu wenden. Doch kaum hatte sie das getan, stand sie vor einer befestigten Toreinfahrt und einem bewaffneten Soldaten der US-Marines, der sie aufs schärfste beobachtete.

Das Blut gefror ihr in den Adern. Über seinem Kopf sah sie einen schlichten Schriftzug in der Betonwand der Toreinfahrt: CAMP GARCIA – US-MARINEKORPS.

Der Soldat kam auf sie zu. Als sie versuchte, loszufahren, würgte sie den Motor ab.

Scheiße. Er stand an ihrem Fenster. »Kann ich Ihnen behilflich sein, Madam?«

»Nein, danke, ich wollte nur rasch wenden.«

Er nickte und salutierte leicht. Er sah nicht älter als fünfzehn aus, doch sie vermutete, daß er etwa achtzehn war. Als er sich vorgebeugt hatte, um mit ihr zu sprechen, hatte sie die Mündung seines Gewehrs genau vor ihrem Gesicht gespürt. Sie merkte, wie ihre Hände schon wieder zitterten, als sie den Motor erneut anließ und davonfuhr, wobei sie noch einmal einen Blick in den Rückspiegel warf. Nein, er stürzte nicht ans Telefon, und nein, als sie nach Esperanza und in ihr Zimmer in der Casa del Francés zurückkehrte, war keine Nachricht für sie da, kein junger Bursche mit wirren Haaren, der in der Lobby auf sie wartete, kein Soldat, der sich in ihrem Schrank versteckte, keine Monster unter dem Bett.

Ja, Lizzy, dachte sie sich, du bist wirklich der paranoidste Trottel auf der gesamten Insel.

Entweder das, oder du hast im Augenblick wirklich mehr Glück als Verstand.

Zwei Tage lang hatte Peter junior seinen Mitarbeitern mit aller Härte zugesetzt. Und jetzt waren sie ebenso begeistert wie erschöpft. Dieser geniale Sohn eines Mannes, den sie erst verehrt und dann betrauert hatten, hatte in unglaublichen, atemberaubenden achtundvierzig Stunden die Waffe völlig neu entworfen.

»Wo haben Sie bloß Ihr Leben lang gesteckt?« wollte Rosemarie Wiener wissen. »Und wie kommt es, daß Ihr Vater nie etwas von Kindern erzählt hat? Ihr Jances seid eine Bande von Geheimniskrämern.« Sie sah Peter so schamlos zwischen die Beine, daß er laut auflachen mußte. Daß er auf ihre Annäherungsversuche nicht einging, hatte das Feuer in ihr keineswegs erstickt, sondern vielmehr ihre Neugier weiter geschürt. Als er das Zimmer für einen Augenblick verließ, wandte sie sich an Alex.

»Er sieht seinem Vater so unglaublich ähnlich.«

»Na und, wo ist das Problem?« sagte Alex. »Das haben Söhne nun einmal so an sich.«

»Fast schon zu ähnlich. Weißt du noch das Foto seines Vaters in der *Britannica*? Es ist praktisch dasselbe.«

»Vielleicht ist er ja ein Klon?«

»Ich weiß nur eines«, sagte Rosemarie, die mit keinem Wort auf Alex' Kommentar einging, »er hat auf jeden Fall einen ganz schönen Mutterkomplex. Wenn ich Beatrice sehe, ist er jedesmal mit dabei.«

»Stimmt«, gab ihr Alex recht, während er sich am Kopf kratzte und irgendwelche Zahlen in einen Laptop tippte. »Würde mich nicht wundern, wenn er mit ihr schläft.«

»Igitt! Deine Witze sind manchmal wirklich alles andere als komisch, Alex.«

»Was *ich* gerne wissen würde«, warf Flannagan ein, der an diesem Morgen im Internet gearbeitet hatte, »ist folgendes: Als der Alte den Nobelpreis bekommen hat, da stand in den Zeitungsartikeln, er hätte seiner Frau gedankt – aber warum hat er niemals seinen Sohn erwähnt?«

»Pah«, sagte Alex, »weil das Kind zu diesem Zeitpunkt minus zwei Jahre alt war. Rechne's dir doch aus. Ich hab's satt, euch ständig alles vorzukauen, was euch zu hoch ist.«

Alex entfernte sich – und die anderen blickten sich an.

»Was ist ihm denn für eine Laus über die Leber gelaufen?«

»Ich war's nicht«, sagte Rosemarie und machte sich wieder an die Arbeit, möglichst nah an Peter junior gedrängt. Alle anderen hingegen schenkten der Frage nach Jance senior und junior keine allzu große Beachtung. Es gab weitaus aufregendere Dinge zu besprechen. Inzwischen war es so, daß die mathematischen Berechnungen *tatsächlich* aufgingen. Die neue Waffe würde, auf dem Papier und nach Alex' Computermodellen, zweimal so klein und dreimal so tödlich sein. Der nächste Schritt bestand darin, die Theorie in die Praxis umzusetzen. Alles deutete darauf hin, daß diese nächste Phase kurz bevorstand, denn der Herzlose Henderson war in den vergangenen drei Tagen ein halbes Dutzend Mal im Labor aufgekreuzt.

»Wir werden nächste Woche nach White Sands zurückkehren«, erklärte der Colonel Peter in einem Gespräch unter vier Augen. »Fühlen Sie sich dazu imstande?«

»Gesund und munter wie ein Fisch im Wasser«, sagte Peter, während er die Worte HEISS BITTE NICHT LÖSCHEN auf die Wandtafel dieses Tages schrieb. »Und zur Liebe bereit.« Er verstaute seine Unterlagen in einer Schreibtischschublade und nahm ein Paar Laufschuhe heraus.

Henderson war nicht amüsiert. Peters völlig übertriebenes Training gab Barrola und dem gesamten medizinischen Personal tagtäglich Anlaß zu besorgten Gesprächen – allen außer Wolfe, der in Hendersons Augen die Zügel in dieser Hinsicht inzwischen allzu locker ließ.

»Wollen Sie etwa schon wieder auf die Tretmühle?« fragte der Colonel. »Sind wir uns denn auch sicher, daß das die Hirnarterien nicht überlastet?«

»Für Ihre kann ich natürlich nicht sprechen, aber mit

meinen ist alles in Ordnung. Außerdem hat Freddy sein Okay dazu gegeben«, log Peter. Seit dem Tag der Operation war es ihm grundsätzlich zuwider, Henderson Rede und Antwort stehen zu sollen, während er von Wolfe doch eher kollegial behandelt wurde.

»Sind Sie sich sicher?«

»*Mens sana in corpore sano.* Oder hat man euch in West Point kein Latein beigebracht?«

»Sie können mich ebenfalls«, sagte Henderson scharf. Allmählich wurde Jance für seinen Geschmack wirklich etwas zu dreist. All dieses großspurige Getue – daß ihm als dem Genie gewisse Privilegien zustanden – brachte ihn allmählich auf die Palme. »Barrola sieht es als ein unnötiges Risiko an.«

»Barrola würde nicht einmal laufen, wenn sein Arsch Feuer gefangen hätte«, sagte Peter mit einem kühlen Lächeln. »Ich brauche die Bewegung. Und Sie wollen doch schließlich nicht, daß ich Ihnen gegenüber ausraste, oder?« Er joggte an Henderson vorbei und war verschwunden.

An diesem Nachmittag lief er eine halbe Stunde, fast ohne einen Tropfen Schweiß zu verlieren. Überwacht wurde er dabei von einer von Barrolas Arbeitsbienen, die die Anweisung erhalten hatte, ihren Chef zu verständigen, sobald es erste Anzeichen eines Impulses gab. Sie beobachtete eine harmlose Ungleichmäßigkeit in den arteriovenösen Nervenbündeln, doch ein rascher Vergleich zwischen Peters und Peter juniors EKGs ergab, daß das erblich bedingt war. Zur Strafe für ihre Wachsamkeit mußte die Technikerin noch eine weitere Dreiviertelstunde dort ausharren, während Peter umgerechnet bis hinauf nach Machu Picchu joggte.

Als er wieder in seinem privaten Wohnbereich war,

duschte er und zog sich frische Kleidung an. Die nackten, gelbbraunen Wände und die niedrige Decke gaben ihm ein Gefühl von Klaustrophobie. Ihre Suite hatte den Charme eines Motel 6, und auch wenn Beatrice versucht hatte, ihr Zuhause zu verschönern, indem sie überall Chrysanthemenduft aus einem riesigen Erlenmeyer-Flakon versprühte, wirkten die drei Zimmer auf ihn doch fremdartig, einengend, alt und klein – zu klein, um all seine neugewonnene Energie aufzunehmen. Er trat auf den Balkon hinaus, den einzigen Luxus, den man ihnen hier eingeräumt hatte. Dort stand er und starrte ins Leere, bis Beatrice ihn fand, als sie vom Abendessen nach Hause kam.

»Peter? Alles in Ordnung?«

Er nickte, ohne sich zu ihr umzudrehen.

»Dir wird doch nicht schon wieder schwindlig, oder?«

Er nahm eine steifere Haltung an. »Mir geht's prima, ich horche nur.«

»Auf was?«

»Das Meer.«

»Von hier aus kannst du das Meer doch gar nicht hören.«

»Doch, das kann ich«, sagte er nüchtern. »Und riechen kann ich es auch.«

Sie kam zu ihm herüber und schnupperte die Luft. »Ich rieche überhaupt nichts.«

»Es ist wirklich verblüffend. Siehst du den Vogel dort hinter dem Baum?«

Sie sah einen schwachen, verschwommenen Fleck. »Bist du sicher, daß das kein Blatt ist?«

»Es ist ein Sandhügelkranich«, sagte er. Er nahm ihre Hand und hielt sie gedrückt. »Weißt du noch, wie du mir beigebracht hast, wie man sie erkennen kann? Vor einem

Monat wäre er mir noch gar nicht aufgefallen, erst recht nicht der rote Fleck auf seiner Stirn. Oder verwechsle ich da zwei verschiedene Arten? Du warst in der Hinsicht immer besser als ich.«

Sie drückte seine Hand ebenfalls. »Du versuchst, nett zu mir zu sein. Und ich weiß es zu schätzen.«

»B., ich versuche nicht, nett zu sein.«

»Aber ich wünschte, du würdest von jetzt ab deine schmutzige Wäsche selbst in den Wäschekorb legen.«

»Okay. Werde ich machen.«

»Tut mir leid, daß ich so pingelig bin. Und die Bettwäsche auch.«

»Okay. Mom.«

Kaum hatte er die Worte ausgesprochen, da bereute er sie schon. Vielleicht hatten Henderson und die anderen ja recht.

Vielleicht entwickelte er sich wirklich zu einem Klugscheißer.

»Du weißt, daß ich es nicht so gemeint habe«, sagte er sofort. »Es tut mir leid, B.«

Beatrice zog einen Schmollmund, ein untrügliches Zeichen dafür, daß sie sich verschloß. Ihre Hand lag bleischwer in seiner, und er ließ sie los.

»Wenn du schreien willst, dann schrei mein vegetatives Nervensystem an.«

»Schreie ich vielleicht? *Du* bist derjenige, der schreit.«

Er war kein bißchen lauter geworden. Oder etwa doch? Ein Streit bahnte sich an, ein böser Streit, und er wußte, er sollte besser das Zimmer verlassen, bis der Sturm vorüber war. Doch aus irgendeinem Grund konnte er sich nicht vom Fleck bewegen.

»Ich bin nicht deine Mutter«, zischte sie zwischen den Zähnen hervor.

»Wir könnten versuchen, wieder in getrennten Betten zu schlafen«, sagte er leichthin, »wenn das wirklich ein Problem für dich ist.«

»Na schön«, sagte sie.

»Das ist doch nicht dein Ernst. Ich wollte doch nur einen Witz machen. Beatrice, ich bitte ich.«

»Im Grunde genommen«, sagte sie, während sie sich abrupt abwandte, »wäre es vielleicht gar keine schlechte Idee, wenn wir in getrennten Suiten schlafen würden.«

»Beatrice, hör auf damit.«

»Dein Team fängt schon an zu reden.«

»Laß sie reden. Sie wissen gar nicht, daß wir in ein und demselben Zimmer schlafen – zu diesem ganzen Flügel hier hat niemand von ihnen Zutritt.«

»Die Zimmermädchen reden.«

»Ich bitte dich, jetzt benimmst du dich wirklich unmöglich. Komm her zu mir.«

Er versuchte, sie in den Arm zu nehmen, doch sie stieß ihn fort. Tränen traten ihr in die Augen.

»Es ist einfach ein gräßlicher Zustand«, sagte sie.

»Schscht. Quäl dich nicht ...«

»Ich bin alt. Du bist jung. Das ist das Ende.«

»Das Ende wovon? Bitte. B.? Hör auf, dir das anzutun. Ich bin noch immer derselbe. Ich bin ich.«

Sie setzte sich auf die Terrasse und zündete sich eine Zigarette an. Peter erkannte die blaue Schachtel – Gauloises, Wolfes Marke. »Du entwickelst dich allmählich zu einem Schwachkopf. Das sagen alle.«

»Allmählich?« Er versuchte zu lächeln. »Na ja, ich nehme an, ich sollte dankbar dafür sein. Seit wann rauchst du eigentlich?«

»Seit mir danach ist.« Wütend stieß sie eine Rauchwolke aus. »War es wieder sie?«

»War es wieder *wer?*«

»Die eine, von der du schon die ganze Woche geträumt hast. Miss Vegetatives Nervensystem. Die Blonde mit den großen Brüsten.«

»Ich habe nie behauptet, daß sie große Brüste hatte.«

»Na schön. Du hast von ihr geträumt.«

»Beatrice«, log er, »ich hab Witze gemacht.« Er begann, ihr weißes Haar zu streicheln, über den Ohren, wo es sich leicht kräuselte, doch dann zog er seine Hand zurück. »Du bist die einzige Blonde, von der ich träume«, sagte er, doch er brachte es nicht über sich, ihr dabei in die Augen zu blicken. »Hör mal, wenn du über meine Sexualität sprechen willst –«

»O ja, natürlich. Genau darüber wollte ich unbedingt mit dir sprechen. Weißt du was? Du bist wirklich unausstehlich«, sagte sie, während sie ihre Zigarette ausdrückte. Dann erhob sie sich und ging zurück ins Schlafzimmer.

Na schön, dann kehr mir eben den Rücken zu, dachte er, während er sich schmollend in Selbstrechtfertigungen erging. Was habe ich denn schon getan, was ich hätte anders machen können? Nichts. Es ist schließlich nicht so, als ob ich noch nie feuchte Träume hatte.

Ja, du hattest welche, als du fünfzehn warst. Und es war jede Nacht eine andere Frau.

Na schön, B., dann hast du es eben erraten, dachte er, während er zwischen den Palmen hindurch auf die rauschende Brandung blickte. Und was fangen wir jetzt damit an? Es ist eine wilde Affäre, die in Träumen gefangen ist. Es ist Unsinn. Es ist bedeutungslos.

Das Gesicht der Frau tauchte vor seinem geistigen Auge auf.

Verdammt, dachte er.

Der Traum kehrte zurück. Er fühlte ihr Haar, das

durch seine Finger glitt, eine seidige Kaskade, die immer wieder eine neue Farbe annahm, von Blond zu Schwarz zu Orange und wieder zurück. Er strich über ihr festes, empfängliches Fleisch, spürte ihr leichtes Gewicht, ihre geschmeidigen Formen, das perfekte Zusammenspiel all dieser Dinge, die ihm so überaus vertraut vorkamen. Obwohl er dagegen ankämpfte, stieg in ihm mit atemberaubender Klarheit die Erinnerung an jene ekstatische Verschmelzung auf, die das Traumbild der letzten Nacht gekrönt hatte. Zum ersten Mal, seit sie ihn in seiner Traumwelt aufsuchte, konnte er ihr Gesicht deutlich erkennen. Es war ihm so unerträglich vertraut und zugleich doch völlig unbekannt – mit hoher Stirn, vollen Lippen, großen grauen Augen und einer fast unmerklichen Spur von Narbengewebe über dem Rand der Augenhöhlen. Es war schon verblüffend, wie der Verstand das bewerkstelligen konnte – Gesichtszüge, geographische Gegebenheiten, Gebäude oder Landschaften entwerfen, bis ins kleinste Detail, immerfort, von einem Augenblick zum nächsten, *ab nihilo*.

Ja, warum entwickelst du daraus eigentlich kein wissenschaftliches Projekt? dachte er. Erstell doch ein forensisches Profil von ihr! Damit müßtest du deine Hormone mit Sicherheit in den Griff kriegen.

Aber es mußte einfach Schluß sein damit. Sie fing allmählich an, ihm bei seiner Arbeit in die Quere zu kommen; selbst in seinen kreativsten Momenten tauchte sie plötzlich auf, wie ein Geist, der die Trennung nicht ertragen konnte. B., wenn ich die Wahl hätte, dann würde ich sie aus meinem Bewußtsein reißen wie ein Unkrautgewächs, sagte er sich. Er trat ein paar Schritte zurück vom Geländer der Terrasse.

»Und seit wann gibt dir eigentlich Wolfe seine Zigaretten?« rief er in die Wohnung. Irgendwo drinnen knallte eine Tür zu.

»Beatrice?« rief er.

Als wollte er es nicht wahrhaben, streifte er durch die wenigen Zimmer und glaubte, sie bei irgendeiner ganz alltäglichen Beschäftigung anzutreffen – wie sie sich das Haar kämmte oder Tee kochte.

Sie war verschwunden.

Er versuchte gar nicht erst, ihr zu folgen. Statt dessen setzte er sich und goß sich aus der Flasche Wodka, die Beatrice im Kühlschrank aufbewahrte, ein Glas ein. Seit der Operation hatte er keinen Tropfen mehr angerührt, aber nach diesem Streit mit Beatrice hatte er ihn verdient.

Er kippte den Wodka hinunter.

Der Alkohol brannte wie Feuer, sein Körper krümmte sich zusammen, und er stürzte zum Küchenausguß, um den Rest auszuspucken.

Mein Gott, dachte er, während er nach Luft schnappte, *dieser Körper hat noch nie einen Schnaps gekippt*!

O Gott, es gab haufenweise Dinge, die er sich erst noch beibringen mußte. Das Problem dabei war nur, er war sich inzwischen nicht mehr sicher, welcher Teil seines Wesens lehren und welcher lernen sollte. Und dann tauchte plötzlich wieder das Gesicht des Mädchens vor ihm auf. Und diesmal war der gesamte Himmel von ihr erfüllt.

9

Peter konnte einfach keinen Schlaf finden.

Und das lag nicht nur daran, daß Beatrice nicht bei ihm war. Im Verlauf ihrer Ehe hatte sie schon Dutzende von Nächten in ihrem Labor verbracht. Manchmal, weil es die Arbeit von ihr verlangte, und manchmal, weil sie aus irgendeinem Grund beleidigt war, aber am nächsten Morgen war sie stets zurückgekehrt.

Er war es gewohnt, daß sie von ihm davonstürmte – er war selbst oft von ihr davongestürmt und hatte die Nacht in *seinem* Labor verbracht. Damals, als sie sich kennenlernten, hatte er sie jedesmal, wenn ein etwas heftigerer Streit zwischen ihnen entbrannte, nach Hause gefahren, hatte ihr erklärt, nun sei alles aus, und war dann um den Block gefahren, bis sie wieder auftauchte. Und dann saßen sie schweigend nebeneinander in seinem Wagen, manchmal stundenlang, bis einer von ihnen einlenkte und sich entschuldigte.

Sie hatte den Starrsinn und den Stolz ihres Vaters, und sie würde sich bestimmt nichts von irgendeinem Bürschlein gefallen lassen, das Anspruch auf den Thron der modernen Physik erhob. Ihr Vater war einer der Stützpfeiler der Revolution gewesen, ein Kollege von de Broglie und Bohr, ein völlig überdrehter, herrschsüchtiger Mann, der bei all seinem Charme und seinem gewaltigen Einfluß auf Finanzausschüsse und Politiker wenig Zeit und Geduld für sein einziges Kind übrig hatte. Beatrice hatte, ohne sich dessen völlig bewußt zu sein, verzweifelt versucht, diesem Gravitationsfeld zu entkommen und sich selbst als Wissenschaftlerin einen Namen zu machen. Peter gefiel die Vorstellung, daß er ihr das nötige Selbstvertrauen gegeben hatte, um sich abzunabeln – auch wenn Beatrice, die ihren Vater noch immer verehrte, stets bestritten hätte, daß sie je aufbegehren mußte. In ihren Augen war ihr Vater ein Halbgott, und Peter sollte dieser Ansicht gefälligst zustimmen.

Beatrice' Vater war ihr einziger wirklich schwacher Punkt; im Hinblick auf Peter hegte sie keine Illusionen dieser Art. Sie liebte ihn einfach. Seine Sehnsüchte waren die ihren, ihre Träume die seinen, und es gab nichts, was der eine brauchte, das der andere nicht geben konnte – und das gern und ohne jede Einschränkung. Es sei denn, es gab Streit. Und Auseinandersetzungen hatten sie oft genug, so daß sie beide stets auf Draht blieben und ihre Ehe niemals eintönig wurde. Doch etwa von ihrem fünfundzwanzigsten Hochzeitstag an hatten ihre Reibereien nie länger als ein paar Stunden gedauert.

Aber diesmal schien es anders zu sein.

Diesmal war Beatrice gegangen und hatte sich zwei Tage nicht mehr blicken lassen. Natürlich, sie war noch immer auf dem Stützpunkt und schlief in einem der Gästezimmer, die für die Militärs bereitgehalten wurden, die zu Besuch kamen. Aber sie hatte kein bißchen eingelenkt. Und er auch nicht. Sein Verstand drängte ihn, zu ihr zu gehen und ihr zu sagen, was gesagt werden mußte, um sie beide wieder ins rechte Gleis zu bringen.

Doch sein Körper sagte etwas anderes.

Was genau er ihm eigentlich sagen wollte, das hatte er

noch nicht feststellen können. Seine Beine beispielsweise hatten zwei Nächte lang nervös gezuckt, wie ein Frosch in einem Biologielabor oder ein Hund, der von einem Kaninchen träumt. Kalium- oder Zinkmangel lautete in einem solchen Fall die übliche Diagnose – aber nicht bei einem so jungen Körper wie diesem. Und das Muskelrelaxans, das Wolfe ihm verschrieben hatte, hatte ihn lediglich schläfrig gemacht und gleichgültig gegenüber der Tatsache, daß sein Team mit seinem Zeitplan inzwischen zwei Tage im Rückstand war.

Und wenn die Wirkung des Valiums nachließ, war er noch immer gleichgültig.

Im Grunde hatte er die letzten achtundvierzig Stunden blaugemacht.

Was in aller Welt hatte *das* bloß zu bedeuten?

Er fand keine eindeutige Antwort auf diese Frage. Einen Großteil seiner Zeit hatte er damit verbracht, verschiedene Datenbanken zu durchforsten und nach Informationen über das Zellulargedächtnis zu suchen. Das meiste war irgendwelcher pseudowissenschaftlicher Kram, seltsame Spekulationen über das Speichern von Erinnerungen in RNA-Phasenwinkeln, aufgemotzt mit Experimenten, die man in den späten achtziger Jahren an Bakterien vorgenommen hatte, die auf irgendeine seltsame Weise und ohne tatsächlich zu mutieren, wußten, wie sie das umwandeln sollten, was man ihren Stammzellen verabreicht hatte. Das Material war zu einem Teil ausgemachter lamarckistischer Blödsinn, zu einem anderen Teil setzte es mehr molekularbiologisches Wissen voraus, als er gehabt hatte, und nichts von alledem befaßte sich mit höheren Lebewesen. Bis auf einen besonders grauenerregenden Versuch, bei dem hirnamputierte Katzen angeblich gelernt hatten, sich in einem Labyrinth

ältere Mann sprach in scharfem Tonfall mit seinem Enkel; zweifellos war ihm Alex' Fernbleiben von den Laborsitzungen nicht entgangen. Einen Augenblick später kam Alex zum Vorschein, grüßte Peter mit einem kurzen Hallo und schlenderte über den Gang davon. Wolfe saß an seinem Schreibtisch, eine Hand über seine runzlige, fleckige Augenbraue gelegt.

»Ich wollte dich auch schon aufsuchen«, sagte Wolfe. »Schön, daß du mir die Mühe abnimmst. Ich hab gehört, wir befinden uns mit der Arbeit im Rückstand. Ist das richtig?«

»Nichts, was wir nicht wieder aufholen könnten«, sagte Peter beiläufig. Er schlenderte hinüber an die Verandatür. Wolfes Terrasse war etwa doppelt so groß wie alle anderen auf dem Stützpunkt, allenfalls mit Ausnahme von Hendersons. »Hörst du das?« fragte Peter, während er in die Dunkelheit starrte, die sich dort draußen langsam senkte.

»Hörst du was?« fragte Wolfe.

»Die *coquís*. Die Baumfrösche. Als ich als Kind hier lebte, habe ich sie immer mit einer Taschenlampe verfolgt.«

Wolfe spitzte die Ohren, dann schüttelte er den Kopf. »Mein Gehör ist offenbar nicht so gut ausgeprägt wie deines.«

»Anhand mancher Arten kann man die Temperatur in Fahrenheit schätzen. Man zählt die Anzahl ihrer Laute in fünfzehn Sekunden und rechnet dann noch einmal vierzig dazu.«

»Faszinierend«, bemerkte Wolfe trocken. »Ist es das, worüber du mit mir sprechen wolltest?«

»Ich hatte völlig vergessen, was für ein Naturfreak ich war.«

»Ich dachte, Beatrice war von euch beiden der Vogelbeobachter.«

»Ja«, sagte Peter mit plötzlichem Nachdruck, »aber ich auch. Und jetzt –« Er sprach den Satz nicht zu Ende.

»Jetzt was?«

»Jetzt«, sagte Peter, während er wieder aus dem Fenster starrte, »benutze ich die Natur, um Massenvernichtungsmethoden zu testen, indem ich unschuldige Tiere in Brand setze.«

Wolfe, der Peters träumerischen Tonfall mit einem etwas deplazierten Sarkasmus verwechselte, lachte schallend auf. »So genau wollen wir das natürlich nicht nehmen.« Im nächsten Augenblick erkannte er, daß Peter es todernst meinte, und das Lächeln wich aus seinem Gesicht. »Ist das etwa der Grund, weshalb du gekommen bist – damit ich dir deine Zweifel ausräume? War das sonst nicht immer Beatrice' Job?«

Der gekünstelte Tonfall in Wolfes Stimme ließ Peter aufhorchen. »Du weißt, daß wir Streit hatten?«

»Nein, das wußte ich nicht«, antwortete Wolfe bei weitem zu rasch.

»Ist schon ein paar Nächte her. Eine unserer üblichen Reibereien. In Sachen Ehestreitigkeiten haben wir beide den schwarzen Gürtel, es besteht also kein Anlaß zur Besorgnis.« Jetzt war er derjenige, der sich verstellte. »Eigentlich«, sagte er, »wollte ich mit dir über diesen Körper hier sprechen.« Und er schlug sich mit einer Hand auf den Oberschenkel.

Wolfe runzelte die Stirn. »So empfindest du ihn also – als ›diesen Körper hier‹?«

Peter nickte. »Anfangs hatte ich entsetzliche Angst vor ihm. Inzwischen bin ich nur noch maßlos neugierig. Ich weiß zum Beispiel, daß er einmal eine Knieoperation hatte – ich hab vor zwei Tagen die vier Narben entdeckt, jede etwa einen halben Zentimeter lang. Für einen Footballspieler bin ich nicht stämmig genug, und beide Unterarme haben denselben Umfang, also hat er vermutlich auch nicht Tennis gespielt. Ich dachte, vielleicht war er Skiläufer – vielleicht sogar ein Profi? Das Knie fühlt sich tadellos an, was bedeutet, daß er vermutlich einen erstklassigen Chirurgen hatte. War der Bursche gut betucht?«

Wolfe starrte Peter an, als hätte er in einer Kirche einen fahren lassen. »Warum stellst du mir diese Fragen?«

Draußen vor dem Fenster sangen die *coquís*. »Weil ich jonglieren kann.«

»Wie bitte?«

»Ich kann Schattenboxen. Ich träume von Leuten, die ich gekannt haben muß. Irgendwelche absolut merkwürdigen Dinge gehen in mir vor – und ich hab mich inzwischen ein bißchen mit der Forschung über das Zellulargedächtnis befaßt.«

»Oh, Peter, bitte erspar mir –«

»Ja, ich weiß, das meiste davon ist der reinste Quatsch, aber hör mir bitte erst einmal zu und lach nicht gleich los. Ich habe diesen einen Fall nachgelesen – eine Frau, die eine Herztransplantation hatte. Kaum hatte sie das Krankenhaus verlassen, hielt sie irgendwo an, um sich ein Bier und eine Pizza zu bestellen. Und das Seltsame an der Sache ist, sie hatte Pizza stets gehaßt und nie auch nur einen Tropfen Alkohol angerührt. Und nun passierte es ihr andauernd, und da mußte sie einfach rausfinden, wer ihr Spender gewesen war. Sie lebte in einer Kleinstadt, daher ließ es sich leicht feststellen – in den vierundzwanzig Stunden vor ihrer Herztransplantation hatte es nur einen einzigen Todesfall gegeben, bei dem das Herz unversehrt geblieben war. Ein fünfundzwanzigjähriger Bursche, der mit seinem Motorrad tödlich verunglückt ist.«

Wolfe nickte matt. »Er war auf dem Weg, um sich eine Pizza und ein Bier zu holen. Es war seine Lieblingsmahlzeit, die er einmal die Woche verdrückte, immer zur gewohnten Zeit.«

»Du kennst die Geschichte?«

»Es ist von A bis Z ausgemachter Blödsinn«, sagte Wolfe, während er sich eine Gauloise anzündete.

»Woher willst du das wissen? Hast du die Frau gefragt? Freddy, ich schwöre dir, diese Träume, die ich in letzter Zeit hatte – und das Jonglieren, welche Erklärung hast du dafür? Da muß irgend etwas sein, aber das biologische Fachwissen dafür übersteigt meine Kompetenz. Wir könnten zusammen daran arbeiten«, schlug er vor, und als er sah, wie Wolfes schwarze Augen aufflackerten, fügte er hinzu: »In meiner Freizeit.«

»Welcher *Freizeit?*« fragte Wolfe. »Du bist sowieso schon zwei Tage im Rückstand. Tut mir leid, Peter, das alles interessiert mich nicht die Bohne.«

»Aber mich interessiert es. Hat er gerne geboxt? War er verheiratet? Womit hat er sich seinen Lebensunterhalt verdient?«

»Und war er Tierschützer? Ist das der Grund für deine plötzlichen Gewissensbisse?«

»Na ja, so konkret hab ich das jetzt auch wieder nicht vermutet –«

Mit hochrotem Kopf schnellte Wolfe aus seinem Stuhl hoch. »Peter, bist du denn völlig übergeschnappt? Ein Glück, daß Henderson nicht hier ist und das alles mitbekommt. Mein Gott, du kennst doch die Vorschriften.«

»Ich kenne die Vorschriften *nicht*. Ich weiß überhaupt herzlich wenig über dieses ganze Projekt.«

»Ich meine die Geheimhaltungsvorschriften. Mit dieser Art von Richtlinien bist du doch sicher vertraut. Es ist doch nicht so, daß du mit einem Mal aus heiterem Himmel in die Welt der Geheimprojekte gefallen bist.«

»Ich will die Vorschriften für *dieses* Projekt erfahren – sie wurden in meiner Abwesenheit aufgestellt. Ich bin die erste Versuchsperson, und ich habe ein Recht, diese Dinge zu erfahren.« Er holte einmal tief Luft, bevor er etwas leiser fortfuhr: »Ich habe ein Recht zu erfahren, wer mein Spender ist.«

Auf Wolfes Miene machte sich völlige Verzweiflung breit. »Was glaubst du denn eigentlich – meinst du, das hier ist eine Adoptionsgeschichte aus Oprahs Talk-Show? Diese Informationen unterliegen der strengsten Geheimhaltungsstufe.«

»Ich könnte Alex fragen.«

»Alex? Warum in aller Welt solltest du das tun?«

»Er ist doch in alles eingeweiht, oder nicht? Beatrice hat ihn neulich überrascht, wie er die Jungbrunnen-Dateien durchforstet hat.«

»Ich weiß, was sie dort zu sehen glaubte. Aber sie hat sich geirrt. Sie wußte nicht, was sie sah.«

»Oder sollte ich lieber mit Henderson sprechen?«

»Und ihm was sagen?« brauste Wolfe erneut auf. »Ihm damit drohen, daß du das Projekt im Stich läßt? Ist dir in letzter Zeit nach Selbstmord zumute? Peter, ich kenne Henderson besser als du – er ist ein Drache, den man besser nicht am Schwanz zieht. Er hat ein jähzorniges Gemüt, und wenn er erst einmal durchdreht, dann beruhigt er sich so schnell nicht mehr. Du hast dein Leben eben erst zurückgewonnen, setz es doch nicht gleich wieder aufs Spiel.«

»Mein Gott, Freddy, das klingt ja verdammt stark nach einer Drohung. Soll es das vielleicht sein?«

»Jetzt geht deine Phantasie aber mit dir durch, Peter. Ich habe es noch nie nötig gefunden, andere mit Drohungen einzuschüchtern. Ich sage dir nur, mach dich wieder an deine Arbeit und wirble nicht unnötig Staub auf. Die Leute sind sowieso schon völlig zappelig. Und was diese andere Geschichte anbelangt – daß du Beatrice deine sexuellen Träume von jungen Frauen erzählst –, da kann ich dir nur empfehlen: Laß es sein. Im Grunde würde ich sogar noch weiter gehen: Schlag dir all diesen Blödsinn aus dem Kopf, das rate ich dir. Ich zähle auf dich, daß du dich wie ein Profi benimmst und dich an die Abmachung hältst, zu der wir uns gegenseitig verpflichtet haben.« Er seufzte einmal auf. »Ich will nicht, daß all das hier in die Binsen geht, und ich will nicht, daß du dich quälst wie ein Teenager, der das erste Mal unglücklich verknallt ist.«

»Verstehe«, sagte Peter und erhob sich. Wolfe lächelte wieder, wenn auch nur schwach, und zog an seiner Gauloise.

»Ich liebe dich inzwischen wie einen Sohn, Peter. Und jetzt verschwinde.«

Anstatt ins Labor begab sich Peter durch die überdachte Passage in den Gebäudetrakt, zu dem der allgemeine Zutritt verboten war, und in sein Zimmer. Wieder schienen die Wände auf ihn einzustürzen, und seine Beine zuckten wie verrückt. Er überlegte, ob er in den Gymnastikraum gehen und ein bißchen auf der Tretmühle laufen sollte. Doch dann, während er auf der Terrasse stand und in den Himmel starrte, der sich langsam verdunkelte, durchschoß ihn auf einmal die Erkenntnis, daß er die Tretmühle gründlich satt hatte. Man rannte und rannte und kam nirgendwohin.

Er schluckte eine Valiumtablette und legte sich aufs Bett. Doch sein Geist wollte einfach nicht zur Ruhe kommen. Es dauerte nicht lange, bis ihm ein Gedanke durch den Kopf schoß: diese Frau, von der er geträumt hatte? Woher wußte Wolfe, daß es eine Frau war? Die einzige Möglichkeit war, daß der alte Gauner mit Beatrice gesprochen hatte. Was zum Teufel ging hier eigentlich vor?

Und noch eine Frage kam ihm in den Sinn. Was in aller Welt hatte Wolfe eigentlich gemeint, als er sagte, die Leute seien sowieso schon völlig zappelig?

Wer außer ihm war denn sonst noch zappelig?

Elizabeth lag in der Casa del Francés auf ihrem Bett und dachte über die Baumfrösche nach. Irgendwo hatte sie einmal gelesen, daß sie nicht größer als Silberdollars wurden, aber weitaus größer klangen. Warum sie nicht von diesen Geschöpfen loskam, das gab ihr allerdings Rätsel auf. Sie hatte noch nie einen *coquís* zu Gesicht bekommen, und doch ging ihr das Bild eines solchen, mit seinen dunklen, knollenartigen Augen und langen Greiffingern, ständig durch den Kopf und starrte sie aus einem Einmachglas an. Ivor, der Besitzer des Hotels und ihr neuer bester Freund, hatte ihr erzählt, daß die Kinder in den Südstaaten nach Einbruch der Dunkelheit immer loszogen, um Baumfrösche zu fangen. Ihr Dad war einmal in Mississippi stationiert gewesen – in Hattiesburg oder so ähnlich –, vielleicht lag ja darin die Erklärung. Dann mußte sie noch nicht unbedingt auf Vieques gewesen sein.

Und falls ich *doch* schon einmal auf Vieques war, ging es ihr durch den Kopf, dann muß sich dort irgendein traumatischer, unsäglicher Vorfall ereignet haben. Oder war es lediglich so, daß ihre Schlaflosigkeit ihr Gedächtnis in ein Sieb verwandelte?

Seit dem Tag, an dem sie den Burschen mit den gelben Haaren bis zum Hotel »Blauer Horizont« verfolgt hatte, hatte sie nie länger als ein paar Stunden am Stück geschlafen und war stets schon beim leisesten Geräusch hochgeschreckt. Tagsüber war sie mehrmals an dem Hotel vorbeigefahren, doch von dem Burschen oder seinem Range Rover war nie auch nur eine Spur zu entdecken. Ja, die Empfangsdame hatte ihr bestätigt, daß ein junger Mann hier nach Elizabeth gefragt hatte, seit sich die beiden Frauen zuletzt gesprochen hatten. Sie fragte Elizabeth, ob sie für ihn eine Nachricht hinterlassen wollte, wo sie zu erreichen sei, falls er noch einmal vorbeikommen sollte. Das wollte sie nicht, vielen Dank.

Sie überlegte, ob sie Hans' Mutter anrufen und ihr sagen sollte, wo sie war, nur für den Fall.

Nur für welchen Fall?

Inzwischen war sie auch schon zweimal zurück zum Flughafen gefahren – einmal, um die ankommenden, und einmal, um die abfliegenden Maschinen der Caribair zu beobachten. Aber niemand, den sie kannte, kam an oder flog ab, und sie selbst hatte nicht vor, irgendwohin zu fliegen, bevor sie nicht wenigstens ungefähr wußte, was sie eigentlich hierhergeführt hatte. Jene geheimnisvolle Stimme aus dem Internet verfolgte sie noch immer: MIT ANDEREN WORTEN, ELIZABETH, WIR WÜNSCHTEN, SIE WÄREN HIER …

Ganz gleich, ob sie nun schon einmal auf Vieques gewesen war oder nicht – sie empfand das tiefe Gefühl, daß sie jetzt hierhergehörte und daß es feige wäre, einfach zu verschwinden. Andererseits wußte sie auch nicht, was sie tun sollte, um sich das Gefühl zu geben, daß sie nicht nur tatenlos im Hotel herumlungerte, sondern wirklich etwas bewegte – und genau das machte sie verrückt. Sie war es nicht gewohnt, so zu leben, und sie konnte es nur, indem sie sich selbst einredete, daß irgendeine geheimnisvolle Macht sie gebeten hatte, zu warten. Warten – wie ein Mönch, der vielleicht auf die Erleuchtung wartet, indem er sich irgend etwas hingibt, was jenseits seiner Vorstellungskraft liegt, was nur ihm persönlich gilt und ihn völlig verzehrt.

Also wartete sie. Und dachte nach.

Wer – außer den drei Flugbegleiterinnen, mit denen sie sich angefreundet hatte, und Ivor Greeley – wußte noch, daß sie in der Casa del Francés wohnte? Soweit sie wußte, niemand.

Sie entschied, daß sie auch weiterhin warten und trotzdem das verdammte Hotel verlassen konnte. Irgend etwas tun, auch wenn es nur hieß, die Straßen auf und ab zu wandern. *Irgend etwas* tun, um dieses lähmende Gefühl abzuschütteln, dachte sie, während sie nach ihren Autoschlüsseln griff.

Sie trottete durch das verdunkelte Hotel und auf den Parkplatz, wo ein alter Mann an der Einfahrt auf einem Stuhl saß und schlief. Er hatte wallendes weißes Haar, riesige, blaugeäderte Augenlider und eine zehn Zentimeter lange Narbe, die sich quer über den Kieferknochen zog. Eigentlich war er hier der Parkplatzwächter, und so hatte Elizabeth ihn eines Abends in gebrochenem Spanisch gefragt, ob während seiner Schicht hier irgend jemand herumgelungert hatte, der dem jungen Mann mit den gelben Haaren ähnlich sah. Er hatte ihr erwidert, er hätte absolut nichts bemerkt, und jetzt, als sie ihn auf seinem Stuhl vor sich hin schnarchen sah, wußte sie auch, warum. Trotzdem brachte sie es nicht übers Herz, ihn zu wecken.

Es bestand kein Grund zur Sorge: Selbst als ihre

Scheinwerfer über ihn hinwegglitten, während sie vom Parkplatz fuhr, rührte er sich nicht vom Fleck.

Sie fuhr ins Stadtzentrum von Esperanza und lief etwa eine Stunde lang ziellos über die hellen Boulevards und durch die stillen Gassen, bis sie auf eine Bar mit dem Namen *Bananas* stieß. Mary Blanchard hatte einmal erwähnt, daß es eines ihrer Stammlokale war. Die Bar war laut und voller Amerikaner, unter ihnen auch Mary und ihre beiden Freundinnen.

»Hey Lizzer, zieh dir 'n Hocker ran!«

Sie tat es, und die Frauen teilten sich einen Plastikeimer mit gebratenen Zwiebelringen und eine Runde Coronas. Und nachdem Mary Elizabeth mit ein paar Geschichten von betrunkenen Prominenten und Lebendgeburten in zehntausend Meter Höhe erheitert hatte, rückte sie mit ihrem Hocker ein Stückchen näher.

»Was ist denn nun mit diesem Burschen, den du hier unten treffen wolltest?« fragte sie. »Erzähl mir bloß nicht, er hat dich versetzt?«

Elizabeth nippte an ihrem Bier. »Ich fürchte doch.«

»Unglaublich. Na schön. Dann meine ich aber, damit die Sache kein völliger Reinfall wird, müssen wir noch einen finden, der dich flachlegt. Stimmt's?«

Elizabeth winkte ab. »Ich glaube, es wird vielleicht Zeit, daß ich nach Hause fahre.«

»Du meinst, endgültig nach Hause?«

»Vielleicht schon«, sagte Elizabeth. Auf einmal war sie sich ganz sicher. »Vielen Dank für alles. Wirklich. Du warst wunderbar. Ich weiß nicht, was ich ohne dich getan hätte.« Sie umarmte Mary spontan, fast wie eine Schwester, die sie getroffen hatte und von der sie nun wieder Abschied nehmen mußte, und verließ die Bar. Irgend etwas an der lauten Musik, dem Biergeruch und den Blikken von Leuten, die nach One-Night-Stands Ausschau hielten, hatte sie unendlich traurig gestimmt. Auf einmal spürte sie Hans' Nähe so stark, daß sie am liebsten sofort abreisen wollte.

Doch kaum saß sie in ihrem Wagen, hatte sich diese Überzeugung schon wieder verflüchtigt, und anstatt in die Casa del Francés zu fahren und zu packen, fuhr sie die Küste hoch. Wenn ich seine Nähe spüre, dachte sie, dann wäre es doch töricht, abzureisen. Ich sollte dann abreisen, wenn ich spüre, daß er weit, weit weg ist. Doch dieses Gefühl verspürte sie im Augenblick nicht – und würde es vermutlich noch lange nicht verspüren.

Ein Vollmond tauchte das Meer in ein helles Licht. Sie fuhr an der Sonnenbucht und der Halbmondbucht vorbei und hielt den Wagen etwa fünf Meilen weiter hinten an, als ihr zwischen den Bäumen etwas Ungewöhnliches ins Auge sprang. Ein weiches, mattes Schimmern, das vom Strand zu ihr hinaufdrang, seltsam grünlich und so diffus, daß es kaum von Häuserlichtern kommen konnte.

Vielleicht fanden dort Dreharbeiten statt. Mary hatte ihr erzählt, daß man hier schon etliche Filme gedreht hatte – *Heartbreak Ridge* und *Lord of the Flies*. Doch sie konnte nirgends die üblichen Lastwagen oder Hinweisschilder von Filmteams entdecken, und das einzige, was sie hörte, waren die *coquís*. Wieder überkam sie jenes unheimliche Gefühl von Vertrautheit, und sie stieg aus dem Wagen.

War ich schon einmal an diesem Strand, war ich als Kind schon einmal hier? Oder bin ich tagsüber an ihm vorbeigekommen, als ich diesen seltsamen Burschen verfolgt habe? Sie schloß die Augen und versuchte, die Laute der Baumfrösche zu ignorieren. Die Luft und die

Brandung erinnerten sie an Cannes. Sie schloß den Wagen ab und verharrte dort, unentschlossen.

Vielleicht sollte ich einfach zurück ins Hotel fahren und ein heißes Bad nehmen, überlegte sie – ein überaus angenehmer und vernünftiger Gedanke.

Doch statt dessen folgte sie dem Geräusch des Meeres.

Peter stand auf seinem Balkon und starrte hinunter. Es ist eigentlich gar nicht tief, dachte er.

Am Eingang des Gebäudes standen Wachposten, doch an der Rückseite des Hauses kam lediglich jede Stunde einmal eine Patrouille vorbei. Und was die Bewegungssensoren betraf, so hatte man sie lediglich nach außen, auf die Bäume hin, ausgerichtet, nicht auf den Wohntrakt. Die Schalttafel befand sich am Ende des Korridors in einem Allzweckraum, den er nach dem Abendessen schon erkundet hatte. Wenn es sein mußte, konnte er die Sensoren unschädlich machen.

Und es *mußte* sein. Er hatte genug von all den Vorschriften und Maßnahmen, und er war es leid, wie ein Irrer behandelt zu werden.

Ich bin kein Gefangener, dachte er. Ich bin eine freiwillige Versuchsperson.

Mein Gott, jetzt dachte er schon genauso wie ein Geisteskranker. Im Grunde fühlte er sich schon seit der Besprechung mit Wolfe wie ein Verrückter. Die irrsinnigsten Fragen schossen ihm durch den Kopf, und sein Körper zappelte nervös hin und her – wie ein frischgefangenes Tier, bevor es sich im Käfig in sein Schicksal fügt.

Es ist schließlich nicht so, als ob ich mich unerlaubt von der Truppe entferne. Ich will nichts weiter als barfuß am Strand laufen. Ist das etwa zuviel verlangt? Er stellte sich vor, wie er durchs Wasser joggte, den Sand an den Fußsohlen spürte, die Salzluft roch, den Mond über der Bucht sah. Zum Teufel, alle anderen haben meine Wiedergeburt gefeiert – jetzt bin *ich* einmal an der Reihe.

Er zog sich seine Joggingsachen an und kletterte über den Balkon. Einen Augenblick lang hing er am Geländer, spürte, mit welcher Leichtigkeit ihn seine Muskeln hielten, und mußte daran denken, daß er noch vor kurzem all dies nicht vermocht hätte. Er lächelte, ließ los und landete sachte auf dem Boden, leise wie eine Katze. Mit ein paar Sätzen erreichte er lautlos das Ende des Gebäudes. Er schlüpfte in den Eingang, klappte die Schalttafel auf, fand den Stromkreisunterbrecher und drückte ihn nach unten durch.

Er lauschte.

Kein Alarm. Keine Schritte, die sich rasch näherten. Zum Teufel, dieser Ort hier lag schließlich inmitten eines Marinestützpunkts auf einer Touristeninsel, die dem US-Militär gehörte. Was sollte man sich hier schon für Sorgen machen? Er rannte los, in die Wälder hinein.

Sobald er sich weit genug von dem Gebäudekomplex entfernt hatte, fiel er in einen Laufschritt. Er spürte, wie ihn die Muskeln in seinen Beinen kraftvoll und mühelos zwischen den Bäumen hindurchtrugen. Mit einem immer stärker werdenden Freiheitsgefühl beobachtete er, wie der Mond immer wieder zwischen den Palmwedeln auftauchte und verschwand, spürte, wie die Luft in seine Lungen und wieder hinaus strömte, hörte, wie die Geräusche der Nacht im sanften Plätschern des Meeres untergingen. Zehn Minuten später hatte er Sand unter den Füßen, und weitere fünf Minuten später erreichte er den Strand.

Der Strand war Sperrgebiet – ein Übungsgelände für

Amphibienlandungen im Falle eines Krieges. Soldaten hatte der Strand zuletzt vor der Operation Wüstensturm erlebt. Jetzt lag er selbst öd und wüst da. Zurück zur Natur, dachte Peter. Er zog sich die Schuhe aus und begann, barfuß zu laufen – und es fühlte sich noch phantastischer an, als er es sich vorgestellt hatte.

Elizabeth wollte schon ein dutzendmal umkehren, doch sobald sie stehenblieb, spürte sie jedesmal, wie sie von einer stummen Schwerkraft vorwärtsgezogen wurde und weiterlief, zwischen dunklen Gräsern, Palmen und Mangrovenbäumen hindurch, wobei sie immer wieder den Schimmer aus den Augen verlor, den sie vorhin entdeckt hatte, und nur noch im Mondlicht den Weg erkannte oder sich wie blind vorwärtstastete. Sie nahm sich vor, es noch fünf Minuten zu versuchen, oder noch einhundert Meter, während sie unaufhörlich dachte: *Du bist ganz schön dumm, weißt du das? Was ist, wenn du hier irgendwelchen Betrunkenen über den Weg läufst, oder Drogenschmugglern oder wilden Tieren?* Sie wußte, daß sie wie ihre eigene Mutter klang, und sie zwang sich, weiterzulaufen. Und dann, als es wirklich schon zu dunkel war, um noch irgend etwas zu erkennen, hielt sie inne und schöpfte Atem.

Was in aller Welt dachte sie sich eigentlich dabei, hier in dieser gottverlassenen Gegend herumzuirren? Ob es auf dieser Insel Giftschlangen gab? Treibsand? *Löwen, Tiger und Bären – o mein Gott!* dachte sie und wandte sich um. Sie war nicht mehr als drei Schritte zurückgegangen, als sie über eine plötzliche Bodensenke stolperte; ihr Fuß verfing sich in einem Strauch, und sie schlug in der pechschwarzen Finsternis der Länge nach hin.

Sie landete nicht allzu sanft und rutschte auf dem Hosenboden hilflos durch dichtes Gestrüpp, bis sie plump gegen eine Düne stieß. Unverletzt, atemlos und heilfroh, daß ihr nichts passiert war. Sie konnte sogar schon wieder über sich lachen. Es war schon lange her, seit sie das letzte Mal spontan einem solchen Einfall gefolgt war. Und sie merkte auf einmal, daß rings um sie jenes matte, grünliche Licht schimmerte, daß sie alles deutlich erkennen konnte.

Und dann sah sie die Bucht. Zwei hochaufragende, Jasminduft verströmende Hügel schirmten sie sowohl zur Straße als auch zum Meer hin ab, doch von Elizabeths jetzigem Standort aus lag die Bucht ausgebreitet vor ihr da, wie ein Zauberteppich aus smaragdgrünen Sternen. Sie schimmerte, als würde sie von unten her beleuchtet, ein verträumtes, sanft fließendes Blaugrün – als hätte man eine Million Galaxien eingefangen und ins Wasser getaucht. Der Anblick verschlug ihr den Atem.

Er kam ihr absolut vertraut vor.

Ich kenne diesen Ort, dachte sie. *Aber woher?*

Sie erinnerte sich vage, daß Ivor Greeley in der Casa del Francés Mary Blanchard und ihren Freundinnen irgend etwas von einer Schillernden Bucht erzählt hatte. Das muß sie sein, begriff sie auf einmal, und sie hatte sie wie aus dem Gedächtnis gefunden. Sie stand auf, bürstete sich ab und starrte auf die Bucht. Sie fühlte sich wunderbar und wie zu Hause.

Während sie sich der Bucht näherte, verschwand der Mond hinter den Wolken, doch die Helligkeit nahm kein bißchen ab – alles Licht kam von der Wasseroberfläche der Bucht, die in allen möglichen Schattierungen schimmerte und funkelte, als sie den blassen Strandstreifen erreichte. Dort angekommen, erkannte sie, daß das Schimmern seinen Ursprung nicht in einer einzigen Lichtquelle hatte, sondern in Millionen winziger Pünktchen. Licht ausstrahlende Organismen, vermutete sie, ohne zu bemerken, daß es ihr überhaupt nicht wie eine Vermutung vorkam.

Und dann erinnerte sie sich an ihren Traum – den Traum, in dem sich Hans in einem Sternenmeer befand. Es war *dieser Ort* – sie wußte es ganz sicher – so sicher, wie sie ihren eigenen Namen wußte. Wie konnte sie bloß – mit Hilfe eines tief in ihr verborgenen Instinkts – an einen Ort gelangen, den sie bisher nur im Traum gesehen hatte? Wieder stieg Angst in ihr auf – fast als stünde sie einem Gespenst gegenüber, und sie wandte sich ab, um schleunigst von hier zu verschwinden.

Doch dann rührte sie sich nicht mehr vom Fleck. Irgend jemand kam über den Strand auf sie zugelaufen.

Je näher er kam, desto schwerer ging ihr Atem. *Nein, das konnte nicht sein.* In der Stadt, in den Bars, hatte jeder dritte Mann eine Nanosekunde lang so ausgesehen wie er, bis er es dann natürlich doch nicht war, und sie wartete, daß sich ihr Herz wieder beruhigte. Doch diesmal hämmerte es weiter.

Der Mann fiel in einen langsameren Laufschritt, bevor er schließlich stehenblieb und sich mit beiden Händen sein hellblondes Haar zurückstrich – eine Geste, die sie schon hundertmal gesehen hatte. Er starrte sie an, sie starrte ihn an, und keiner von beiden rührte sich auch nur einen Zentimeter, bis der Mond wieder hinter einer Wolke hervorkam. Und dann sahen sich beide tatsächlich, und beide hatten nicht den geringsten Zweifel.

Elizabeth sah Hans.

Peter sah die Frau, von der er träumte, seit er diesen Körper in Besitz genommen hatte – den Engel seiner Träume, bis hin zu den Augenwimpern, und sie jagte ihm eine Höllenangst ein. Er hatte sie noch nie zuvor leibhaftig zu Gesicht bekommen, und doch wußte er tief im Innersten seiner Seele, daß dies die Frau war, die er eine glückselige Nacht nach der anderen grenzen- und bedingungslos geliebt hatte.

Einen Augenblick lang konnte sich keiner von ihnen vom Fleck rühren oder etwas sagen. Dann sah er, wie sie einen Schritt näher trat, dann noch einen, und dann, als er sie rufen hörte, ging er auf sie zu.

»Hans?«

Hans! Sein Name war Hans! Er öffnete den Mund, um etwas zu sagen, doch statt dessen rannte er auf einmal auf sie zu. Und kaum war er losgelaufen, stürzte die Frau auch schon lachend auf ihn zu. Und dann prallten sie zusammen und schlangen die Arme umeinander.

»Du bist es. Du bist es wirklich. Aber wie –«

Er brachte sie mit einem Kuß zum Schweigen. »Ich bin es«, hörte er sich sagen.

»Ich hab solche Angst –«

»Hab keine Angst. Schscht«, sagte er, während er sah, wie ihr die Tränen in die Augen traten. Ohne noch ein Wort zu wechseln, hielten sie sich in den Armen. Die Nacht löste sich auf, und sie sanken gemeinsam auf den Boden und rissen sich gegenseitig die Kleider vom Leib, atemlos vor Lust. Der einzige Gedanke, der Peter in diesem Augenblick beherrschte, war die vollkommene und erschreckende Gewißheit, daß diese Frau mit ihrem hellblonden Haar, den klaren grauen Augen und exotischen Wangenknochen, dieses starke, liebende Geschöpf, dieser leidenschaftliche Engel, die Geliebte seines Klons war. Und dann war jeder Gedanke auf einmal wie weggeblasen, als sein körperliches Verlangen nach ihr ihn überwältigte, so schamlos, daß er es kaum kommen spürte, und alle Ängste und Zweifel ausräumte. Wellen des Lichts schwappten über sie hinweg, und er drang so rasch in sie ein, daß er selbst nicht glauben konnte, was geschah. Zum ersten Mal in seinem Leben hatte sein Körper die völlige Kontrolle über seinen Geist übernommen und nahm nun, was immer er finden konnte, um dieser Frau Liebe zu geben.

Auch sie schien so ausgehungert nach ihm zu sein, ein solches Wunder an Wärme und Energie, daß er fast augenblicklich zum Höhepunkt kam. Sie schien keineswegs enttäuscht, sondern vielmehr entzückt und stieß einen leisen Schrei aus, überrascht und dankbar zugleich, und dann vergrub sie sich in seinen Armen, küßte seinen Nacken und weinte leise. Sie lagen beisammen, bis sie wieder zu Atem kamen und ihre Herzen aus dem Galopp in den Schritt wechselten.

Sie brach als erste das Schweigen. »O Gott«, war alles, was sie sagen konnte.

»Amen«, sagte Peter mit zentnerschwerer Zunge.

»Hans, sag mir, was los ist.«

Verzweifelt rang Peter um Worte, die irgendwie logisch klangen, und dann sagte er ihr die einzige Wahrheit, die er auszusprechen wagte.

»Ich kann noch nicht darüber sprechen ...«

Er zog sie tiefer ins warme Wasser und spürte ihre Brüste, die sich weich gegen seinen Oberkörper drückten.

»Der Mann im Auto, das warst nicht du. Ich wußte es. Wer war es?«

Auto? Er schüttelte hilflos den Kopf. »Ich weiß nicht.«

»Mein Gott, du hast irgendwelchen Ärger, stimmt's?«

Er lachte unhörbar, und ohne es zu wollen. Gab es denn irgendwelchen Ärger, den er im Moment *nicht* hatte?

»Mir kann man so leicht nichts vormachen«, sagte sie ein wenig verlegen. Und dann fügte sie hinzu: »Heißt das, daß ich auch Ärger habe?«

Großer Gott, ich hoffe nicht, dachte Peter und log. »Nein«, sagte er. »Natürlich nicht.«

»Hast du diese E-Mail geschickt? Bist du der IslandMan?«

E-Mail? IslandMan? Er spürte, wie ihm ein Schauer über den Rücken lief, und versuchte, eine ausdruckslose Miene aufzusetzen. Sag ihr, sie soll nach Hause fahren, dachte er verzweifelt. Sag ihr, sie soll verdammt noch mal verschwinden, sag ihr, sie soll dich vergessen, sag ihr, du willst sie niemals wiedersehen.

»Ich hab dich so vermißt«, sagte er, während er spürte, wie ihm die Tränen in den Augen brannten.

War es sein Körper, der nun für ihn sprach, oder war er es, der für seinen Körper sprach? Oder gab es inzwischen keinen Unterschied mehr zwischen den beiden? Dieser letzte Gedanke war für ihn erschreckend und befreiend zugleich. Er beobachtete sie, gebannt von ihrer Schönheit, wie sie auf die schimmernde Bucht hinausblickte.

»Ich habe von diesem Ort geträumt«, sagte sie.

»Tatsächlich? Ich auch, glaube ich.«

Sie sah wieder zu ihm zurück und schenkte ihm ein liebevolles Lächeln. Soviel Wärme lag darin und soviel Zuneigung. »Du warst früher oft hier, stimmt's, als du noch ein kleiner Junge warst?«

Er runzelte die Stirn. »Habe ich das erwähnt?« fragte er vorsichtig.

»Nicht direkt.« Ihre Miene verdüsterte sich. »Du hast mir nie irgend etwas erzählt. Kam dieses Fax von dir? Und wer war der Bursche in dem Wagen?«

Sein Kopf raste wie wild, als er sie näher zu sich heranzog. Er spürte, wie sie zitterte, und dann merkte er, daß er es ebenfalls tat. »Ich will nicht, daß du dir Sorgen machst«, sagte er. »Aber ich will, daß du vorsichtig bist. Wir können nicht lange zusammen hierbleiben. Jedenfalls nicht jetzt.«

Sie glitt mit dem Zeigefinger an seinem Haaransatz entlang. »Ich kann dich nicht schon wieder verlassen, kaum daß ich dich gefunden habe.«

Wieder sprach er mit dem Herzen. »Ich will nicht, daß du gehst.«

»Ich sollte höllische Angst haben, stimmt's? Und ich *habe* höllische Angst.«

Er nickte sanft. »Was für einen Wagen hast du vorhin gemeint?«

»Einen Range Rover, mit einem jungen Burschen am Steuer, vielleicht Mitte Zwanzig. Er hat am Flughafen auf mich gewartet, als meine Maschine landete, und danach ist er zu meinem Hotel gefahren.«

»Hast du mit ihm gesprochen?«

Sie schüttelte den Kopf. Auf einmal kam sie sich sehr vernünftig vor, genau das getan zu haben, was damals noch so verrückt erschien. »Ich bin gar nicht mit dem Flugzeug gekommen. Ich habe noch einen Platz auf der Fähre ergattert und dann hier beobachtet, wie das Flugzeug landete. Ich habe ihn gesehen, aber er mich nicht.«

Ein Gefühl tiefer Bewunderung überkam ihn. Sie hatte Grips, Mut und Intuition. Und Glück, schoß es ihm durch den Kopf. Wer *war* das bloß?

»Sah er nach Militär aus?«

»Der Wagen schon, glaube ich. Er selbst sah nur – irgendwie *unheimlich* aus.«

Seine Gedanken überschlugen sich. Er küßte sie zärtlich, während er hoffte, daß sein hämmerndes Herz seine eigene, sich steigernde Angst nicht verraten würde. »Wechsle das Hotel.«

»Nicht nötig. Ich wohne in der Casa del Francés.«

»Gut. Das ist gut.«

»Hans, deine Mutter …«

Sie sprach den Satz nicht zu Ende. Er konnte nur nikken, hin und her gerissen zwischen dem Verlangen, mehr über seine Vergangenheit zu erfahren – im Grunde alles, was er erfahren konnte –, und dem Verlangen, mehr über diese wundervolle Frau zu wissen. Außerdem überkam ihn das ungute Gefühl, daß es in diesem Fall vielleicht doch besser war, nicht allzuviel zu erfahren. »Ja?« sagte er vage.

»Wir haben uns unterhalten. Ziemlich lange. Über dich.«

Er drückte ihre Hand. »Je weniger sie weiß …«

»Ja. Ich verstehe. Du kannst es mir auch nicht sagen.«

»Nein. Noch nicht.« Ich bin im Himmel und in der Hölle, dachte Peter, und ich kann beides nicht unterscheiden. »Kannst du für den Augenblick damit leben?« O mein Gott, dachte er, ich weiß nicht einmal ihren Namen.

»Ja«, sagte sie. »Solange ich dich nicht wieder verliere.«

»Du wirst mich nicht verlieren«, sagte er und nahm ihr Gesicht in seine Hände. Wieder berührten sich ihre Lippen, und dann liebten sie sich, diesmal langsamer, im Gezeitenstrom, und es war tief und voller Geheimnisse. Sie kamen an einen Punkt, an dem sie beide weinten, und dann ließen sie diesen Punkt hinter sich. Er spürte, wie sie zitternd vor dem Höhepunkt war und sich noch beherrschte, bis sie irgendwann nachgab und kam, immer und immer wieder. Und dann war er an der Reihe – und dann sie beide gemeinsam – bis sich alles auflöste, das Meer und der Mond und die Sterne, und es nur noch sie beide zusammen gab, in einem Wunder aus Licht inmitten der urzeitlichen Finsternis. Wieviel Zeit war inzwischen vergangen? Er hatte jedes Gefühl dafür verloren, und es dauerte eine ganze Weile, bis ihn wieder jene Beklommenheit beschlich.

Doch irgendwann beschlich sie ihn wieder. Er hatte keine Ahnung, wie lange er nun schon vom Stützpunkt abwesend war.

»Ich muß los«, sagte er.

Er spürte, wie ihr Körper sich anspannte. »Wohin?«

Er schüttelte den Kopf, und zu seiner Erleichterung nahm sie ihm die Antwort ab.

»Noch nicht. In Ordnung. Wann werde ich dich wiedersehen?«

»Morgen abend«, hörte er sich sagen.

»Soll ich dir glauben?«

»Ja«, beharrte er, und er meinte es ehrlich.

»Wirst du mir dann sagen, was eigentlich los ist?«

»Ich werde es dir erklären, soweit ich kann«, sagte er vorsichtig, als müßte er vor Gericht aussagen. »Die Casa del Francés?«

»Ja.«

»Warte dort auf mich. Geh nicht fort. Ich werde versuchen, bis um sechs dort zu sein. Kannst du so lange warten?«

»Natürlich.«

Er sah ihr in die Augen. Alles war so, wie er es geträumt hatte, bis hin zu dem Narbengewebe entlang den Augenhöhlen, dem seltsamen Ausdruck in ihrem Gesicht und seiner erstaunlichen, unerklärlichen Vertrautheit. »Unter welchem Namen hast du eingecheckt?«

Sie runzelte verwirrt die Stirn. »Unter meinem eigenen. Ach so, du meinst, wegen dieses Burschen. Nein, ich mußte dem Hotel ja meine Kreditkarte geben.«

»Ja, natürlich.« Na schön, dachte er, ihren Namen kann ich auch noch rausfinden, wenn ich dorthin komme. »Gute Nacht«, sagte er.

Er küßte sie innig und verschwand.

Elizabeth sah ihm nach.

Sie wartete, bis er hinter einem Felsvorsprung verschwunden war, dann zog sie sich an und begann, zurück zu ihrem Wagen zu laufen. Sie wußte, sie hätte leicht denken können, daß sie das alles bloß geträumt oder vielleicht einfach durchgedreht hatte. Aber das dachte sie nicht. Zum ersten Mal seit Wochen konnte sie wieder kristallklar denken und sich stark fühlen. Sie hatte Hans wieder, in welcher Form auch immer, das war das einzige, was zählte.

Und er war nicht nur wieder da, sondern er war als ein Hans wieder da, der aufgrund irgendeiner Erfahrung, über die sie nicht nachzusinnen wagte, sanfter war, von einer Tiefe besessen, die sie nie zuvor wirklich verspürt hatte – obwohl sie immer wußte, daß sie vorhanden war. Er war so einfühlsam gewesen, als sie sich liebten – zum ersten Mal hatte er ihrem Vergnügen Vorrang vor seinem eigenen eingeräumt, eine Zärtlichkeit, eine Traurigkeit und – inmitten ihrer Leidenschaft – eine Nüchternheit und ein Taktgefühl, die Lichtjahre entfernt von jenem Hans lagen, den sie gekannt hatte. Als sei er über Nacht herangereift – von einem flegelhaften, zynischen Jungen zu einem zärtlichen, liebevollen, für sein Alter sehr weisen Mann.

Was in aller Welt hatte er bloß durchgemacht?

Ein leichter Schwindel erfaßte sie, als sie begriff, daß sie weniger als je zuvor wußte, wer ihr Liebhaber Hans Brinkman wirklich war – und sich mehr als je zuvor davor fürchtete, es herauszufinden.

10

Wie benommen lief Peter zwischen den Bäumen hindurch zurück.

Was zum Teufel geht hier eigentlich vor, und wie kann ich es herausfinden? Und was noch schlimmer ist, was habe ich heute abend eigentlich getan, was war das? Und wie konnte ich das Beatrice bloß antun? Und die erschreckendste Frage von allen: Wer zum Teufel *bin* ich? Auf keine dieser Fragen hatte er eine Antwort. Das einzige, was er mit Sicherheit wußte, war die Tatsache, daß irgend etwas Entsetzliches geschehen war und daß es, wenn er sich nicht zusammennahm, noch schlimmer kommen würde. Daß er Beatrice zum ersten Mal in ihrer Ehe betrogen hatte, machte ihm von dem Augenblick an, als er die Schillernde Bucht verlassen hatte, zu schaffen.

Es hatte nie jemand außer Beatrice gegeben, nicht einmal in jenen ersten, schwierigen Jahren, in denen sie sich täglich stritten, in denen Monat für Monat keiner von ihnen wußte, ob die Ehe wirklich halten würde. Und es gibt noch immer niemand anders, versuchte er sich einzureden, während er über den Strand zurücklief und seinen bleichen Schatten vor sich auf dem Sand beobachtete. Er zerbrach sich den Kopf, ob er vielleicht nur eine Wahrnehmungsstörung erlitten hatte. Vielleicht hatte man bei der Transplantation irgend etwas zwischen seinem Gehirn und seinem Körper falsch angeschlossen, so daß er nun in einem Traum gefangen war, dem er nicht entrinnen konnte. Er erkannte, daß das an Wahnsinn grenzte, aber andererseits erschien es völlig logisch. Außerdem hatte er entsetzliche Angst, daß die Membran zwischen Phantasie und Wirklichkeit aus irgendeinem Grund ein für allemal entzweigebrochen war, daß man seinem Gewissen den Todesstoß versetzt hatte, und daß er niemals wieder die Sicherheit und Ordnung der rationalen Welt würde genießen können, die er bis zu diesem Augenblick für völlig selbstverständlich gehalten hatte.

Was soll ich bloß Beatrice sagen?

Am klügsten – und am schonendsten für die Seele – wäre es, einfach alles für sich zu behalten. Und doch wurde er das Gefühl nicht los, daß er das Band zwischen ihnen zerschnitten hatte, daß er Gefahr lief, aus dem Paradies der Wärme und Stabilität vertrieben zu werden, das er mit ihr all die Jahre bewohnt hatte.

Und was noch schlimmer war, er war nicht als einziger in diese Sache verstrickt. Da gab es diese Frau, diese erstaunliche, namenlose Frau, auf die er nicht das geringste Anrecht hatte, deren bloße Existenz ihn um den Verstand zu bringen drohte und, was noch wichtiger war, deren Sicherheit nun durch Ereignisse gefährdet wurde, die er selbst ins Rollen gebracht hatte. Mach dir nichts vor, dachte er, *du* bist verantwortlich für das, was geschehen ist, wie auch immer es dazu kam, und du bist es ihr schuldig, dafür zu sorgen, daß sie heil aus dieser Sache herauskommt. Du wirst dein Versprechen halten: du mußt sie wiedersehen.

Es sei denn, es war lediglich seine Lust, die hier zu ihm sprach …

Aber es war weitaus mehr als Lust, das wußte er. Hast du mit Beatrice je etwas Ähnliches erlebt wie das, was du eben erfahren hast? fragte er sich unvermittelt. Die Frage machte ihm angst. In den ersten Jahren vielleicht, als die Leidenschaft seiner Frau am stärksten war. Aber war seine eigene Leidenschaft und Empfindsamkeit ebenso stark gewesen? Bis zu diesem Abend mit einer anderen Frau, *dieser* Frau, mit den erfahrungsreichen Jahren, die hinter ihm lagen, und einem neuen Körper, der es ihm gestattete, diese Erfahrung zu nutzen, hatte er noch nie eine solche Glückseligkeit empfunden. Und es war kein Traum. Es war echt, so echt wie sein Verrat all dessen, was anständig und moralisch war. Sieh den Tatsachen ins Auge, du egoistischer Schuft, sagte er sich, erst hast du deine Seele verkauft und jetzt auch noch deine Ehe. Dann sei wenigstens so ehrlich, sie beide dem Teufel ans Messer zu liefern, ohne erst noch nach Entschuldigungen zu suchen.

Und bei Gott – streng dein Gehirn an und stell fest, was es mit dieser E-Mail auf sich hat!

Wer in aller Welt hatte ihr eine E-Mail geschickt?

Es gab nur einen einzigen Menschen, der ihm zu dieser Frage einfiel: Alex Davies.

Er hatte in den Jungbrunnen-Akten herumgeschnüffelt, genau wie Beatrice es behauptet und Wolfe später abgestritten hatte. In die Klon-Dateien hatte man Ehefrauen oder Geliebte mit Sicherheit auch aufgenommen; also kannte er vermutlich den Namen von Hans' Geliebter. *Vor allem* wenn sie sich oft trafen, und dieses Band, das zwischen ihnen bestand, schien schon verdammt stark zu sein. Sie nahm auf gut Glück diese weite Reise auf sich, um ihn hier vielleicht zu finden. Und wenn Alex Davies von dem Mädchen weiß, wer dann noch? Und wie soll ich diesen Leuten gegenüber auftreten?

Er hielt mitten im Laufen inne, ermattet und erschöpft, und erwog die Antwort auf diese Frage.

Er konnte es nicht – nicht ohne die junge Frau vom Strand noch mehr zu gefährden, als sie es ohnehin schon war. Mein Gott, dachte er, während er sich zwischen den Palmen hindurch seinen Weg bahnte, da hast du wirklich was Schönes angerichtet! Als er sich den Wohnanlagen näherte, verlangsamte er sein Tempo, um möglichst wenig Krach zu machen. Dann vernahm er auf einmal ein piepsendes Geräusch in seinem Ohr, wie das leise Brummen eines uralten Fernsehapparats. Er hielt inne und lauschte, und dann wurde ihm klar, was es war: Irgend jemand hatte die Infrarotsensoren wieder eingeschaltet.

Doch kaum hatte er das Geräusch bestimmt, wurde er plötzlich von einer massigen Gestalt von hinten gerammt und mit voller Wucht nach vorn geschleudert.

»Halt! Keine Bewegung! Und nimm verdammt noch mal die Hände hoch!«

Weitere Gestalten – schwerbewaffnete Männer in dunklen Uniformen – fielen über ihn her. Trotz aller Benommenheit begriff er, daß ihn Wachposten der Spezialeinheit angegriffen hatten, und daß sich in diesem Augenblick ein halbes Dutzend leistungsstarker Waffen auf seinen Kopf richteten, entsichert und schußbereit.

»Ich bin Dr. Peter Jance!« brüllte er. Und dann fiel es ihm ein: »Junior!« Irgend jemand trat ihm mit voller Wucht in die Rippen – einmal, zweimal. Dann hörte er wieder neue Rufe und eine Frau, die schrie – Beatrice' und Wolfes Stimmen.

»Was zum Teufel macht ihr da, ihr Idioten!« tobte Wolfe.

Die Wachposten ließen von ihm ab. Beatrice rannte zu Peter und half ihm hoch. Aus dem Dunkel der Nacht tauchte Oscar Henderson auf und bellte irgendwelche Befehle. Die Wachen standen stramm. Peter erhob sich langsam, hielt sich die Rippen und beobachtete, wie aus allen Himmelsrichtungen immer mehr Männer herbeistürzten, um das Umfeld abzusichern. Wogegen, das war ihnen selbst nicht klar.

Henderson nahm die Szene mit einem raschen Blick zur Kenntnis, und sein Mund zuckte verächtlich.

»Mein Gott, ist das etwa schon Ihr Frühjahrsurlaub?«

Peter schnellte zu ihm herum. »Ich habe nur ein bißchen am Strand gejoggt. Was leiten Sie hier eigentlich, Henderson, ein gottverdammtes Gefangenenlager?«

Henderson musterte ihn mit einem kühlen Blick. »Nein«, entgegnete er dann mit leiser, angespannter Stimme, »einen Militärstützpunkt, Dr. Jance. Mit dreitausend stationierten Soldaten, vierzehn Kommandobereichen und einer strengvertraulichen Anzahl hochsensibler Geheimprojekte, von denen Sie eines sind.«

Er baute sich vor Peter auf, als gäbe ihm die Tatsache, daß dieser nun ein junger Mann war, das Recht, ihn zusammenzuschlagen, falls es ihm beliebte. »Und hochsensible Geheimprojekte joggen nicht ohne Geleitschutz nachts am Strand. Nicht unter meinem Wachkommando.« Er wandte sich zu Wolfe um. »Ich schlage eine Leine vor.«

Er stapfte mit seinen Leuten davon, und Peter blieb mit Beatrice zurück.

Sie sah seine nasse, zerknitterte Kleidung, sein zerwühltes Haar und seinen ausweichenden Blick, und sie entfernte sich ohne ein Wort.

Einen Augenblick lang herrschte bedrückendes Schweigen. Dann spürte Peter Wolfes Hand in seinem Kreuz, die ihn zurück in den privaten Gebäudetrakt schob.

»Schön gemacht, Peter«, sagte Wolfe. »Wirklich allererste Sahne. Wie weit bist du gekommen?«

Beiß dir lieber die Zunge ab, dachte Peter. Was immer

du heute abend zu Wolfe sagst – morgen wird es Beatrice hören. »Hör mal«, sagte er, wobei er sich bemühte, seiner Stimme die Schärfe zu nehmen, »ich bin keine Laborratte in einem Laufrad. Wenn ich nachts lieber am Strand joggen will als in eurer gottverdammten Tretmühle, dann tue ich es auch.«

»Und zum Teufel mit deinen Hirnarterien.«

»Es sind *meine* Hirnarterien. Natürlich, es sei denn, du willst nicht mehr, daß ich für dich arbeite.«

»Wer stößt hier eigentlich Drohungen aus?« zischte Wolfe zwischen den Zähnen, doch dann riß er sich zusammen. »Ich werde mich um Bodyguards kümmern, die mit dir mithalten können.«

»Allein«, sagte Peter.

»Kann ich nicht zulassen.«

»Ich laufe allein. Das ist mein letztes Wort.«

Wolfe warf einen prüfenden Blick auf ihn. »Wenn ich mir nur sicher sein könnte, daß du nichts weiter tust als das.«

Sag jetzt nichts, dachte Peter. »Ich tue nichts weiter«, sagte Peter, »als die Spinnweben zu entfernen.«

Wolfe zog mißtrauisch eine Augenbraue hoch. »Und sind nun alle entfernt? Bist du wieder voll dabei bei deinem Programm?« Wolfes Augen leuchteten auf, und Peter fühlte sich versucht, nein zu sagen.

»Wieder voll dabei«, sagte Peter, während er beobachtete, wie sich Wolfes Miene verhärtete.

»Schön, das zu hören. Du kannst jederzeit an jedem Strand auf diesem Stützpunkt joggen.«

Wolfe streckte ihm die Hand entgegen. Peter ergriff sie und spürte, wie sich Wolfes lange, knochige Finger um seine Knöchel legten. Er hat mir das Leben geschenkt, dachte Peter, und jetzt will er mich zerstören.

»Was machen deine Rippen?« fragte Wolfe.

»Tun höllisch weh, vielen Dank.«

»Gern geschehen«, sagte Wolfe. »Und jetzt fahren wir dich in die Klinik.«

Die beiden alten Freunde gingen zusammen los, nebeneinander her. Auf die Weise mußte, wie Peter wußte, keiner von ihnen dem anderen den Rücken zuwenden.

Als Elizabeth endlich die Casa del Francés erreichte, war es vier Uhr morgens. Auch ihr gelang es nicht, an der Security vorbeizuschlüpfen, in diesem Fall dem weißhaarigen Wachmann auf seinem Klappstuhl. Er hatte die Einfahrt abgesperrt, so daß sie nach ihm klingeln mußte. Sie drückte auf den Knopf, doch der Mann zeigte keine Reaktion. Sie sah ihn in seinem kleinen Häuschen neben der Einfahrt sitzen, gegen die Wand gelehnt, die perlweiße Narbe im Mondlicht deutlich zu erkennen. Sie hielt den Finger auf die Klingel gepreßt, bis in einem der Erdgeschoßzimmer Licht anging, und dann erschien Ivor Greeley in der Tür, in einem alten Frottee-Bademantel und mit einem Schlüsselbund an einem dicken Ring in der Hand.

»Im allgemeinen kommen unsere Gäste nicht um diese Zeit zurück«, knurrte er.

»Ivor, es tut mir leid, ich habe versucht, den Wachmann aufzuwecken, aber er rührt sich nicht vom Fleck.«

Ivor warf einen Blick auf den alten Mann und rief: *»Toro!«*

Der alte Mann taumelte nach vorn, und seine blaugeäderten Augenlider öffneten sich. Greeley klopfte Elizabeth auf die Schulter, wobei ihm ihre durchnäßte Kleidung auffiel.

»Man muß nur den Trick kennen. Er war früher Matador in Mexico City. Hat sich alles vermasselt, indem er länger im Land blieb, als er erwünscht war. Irgend jemand mußte ihm einen Job geben.«

»Als Wachschutz taugt er aber nicht besonders viel, oder was meinst du?« sagte Elizabeth, während sie noch einmal einen Blick auf die Straße warf. Auf der Fahrt vom Strand zurück war sie plötzlich nervös geworden und war erst noch in einer Achterschleife um zwei Blocks gefahren, bevor sie den Wagen vor der Einfahrt geparkt hatte.

Ivor zuckte die Schultern. »Du bist schließlich nicht reingekommen, oder?« Er schlurfte zurück ins Hotel, während der Ex-Matador unter großem Getue die Einfahrt wieder absperrte.

Elizabeth ging unverzüglich auf ihr Zimmer, versperrte die Tür zweimal von innen, ließ sich auf ihr Bett fallen und versuchte, sich auf die Ereignisse dieser Nacht einen Reim zu machen.

Erstens einmal – warum war Hans hier? Und warum hatte man seinen Tod inszeniert? Und aus diesen Fragen ergaben sich noch weitaus gräßlichere: Wer war die Person auf den Fotos in der Leichenhalle? Und wer war die Person im Sarg?

Keine ihrer Antworten erschien ihr plausibel. Ein kolumbianisches Kartell, das sich über diese Inseln nach Miami hocharbeitete? Oder hatte er vielleicht irgendwelche immensen Summen unterschlagen, so daß die rechtmäßigen Besitzer nun beschlossen hatten, ihn mit einem Auftragsmord aus dem Weg zu räumen? Nein, entschied sie, es mußte noch viel abstruser sein. Dieses Donnern auf der Insel, die Militärstützpunkte – es mußte die CIA sein. Oder Sonderagenten. Seine Karriere im Finanzwesen, seine vorteilhafte Heirat – war all das Teil einer Cover-Story, um ihn zu decken, oder war das wirklich Hans? Von der E-Mail hatte er nichts gewußt, auch wenn er es nicht zugegeben hatte – das hatte sie an seinen Augen abgelesen. Und dieser Bursche im Range Rover, der war ihm auch völlig neu gewesen. Neu und *unheimlich*. Wer hatte sie hierherbestellt, wenn nicht Hans? Und warum? Und dieses Gefühl, das sie nicht abschütteln konnte – daß sie schon einmal auf Vieques gewesen war, fast als hätte sie als Kind hier gelebt –, was hatte das mit all dem zu tun?

Sie dachte an Rose-Anne – wie tief Hans' Tod sie erschüttert und wie tapfer sie versucht hatte, ihre Trauer zu bewältigen. Würde Hans seine Mutter ohne jede Vorwarnung solchen Qualen aussetzen?

Nur, wenn er ein völlig anderer Mensch war als der, den sie gekannt hatte.

Aber war er das denn nicht?

In all den Monaten ihres Zusammenseins hatte Hans sie noch nie so geliebt wie in dieser Nacht. Was war hier unten mit ihm geschehen, daß er auf einmal so befreit war? Lag es nur daran, daß er wieder am Ort seiner Kindheit war? Oder lag es vielleicht daran, daß er nun kein Doppelleben mehr führte? Und wenn er doch von der CIA war, warum war er dann, als sie ihn hier – womöglich auf seinem operativen Stützpunkt – überrascht hatte, so zärtlich, so liebevoll, so spontan gewesen? Oder war all das Teil des falschen Spiels, eine Folge seines Trainings?

Ausgeschlossen. Wenn das ein falsches Spiel war, dann war die Welt nicht mehr zu begreifen.

Sie überlegte, ob sie Annie anrufen sollte, verwarf den Gedanken jedoch gleich wieder. Je weniger unschuldige Menschen wußten, worüber sie hier gestolpert war, desto besser. Rose-Anne? Diese Frage gestaltete sich schon schwieriger. Nein, noch nicht, dachte sie, bevor sie zum dritten Mal aus dem Bett sprang, um sich zu vergewissern, daß nicht irgend jemand sie von der Straße aus beobachtete. Bevor sie nicht abschätzen konnte, in welcher Gefahr sie sich befand, war es schließlich gut möglich, daß Rose-Anne selbst in die Sache verstrickt war. Hatte diese Frau sie nicht erst darin bestärkt, hierherzukommen, indem sie ständig davon gesprochen hatte? Und indem sie ihr erzählt hatte, wieviel sowohl sie, Elizabeth, als auch diese Insel Hans bedeutet hatten?

Mutter und Sohn gemeinsam bei der CIA?

An dem Punkt, an dem sie angekommen war, dachte Elizabeth, kam ihr nichts mehr seltsam vor.

Mit Visionen von Rose-Anne und Hans, von Kopf bis Fuß in schwarze Vinylanzüge gekleidet, die mit ihren AK-47 Horden von Drogenkurieren niedermähten, fiel sie alsbald in einen tiefen und unruhigen Schlaf.

11

Im zentralen Labor des Jungbrunnen-Komplexes gab sich Peter Jance jr. seinen Träumen hin.

Sein Team schwirrte um ihn herum und sprudelte vor Ideen. Er hatte diese Ideen in ihre Köpfe eingepflanzt, und in der Woche, die hinter ihnen lag, hatten sie herrliche Blüten getrieben. Cap Chu und Rosemarie Wiener hatten endlich die Zusatzgleichungen für den verbesserten Antriebsstrahl gelöst, und Hank Flannagan hatte die Schaltanlage für die Kernfusion völlig neu entworfen, so daß sie nur noch halb soviel Platz benötigte und dreimal so starke Spannungsstöße verkraften konnte. Alex Davies hatte ein Dutzend Alternativmodelle für die fertiggestellte Waffe durch einen Kray-Computer laufen lassen und berichtete nun mit leiser, monotoner Stimme von seinem Erfolg.

Währenddessen starrte Peter auf seine Schuhspitzen. Die Denkfabrik roch nach dem Meer, nach Kreidestaub und nach Rosemarie Wieners neuem Parfum, der jüngsten Geheimwaffe aus ihrem persönlichen Arsenal.

»– restlos zerstörerisch auf lebendes Gewebe. Der Feind wird sozusagen im Strahl schmelzen. Buck Rogers hoch n plus eins«, bemerkte Alex trocken.

»Schön, aber wird es auch wieder in die Luft fliegen?« fragte Cap Chu.

»Ich habe es inzwischen schon millionenfach durchs

Programm laufen lassen. Nicht ein einziger Fehlschlag. Mit Geld-zurück-Garantie.«

Peter hob den Blick von dem blaßgrünen Linoleum. Er fühlte sich meilenweit entfernt – in der Schillernden Bucht, in diesem warmen, schimmernden Wasser, dahinschmelzend in der Umarmung eines namenlosen Engels.

»Und die Ausdehnung?« hörte Peter sich sagen.

Alle wandten sich um.

»Wir werden siegen«, sagte Flannagan.

»Was ist mit all den Menschen, die durch dieses Ding zu Tode kommen werden?«

Schweigen legte sich über den Raum. Nur ein Zivilist konnte solch eine Frage aufwerfen, oder vielleicht ein College-Student, aber Peter war keines von beidem.

»Sie haben's schnell hinter sich«, sagte Flannagan, »und sie werden es vermutlich verdient haben.«

Peter spürte, wie seine Fußsohlen zu zucken begannen. »Wie die Nazis, meinst du.«

Nervöse Blicke huschten hin und her. »Ja, na und«, sagte Cap Chu. »War das nicht der Grund, weshalb dein Vater am Bau der A-Bombe mitgewirkt hat? Um die Deutschen noch zu übertrumpfen?«

»Zunächst«, sagte Peter, »war das die Ausgangsthese. Doch dann wurde uns« – er brach ab und verbesserte sich –, »wurde meinem Vater und anderen klar, daß sich die Nazis in eine Sackgasse verrannt hatten. Eine Kernwaffe, das hieß nach ihren Vorstellungen, einen Atomreaktor an Bord eines Schiffes zu verladen und in einen feindlichen Hafen zu schmuggeln. Aber wir –«, fuhr er mit einem Blick auf Alex Davies fort, der nachdenklich auf seiner Unterlippe kaute, »– aber sie haben eben einfach weitergemacht. Weil nun schon einmal alles da war. Und sobald sie wußten, wie sie's anpacken mußten, wollten sie die Finger auch nicht mehr davon lassen.«

»Ja, aber trotzdem«, warf Rosemarie ein. »Was ist, wenn die Nazis wieder an die Macht kommen? Und diesmal werden sie doch mit Sicherheit wissen, was sie zu tun haben?«

»Wenn die Nazis wiederkommen«, beschwichtigte sie Alex Davies, »dann werden sie keine Hakenkreuze mehr tragen. Es werden Leute sein, die davon reden, in Frieden und Eintracht zu leben.« Seine Augen flackerten verschmitzt auf. »So ähnlich wie wir.«

»Wer sagt das?« fragte Chu.

»Charles Manson – genau seine Worte. Entschuldige, Kumpel«, wandte sich Alex wieder an Peter, »was hast du gerade gesagt?«

Peter erhob sich und begann, im Zimmer auf und ab zu laufen. »Was ist«, sagte er, »wenn diese Technologie, die wir hier perfektionieren, noch weiter, bis auf Koffergröße, verkleinert wird – was früher oder später der Fall sein wird – und sie gestohlen und letztendlich in Hände fällt, die wir lachend als die falschen bezeichnen würden? Dann werden wir erleben, wie New York im Sommer vor Hitze *richtig* schmort.«

Einen Augenblick lang sahen sie ihn alle an, dann brach Cap Chu in Lachen aus.

»Gott, du bist wirklich gut.«

»Wie bitte?« sagte Peter.

»Ich dachte immer, dein Dad war ein Meister im Sprücheklopfen, aber du bist noch um einiges besser.« Die anderen lachten, alle bis auf Alex Davies, der Peter mit Argusaugen verfolgt hatte.

»Jedenfalls werden wir«, sagte Alex, »wenn die Computertests weiterhin klappen, bald nach White Sands zurückfahren.«

Bei diesen Worten wurden alle wachgerüttelt, Peter eingeschlossen. »Im Ernst?« fragte Flannagan.

»Und damit«, sagte Alex, während er versuchte, Peters Blick aufzufangen, »ist es ein bißchen zu spät für freigeistige Angstgefühle.«

Ihre Blicke trafen sich, und Alex wandte sich wieder der Tafel zu.

»Verdammt«, sagte Rosemarie, »ich hatte fast schon einen Platz im Tauchkurs.«

»Vielleicht kannst du ja in Los Alamos Sandtauchen lernen«, bemerkte Flannagan.

Ihre Unterhaltung plätscherte dahin; sie waren aufgeregt oder enttäuscht angesichts der Aussicht, wieder in die Wüste zurückzukehren – je nachdem, wo sich ihre Freundinnen, Familien oder Lieblingsbars befanden. Peter hörte nichts von alledem. Er hörte nichts als seine innere Stimme, die ihn drängte, schneller zu denken und eine Möglichkeit zu finden, wie er diese Frau nach New Mexico bringen konnte.

Wolfe, der den Blick auf die Reihe von Bildschirmen in Hendersons Büro geheftet hatte, wandte sich zu dem Colonel um.

»Er ist wieder in seiner Traumwelt«, pflichtete Henderson ihm bei.

Sie beobachteten Peter aus zwei Einstellungen, als Nahaufnahme und aus größerer Entfernung. Während sein Team im Labor umherhuschte, sich stritt und die Tafel vollkritzelte, saß Peter da und starrte auf die Betonwand, als sei sie ein Panoramafenster.

»Es besteht kein Zweifel«, sagte Henderson. »Er hat

sich in der Stadt seinen Bleistift spitzen lassen. Es gibt dort eine ziemlich aktive Single-Szene, wissen Sie.«

»Tatsächlich?« fragte Wolfe mit unbewegter Miene. Neben seiner Sorge um die Zukunft des Projekts entdeckte er bei sich auch noch eine leise Spur von perverser Befriedigung. Wenn Peter Beatrice betrog, dann konnte dies unter Umständen das Ende ihrer Ehe bedeuten. Hatte man das je getestet? Seines Wissens nicht, obwohl er im Laufe der Jahre oft insgeheim gebetet hatte, irgend etwas möge zwischen seine beiden alten Freunde treten, irgend etwas, was ihm selbst und Beatrice den Weg frei machen würde. Aber Prioritäten waren Prioritäten: Indem Peter vom Stützpunkt getürmt war, hatte er sich selbst und das gesamte Projekt großer Gefahr ausgesetzt, und diese Achtlosigkeit hatte bei Wolfe ebenso wie bei Henderson äußerste Bestürzung ausgelöst. Der Unterschied zwischen den beiden Männern bestand lediglich darin, daß Henderson zu einem weitaus entschlosseneren Handeln bereit war.

»Wenn es nach mir ginge«, sagte Henderson, »dann würde ich ihn mit einer Betäubungspistole niederstrekken, hierherschaffen und eine partielle Kastration an ihm vornehmen lassen.«

»Ich frage mich nur, was Beatrice dazu wohl sagen würde«, entgegnete Wolfe.

»Sie würde ihm dabei vermutlich noch die Eier halten. Schaffen wir seinen Arsch hierher.« Henderson drückte auf den Knopf, mit dem die Bildschirme verdunkelt wurden, und rief seinen Assistenten.

Fünf Minuten später ging die Tür auf, und Peter trat ein, zerstreut und gereizt zugleich dreinblickend. Henderson erledigte die Angelegenheit in einem Atemzug.

»Jance, Sie müssen aufhören, hier Scheiß zu bauen.«

Peter warf ihm einen Blick zu. »Keinen Coltrane mehr in der Denkfabrik.«

»Das auch.« Mit einer gewichtigen, väterlichen Art kam Henderson um den Schreibtisch. »Hören Sie«, sagte er, während er eine breite Hand auf Peters Schulter legte. »Ich weiß, es muß ein komisches Gefühl für Sie sein. Auf einmal stecken Sie in einem jungen Körper, und all das Testosteron schießt durch Ihr Gehirn, aber –«

Peter schüttelte Hendersons Hand mit einem Schulterzucken ab. »Es ist viel mehr als das.«

»Warum erzählen Sie mir dann nicht davon? Und sparen Sie sich dieses gottverdammte Grinsen.«

Im Namen seines alten Freundes wurde es Wolfe allmählich zu bunt. »Oscar«, sagte er, »es gibt keinen Grund, gleich ausfallend zu werden.«

»Schon gut, Freddy«, sagte Peter und richtete sich auf. »Sie wollen's hören, Colonel? Na schön. Es sind nicht nur die Hormone. Es ist eine Leber, die mein Blut tatsächlich reinigt. Es ist ein Herz, das mein Gehirn mit dem besten, sauerstoffreichsten Blut versorgt, das ich in den letzten vierzig Jahren hatte. Und noch ein Beispiel – meine Kniegelenke. Anstatt verkalkter Scharniere, bei denen Knochen an Knochen liegt, sind es genauestens eingestellte Maschinen – gesunde Bänder, Knorpel und Muskeln, die bestens aufeinander abgestimmt sind, abgefedert von voll funktionstüchtigen Menisken. Es macht wieder Spaß, Treppen zu steigen. Ich habe Lungen, in denen es nicht gleich zu einem Blutstau kommt, wenn ich jogge. Ich kann eine Million Dinge riechen, schmecken, fühlen, sehen und hören, die ich – in ihrer verkümmerten Form – längst verachtet hatte, oder von denen ich gar nicht mehr wußte, daß es sie überhaupt gibt. Wissen Sie, daß ich jetzt wieder die Obertöne auf der Geige höre, wenn jemand eine Bachpartitur spielt? Ich hatte völlig vergessen, daß es so etwas gibt.«

»Ich rede vor allem von Ihrem Schwanz«, sagte Henderson. Peters eisige Eloquenz schien, wie Wolfe mit wachsender Besorgnis bemerkte, Hendersons Wut nur noch zu schüren.

»Dem Schwanz, der bei Ihnen offenbar das Sagen hat.«

Peter erwiderte seinen Blick. »Ich habe keine Ahnung, wovon Sie reden.«

»Das ist Quatsch, und Sie wissen, daß es Quatsch ist.«

Peter lachte angriffslustig auf. »Sie können mich am Arsch lecken, Colonel. Ich muß nicht nach Ihrer Pfeife tanzen.«

Mit einem Satz war Henderson bei ihm, schleuderte ihn gegen die Wand und drückte ihm mit einer Hand die Kehle zu, bevor Peter zu seiner Selbstverteidigung auch nur einen Arm heben konnte. Henderson preßte sein Gesicht auf Peters, während er mit der freien Hand Wolfe beiseite scheuchte.

»Jance«, sagte er, »ich kenne mehr Methoden, jemanden mit bloßen Händen abzumurksen, als Sie aus meilenweiter, sicherer Entfernung hinter Ihren Maschinen, also versuchen Sie nicht, mir auf die schlaue Tour zu kommen. *Mir* macht es nämlich nichts aus, den Leuten, die ich kaltmache, dabei ins Gesicht zu blicken.« Er holte einmal tief Luft, bevor er mit leiser Stimme fortfuhr. »Sie sollten besser auf Ihren Arsch aufpassen, Peter, sonst werden Sie und Ihr Püppchen noch *beide* auf der Müllhalde landen.«

Bei diesen Worten flackerte in Peters Augen echte Angst auf. Genug war genug, dachte Wolfe. »Henderson«, sagte er in möglichst gelassenem Tonfall, »wenn Sie in dieser Art weitermachen, dann werde ich es Washington melden müssen.«

»Und wenn Sie's nicht tun, dann ich«, sagte Henderson leise. Er starrte Peter noch für einen langen Moment in die Augen und ließ dann von ihm ab. Peter hielt sich noch auf den Beinen, aber Wolfe konnte erkennen, daß ihm durch den Angriff auf seine Luftröhre die Augen quollen. Sein Atem ging ächzend und entmutigt. Henderson sah sie jetzt alle beide an. »Ich weiß, Sie beide sind die Genies, und Ihre Namen werden in allen Büchern verewigt werden, während meiner nur ein durchnumerierter Stein in Arlington sein wird. Aber bei Gott, ich habe den *Befehl*, dafür zu sorgen, daß dieses Projekt durch niemand zu Fall gebracht wird, und wenn ich *niemand* sage, dann meine ich auch *niemand*. Ohne jede Ausnahme.«

»Wenn Sie mich umbringen, wird von Ihrem Projekt aber nicht mehr viel übrig sein«, stieß Peter krächzend hervor.

»Sie meinen wohl, das ist Ihr Trumpf, was?« sagte Henderson. »Glauben Sie etwa, Ihr Freund Wolfe hat alles auf eine Karte gesetzt? Von Ihnen gibt's noch jede Menge.«

Wolfe bemerkte, wie Peter mißtrauisch eine steifere Haltung annahm. »Was wollen Sie damit sagen?«

»Wie kommen Sie bloß auf die Idee, daß Sie der einzige sind?« gab Henderson zurück.

Peter fehlten die Worte. Er sah zu Wolfe hinüber, und Wolfe versuchte es so diskret wie möglich. »Oscar«, sagte er, »könnte ich einen Augenblick mit Peter allein sprechen?«

Henderson zögerte einen Moment, dann zuckte er die

Schultern. »Wird schließlich Zeit, daß unser Junge erfährt, was Sache ist. Das Büro gehört Ihnen.«

Er ging hinaus und knallte die Tür hinter sich zu. Dieser verdammte Idiot, dachte Wolfe. Genau diese Unterredung hatte er zu vermeiden gehofft, und nun, da sie ihm aufgezwungen war, galt es, äußerstes Feingefühl dabei walten zu lassen. Der Anblick seines alten Freundes, dem Henderson an die Kehle fuhr, hatte verworrene Gefühle, größtenteils unerwünschte, in ihm ausgelöst.

»Was sollte das eben bedeuten?«

Wolfe beäugte ihn mißtrauisch. »Ich glaube, das weißt du selbst.«

»Ich weiß es nicht. Tut mir leid.« Wolfe sah, wie Peter plötzlich den Blick abwandte, als wollte er ihm gleich eine Lüge auftischen. »Was wollte er mit dieser Drohung? Was glaubt er, mit wem ich mich getroffen habe?«

Wolfe musterte ihn noch immer. »Das mußt *du* mir erzählen. Hast du dich mit jemand getroffen? Warst du mit jemand zusammen?«

Peter starrte zurück, ein wenig zu direkt. »Nein«, sagte er.

Wolfe ließ es dabei bewenden. »Ich glaube dir.«

»Und was ist das mit diesen ›anderen‹?«

»Natürlich«, sagte Wolfe, der begonnen hatte, auf Hendersons Schreibtisch herumzuwühlen, »wenn mit dir alles klappt, wird es weitere Versuche geben. Das war schon immer der Plan der Jungbrunnen-Gesellschaft.«

»Aber das hat er damit nicht gemeint, oder? Sind im Augenblick noch andere in Arbeit?«

Vorsicht, dachte Wolfe. Die Sinne dieses Mannes sind im Augenblick messerscharf, und selbst davor hatte er schon immer einen Riecher dafür, wenn ihm jemand eine glatte Lüge auftischte. »In Arbeit? Nein. Du bist der einzige, Peter, das schwöre ich dir.« Unter einem Stapel von *Soldaten des Glücks* fand er in Hendersons Schublade eine Flasche Jim Beam, die noch zu einem Fünftel gefüllt war. »Heureka«, sagte Wolfe. Er nahm einen raschen Schluck, bevor er die Flasche Peter anbot, der jedoch den Kopf schüttelte.

»Dieser Körper ist Alkohol nicht gewöhnt.«

»Aber dein Gehirn. Komm schon, ich vermisse meinen alten Saufkumpan.«

Peter ließ sich breitschlagen. Er nahm die Flasche, trank einen Schluck und schüttelte sich. »Christiaan Barnard oder Mengele?«

»Wie bitte?«

»Welcher Arzt sind wir, Freddy? Wie wird man sich an uns erinnern?«

»Oh«, sagte Wolfe, während er den Geschmack des Bourbons voll auskostete, »ich dachte mir schon, daß du jetzt mit so etwas kommst.«

»Und ich weiß, was du jetzt sagen wirst. Wenn wir jedesmal, wenn wir kalte Füße bekommen haben, alles abgeblasen hätten, würden wir noch immer ohne Penizillin auf einer Erde leben, die eine Scheibe ist.« Der Alkohol brannte ihm in der Kehle, doch sein Kopf fühlte sich auf einmal befreit an.

»Primitive Gottheiten anbeten«, sagte Wolfe. »Auf irgendwelchen gottverdammten Stufentürmen. Das ist eigentlich nicht unbedingt die Richtung, die ich einschlagen –«

»Hast du je *Gullivers Reisen* gelesen?«

»Seit meinem zehnten Lebensjahr nicht mehr.«

»Erinnerst du dich noch an die Studbugs? Oder Struldbruggs, oder irgend so 'n Quatsch?« Er nahm die Flasche noch einmal entgegen, zum Teufel, warum nicht. Er dachte selbst noch immer gern an die alten Zeiten zurück, als er und Wolfe gemeinsam einen gehoben hatten. »Jedenfalls hat Swift darin ein Gesellschaftsbild entworfen, in dem immer wieder ein paar Menschen geboren wurden, die nicht starben. Der einzige Unterschied zwischen ihnen und allen anderen war der, daß sie einen roten Punkt auf der Stirn hatten – und daß sie ewig lebten. Und dann kam es soweit, daß jeder, der eine normale Lebensspanne vor sich hatte, die Studbugs irgendwann verachtete. Alle wurden geboren, lebten und starben, nur diese verdammten Gestalten mit dem roten Punkt auf der Stirn blieben für immer und ewig.«

»Soweit ich mich erinnern kann«, warf Wolfe ein, »haben sie sie zu ihren Führern gewählt.«

»Du meinst ein anderes Buch«, sagte Peter. »Jeder haßte sie, weil sie alles in Beschlag nahmen. Sie starben nie, sie hinterließen niemals anderen Leuten Geld oder Grundbesitz, sie übertrugen niemals ihr Geschäft auf den Sohn, und sie verschwanden auch nie, so daß ihre Tochter niemals wirklich ins Erwachsenendasein eintreten konnte. Ach ja, und nach einer Weile fingen sie an zu stinken. Verstehst du, was ich damit sagen will?«

»Ehrlich gesagt, nein.«

Peter sah ihn an. Konnte die Wahrheit, die doch inzwischen so offen auf der Hand lag, ihm denn wirklich völlig verborgen sein? »Die Arten müssen sich ständig erneuern, nicht künstlich in einem statischen Zustand erhalten werden! Wir versuchen, uns über zwei Milliarden Jahre Evolution hinwegzusetzen.«

Wolfe lachte schallend auf. Er beugte sich über den Schreibtisch. »Wir *sind* zwei Milliarden Jahre Evolution, du Trottel. Es ist das Entropische Prinzip, Peter – die Naturgesetze gibt es nur, weil wir sie uns geistig vorstellen können. Und sie verbessern können. Wir sind der Quantensprung der Evolution. Über Millionen von Jahren hinweg haben wir uns mit immer neuen Versuchen abgemüht, bis wir uns *selbst* erfunden haben! Vom Doppeldecker-Flugzeug bis zur Mondlandung brauchten wir nicht länger als ein Lebensalter, und was in Gedanken entsteht, das kann auch umgesetzt werden. Und es *wird* umgesetzt werden. Punkt.«

Peter ließ die Worte einen Augenblick lang auf sich wirken, bevor er auf den einzigen wunden Punkt abzielte, den Wolfe möglicherweise hatte: »Was führt Alex eigentlich im Schilde?«

»Was?« fragte Wolfe. Und schon war er tatsächlich aus dem Gleichgewicht gebracht.

»Weshalb verschickt er E-Mails?«

»E-Mails? Ich weiß gar nicht, wovon du sprichst«, sagte er. »Ich habe den Eindruck, daß Alex wieder mit an Bord ist. Gibt es denn da irgend etwas, was ich wissen müßte?« fragte er, während er Peter mißtrauisch beäugte. Peters Augen hatten wieder jenen entsetzten Ausdruck angenommen – genau denselben Ausdruck wie vorhin, als Henderson seinem Püppchen, wie er es nannte, gedroht hatte –, und Wolfe kam der Gedanke, daß es da vielleicht *tatsächlich* jemand gab. Na, wenn das der Fall war, dann dürfte sie nicht allzuschwer zu finden sein. »Tut mir leid, Peter«, sagte er. »Ich kann dir nicht folgen.«

»Ich glaube, du kannst mir besser folgen, als du zugeben willst«, sagte Peter. »Und warum triffst du dich eigentlich in letzter Zeit so oft mit Beatrice?«

Irgend jemand muß es schließlich tun, dachte Wolfe und erschrak, als er merkte, daß er es um ein Haar laut ausgesprochen hätte. »Du hast dich Beatrice gegenüber unmöglich benommen«, sagte er steif und stellte die Flasche ab. »Wenn ich sie zu trösten versuche, dann tue ich damit drei Menschen einen Gefallen, denke ich.«

Diese Worte schienen Peter zur Einsicht zu bringen. Er nahm einen kräftigen Schluck aus der Whiskeyflasche, und diesmal tat er ihm gut. »Vielen Dank jedenfalls, daß du deinen Hund zurückgepfiffen hast«, sagte er.

»Henderson ist nicht mein Hund«, sagte Wolfe, »und daher habe ich auch keine Möglichkeit, ihn zurückzupfeifen. Falls du verstehst, was ich damit sagen will.«

»Verstehe«, sagte Peter.

»Die Lage ist ernst, Peter. So manches Leben steht auf dem Spiel.«

»Meines eingeschlossen.«

»Ich fürchte ja. Du kannst hier nicht einfach abspringen. Du hast dich mit deiner Unterschrift für den Rest des Lebens verpflichtet.«

»Und darüber hinaus.«

»Genau.«

»Ich weiß deine Offenheit zu schätzen«, sagte Peter. »Und was die Evolution betrifft, da hattest du völlig recht.«

»Tatsächlich? Das freut mich zu hören.«

»Und noch etwas«, fügte Peter hinzu, während er sich schwankend erhob. »Dieses kleine bißchen Freiheit, das du mir geschenkt hast? Ich schwöre dir, es hat meine Gehirnleistung bereits deutlich gesteigert. Ich glaube, wir sind bald am Ziel.«

»Wirklich, Peter?«

»Wirklich. Wir stehen kurz davor, die Waffe tatsächlich zusammenzubauen.«

»Mit derselben Tötungseffizienz, die wir auf dem Testgelände erlebt haben? Darüber will ich unbedingt Henderson unterrichten.«

»Es kommt noch besser. Es verbleiben keinerlei Rückstände. Die Gegner werden bataillonenweise einfach von der Bildfläche verschwinden«, sagte Peter mit einer ausladenden Geste. »Der Trick besteht darin, die Zahl der Opfer zu begrenzen, anstatt sie zu erhöhen.«

»Wir sind also am Ziel?« fragte Wolfe, während er Peter genau beobachtete.

»Ich würde sagen, ja.«

»Bemerkenswert«, sagte Wolfe. Sie waren am Ziel, also war Peter nicht mehr unentbehrlich. Henderson wußte gar nicht, wie recht er vorhin gehabt hatte.

»Die Waffe ist stark genug, um im Umkreis von fünf Meilen alles Leben auszulöschen – und die atomaren Strukturen der größeren Moleküle zu zerschlagen. Kohlenstoffmoleküle zum Beispiel könnten einfach zerfetzt werden. Durch diese Kraft könnten, soweit wir wissen, Felsen zu winzigen Atomgranaten werden. Und weißt du, was das Beste ist, Freddy? Damit wird sich all das bestätigen, was du ihnen als mögliches Forschungsergebnis aus dem Jungbrunnen-Komplex einmal in Aussicht gestellt hast. Danach wirst du selbst der Herr im Haus sein – du kannst Henderson in die Wüste schicken und jede beliebige Finanzierung bekommen – für jedes beliebige Projekt. Du kannst uns alle ins einundzwanzigste Jahrhundert führen.«

»Und daran gibt es keine Zweifel mehr?«

»Keine Zweifel. Nur daß ich jetzt pinkeln muß.«

»Nun ja«, sagte Wolfe. »Ich bin froh, daß diese kleinen Unterredungen etwas fruchten.«

Sie lachten beide und schlugen zu einem kräftigen Händedruck ein. An der Tür umarmten sie sich. Wolfe beobachtete, wie Peter den Gang entlang auf die Toilette zuging, dann schloß er die Tür zu Hendersons Büro. Er glaubt wirklich, er hat hier eine gute Vorstellung gegeben, dachte Wolfe. Hat geglaubt, er könnte mich um den Finger wickeln. Und wofür das alles – um dir ein bißchen Zeit mit deiner Liebsten zu erkaufen? Peter, du armer Irrer, ich kann dir doch jederzeit Sand in die Augen streuen, oder? Und jetzt weiß ich außerdem noch, daß ich dich auch unter den Tisch trinken kann.

Er schraubte den Jim Beam wieder zu, verstaute ihn in der Schublade und drückte auf den Knopf, mit dem sich die Bilder auf den Kontrollmonitoren wieder aufbauten. Auf einem der Bildschirme tauchte Peter auf, der aus der Toilette kam und sich den Mund mit einem Papierhandtuch abwischte. Wolfe grinste, als er begriff, daß sich Peter nach dem Whiskey übergeben hatte. Und dann schoß ihm noch ein Gedanke durch den Kopf – der schönste Gedanke seit langem: Eines Tages, und zwar schon sehr bald, würde er wirklich das alles sein eigen nennen können.

Etwas später an diesem Nachmittag lag Peter auf seinem Bett und starrte auf die Dämmschicht an der Decke. Ihm dröhnte der Kopf von all dem Whiskey, und seine Sinne schienen ein wenig benebelt, doch er spürte die Frau, als läge sie neben ihm, spürte die Struktur ihres Haars, die Berührung ihrer Hand, den Geschmack ihres Mundes. Tagelang hatte er versucht, ihre gemeinsame Nacht am Strand aus seinem Gedächtnis zu tilgen, wenn auch nicht immer erfolgreich. Doch nun, während ihm Hendersons Drohungen noch in den Ohren klangen, merkte er, daß er an nichts anderes denken konnte als an diese Frau.

Auf der Müllhalde enden. Sie und Ihr Püppchen.

Sollte das etwa heißen, Henderson hatte sie bereits aufgespürt? Hatte Alex Davies ihm womöglich irgendeinen Hinweis gegeben? Nicht absichtlich, nein, das konnte er sich jedenfalls nicht vorstellen. Von allen Leuten auf dem Stützpunkt, Wolfe eingeschlossen, war Alex der letzte, der seine Verachtung für das Militär verhehlen konnte. Aber bei Alex war nichts unmöglich. Auf wessen Seite stand er eigentlich – falls er überhaupt auf einer stand? Er konnte Alex nicht rundheraus danach fragen, ohne sich selbst und die Frau noch tiefer in die Sache zu verstricken.

Was sollte er also tun? Sie warnen, ihr irgendwie sagen, daß sie das nächste Flugzeug nehmen sollte, dorthin zurück, woher sie gekommen war? Aber das war ja das Verteufelte an der Geschichte – er wollte sie nicht verlieren. Hatte er Hendersons Tobsuchtsanfall vielleicht ernster genommen, als er gemeint war – um selbst eine Entschuldigung zu haben, weshalb er sie wiedersehen mußte?

Nein. Die Bedrohung war durchaus gegeben, und seine Verpflichtung gegenüber dieser Frau war eindeutig, unabhängig von seinen Gefühlen. Er hatte versprochen, sie wiederzusehen, und jetzt gab es mehr Gründe als je zuvor, es auch zu tun. Noch ein paar Minuten lag er auf dem Bett und suchte nach einer Möglichkeit, wie er sich am besten davonschleichen und zurückkehren konnte, ohne noch mehr Verdacht zu erregen.

Ein Schlüssel drehte sich im Schloß.

Peter schnellte hoch – er rechnete fast schon mit Henderson, doch statt dessen war es Beatrice. Er sah ihr schmerzerfülltes Gesicht, und ein Stich ging ihm dabei durchs Herz.

»Entschuldige«, sagte sie. »Ich dachte, du wärst noch im Labor.«

Er zuckte halbherzig mit den Schultern und kam sich

ausgesprochen dämlich vor. »Die Gedanken wollten nicht fließen.«

»Ich bleibe nicht lange«, sagte sie. »Ich habe nur ein paar Sachen vergessen.«

Er beobachtete, wie sie das Zimmer durchquerte und den Erlenmeyer-Kolben mit Trockenblumen beiseite schob, um die Schublade eines zerkratzten, hellbraunen Schreibtischs zu öffnen. Als er ihre anmutigen Bewegungen und den Schmerz in ihren grauen Augen sah, verspürte er den plötzlichen Drang, ihr alles zu beichten, seinen eigenen Schmerz und seine Verwirrung mit ihr zu teilen. Beatrice, ich stecke in der Klemme, ich brauche deinen Rat.

»Woran arbeitest du denn?« fragte er sanft.

Sie warf ihm einen Blick zu – wie schnell sie doch beide vergessen konnten. »Die Verwendung genetisch veränderten Blutes«, sagte sie. »Im Kampftrauma.«

»Ach ja, natürlich. Entschuldige.«

Sie nickte fast unmerklich, aber doch deutlich genug für ihn, um sich weiter vorzuwagen.

»Ich fühle mich entsetzlich«, sagte er.

»Ach ja? Weswegen denn?«

Wenn Henderson es weiß, dann hat sie mit Sicherheit auch einen Verdacht, dachte er.

»Wegen der Art und Weise«, versuchte er es auf gut Glück, »auf die wir uns entfremdet haben.«

»Höchstens zehn Zentimeter, würde ich sagen. Aber es macht doch einen Unterschied.«

Bei dieser geistreichen Bemerkung – die ihn vermuten ließ, daß kein Dritter von ihren Problemen wußte – nahm Peter seinen Mut zusammen, erhob sich vom Bett und ging zu seiner Frau hinüber. Sie wich vor ihm zurück, jedoch nicht in Richtung Tür, was ihn in seiner Hoffnung weiter bestärkte.

»Man hat mir gesagt, daß wir demnächst nach White Sands zurückfahren werden«, sagte Peter.

Nein, er hatte sich getäuscht, sie war doch wütender, als er angenommen hatte – sie fing an, ihre Schubladen auszuräumen und einen kleinen Koffer zu packen. »Fühlst du dich denn zu einer Reise wirklich in der Lage?«

»Natürlich«, sagte er.

Sie wandte sich zu ihm um und sah ihn an, während sie sich eine Haarsträhne aus den Augen strich. »Oder würdest du lieber hierbleiben?«

Er nahm eine steifere Haltung an. »Warum sollte ich das wollen?«

Sie zögerte einen Augenblick, den Rücken ihm zugewandt. »Um dich noch zu schonen«, sagte sie. Ihre Stimme klang hohl – als wollte sie sich selbst einreden, daß nichts weiter als seine Gesundheit auf dem Spiel stand. Während sie ein paar Toilettenartikel in ihre Handtasche warf, trat Peter näher an sie heran und berührte ihr Haar.

Sie stieß seine Hand beiseite. »Bitte komm mir nicht auf diese herablassende Art.«

»Dich berühren zu wollen, B., ist keine herablassende Art.«

»Und nenn mich nicht B. So hat mein Mann mich immer genannt. Beatrice ist völlig in Ordnung, vielen Dank.«

Peter ließ sich aufs Bett zurückfallen.

»Beatrice, bitte? Laß mich nicht im Stich, nur weil ich jetzt anders bin. Ich brauche dich.«

»Wirklich, Peter?«

»Ja«, sagte er. Seine Stimme, die von den nackten Wänden hallte, klang erstickt und verstört. Er fühlte sich wie ein Kind, das bei einer Beerdigung einen Erwachsenen weinen sieht – er wußte, er konnte den Schmerz um sich herum unmöglich begreifen, und doch traten ihm, trotz all seiner Verwirrung, die Tränen in die Augen. Als sie sich umwandte, sah sie, daß er den Tränen nahe war, und er spürte, daß sie innerlich zusammenbrach. Wenn ich das noch empfinden kann, dachte er, dann gibt es auch noch Hoffnung. »Ich bin noch immer ich. Du bist noch immer du. Wir wußten, es würde ein paar Anpassungen geben müssen – ein paar Veränderungen –«

»*Ein paar Veränderungen!*« schrie sie auf. »Jekyll und Hyde sind Waisenkinder, verglichen mit dir!«

Er mußte lachen. Und dann lachte sie auch, wenn auch etwas weniger unbekümmert. Sie ließ sich von ihm in den Arm nehmen, und kaum hatte er das getan, begann sie zu weinen. Leise strich er ihr übers Haar. »Es war die Hölle«, sagte er.

»Tatsächlich? Das freut mich.« Sie wischte sich eine Träne von der Wange. »Möchtest du dich vielleicht ein wenig genauer äußern?«

Er wußte nicht, wo er beginnen sollte. »Diese ständige Frage, wer die Kontrolle hat.«

»Du oder dein Körper?«

»Es macht mich wahnsinnig. Es macht mir angst. Und die Zweifel kehren zurück. Scharenweise.«

»Erzähl mir davon.« Sie faltete die Hände im Schoß, als wollte sie die Runzeln verbergen.

»Ich bin nicht mehr alt. Ich habe nicht die Gedanken eines alten Mannes. Alte Männer schicken junge Männer in die Schlacht«, sagte er. Einen Augenblick lang war er erleichtert, sich in Szene setzen zu können – dann dachte er wenigstens nicht an die Frau. »Die Infanterie sozusagen.«

»Aber du *warst* jung, Peter, als du in die Waffentechnik gegangen bist.«

»Ja, ich weiß – und da genau melden sich die Zweifel zu Wort. Warum fühle ich mich jetzt so anders dabei?«

»Und warum ist der Himmel blau? Und warum ist dort etwas anstatt nichts? Sag du's mir, Peter, denn ich weiß nicht mehr weiter. Du hast dir diesen Körper mit deiner Karriere erkauft, und das haben wir jetzt davon.«

»Ja, das haben wir jetzt davon.« Er drückte sie fester an sich. »Ich habe dich so vermißt.«

»Wirklich?« Wieder war sie kurz vor dem Zusammenbruch.

»Ja«, sagte er und küßte sie. Ihre Hände zitterten, als sie sich an seine Brust schoben und dann über das Hemd nach unten glitten, über seine Hose und zwischen seine Beine.

Schuldbewußt wandte er den Blick ab. Sie zog ihre Hand zurück.

»Beatrice, ich bin völlig erschöpft, das ist alles.«

Sie zog einen Schmollmund. »Trotz deiner Jugend.«

»Sei nicht gleich eingeschnappt. Gib mir eine Chance.«

»Peter, *gibt* es noch jemand anders?« Sie sah ihn aus dem Augenwinkel an. Jetzt kommt es, dachte er. »Es ist mir nämlich im Grunde egal, wenn es nur dein Körper ist, der wie eine streunende Katze über den Zaun springt. In Anbetracht der Umstände könnte ich das durchaus verzeihen. Aber wenn du es bist, der über den Zaun springt ... wenn es eine gibt, die dir etwas *bedeutet* ... dann würde ich es gerne wissen.«

Er hob ihr Kinn und drehte ihr Gesicht zu sich. »Beatrice, es hat nie irgend jemand anders gegeben als dich.«

Ihre grauen Augen nahmen einen eisigen Ausdruck an. »Es *hat* nie jemand anders gegeben?«

»Und es *wird* nie jemand anders geben.«

»Schwörst du es?«

Nein, es gab eine Grenze, die er nicht überschreiten konnte. Er konnte Beatrice nicht belügen – so wie er Wolfe belogen hatte. Er war sich völlig darüber im klaren, daß er, sollte er das tun, seine Seele für immer verlieren würde.

Und dann log er doch.

»Ich schwöre es«, sagte er, und er wollte aus tiefstem Herzen glauben, daß es wirklich stimmte.

»Du lügst«, sagte sie.

Gott steh mir bei, dachte Peter.

»Und ein erbärmlicher Lügner bist du obendrein, du dreckiger Schuft.«

Hilflos sah er zu, wie sie ihre Handtasche an sich riß, mit entschlossenen Schritten zur Tür ging und die Wohnung verließ. Und dann, noch bevor er sich vom Fleck rühren konnte, stand sie wieder in der Wohnung, Tränen in den Augen. Doch diesmal lag in ihnen auch eine fürchterliche Wut.

»Was zum Teufel mache ich hier eigentlich?« sagte sie, ohne die Frage an irgend jemand Bestimmtes zu richten, und stellte ihre Handtasche ab. »Verschwinde du doch von hier.«

Sie riß die Tür auf und trat einen Schritt zurück. Die Wucht ihrer Wut war überwältigend. Hier, in ihren Augen, erlebte er die Urkraft schlechthin – zerstörerischer als jede Waffe, von deren Erfindung er auch nur träumen konnte, und sie traf ihn in seinem Innersten und legte seine Selbstsucht in all ihrer Schimpflichkeit bloß.

Er ging hinaus und hörte, wie die Tür hinter ihm zuschlug.

Draußen im Korridor schienen seine Füße an den Fliesen festzukleben. Stimmen drangen von der überdachten Passage zu ihm durch, unter ihnen Hendersons. Er riß sich mit Gewalt los und eilte mit möglichst gedämpften Schritten in die entgegengesetzte Richtung, durch den Seitenausgang ins Freie und über den unkrautbewachsenen Sandstreifen hinüber in den Palmenhain, wobei er den Wachposten am Weg zum Strand kaum zur Kenntnis nahm. Innerhalb weniger Minuten erreichte er die Wasserkante und begann, auf die Lichter am Horizont zuzulaufen. Eine halbe Stunde später stand er an der Grenzlinie des Stützpunkts und wollte weiter bis zur Schillernden Bucht laufen. Von dort konnte er zu Fuß oder per Anhalter bis nach Esperanza und zu der Frau gelangen, die in der Casa del Francés auf ihn wartete, ohne sich all der Gefahren bewußt zu sein, in denen sie beide schwebten.

Nur daß da noch ein Navy-Wachposten der Eliteeinheit am Zaun zwischen den beiden Stränden stand.

»Dr. Jance?«

»Das ist richtig.«

»Dies hier ist die Grenzlinie, bis zu der wir Sie joggen lassen dürfen, Sir.«

Es gelang Peter, sich nichts anmerken zu lassen. »Ich weiß. Ich dachte nur, ich sage kurz hallo, bevor ich wieder umkehre. Hübsche Bucht dort drüben, finden Sie nicht?«

Der Wachposten warf über die Schulter einen Blick auf das schillernde blaue Wasser und zuckte die Achseln. »Stimmt schon. Weiß Gott, was für'n Dreck man da drin versenkt hat, daß es jetzt so leuchtet. Wahrscheinlich irgendwelche radioaktiven Abwässer aus dem Stützpunkt.«

Peter nickte und wandte sich wieder in die Richtung um, aus der er gekommen war. Er rannte schneller. Panik ergriff ihn immer stärker, je weiter er sich von seinem Ziel entfernte. Am anderen Ende des Strands hielt er inne. Noch ein Wachmann, rund vierhundert Meter vor ihm.

Er sah nach links, er sah nach rechts, und er sah aufs Meer hinaus.

Du schaffst es, dachte er.

Er zog seine Schuhe aus, schlang sie sich um den Hals und watete ins Wasser. In seiner Jugend war er ein guter Schwimmer gewesen, doch schon im nächsten Augenblick wurde ihm klar, daß dieser Körper nicht dieselben Fähigkeiten erlernt hatte. Unter Aufbietung all seiner Kräfte kämpfte er sich durch die Brandung, wobei er seinen Muskeln und Gliedmaßen im Grunde erst beibringen mußte, wie sie im Wasser paddeln sollten. Es dauerte eine gute Viertelstunde, bis er den Kraulstil auch nur annähernd so gut beherrschte wie damals auf dem College, als er sämtliche Schwimmwettkämpfe gewann.

Nachdem er etwa einhundert Meter weit aufs offene Meer hinausgeschwommen war, schwenkte er nach rechts und schwamm bei erheblicher Gegenströmung parallel zur Küste. Eine Stunde lang kämpfte er sich mühsam voran, trieb, sobald er erschöpft eine Pause einlegte, wieder ein Stück zurück und verfluchte seine Ungeschicklichkeit, bevor er einen neuen, verzweifelten Anlauf unternahm. In der zweiten Stunde verspürte er auf einmal heftige Krämpfe, und obwohl das Wasser warm war, fühlten sich seine Gliedmaßen wie betäubt an.

Und dann stieß irgend etwas gegen ihn, irgend etwas Großes. Peter fluchte und trat panisch um sich, während vor seinem geistigen Auge alle Arten von Haien vorbeizogen, die diese Gewässer bevölkerten. Erst als er mit dem Fuß gegen Metall stieß, begriff er, daß er gegen die Boje geprallt war, die die Fahrrinne des Yachthafens in der Sonnenbucht markierte. Er klammerte sich an ihr fest, bis er wieder zu Atem gekommen war, und hielt dann auf die Küste zu.

Zwanzig Minuten später wurde er an den Strand gespült. Er hatte seine Schuhe verloren, er war bis auf die Knochen durchgefroren, und er zitterte so heftig, daß er kaum etwas von seiner Umgebung wahrnahm. Er stolperte zur Straße hinauf, hielt einen Wagen mit verdutzten deutschen Touristen an und erzählte ihnen, sein Segelboot hätte leckgeschlagen. Sie schienen ihm die Geschichte abzunehmen, fuhren ihn freundlicherweise bis zur Casa del Francés und gaben ihm sogar noch ein paar Tennisschuhe mit, die ihm auch tatsächlich paßten.

Er dankte ihnen überschwenglich und ging mit taumelnden Schritten auf das Hotel zu. Trotz seiner Erschöpfung hatte er noch nie so sehr das erhebende Gefühl eines Augenblicks empfunden – wie Byron, der durch den Hellespont schwimmt. Oder – und bei diesem Gedanken verdüsterte sich seine Stimmung – wie ein Lachs, der sich stromaufwärts kämpft, um zu laichen.

Du Heuchler, dachte er, diese lebensgefährliche Aktion hättest du dir doch sparen können. Du hättest sie auch anders warnen können. Ein Telefonanruf hätte genügt.

Nein, inzwischen wurden all seine Gespräche vermutlich abgehört. Du hättest sie in noch größere Gefahren gestürzt. Du tust schon das Richtige, entweder das – oder du bist völlig übergeschnappt.

Er drückte auf den Klingelknopf neben der Hoteleinfahrt. In dem Wachhäuschen saß ein weißhaariger alter Mann mit einem narbigen, eingefallenen Gesicht auf einem Klappstuhl und döste vor sich hin. Peter traf ihn mit einem gezielten Kieselstein von der Auffahrt. Der Mann schreckte hoch, kam hinübergeschlurft und ließ Peter durch. Peter gab ihm einen durchnäßten Zehndollarschein als Trinkgeld und fragte, während er noch nach Atem rang, nach der blonden Amerikanerin. Der alte Mann strahlte und wies auf ein erleuchtetes Fenster.

»*Olé*«, sagte er und winkte diesen seltsamen Gringo, der am ganzen Körper zitterte wie Espenlaub, ins Hotel.

12

Elizabeth hörte es zweimal an ihrem Fenster klopfen, bevor sie begriff, daß irgend jemand versuchte, ihre Aufmerksamkeit auf sich zu lenken. Ihr Herz raste, als sie über die Treppe in die Lobby hinunterstürzte. Und dort fand sie Peter, verstört, klatschnaß und schlotternd, mit kreidebleichem Gesicht und glasigen Augen. Und es hatte ihm die Sprache verschlagen. Das Beste, was sie für ihn tun konnte, war, ihn auf ihr Zimmer zu schaffen und ihm aus seiner durchnäßten Kleidung zu helfen. Sie trocknete ihn mit einem Handtuch ab und rieb ihm wieder etwas frische Farbe in die Hände, und dann half sie ihm in ihr Bett und deckte ihn zu. Sie setzte sich neben ihn und hatte endlich Zeit, sich über seinen Zustand zu wundern.

»Was ist denn passiert, Hans? Liebster, du kannst es mir doch sagen. Was geht hier eigentlich vor?«

Bei ihren liebkosenden Worten begann Peter erneut, am ganzen Körper zu zittern, und er klammerte sich an sie, als kämpfte er ums Überleben. Er hatte entsetzliche Angst – nicht nur davor, den Verstand zu verlieren. Aufgrund der körperlichen Anstrengung war seine gesamte linke Körperhälfte völlig taub geworden – genau wie nach der Operation. Sowohl sein Gehör als auch sein Sehvermögen schalteten sich so rasch im Wechsel ein und aus wie eine Weihnachtsbeleuchtung. Das anstrengende Schwimmen – unmittelbar nach Hendersons Würgegriff – konnte leicht eine der empfindlichen Klebungen an den Nerven hinter seinem Kehlkopf gelockert haben. Sein Herz pumpte kräftiger als je zuvor, als versuche es verzweifelt, ausreichend Blut durch die noch spröden, sechsundsiebzig Jahre alten Gefäße in sein Gehirn zu pressen. Er war ein Unfall, der schon vorprogrammiert war, ein alter Mann, der einen wilden Hengst ritt, und er konnte seine Angst nicht bezwingen.

Und als er schließlich doch einen Satz formen konnte, merkte er, daß er sich vor dem Sprechen fürchtete.

»Dieser Bursche, den du gesehen hast. Im ›Blauen Horizont‹. Hatte er blondgefärbtes Haar? Und sah er ziemlich seltsam aus?!«

»Ja.«

Alles klar, es war Alex. »War irgend jemand bei ihm?«

»Gesehen habe ich niemanden.«

»Keiner vom Militär? Ein Colonel? Ein feistes Gesicht, mit breiten Kinnbacken, hervortretenden Schläfen? Ein brutaler Typ? Kommt dir nicht bekannt vor?»

Sie starrte ihn an. Entsetzen lag in ihren warmen grauen Augen. Dieselbe Augenfarbe wie Beatrice, stellte er fest, eine helle Iris und ein reines Weiß – genau wie früher bei seiner Frau. Auch ihre Stimme war ein kehliger Alt. Und dann dachte er: Gott steh dir bei, Jance, das ist wirklich der älteste Trick, auf den Männer zurückgreifen. *Beatrice, ich konnte mir nicht helfen – sie hat mich einfach so sehr an dich erinnert.* Nein, du Schwafler, das ist dein harter Schwanz, der hier spricht. In dieser Hinsicht war seine Durchblutung ausgezeichnet.

»Dieser Colonel, weiß er, daß ich hier bin? In diesem Hotel?«

»Wenn er es nicht weiß«, sagte Peter, »dann wird er es irgendwann rausfinden.«

»Wie denn? Und warum? Hans, was geht hier eigentlich vor?« Er konnte es ihr nicht sagen, aber er konnte sie darauf vorbereiten. »Du würdest mich hassen, wenn du es wüßtest. Und ich will nicht, daß du mich haßt.«

»Warum nicht?«

Es war heraus, bevor er sich den Mund verbieten konnte: »Weil du mein ein und alles bist.«

Du Schuft, dachte er. Sag ihr, daß sie von hier verschwinden muß – deswegen bist du schließlich gekommen, nicht um ihr irgend etwas vorzugaukeln.

Wieder begann er zu zittern, und sie nahm seine Hand und hielt sie fest gedrückt. »Ich bin verheiratet.«

Im selben Augenblick merkte er, daß ihm ein Schnitzer unterlaufen war. Ihr Blick, der eben noch liebevoll gewesen war, wurde eisig.

Er versuchte es mit einer naheliegenden Vermutung. »Aber damit leben wir schließlich schon länger, oder etwa nicht?«

Sie schwang ihre nackten Beine aufs Bett, umklammerte beide Knie und stützte das Kinn darauf. »Hans, bist du bei der CIA?«

Na schön, dachte er, hier kannst du ein bißchen Zeit schinden. »Wenn du glaubst, daß ich bei der CIA bin«, sagte er, während er sich krampfhaft um ein Lächeln bemühte, »dann macht die Behörde ja einen weitaus besseren Eindruck, als sie selbst glaubt.«

»Und diese Fotos von deiner Leiche, die waren doch gestellt, oder? Und der Unfall?«

»Mehr oder weniger«, sagte er und spürte, wie ihm seine Seele durch die Finger dieser halbherzigen Lüge glitt.

»Und deine Mutter? Sie weiß nichts von alledem, stimmt's, oder hat sie mich etwa belogen?«

»Sie weiß nichts.« O Gott, wie viele Leute sind denn noch in diese Sache verstrickt?

»Hans, sie leidet.«

»Ich weiß«, meinte Peter störrisch. »Ich konnte es ihr nicht sagen. Ich hätte sie dadurch nur in Gefahr gebracht.« Und aus genau diesem Grund mußt du von hier verschwinden, dachte er, doch er brachte es noch immer nicht über sich, es ihr zu sagen.

»Willst du aussteigen? Steckst du deswegen in der Klemme?«

»Ja«, sagte er. Das war nun endlich einmal die Wahrheit, wenn auch eine, vor der er selbst bislang ängstlich die Augen verschlossen hatte. Und warum? Weil sich Beatrice der Sache noch immer verpflichtet fühlte? Vielleicht, dachte er, wäre es ehrenhaft zu glauben, daß das der einzige Grund war. Doch im selben Augenblick hörte er, wie er mit einem weiteren Grund herausplatzte. »Ich habe mich in dich verliebt«, sagte er.

Sie küßte ihn auf die Stirn. »Ich weiß, Hans«, sagte sie mit wundervoller Zärtlichkeit. »Deine Mom hat es mir erzählt.«

Er reimte sich das zusammen, so gut es eben ging. Doch allmählich fand bei ihm eine leichte Verschiebung statt. Inzwischen wollte er nicht noch mehr über Hans erfahren. Jetzt wollte er mehr über Elizabeth wissen. »Werden sie dich zu Hause nicht vermissen?«

»O ja, beruflich sicher, nehme ich an. Und Annie.«

»Das dachte ich mir«, sagte er. Na los, weiter.

»Meine Agentur verliert allmählich das Interesse. Nach deinem ›Tod‹ bin ich völlig zusammengebrochen. Hab ein paar Engagements verloren.«

Eine Schauspielerin? Eine Sängerin? Ein Model? Sie betrachtete ihn mit ernstem Gesichtsausdruck. »Ich habe sogar mit jemand anders geschlafen«, sagte sie.

Er spürte, wie ihm die Eifersucht einen Stich versetzte, und gleichzeitig erregte es ihn. »Hör mal, ich versteh' dich ja. Ich bin einfach aus deinem Leben verschwunden.«

»Ich habe es getan, um dich zu finden«, sagte sie. »Weil ich dich auch liebe. Ganz nebenbei bemerkt.«

Sein Herz schlug höher. »Du bist da ein abscheuliches Risiko eingegangen.«

»Das ist bei mir das alte Lied. Hans, hast du das ernst gemeint, was du vorhin gesagt hast? Daß du aussteigen willst?« Sie stand vor ihm, aufgewühlt und mit gekreuzten Beinen, und schüttelte sich das Haar zurück.

»Ja.«

»Warum tust du es dann nicht? Ich halte es nicht mehr aus, wenn du nicht hier bist. Ich denke Tag und Nacht an dich. Damals in St. Moritz, da war ich mir nicht so sicher mit uns beiden. Ich fing schon an zu glauben, ich sei irgendwie masochistisch veranlagt, weil ich mit dir zusammen war. Aber jetzt kommt mir alles anders vor –«

»Das ist die Gefahr«, sagte er.

Sie warf ihm einen merkwürdigen Blick zu. »Es liegt nicht nur an der Gefahr. Es liegt an dir. Auf einmal fühle ich mich dir so nahe. Davor warst du mir so fern. Weil du so unmöglich warst.«

»Vielleicht bin ich das noch immer«, sagte Peter. Sag's ihr. Und zwar jetzt.

»Nein. Du hast dich verändert. Und ich kann spüren, daß wir es diesmal schaffen werden. Es ist mir gleichgültig, wer du bist oder was du getan hast, solange du wirklich mit mir zusammensein willst. Das ist das einzige, was zählt.« Ihre Augenbrauen legten sich in Furchen. »Hast du deinen Paß bei dir?«

Paß. »Nicht hier.«

»Wo ist er? Wohnst du in einem Hotel? Ich kann ihn dort für dich abholen, wenn du dich noch zu benommen fühlst.«

»Nein, das kannst du nicht. Es liegt auf dem Stützpunkt.«

Sie erinnerte sich an das mit Natodraht umspannte Einfahrtstor und den bewaffneten Wachposten, und ein Schauder lief ihr über den Rücken. »Ist es nicht zu gefährlich, noch einmal dorthin zurückzukehren? Vielleicht solltest du das lieber nicht tun?«

»Ich muß. Meine Reiseschecks, mein Paß. Alles ist noch dort.« Komm schon, dachte er, soviel bist du ihr schuldig: »Es wird nicht leicht sein für mich. Es gibt da noch jemand auf dem Stützpunkt.«

Sie stockte. »Eine Frau?« fragte sie.

»Äh, ja.«

»Ist Yvette mit dir hier?« fragte sie, als sei inzwischen alles eine einzige große Verschwörung, in die nun auch noch seine Frau verstrickt war.

»Nein«, sagte er. »Das nicht. Yvette ist nicht hier …« Er hielt einen Augenblick inne. Die Sache wuchs ihm allmählich über den Kopf. »Du kennst sie nicht, glaub mir. Aber ich kann diese Person nicht im Stich lassen, die Gefahr ist einfach zu groß.«

»Ist es jemand, der mit dir gemeinsam in diese Sache verstrickt ist?« fragte sie fast schüchtern.

»Ja. Tief verstrickt. Und vielleicht bald in großer Gefahr. Und du, du schwebst schon jetzt in Gefahr –«

Sie nickte undeutlich und versuchte, den Sinn seiner

Worte zu erfassen. »Du meinst den Mann, den du vorhin erwähnt hast? Diesen Colonel?«

Peter griff nach ihrer Hand. Sah ihr in die Augen. In diesem Punkt konnte er ihr die Wahrheit ins Gesicht sagen. »Er besitzt eine ungeheure Macht, ich kann dir gar nicht beschreiben, wie groß«, sagte er. Im selben Augenblick wurde er sich nicht nur seiner eigenen Sterblichkeit bewußt, sondern begriff gleichzeitig voller Entsetzen, daß er mit seinem Besuch bei ihr in dieser Nacht äußerst unbesonnen gehandelt hatte. Das einzige, was Henderson und all den anderen am Herzen lag, war das Projekt. Niemand war unersetzlich, er selbst eingeschlossen, vor allem nachdem er Freddy gegenüber halb betrunken damit geprahlt hatte, daß seine neue Waffe und ihr Erfolg im Grunde schon eine vollendete Tatsache war. Damit, das wurde ihm nun klar, hatte er sich selbst in Lebensgefahr gebracht. Er lachte innerlich bitter über sich selbst. Die Ironie dabei war, daß er versucht hatte, Wolfe seiner Loyalität zu versichern, als könnten seine Worte lauter sprechen als seine Taten. »Wieviel Geld hast du bei dir? Genug, um ein Boot zu mieten?«

»Klar, mit meiner treuen Visakarte.«

»Und weißt du, wie man eins steuert?«

»Das könnte ich sicher herausfinden, aber warum –«

»Weil ich am Flughafen womöglich beobachtet werde. Begreifst du jetzt, wie ernst diese Sache ist?«

Sie nickte unverzagt, fast schon begeistert. »Und du kommst mit?«

Er verhärtete sich. »Das bleibt abzuwarten.«

»Verstehe«, sagte sie, und ihre Augen trübten sich vor Enttäuschung. »Du hältst dir alle Möglichkeiten offen.«

»Ich muß an deine Sicherheit denken«, beharrte er. »Und an meine eigene. Morgen um Mitternacht, vierhundert Meter vor der Küste, auf der Hälfte des südlichen Sperrgebietsstreifens, genau hinter dieser schimmernden Bucht, wo wir uns getroffen haben.«

Wo wir uns *wieder*getroffen haben, dachte er und zuckte leicht zusammen. Aber sie hatte offenbar nichts bemerkt. Ihre grauen Augen leuchteten auf. »Um Mitternacht. Ich werde dortsein.«

»Das Boot muß groß genug sein, um uns bis nach Puerto Rico zu bringen.«

»Und dann?«

»Dann nehmen wir ein Flugzeug.«

»Wir beide?«

Sie blickte ihn hoffnungsvoll an, die Lippen leicht geöffnet. Anstatt ihr zu antworten, küßte er sie auf einmal, und sie setzte sich rittlings auf ihn und zog ihr T-Shirt aus. Seine Fingerspitzen glitten zärtlich über ihre Brüste, in einer Berührung, die sanfter nicht hätte sein können, und sie lächelte und schloß die Augen, als wollte sie sagen, du kennst mich, du kennst mich genau. Binnen Sekunden bewegten sie sich in einem Licht, das sie sich selbst schufen. Sie überstieg jedes Verständnis, seine Liebe zu dieser Frau und sein Verlangen nach ihr, und sie überstieg das Zellulargedächtnis und alles, was sich die Wissenschaft sonst noch ausmalen mochte, und es bestürzte ihn zutiefst. Die Mühelosigkeit, mit der er jede ihrer Stimmungsschwankungen und jede Spur eines neuen Bedürfnisses erkannte, ihre gemeinsame Entrücktheit und ihre völlige Verschmelzung – all das machte ihm angst und erschütterte ihn bis ins Mark.

Mitternacht kam. Er wartete, bis sie sich angezogen und seine Kleidung im Waschsalon des Hotels getrocknet hatte, wobei sie den Besitzer für einen Moment weckte. Dann brachte sie Peter nach unten zu ihrem

Wagen. Sie weckte den schlafenden Wachmann mit dem Zuruf »*Toro!*«, und er schreckte hoch und machte das Tor auf.

Elizabeth fuhr mit Peter bis auf eine Meile an den Stützpunkt heran. Eine Viertelstunde lang saßen sie in ihrem Mietwagen, sprachen kein Wort und konnten sich einfach nicht trennen. Schließlich öffnete er die Wagentür und stieg aus, und kaum hatte er sich umgedreht, kam sie schon hinter dem Lenkrad hervor. Noch einmal küßten sie sich unter dem Sternenzelt, und dieses Mal so lange, daß er alles Gespür für die Gefahr verlor. Er sah zu, wie sie den Wagen wendete und zurück in Richtung Casa del Francés fuhr. Die letzten beiden Stunden hatte keiner von ihnen auch nur ein Wort gesprochen.

Ich kenne sie, dachte er schaudernd. Ich kenne sie genau. Alles, nur nicht ihren Namen.

Und Beatrice?

Im Augenblick konnte er sich nicht einmal das Gesicht seiner Frau ins Gedächtnis rufen, ohne daß ihm gleichzeitig das dieser Unbekannten vorschwebte. Es war, als hätten sie genau dasselbe Gesicht. Und das war an alledem das Erschreckendste überhaupt.

Elizabeth war wieder in ihrem Zimmer und mit Packen beschäftigt, als sie auf einmal innehielt und nach dem Telefon griff. Wenn sie, wie es im Moment aussah, für eine Weile verschwand, dann gab es zumindest ein paar Leute, die sie anrufen sollte. Annie natürlich, und vielleicht ihren Vermieter, und die Leute von Helvetica.

Und Rose-Anne, Hans' Mutter.

Es war ein Uhr morgens – in Zürich acht Stunden später. Sie rief mit ihrer Telefonkarte die Züricher Auskunft an und fragte nach Rose-Anne Brinkman. Man nannte ihr zwei Nummern, einmal unter dem Namen R. Brinkman und einmal unter Rose-Anne Brinkman.

Unter der ersten Nummer meldete sich ein junges Mädchen auf deutsch. Als Elizabeth fragte, ob Rose-Anne zu sprechen sei, entgegnete das Mädchen, sie *sei* Rose-Anne. Elizabeth entschuldigte sich, wählte die zweite Nummer und ließ es viermal klingeln.

»Ja?«

»Rose-Anne? Hier spricht Elizabeth.«

Schweigen.

»Rose-Anne, hallo?«

»Elizabeth, wo sind Sie, Sie klingen so weit weg?«

Lizzy, dachte sie, sag nicht mehr, als unbedingt notwendig ist.

»Rose-Anne, ich habe erschütternde Nachrichten.«

»O Gott, sollte ich mich lieber hinsetzen?«

»Ja.« Elizabeth holte einmal tief Luft. »Es geht um Hans.«

»O Gott, was ist denn nun schon wieder?«

»Nein, es sind gute Neuigkeiten. Hans ist am Leben.«

Tiefes Schweigen.

»Rose-Anne, haben Sie mich gehört? Ist alles in Ordnung mit Ihnen?«

Es folgte ein lautstarkes Knistern in der Leitung, und dann herrschte völlige Stille.

Sie starrte auf das Telefon, als hielte das Gerät irgendeine Erklärung für sein plötzliches Schweigen bereit. Sie drückte auf die Gabel und suchte nach der Wahlwiederholungstaste. Es gab keine.

Und kein Amtszeichen.

Es dauerte einen Augenblick, bis sie begriff, daß die Leitung auf einmal tot war. Eine Schlange der Furcht glitt ins Zimmer. Sie ringelte sich um sie und drückte ihr die Luft ab, bis sie Schwindel überkam.

Sie trat ans Fenster, sah hinaus und lauschte auf irgendwelche Geräusche, die es dort nicht geben sollte. Vor dem Hotel sah sie ein paar Dattelpalmen, einen asphaltierten Platz und einen bleiern-bläulichen Himmel mit ein paar Zirruswolken. Irgendwo kreiste ein zweimotoriges Flugzeug. Sie warf noch einen Blick auf die Straße, bevor sie quer durch ihr Zimmer ging und den Kleiderschrank öffnete. Sie hatte fertig gepackt und klappte eben ihre Handtasche zu, als sie vor ihrer Tür ein leises Knarren hörte.

Und dann ein Klopfen.

Dann eine lange Pause.

Irgend jemand lauschte auf der anderen Seite.

Sie legte ein Ohr an die Tür, und dann schnellte sie erschrocken zurück, als es ein zweites Mal, diesmal heftiger, klopfte.

Sie hielt den Atem an, bis ihr die Lungen weh taten.

»Miss Parker? Sind Sie da drin? Ich sehe doch, daß bei Ihnen Licht ist.«

Ivor Greeley. Sie atmete aus und bemühte sich, normal zu klingen.

»Ja, Ivor, was gibt's denn?«

»Wir müssen reden.«

»Warum?«

»Würden Sie bitte die Tür aufmachen?«

Sie sah sich nach einem schweren Gegenstand um. »Hat es nicht Zeit bis morgen früh?«

»Morgen früh werden Sie abreisen müssen. Ich dachte nur, ich sag's Ihnen schon heute, wo Sie noch wach sind.«

Sie starrte auf die Tür, auf die Hotelvorschriften und

das Ausgangsdiagramm, als ob es sich um Anweisungen von Gott selbst handelte. Wieso war Ivor um diese Stunde eigentlich noch wach?

»Abreisen? Warum?«

»Ich denke, Sie wissen warum.«

»Es tut mir leid, aber ich weiß es nicht.«

»Weil Ihre Kreditkarte nichts taugt.«

Sie entspannte sich. Es war nichts weiter als ein Mißverständnis, und Greeley klang keineswegs bedrohlich, ein wenig ungehalten zwar, aber doch ganz Geschäftsmann. Sie legte die Kette zurück und öffnete die Tür. Da stand er, mit traurigen Augen, und zuckte die Schultern.

»Tut mir leid, ich wollte Sie nicht erschrecken. Aber Sie werden gleich morgen früh abreisen müssen. Die restliche Nacht können Sie natürlich noch hierbleiben.«

»Hören Sie, ich habe noch eine Karte, ich werde sie Ihnen rasch holen.«

»Nein, das würde auch nicht viel nützen.«

Sie hielt auf halbem Weg zu ihrer Brieftasche inne. »Warum nicht?«

»Weil man mir«, sagte er mit strenger Miene, »als ich bei Visa anrief, sagte, die Karte sei gestohlen – und alle anderen, die Sie mir noch anbieten würden, vermutlich auch. Wirklich, ich habe keine Zeit für solche Faxen in meinem Hotel. Deswegen bin ich schließlich aus Boston weggegangen.«

Er machte auf dem Absatz kehrt und ging den Flur zurück. Draußen im Garten begann ein Papagei zu kreischen. Elizabeth schloß die Tür, dann machte sie sie noch einmal auf.

»Ivor?« rief sie. Sein Kopf tauchte noch einmal auf, und er kniff die Augen zusammen. »Haben Sie mein Telefon auch abgestellt?«

Er blickte verdutzt. »Nein. Ihr Telefon. Nein. Ich wüßte gar nicht, wie das geht.«

Er wandte sich wieder ab.

»Ach, und noch etwas, wenn Sie mir das vielleicht noch sagen könnten?« Mit ungeduldiger Miene drehte er sich um. »Die Angestellte bei Visa, die Ihnen das erzählt hat? Haben Sie sich zufällig ihren Namen geben lassen?«

»Nein, wieso sollte ich das tun? Außerdem war es ein Mann, ein sehr höflicher. Sagte mir, Sie seien vielleicht bloß eine geflohene Ehefrau, und ich sollte nicht zu hart zu Ihnen sein.«

Er wandte sich ab und verschwand diesmal endgültig. Elizabeth schloß die Tür und sperrte sie von innen ab. Hans hatte sie gewarnt, daß man ihre Spur bis hierher verfolgen würde, aber was sollte sie denn jetzt tun? Ohne Kreditkarte hatte sie nicht einmal genug Geld, um einen Kajak zu mieten, geschweige denn ein Boot, mit dem man es bis Puerto Rico schaffen konnte. Sie setzte sich auf das Bett und dachte angestrengt nach. Ruf Annie an, sie soll per Eilüberweisung Geld schicken. Aber würde sie es hier noch rechtzeitig erhalten? Würde sie es überhaupt erhalten?

Sie hob den Telefonhörer ab. Noch immer tot.

Merkwürdig. Und ihre Karte war ungültig. Das konnte doch nicht sein, sie bezahlte ihre Rechnungen jeden Monat in vollem Umfang. Und daß sie auch noch als gestohlen gemeldet war. Alles viel zu merkwürdig. Irgend jemand versuchte, sie aufs Kreuz zu legen. Irgend jemand, der sehr mächtig war.

Verschwinde, dachte sie. Verschwinde von diesem gottverdammten Vieques, so schnell du kannst.

Nein. Nicht ohne Hans.

Aber was ist, wenn er nicht kommt? Er hatte schon etwas in dieser Richtung angedeutet, und in der Vergangenheit hatte er sie schließlich auch schon oft belogen. Er hatte eine vollständige Identität vor ihr verheimlicht, wie konnte sie ihm da jetzt noch vertrauen? Der Ausdruck in seinen Augen, als sie die Fotos von seinem Leichnam erwähnte. Dieser Ausdruck war so seltsam gewesen, fast schon verstört. Und warum hatte er ihr keinerlei Fragen nach seiner Mutter gestellt? Und die Art, wie er ihr erzählt hatte, daß er verheiratet war – als ob sie das nicht längst wüßte, als ob sie niemals über Yvette gesprochen hätten. Hatte die CIA etwa an seinem Kopf herumgepfuscht und bestimmte Dinge selektiv aus seinem Gedächtnis gelöscht? Und wer war diese Person auf dem Stützpunkt, der er sich so verpflichtet fühlte?

Offenbar, dachte sie, will ich es gar nicht wissen. Andernfalls hätte ich doch danach gefragt.

Er liebte sie, das war das einzige, was für sie zählte. Daran hatte sie verrückterweise nicht den geringsten Zweifel. Die Frage war nur, machte sie sich dadurch nicht noch viel lächerlicher? Seine Liebe hatte sie in Gefahr gestürzt, und nun war sie sich im Hinblick auf ihn noch unsicherer.

Mit Sicherheit wußte sie jedoch, daß sie nicht eine Sekunde länger in diesem Hotelzimmer bleiben wollte. Es war völlig ungeschützt, von der Straße aus über ein massives Gitterwerk leicht zugänglich. Sie war zur Räumung gezwungen worden, sie konnte mit niemandem sprechen, und ihr Telefon wurde vermutlich abgehört. *Nichts wie weg!*

Sie schnappte sich die Wagenschlüssel; sie mußte an irgendeinen öffentlichen Ort. Vielleicht in eine Bar, die die ganze Nacht geöffnet hatte, oder sonst irgendwohin, wo es noch andere Menschen gab. Sie würde bis zum Morgen ausharren, dann – auf welche Weise auch immer – das Boot beschaffen müssen, das sie für sich und Hans mieten sollte, und ihren vereinbarten Treffpunkt ansteuern.

Aber wie? Sie hatte nicht die geringste Ahnung.

13

Da er zu Fuß unterwegs war, machte Peter sich verdächtig, als er das Haupttor des Stützpunkts erreichte. Der Wachposten, ein verlotterter junger Bursche mit einem texanischen Akzent, nahm die M-16 ab, die er sich um die Schulter geschlungen hatte, und befahl Peter, augenblicklich stehenzubleiben und sich auszuweisen. Demonstrativ entsicherte der Junge seine Waffe, bevor er den Führerschein unter die Lupe nahm.

»Ist das Ihrer?«

»Ja, ich bin Peter Jance. Ich arbeite auf dem Stützpunkt. Gibt's irgendein Problem?«

»Ja, da gibt's ein Problem. Sie sehen ziemlich jung aus für jemanden, der 1924 geboren ist – das ist das Problem, könnte man sagen.«

O mein Gott, dachte Peter, die haben sich nicht einmal die Mühe gemacht, mir falsche Ausweispapiere zu geben. Aber wo die Dummheit zu Hause ist, da gibt's auch noch Hoffnung, sagte er sich.

»Das ist ein Druckfehler«, stammelte er. »Ich bin 1964 geboren. Ich hatte nur noch keine Zeit, es korrigieren zu lassen.«

»Und das auf dem Foto, das sind Sie?«

»Ja«, entgegnete Peter trotzig.

»Ich hab ja schon einiges von schlechten Führerscheinfotos gehört, aber so schlecht?« Der Wachposten gab ihm den Führerschein zurück. »Warum fahren Sie nicht zurück in die Stadt, Kumpel? Das ist nicht besonders witzig.«

»Ich bin Dr. Peter Jance. Überprüfen Sie das doch anhand Ihres Personalverzeichnisses.«

Der Wachposten zupfte an einem übergroßen, geröteten Ohrläppchen und betrachtete ihn mit wachsender Ungeduld.

»Bleiben Sie, wo Sie sind.« Er ging in sein Wachhäuschen, rief irgendwo an, hörte zu, legte auf und kehrte mit stocksaurer Miene zurück. »Unter dem Namen ist niemand aufgelistet. Also sehen Sie besser zu, daß Sie sich in Bewegung setzen.«

Er nahm die Waffe etwas anders in die Hand, so daß sie andeutungsweise in Peters Richtung zeigte, und lehnte sich gegen den Türrahmen.

»Na schön«, sagte Peter. »Es ist ein Geheimprojekt, vermutlich stehe ich deswegen nicht auf der Liste. Rufen Sie Dr. Frederick Wolfe an.«

»Ja, natürlich.«

»Beatrice Jance. Das ist meine Frau.«

»Ich rufe niemanden an. Und Sie gehen mir jetzt lieber aus den Augen, wenn Sie sich nicht 'ne Menge Ärger einhandeln wollen. Sir.«

»Dann rufen Sie doch Colonel Henderson an. Ich bin mir sicher, er wird sich freuen, mich zu sehen.«

Bei der Erwähnung dieses Namens zuckte der Wachposten zum ersten Mal zusammen.

»Colonel Henderson kennt mich«, versicherte Peter ihm.

Der Bursche griff wieder zum Telefon. Er rief bei irgend jemand an – hoffentlich bei einem Assistenten, betete Peter, und nicht bei Henderson selbst. Nachdem er einen Augenblick lang am Telefon gesprochen und noch ein paar weitere aufmerksam zugehört hatte, knallte der Wachposten den Hörer auf die Gabel, wandte sich um und richtete die Waffe auf Peter.

»Legen Sie sich flach auf den Boden, Sie gottverdammter Scheißkerl! Sofort!« Der Bursche wurde aggressiv, und Peter tat, wie ihm befohlen wurde. Er legte sich entmutigt auf den Asphalt, während der Wachposten nervös herumzappelte und mit seiner Waffe Geräusche machte, über die Peter lieber nicht nachdenken wollte. Schließlich näherte sich ein Fahrzeug, und mehrere Männer kamen rasch auf sie zu.

Er wollte eben aufblicken, als ihn zwei Paar Hände hochrissen – der Wachposten von heute und der, dem er am Abend zuvor begegnet war. Sie öffneten die Tür des Humvees und stießen ihn hinein. Er schlug hart auf den Boden auf. Jemand, den er noch nicht kannte, sprang neben ihm hinein, hielt ihm ein Gewehr vors Gesicht und befahl ihm, sich nicht zu mucksen, falls er verdammt noch mal wüßte, was gut für ihn sei. Der Motor wurde angelassen, und das Fahrzeug machte eine Kehrtwende und donnerte zurück auf den Stützpunkt.

Am Eingang zu dem privaten Wohntrakt hielt der Fahrer an, während der andere Wachmann die Tür aufriss und Peter anwies, bis auf weiteres in seinem Zimmer zu warten. Peter sah, wie der neue Wachmann – ein kleiner, agiler Italiener mit einem New Yorker Akzent – seine 9-mm hochnahm und damit in Richtung von Peters Suite winkte. Peter holte seine Schlüsselkarte hervor, versuchte, nicht zu zittern, während er die Karte durch den Magnetschlitz steckte, und trat durch die Seitentür ein.

Während er den Flur entlangging, fühlte er sich wie

ein Käfer unter einem hochgehaltenen Schuhabsatz. Falls er je bezweifelt hatte, daß man ihn all seines Charismas und seiner Sonderstellung von einem Augenblick zum nächsten berauben könnte, dann tat er es jetzt jedenfalls nicht mehr. Alles an der Art und Weise, wie man ihn eben behandelt hatte, deutete darauf hin, daß er physisch nicht mehr benötigt wurde. Er hörte fast schon die Befehle, die es gegeben haben mußte – etwa in der Richtung, falls Jance irgendwelche Probleme macht, schafft euch den Dreckskerl vom Hals.

Seine Suite lag düster und verlassen da, ohne jede Spur von Beatrice oder ihren Sachen – nichts als die kahlen, beigen Wände, zwei verloren wirkende botanische Radierungen im Schlafzimmer und die abgenutzten Motel-6-Möbel. Selbst der Erlenmeyer-Flakon, Beatrice' einzige persönliche Note, war verschwunden, und der Sprühnebel getrockneter Chrysanthemen lag auf dem Boden verstreut wie beliebiger Plunder.

»Beatrice?« rief er in die Dunkelheit.

Keine Antwort. Er war allein. Frei und verlassen zugleich.

Wachsende Panik ergriff ihn, während er alle möglichen Schubladen aufriß, loses Bargeld, Reiseschecks, seinen Paß und soviel Kleidung wie möglich in einen alten Matchbeutel stopfte. Dann warf er einen Blick auf die Tür. Er hatte die Anweisung erhalten, sich in sein Zimmer zu begeben und dort zu warten. Man hatte ihm nicht ausdrücklich untersagt, irgendwohin zu gehen, aber diese Möglichkeit hatten sie ihm mit Sicherheit nicht einräumen wollen. Im Grunde genommen hatte er keine Möglichkeiten.

Gehen Sie in Ihr Zimmer. Warten Sie.

Am Arsch lecken konnten sie ihn. Er mußte von hier

verschwinden. Und bevor er das tat, mußte er unbedingt mit Beatrice sprechen. Um einiges wiedergutzumachen. Um Abschied zu nehmen, um sie um Vergebung zu bitten. Er glaubte, daß er ihr im Grunde vielleicht nichts weiter sagen konnte, als daß er ein anderer oder etwas anderes geworden war – oder wurde –, als er früher einmal gewesen war. Über diesen Punkt hätten sie alle einmal nachdenken sollen, jeder von ihnen. Nur daß jetzt keine Zeit mehr zum Nachdenken blieb. Aufgrund der traurigen Realität dessen, was sie da geschaffen hatten, blieb ihnen jetzt nur noch Zeit zum Handeln. Er mußte mit dieser Frau zusammensein, mit diesem namenlosen Magneten der Lebenskraft und Sehnsucht, der ihn so stark in seinen Bann zog, daß er sich ihm niemals hätte widersetzen können, selbst wenn er es gewollt hätte.

Und er wollte es ja auch gar nicht.

Er trat wieder auf den Flur hinaus und machte die Tür leise hinter sich zu. Nachtfalter, so groß wie Papiertaschentücher, prallten geräuschlos von den runden Flurlampen zurück, die den Korridor in ein trübes, gelbliches Licht tauchten – bis hin zu der Stelle, an der die überdachte Passage abzweigte. Seltsame Schatten von Nachtfaltern huschten über die Betonwände. Wie sollte er seine Frau bloß finden? Er konnte unmöglich wissen, ob Beatrice in ihrem Labor oder in ihrem neuen Zimmer war, wo immer das sein mochte. Vielleicht war sie ja auch mit Wolfe und Henderson in irgendeine finstere Intrige verstrickt. Er mußte jemand finden, der ihm sagen konnte, wo sie war.

Vielleicht Rosemarie Wiener oder Cap Chu oder Flannagan? Einer von ihnen mußte ihren Aufenthaltsort doch kennen.

Als er zur Eingangstür kam, spähte er vorsichtig nach

draußen. Im selben Augenblick schnellte er zurück. Genau vor dem Eingang hatte man zwei Wachleute postiert, bewaffnet und mit Walkie-talkies ausgerüstet.

Er war ein Gefangener, begriff er auf einmal, und seine Bewacher waren schwer bewaffnet und vermutlich stocksauer auf ihn.

War es dumm von ihm gewesen, hierher zurückzukommen?

Nein, sagte er sich, ohne seinen Paß konnte er unmöglich von hier verschwinden. Und zu verschwinden, das war der einzige Weg, der ihm jetzt noch blieb. Selbst wenn er der Frau am Strand niemals begegnet wäre, hatte er doch im Rahmen seiner Arbeit zwar seine Waffe vollständig entwickelt, aber keinen Fluchtplan ausgearbeitet – und sich selbst überflüssig gemacht. Und indem er offen die Frage aufgeworfen hatte, was sie da eigentlich im Schilde führten, hatte er im Grunde selbst dafür gesorgt, daß er inzwischen als ein beträchtliches Ärgernis eingestuft wurde. Seine Frau hielt es nicht mehr in einer Wohnung mit ihm aus. Sein alter Freund und Rivale würde ihn vermutlich lieber früher als später tot wissen wollen. Henderson würde ihn innerhalb eines Tages vergessen und sich freuen, daß man sich endlich wieder auf festerem Terrain bewegte. Und über Wolfe und Henderson hinaus?

Darüber hinaus gab es lediglich ein dunkles Dasein, eine kafkaeske Welt undurchsichtiger Behörden und gesichtsloser Mächte, für die er nichts als ein Bauer auf ihrem Schachbrett war. Er hatte einen Blick auf diesen ganzen Machtapparat erhascht, der, ungeheuerlich und multidimensional, von der Explosivkraft quarkgeschüttelter Atome bis hin zu der Abwehr und dem Angriff von Nationen, Weltreichen und DNA reichte. In diesem

Strudel galt er nichts. Und darin gab es keine Möglichkeit, der Selbstvergessenheit zu entrinnen – falls es das war, was sie wollten. Seine gesamte DNA-Materie, zerbrechlich, aber lebensstark und bis zu den Anfängen der Art zurückreichend, stand kurz vor der endgültigen Auslöschung, und er war machtlos dagegen.

Einen langen, düsteren Augenblick stand er in diesem kalten Wind.

Der Tod, das war der letzte Herrscher, der Kaiser ohne Kleider. Wenn sie ihn heute zu Atomen sprengten, dann würden seine Atome mit denen anderer armer Teufel verschmelzen, mit denen von Küchenschaben, ausgestorbenen Arten, verbrannten Regenwäldern und dem unendlichen Komposthaufen der vergehenden Menschheit, und sich in ein oder zwei Jahrtausenden irgendwo anders zu Sternenmasse und schönen neuen Welten verbinden.

Zum Teufel damit.

Er mußte jetzt Beatrice finden, aber *konnte* er das? Er hatte keine Ahnung. Und was noch schlimmer war, er hatte das Gefühl, nicht von hier verschwinden zu können, bevor er sie nicht gesprochen hatte. Sollte er vielleicht einfach aus der Tür stürzen und ihren Namen herausschreien?

In diesem Augenblick des äußersten Schmerzes und Zweifels wurden am Ende des Flurs zwei Stimmen laut. Ein Lichtstrahl fiel über die Wand, und eine hagere, zerzauste Gestalt tauchte hinter einer Tür auf.

Alex Davies. Zusammengekrümmt und fluchend. Peter, der damit rechnete, daß im nächsten Augenblick Wolfe hinter seinem Enkel hervorschießen würde, zog sich vorsichtshalber im Rückwärtsgang zu seinem Zimmer zurück, drehte hinter sich den Türknauf um und warf den Matchbeutel hinein.

Doch die Tür am Ende des Flurs schlug zu, ohne daß Wolfe zum Vorschein kam. Es war nur Alex, der schäumend vor Wut den Korridor entlangstürmte.

Als er Peter halb in, halb vor seinem Zimmer sah, verharrte Alex einen Augenblick lang reglos, bevor er sich ihm mit etwas langsameren Schritten näherte.

»Diese Scheißkerle«, murmelte er, während er sich erst um- und dann wieder nach vorn wandte, als sei ihm eben eine bissige Retourkutsche eingefallen, mit der er den Kampf mit seinem Großvater am liebsten wiederaufnehmen würde. Aber die Lust dazu war ihm vergangen. Er ließ sich gegen die Wand sinken und fuhr sich mit den Fingern durchs Haar, allem Anschein nach den Tränen nahe.

»Er ist völlig durchgeknallt«, sagte er zu Peter, als hätte dieser jedes Wort der Unterhaltung mitbekommen.

»Alex, weißt du, wo Beatrice ist?«

Der Bursche sah ihn seltsam an, dann lachte er nervös auf und schüttelte den Kopf. »Ich weiß es nicht, Mann. Und sie wird stocksauer auf Sie sein.«

»Aber hast du denn keine Ahnung, wo sie ist?«

»Nicht die geringste. Grandpa hat sie irgendwo untergebracht, ich weiß nicht wo. Soll ich ihr was ausrichten, falls ich sie sehe?«

»Ja. Sag ihr, daß ich mich für alles entschuldige, daß es mir leid tut. Sag ihr, ich werde mich bei ihr melden.«

»Wieso, wohin fahren Sie denn? Peter?« Alex löste sich von der Wand und trat etwas näher. »Hey, machen Sie keine Dummheiten, falls Sie solche Dummheiten vorhaben, wie ich vermute. Diese Jungs spielen nicht nur mit Ihnen, das ist Ihnen doch klar, oder?«

»Ja, das ist mir klar.«

Alex nahm es zur Kenntnis, und der entmutigte, niedergeschmetterte Blick in Peters Augen verriet ihm, daß es ihm *tatsächlich* klar war. »Was wollen Sie jetzt also tun?«

»Auf meinen Arsch aufpassen«, sagte Peter – ein Satz, den er auf dem Stützpunkt immer und immer wieder gehört hatte. Er wußte, daß er bereits zuviel gesagt hatte. Er schob sich mit ein paar Abschiedsgesten langsam in sein Zimmer zurück.

Alex Davies warf einen Blick über die Schulter, dann trat er auf Peter zu und packte ihn sanft am Arm.

»Ich bin auf Ihrer Seite, Mann«, sagte er verschwörerisch. Dann zog er für einen Moment eine Augenbraue hoch, als wollte er ihn warnen, und stürmte über den Flur davon. Kaum war der Bursche außer Sichtweite, drückte sich Peter in sein Zimmer, schnappte sich den Matchbeutel und trat leise auf den Balkon hinaus. Als er einen Blick nach unten warf, sah er den Wachmann, der noch immer dort postiert war und über sein Handy mit irgend jemand sprach, allem Anschein nach mit seiner Freundin.

Ein Glück, dachte Peter. Der Schuft verstößt gegen die Vorschriften, und mir ermöglicht er dadurch die Flucht.

Mit einem geschmeidigen Satz schwang er sich über die Brüstung – und in dem Bruchteil einer Sekunde, in dem er fiel, verspürte er ein Gefühl grenzenloser Befreiung und Entschlußkraft. Und dann rammte er von oben gegen den Burschen und riß ihn zu Boden.

Der Wachmann kam gar nicht erst dazu aufzuschreien, so schnell hatte Peter ihn schon gegen die Wand gedrückt. Er nagelte ihn mit einem linken Haken und einem rechten Faustschlag so fest, daß er ihm den Kopf in den Außenputz drückte, und ließ ihn dann wie einen Sack Bleimunition fallen.

Er besah sich die Waffen, die der Bursche bei sich hatte. Blinde Wut machte sich in seinem Herzen breit, genährt durch einen Mangel an Information, eine Flutwelle von Schuldgefühlen und das überwältigende Empfinden, daß sein Leben nie wieder friedlich sein würde. Und all das, so seine plötzliche deutliche Erkenntnis, hing mit dem Überleben jener Frau zusammen, die ihn so sehr liebte, daß es sein gesamtes Wesen verändert hatte. Auf einmal wollte er nichts weiter, als sie beschützen und verteidigen und für sie beide einen Platz jenseits dieses Wahnsinns schaffen, zu dem sein Leben geworden war.

Na schön. Er nahm dem Wachposten seine Dienstpistole ab, entlud das Gewehr und warf den Patronenrahmen ins Gebüsch. Dann wandte er sich um und rannte los. Er lief an den zentralen Labors hinter der überdachten Passage vorbei und durch ein Feld mit hüfthohem Gras auf den Fuhrpark zu. Der Humvee, der ihn von der Einfahrt hierhergebracht hatte, parkte auf seinem Stellplatz; die Schlüssel steckten. Nichts war leichter, als einfach hineinzuklettern. Er überlegte nicht lange – im Grunde genommen überhaupt nicht –, als er mit knapp einhundert Stundenkilometern das Haupttor erreichte und sah, daß der Wachposten bereits alarmiert war. Die Blitze aus dem Mündungslauf nahm er nur als ein Wetterleuchten am Horizont wahr, er verspürte nicht die geringste Angst. Er trat das Gaspedal bis zum Anschlag durch und durchbrach donnernd das Tor, während der Wachposten zur Seite hechtete, um sein Leben zu retten. Peter war von seinen Fahrkünsten doch ein wenig beeindruckt. Nach der Episode mit dem BMW hatte er für Geschwindigkeit nicht mehr viel übrig gehabt, doch nun hatte sein rechter Fuß ein Eigenleben, und selbst seine Hände schienen zu wissen, was sie zu tun hatten.

Ohne auch nur einen Augenblick zu zögern, lenkte er den Humvee mühelos um eine Kurve, die ihn im rechten Winkel auf eine zweispurige Asphaltstraße brachte, auf der er spurlos verschwand, bevor irgendein anderes Fahrzeug vom Stützpunkt in Sicht kam.

Er folgte der Straße über den Hügel, verlangsamte dann sein Tempo und lenkte den Wagen vorsichtig ins Gebüsch, bemüht, keine Reifenspuren zu hinterlassen. Dann fuhr er querfeldein los, teils über Landstraßen, teils über Feldwege, einmal sogar an einem Fluß entlang, wie es Hopalong Cassidy einmal in einem Film getan hatte, den er als Kind sehr gern mochte. Er lächelte grimmig. Das war ein Spaß, und was für einer. Der Humvee, bestens geeignet für eine solche Tour, flog mit all der Dynamik, die seine Ingenieure entworfen und die Steuerzahler finanziert hatten. Das Militär hatte eben doch seine guten Seiten, dachte Peter bitter. Und was noch besser war, auf diese Weise würde es ihm erspart bleiben, fünf Meilen weit über eine kurvenreiche Schnellstraße und an etlichen Straßensperren vorbeifahren zu müssen. Die Bucht. Er hatte nur dieses eine Ziel vor Augen: die Bucht zu erreichen.

Elizabeth hatte beschlossen, in die Stadt zu fahren und sich unter die Touristen zu mischen. Doch dann sah sie, wie der Honda auf einen Abschleppwagen gehievt wurde. Der Fahrer, ein Einheimischer mit langem Haar und überheblichem Getue, sah sie mit einem Blick an, der zu sagen schien, versauen Sie mir bloß nicht meinen Tag.

»Was zum Teufel machen Sie da?« herrschte sie ihn an.

Er machte sich nicht einmal die Mühe, die Zigarette aus dem Mund zu nehmen oder den Hebekran mit dem Honda anzuhalten. »Ich beschlagnahme diesen Wagen.«

»Um drei Uhr morgens?«

»Beste Zeit, um ihn zurückzubringen.«

»Aber der Wagen gehört mir.«

»Ich würde sagen, er gehört Hertz.«

Er machte den Hebekran fest und ging zurück in sein Führerhaus, gefolgt von Elizabeth.

»Aber die haben doch meinen American-Express-Beleg.«

»Die Karte taugt nichts«, sagte der Fahrer. »Kein Kredit, kein Wagen.« Er knallte die Fahrertür zu und ließ den Motor an.

Elizabeth rannte zurück zu ihrem Wagen und spähte hinein, um festzustellen, ob sie irgend etwas darin vergessen hatte. Ihre Reisekarte und der Mietvertrag für den Honda klemmten zwischen den beiden Vordersitzen, doch bevor sie die Tür aufreißen konnte, war der Abschleppwagen mitsamt dem Mietwagen schon verschwunden.

»Scheißkerl!« Ihr Schrei verlor sich in der Nacht, und das ohrenbetäubende Dröhnen des Abschleppwagens ließ sie vermuten, daß der Fahrer sie nicht einmal gehört hatte. Nicht daß er sich einen Dreck darum geschert hätte, dachte sie.

Einen Augenblick lang stand sie reglos da, wie gelähmt vor Wut, und überlegte, was zum Teufel sie als nächstes tun sollte. Und dann schoß ihr noch ein Gedanke durch den Kopf: die *coquís* schwiegen.

Als sie sich umsah, merkte sie, daß es stockfinster und totenstill war. Sie war allein – und winzig klein unter all den Sternen.

Sie ging zurück zur Einfahrt. Aus irgendeinem Grund

stand sie offen. Wie immer lag der Ex-Matador nach hinten gekippt in seinem Klappstuhl, und sie kam auf den törichten Gedanken, ihn und seinen Zustand vielleicht zu melden. Vielleicht würde Greeley sich dann irgendwie verpflichtet fühlen, ihr zu helfen, einen anderen Wagen anzumieten. Aber sie brachte es nicht übers Herz. Statt dessen rief sie dem alten Mann zu:

»*Toro! Toro!*«

Er rührte sich nicht.

Und dann bemerkte sie etwas unter seinem Stuhl, einen Schimmer des Mondlichts in einer Lache, die sich langsam ausbreitete. Als sie näher trat, sah sie, daß seine Hose ebenfalls dunkel verfärbt war.

Es war zu dick und zu rot, um etwas anderes zu sein als Blut.

Aus irgendeinem Grund konnte sie nicht schreien, obwohl sie innerlich vor Entsetzen laut aufkreischte. Sie schlich näher, in der Hoffnung, ihm irgendwie helfen zu können, während sich die Härchen auf ihren Armen aufstellten – wie Insekten, die ihr über die Haut krabbelten. Trotz der Dunkelheit konnte sie erkennen, daß man ihm von einem Ohr zum anderen die Kehle aufgeschlitzt hatte.

Bevor sie wußte, wie ihr geschah, rannte sie schon los.

Sie stürzte über den Parkplatz und ins Hotel, während ihr in einem Anfall instinktgesteuerter Verzweiflung klar wurde, wie *offen* in diesen tropischen Gegenden einfach alles war: offene Veranden, offene Terrassen, dünne Bambusstreifen, wo Türen sein sollten. In der verdunkelten Lobby des Hotels hielt sie inne. Aus Ivors Wohnung drang Musik.

»Ivor! Rufen Sie die Polizei!«

Keine Antwort.

Sie fragte sich, ob er vielleicht beschlossen hatte, daß er mit ihr nichts mehr zu tun haben wollte. »*Ivor?*«

Seine Tür war nur angelehnt.

Sie trat näher und wollte sie etwas weiter öffnen, doch sie ließ sich nicht bewegen. Irgend etwas drückte von der anderen Seite dagegen. Da die leicht gebaute Tür zwar oben, aber nicht unten nachgab, wußte sie, daß sich der Gegenstand, was immer es auch war, auf dem Boden befinden mußte.

Sie preßte die Schulter gegen die Tür, bis sie so weit offenstand, daß sie den Kopf durch den Spalt stecken und einen Blick ins Zimmer werfen konnte.

Was sie sah, fuhr ihr in den Magen und jagte ihr einen höllischen Schrecken ein. Dort lag Ivor, eine aschfahle Maske blanken Entsetzens auf dem Gesicht. Dann bemerkte sie das Blut. Und einen Augenblick später sah sie, daß sie selbst darin stand.

Sie wandte sich auf dem blutbeschmierten Absatz um und rannte zu ihrem Zimmer, knallte die Tür zu und verriegelte sie von innen. In diesem Augenblick begriff sie, daß das Schloß so morsch und abgenutzt war, daß man die Tür ohne weiteres mit einem Faustschlag aufstoßen konnte. Sie nahm sich einen schweren hölzernen Stuhl und versuchte, ihn unter dem Türknauf festzuklemmen, aber er hielt nicht. Sie sah sich nach einem noch schwereren Gegenstand um, den sie vor die Tür schleifen konnte, doch das größte Möbelstück in ihrem Zimmer war das Bett, und das war so leicht, daß sie es mit den bloßen Knien schieben konnte.

Rasch griff sie zum Telefon. Es kam noch immer kein Amtszeichen, aber diesmal vernahm sie ein Geräusch in der Leitung und dann, einen Augenblick später, eine flüsternde männliche Stimme.

»Russell? Hast du sie?«

Sie ließ den Hörer fallen, noch bevor sie merkte, daß er ihr aus der Hand zu gleiten drohte. Als er mit einem klappernden Geräusch auf den Schreibtisch fiel, war ihr klar, daß der Mann am anderen Ende der Leitung, wer auch immer es war, jetzt alarmiert war. Die erste Panikwelle jagte durch ihren Körper.

Sie stolperte ins Bad und schob den Riegel vor. Mit zwei Barrieren, die nun zwischen ihr und einem möglichen Eindringling dort draußen standen, hatte sie vielleicht genug Zeit, um durch das Fenster über der Badewanne zu flüchten. Sie schob den Duschvorhang beiseite und stolperte fast in die Arme eines bulligen Mannes in Bermuda-Shorts und einem Budweiser-T-Shirt.

»Hoppla«, sagte er und kam taumelnd auf sie zu.

Doch sie hatte schon einen Satz nach hinten gemacht und schrie nun aus vollem Hals, bis sie gegen die verriegelte Tür stieß, was sie schlagartig in höchste Gefechtsbereitschaft versetzte. Es war, als würde irgendein elementares Ich zu ihr sagen: *Hier geht es um Leben und Tod!* Zum Glück war der riesige, bärtige Mann mit dem Fuß am Rand der Badewanne hängengeblieben, als er sich auf sie stürzen wollte, so daß er nun genau hinter ihr mit dem Gesicht nach unten flach auf den Boden fiel. Dadurch gewann sie genau den Augenblick, den sie benötigte, um den Riegel zurückzuschieben, doch eine Sekunde später hatte der Mann schon ihren Fußknöchel umklammert.

Inzwischen war sie wieder in der Lage, klar zu denken. Sie holte mit dem freien Fuß aus und trat dem Mann mit voller Wucht ins Gesicht. Sie hörte ein Knacken und hoffte, daß sie ihm die Nase gebrochen hatte; ihre Panik legte sich ein wenig, als sie merkte, daß sie ihm durchaus weh tun konnte. Während sie durch die offene Badezimmertür flitzte, sah sie, wie er sich erhob und sich beide Hände vors Gesicht hielt. Blut quoll zwischen seinen Fingern hindurch, und seine Augen waren tränenblind, doch er hielt ein Steakmesser in der Hand und stolperte hinter ihr her. Alles kam mit der Intensität einer Zeitlupe auf sie zu, wie eine Reihe von Slalomstöcken auf einer Abfahrtsstrecke. Schließlich erreichte sie die Zimmertür, riß sie auf und rannte los – um schon im nächsten Augenblick mit einem zweiten Mann zusammenzuprallen, der draußen im Flur gewartet hatte.

Dieser Mann war etwa Mitte Dreißig, mit leichenblasser Haut, klaren blauen Augen und einem Bürstenhaarschnitt. Ihr Blick fiel auf seine gebügelte Hose und das gut sitzende Hemd, und sie begriff, daß er vom Militär sein mußte. Sie sah, wie er ein Bein anhob und ein Messer unter dem Hosenaufschlag hervorzog. Es war ein Elitesoldat der Navy, soviel wußte sie, und das Messer eine Standardvariante. Woher sie das wußte, konnte sie nicht sagen – sie wußte es einfach. Sie taumelte zurück ins Zimmer, und der Mann mit der blutigen Nase baute sich hinter ihr auf.

»O mein Gott«, sagte der Navy-Soldat, »warum erledigst du sie nicht einfach?«

»Sie ist zäh«, sagte der andere Mann und packte Elizabeth an den Haaren. Er hatte eine Hand an ihrer Bluse, und Mordlust sprach aus seinen Augen, als der Elitesoldat ihn auf einmal herumriß und ihm das Messer an die Kehle setzte.

»Im Moment ist deine Nase nur ein bißchen blutig. Willst du vielleicht ganz auf sie verzichten?«

»Hey, Russell, du kannst mich mal«, fauchte der bärtige Mann mit einem schielenden Blick auf das Messer, das genau an seiner Halsschlagader lag. Er bemühte sich um einen etwas sanfteren Tonfall. »Du hast doch selbst gesagt, der Job hier ist einfach.«

»Ich habe aber auch gesagt«, entgegnete der Soldat ruhig, »daß du persönlich nicht berechtigt bist, ihr auch nur ein Haar zu krümmen.«

Die Augen des bärtigen Mannes blinzelten angestrengt, als versuchte er, einen bestimmten Stöpsel ausfindig zu machen, den man irgendwo in seiner Hirnrinde gezogen hatte. Sein Versuch, die Verbindung wiederherzustellen, schlug offensichtlich fehl: Trotz der Warnung des Soldaten zerrte er Elizabeth zwischen seine Beine und versuchte, ihr seine Zunge in den Mund zu zwängen. Der Soldat drehte sein Messer um und rammte es dem bärtigen Mann in den Schädel, so daß es zwei Zentimeter tief in sein Gehirn eindrang. Mit einem ungläubigen Gesichtsausdruck schnellte der Mann hoch, prallte rücklings gegen einen Kaffeetisch und ging zu Boden. Er schlug wie wild um sich und ruderte mit den Armen, während ihm eine dünne Schaumspur aus einem Mundwinkel rann. Dann blieb er reglos liegen.

Elizabeth, die in jener eisigen Sphäre zwischen Ekel und Entsetzen schwebte, starrte auf einen Fleck an der Wand.

»Die Nacht der Amateure«, sagte der Soldat mit dem Namen Russell. Er wandte sich zu Elizabeth um. »Kommen Sie her«, befahl er ihr, während er einen Strick aus seiner Gesäßtasche zog. Er will mich aufhängen, dachte Elizabeth wirr. Er packte sie an den Handgelenken und bog sie ihr auf den Rücken. Er war unglaublich stark und drückte sie mit Gewalt gegen die Wand, bis sie sich nicht mehr rührte. Sie spürte, wie ihr Kopf an den Haaren nach hinten gerissen wurde, sie sah, wie sich das Messer in einem Bogen auf sie zubewegte und dann innehielt.

»Wenn ich wollte«, sagte er sehr leise, »dann hätte ich Sie schon längst kaltmachen können. Aber ich folge meinen Befehlen.« Während er begann, ihre Handgelenke mit dem Strick zusammenzubinden, rammte plötzlich von hinten jemand in ihn hinein.

Der Angriff kam so plötzlich und mit einer solchen Wucht, daß Elizabeth einen verwirrten Moment lang glaubte, es sei vielleicht irgendein wildes Tier. Entsetzt sah sie, wie der Soldat von ihr weggeschleudert wurde, während sich der zweite Mann an seinen Rücken klammerte und beide erst gegen die Couch krachten und dann zu Boden gingen. Im nächsten Augenblick erkannte sie, daß es Peter war, der nun taumelnd hochkam und sah, wie sich der Soldat nach seinem Messer bückte. Peter stürzte sich auf ihn und packte ihn am Handgelenk – den Bruchteil einer Sekunde bevor Russell ihm mit dem Ellbogen einen Kinnhaken versetzte. Peter taumelte nach hinten, und Russell sprang auf ihn, drückte ihm ein Knie auf die Brust und stach zu. Peter riß den Kopf in genau dem Augenblick zur Seite, in dem das Messer knapp neben seinem Ohr vorbeisauste und im Boden steckenblieb. Russell fluchte und versuchte verzweifelt, das Messer herauszuziehen. Noch bevor es im gelang, hatte Elizabeth schon den Stuhl gepackt, den sie vorhin unter den Türknauf klemmen wollte, und schmetterte ihn Russell mit voller Wucht auf den Hinterkopf.

Der Soldat stürzte nach vorn, und die Messerklinge verschwand unter seinem Körper. Ob sie in ihn eingedrungen war oder nicht, ließ sich unmöglich sagen, aber eines stand fest: er rührte sich nicht mehr vom Fleck.

Sie liefen um ihr Leben.

Sie rannten durch die Lobby und auf den Parkplatz. Und dann standen sie auf einmal vor Schreck still, als sie in den Gewehrlauf eines Wachmanns blickten, der offenbar Russells einzige noch verbliebene Verstärkung war.

Es war der Fahrer des Abschleppwagens, der noch immer eindeutig in Zivil, inzwischen jedoch bewaffnet war.

»Wo ist Señor Russell?« fragte er. Seine Stimme klang unsicher, und er blickte etwas irritiert drein, als er einen anderen Mann mit dem Mädchen sah.

»Oben«, sagte Peter, der sich bemühte, sich das Zittern in seiner Stimme nicht anmerken zu lassen. »Er hat die Sache abgeblasen. Sie ist nicht die, die wir suchen.« Er legte Elizabeth schützend eine Hand auf die Schulter und schob sie an dem Burschen vorbei. Er hatte sie genau genug beobachtet, um zu wissen, daß ihre Augen ausgesprochen ruhig wirkten, auch wenn es ihr im Augenblick offensichtlich noch die Sprache verschlagen hatte.

Der Fahrer des Abschleppwagens folgte in einem unsicheren Abstand. Er war zehn Jahre jünger als der Bursche oben, höchstens achtzehn, und mit Sicherheit kein Elitesoldat. Eine klammheimliche Operation, dachte Peter. Henderson war eindeutig der führende Kopf, der hinter dieser Mission steckte, und wollte vermutlich nicht, daß sie in die Akten kam. Was würden seine Bosse wohl sagen, wenn sie wüßten, daß er die Auslöschung eines Lebens befohlen hatte, dessen Erhalt sie sich so viel hatten kosten lassen?

»Hey!« brüllte der Junge plötzlich. Als Peter und Elizabeth herumfuhren, sahen sie, daß er seine Waffe genau auf ihre Köpfe gerichtet hatte. »Gehen wir doch lieber rauf und sehen nach, ob dieser Bursche von der Army wirklich gesagt hat, was Sie mir erzählen«, stotterte er.

»Darüber wird er aber nicht sehr erfreut sein«, entgegnete Peter vielsagend. »Er ruht sich aus. *Sueño*. Und er versteht keinen Spaß, wenn ihn jemand bei seinem

Mittagsschlaf stört. Da kann er sogar ziemlich sauer werden.«

Der Bursche warf einen kurzen Blick hinauf zu den Fenstern und leckte sich die Lippen. »Nein, Sie kommen schon besser mit mir hoch.«

Peter tat, als widere ihn die Sache an. Neben ihm stieß Elizabeth einen entnervten Seufzer aus.

»Hör mal«, sagte sie, »willst du deinen Abschleppwagen eigentlich behalten oder nicht? Falls du mir nämlich nicht bald aus den Augen verschwindest, dann werde ich dafür sorgen, daß du schneller Ärger mit der Polizei hast, als dir lieb ist, das schwöre ich dir.«

Der Bursche sah sie unschlüssig an.

Peter trat einen Schritt vor und hielt sich die Waffe selbst an die Stirn, damit der Fahrer sah, wie wenig Angst er hatte.

»Wenn du etwas in dieser Richtung vorhast, dann tu's hier. Aber bevor du es tust, solltest du eines wissen: Wenn du Dr. Peter Jance vom Sonderforschungsprogramm Waffenentwicklung, US-Armee, Ministerium der Verteidigung, umlegst, dann wird man dich dafür zur Strecke bringen und wie einen Straßenköter abknallen.«

Schließlich zuckte der Junge doch ein wenig zusammen.

Peter warf noch einen verstohlenen Blick auf Elizabeth, als ihm auf einmal klar wurde, was er da eben gesagt hatte. O mein Gott. Na, vielleicht nahm sie ja an, daß es sich um eine Cover-Identität handelte. Vielleicht würde er es ihr auch niemals erklären müssen, weil dieses Bürschchen sie beide erschießen würde. Aber er tat es nicht. Er ließ das Gewehr sinken und räusperte sich.

»Bleiben Sie hier. Ich werde mit ihm sprechen.«

Er wandte sich ab und betrat das Hotel.

Peter gab Elizabeth ein Zeichen, und beide rannten los.

»Hier entlang!« zischte er und steuerte auf den Humvee zu, der hinter einer Tarnplane aus sanftem Olivgrün versteckt lag.

»Woher wußtest du von dieser Sache?« fragte sie im Laufen.

»Als du an der Bucht nicht aufgetaucht bist, dachte ich mir, ich seh' lieber mal nach, was mit dir ist.«

»Gott sei Dank. Du hast mir das Leben gerettet. Du warst wunderbar.«

»Ich hatte keine Zeit, erst noch darüber nachzudenken«, sagte er wahrheitsgetreu, doch dann bemerkte er ihren seltsamen Gesichtsausdruck und hielt abrupt an. Und dann hörte er, wie die Waffe entsichert wurde.

Er drehte sich um und sah den Jungen mit dem Gewehr. Diesmal zitterte und bebte er vor Zorn.

»Sie sind wahnsinnig, Mann, diesen Burschen umzulegen. Und jetzt sind Sie verdammt noch mal selbst ein toter Mann, denn Sie haben mein Gesicht gesehen, und ich werd' bestimmt nicht –« Seine Stimme ging in einem lauten Hupen unter, das von der Straße hinter ihm kam. Der Junge schnellte herum, warf panisch die Waffe fort und sprang mit einem Satz zur Seite, als ein Range Rover mit Regierungskennzeichen und blinkenden Scheinwerfern genau auf ihn zuraste. Er verfehlte ihn nur um wenige Zentimeter, bevor er mit einer Vollbremsung neben Peter und Elizabeth zu stehen kam. Die Fahrgasttür ging auf. Peter sah für einen kurzen Augenblick einen stacheligen, blonden Haarschopf und wußte, es war Alex. Er nahm Elizabeth bei der Hand, doch sie wich zurück. Auch sie hatte Alex bemerkt, und nach allem, was sie wußte, war er der mysteriöse Bursche, der sie verfolgt hatte, als sie auf der Insel ankam.

»Es ist schon in Ordnung«, beschwichtigte Peter sie. »Komm nur.«

Sie rührte sich noch immer nicht vom Fleck, wodurch der Junge mit dem Gewehr genug Zeit gewann, um seine Waffe aufzuheben und sie auf sie beide zu richten. Peter und Elizabeth sprangen mit einem Satz in den Range Rover, der im nächsten Augenblick die Straße hinunterpreschte. Peter glaubte zu hören, wie ein Schuß abgegeben wurde, aber Alex hatte das Gaspedal voll durchgetreten, und neben dem Dröhnen des Motors und dem Wind, der durch die Fenster pfiff, konnte man kaum noch ein anderes Geräusch wahrnehmen.

»Willkommen auf Vieques. Endlich«, sagte Alex zu Elizabeth. Dann warf er durch den Rückspiegel einen etwas seltsamen Blick auf Peter. »Mit Ihnen alles in Ordnung, Doc?«

»Alles in Ordnung«, sagte Peter. Doch als die Adrenalinzufuhr allmählich zurückging, verspürte er einen stechenden Schmerz am oberen Rand seines Ohrs, und er betupfte die Stelle mit einem Finger. Sein Ohr war an der Stelle ein Stück weit eingerissen, und es tat höllisch weh. Doch das Blut bildete bereits eine Schorfschicht, und Peter schätzte sich glücklich, daß er überhaupt noch am Leben war. Das hätte um ein Haar das Ende dieses wundervollen Körpers bedeutet, dachte er, und ihm fiel auf, wie sehr er ihn inzwischen als sein Eigentum betrachtete.

»Dieser Bursche in Ihrem Zimmer, konnten Sie zufällig seinen Namen erfahren?« fragte Alex. Peter warf einen Blick auf Elizabeth. Sie sah aus dem Heckfenster. Als er sich ebenfalls umwandte, bemerkte er eine Kolonne von drei Fahrzeugen, die gerade mit strahlenden Scheinwerfern um eine Kurve bogen und auf sie zuhielten.

»Runter!« brüllte Alex, und sie warfen sich auf den Boden. Während die Regierungsfahrzeuge, ohne ihr Tempo zu verlangsamen, an ihnen vorbeirasten, hielten sie fast den Atem an. Alex winkte ihren Rücklichtern fröhlich zu, bevor er den beiden ein Zeichen gab, daß die Luft wieder rein war.

Peter und Elizabeth setzten sich wieder aufrecht hin. »Russell«, sagte Elizabeth, die inzwischen doch merklich zitterte.

»Hendersons Bursche«, bestätigte Peter. »Wohin fahren wir?«

»Flughafen«, sagte Alex und versuchte Elizabeths Blick aufzufangen. Er schien etwas sagen zu wollen, doch dann befahl ihm Peter, auf die Straße zu achten, und Alex änderte seine Meinung. Er wandte sich wieder nach vorn und gab Gas.

Peter betrachtete Alex, der ihm einen seltsam humorvollen Blick zuwarf – mit hochgezogenen Augenbrauen und einem Gesicht, das er zu einem merkwürdigen Grinsen verzerrt hatte.

»Das war vielleicht was, hm?«

»Vielen Dank für alles«, sagte Peter.

»Keine Ursache«, sagte Alex. »Ach ja, und keine Sorge – die Chancen stehen gut, daß man uns nicht in einen Zusammenhang bringen wird.«

In Peters Ohren klang das durchaus nach etwas, worum man sich Sorgen machen sollte. »Hast du dich von Freddy abgenabelt?«

»So könnte man's nennen, ja«, sagte Alex, den Blick auf die Straße geheftet, die sich vor ihm erstreckte. Elizabeth beugte sich vor und sah Alex an.

»Warum haben Sie mir diese E-Mail geschickt?«

»Ich habe versucht, Sie hierherzulocken, um Sie zu warnen«, erwiderte Alex, ohne zu zögern.

»Um mich wovor zu warnen?«

»Das sollten Sie lieber nicht fragen«, sagte er. »Das sollte sie lieber nicht fragen, stimmt's, Peter?«

»Stimmt«, sagte Peter mit einem Blick auf Elizabeth, der besagen sollte, daß er keine Ahnung hatte, wovon der Bursche eigentlich sprach.

»Wir werfen ihnen nur ein paar Knüppel zwischen die Beine«, sagte Alex. »Ich nehme an, uns beiden ist zur selben Zeit ein Licht aufgegangen, was, Doc?«

»Stimmt«, sagte Peter.

»Ich meine, der Kalte Krieg ist vorbei, aber wir machen immer weiter. Eigentlich hätte ich es mir schon damals ausrechnen können.«

»Was ausrechnen können?« fragte Elizabeth, die zwischen den beiden hin und her blickte. »Wovor wollten Sie mich warnen?« fragte sie noch einmal und inzwischen etwas entnervt. Alex verdrehte die Augen und sagte nichts. Sie warf einen Blick auf Peter.

»Und wenn ich eine solch offenkundige Bedrohung darstelle, warum hat dieser Mann mich dann nicht einfach an Ort und Stelle umgelegt? Er hat irgend etwas davon erwähnt, daß er das nicht dürfte. Es sah aus, als wollte er mich fesseln oder so ähnlich.«

»Für mich ist das alles genauso verworren wie für dich«, sagte Peter, und er meinte es ehrlich. Er wollte Alex fragen, ob er mit Beatrice gesprochen hatte, doch er wußte nicht recht, wie er eine solche Frage formulieren sollte, ohne die Frau neben ihm zu verunsichern. »Weißt du noch, worum ich dich vorhin gebeten habe? Hast du das getan?«

Alex runzelte die Stirn, als könne er sich im Augenblick nicht erinnern, doch dann hellte sich sein Gesicht auf. »Ja. O ja. Die betreffende Partei … äußert Verständnis. Weiß, daß Sie verschwinden mußten. Bedauert, daß man die Gefahr nicht erkannt hat. Wünscht alles Gute.«

»In gewisser Weise«, kam ihm Peter entgegen.

»Ja, in gewisser Weise, das ist richtig«, sagte Alex mit einem raschen Blick auf Elizabeth. »Läßt außerdem ausrichten, Sie sollen nicht wiederkommen.«

Peter wandte den Blick ab. Der Himmel draußen hellte sich langsam auf. Er glaubte, Jasmin riechen zu können. »Die fragliche Partei – ist diese Person noch in das Programm eingebunden?« fragte er mit gedämpfter Stimme.

»Schwer zu sagen, Kumpel. Halb und halb, würde ich sagen.«

»O verdammt noch mal«, fluchte Elizabeth auf einmal, machte einen Satz über die Sitzlehne nach vorn, riß die Zündschlüssel an sich und würgte den Motor ab, bevor Alex überhaupt merkte, was sie da eigentlich tat.

»Wow«, sagte Alex erschrocken, während der Range Rover ausrollte und zum Stillstand kam. »Offenbar haben wir es hier mit einer Situation zu tun …« Draußen sangen die *coquís*. Aus keiner der beiden Richtungen kam ihnen ein Fahrzeug entgegen, aber sie wußten nicht, wie lange es dabei bleiben würde. Peter warf ihr einen flehenden Blick zu – sie hielt die Schlüssel fest umklammert.

»Wir werden hier an Ort und Stelle bleiben, bis ich eine Erklärung bekommen habe«, sagte sie.

»Na, dann erklär doch mal – Hans«, sagte Alex, wobei er den Vornamen besonders deutlich aussprach.

»Bitte, wir haben jetzt keine Zeit dafür«, flehte Peter.

»Bevor ich in irgendein Flugzeug steige, will ich wissen, was hier eigentlich gespielt wird. Ich dachte, ich würde dich nun allmählich kennenlernen«, sagte sie zu Peter, »aber inzwischen bin ich mir nicht mehr sicher, ob ich überhaupt etwas von dir weiß.«

Peter ließ den Kopf hängen. »Es tut mir leid.«

»Es tut mir leid, *Helen*«, fauchte sie ihn an.

»Es tut mir leid, Helen«, wiederholte er – und dankte Gott, daß sie ihm endlich ihren Namen genannt hatte. Und dann fing er Alex' Blick auf.

»O nein ...«, sagte Alex.

Peter sah zurück zu der Frau. »Mein Name ist Elizabeth«, sagte sie.

»Das wußte ich«, sagte er ohne jede Chance.

»Und wie lautet mein Nachname?«

Er starrte sie an, dann wandte er den Blick ab.

»O Gott im Himmel«, sagte sie leise. Sie schien völlig am Boden zerstört. »*Was ist bloß mit dir passiert?*«

»Wir sollten endlich loo-hoos«, sagte Alex mit angespannter Stimme.

»Ich bin nicht Hans«, sagte Peter.

»Was?«

»Früher war ich Hans«, sagte er mit schwacher Stimme.

»Leute? Können wir das vielleicht im Flugzeug klären?«

»*Früher?*« fragte sie zornig. »Was soll *das* denn bedeuten? Du *bist* er.« Sie wies mit einer unbestimmten Geste auf seine Knie. »Diese Narben an deinem Knie – die kenne ich doch wie meine Westentasche. Was haben sie bloß mit dir *gemacht*, in Gottes Namen? Haben sie dir das Gehirn versengt, oder was?«

»Nein«, sagte er hilflos, »*das* haben sie gerettet.« Er konnte nicht weitersprechen, da in diesem Augenblick ein Wagen aus der Dunkelheit hinter ihnen auftauchte. Er raste genau auf sie zu.

»Die Schlüssel, Elizabeth!« schrie Alex. Auf einmal packte sie die Angst stärker als je zuvor, sie warf ihm die Schlüssel zu, und Alex fummelte sie wieder in die Zündung. Der Motor sprang an, und der Range Rover brauste davon, gefährlich dicht gefolgt von einem Humvee. Sie rasten die Straßen entlang, ohne auch nur annähernd auf ihre Sicherheit zu achten. Vor ihnen konnte Peter bereits die Lichter des Flughafens von Vieques erkennen, doch als er einen Blick nach hinten warf, sah er, daß der Humvee kaum noch zwanzig Meter von ihnen entfernt war. Immer wieder blitzte seine Lichthupe auf.

»Keine Sorge«, sagte Alex. »Das sind alles nur Einschüchterungsversuche. Solange Sie hier bei uns sind«, sagte er mit einem Blick auf Elizabeth, »werden sie nicht gezielt schießen. Tun Sie mir einen Gefallen und zeigen Sie ihnen Ihr Gesicht.«

»Was?« fragte Elizabeth.

»Sehen Sie durchs Heckfenster. Winken Sie.«

»Sind Sie übergeschnappt? O mein Gott!« rief sie auf einmal, als die Windschutzscheibe zerbarst und der Range Rover an den Fahrbahnrand schlitterte, während hinter ihnen Flammen aus einem der Kotflügel hochschlugen. Alex wurde nach vorn geschleudert und verlor die Kontrolle über das Fahrzeug. Peter machte einen Satz auf das Lenkrad zu, doch es war zu spät. Der Wagen flog von der Straße in die Luft und landete in hohem Bogen in einer Gruppe von Mangrovenbäumen. Unmengen von Wasser und Schlamm wurden aufgewühlt, als der Wagen aufprallte, und dann war alles dunkel. Adrenalinstöße jagten durch Peters Körper, während er eine Tür aufstemmte, durch die sich Elizabeth hindurchzwängen konnte. Dann streckte er eine Hand nach Alex aus, doch der Junge war verschwunden, und die Fahrertür stand offen. Peter glaubte, hinter sich Alex schreien zu hören, der sie zur Eile drängte. Dann wurden, ein Stück weiter entfernt, noch mehr Rufe laut, und aus dem Wasser drang der Geruch von Benzin. In blinder Panik hechtete Peter aus dem Wagen und zerrte Elizabeth hinter sich her durch das Dunkel. Einen Augenblick später war der Sumpf hell erleuchtet von der weißglühenden Explosion des Range Rover.

»Heilige Mutter Gottes«, sagte Peter, während er Elizabeth vor sich her schob. Im schaudererregenden Schimmer des Feuerballs vollführten die Schatten über dem Sumpf einen gespenstischen Tanz.

»Alex!« rief Peter.

Es kam keine Antwort. Eine Silhouette huschte zwischen den Mangrovenbäumen umher, doch ob es Alex war oder einer ihrer Verfolger, konnte er nicht erkennen. Umkehren war zwecklos. Sie kämpften sich durch das knöcheltiefe Wasser weiter, während das Prasseln der Feuersbrunst ihre Bewegungen vertuschte. Innerhalb weniger Minuten konnten sie zwischen den windschiefen Bäumen hindurch den Flughafen erkennen. Ein leichtes, zweimotoriges Turbo-Prop-Flugzeug ließ seine Motoren warmlaufen, und eine Handvoll Leute hielt auf der Gangway inne und starrte zu dem brennenden Sumpf hinüber. Auf einmal sprintete Elizabeth los und winkte wie verrückt – wem es galt, das konnte er nicht erkennen. Doch als sie beide die Bäume schließlich hinter sich ließen und auf den Sumpfboden genau unterhalb des Rollfelds traten, kam irgend jemand – allem Anschein nach eine Flugbegleiterin – auf sie beide zugelaufen. Nein, *drei* Flugbegleiterinnen, um genau zu sein.

»Mary?« rief Elizabeth völlig verdutzt, während sie über den Damm kletterte, der das Rollfeld ein Stück weit über den Mangrovensumpf erhöhte. »Mary Blanchard?«

»Lizzer?« schallte ein Ruf zurück. Inzwischen rannte Elizabeth so schnell, daß Peter eine jähe Angst erfaßte, er könnte sie im nächsten Augenblick womöglich für immer verlieren. Sie kämpfte sich bis zum Rollfeld hoch und packte die Flugbegleiterin an beiden Armen, so daß Peter begriff, daß die Frau jemand sein mußte, den Elizabeth kannte.

»Mary, ich muß von hier weg, sofort –«

Peters Herz krampfte sich zusammen, doch dann hörte er, wie sie sich verbesserte – und wieder einmal dankte er Gott: »*Wir*, meine ich«, sagte sie.

Mary starrte die beiden an. Sie waren blutbesudelt, durchnäßt und schlammbeschmiert. »Äh, habt ihr denn Tickets?«

»Nein«, sagte Peter und warf über die Schulter einen Blick auf die drei Fahrzeuge, die in diesem Augenblick die Zufahrtsstraße zum Flughafen entlangrasten, »aber wir müssen mit Ihnen an Bord gehen.« Er begann, Elizabeth in Richtung Gangway zu schieben. Es war ein Flug der American Airlines, der aufgrund von Problemen mit der Ausrüstung bereits erheblich Verspätung hatte. Doch nun trat der Pilot, der die Aufregung mitbekommen hatte und für weitere Verzögerungen nicht zu haben war, zwischen sie.

»Kann ich Ihnen vielleicht irgendwie helfen?« Sein Tonfall war völlig neutral und ohne jedes Mitgefühl.

»Wir würden gern ein Ticket für Ihren Flug kaufen«, sagte Peter.

»Die Maschine ist restlos ausgebucht«, sagte der Pilot

mit einem verächtlichen Blick auf ihre Kleidung. »Morgen gibt es wieder einen Flug. Vielleicht können Sie sich in der Zwischenzeit ein bißchen säubern und –«

Peter warf noch einmal einen Blick zurück auf die Zufahrtsstraße. Die Regierungsfahrzeuge hatten ihr Tempo verlangsamt und schwärmten nun in verschiedene Richtungen aus, um zwischen den Maschinen nach ihnen zu suchen. Doch ein Humvee schien mehr oder weniger direkt auf sie zuzusteuern.

»Ich zahle Ihnen eintausend Dollar.«

»Ich verständige den Sicherheitsdienst des Flughafens, was halten Sie davon?« sagte der Kapitän, stapfte zu seinem Cockpit zurück und griff nach dem Mikrophon. Mary Blanchard nahm Elizabeth beiseite.

»Hör zu«, hörte Peter sie sagen, »ich weiß ja nicht, was für Ärger ihr habt, aber wir müssen nach Puerto Rico, um dort den Anschlußflug unserer Fluggesellschaft zu erreichen, klar? Wenn ihr es bis dorthin schafft, dann werde ich euch irgendwie in diese Maschine schleusen, das verspreche ich euch. Es ist der Flug Nr. 99 der American Airlines, um sechs Uhr morgens.« Sie wies mit einem Kopfnicken in Peters Richtung. »Dann ist er also doch noch aufgetaucht, was?« Ohne eine Antwort abzuwarten, eilte Mary an Bord. Hinter ihnen schwenkte der Humvee herum und fuhr nun genau auf sie zu. Elizabeth packte Peter an der Hand und zog ihn an sich.

Er folgte ihr blindlings, bis er schließlich sah, wohin sie rannte – auf eine einmotorige Cessna zu, die ganz in ihrer Nähe warmlief.

»Hol den Piloten da raus!« schrie sie ihn an.

Er sah sie an. »Weißt du denn, wie man ein Flugzeug steuert?«

»Nein, du Idiot, aber *du*!«

Scheiße, dachte er, mit diesem Hans kann man nicht leicht mithalten. Er riß die Tür auf, zerrte den Piloten heraus, einen untersetzten Amerikaner mit einer Baseballmütze, auf der stand: »Ich würde lieber fliegen!« Er taumelte voller Entsetzen nach hinten, während die beiden schlammbeschmierten Luftpiraten seine Maschine erklommen.

»Hey!« rief der Mann ihnen noch zu, doch er versuchte gar nicht erst, sie aufzuhalten. Der Blick in Peters Augen war allzu wild, und außerdem war das verdammte Flugzeug ohnehin nur gemietet.

Im Cockpit starrte Peter völlig verstört auf die verwirrende Vielfalt an Hebeln und Instrumenten.

»Los!« schrie Elizabeth. Inzwischen rasten zwei Humvees in einem Affentempo auf sie zu.

»Was soll ich machen?«

»Zieh daran«, brüllte sie und zeigte auf den Gashebel.

Peter zog an dem Hebel, und mit einem höllisch lauten Dröhnen setzte sich die Maschine ruckelnd in Bewegung und steigerte rasch ihr Tempo. So zu tun, als hielte er das Lenkrad eines Autos in den Händen, half Peter überhaupt nicht weiter. Die Maschine drohte vielmehr von dem Rollfeld abzudriften. Während die Panik durch seine Adern jagte, fanden seine Füße schließlich die Seitenruderpedale und betätigten geschickt die jeweiligen Bremsen, so daß das Flugzeug elegant auf das Rollfeld zurückschwenkte, bevor es schließlich mit heulendem Motor das Tempo beschleunigte.

»Bist du sicher, daß ich, äh, weiß, wie man ein Flugzeug steuert?« brüllte er zurück.

»Mach jetzt keine dummen Witze, Hans, oder wer zum Teufel du bist. Ich weiß ja nicht, was mit deinem Kopf passiert ist, aber Hans konnte ein Flugzeug wie dieses mit geschlossenen Augen steuern, also denk nicht weiter drüber nach, sondern *tu's* einfach!«

Er gehorchte. Er schaltete seine Gedanken ab, die linke Hand zog den Steuerknüppel sanft zurück, und das Flugzeug erhob sich in die Luft. Er warf einen erstaunten Blick nach unten und hinter sich. Schon war das Rollfeld nur noch eine weit entfernte Schleife, und die Fahrzeuge ihrer Verfolger Spielzeugautos.

»Gut gemacht«, sagte Elizabeth.

Das Blut schoß ihm in den Schädel. Blümchenmuster verschwammen hinter seinen Augen. Er gab sich dem Wahnsinn hin.

»Gute Arbeit, Peter«, sagte er.

Und er dankte Gott für Hans.

14

Puerto Rico lag keine zehn Meilen von Vicques entfernt, soviel wußte Peter. Was er nicht wußte, war, wie es aus der Luft aussah, bei Nacht, zwischen den zahllosen Lichtpunkten, die von Booten und Sternen oder Häusern und Geschäften auf den Hunderten von Inseln und Korallenriffen herrührten, die diese Gegend übersäten.

»Mein aerodynamisches Wissen beschränkt sich zwar auf die Theorie«, sagte er mit einer Gelassenheit, die fast schon an Wahnsinn grenzte, »aber ich würde sagen, wir gewinnen an Höhe.«

»Wir sacken ab! Zieh schon!«

Er fühlte sich angegriffen und abwehrbereit zugleich. Beatrice konnte ebenfalls knallhart sein, aber im allgemeinen machte sie etwas dezentere Aussagen. Diese Frau sprach einfach aus, was sie dachte.

»Ich bin mir ziemlich sicher, daß das ein Fehler wäre«, versuchte er sie zu beschwichtigen. »Sieh mal, wir befinden uns über warmen Gewässern, also steigen wir aller Wahrscheinlichkeit nach in Wärmeaufwinden nach oben.«

»Und warum kann ich dann schon Wellen erkennen?« schrie sie.

Er schaute genauer hin, und dann konnte er sie ebenfalls sehen – und sie kamen rasch näher. »Verdammt«, sagte er, während er sich fragte, wie man wohl ein Flugzeug aufsteigen ließ.

»*Zieh* schon!«

Als sich schon die ersten Wellenkämme vor ihrer Windschutzscheibe auftürmten, setzte sein Verstand aus, und im nächsten Augenblick rissen seine Hände den Steuerknüppel wieder zurück. Das Flugzeug streifte mit den Rädern den Kamm eines Brechers, bevor es auf einmal steil nach oben zog. Ein lautes Hupsignal ertönte im Passagierraum.

»Was ist das?« fragte er.

»Die Überziehwarnung, nehme ich an. Fang das Flugzeug ab!«

»Ich denke nicht, daß ich –«

»*Denk* nicht, tu's einfach!«

Er schaltete seinen Verstand aus, sein Kopf war völlig leer, seine Arme schoben sich vor und fingen das Flugzeug sanft ab. Seine rechte Hand fand den Gashebel, gab Gas und fuhr dann – unheimlich, als hätte sie ein Eigenleben – die Klappen ein.

»Na bitte, wer sagt's denn«, meinte er bewundernd.

Elizabeth hatte die Augen vor Entsetzen weit aufgerissen. Er sah, wie sich seine Hand nach dem Instrumentenbrett ausstreckte und dann zögerte.

»Sie wollte den Funk benutzen«, sagte er, als ob er einen Spürhund bei einem Feldversuch beobachtete.

»Reine Gewohnheit«, zischte Elizabeth zwischen den Zähnen. »Du hast nach dem Abheben immer den Funk eingestellt. Weiß dein Gedächtnis denn überhaupt nichts mehr von alledem?«

»Ich ... ich fürchte nein.«

Ohne ihn anzusehen, fragte sie: »Warum hast du gesagt, dein Name sei Peter?«

»Weil es stimmt«, sagte er.

»Ist das der Name, den sie dir gegeben haben? Deine neue Identität?«

»Genau«, sagte er und hoffte, das würde genügen.

Elizabeth sah aus dem Seitenfenster und versuchte, aus all dem schlau zu werden. Sie fragte sich, warum sie ihn nicht einfach haßte. Aber sie tat es nicht. Jedenfalls noch nicht, sagte eine Stimme in ihrem Inneren.

»Ich werde dir sagen, was ich glaube«, sagte sie. »Ich glaube, du hattest irgendeine Art Schlaganfall.«

Wenn du das hier überlebst, dachte Peter, dann wirst du ihr alles erzählen. Aber nicht jetzt.

»Ja, das ist gut möglich.«

»Letzte Nacht, als du mich besucht hast, da hattest du gerade erst einen erlitten.«

»Vom Schwimmen?« Auf eine seltsame Weise klang das plausibel. Die Blutgefäße in seinem Kopf hämmerten. Vielleicht ...

»Du warst wie gelähmt, du konntest nicht sprechen«, versuchte sie ihn zu überzeugen. »Und ich möchte wetten, das war nicht das erste Mal. Du weißt nicht mehr, wer du bist, wer ich bin, und du hast einen Teil deiner höheren kognitiven Fähigkeiten eingebüßt – zumindest, was das Fliegen anbelangt.«

»Es kommt aber langsam wieder«, sagte er. »Vielleicht habe ich *tatsächlich* ein paar kleinere Schlaganfälle erlitten.« Es stimmte, daß er sich in genau diesem Augenblick einem neuen Anfall gefährlich nahe fühlte. Vielleicht war er dabei, schon wieder einen zu erleiden. Doch er wußte, daß die Angst, die in ihm aufstieg, nicht die Angst vor einem Anfall war. Es war seine Feigheit. Er rief sich vage in Erinnerung, daß er schließlich noch nie gewußt hatte, wie man so ein verdammtes Flugzeug steuert.

»An das meiste kann ich mich noch erinnern«, log er und versuchte so, ein Gefühl von Gelassenheit und Sicherheit in diesen Wahnsinn zu bringen. »Was das Fliegen anbelangt, meine ich. Sieh doch, wie gut ich alles im Griff habe.«

Sie sah ihn an – und versuchte zu glauben, daß er recht hatte. Offenbar flog er tatsächlich gut, wenn es sein mußte. Doch die komplexeren Vorgänge schienen ihn vor ein Rätsel zu stellen.

»Wie lauten die Koordinaten von Puerto Rico?« fragte Elizabeth herausfordernd.

Er hatte keinen blassen Schimmer. »Es ist gleich dort drüben«, bluffte er. »Erfahrene Piloten benutzen keine Koordinaten.« Er richtete sich in seinem Sitz auf und versuchte, wie ein Pilot zu wirken.

»Blödsinn. Natürlich tun sie das. Und du hast es auch getan – ich bin doch schließlich mit dir geflogen.«

Er fühlte, wie er sich anspannte, voller Eifersucht auf seinen eigenen Körper. Jetzt steuerte sein Geist in drei verschiedene Richtungen, und eine vierte schien auch schon in Sicht zu sein. »Ich bin jetzt eben ein eher instinktgesteuerter Pilot«, sagte er, und aus dem Augenwinkel sah er, wie sie in einer liebenswerten Geste verzweifelt die Hände rang. »Was ich im Augenblick gebrauchen könnte, Elizabeth, ist etwas weniger Kritik und dafür mehr Unterstützung. Sind diese Lichter dort unten Inseln oder Boote?«

Sie warf entnervt einen Blick nach unten. »Woher soll ich das wissen? Für mich sehen sie alle gleich aus. Viel wichtiger ist mir die Frage, welche von den Lichtern dort vor uns sind Flugzeuge, die auf uns zukommen, und keine Sterne?«

»Das sind alles Sterne. Wir sollten uns hier oben nicht

noch paranoid machen«, sagte er. »Wir werden das alles zusammen durchstehen, und dann werden wir –«

Seine Stimme ging im Dröhnen einer Piper Seneca unter, die in diesem Augenblick so nah an ihnen vorbeischoß, daß sie im Schimmer des Instrumentenbretts sogar das fassungslose, entsetzte Gesicht des Piloten erkennen konnten. Peters Geist war wie gelähmt, doch Hans' Körper vollführte ein meisterhaftes Ausweichmanöver. Mit einem kreischenden Geräusch ging das Flugzeug für einen Moment im Sturzflug nach unten und dann seidenweich wieder in den Horizontalflug über, beide Flügel auf gleicher Höhe, perfekt getrimmt. Sobald Peter über das nachdachte, was um ein Haar passiert wäre, lenkte er das Flugzeug wieder furchtbar schlecht.

»Hör mal«, sagte Elizabeth, als sie ihre Stimme wiederfand, »wir müssen wenigstens versuchen, auf den Luftrouten zu bleiben.«

»Ja, richtig.« Er nahm an, bei einer Luftroute mußte es sich um eine Art Autobahn in den Lüften handeln. Aber woran konnte man sie erkennen? Es war, begriff er, als spielte man russisches Roulette – mit drei oder vier Kugeln in der Revolvertrommel. Er holte einmal tief Luft. Besser war's schon, zumindest in ein paar Punkten endlich mit der Wahrheit herauszurücken.

»Hör mal«, sagte er. »Ich bin kein Pilot.«

Sie sah ihn an. Diesen Punkt würde sie ihm sicher ohne weiteres abnehmen, dachte er.

»Ich bin Peter, und ich bin kein Pilot. Ich bin Physiker, und – nein, ich bin nicht Hans' böser Zwillingsbruder. Obwohl, vielleicht bin ich das doch«, räumte er ein.

Sie starrte ihn an, als glaubte sie, er sei völlig übergeschnappt. »Du hattest seit zwanzig Jahren nichts mehr mit Physik zu tun.«

»Mit nichts, worauf ich stolz sein könnte, das stimmt.«

»Du warst doch Investmentbanker, ja oder nein?«

»Ich hab noch nie auch nur einen Scheck ausgestellt«, gestand er ihr.

»Hans –«

»Peter. Peter Jance«, korrigierte er sie, auf einmal angewidert vom Klang seines eigenen Namens. Und dann fügte er mit etwas leiserer Stimme hinzu: »Hans wer, nebenbei gefragt?«

»Brinkman.«

Er wünschte, er hätte nicht danach gefragt. »Ich bin Peter Jance, und ich bin Hans Brinkman.«

»Willst du damit sagen, du bist eine multiple Persönlichkeit?«

»Noch schlimmer. Die Sache ist die«, sagte er ernst, aber erleichtert, endlich die Wahrheit aussprechen zu können, »für deine Sicherheit ist es um einiges besser, wenn du es nicht weißt.«

»Tatsächlich? Meinst du etwa, ich bin jetzt in Sicherheit – in einem Flugzeug mit einem Piloten, der keiner ist?«

»Du hast doch gesagt, sie haben versucht, dich zu fesseln. Das entspricht aber nicht den allgemeinen Vorschriften, nach denen ein Attentat verübt wird. In den Vorschriften heißt es, schlag zu und hau ab. Ich glaube, man hat vielleicht versucht, dich zu entführen.«

Sie schluckte. Sie wußte, daß zumindest an diesem Punkt etwas dran sein konnte. Der Bursche hätte sie umbringen können, hatte es jedoch nicht getan. »Warum? Warum sollten sie mich entführen?«

»Ich weiß nicht. Vielleicht, um mich unter Druck zu setzen, damit ich zurückkomme.«

»Zurück wohin?«

»Das ist die Vierundsechzigtausend-Dollar-Frage, stimmt's?«

Sie warf ihm einen seltsamen Blick zu, und er begriff, daß ihr diese Floskel nicht geläufig war. Und er begriff ebenfalls, daß sein Verstand in den letzten fünf Minuten überhaupt nicht auf die Steuerung geachtet und sein Körper das Flugzeug doch einwandfrei gelenkt hatte. Red einfach immer weiter, dachte er. Und denk gar nicht erst über das Fliegen nach.

»Hans – Peter – ich glaube nicht, daß du bei der CIA bist, falls du das immer noch behauptest.«

»Ich habe nie behauptet, daß ich bei der CIA bin. Das war deine Vermutung. Und ich habe dich in dem Glauben belassen, weil die Alternative – dir die Wahrheit zu sagen – verdammt noch mal zu gefährlich war!« Warum brüllte er sie eigentlich an, als sei das alles ihre Schuld?

»Gefährlich für wen?« schrie sie zurück. »*Also wirklich!*«

»Für dich«, sagte er. Verzweifelt versuchte er sich einzureden, daß das die ganze Wahrheit war. »Ich dachte, sie würden dich umbringen, wenn sie wüßten, daß du Bescheid weißt – und dich nicht nur fesseln und in eine Zelle einsperren.« Es war nicht die ganze Wahrheit, dachte er angewidert. Und so fügte er noch hinzu: »Und für mich, weil ich dachte, du würdest einfach zur Tür hinausstürzen, ohne dir auch nur die Zeit zu nehmen, mir erst noch eine zu knallen.«

Entsetzt wandte sie sich um und sah ihn an. Sie hatte eine große Verletzbarkeit aus seiner Stimme herausgehört, und ihre Wut verrauchte im Nu.

»Ich kann dich nicht länger belügen«, sagte er. »Und damit stecke ich irgendwie in der Klemme, stimmt's?

Und zwar in einer, in der man schizophren wird, wie man früher vermutete«, fuhr er fort, wobei ihm durchaus bewußt war, daß sie womöglich dachte, er schwafele nur vor sich hin. »Ich bin hoffnungslos verliebt in dich, es ist mehr als Wahnsinn, und ich will nicht noch einmal sterben.«

Sie zuckte zusammen, dachte nach, sah ihn sanft an. *»Noch einmal?«*

Er schloß die Augen, um die Tränen zu unterdrücken. »Und das Schlimmste an allem ist, du erinnerst mich so sehr an meine Frau.«

»O Gott«, stöhnte sie.

»Ich weiß, es ist schrecklich für dich, so etwas zu hören. Aber es ist die Wahrheit.«

»Ich erinnere dich an Yvette?«

Er schüttelte den Kopf. »Beatrice. Meine Frau heißt Beatrice. Sie ist auf dem Stützpunkt, und ich weiß nicht, in welcher Gefahr sie schwebt. Wenn sie schlau ist und genauso fühlt wie ich, dann wird sie sich totstellen, vielleicht hoffen, daß ich versuche, mich bis zur *60-Minuten-Show* oder der *New York Times* durchzuschlagen. In diesem Fall wärst du als Köder allerdings nutzlos, und wir wären beide völlig entbehrlich.«

Elizabeth verfiel in Schweigen. Ihre Hände zitterten.

»Andererseits«, fuhr Peter fort, der die Sache jetzt hinter sich bringen wollte, »ist Beatrice womöglich so wütend auf mich, daß sie überhaupt nicht mehr klar denken kann, so wütend, wie du im Augenblick bist. Was ich keiner von euch beiden verübeln kann. Vielleicht ist sie durchaus geneigt, mit der Organisation zusammenzuarbeiten, die glaubt, daß wir beide ihr Eigentum sind – und dann würde es möglicherweise an Selbstmord grenzen, Kontakt zu ihr aufzunehmen. So sehe ich die Sache zumindest«, sagte er, und wieder klang in seiner Stimme eine gewisse Unsicherheit an. Irgend etwas bekomme ich hier nicht mit, dachte er, irgend etwas, was für sie beide von größter Bedeutung war.

»Warum solltest du dich denn an die *Times* wenden? Woran hast du denn in letzter Zeit gearbeitet?«

»Ich arbeite daran, etwas zum Stillstand zu bringen«, hörte er sich sagen. »Etwas, was ich selbst in Gang gesetzt habe.« Und dann platzte er damit heraus. »Eine Waffe.«

Er merkte, wie sie sich anspannte, doch gleichzeitig legte sich ein sanfterer Zug um ihre grauen Augen, als wollte sie ihm für die Aufrichtigkeit danken, um die er sich bemühte – auch wenn er ihr noch so konfus erscheinen mochte.

»Was für eine Waffe?« hakte sie nach.

»Eine Waffe wie jede andere«, sagte er. »Sie tötet. Nur daß sie es besonders gut kann.«

»Wie eine Atomwaffe?« fragte sie, und ihre Stimme verriet zum ersten Mal eine Spur von Angst.

»Noch besser. Oder schlimmer, sollte ich vielleicht sagen. Sie kann selektiv töten, aus sicherer Entfernung. Und nichts läßt sich als Schutzschild dagegen einsetzen. Und wir stellen sie in einem immer kleineren Format her. Es gibt keine Strahlung. Man könnte eine Stadt damit auslöschen und sie am nächsten Tag neu besiedeln. Es ist genau das richtige, werden die Leute sagen, um den Krieg im einundzwanzigsten Jahrhundert endgültig aus der Welt zu schaffen. Aber andererseits könnte sie einen Krieg auch beträchtlich ausweiten, da sie ihn für den Aggressor billiger macht und im Grunde einen Völkermord gegen alle ermöglicht, die sich der Aggressor aus dem Weg schaffen will. Und jetzt«, sagte er, als er spürte, wie das Flugzeug ins Schlingern kam, »erzähl mir mal, was du über Luftrouten weißt.«

»Nicht viel«, sagte sie. Ihre Stimme klang leise, und ihre Gesichtsfarbe war in den letzten Minuten seines Geständnisses deutlich blasser geworden. »Nicht mehr als das, was du mir beigebracht hast.«

»Was *Hans* dir beigebracht hat. Also weiter.«

»Ich weiß, daß wir auf einer bestimmten Flughöhe in eine bestimmte Richtung fliegen müssen.«

»Wie zum Beispiel?«

»Zum Beispiel in nördlicher und südlicher Richtung auf einer Höhe mit ungerader Zahl, und in östlicher und westlicher Richtung auf einer Höhe mit gerader Zahl. Und dann wird es noch weiter unterteilt, zum Beispiel zweitausend Fuß für Ost und zweitausendzweihundert für West.«

»Das ist alles? Ungerade Zahlen für Nord und Süd, gerade Zahlen für Ost und West – bei diesen Höhen?«

»Ich habe mir diese Höhen doch nur als Beispiel ausgedacht«, protestierte sie. »Ich bin mir nicht sicher, was sie wirklich zu bedeuten haben –« Sie brach ab, als auf einmal ein Flugzeug etwa dreihundert Meter weiter links an ihnen vorbeijagte. Es schoß wie eine Pistolenkugel vorbei und brachte sie beide dadurch auf den Boden der Tatsachen zurück.

»Was ist die niedrigste Flughöhe, auf der wir fliegen dürfen?« fragte Peter rasch.

»Über dem offenen Wasser fünfhundert Fuß, glaube ich, aber die Luftrouten fangen erst darüber an.«

»Na schön, wenn wir also auf einer Höhe von etwa fünfhundert Fuß fliegen, dürften wir eigentlich niemandem begegnen, was meinst du?«

»Ich nehm's an«, sagte sie.

Er drückte den Steuerknüppel vor, und sie verloren kontinuierlich an Höhe, bis sie schließlich schon die Wellenkämme erkennen konnten. Er fing das Flugzeug ab und blieb auf dieser Höhe. Irgendwo in seinem Hinterkopf – einem Ort, den er nur noch als seinen Un-Verstand bezeichnen konnte – wußte er, daß sie damit auch unter der Reichweite von Radarschirmen hindurchflogen, aber es war dennoch ein nervenaufreibender Flug. Spritzer von Brechern prallten an der Windschutzscheibe ab, und vor seinem geistigen Auge sah er schon eine Seemöwe, die sich wie eine Geschützgranate durch das Plexiglas pflügte.

»Ich glaube, dort drüben ist es«, sagte Peter, womit er ein Glimmern am Horizont meinte, das, so hoffte er zumindest, Puerto Rico war. Er lenkte das Flugzeug in die Richtung, doch als sie näher kamen, erwies es sich als ein Kreuzfahrtschiff. Sie flogen so niedrig darüber hinweg, daß sie sogar ein paar Matrosen erkennen konnten, die erschrocken zu ihnen hinaufblickten. Und dann flogen sie wieder durch die tintenschwarze Nacht.

Mit Elizabeths Hilfe fand er die Treibstoffanzeige. Sie sah nicht viel anders aus als die Benzinuhr eines Autos und ließ sich daher leicht lesen – und sie ging gefährlich nah gegen Null. »In welche Richtung fliegen wir?«

»Ich glaube, wir fliegen aufs offene Meer hinaus«, sagte sie mit einem Blick auf das Instrumentenbrett. »Richtung Osten geht es nach Afrika. Das sind fünftausend Meilen. Wir wollen nach Westen und Puerto Rico finden. Das sind acht Meilen.«

Sinn für Humor hat sie, dachte er. Das ist ein gutes Zeichen. Er wendete das Flugzeug, so gut er konnte – schon wieder zuviel Gehirnarbeit –, und beobachtete, wie die Kompaßnadel herumschwenkte, bis sie bei 270

Grad stehenblieb. Dann hörte er, wie Elizabeth bewundernd aufstöhnte, und er blickte auf und sah die Lichter von Puerto Rico, die nun in einem großen Bogen in Sicht kamen, ein gigantisches Lichterpanorama, das sie willkommen hieß, und er begriff, daß während der letzten fünf Minuten ihres Flugs die Insel genau hinter ihnen gelegen haben mußte.

»Da!« sagte Elizabeth und deutete auf einen grünlichen Scheinwerferstrahl, der über das Gelände huschte. Vor sich sah Peter die Lichter einer größeren Landebahn. Diesmal fiel es ihm noch weitaus schwerer, seine Gedanken einfach abzuschalten: er wußte *instinktiv*, daß die Landung der kritischste Moment bei einem Flug war. Er stellte sich vor, daß sein Verstand ein Durcheinander von Stöcken war, die seine Gedanken darstellten, und er sie mit einem Bulldozer plattfuhr, um zu vergessen. Über Puerto Ricos internationalem Flughafen San Juan legte sich die Maschine sanft in die Kurve, als hätte er auf einmal gelernt, wie man ein Flugzeug steuert. Vielleicht war es auch nur so, daß er allzu ängstlich war, um darüber nachzudenken, und Hans im Grunde das Flugzeug lenkte.

Er kreiste dreimal über dem Flughafen, jedesmal ein bißchen tiefer, bis er einen großen Jetliner entdeckte, der seinen Landeanflug abbrach und wieder aufstieg. Er schloß daraus, daß man ihre Maschine entdeckt hatte und den Flugverkehr nun umleitete. Er begann mit dem Landeanflug, überließ seinen Händen und Füßen die Arbeit, trimmte die Ruder, neigte sich um zehn Grad weiter nach unten, drosselte die Treibstoffzufuhr und ging mit der Maschine im Steilflug immer tiefer. Er spürte, wie die Landeklappen das Flugzeug bremsten, und entspannte sich – zuversichtlich, daß sein Körper alles Erforderliche veranlassen würde.

Das Flugzeug setzte zu einer perfekten Dreipunktlandung an, als sich Peters amoklaufendes Gehirn über die Kompetenz des Körpers hinwegsetzte. Er kam auf den Gedanken, daß sie die Maschine verlassen mußten, bevor sie ausrollte, und fragte sich, mit welcher Art Landung sich ein solches Manöver am besten bewerkstelligen ließe. Seine Hand zögerte einen Augenblick, das Flugzeug fiel stark ab, und Peter verließ sich wieder auf seine Instinkte als Autofahrer und versuchte, das Flugzeug wie einen Wagen zu steuern. Er drehte den Steuerknüppel nach links, wodurch lediglich die Querruder bewegt wurden, was bei dieser Geschwindigkeit ungewöhnlich war. Er hatte das unbestimmte Gefühl, daß er mit den Füßen die Seitenruderpedale betätigen sollte, doch der einzige Fuß, den er benutzte, war der rechte, der mit aller Kraft auf das rechte Seitenruderpedal trat, als sei es die Bremse eines Kraftfahrzeugs.

Das Flugzeug setzte mit einem harten Ruck auf die Landebahn auf und machte dann, im Luvwinkel und mit dröhnendem Motor, noch einmal einen Satz in die Luft. Jetzt blieb keine Zeit mehr, zu überlegen, ob er nachdenken sollte oder nicht; das Flugzeug hatte keinerlei Eigengeschwindigkeit mehr und sackte unkontrolliert wieder nach unten. Das rechte Fahrwerk verbog sich, und der Rumpfbug des Flugzeugs legte sich auf die Landebahn, so daß der Propeller funkenstiebend zersplitterte. Das Flugzeug wurde auf die rechte Seite gedrückt, landete auf einem der Tragflächenenden und blieb dann reglos liegen.

Mit butterweichen Beinen kletterten sie heraus.

Blaulicht und Sirenen kamen mit atemberaubender Geschwindigkeit aus etwa vierhundert Meter Entfernung auf sie zu. Sie rannten in die entgegengesetzte Richtung davon, in die tiefste Finsternis, die sie finden konnten, durch Sand und Gras, an dem Tornadozaun entlang, der den Flughafen umgab, und schließlich mit einem Satz hinter ein paar Büsche. Als sie einen Blick zurück auf die Landebahn warfen, sahen sie die Rettungsfahrzeuge, die sich um das Wrack der Cessna scharten. Und ein dunkler Humvee näherte sich in diesem Augenblick ebenfalls und tastete die Dunkelheit mit seinem Suchscheinwerfer ab, der sich im Licht der Morgenröte verlor, die allmählich von Osten her heraufzog.

Sie duckten sich noch tiefer und rannten weiter.

Und dann stürzte Peter.

Es war, als hätte ihm jemand mit einer Eisenstange einen Hieb versetzt. Er hielt seinen Kopf mit beiden Händen umklammert, während er auf dem schlammigen Boden der Länge nach hinschlug, und ein heftiger Schmerz schoß ihm ins Genick und über die Schädeldecke – er war wie geblendet, und alle Gedanken und Reflexe seines Gehirns wurden mit einem Mal ausgelöscht.

Von Entsetzen gepackt, schüttelte Elizabeth ihn an den Schultern und versuchte verzweifelt, ihm wieder auf die Beine zu helfen. »Peter? Hans? O mein Gott, bist du angeschossen?«

Er hörte kaum ihre Stimme. Es war die reinste Agonie. Er riß seinen Kopf hin und her wie ein Verrückter. Und dann, so plötzlich, wie es gekommen war, war es verschwunden, als hätte ein sadistischer Inquisitor mit irgendeinem mittelalterlichen Folterinstrument auf einmal von ihm abgelassen.

Atemlos und völlig durcheinander setzte er sich auf.

»Peter?«

»Alles in Ordnung.« Du bekommst nur das, was du verdient hast, dachte er kläglich.

»Was ist passiert?« Sie legte ihm eine Hand auf den Arm.

Er versuchte, wieder auf die Beine zu kommen und seinen Sturz zu analysieren. »Ich glaube, meine Hirnarterien sind zu brüchig. Sechsundsiebzig Jahre alt. Sie können mit diesem kräftigen Herzen nicht mithalten.«

»Sechsundsiebzig – wovon in aller Welt redest du denn eigentlich?«

»Nicht mein Körper«, sagte er. Inzwischen fühlte er sich zu geschwächt, um ihr noch länger etwas vorzumachen. »Mein Körper ist fünfunddreißig und gesund und munter.«

Sie starrte ihn an, als spräche er in Rätseln. Er sah zur Seite, ihr Blick war zu durchdringend. Hinter der Rollbahn neben ihnen befanden sich der Terminal, jede Menge Leute und etwas, das wie ein leerer Frachtcontainer aussah. Die Chancen standen gut, daß man zumindest zögern würde, sie in aller Öffentlichkeit abzuknallen. Er packte Elizabeth bei der Hand, und sie rannten los.

Sie schafften es. Als er einen Blick hinter sich warf, entdeckte er keinerlei Scheinwerfer, die die Umgebung absuchten oder sich auf sie richteten. Er ging wieder in Deckung und betrachtete die Frau neben sich. Sie sah so jung aus, so verängstigt, und urplötzlich ging ihm ein Licht auf, wie unschuldig sie an all diesen Dingen eigentlich war.

»Ich bin nicht Hans«, sagte er sanft. »Und ich war es auch nie. Hans ist in Wirklichkeit tot, Elizabeth. Sein Geist, sein Gehirn und all seine Erinnerungen an dich und ihn – all das gibt es nicht mehr. Es wurde auf dem Stützpunkt von Vieques eingeäschert.«

Ihre Hand in seiner wurde schlaff. »Was sagst du da?« fragte sie.

»Hans war ein Klon. Mein Klon, um genau zu sein.«

»Das ist nicht sehr witzig«, sagte sie, nachdem sie eine Millisekunde lang wie unter Schock gestanden hatte. Doch an ihren bebenden Lippen erkannte er, daß sie das Ausmaß dieser verrückten Situation allmählich erfaßte.

»Nein, das ist es nicht, da hast du recht«, sagte Peter, und eine trunkene Mischung aus Schuldgefühlen und Liebe erfüllte sein Herz. Elizabeth versuchte, ihre Hand seinem Griff zu entziehen, doch er ließ sie nicht los. »Bevor du endgültig aus meinem Leben verschwindest, will ich dir noch eines sagen: Es gibt einen Flug, den wir beide erreichen müssen.«

Der Flug Nr. 99 der American Airlines hatte schon seit zehn Minuten alle Türen geschlossen und rollte in Richtung Startbahn, als man feststellte, daß der Caterer vor Ort, der Karibische Verpflegungs-Service, zehn Mahlzeiten zuwenig geliefert hatte. Man schickte einen Lieferwagen zurück zu seiner Großküche, die etwa fünf Meilen entfernt lag. Ungeduldige Passagiere bekamen kostenlose Getränke serviert und ein Video mit Höhepunkten von den Baseballmeisterschaften gezeigt.

Während sie auf die Lieferung der Bordverpflegung warteten, stand die Flugbegleiterin Mary Blanchard mit ihrer Kollegin Heather Zuckerbrod an der offenen Durchreiche der Bordküche und genoß die laue tropische Luft. Zum ersten Mal seit Monaten hatte Mary wieder Spaß an ihrem Job – vor allem da sie wußte, daß sie ihn bald aufgeben würde. Sie war schwanger. Ihr Freund, ein Erster Offizier bei der Fluggesellschaft, die die Route Los Angeles–New York flog, war nun bereit, sie zu heiraten. Sie würde aus dem Beruf aussteigen, und sie fühlte sich gut. Keine betrunkenen Konferenzteilnehmer mehr; keine Opfer der Nikotinsucht, die heimlich Zigaretten auf die Toilette schmuggelten; keine prominenten Eltern, die ihre Gören und Hunde frei in den Gängen der ersten Klasse herumlaufen ließen. Sie holte einmal tief und entspannt Luft und versuchte sich vorzustellen, wie sie ihre Wochenenden mit Charlie zu Hause verbringen würde anstatt in zehntausend Metern Höhe.

Draußen auf der Startbahn, im feuchten Morgendunst, sah sie, wie sich etwas bewegte. Ein Funkspruch der Bodenkontrolle hatte sie vor unbefugten Zivilisten auf den Rollbahnen gewarnt, und sie hatte sofort an Elizabeth und ihren hinreißenden Freund denken müssen. Wenn dieser Alarm ihnen galt, dann mußte und würde sie ihnen auf jeden Fall helfen. Was konnte die American Airlines schon tun – sie feuern? Sie aus der Flugbranche insgesamt ausschließen? Nichts konnte ihr gleichgültiger sein.

Sie starrte angestrengt in die Richtung, und tatsächlich, da kamen sie und schlüpften zwischen zwei Frachtcontainern hindurch. Und dann blitzten auf einmal etliche Lichter auf und durchbrachen die Dunkelheit. Fahrzeuge der Flughafenpolizei und Humvees kurvten zwischen den Maschinen hin und her, die auf ihren Abflug warteten, und glitten mit ihren Suchscheinwerfern über jeden Zentimeter des Rollfelds.

So rasch und auffällig, wie sie nur konnte, eilte Mary Blanchard über die Personaltreppe ihrer Maschine hinunter und huschte hinüber zu den Frachtcontainern. Sie lehnte sich gegen einen, holte eine Zigarette hervor und versuchte, sich den Anschein zu geben, als wolle sie vor dem Abflug noch rasch eine rauchen.

»Also«, sagte sie beiläufig, wobei sie sich die Hand mit der Zigarette schützend vor den Mund hielt, »was habt ihr ausgefressen?«

»Mary?« hörte sie Elizabeths Stimme zwischen den Containern.

»Ich bin's, alles in Ordnung. Sag mir nur eines: Wenn ich euch aus der Patsche helfe, lande ich dann im Gefängnis?«

Eine kurze Pause trat ein, die nicht unbedingt zu ihrer Beruhigung beitrug, und dann kam die Stimme des Mannes: »Sie hat gegen keinerlei Gesetze verstoßen.«

»Aber Sie?« fragte Mary beherzt.

»Gegen keine, gegen die diese Burschen in ihren Humvees nicht auch verstoßen haben.«

»Schon gut, seid still«, sagte Mary. Sie wandte sich um, als der Catering-Lastwagen neben dem Flugzeug vorfuhr. Der Fahrer sprang hinaus, sah sie und entschuldigte sich vielmals.

»Tut mir leid, aber wir haben die Bordverpflegung jetzt.«

Mary sah ihn mit strenger Miene an. »Tito, du bist mir einiges schuldig.« Der Fahrer blickte verlegen. »Du hast zehn Mahlzeiten vergessen und damit den Abflug verzögert. Und jetzt mußt du für mich eines tun: sieh einfach nach dort drüben.« Verdutzt, aber folgsam starrte Tito in die Richtung, in die sie wies – auf die Startbahn und weg von den Containern. Mary winkte kurz, und Elizabeth und Peter tauchten auf.

»Sieh nur weiter dorthin«, befahl sie Tito, gab den beiden ein Zeichen, ihr zu folgen, und nahm sie mit auf die Ladefläche des Catering-Lastwagens. Sobald sie nicht mehr zu sehen waren, steckte Mary den Kopf noch einmal hinaus.

»Worauf wartest du noch, Tito? Gib mir meine Mahlzeiten!«

Er sprang herbei und setzte die Hebebühne des Lkws

in Bewegung. Die Hydraulik jaulte auf, und die gesamte Ladefläche des Lastwagens wurde senkrecht nach oben gefahren, bis sie auf der Höhe der offenen Durchreiche anhielt.

Mary huschte als erste hinaus, vergewisserte sich, daß die Luft rein war, und gab dann Elizabeth und Peter ein Zeichen, ihr aus dem Wagen in die Bordküche zu folgen. In genau diesem Augenblick kam Heather Zuckerbrod um die Ecke, blieb wie angewurzelt stehen und starrte mit offenem Mund auf Marys zwei Begleiter.

»Besondere VIPs«, sagte Mary.

»Sch…schön«, sagte Heather vorsichtig.

Vor dem Flugzeug fuhren zwei Humvees vor. Sekunden später schallten schwere Schritte über die Fluggastbrücke.

»Der Aufzug«, sagte Mary zu Heather.

Mit weit aufgerissenen Augen öffnete Heather eine kleine Aluminiumtür. Mary gab Elizabeth und Peter ein Zeichen, und beide zwängten sich hindurch. Der Raum war nur für eine Person gedacht, aber irgendwie schafften sie es, und Mary gelang es sogar, die Tür hinter ihnen zu schließen. Sie drückte auf einen Knopf, und der Aufzug setzte sich abwärts in Bewegung. Sekunden nachdem die Köpfe der beiden blinden Passagiere in der Versenkung verschwunden waren, traten zwei bewaffnete Soldaten vom Passagierraum aus in die Bordküche.

»Ist unser Funkspruch bei Ihnen angekommen?« fragte einer der beiden. Er war jung und offensichtlich mehr als nur ein bißchen verärgert über diese Übung.

»Ja, ist er«, erwiderte Mary. »Also, wer soll hier angeblich herumlaufen?«

»Das geht Sie gar nichts an.«

»Wissen Sie's denn?«

»Nein«, gab er zu. »Ein Mann und eine Frau. Vielleicht Flugzeugentführer, keine Ahnung.« Er zeigte ihr ein Fax mit zwei Fotos, einem Führerscheinbild von Elizabeth und einem zweiten, das wie ein Standfoto aus einem Videofilm aussah und auf dem Peter vor einer Wandtafel mit allen möglichen Zahlen und Symbolen zu erkennen war. »Haben Sie die gesehen?«

»Ja«, sagte Mary in völlig neutralem Tonfall. »Na klar, das sind sie. Wir haben ihnen einen VIP-Status eingeräumt. Und während wir uns hier unterhalten, sitzen sie wahrscheinlich in der ersten Klasse, trinken Champagner und essen Kaviar.«

»Tatsächlich?«

»Klar«, sagte Mary. Der Soldat warf ihr einen beleidigten Blick zu und verschwand mit einem zweiten bewaffneten Mann in den Gang. Der Erste Offizier kam aus dem Cockpit, einen leeren Plastikbecher in der Hand.

»Was ist los?«

»Irgend so'n Scheiß«, sagte Mary.

»Dachte ich mir. Sobald wir die Starterlaubnis haben, sind wir die nächsten, die abfliegen.«

»Gott sei Dank für kleine Gefälligkeiten«, sagte Mary und schenkte ihm Kaffee nach. Zwei Minuten später, nachdem die beiden Soldaten die Gesichter der Passagiere mit den Fotos verglichen hatten, die sie bei sich trugen, warfen sie noch einen letzten Blick in die Waschräume und ins Cockpit, bevor sie das Flugzeug verließen.

Nachdem sie endlich alle Klappen und Türen geschlossen hatten, ließ sich Mary Blanchard auf ihren Klappsitz fallen und griff nach dem Mikrophon.

»Meine Damen und Herren, wir bitten um Entschuldigung für die Verspätung, sind nun aber endgültig zum

Abflug bereit. Bitte vergewissern Sie sich, daß Sie die Sicherheitsgurte angelegt und Ihre Tabletts und Rückenlehnen senkrecht gestellt haben. Unser Kapitän hat uns versichert, alles zu tun, damit wir Miami zur planmäßigen Ankunftszeit erreichen.«

Die DC-10 hatte die Startbahn bereits zur Hälfte hinter sich gelassen, als die Bodenkontrolle über Funk an alle abfliegenden Maschinen die Anweisung gab, auf ihren Positionen zu bleiben. Kapitän Larry S. Graham wußte, wenn er sofort sämtliche Motoren drosselte und eine Vollbremsung hinlegte, konnte er ein Abheben der Maschine noch verhindern und sie vielleicht bis zum Ende der Startbahn zum Stillstand bringen. Das würde bei mindestens einem Dutzend Passagieren ein Schleudertrauma verursachen, halb so viele Schadensersatzklagen nach sich ziehen, Reifen im Wert von zwanzigtausend Dollar ruinieren und mit Sicherheit seinen Zeitplan völlig ruinieren. Insbesondere würden ihn dadurch rund zweitausend Seemeilen von seinem allwöchentlichen Pokerabend in Boston trennen, der am nächsten Tag stattfand, und er mußte dringend die Verluste wettmachen, die er letzte Woche erlitten hatte.

»Scheiß auf die Arschlöcher«, sagte er zu seinem Zweiten Offizier und ließ die Hand auf dem Gashebel.

Die DC-10 hob ab.

»Ihr Funkkontakt reißt ab«, grinste der Zweite Offizier und funkte zur Bodenkontrolle zurück. »Bitte wiederholen. Bitte noch einmal wiederholen.«

Das Flugzeug legte sich elegant in die Kurve und flog über das offene Meer hinaus, planmäßig Richtung Norden.

Der Raum, in dem sich Elizabeth und Peter befanden, war eine etwa zwei mal drei Meter große Kammer mit niedriger Decke. Eine Wand war vollständig mit verstauten und verschlossenen Verpflegungswagen und einer Reihe von Backöfen belegt. Es gab keine Sitzplätze, so daß sie auf dem Boden saßen, und Peter warf immer wieder einen verstohlenen Blick auf Elizabeth, während er sprach. Sie saß so weit von ihm entfernt wie möglich, etwas über drei Meter. Sie hatte die Arme vor der Brust verschlungen und die Augen fest geschlossen. Im Grunde wünschte sie sich nichts mehr, als endlich einschlafen zu können, teils vor Müdigkeit, teils, um nicht hören zu müssen, was da auf sie zukam.

»Wir haben das damals fast schon aus Jux gemacht«, fuhr Peter fort. »Vor fünfunddreißig Jahren. Ein paar von uns arbeiteten in demselben Laborkomplex der Regierung, und einer der Wissenschaftler hat bei uns anderen Hautabschabungen abgenommen.«

Er sprach in einem bekümmerten Flüsterton, und doch glaubte Elizabeth, aus diesem Ton eine schaudererregende Spur von Stolz herauszuhören. Sie fühlte sich an irgend etwas erinnert, was Hans ihr einmal über Robert Oppenheimer und seine großspurige Verkündung nach dem ersten A-Bomben-Test erzählt hatte. *Ich bin Shiva, Zerstörer der Welten.* Irgend so ein Blödsinn. Hans hatte immer weiter darüber erzählt, und sie konnte sich noch erinnern, daß es die Nacht war, in der er ihr gestanden hatte, daß er eine Karriere als Physiker an den Nagel gehängt hatte. Und hier war nun Hans – oder wer auch immer er war – und redete in etwa über dasselbe Zeug. Sie fühlte sich hundeelend, aber trotzdem hörte sie noch zu. Was hatte sie auch für eine Wahl?

te. Und der Fertigstellung des Programms. Das Projekt bedeutet ihm alles, und den Leuten über ihm auch. Zum Beispiel die Waffe, an der ich gearbeitet habe. Ohne mich wäre das Projekt aller Wahrscheinlichkeit nach gestorben. Und viele andere Projekte werden ebenfalls mit ihren Erfindern sterben – es sei denn, man kann ihr Leben verlängern.«

»Und dann hast du einfach wie bisher an dieser Waffe weitergearbeitet. Und nie auch nur einen Gedanken an das alles verschwendet.«

»Ich hatte durchaus meine Zweifel. Und im Laufe der Zeit wurden sie immer stärker.«

»Ach nein.«

»Vor allem nachdem ich dich getroffen habe. Ich schwöre dir, das ist die Wahrheit.« Er streckte die Hand nach ihr aus, aber sie wich zurück.

»Faß mich nicht an.«

Er zog seine Hand zurück. Es gab nichts, was er noch sagen konnte.

Das Geschirr auf den Verpflegungswagen klapperte, als das Flugzeug in ein Luftloch geriet. Kläglich schweigend saßen sie einen Augenblick lang da, bis Elizabeth ihn ansah.

»Und es ist dir gelungen, das alles geheimzuhalten?« Sie ärgerte sich über ihre eigene Neugier.

»Wolfe wurde für die Geheimhaltung bezahlt«, sagte er. »Und dann haben natürlich die Schotten mit diesem Schaf alles an die Öffentlichkeit gezerrt. Und dann dachte sich die Regierung, na ja, die verdammten Iraker werden demnächst geklonte Armeen von Saddams wie am Fließband herstellen, warum sollen wir dann nicht die besten und hellsten Köpfe klonen, die wir haben?«

»Man will schließlich keine Klon-Lücke haben.«

Er sah sie an und grinste. »Genau. Etwas in der Richtung.«

»Oder daß unsere Kinder in der Grundschule Arabisch lernen.« Sie kochte innerlich.

»Das ist in etwa die Idee«, sagte er und sah sie an. Sie sah so viel Bedauern und Offenheit und selbst Liebe in seinen Augen, daß sie den Blick entschlossen abwandte. Laß dich von diesem Mann nicht um den Finger wickeln, dachte sie. Er könnte es.

»Was hast du in der Schweiz gemacht?« fragte er. »Ich meine, beruflich.«

»Ich möchte nicht darüber sprechen.«

»Bist du vielleicht Schriftstellerin oder Künstlerin?«

»Warum zum Teufel glaubst du das?«

»Du scheinst eben so –«

»Was?«

»So aufgeweckt. So intelligent.«

»Für wen? Für eine Blondine? Oder für ein Model?«

»Verstehe. Also *bist* du ein Model.«

»Du klingst enttäuscht. Du bist ja ein noch viel schlimmerer Snob als Hans.«

»War Hans denn ein Snob?«

»Weißt du was? Ich will wirklich nicht darüber sprechen.«

Doch schon im nächsten Augenblick spürte sie wieder, wie sie die Neugier packte. Sie mußte an die beiden denken, an die beiden zusammen, Peters Gehirn und Hans' Körper – mit ihr zusammen am Strand der Schillernden Bucht. Oder waren das nun schon drei? Drei sind einer zuviel, dachte sie mit einem schwindelerregenden Sinn für Horror und schwarzen Humor, und dann klangen ihr auf einmal die Laute der *coquís* in den Bäumen wieder in den Ohren. Und eine gräßliche Angst stieg in ihr auf.

»Willst du mit all dem etwa sagen, du warst nicht der einzige?«

»Bis jetzt bin ich das. Ich nehme an, ich war das Versuchskaninchen.«

»Wohl eher das Versuchsschwein«, sagte sie. Sie konzentrierte sich auf das Dröhnen des Motors und versuchte, die Laute der *coquís* zu übertönen, die sich offenbar tief in ihrem Gedächtnis auf irgendeine gräßliche Art über sie lustig machen wollten. »Du weißt nicht, wer sonst noch auf der Auswahlliste steht? Die anderen Genies in diesem – wie nennt ihr es überhaupt?«

»Der Codename dafür ist die Jungbrunnen-Gesellschaft. Nein, ich weiß nicht, wer sonst noch geklont sein könnte, ich schwöre es dir.«

»Und die Partei auf dem Stützpunkt – nach deren Loyalität du dich erkundigt hast –, das war dann also deine Frau?«

»Stimmt«, sagte er, beeindruckt von ihrer Beobachtungsgabe und ihrem Gedächtnis. Er starrte sie voller liebevoller Bewunderung an, und Elizabeth reagierte mit heftiger Abwehr.

»Ich wäre dir dankbar, wenn du mich nicht so ansehen würdest«, sagte sie. »Sobald diese Maschine landet, fliege ich zurück in die Schweiz.«

»Man wird dich nicht lassen«, warnte er sie in einem dumpfen, ausdruckslosen Tonfall. »Nicht in die Schweiz, nein. Das ist zu auffällig. Wir könnten etwas anderes versuchen.«

»Wir?« fragte sie erstaunt.

»Könnte gut sein, daß du noch eine Weile mit mir vorliebnehmen mußt. Verzeih mir das Kompliment, aber auf Vieques hast du dich wirklich wacker geschlagen. Trotzdem war das nur ein Bruchteil dessen, wozu sie imstande sind. Du hast noch längst nicht alle Akteure kennengelernt. Du würdest sie auch gar nicht erkennen, wenn sie in einem Zimmer voller Menschen auf dich zukommen. Du würdest nicht wissen, ob sie ein Messer bei sich tragen oder ein Paar Handschellen oder eine Schußwaffe –«

Er klang, als ob er laut nachdachte, als ob er ebenfalls aus dieser Litanei lernen würde. Und dann sah sie, daß seine Augen sich mit Tränen füllten. »Was haben deine Eltern beruflich gemacht?« fragte er sie.

Sie warf ihm einen letzten trotzigen Blick zu, dann zuckte sie die Schultern. »Mein Vater war in der Navy und meine Mutter Hausfrau.«

»Und wo war dein Vater stationiert?«

»Ich weiß es nicht mehr. Mein Gott, warum weinst du denn auf einmal?«

»Hab ich denn geweint? Ist mir gar nicht aufgefallen.« Seine Stimme klang völlig erschöpft.

»Mußtest du an deine Frau denken?«

Er starrte sie voller Dankbarkeit an. »Um ehrlich zu sein, ja.«

»Du hättest eben bei ihr bleiben sollen«, gab sie zurück – wenn auch etwas weniger giftig, als sie es eigentlich beabsichtigt hatte.

»Ja, ich weiß.« Er suchte ihre Augen ab. Nein, er suchte ihre Augenbrauen ab. Aber wonach?

»Und ich werde nicht bei dir bleiben, Peter. In dem Augenblick, in dem wir landen, werde ich schon aus deinem Leben verschwunden sein.«

Er zuckte nur ein klein wenig mit den Schultern, was sie wiederum wütend machte. Als der Motor des Aufzugs auf einmal laut schepperte und surrte, streckte sie reflexartig ihre Hand nach Peter aus. Doch sobald Peter sie ergriff, zog sie sie wieder zurück, wütend über sich selbst und verwirrter als je zuvor.

Der Aufzug kam zu ihnen nach unten, und Mary Blanchard tauchte mit zwei Bechern dampfendem Kaffee auf. Begierig nahmen Peter und Elizabeth ihn entgegen, während Mary sich das Pärchen genauer betrachtete.

»Wie geht's euch beiden denn hier unten? Benehmt ihr euch auch anständig?«

Elizabeth nickte matt, und Mary, die spürte, daß sie in ein ernstes Gespräch geplatzt war, machte sich an den Verpflegungswagen zu schaffen.

»Ihr zwei habt ganz schön Glück gehabt. Die DC-10 ist die einzige unserer Maschinen, die unten noch eine Bordküche hat. Die meisten Leute wissen gar nichts davon.«

Peter hatte die Augen geschlossen. Er schien völlig in den Dampf seines Kaffeebechers versunken zu sein. Elizabeth schenkte ihr ein dünnes Lächeln. Mary seufzte.

»Schon den ersten Streit. Tut mir leid, aber vielleicht wird euch ja der Betrieb hier ein bißchen ablenken. Ich muß jetzt das Frühstück herrichten.«

Sie begann, Mahlzeiten in die Öfen zu schieben und auf Knöpfe zu drücken, wobei sie die beiden ignorierte. Sie hatte recht, ihre Anwesenheit half: Peters Hände entkrampften sich, und Elizabeth stand auf, um Mary behilflich zu sein. All die Geschäftigkeit dämpfte den Gesang der *coquís*, der ihr noch immer in den Ohren klang.

15

Learjet N-94838

Nach dem Erfolg der Jungbrunnen-Gesellschaft mit Peters Transplantation hatte Oscar Henderson den Learjet Wolfe mit seinen besten Glückwünschen als Geschenk überlassen. Wolfe schwärmte für dieses Flugzeug, auch wenn seine vornehme Vergangenheit ihn bisweilen etwas verlegen machte. Es war früher einmal Ollie Norths Arbeitspferd für seine Shuttleflüge nach Mittelamerika gewesen. Davon abgesehen hatte der Learjet luxuriöse Ledersitze, gemaserte Walnußtische und ein WC aus echtem Marmor. In seinen ersten Jahren als Wissenschaftler, als er noch wenig verdiente, hatte Wolfe für irdische Güter stets nur Verachtung übrig gehabt. Doch inzwischen betrachtete er diese Einstellung aus seiner Jugend als mindestens ebenso blasiert. Der Learjet hatte sein Bedürfnis nach den schönen Dingen des Lebens geweckt, und er wurde zu einem Symbol für den immer stärker werdenden Stolz auf die Tatsache, daß er nach jahrelangem Kampf schließlich den Gipfel erklommen hatte.

An der Steuerung des Jets saß an diesem Tag Captain Bob Culpepper, seit zehn Jahren Mitarbeiter der Nationalen Sicherheitsbehörde, der eben von einem Flug zurückgekehrt war, mit dem eine versiegelte Sendung an einen Agenten in Bogotá überbracht wurde. In diesem speziellen Paket – auch wenn es Culpepper weder wußte noch wissen wollte – befanden sich Kopf und Genitalien eines der Führungsmitglieder des Medellín-Drogenkartells. Der Mann hatte am Tag zuvor einen Agenten der US-Drogenfahndung aus Texas ermordet, und nun mußte ein Zeichen gesetzt werden. Für Culpepper war dieser Flug lediglich insofern von Bedeutung, als sein Verdauungstrakt angegriffen war, nachdem er am Flughafen von Bogotá einem Händler zwei *tapas* abgekauft und verzehrt hatte.

Er verfluchte sich selbst wegen dieser Dummheit, übergab die Steuerung des Flugzeugs an seinen Kopiloten, den Zweiten Offzier David Anspaugh, und machte sich auf in den hinteren Bereich des Flugzeugs.

»Na, alle glücklich und zufrieden?« fragte er beiläufig. Und als alle bejahten, setzte er seinen Weg zur Toilette, die sich am Ende der Maschine befand, fort.

Sobald er verschwunden war, steckten Henderson und Wolfe wieder die Köpfe zusammen.

»Ich dachte, dieser gottverdammte Klon war ein Banker«, fauchte Henderson.

»War er auch«, sagte Wolfe mit leiser Stimme, während er Beatrice genau im Auge behielt. Sie saß in der anderen Ecke des Cockpits und starrte aus dem Fenster auf das hauchzarte Rosa der Wolken, aber Wolfe dachte, daß sie vielleicht doch zuhörte.

»Na ja«, knurrte Henderson, »dann erklären Sie mir doch bitte, wie es Ihr Bursche geschafft hat, einen Elitesoldaten der Navy bewußtlos zu schlagen, ganz zu schweigen davon, daß er auch noch den besten zivilen Muskelprotz ausgetrickst hat, den man sich kaufen kann.«

»Ich kann mir schon vorstellen, wie es um die Qualität dieser einheimischen Muskelprotze von Vieques bestellt ist«, bemerkte Wolfe trocken. Henderson schwieg, aber innerlich verfluchte er sich selbst, da er genau wußte, wie sehr Wolfes Bemerkung der Wahrheit entsprach.

»Nach allem, was wir feststellen konnten«, sagte Wolfe, »war Hans Brinkman eine ziemliche Sportskanone. Ich habe noch einmal in seinem Dossier nachgeschlagen: Er war ein routinierter Amateurboxer, ein erstklassiger Skifahrer, hat seinen eigenen Jet geflogen. Er war sowohl körperlich als auch intellektuell völlig ausgereift. Eigentlich kein Wunder, wenn man sich überlegt, wo er herkommt. Außerdem kämpfte er schließlich um sein Leben – und vielleicht auch um das des Mädchens. Im Grunde ist es doch so«, bemerkte er abschließend in einem Tonfall, der so kalt war wie Stahl, »wenn Sie nicht so gegeizt hätten, dann hätten wir das gesamte Team ausschließlich aus Elitesoldaten zusammenstellen können.«

»Es war keine Frage des Geldes«, gab Henderson zurück. »Es ging darum, daß wir auf jeden Fall sauber bleiben mußten. Wenn es Fingerabdrücke gegeben hätte – und es gab schließlich tatsächlich welche –, dann wollten wir, daß es nach einem Raubüberfall aussieht.«

»Und wonach sieht es jetzt aus?« fragte Wolfe, in dem die Wut hochstieg.

»Ich hätte ihn einsperren sollen, als ich die Möglichkeit dazu hatte. Zusammen mit Ihrem fabelhaften Enkel.«

»Oh, bitte, ihr beide, haltet endlich den *Mund*!«

Beatrice fuhr auf ihrem Platz herum und starrte sie feindselig an. Wolfe und Henderson verfielen in Schweigen, wie streitende Kinder, denen ihre Mutter den Mund verbietet.

Beatrice stand auf, setzte sich auf den Platz ihnen gegenüber und betrachtete die beiden mit gequältem Gesichtsausdruck. »Was wißt ihr sonst noch über den Klon?« fragte sie.

»Alles, was du hören willst«, sagte Wolfe sanft. In ihren hübschen grauen Augen lag ein abwesender Blick, den er nicht ertragen konnte: er wollte alles wissen, was in ihrem Herzen vor sich ging.

»Sonst noch irgendwelche Hobbys außer Boxen und Fliegen?«

Ihr forscher Tonfall feuerte ihn an. »Skifahren, Tennis, Vogelbeobachtung, ein paar Kampfsportarten. Er war Hobbygeologe und -paläontologe.«

»Faszinierend«, sagte sie.

»Ja, nicht wahr.« Wolfe entschied, noch etwas mehr zu riskieren. »Peter liebte die Paläontologie«, sagte er, wobei er in seiner Stimme leises Bedauern anklingen ließ.

Henderson drückte seine Zigarre aus. »Na, Taekwondo muß er mit einem gottverdammten T-Rex trainiert haben, denn in dem Hotel dort hat er auf jeden Fall nicht schlecht um sich geschlagen.«

Wolfe seufzte. »Oscar«, sagte er leise, »wenn Sie wenigstens einen bescheidenen Versuch wagen könnten, auch nur annähernd so etwas wie menschliches Mitgefühl an den Tag zu legen, dann würde das uns allen die Angelegenheit erheblich erleichtern.«

Beatrice winkte ab. »Schon gut«, sagte sie mit einem Blick auf Henderson. »Im Augenblick wär' mir sowieso nichts lieber, als daß Sie mir Ihr Mitgefühl ersparen.«

Aus diesen Worten schöpfte Wolfe neue Hoffnung, und er beschloß, nichts darauf zu erwidern. Der Pilot war auf dem Weg zurück ins Cockpit: der Geruch, der von der Toilette kam, war schwach, aber unverkennbar.

»Mein Gott, hat hier irgend jemand einen verdammten Köter in die Luft gesprengt?« bellte Henderson. Er warf einen Blick nach hinten. »Sie, Lance. Tun Sie mir einen Gefallen.«

Lance Russell, der Elitesoldat, stand auf und schloß die Toilettentür. Er hatte die Unterhaltung mit angehört, und sein Gesichtsausdruck verriet, daß er Peter Jance jr. nur allzugern wiederbegegnen wollte. Er kehrte auf seinen Platz zurück und knetete die Hände, als hätte er Peters Luftröhre schon zwischen den Fingern.

»Ich erlebe so etwas nicht zum ersten Mal«, sagte Henderson, der sich nun bemühte, Wolfes Aufforderung nachzukommen. »Ein guter Mann, der sich von einem Mädchen einwickeln läßt und dadurch zu Fall gebracht wird.«

Beatrice nickte unverbindlich. »Soweit ich weiß, hat sie ebenfalls tapfer gekämpft.« Sie starrte Wolfe direkt ins Gesicht.

»Eine Heidenangst hatte sie, das ist alles«, sagte Henderson und steckte sich eine Zigarette an. »Ohne Kreditkarten wird sie jedenfalls nicht weit kommen. Im Grunde genommen hat sie gar keine Identität mehr.«

»Wer war sie denn?« fragte Beatrice.

Sie spricht in der Vergangenheit, dachte Wolfe. Ja, man wird ihr nicht viel vormachen können.

»Elizabeth Parker«, sagte Henderson.

»Und woher wissen wir ihren Namen?«

Wolfe warf einen warnenden Blick in Hendersons Richtung und füllte Beatrice' Weinglas nach. »Das ist der Name, unter dem sie in dem Hotel abgestiegen ist.«

»Sie muß schon etwas Besonderes sein«, sagte Beatrice schlicht. Wolfe ging ihretwegen ein Stich durchs Herz, und um ihren Schmerz zu lindern, entschloß er sich, ihr noch ein bißchen mehr zu erzählen.

»Ich bin mir nicht sicher«, sagte er abwägend, »aber es könnte sein, daß sie ihn schon früher gekannt hat.«

Beatrice sah ihn an. »Peter?«

»Nein. Den Klon. Sie ist auch aus der Schweiz. Kann sein, daß sie uns im Rahmen der Überwachung von Hans Brinkman irgendwie durch die Finger geschlüpft ist. Vielleicht war sie ein Geheimnis.«

»Du meinst, eine Geliebte?« Beatrice fiel tatsächlich etwas auf, aber Wolfe war sich nicht sicher, ob sie nun beschwichtigt war oder nicht.

»Möglich. Du siehst, es kann gut sein, daß da eine gewisse Anziehung bestand, die, wenn man so will, dem Körper von Anfang an mitgegeben war.«

Beatrice ließ sich auf ihrem Sitz zurückfallen, und für einen Augenblick verschlug es ihr die Sprache. Dann richtete sie sich wieder auf und durchbohrte Wolfe mit Blicken.

»Wenn das der Fall war, wie kam sie dann hierher? Peter konnte doch unmöglich bewußt von ihrer Existenz wissen, und schon gar nicht ihre Telefonnummer.«

»Nein«, räumte Wolfe ein, dem die Richtung nicht gefiel, die das Gespräch auf einmal nahm. »Das ist ausgeschlossen.« Beatrice starrte ihn noch immer an, doch er sagte nichts weiter.

»Wie kommt sie denn dann hierher?« hakte Beatrice nach.

Wolfe verlagerte nervös sein Gewicht. »Alex«, sagte er.

Beatrice zuckte zusammen. »Alex hat sie kommen lassen?«

Wolfe wandte den Blick ab. Der durchdringende Ausdruck in ihren Augen wirkte auf ihn geradezu verunsichernd. »Offenbar hatte er allmählich doch Zweifel bekommen.«

»Zweifel woran?«

»An allem. Dem Jungbrunnen-Projekt. Dem ›Hammer‹. Und Peters Flucht hat mit Sicherheit nicht dazu beigetragen, diese Zweifel auszuräumen.«

Verblüfft von dieser neuen Enthüllung, dachte Beatrice einen Augenblick lang nach. »Aber warum sollte er sie denn hierherbestellen? Was hoffte Alex denn damit zu erreichen?«

»Ich nehme an«, sagte Wolfe, »er wollte das Projekt unterminieren.«

»Hat er sich mit ihr getroffen?«

»Das wissen wir nicht, wir nehmen es aber nicht an. Offenbar wußte Alex nicht, wie er sie ausfindig machen sollte. Das wußten wir alle nicht, bis Peter es getan hat«, fügte er leise hinzu.

»Und wo ist Alex jetzt?«

Wolfe und Henderson warfen sich einen Blick zu. »Er hat sich unerlaubt von der Truppe entfernt«, sagte Henderson. »Er ist spurlos verschwunden.«

»Und Sie glauben nicht, daß er mit den beiden zusammen ist? Peter und – wie hieß sie doch gleich? Elizabeth?«

»Ich bezweifle es stark«, sagte Wolfe. »Drittes Rad am Wagen und so weiter. Glaub mir, ich verwünsche den Tag, an dem ich Alex in das Projekt aufgenommen habe. Er war so verdammt neugierig. Er muß es irgendwie geschafft haben, die verschlüsselten Dateien zu knacken. Im Grunde nicht anders als ein großes Kind, das im Schlafzimmer seiner Eltern in den Schubladen wühlt, um zu sehen, was es da gibt.«

Wolfe zückte sein Päckchen Gauloises und bot Beatrice eine an.

»Und was macht diese Frau beruflich?« fragte Beatrice, während sie sich eine Zigarette nahm.

»Beatrice«, sagte Wolfe, »du mußt dich doch nicht

unnötig quälen.« Mach weiter so, dachte er und gab ihr Feuer.

»Ich habe dir nur eine Frage gestellt.«

»Sie ist Fotomodell.«

»Verstehe. Dann sieht sie also sehr gut aus?«

»Machen Sie sich keine Sorgen, Mrs. Jance«, sagte Henderson. »Wir werden sie schon noch kriegen.«

»Beatrice. Ich bin nicht mehr Mrs. Jance. Und Peter ist nicht mehr Peter. Ich glaube, das wußte ich von Anfang an. Wenn ich ganz ehrlich mit mir gewesen wäre, hätte ich mir eine Menge Schmerzen und Sorgen ersparen können.«

»Ich bin erleichtert, das zu hören«, sagte Wolfe. Erleichtert? Ihre Worte begeisterten ihn.

»Er hat uns alle verarscht«, warf Henderson in seinem üblichen ungehobelten Tonfall ein. »Er ist eine Gefahr, die wir nicht außer acht lassen dürfen.«

Sie nickte. Ihr Blick war völlig ausdruckslos. »Vermutlich nicht«, sagte sie. »Meinen Sie, er hat diesem Model erzählt, wer er wirklich ist?«

»Oh«, sagte Wolfe. »Das möchte ich stark bezweifeln.«

»Kommt drauf an, wie sehr er in sie verliebt ist«, sagte Beatrice. Sie lächelte traurig.

»Ich glaube nicht, daß er in sie verliebt ist«, sagte Wolfe, der versuchte, wieder an Boden zu gewinnen. »Ich fürchte, in Anbetracht der Umstände ist es mehr oder weniger eine rein körperliche Angelegenheit.«

Beatrice wandte den Blick ab. »Trotzdem – wahrscheinlich hat Peter ausgepackt«, sagte sie. »Ich kenne ihn.«

»In dem Fall würde sie vermutlich Reißaus nehmen, meinst du nicht?«

Beatrice betrachtete eingehend ihre Fingernägel.

»Oder vielleicht versuchen, die Medien in Kenntnis zu setzen? Und in dem Fall – was dann?« Sie sah wieder zu ihm hoch, und ein Feuer loderte in ihren Augen auf. »Hast du den Befehl, sie zu beseitigen?«

»Na ja«, sagte Wolfe, »eigentlich nicht.«

»Warum nicht? Wenn Peter entbehrlich ist, warum ist sie es dann nicht? Oder habt ihr vor, sie als Köder zu benutzen, um ihn wieder in den Schoß der Gemeinschaft zurückzulocken?«

»Nein«, sagte Wolfe, »wir haben nicht vor, sie als Köder zu benutzen.«

»Warum beseitigt ihr sie dann nicht einfach?«

Er sah ihr direkt in die Augen. »Weil sie«, sagte er, »für unsere Zukunft von entscheidender Bedeutung ist.«

Beatrice starrte ihn verständnislos an. »Ich glaube, ich kann dir nicht ganz folgen.«

Wolfe zog an seiner Zigarette und versuchte, in einem beiläufigen Tonfall fortzufahren. »Sie wurde auf Vieques geboren. Vielleicht hat irgend jemand sie bemerkt – jemand, der sie kannte. Wir müssen äußerst vorsichtig sein.«

Beatrice legte den Kopf schräg, ihre Gedanken rasten. »War ihr Vater zufällig in der Navy?«

»Ja«, sagte Wolfe.

»Und wurde sie in deiner Klinik geboren?« fragte sie.

»Möglich.«

»Na ja«, sagte Beatrice, »das ist doch interessant.«

Diese letzten Worte sprach sie, als seien sie das Understatement des Jahrhunderts, dann erhob sie sich, ging nach hinten und nahm nicht weit von Russell entfernt Platz, der an einem Wetzstein ein Messer schliff. Er klappte es zusammen und steckte es ein, als er sie kommen sah, stand auf und gesellte sich wieder zu den

Männern im Cockpit. Beatrice lehnte den Kopf gegen die Fensterscheibe.

Als Wolfe einen Blick nach hinten warf, sah er, daß sie weinte. Er ging mit seinem Weinglas in der Hand zu ihr, setzte sich neben sie und bot ihr sein Taschentuch an.

»Es tut mir leid«, sagte er. »Ich weiß, es ist die reinste Hölle für dich.«

»Wie lange kennen wir uns jetzt schon, Freddy?«

»Ich weiß nicht«, sagte Wolfe sanft. »Ich glaube, es war irgendwann, nachdem die Eiszeitgletscher zurückgegangen sind, aber an das genaue Datum kann ich mich nicht mehr erinnern.«

Sie lachte freudlos auf und lehnte ihren Kopf für einen Augenblick an seine Schulter. Wolfe schloß die Augen und roch mit pochendem Herzen ihren Duft.

»Ich vertraue dir«, sagte sie leise. Sie öffnete ihre Hand und gestattete ihm, sie in seine zu nehmen.

»Das will ich hoffen«, sagte er vorsichtig. »Seit wir uns das erste Mal begegneten, wollte ich immer, daß du glücklich bist. Mit deiner Arbeit, mit deiner Ehe. Und jetzt, nachdem letztere nicht mehr besteht, habe ich außerdem das Bedürfnis, dich zu beschützen. Und ich hoffe, daß du es mir jetzt gestatten wirst. Dich zu beschützen und zu bewahren, du verstehst doch, was ich damit sagen will, oder?« Er warf über die Schulter einen Blick zurück, um sich zu vergewissern, daß Henderson und Russell noch immer in ihr Gespräch vertieft waren, dann beugte er sich näher zu Beatrice hinüber. Das Funkeln in ihren Augen spornte ihn an. »Solange wir zusammen sind.«

»Wie soll's jetzt also weitergehen?« fragte sie.

Er holte einmal tief Luft. »Es gibt noch immer etliche Risiken, die wir bedenken müssen. Peters zerebrale Vorfälle, diese leichten Schlaganfälle, stellen auch weiterhin ein lebensbedrohliches Problem dar – auch wenn ich zuversichtlich bin, daß die sklerotischen Veränderungen reversibel sind, wenn der restliche Organismus gesund ist. Inzwischen wissen wir schon weitaus mehr.«

Sie glitt mit einem Finger über die Adern auf seiner Hand. »Du wirst wieder operieren.«

»Die Arbeit muß weitergehen. Es gibt noch so vieles zu erforschen. Und diesmal dürfte es leichter sein.«

Sie nickte. »Ist er im Ausland oder in den USA?«

»Die Versuchsperson?«

»Der Klon.«

»New York.«

»Ist das unser endgültiges Reiseziel? New York City?«

»Ja«, antwortete er.

Sie hob seine Hand an ihre Lippen. »Danke, daß du mir das alles erzählt hast.«

»Keine Ursache.« Er saß einen langen Augenblick schweigend neben ihr, dann nahm er all seinen Mut zusammen und fügte hinzu: »Ich glaube, es war gar kein Geheimnis. Und dann dieses überwältigend starke Gefühl, das ich seit Jahren für dich empfinde ... ich liebe dich, Beatrice. Und wenn Peter auch noch so sehr der Richtige zu sein schien, hatte ich doch immer das Gefühl, daß er irgendwie der Falsche für dich war.«

Sie zuckte leicht mit den Schultern und strich ihm sanft über die Hand. »Ich denke, das hat er nun bewiesen, oder?«

»Auf jeden Fall«, sagte Wolfe.

»Und deine Intuition ist richtig. Ich *habe* die ganze Zeit über gewußt, was du für mich empfindest«, sagte sie leise. »Danke, daß du es letztendlich ausgesprochen hast, und danke, Freddy, daß du es mir jetzt leichter machst.«

»Wir werden zusammensein, Beatrice«, sagte er. »Für eine sehr, sehr lange Zeit. Da bin ich absolut zuversichtlich.«

»Ich auch, Freddy«, sagte sie. Sie küßte seine Hand. »Und wenn du mich jetzt bitte entschuldigen würdest?«

Sie wartete, bis Wolfe seine Beine zur Seite geschwungen hatte, strich ihm über die Wange und ging dann den Gang entlang zur Toilette und schloß sich ein.

Als das Licht flackernd anging, trat sie nah vor den Spiegel und besah sich ihr Gesicht, glitt mit den Fingern über ihre Wangen, ihre Augen, ihr Haar. Sie betrachtete sich einige Minuten lang, fast unmerklich zitternd, dann wandte sie sich ab und klappte den Toilettensitz hoch, kniete sich davor hin und übergab sich zum ersten Mal, seit sie vor fünfundvierzig Jahren das Trinken aufgegeben hatte. Und sie hörte erst auf, als alles, was sie mit diesen Männern geteilt hatte – jeder Hauch von Zigarettenrauch, jede Zigarette, jedes Gläschen Schnaps oder Wein, das sie von ihnen angenommen hatte –, aus ihrem Organismus und in Vergessenheit gespült war.

Jetzt wußte sie, was Wolfe sie wissen lassen wollte – daß sie Peter auf der Stelle erschießen würden. Doch instinktiv wußte sie noch mehr. Wenn die Frau, deretwegen Peter sie verlassen hatte, von Vieques stammte, und wenn Peter sich hoffnungslos, irrational in sie verliebt hatte, dann gab es nur eine Erklärung dafür. Eine, die auch Wolfes Fürsorge im Hinblick auf das Schicksal dieser Frau begreiflich machte.

Diese Frau war sie.

Auch sie hatte Hautzellen von sich zur Verfügung gestellt. Man hatte nichts damit gemacht, weder damals noch zu einem späteren Zeitpunkt, aber die Vermutung lag nahe, daß Frederick, wenn er es in anderen Fällen getan hatte, auch in ihrem hätte tun können. Ein seltsames Gefühl der Erleichterung schwappte über sie hinweg, gefolgt von einer zweiten, stärkeren Welle von Angst und Abscheu. Was hätte Wolfe in ihrem Fall schon für ein Motiv haben sollen – angesichts seiner grotesken Liebeserklärung? Auf einmal fühlte sie sich wieder zutiefst verletzt und angewidert. Doch sie konnte diesen Gefühlen nicht nachgeben, so stark sie auch sein mochten.

Beatrice Jance erhob sich und zückte ihr Make-up-Etui. Denn solange sie mit diesem Verrückten und seinen Speichelleckern zusammen war, mußte sie unbedingt normal aussehen. Völlig normal. Und bei Gott, das würde sie auch. Selbst wenn es ihren Tod bedeutete.

Kaum war der Learjet in Puerto Rico gelandet, hielt Lieutenant Roger Thornton, ein stämmiger US-Ranger, der den Sicherheitsdienst auf Roosevelt Roads leitete, eine kurze Einsatzbesprechung mit Henderson ab, während Wolfe und Russell aufmerksam zuhörten. Wohin sie auch blickten, sahen sie Soldaten und leichte Panzerfahrzeuge. Der Flughafen befand sich im Belagerungszustand.

»Wir haben alles abgeriegelt und durchsucht, Colonel. Es ist völlig ausgeschlossen, daß Dr. Jance oder sonst irgend jemand, der mit ihm unterwegs ist, die Absperrung durchbricht. Wir haben alle einhundert Meter ein Fahrzeug postiert.«

»Aber Jance haben Sie nicht«, sagte Henderson.

»Nein, Sir, wir haben ihn nicht gefunden.«

»Was ist mit dem Terminal, der Gepäckhalle?« fragte Russell.

»Sir, meine Männer haben jedes Gebäude, jeden Schuppen und jedes Fahrzeug am Boden durchsucht, ebenso jede Maschine.«

»Ist seit dem Flugzeugunglück irgendeine Maschine gestartet?« fragte Henderson, der vor lauter Zorn über seinen Mißerfolg rote Ohren bekommen hatte.

»Nur eine, Sir. Der Flug Nr. 99 der American Airlines. Sie war schon beim Abheben, als wir den Flughafen abgeriegelt haben. Aber wir hatten das Flugzeug bereits gründlich durchsucht.«

»Welchen Zielflughafen steuert die Maschine an?«

»Miami International, Sir. Müßte vor etwa fünf Minuten gelandet sein.«

»Dann will ich, daß vor fünf Minuten an jedem Flugsteig ein Team steht«, brüllte er und sprintete zurück in den Learjet. Die anderen krabbelten in aller Eile hinter ihm her, während Beatrice Jance sie vom Fenster aus aufmerksam beobachtete.

Miami, Florida

Nachdem der Flug Nr. 99 der American Airlines am Internationalen Flughafen von Miami gelandet war, blieben Peter und Elizabeth noch zwanzig Minuten in Mary Blanchards Nische in der Bordküche sitzen. Als alle Passagiere und auch die Crew die Maschine verlassen hatten, kam Mary und holte sie ab. Sie krabbelten aus dem Aufzug und schlüpften über die Personaltreppe hinunter. Mit Marys Karte gelangten sie ohne Zwischenfälle durch einen Personalausgang und die Flugbegleiterlounge, dann noch eine Betontreppe hinunter und durch das Chaos der Gepäckabfertigung. Da Mary etliche von den Leuten kannte, die im Flughafenbereich hinter den Kulissen arbeiteten, kamen sie rasch und problemlos voran. Falls sie überhaupt irgend jemand auffielen, dann hielt man sie für Fluggäste, die in Begleitung nach ihrem vermißten Gepäck suchten.

Mary brachte die beiden in die öffentlich zugängliche Halle mit der Gepäckausgabe 3, aus der im Augenblick die Gepäckstücke einer Maschine aus Chicago hervorpurzelten.

In der Halle herrschte ein wirres Durcheinander von erschöpften Passagieren, die in einem fort drängelten und schubsten, Gepäckstücke und Kofferkulis an sich rissen und es nicht erwarten konnten, endlich aus dem Flughafengebäude und in die südliche Sonne Floridas zu kommen.

»Das wär's dann für mich!« sagte Mary zu Elizabeth und Peter. »Meint ihr, ihr kommt jetzt alleine zurecht?«

»Danke, Mary. Vielen Dank für alles«, sagte Elizabeth mit Tränen in den Augen, während sie Mary kurz umarmte. Und dann waren sie wieder allein und bahnten sich durch die Menge hindurch ihren Weg in Richtung Ausgang. An ihren Kleidern klebten noch immer verkrustete Schlammreste, so daß sich einige Köpfe nach ihnen umwandten.

»Versuch zu lächeln«, sagte Peter. »Und laß es ein bißchen so aussehen, als ob wir ein Pärchen sind.«

Sie sagte nichts.

Im Grunde hatte sie die ganze Zeit über, während sie sich durch diesen weitläufigen Flughafen schlängelten, sämtliche Versuche Peters, ein Gespräch mit ihr anzuknüpfen, abgeblockt und war sogar vor ihm zurückgewichen, wenn sich ihre Arme zufällig berührten. Doch als sie schließlich durch die Schiebetüren in die feuchte Luft von Miami hinaustraten, sahen sie auf einmal drei Patrouillenwagen, die in diesem Augenblick keine dreißig Meter von ihnen entfernt am Straßenrand anhielten.

Uniformierte Beamte sprangen aus den Fahrzeugen, und Peter sah, wie Elizabeth vor Schreck erstarrte. Unauffällig trat er an ihre Seite und schob sie in Richtung Taxistand. Diesmal wich sie nicht vor ihm zurück.

Am Taxistand warteten bereits sechs Leute in einer Schlange. Peter fischte den letzten Zwanziger aus seiner Brieftasche und drückte ihn dem Taxistandleiter in die Hand.

»Medizinischer Notfall«, erklärte er den anderen Leuten, die auf Taxis warteten, womit er die Protestrufe verstummen ließ, die sich sogleich erhoben hatten, und drängte Elizabeth in das Taxi. Er hoffte, es war nur eine Notlüge, denn in den letzten fünf Minuten hatte eine Migräne am unteren Rand seines Gesichtsfelds einen seltsamen Druck ausgeübt, der nichts Gutes ahnen ließ. Als das Taxi an den Streifenwagen vorbeiglitt, rieb Peter mit Daumen und Zeigefinger über seine Augenlider, um das Flimmern abzustellen. Und dann ergriff Elizabeth nach langer, langer Zeit wieder das Wort, und eine unbewußte Zärtlichkeit klang in ihrer Stimme mit.

»Peter?« fragte sie. »Ist mit dir alles in Ordnung?«

»Ich hab mich schon besser gefühlt«, sagte er, und er meinte es ehrlich – auch wenn der Klang ihrer Stimme sein Herz bereits höher hüpfen ließ.

»Bist du sicher?«

»Ja. Aber danke der Nachfrage.«

Für einen kurzen Augenblick trafen sich ihre Blicke, dann sah sie wieder zur Seite. Doch in diesem einen Moment wurde Peter eine gewaltige Menge an Information übermittelt – auch wenn es insgesamt noch ein ziemliches Durcheinander war. Kränkung, Wut, Liebe und Entsetzen – all das wurde in diesem einen Augenblick zum Ausdruck gebracht. Einen solch ausgeprägten Beschützerinstinkt wie jetzt hatte er zuletzt empfunden, als Beatrice im dritten Jahr ihrer Ehe eine Fehlgeburt erlitten hatte und in so tiefe Depressionen verfallen war, daß sie nicht mehr wußte, ob sie leben oder sterben wollte.

Er berührte ihre Hand. Sie reagierte nicht darauf, aber sie zog sie auch nicht zurück. Und Peter empfand eine überwältigend starke Liebe für sie.

»Wie ich bereits sagte, Elizabeth – es kann gut sein, daß wir noch eine Weile miteinander vorliebnehmen müssen«, sagte er, während ihrem Taxi, das eben auf den Dolphin Expressway einschwenkte, eine Kette von Polizeiwagen und Armeefahrzeugen entgegenkam, die allesamt mit Blaulicht und Sirenen in Richtung Flughafen brausten.

Sie verfielen in Schweigen. Auf einmal begriffen sie beide, wie knapp sie einer Falle entgangen waren und wie ausgedehnt und unerbittlich die Suche nach ihnen war.

»Was soll'n das alles hier, Mann?« wollte der Fahrer wissen. Er war etwa fünfundvierzig, nicht größer als einen Meter fünfzig und hatte über einem Ohr eine kaugummiförmig hervortretende Wulstnarbe. Sein Kopf ragte kaum über das Lenkrad hinaus.

»Weiß der Teufel«, sagte Peter.

Der Fahrer beäugte ihn im Rückspiegel. »Ihr beide seht aus, als ob ihr in den Everglades wart. Habt ihr Alligatoren gejagt?«

»War nur ein etwas dreckiges Flugzeug. Fliegen Sie bloß nie mit der Air Guyana.»

Der Fahrer lachte schallend auf. »Hey, hab schon verstanden. Habt ihr irgendwelches Gras bei euch? Vielleicht 'ne Ladung Marimba mitgebracht?« Er beäugte Elizabeth genau.

»Nein«, sagte sie. »Aber danke der Nachfrage.«

»Wir hatten in Kuba ein bißchen was zu arbeiten«, versuchte Peter auf gut Glück, das Herkunftsland des Taxifahrers zu erraten.

»Na, so was. Was denn für Arbeit?«

»Na ja«, sagte Peter und warf einen raschen Blick zu Elizabeth hinüber, »sagen wir, für die Freiheit. Sie haben unser Flugzeug abgeschossen.«

»*Na, so was!* Sie sind also einer von den Burschen, die da unten Flugblätter abwerfen?«

»In gewisser Weise«, sagte Peter. Sie würden alle Hilfe benötigen, die sie bekommen konnten.

»Gut so, Mann!« rief der Fahrer und wandte sich um, um Peter die Hand zu schütteln. Peter ergriff sie rasch, während er auf den Sattelschlepper schielte, der keine zwei Meter entfernt an ihnen vorbeidonnerte.

»Achten Sie auf die Straße«, sagte er.

Der Fahrer wandte sich wieder um. »Ich kannte die letzten Burschen, die da unten abgeschossen wurden«, sagte er kopfschüttelnd. »Brave Familienväter.« Er schlängelte sich in einer schmalen Lücke zwischen zwei Geländefahrzeugen hindurch, drückte auf die Hupe und warf den Fahrern böse Blicke zu. »Schweinebucht, Mann. Ich war damals ja noch ein Kind, aber da haben sie mir fast den Arsch weggepustet. Wissen Sie, was ich Ihnen sage? Gut für Sie. Hier, nehmen Sie meine Karte. Wenn Sie je irgendwas brauchen sollten – einen Wagen, was zu rauchen –, rufen Sie einfach Ramón Martínez an.«

»Wie sieht's mit einem hübschen Hotel etwas abseits des Weges aus? Wo wir uns sozusagen ein bißchen frisch machen können.«

»*No problema,* Mann.« Er wühlte in einer Ablage mit allen möglichen Visitenkarten und reichte eine nach hinten. Zu Peters Erleichterung nahm Elizabeth sie entgegen. Sie war nun mit von der Partie auf dieser Flucht, ganz gleich, wie zerrissen sie innerlich noch war. Und weiß Gott, das war nun wirklich ihr gutes Recht. Es sah ganz danach aus, als würden Wolfe und/oder Henderson bei ihrer Verfolgungsjagd nun nichts mehr unversucht lassen. Was bedeutete, daß man sich irgendeine Erklärung zurechtgelegt hatte, um die Dringlichkeit dieser Jagd zu begründen. Aller Wahrscheinlichkeit nach war es irgendeine Geschichte, in der entweder nur er allein oder sie beide eine Bedrohung à la Unabomber-trifft-auf-Patty-Hearst darstellten. Die Migräne sorgte für eine Hitzeaufwallung im unteren Randbereich seiner Augäpfel. Er wußte, er konnte jeden Augenblick sehr leicht eine massive Embolie erleiden. Doch gleichzeitig stellte er fest, daß er weitaus mehr Angst davor hatte, die Frau neben sich zu verlieren, als vor dem Tod.

Als sie schließlich das Rosaria-Hotel in Coral Gables erreichten, hatte Martínez ihnen die Adressen all seiner Lieblingsrestaurants in Havanna sowie den Namen seines Onkels, eines Generals in der kubanischen Armee, genannt.

»General Jesús Pinar del Río. Er versucht, von innen heraus etwas anzuzetteln, um den alten *maricón* endlich loszuwerden, wenn Sie wissen, was ich damit sagen will. Wenn Sie was mit einem Ticket regeln müssen oder sonst eine Gefälligkeit bräuchten: Er ist für alles zu haben – greifen Sie einfach zum Telefon und rufen Sie ihn an. Jesús Pinar del Río, nicht vergessen.« Er schüttelte beiden die Hand, lehnte jede Bezahlung ab und brauste davon.

Peter buchte für sie beide zwei nebeneinanderliegende Zimmer mit einer Verbindungstür, was Elizabeth kommentarlos hinnahm.

Sein Zimmer war groß genug für ein Bett, einen Resopaltisch und einen Fernseher. Das Bad hatte nicht einmal eine Ablage. Ganz offensichtlich verband den Fahrer und den Hotelbesitzer ein verwandtschaftliches Verhältnis, doch das war Peter egal. Das Hotel wirkte anonym, zwanglos und – vorausgesetzt, die Blutgefäße in seinem Gehirn funktionierten auch weiterhin – relativ sicher. Er stellte sich für zehn Minuten unter die Dusche und ließ das warme Wasser seinen Schädel erwärmen und, mit etwas Glück, seine Blutgefäße erweitern. Es schien zu klappen. Bald fühlte er sich wesentlich besser, fast schon ein wenig optimistisch, und er rasierte sich mit dem Einwegrasierer und dem Seifenstückchen, die mit freundlicher Empfehlung des Hauses im Bad bereitlagen.

Dann griff er zum Telefon und wählte aus dem Gedächtnis Beatrice' Labornummer. Er war so erleichtert, es klingeln zu hören, daß er schon anfing, mit den Zähnen zu klappern. Beatrice, ich lebe noch, bedeutet dir das etwas?

Es ging niemand ans Telefon, und dann kam irgendwann das leise Knacken, das ihm verriet, daß sich als nächstes ihr Anrufbeantworter einschalten würde. Es bestand durchaus die Gefahr, fiel ihm in diesem Augenblick ein, daß Henderson in ihrem Telefon eine Fangschaltung installiert hatte, und nachdem er – nur um den Klang ihrer Stimme zu hören – die Bandansage abgewartet hatte, knallte er den Hörer wieder auf die Gabel.

Sie hatte ihre Ansage nicht geändert, und das enttäuschte ihn. Du Idiot, dachte er, was hast du denn erwartet? *Hi, falls du es bist, Peter, es ist alles vergeben.* Selbst wenn sie irgend etwas bereute, würde sie es niemals riskieren, Wolfe damit in Alarmbereitschaft zu versetzen – dazu war sie zu schlau und zu vorsichtig.

Ein paar Minuten saß er reglos da und starrte auf den Boden, gedankenverloren zwischen Schuldgefühlen und zwiespältiger Liebe, dann klopfte er – mit einem geheimen Klopfzeichen, das sie vereinbart hatten – an die Tür zwischen seinem und Elizabeths Zimmer. Eine Minute später ließ sie ihn hinein. Sie hatte ihre Jeans und ihr T-Shirt ausgewaschen und mit dem Haarfön getrocknet. »Ich muß ein bißchen was einkaufen«, sagte er. »Wenn du dich entschließt, abzuhauen, dann möchte ich dich nur bitten, mir eine kleine Nachricht dazulassen, damit ich weiß, daß du aus eigenem Antrieb verschwunden bist. Nicht daß du mir eine solche Gefälligkeit schuldig bist«, fügte er hinzu, »aber wenn ich damit rechne, daß du zurückkommst, dann würde ich hier vermutlich auf dich warten, bis sie kommen, und dann –«

»Ich gehe mit dir einkaufen«, sagte sie. Sie wirkte etwas feierlich, und er spürte, daß es da noch etwas gab, was sie ihn fragen wollte. Er hoffte, daß sie es irgendwie schaffen würden, noch etwas Zeit gemeinsam zu verbringen, aber allzuviel Spielraum hatten sie dabei nicht. Er vermutete, daß sie allenfalls vierundzwanzig Stunden gewonnen hatten.

Sie nahmen ein Taxi durch Coral Gables, vorbei an luxuriösen, mediterranen Häusern und gepflegten Rasenflächen. »Eine der ersten nach einem Bebauungsplan angelegten Wohnsiedlungen in Amerika«, sagte der Taxifahrer, der sie offenbar für Touristen hielt.

»Wir nicht sprechen viel Englisch«, entgegnete Elizabeth mit einem urkomisch breiten teutonischen Akzent. Peter sah sie an. Sie zuckte ein wenig die Schultern, als wollte sie sagen: »Was soll's?«

Und dann wandte sie sich in perfektem amerikanischen Englisch an Peter: »Wie ist deine Frau eigentlich, Peter?«

Er fühlte sich so überrumpelt, daß er zuerst überhaupt nichts erwiderte.

»Ich weiß, diese Frage sprengt jeden Rahmen«, räumte sie in sanftem Tonfall ein.

Sein Herz setzte für eine Sekunde aus. »Beatrice ist eine Naturgewalt«, sagte er. »Eine wundervolle Frau.«

»Eine Wissenschaftlerin?«

»Neurobiologin.«

»Ärztin?«

»Sie hat ihren Doktor der Medizin gemacht.« Sie kamen an einer Korallenlagune mit Frischwasser vorbei, dem Venetian Pool. Der Fahrer beschloß, die Information zu dieser Touristenattraktion diesmal für sich zu behalten. Er hatte für sich bereits den Schluß gezogen, daß seine beiden Fahrgäste eine verbotene Affäre miteinander hatten, und wollte nichts mehr mit ihnen zu tun haben. Er war ein fundamentalistischer Baptist und hatte für Sünden jeglicher Art keinerlei Verständnis.

»Wie sieht sie aus?«

Peter sah sie an. Sie war nicht auf einen Konflikt aus. Sie wirkte eigentlich nur sehr neugierig. Er seufzte. »Wie sieht sie aus? Sie ist hübsch. Schön. Eine gutaussehende Frau, würdest du vermutlich sagen.« Er bereute, daß er das noch hinzugefügt hatte. Du aufgeblasener Idiot. Die Worte fühlten sich wie Asche in seinem Mund an. »Wir sind seit fünfzig Jahren verheiratet«, sagte er, als ob das irgendeine Rolle spielte.

Sie ließ es auf sich wirken. »Fünfzig.«

»Fünfzig im letzten Juni.«

»Bist du noch immer in sie verliebt?« fragte sie, bemüht, einen neutralen Tonfall beizubehalten.

Er antwortete, ohne zu zögern. »Ja.«

»Gut. Glaubst du denn, daß es möglich ist, zwei Menschen zu lieben?« fragte sie. Ihr Tonfall klang irgendwie angespannt und vorwurfsvoll, aber gleichzeitig auch ein wenig verspielt. Allein schon die Tatsache, daß sie das Thema zur Sprache gebracht hatte, berührte ihn.

»Ja, offenbar ist es möglich.«

»Du bist dir nicht sicher?«

»Doch. Ich bin mir sicher. Ich bin das perfekte Beispiel. Ich liebe sie, und ich liebe dich, das ist alles, was ich weiß.«

Elizabeth blickte ihn lange an, bis sie der Taxifahrer unterbrach. Sie hatten ihr Ziel erreicht.

Er setzte sie an dem Einkaufsviertel Miracle Mile ab. Dort kauften sie sich beide ausreichend Kleidung für eine Woche und Koffer, in denen sie sie tragen konnten. Peter fragte Elizabeth bei seinen Einkäufen um Rat, und sie gab ihn ihm, meist nur mit einem knappen »Ja«, »Nein« oder »Keine gute Idee«. Ansonsten sprachen sie nicht viel. Peter kaufte sich Rasierzeug, und dann fand er einen Geldautomaten und hob mit seiner Karte den höchstmöglichen Betrag ab, dreihundert Dollar in Zwanzigern. Er fand ein Sportfachgeschäft, das sich auf Ausrüstung für Überlebenstraining spezialisiert hatte, und kaufte eine Spraydose mit Reizgas und einen Gegenstand, der sich Gerber/Applegate-Kampfmesser nannte. Letzteres war ein zehn Zentimeter langes und einen Zentimeter breites Springmesser, das auf Knopfdruck mit dem Daumen aufsprang, so daß man es, wie der Angestellte erläuterte, mit einer Hand benutzen konnte. Der Griff bestand aus mit Fiberglas verstärktem Nylon, die hinteren vierzig Prozent der Kante waren gezackt, und wenn man es aufklappte, hatte es eine Gesamtlänge von zwanzig Zentimetern. Nach den Worten des Angestellten kauften vor allem Angehörige der Rangers und der Special Force mit Vorliebe dieses Messer. Peter kaufte es. Er war beeindruckt davon, wie leicht man sich in Amerika mit Waffen eindecken konnte, aber auch davon, wie sehr ihm diese fragwürdige Realität genau an diesem Tag zugute kam.

Seinen letzten Einkauf tätigte er in einem Elektronikfachgeschäft. Er hatte einen Set CB-Funk-Walkie-talkies der Marke Motorola entdeckt, und er dachte, falls sie getrennt würden, könnten sie damit leichter in Verbindung bleiben. Es war so klein, daß es in eine Handfläche paßte, und hatte angeblich eine Reichweite von drei Meilen.

Dummerweise gab es dort zum ersten Mal ein Problem mit seiner Kreditkarte.

»Ich hab sie heute schon viel benutzt«, erklärte er dem Angestellten. »Wahrscheinlich hat sie einen Alarm ausgelöst. Lassen Sie mich mit den Leuten sprechen.«

Der junge Mann reichte ihm das Telefon.

»Hallo, hier spricht Peter Jance.«

»Hier spricht Peter Jance?« fragte ein Mann.

»Ja, das sagte ich.«

»Kaufen Sie im Augenblick ungewöhnlich viel ein?«

»Ja. Wir – ich bin im Urlaub. Es ist alles in Ordnung. Die Karte ist nicht gestohlen. Wollen Sie noch den Mädchennamen meiner Mutter wissen?«

»Uns ist aufgefallen, daß Sie bei der Coral Gables Wilderness Inc. einen Gegenstand im Wert von fünfundneunzig Dollar gekauft haben«, sagte die Stimme, ohne auf Peters Frage einzugehen. »Ein Gerber/Applegate-Kampfmesser. Haben Sie diesen Kauf getätigt?«

»Ja«, sagte Peter. Allmählich sträubten sich ihm die Nackenhaare. »Es ist ein Taschenmesser.«

»Ein *Kampf*messer.«

»Na ja, schon, aber Sie wissen doch, wie gern man den Dingen heutzutage irgendwelche schrillen Namen gibt.«

»Wissen Sie denn, wie man es benutzt?«

»Was?«

»Wissen Sie, wie man es benutzt?« wiederholte die Stimme am anderen Ende der Leitung.

Peter spürte, wie ihm auf einmal ein eisiger Schauder über den Rücken hochjagte. Die Stimme des Mannes hatte einen härteren, spöttischeren Ton.

»Also«, sagte der Mann. »Wissen Sie's oder nicht?«

»Ja, ich weiß es«, erwiderte Peter so entschlossen wie möglich.

»Gut. Das sollten Sie besser auch.«

Es folgte eine Pause, und dann klickte es in der Leitung. Peter schnellte herum.

»Elizabeth!« brüllte er. Absurderweise schoß ihm in genau diesem Augenblick eine Zeile von Emily Post durch den Kopf, einer Schriftstellerin, die er als Vierundzwanzigjähriger verschlungen hatte, als er begann, Beatrice den Hof zu machen. Ein Gentleman ruft den Namen seiner Damenbegleitung niemals laut in der Öffentlichkeit.

»*Elizabeth!*« schrie er noch einmal.

»Peter?«

Er schnellte herum. Sie stand keine zehn Meter von ihm entfernt.

»Komm schon«, sagte er. Sie sah seinen Gesichtsausdruck und rannte hinter ihm her, als er aus dem Geschäft auf den belebten Bürgersteig stürmte, in Richtung der nächsten Fußgängerzone. Sekunden nachdem sie verschwunden waren, hielt ein dunkelgrüner Ford Bronco mit Rauchglasfenstern vor dem Elektronikgeschäft Sunshine State Electronics am Straßenrand. Fünf Männer in Zivil, die wie Militärs aussahen, stürmten in den Laden. Peter und Elizabeth warteten, bis sie verschwunden waren, dann rannten sie durch die Fußgängerzone, bis diese auf die SW 57th Avenue stieß. Peter hob schon die Hand, um ein Taxi mit Zulassungsnummer anzuhalten, doch Elizabeth lotste ihn statt dessen auf eines zu, das ohne Lizenz fuhr.

»Kein Funk«, erklärte sie ihm, als sie sich atemlos auf die zerfledderten Sitze fallen ließen.

Ihm dröhnte der Kopf, und er mußte sich zwingen, mit ihr im Gespräch zu bleiben. »Stimmt. Sie werden die Taxiunternehmen verständigen.«

Sie nickte. »Und nach Leuten Ausschau halten, an deren Kleidern noch die Preisschilder hängen.«

Peter überprüfte seine Kleidung. An dem verstellbaren Gummiband seiner Baseballmütze mit der Aufschrift »Gator Hunter« fand er tatsächlich noch ein Preisschild; er warf die Mütze aus dem Fenster. Das Taxi war einen Block weiter, als die Verstärkungstruppen der Marines in den Umkreis des Geschäfts und von dort in die weitere Umgebung ausschwärmten, bis schließlich auch ein Hubschrauber eintraf, der einen noch größeren Radius absuchte. Peter wollte dem Fahrer schon den Namen ihres Hotels nennen, doch Elizabeth unterbrach ihn.

»Du hast mit Kreditkarte bezahlt«, sagte sie.

»Du hast schon wieder recht«, sagte er. In seinem Kopf hämmerte es. Sie übernahm jetzt die Führung. Es war, als könnte sie spüren, wie geschwächt er inzwischen war. In seinem Dämmerzustand quälte er sich mit der Frage, ob diese Tatsache vielleicht hieß, daß sie für sich selbst die beste Überlebenschance darin sah, bei ihm zu bleiben.

»Vieques«, sagte sie leise.

»Wie bitte?«

Sie hatte die Augen geschlossen. »Ich dachte nur laut nach. Diese Klon-Experimente, die du erwähnt hast. Du hast doch gesagt, die wurden alle auf Vieques durchgeführt, stimmt's?«

»Wahrscheinlich habe ich das.« Er wollte das alles wirklich nicht noch einmal durchkauen. »Warum?«

»Ich ordne nur ein paar Erinnerungen.« Sie sah ihn an und lächelte. Doch in ihrem Lächeln lag eine Spur von Schärfe. »Und ein paar Zufälle. Zum Beispiel, wie wir uns in der Schillernden Bucht begegnet sind. Habe ich dir eigentlich erzählt, daß ich von diesem Ort schon geträumt habe, bevor ich überhaupt dort war? Und El Fortín – ich wußte, was es war, ohne daß ich es erst nachschlagen mußte. Genau dasselbe mit den Baumfröschen. Hab ich dir das nie erzählt?«

Er lächelte gequält. »Nein, ich glaube nicht.«

»Und du weißt natürlich, daß mein Vater möglicherweise in der Karibik stationiert war.«

Die Panik, die in ihm aufstieg, umnebelte allmählich sein Gehirn. »Wirklich, Elizabeth, wir sollten jetzt erst einmal überlegen, wie wir von hier wegkommen. Kennst du vielleicht jemand, der uns per Eilüberweisung Geld schicken könnte, damit wir uns zwei Flugtickets kaufen können?«

Sie blickte ihn an, und sie sah den Schmerz. Sie wußte Bescheid. »Fahren Sie uns zu einer Bank«, sagte sie zu dem Fahrer. »Und zu einer Telefonzelle.«

Der Fahrer tat beides. Mit einer Unmenge von Vierteldollarmünzen in ihrer Reisetasche rief Elizabeth Annie in Zürich an. Peter stand vor der Telefonzelle, um aufzupassen, ob sich irgendwelche Soldaten oder Cops näherten, aber auch, um Elizabeth zu belauschen.

»– tief in der Tinte, Annie«, hörte er sie sagen. »Ob ich ihn vermisse? Nicht so stark, wie ich gern möchte. Tut mir leid, daß ich mich so rätselhaft ausdrücke ... Ja, ich denke, man kann zu Recht behaupten, daß ich mich entsetzlich fühle ... ich hoffe, du kannst mir helfen.« Er drückte sich noch ein Stück näher an die Telefonzelle, doch Elizabeth hatte die Bewegung bemerkt und starrte ihn unverhohlen an, bis er begriff und sich außer Hörweite begab.

Peter entfernte sich bis zu einem Stapel neuer Autoreifen, um den eine Kette mit einem Schild lag. Die Telefonzelle gehörte zu einer Tankstelle, und er beobachtete teilnahmslos das geschäftige Treiben. Ein metallischer Geschmack machte sich in seinem Mund breit, entweder der Vorbote eines neuerlichen leichten Schlaganfalls oder ein Symptom seiner zunehmenden Verwirrung. Und als sein Magen zu knurren begann, fiel ihm ein, daß sie beide seit zwölf Stunden nichts mehr gegessen hatten.

Schließlich legte sie auf. Lächelnd. Sie liefen zurück zu dem Einkaufszentrum.

»Mission erfüllt?«

»Ja, dank Annie.«

»Ist das jemand, der dir Geld schicken wird?«

»An die Home Savings.«

»Sie muß eine sehr gute Freundin sein.«

»Die beste, die ich je hatte.« Elizabeth ließ ihre Blicke über die Restaurants des Einkaufszentrums schweifen. »Noch aus der Zeit vor meinem Unfall«, fügte sie fast gedankenlos hinzu.

»Deinem Unfall?«

Sie zog sich wieder ein Stück zurück. »Nicht der Rede wert.« Sie strich sich das Haar aus dem Gesicht. »Hör mal, willst du vielleicht irgendwas essen, während wir warten? Ich könnte jetzt ein ganzes Pferd verschlingen. Oder zumindest einen Burrito.«

Sie deutete auf ein Restaurant in ihrer Nähe.

»Natürlich«, sagte er und nahm die restlichen Vierteldollarmünzen.

»Und eine Cola, bitte. Ich muß mich ein bißchen frisch machen. Wir treffen uns dort.« Sie zeigte auf einen freien Tisch.

Er kaufte zwei Burritos, eine Cola und eine Limonade und drehte sich dann leicht zur Seite, als eine Sicherheitsbeamtin des Einkaufszentrums an ihm vorbeiging. Die uniformierte Frau, die sich tänzelnd zu der Rapmusik vorwärtsbewegte, die aus der Lautsprecheranlage des Einkaufszentrums dröhnte, sah nicht aus, als sei sie ausdrücklich alarmiert worden. Schließlich verschwand sie in einer Videothek. Er biß in seinen Burrito, freute sich über den schlichten, aber köstlichen Geschmack und aß ihn rasch auf. Dazu stürzte er die Limonade hinunter. Er fing schon an, sich wegen des Schmerzes in seinem Brustbein Sorgen zu machen – er fragte sich, ob es nur die Säure war, die ihm aufstieß, oder ob vielleicht die Klebungen an seinem Vagusnerv brüchig wurden –, als ihm plötzlich auffiel, daß Elizabeth inzwischen seit fast zwanzig Minuten verschwunden war. Er nahm ihre Cola und ihren Burrito und machte sich auf die Suche nach den Toiletten.

Die Tür zur Damentoilette stand offen, der Raum selbst war leer.

Ungefähr zwanzig Minuten weigerte er sich, dieser Tatsache ins Auge zu blicken. Wie jemand, der nach einer verlorenen Brieftasche sucht, kehrte er immer wieder an dieselben Orte zurück, bis die Sicherheitsbeamtin schließlich doch mißtrauisch wurde.

Du wußtest doch, daß das irgendwann passieren würde, sagte er sich, während er sich umwandte und ein wartendes Taxi ansteuerte. Aber warum ausgerechnet jetzt? Ich werde für dumm verkauft, dachte er, doch dann kam er von dieser Meinung ab und zu dem Schluß, daß er niemand anders als sich selbst für diesen Zwischenfall verantwortlich machen konnte. Er war dumm. Der Verlust von Elizabeth, der Belag in seinen Hirnarterien, die Anhäufung von Schuldgefühlen und unterdrückter Panik, die von ihm Besitz ergriff – all das war wie die panische Angst eines Menschen, der auf Entzug von harten Drogen ist und auf einmal jahrelange Schmerzen auf sich zukommen sieht.

Wie lautete doch gleich die Bezeichnung dafür, die er von Beatrice gelernt hatte? Der Rebound-Effekt. Ja, das war es. Ein Gefühl finsterer Verdammnis senkte sich über ihn wie ein Sommergewitter. Er fühlte sich auf einmal wieder wie ein Sechsjähriger.

Er nahm ein Taxi zurück zum Rosaria-Hotel, und während er seine Sachen packte, sah er, wie ein Patrouillenwagen auf den Parkplatz einschwenkte. Rasch suchte er die Feuertreppe und verschwand durch den Hinterausgang. Er winkte ein anderes Taxi heran und bat den Fahrer, ihn zur nächstgelegenen Telefonzelle zu fahren, die sich, wie sich herausstellte, neben dem Dixie Highway befand. Er bat den Fahrer, auf ihn zu warten, nahm sich den Rest der Vierteldollarmünzen, die ihm Elizabeth gegeben hatte, und warf eine in das Telefon. Wieder wählte er die Nummer aus dem Gedächtnis.

Eine Bandansage meldete sich und erklärte, daß es sich um ein Ferngespräch handelte – drei Dollar fünfunddreißig für die ersten drei Minuten und einen Dollar fünf für jede weitere. Er ging zurück zu seinem Taxifahrer, um sich einen Zwanziger wechseln zu lassen, und bekam von ihm sein sämtliches Kleingeld, wobei er letztendlich fünf

Dollar draufzahlte. Wieder in der Telefonzelle, wählte er die Handynummer. Er hörte ein Knistern und Knacken in der Leitung, und dann meldete sich eine Stimme.

»Hallo?«

»Hallo, Beatrice«, sagte er.

Am anderen Ende folgte ein Schweigen, das ihm die Sinne raubte. Schweiß trat ihm auf die Stirn. Und dann war ihre Stimme wieder da.

»Peter?«

»Ja, ich bin's. Bist du allein?«

»Ja.«

Er fragte sich, ob das stimmte. Vermutlich nicht.

»Wo bist du?« fragte sie.

»Wo bist *du*?«

»Miami. Peter, wenn du hier in der Stadt bist, dann schwebst du in entsetzlicher Gefahr.«

»Das weiß ich, glaub mir. Ist mit dir alles in Ordnung? Ich habe versucht, dich im Labor zu erreichen ...«

»Ja. Mit mir ist alles in Ordnung.»

»Gott sei Dank. Hör zu«, begann er, doch dann merkte er, daß er nicht weitersprechen konnte. Tränen traten ihm in die Augen.

»Ich weiß, weshalb du anrufst.«

»Dann sag's mir.«

»Sie hat dich verlassen.«

»Das ist nicht der Grund, weshalb ich dich sehen muß«, sagte er.

»Weiß sie es inzwischen?«

»Ich mußte es ihr sagen.«

»Du mußtest ihr was sagen?«

Warum stellte sie sich so begriffsstutzig? »Alles«, sagte er.

»Alles? Bist du sicher?« In ihrer Stimme klang ein

seltsam spöttischer Unterton mit. »Und wie hat sie es aufgenommen?«

»Nicht sehr gut. Was dachtest du denn, wie sie es aufnehmen würde?« fragte er, ermutigt angesichts der Tatsache, daß sie sich wenigstens schon wieder kabbeln konnten. »Ich hab dich vermißt, Beatrice.«

»Nein, das bildest du dir nur ein.«

»Wie du willst. Es tut mir leid. Wie auch immer du mich dafür büßen lassen willst –«

»Du hast mich gehabt, Peter. Die ganze Zeit.«

»Beatrice, das ist doch völliger Quatsch –«

»Das glaube ich nicht. Du warst schon immer einen Takt hinterher. Wie Einstein, den seine Steuerrückzahlung immer völlig verblüffte. Sag mir, Darling, weißt du, wie man durch die Zeit reist?«

Darling, das war alles, was er denken konnte. Ansonsten war er völlig verloren.

»Meinst du«, hörte er sie sagen, »du kannst in den Sommer '67 zurückreisen?«

»Beatrice, ich habe Kopfschmerzen.«

»Ich weiß. Setz dich einfach in die Zeitmaschine. Es wird dich jemand treffen, ich verspreche es dir.« Ihre Stimme entfernte sich und kam dann wieder, diesmal sehr laut. »Tut mir leid, ich lasse mir am Telefon grundsätzlich nichts verkaufen«, sprach sie in den Hörer. »Woher haben Sie überhaupt diese Nummer?«

»Beatrice, ist irgend jemand reingekommen? Freddy? Henderson?«

»Und nein«, sagte sie dann wieder in einem sanfteren Tonfall, »ich vergebe dir nicht eine Minute. Leb wohl, Darling, und glückliche Landung. Leb wohl, leb wohl, leb wohl.«

16

Der Sommer '67 war ihr erster auf Vieques gewesen. Wann immer sie dem Stützpunkt oder Freddy oder der Last des schlechten Gewissens entkommen wollten, flogen Peter und Beatrice nach Miami, mieteten sich einen Wagen und fuhren über den Damm nach Key West. In Key West hatten sie das Hochseefischen, tantrischen Sex und die französische Küche für sich entdeckt. Für Peter und Beatrice war Key West das wiedergewonnene Paradies.

Key West. Wie ein Blitz durchzuckte es ihn, daß das der Ort sein mußte, an den sie ihn bestellen wollte. Key West war der Ort, an dem sie auf ihn wartete. Natürlich – es sei denn, es war eine Falle.

Wenn es eine Falle war, dann hatte Beatrice doch weitaus mehr Haßgefühle auf Lager, als er je zu vermuten gewagt hätte, mehr List und Tücke als Machiavelli und mit Sicherheit das Zeug zu einer Karriere als Schauspielerin. Was er aus ihrer Stimme herausgehört hatte, das war ein herablassender, aber doch zärtlicher Tonfall und die Mißbilligung einer Ehefrau, aber keine Wut.

Nein, sie hat mich nicht verraten, dachte er. Ganz gleich, was ich verdient habe.

Und doch wandte er sich, während das Taxi die Route 1 entlangrollte, immer wieder um, sah aus dem Heckfenster und horchte, ob sich vielleicht ein Hubschrauber näherte.

Und immer wieder ließ er sich ihr Telefongespräch durch den Kopf gehen. *Ich habe Elizabeth alles erzählt.* Es war gut möglich, daß sie diese Information an Wolfe und Henderson weitergeleitet hatte. Was war sie Elizabeth schon schuldig? In diesem Fall konnte sich Beatrice doch durchaus als rachsüchtig erweisen, und wer wollte ihr das schon verübeln? Er hatte sie entsetzlich tief verletzt. Er hatte sie wegen einer anderen Frau sitzenlassen, einer Frau, die so jung war wie sein neues Ich. Fünfzig Jahre verheiratet – und nichts, was sie gemeinsam aufgebaut hatten, hatte dem Drängen seiner neugewonnenen Jugend standhalten können. So würde sie die Sache sehen.

Aber würde sie Elizabeths Tod herbeiwünschen?

Als es um Hans' Tod ging, da hatte sie durchaus mitgespielt, erinnerte er sich. Sie hatte sich damit gequält, das schon, keine Frage, aber letztendlich hatte sie es doch gebilligt. Das größtmögliche Wohl für die größtmögliche Zahl von Menschen. Das Genie besiegt alles. Moralische Piraterie – darauf lief es im Grunde hinaus, aber sie hatte es doch nicht anders gewollt. Oder sah sie das jetzt etwa anders? In einem Zustand, den, wie er wußte, jeder dahergelaufene Psychiater als obsessives Grübeln diagnostizieren würde, fuhr er durch Key Largo, Islamorada, Layton und Key Colony Beach. Irgendwo in der Gegend um Marathon oder Big Pine fiel er in einen unruhigen Schlaf, und im Traum erschien ihm seine Frau als ein janusgesichtiges Monster: das eine Gesicht jung und abweisend, das andere lächelnd und alt. Und dann war auf einmal das jüngere Gesicht zärtlich und das ältere das der Medusa. Und als nächstes merkte er, daß der Taxifahrer ihn rüttelte und sie sich an der Ecke Truman Avenue und Duval Street befanden, im Herzen von Key West.

»Wo wollen Sie'n hin, Kumpel?« fragte der Taxifahrer.

Peter setzte sich aufrecht hin und rieb sich die Augen. »Kennen Sie das Café des Artistes?«

»Drüben in der Simonton Street?«

»Genau das.«

Er ließ sich von seinem Taxifahrer einen Block vor dem Lokal absetzen und ging das letzte Stück vorsichtig zu Fuß. Kurz davor hielt er inne. Sollte er es riskieren – oder doch lieber von hier draußen im Restaurant anrufen? Navy-Angehörige gingen ein und aus, aber sie trugen Uniform und wurden im allgemeinen von ihren Ehefrauen oder Freundinnen begleitet; die Leute, die nach ihm Ausschau hielten, würden hingegen in Zivil sein. Oder vielleicht doch nicht? Er rief sich in Erinnerung, daß es hier mehrere Stützpunkte gab, so daß die Anwesenheit des Militärs grundsätzlich keinen Anlaß zur Besorgnis gab – egal, ob in Uniform oder nicht. Außerdem roch das Lokal förmlich nach Intrige. Es war Teil eines alten Hotels und angeblich im Jahr 1934 von Al Capone persönlich errichtet worden. Kein Wunder, daß Peter paranoid war. Er fragte sich, warum er und Beatrice es früher als so einladend empfunden hatten. Unschuldigere Tage vielleicht.

Er ging hinein und fragte am Empfang, ob eine Beatrice Jance eingetroffen sei.

Der Angestellte erklärte ihm, daß sie an diesem Morgen eingecheckt hatte.

Sein Herz raste in vollem Galopp, als er endlich die Haustelefone fand und in ihrem Zimmer anrief. Es hob niemand ab. Einem plötzlichen Impuls folgend, ging er durch die prächtige Lobby zurück ins Restaurant.

Der Boden neigte sich unter seinen Füßen.

Er ignorierte es. Sah sich um.

Und da saß sie in aller Stille an ihrem Lieblingstisch beim Essen. In diesem Raum, zwischen Blumen und Gemälden von Künstlern aus Key West, vor dem Hintergrund der dunklen Täfelung und dem Leinenbezug der Wände, war sie einfach überwältigend, wie ein Juwel, der in sein Gedächtnis eingefaßt war. Es war, als sei er lediglich von einem seiner einsamen Spaziergänge über die Hafenanlagen der Garnelenfischer zurückgekehrt – vor dreißig Jahren –, um sich mit ihr zum Mittagessen zu treffen. Sogar Rameaus Cembalo-Suite ertönte aus der Stereoanlage, an die er sich ebenfalls noch erinnern konnte.

»Beatrice?«

Erschrocken sah sie auf. »Um Gottes willen, du bist wohl von allen guten Geistern verlassen.«

Ihr graues Haar hatte sie zu einem Knoten zusammengebunden, und sie trug ein weites Strandkleid mit einem Orchideenmuster. Sie sah irgendwie matt und erschöpft und einfach hinreißend aus. »Darf ich mich setzen?«

Sie betrachtete sein Gesicht, als hätte sie vergessen, wie es aussah. »Und was ist, wenn ich beobachtet werde? Hast du dir das einmal überlegt?«

»Wirst du denn beobachtet?«

»Wenn sie mein Handy angezapft haben.«

»Haben sie denn Grund, dir zu mißtrauen?«

»Nein«, sagte sie und entspannte sich ein wenig. »Sie glauben, ich will dich unter die Erde bringen. Jack?«

Ein Kellner eilte herbei.

»Ja, Mrs. Jance«, sagte er mit jener gedehnten Aussprache, die für Leute aus Georgia typisch war.

»Wir werden uns ins Obergeschoß setzen«, sagte sie. »Dort sind wir ein bißchen ungestörter.«

Der Mann warf einen Blick auf Peter. »Verstehe.«

»Jack, also bitte. Das ist mein Sohn. Peter junior.« Sie sagte es so leichthin, daß sich Peter völlig überrumpelt fühlte. Er begriff, daß sie gründlicher über dieses Gespräch nachgedacht hatte, als er sich vorgestellt hatte. Jack, der Peter einen Augenblick lang unter halbgeschlossenen Lidern betrachtet hatte, seufzte entzückt auf.

»Er sieht genauso aus wie sein Vater!«

»Zum Verwechseln ähnlich, stimmt's?« sagte Beatrice. »Er ist tot.«

»O mein Gott. Mein aufrichtiges Beileid, Mrs. Jance.«

»Nicht nötig. Im Grunde war es eine Erlösung für ihn.«

»Verstehe.«

»Altersschwachsinn«, sagte sie mit einem raschen Blick auf Peter und packte ihre Sachen zusammen.

»Aber trotzdem vielen Dank für Ihre Anteilnahme, Jack«, sagte sie liebenswürdig und ging voran nach oben und ins Freie.

Das Obergeschoß des Restaurants lag unter freiem Himmel. Dort gab es ein laues Lüftchen, zirpende Zikaden und um diese Stunde kaum Kundschaft. Beatrice wählte einen Tisch, von dem aus sie die Straße beobachten konnten. Oder beobachtet werden konnten, dachte Peter, trotz der Gefühle, die sein Herz aufwühlten. Eine Schwärmerei, so kam es ihm fast vor, als fingen sie beide noch einmal von vorn an. Und dann fiel ihm auf einmal ein, daß er genau dasselbe für Elizabeth empfunden hatte. Sein Herz kam ins Schwimmen.

»Nun, mein Sohn«, sagte Beatrice trocken, »du warst ein vielbeschäftigter Junge, stimmt's?«

Wenigstens, dachte er, raucht sie nicht; der Aschenbecher auf ihrem Tisch im Erdgeschoß war leer gewesen. Keine dieser verdammten Gauloises mehr, die sie von Wolfe bekommen hatte. »Es war interessant«, war alles, was er hervorbrachte. Am liebsten hätte er seine Hand über den Tisch nach der ihren ausgestreckt, doch er wußte, daß sie die zurückziehen würde.

»Sieh mich nicht so verträumt an«, bestätigte sie seine Vermutung. »Das letzte, was ich will, ist, wie eine Witwe zu wirken, die sich fürs Wochenende einen Surfer gekauft hat.«

Als sein Wein gekommen war, erhob sie ihr Glas leicht in seine Richtung und nahm nachdenklich einen Schluck. »Also«, sagte sie schließlich, »jetzt hat sie dich verlassen.«

»Sie ist verschwunden. Ich nehme an, man könnte sagen, sie hat mich verlassen«, sagte Peter.

»So würde *ich* es jedenfalls nennen, wenn *mein* Liebhaber verschwindet.« Sie zückte ein Päckchen Gauloises und nahm sich eine Zigarette. Ein Stich ging ihm durchs Herz. »Andererseits hat es wenigstens bewirkt, daß du mich angerufen hast. Sonst hättest du es vermutlich nicht getan.«

»Beatrice, das ist nicht wahr. All die Zeit, die ich mit ihr zusammen war –«

»– da hast du nur an mich gedacht? Aber sicher.« Sie zuckte die Schultern. »Entschuldige. Aber es ist doch so, daß das in einer Hinsicht völliger Blödsinn ist.« Sie sah beiseite, warf einen raschen Blick auf die Straße und fuhr dann fort: »Aber in anderer Hinsicht ist es natürlich völlig plausibel.«

Sie betrachtete die Zigarette, dann nahm sie das Päckchen Gauloises, warf es mitsamt der Zigarette in den

Aschenbecher und stellte ihn auf einem anderen Tisch ab. Peter sah sie an, doch sie sagte nichts weiter.

Jack brachte noch eine Speisekarte und eine Flasche Wein, die Beatrice bestellt hatte. Es war ein Cabernet, den er über alles schätzte. Das Etikett hatte man im Laufe der Jahre leicht verändert, doch er war noch immer voller lebendiger Erinnerungen an die Zeiten, als sie beide gemeinsam eine Flasche dieses Weins geleert und über Gott und die Welt geplaudert hatten. Als der Kellner gegangen war, beugte sich Peter über den Tisch zu ihr vor.

»Beatrice«, sagte er. »Ich bitte dich um Vergebung.«

»Kriech nicht zu Kreuze«, sagte sie. »Laß mich nachdenken.«

Er lehnte sich wieder zurück, diesmal mit etwas respektvollerem Abstand.

Als sie ihre Bestellung aufgegeben hatten, heftete Beatrice ihre Augen auf ihn. Unter ihrem mißbilligenden Blick trank er sein Glas Wein in einem Zug aus und schenkte sich sogleich nach.

»Weißt du eigentlich, mein Sonnyboy, daß sie vorhaben, dich auf der Stelle umzubringen?«

»Das hab ich mir schon gedacht. Un' wassiss' mit der Waffe?« Der Wein stieg ihm rasch zu Kopf.

»Alex hat die Modelle durch seinen Computer laufen lassen, und die Arbeit am ›Hammer‹ kommt gut voran. Sie haben in White Sands schon wieder mit der Konstruktion angefangen.«

»Alex ist wieder da?« fragte Peter ungläubig.

»Das war das letzte, was er getan hat, bevor er verschwunden ist. Wo er sich jetzt aufhält, keine Ahnung – nach ihm suchen sie ebenfalls noch immer.« Sie betrachtete ihn einen Augenblick, bevor sie fortfuhr: »Sag mir, Peter, liebst du sie?«

»Könnten wir das vielleicht unten auf der Polizeiwache besprechen?« meinte er abwehrend. Sie lächelte nicht. Er zuckte die Schultern. »Ja, na schön, ich war vernarrt in sie.«

»Ein bißchen flatterhaft bist du, findest du nicht? Ehrlich gesagt, Peter, bin ich schon etwas enttäuscht. Nur vernarrt? Und in ihren Körper oder ihren Geist?«

»Beides«, sagte er wütend. »Und ich war nicht nur vernarrt. Ich habe sie geliebt. Ich liebe sie noch immer, glaube ich. Es ist verrückt, aber es ist irgendwie doch weitaus mehr als bloße Vernarrtheit. Sie kannte diesen Körper, und dieser Körper kannte sie. Kannst du dir in etwa vorstellen, was ich damit sagen will?«

»Ich fürchte ja. Und vielen Dank für deine Aufrichtigkeit«, sagte sie, während sie ihr Glas austrank und er ihr nachschenkte.

»Du darfst es ihr nicht verübeln«, sagte er. »Sie war in Hans Brinkman verliebt. Es gefiel ihr nicht, daß sie seine Geliebte war, aber sie hat ihn vergöttert.«

»Wie ein echter Mann gesprochen. Und wie lautet deine Entschuldigung?«

Da er keine hatte, schwieg er und griff nach seinem Glas. Außer … »Erinnerst du dich noch an deine Forschungsarbeit über das Zellulargedächtnis?« fragte er.

»Oh, erspar mir das.«

»Ich will mich nicht entschuldigen. Aber ich glaube, du warst da auf der richtigen Spur.«

»Du bewegst dich da auf sehr dünnem Eis.«

»Ich habe ein Flugzeug geflogen. Du weißt selbst, daß ich nicht die leiseste Ahnung vom Fliegen habe.« Er sah, daß sie ihm zuhörte, obwohl sie es eigentlich nicht wollte. »Aber Hans kannte sich aus damit. Er war Pilot, er beherrschte alle möglichen Kampfsportarten, und offenbar hat er sich sogar gern ein bißchen geprügelt. Du hast doch von der Schlägerei im Hotel gehört, nehme ich an.«

Sie nickte bloß; sie wollte dieser Geschichte im Grunde keinen Glauben schenken. Doch sie *hatte* davon gehört, und jedesmal, wenn sie einen Blick auf jenen Killer geworfen hatte, der Henderson auf Schritt und Tritt begleitete, hatte sie sich gefragt, wie Peter es je mit ihm aufnehmen konnte.

»Beantworte mir nur diese eine Frage – hast du je erlebt, daß ich irgend jemand zusammengeschlagen habe?«

»Bei dem Nobelpreis-Dinner. Als dieser kleine kroatische Chemiker anfing, gegen dich zu sticheln.«

»Da war ich betrunken.«

»Jetzt bist du auch betrunken. Willst du vielleicht sagen, der Teufel hat dich dazu verleitet?«

»Nein, das will ich nicht. Es sei denn, wir sind dem Teufel begegnet und er ist wir. Ich will im Grunde nichts weiter sagen, als daß diese Frau keine Schuld trifft. Sobald ich ihr gesagt hatte, wer ich bin, ist sie gegangen.«

»Das ist nicht der einzige Grund, weshalb sie abgehauen ist«, sagte Beatrice geheimnistuerisch.

Er stellte sein Glas ab und funkelte sie an. »Beatrice, falls du irgend etwas weißt, was ich wissen sollte, dann sag's mir. Spann mich nicht auf die Folter.«

»Die Folter hättest du verdient. Du bist ein Schwein. Ein oberflächliches, selbstgerechtes, arrogantes Arschloch –«

Er riß die Hände hoch. Schuldig in allen Anklagepunkten. Peter starrte demonstrativ zu den Leuten zurück, die ihn und Beatrice anstarrten.

»Entschuldigung. Ein Streit unter Liebenden.«

Die Leute blickten von Peter zu Beatrice, schüttelten den Kopf und wandten sich wieder ihrem Essen zu. Beatrice' Gesicht verfärbte sich.

»Sehr komisch«, sagte sie ohne jedes Lächeln. Sie hielt einen Augenblick inne, als ein Kellner herbeieilte und ihnen das Essen brachte, und beugte sich dann wieder zu ihm vor. »Was glaubst du, wohin sie verschwunden ist?«

»Ich bin mir nicht sicher, aber ich könnte mir vorstellen, daß sie versucht, nach Zürich durchzukommen. Mit einem Direktflug, nehme ich an, damit sie nicht noch einen riskanten Zwischenstop auf amerikanischem Boden einlegen muß.«

»Was bedeutet, daß sie von Miami abfliegen muß. Wir sollten sie aufhalten.«

»Wenn sie fliegen will, dann ist das ihre Entscheidung.«

»Sie weiß nicht einmal annähernd, in welcher Gefahr sie schwebt«, sagte Beatrice in feierlichem Tonfall, »sonst wäre sie nicht einfach allein abgehauen.«

»Ich habe ja versucht, es ihr zu erklären«, sagte Peter. »Aber sie ist verdammt noch mal fast genauso stur wie du.«

»Genauso stur, würde ich vermuten«, sagte Beatrice. Ihre Stimme klang auf einmal seltsam. »Sie werden sie nicht umbringen, weißt du. Nicht gleich.«

Eine noch stärkere Angst als sonst stieg in ihm auf.

»Machst du dir Sorgen um sie?«

»Genaugenommen benötigen wir ihre Hilfe ebenso wie sie unsere«, sagte sie etwas rätselhaft, während sie ihn mit einem Blick ansah, der ihm nichts verriet – außer, daß er noch weniger wußte, als er geglaubt hatte.

»Warum brauchen wir ihre Hilfe?«

»Weil wir den neunten Klon finden müssen.«

Peter stöhnte deutlich hörbar auf. »Den *neunten*?«

»Sie wollen ihn sich holen. Und das wollen wir doch nun wirklich nicht, oder?«

»Was war ich denn dann? Der achte?« Er konnte sie nur völlig fassungslos anstarren.

»Du warst der siebte, Peter«, sagte sie mit einem gequälten Blick. »Vielleicht erweist sich die Sieben ja noch als Glückszahl.«

In seinem Kopf drehte sich alles. »Und die ersten sechs?«

Sie wandte den Blick ab. »Die haben's nicht geschafft.«

Ein Schauder lief ihm über den Rücken. All die Jahre – wie naiv er doch gewesen war. Er hatte weder seine Frau, mit der er ein halbes Jahrhundert verheiratet war, noch seine Freunde, noch die wahre Natur seiner eigenen Forschungsarbeit wirklich gekannt.

»Die ersten vier starben noch auf dem Operationstisch«, fuhr sie fort. »Der nächste überlebte zwar die Transplantation, erlitt dann jedoch den Hirntod. Bei dem haben sie im Grunde aktive Sterbehilfe geleistet; es war zufällig Barrolas.«

Peters Augen weiteten sich immer mehr. Er brachte noch immer kein Wort hervor.

»Barrola verfiel in eine klinische Depression. Du hast davon natürlich nie etwas bemerkt. Du hast ja immer Scheuklappen getragen, wenn es um die Stimmungslagen anderer Leute ging.«

Er rang nach Atem. Irgendeine entsetzliche Angst kroch langsam in ihm hoch. »Das war Nummer fünf. Und Nummer sechs?«

»Er starb bei dem Transport.« Beatrice legte sich ihren Pullover um die Schultern. Peter merkte, daß ihn selbst ebenfalls fröstelte. »Erinnerst du dich noch«, fragte sie ihn, »an diesen Flugzeugzusammenstoß in der Luft, genau über Vieques, vor zwei Jahren?«

Er erinnerte sich. »Zwei Businessjets?«

»Genau. Eines der Flugzeuge war in keinem Flugplan eingetragen, also wußte das andere gar nicht, daß es darauf hätte achten müssen.«

»Und eines von den beiden hatte einen Klon an Bord?« fragte er, während ihm allmählich alles dämmerte. »Wessen Klon war es denn, weißt du das zufällig?«

»Der von Moore.«

»Der Chemiker, der an dem sogenannten Todes-Aerosol gearbeitet hat?«

»Genau. Er starb kurze Zeit später an Herzversagen. Oder vielleicht auch an gebrochenem Herzen. Jeder, der seinen Klon verlor, tat sich schwer damit. Die Unsterblichkeit war zum Greifen nah – und dann glitt sie einem auf einmal durch die Finger. Und dann warst da noch du mit deinem Klon. Hans Brinkman. Und der Erfolg.«

Er senkte den Blick, beschämt, in ein solch zynisches Komplott verstrickt zu sein. »Und der nächste?«

»Er lebt in New York.«

»Im Staat New York?«

»New York City. Wo genau, weiß ich nicht.«

»New York ist groß, Beatrice. Acht oder zehn Millionen Einwohner. Wer hat dir das alles erzählt – Wolfe?«

»Stimmt.«

Peter hatte es gewußt. »Er ist in dich verliebt, stimmt's?«

»Auf eine groteske Art.«

Wieder streckte Peter die Hand über den Tisch aus, und diesmal legte sie ihre Hände in seine. Ihre Hände waren eisig. Und obwohl die Leute von den benachbarten Tischen wieder zu ihnen herüberstarrten, hielt er die kalten Hände seiner Frau weiterhin fest in seinen. »Und du warst mir treu«, sagte er.

»Und du warst mir treu«, sagte Beatrice in nüchternem Tonfall. »Auf deine Weise.« Sie zog ihre Hände zurück und klopfte ihm leicht aufs Handgelenk. »Neun Klone, Peter.« Sie starrte ihn an, bis bei ihm endlich der Groschen fiel.

Er holte einmal tief Luft. Er fühlte sich wie ein Teenager, der auf der höchsten Achterbahn der Welt kopfüber am obersten Punkt angelangt ist – halb verzückt und halb gelähmt vor Entsetzen.

»Großer Gott«, flüsterte er fast unhörbar.

»Willkommen im neuen Jahrtausend.«

»Aber das ist doch nicht … möglich …«

»Du weißt doch selbst besser als alle anderen, daß alles möglich ist.«

»Aber ich hätte sie doch wiedererkannt – sie hätte doch genauso ausgesehen wie …«

»Wie ich. Das stimmt. So sah sie auch aus. Bis sie achtzehn war. Dann hatte sie einen Skiunfall. Hat ihr das Gesicht zerfetzt. Danach kam die gesichtschirurgische Operation. Neue Wangenknochen, neue Nase, alles. Und heutzutage machen sie natürlich auch die Lippen neu, das ist praktisch im Preis mit inbegriffen. Es wundert mich ein bißchen, daß du den Körper nicht wiedererkannt hast, aber vielleicht hat sie da ja auch einiges machen lassen. Wenn schon, denn schon.«

»Es war ihre Stimme, Beatrice. Und ihre Augen. Es waren deine. Selbst die Liebe, die ich empfand, verdammt noch mal.«

»Ich würde es ja gern glauben.« Sie lächelte traurig. »Im Grunde fühle ich mich ja, wenn ich die Sache aus einem bestimmten Blickwinkel betrachte, fast schon geschmeichelt. Ich glaube, wenn ich es versuchen würde, könnte ich das Vergnügen, das ihr beide an eurer Affäre hattet, vielleicht sogar selbst nachempfinden.«

»Gott im Himmel«, stöhnte Peter. Der Wagen war über den Rand des Abgrunds gekippt und stürzte nun in eine bodenlose Tiefe. »Glaubst du, sie *weiß* es?«

»Sie ist nicht dumm«, sagte sie fast schon stolz. »Falls sie es noch nicht weiß, dann wird sie es sich noch früh genug zusammenreimen. Hat sie dir erzählt, daß ihr Vater in der Navy war? Und in der Karibik stationiert?«

»Auf Vieques?« fragte er taumelnd.

»Ganze zwei Jahre lang.«

Er rieb sich die Augen. »Also werden sie sie suchen, um ...« Er sah Beatrice an. Er wollte nicht glauben, daß er wirklich dachte, was er dachte.

»Um meinetwillen«, sagte Beatrice schlicht. »Wollen wir denn uns beide haben, Peter?«

»O mein Gott.« Er legte den Kopf in die Hände. »Das können wir nicht machen, Beatrice.«

»Du schon, aber ich nicht? Willst du das damit sagen?«

Als er aufsah, hatten sich ihre Augen mit Tränen gefüllt.

»Nein. Weil es nicht richtig ist.«

Sie starrte ihn lange und gebannt an, und dann legte sie ihre Hand in seine.

»Gott sei Dank«, sagte sie. »Jetzt weißt du, weshalb wir sie finden müssen. In gewisser Weise ist sie doch das Kind, das wir beide nie hatten.«

Sie winkte nach der Rechnung.

»Aber wenn du nicht zu Wolfe zurückkehrst –«

»Er braucht uns beide. Ich denke, er spekuliert darauf,

daß ich meine Meinung ändern werde, wenn ich erst einmal wieder jung bin. Es gibt schließlich einen Präzedenzfall, der diese Theorie untermauert«, sagte sie, und sie meinte es nur teilweise ironisch. »Aber da ich ein geringfügig besserer Mensch bin als du«, fügte sie mit einem etwas wärmeren Lächeln hinzu, »werde ich vermutlich nicht länger bei dem Projekt bleiben. Du weißt wohl nicht zufällig Elizabeths E-Mail-Password?«

»Nein«, sagte Peter. »So intim sind wir nicht geworden.«

Er nahm ihre Hände in seine und küßte sie. Eine gewaltige Last war ihm vom Herzen genommen. Für ein paar kostbare Augenblicke konnte die Angst warten. Und dann hatten sie eine lange und schnelle Fahrt vor sich, von Key West zurück nach Miami.

17

Am schlauesten, überlegte Elizabeth, war es, erst dann zum Flughafen zu fahren, wenn es unbedingt sein mußte. Vor allem mußte sie endlich wieder einen klaren Kopf bekommen, und so bat sie den Fahrer, während sie Little Havanna durchquerten, sie an einer der Kaffeebars in der Calle Ocho abzusetzen. Sie bat um den stärksten Kaffee, den man bekommen konnte, und der Angestellte gab ihr eine Colada – einen Espresso mit einem Löffel Zucker. Zu seiner Verblüffung stürzte sie ihn auf einmal hinunter und bestellte sich gleich den nächsten.

In der Kaffeebar herrschte ein angenehm lebhaftes Stimmengewirr, als sei ihr Koffeinstoß allen anderen ebenfalls zu Kopf gestiegen. Zigarettenrauch zog durch die Luft, zwischen Wortbrocken in kubanischem Spanisch und lauten Rufen, die den Punktestand bei einem Baseballspiel bekanntgaben. Zum ersten Mal seit sehr langer Zeit fühlte sie sich in Sicherheit.

Immer mit der Ruhe, Lizzy, dachte sie. Du bist nicht die Verrückte bei dieser Geschichte. Nein, aber irgendwie andersartig bist du schon, oder nicht? Es war, als müßte sie feststellen, daß sie aus Gummi bestand oder Silikonchips anstelle von Fleisch unter der Haut hatte oder daß ein außerirdisches Raumschiff sie auf der Türschwelle ihrer Eltern abgesetzt hatte. Und sei ehrlich, sagte sie sich, du bist dir doch schon immer mehr als nur ein bißchen andersartig vorgekommen. Ihr verstorbener Dad, der lebenslange Navy-Angehörige, den sie kaum gekannt hatte, und ihre Mutter, die sie stets vor allzu hochfliegenden Plänen gewarnt hatte – waren sie ihr nicht immer wie Fremde vorgekommen? War das nicht der Grund, weshalb sie all die Ratschläge ihrer Mutter stets in den Wind geschlagen hatte? Weil die beiden in Wirklichkeit überhaupt nicht ihre Mom und ihr Dad waren ... ein Schauder lief ihr über den Rücken.

Aber wenn sie nun nach ihren wirklichen Eltern suchen wollte, wo sollte sie da beginnen?

Beatrice Jance' Eltern. Das waren ihre Mutter und ihr Vater. Seit langem tot, und bis auf ihre genetischen Codes völlig unerheblich für ihr eigenes Leben.

Falls man es Leben nennen konnte.

Du bist kein Mensch, Lizzy, du bist ein Laborprodukt.

Sie kippte die zweite Colada hinunter.

Aber auch wenn sie nicht an sich selbst glaubte, so *konnte* sie doch an Hans glauben: Er war ein Mensch. Ein ausgereifter Mensch.

Er hatte zwar seine Schwachpunkte, aber er war immerhin kein seelenloser Cyborg. Er hatte Gefühle und Träume und Zärtlichkeit, genau wie jeder andere. Und wer behauptete eigentlich, daß Menschlichkeit ein Geburtsrecht war? Sie kannte jede Menge Leute, die alles andere als menschlich waren und doch auf natürliche Weise geboren wurden. Die Leute, die sie kannte und die wirklich menschlich waren, hatten daran *gearbeitet*. Hatten es sich *verdient*. Und du, sagte sie sich, du hast selbst ziemlich hart daran gearbeitet, und du kannst das Etikett »menschlich« mit demselben Recht für dich beanspruchen wie andere Leute auch. Du hast nicht an den Genen anderer Leute herumgepfuscht, du hast nicht dein halbes Leben mit Überlegungen zugebracht, wie man die Welt in die Luft jagen könnte – oder auch nur, wie man reich werden oder sich flachlegen lassen oder bestimmte Dinge erwerben kann. Jene Dinge, über die Annie mit ihr gesprochen hatte, wofür sie ihr sehr dankbar war. Sie hatte ein Recht auf diese Dinge. Dein Leben ist nicht deine DNA, es ist das, was du daraus machst.

Und vielleicht, dachte sie, ist das alles ja auch nur eine abscheuliche Lüge – diese Geschichte, daß sie irgend etwas Obszönes oder Künstliches oder der Schatten irgendeines anderen Menschen war. Vielleicht war es irgendein teuflischer Trick, um ihre Aufmerksamkeit abzulenken. Sie schäumte im stillen vor Wut auf all diese Leute. Wie auch immer, sie hatte nun begriffen, daß man sie ohne Zögern auf der Stelle töten würde. Ihr dröhnte der Kopf vor lauter schwindelerregenden Überlegungen. Wenn sie ihren Körper verstümmelte, würden sie ihn dann immer noch wollen? Sollte sie ihren Gesichtschirurgen aufsuchen und ihn bitten, ihren früheren Zustand – aus der Zeit vor dem Unfall – wiederherzustellen? Oder sollte sie vielleicht irgend jemand bitten, ihr ein Bein abzuschießen oder ein Auge auszustechen? Vielleicht würden in Zukunft die einzigen freien Menschen die Körperbehinderten sein.

Hör auf, brachte sie sich zur Besinnung. Du bist hierhergefahren, um einen klaren Kopf zu bekommen, nicht, um dich noch verrückter zu machen. Es ist ihnen völlig gleichgültig, wie du aussiehst, solange dein Körper ein gesunder Behälter für Beatrice' Gehirn ist. Sie sind widerwärtig und absolut wahnsinnig, jeder einzelne von ihnen.

Weshalb verspüre ich dann diesen Schmerz in meinem Herzen?

Gott steh mir bei, dachte sie, ich durchlebe Hans' Tod

noch einmal von vorn. Und wenn Hans für mich noch immer am Leben ist, dann ist Peter es auch.

Aber denk dran, Lizzy, er hat sich nicht in *dich* verliebt.

Er hat sich nur noch einmal Hals über Kopf in seine Frau verliebt.

Sie sah durch das Fenster der Kaffeebar in den Morgendunst und beobachtete die Arbeiter und Pendler, die an ihr vorbeieilten, überwiegend Hispano-Amerikaner oder Schwarze. Wie viele Kriege, wie viele Versklavungen und Greuel hatten diese Leute oder ihre Erbmasse überlebt? Und jetzt sprachen und lachten sie und lebten einfach weiter.

Du wirst das alles ebenfalls überleben, sagte sie sich, leerte ihr Tablett in den Mülleimer und eilte ins Freie. Sie winkte sich ein Taxi herbei, um sich zum Internationalen Flughafen Miami fahren zu lassen.

Im Taxi setzte sie eine Sonnenbrille und eine schwarze Perücke auf, die sie sich für fünfzig Dollar in einem Geschäft mit dem Namen Perücken-Paradies in einer Einkaufspassage gekauft hatte.

Die Größe des Internationalen Flughafens Miami trug ebenfalls zu ihrer Beruhigung bei. Es war der achtgrößte Flughafen der USA, hatte Mary ihr erzählt – eintausendfünfhundert Abflüge und Ankünfte pro Tag mit Flugverbindungen in zweitausendzweihundert Städte auf fünf Kontinenten. Sie wußte diese Zahlen noch so genau, als hätte Mary sie ihr eben erst ins Ohr geflüstert. Schon wieder diese Talente, und vermutlich ebenfalls Beatrice Jance' Talente.

Nein, stellte sie sich auf einmal stur, *deine* Talente. Und sie werden dir helfen, aus diesem Schlamassel wieder herauszukommen. Die Spieltheorie – hatte Hans ihr das nicht irgendwann einmal erläutert? Die schiere Größe des Internationalen Flughafens von Miami, dazu die Wahrscheinlichkeit, daß sie wohl kaum damit rechneten, daß sie von demselben Ort abfliegen würde, an dem sie einen Tag zuvor angekommen war. Dreißig Millionen Passagiere pro Jahr entsprachen zweiundachtzigtausend pro Tag; hundertachtzehn Flugsteige in acht Abflughallen – und demgegenüber vielleicht zweihundert Mitarbeiter, die zur Überwachung zur Verfügung standen. Zum Teufel, die Chancen standen ausgezeichnet, daß man sie nicht entdecken würde.

Doch sie wurde entdeckt.

Während sie den Aufzug in den vierten Stock nahm und auf das Rollband trat, bemerkte sie, daß sie verfolgt wurde – hastige Schritte hinter ihr, während sie durch das Labyrinth aus Buchhandlungen, Bars und Boutiquen streifte. Um zu dem Martinair/KLM-Schalter in der Abflughalle B zu gelangen, mußte sie die gewaltige, hufeisenförmige Grundfläche des Flughafens halb durchqueren. An einem Stand mit Sonnenbrillen hielt sie inne, setzte sich eine Ray-Ban-Brille auf und betrachtete sich in dem schmalen Spiegel des Brillenständers. Hinter ihrem Spiegelbild bemerkte sie drei Personen, die mehr oder weniger wie versteinert dastanden. Die erste von ihnen war ein etwa fünfundzwanzigjähriger Mann mit einem sandfarbenen Bürstenschnitt. Er band sich die Schnürsenkel zu. Der zweite Mann war ein Flugoffizier einer Airline – oder zumindest so angezogen – und sah einen Augenblick lang in Elizabeths Richtung, bevor er den Blick abwandte. Die dritte Person war eine sportliche junge Frau in einem Trainingsanzug und einem hellen Matchbeutel, den sie sich über die Schulter geschlungen hatte. Mit einer Waffe drin?

Vorsichtig legte Elizabeth die Ray-Ban-Brille zurück an ihren Platz und ging weiter bis zu dem Zeitungsstand, wo sie sich einen *Miami Herald* kaufte. Während sie auf ihr Wechselgeld wartete, vergewisserte sie sich noch einmal. Der Pilot und die muskulöse junge Frau waren verschwunden, doch der Mann, der sich die Schnürsenkel zugebunden hatte, war noch immer da, rund einhundert Meter weiter hinten, und tat, als würde er die Anzeigetafel mit den Abflügen studieren.

Sie verlor sich in der Menge, als sie sich durch die belebte Lobby des Terminal-Hotels hindurchschlängelte, bevor sie schließlich am anderen Ende der Abflughalle wieder auftauchte. Sie schlug sich nach links, fuhr mit dem Aufzug eine Etage tiefer und lief dann volle fünf Minuten mit raschen Schritten weiter, ohne sich auch nur ein einziges Mal umzublicken.

Als sie schon fast an ihrem Flugsteig angekommen war, hielt sie vor einem Starbucks-Fenster an. Sie suchte die Gesichter ab, die sich in der Fensterscheibe spiegelten – und sie fand den Mann in der Menge. Da sie ihm den Rücken zugewandt hatte, starrte er ihr genau ins Gesicht.

Der Anblick schnürte ihr die Kehle zusammen. Es war der Elitesoldat aus der Casa del Francés. Und jetzt kam er auf sie zu. In blinder Panik stürzte sie davon – so rasch sie konnte, ohne Aufmerksamkeit zu erregen. Dann hörte sie ihn hinter sich rennen und setzte zu einem Sprint an.

Er war schnell, aber sie war schneller.

Zwanzig Sekunden nachdem sie losgerannt war, war ihr Vorsprung so groß, daß sie ihn abschütteln und in der Menge untertauchen konnte.

Lieutenant Lance Russell kam um die Ecke geschossen und verharrte entsetzt auf der Stelle.

Das Miststück war nicht mehr da.

Sie ausfindig zu machen, das war kein Problem für ihn gewesen. Was hatte sie sich eigentlich eingebildet – glaubte sie etwa, sie könnte mit diesem schwarzgefärbten Haar Leute wie ihn zum Narren halten? Aber im Augenblick war sie wie vom Erdboden verschluckt.

Und was noch schlimmer war, jetzt steuerte so ein Arschloch vom Sicherheitsdienst des Flughafens genau auf ihn zu. Russell duckte sich in ein Souvenirgeschäft und versuchte, gleichmäßig zu atmen. O verflucht, dachte er, der Cop hatte bemerkt, wie er mit einem Affenzahn um diese Ecke gekurvt war, und er wußte mit Sicherheit, daß hier etwas nicht stimmte.

Russell wußte gar nicht, wie sehr er mit dieser Vermutung recht hatte: Tatsächlich hatte der Sicherheitsbeamte die Anweisung, nach einem gewissen Dr. Peter Jance, fünfunddreißig Jahre alt, Ausschau zu halten. Und da der Bursche mit dem Bürstenschnitt und den hellblauen Augen etwa in diesem Alter sein mußte, löste der Wachmann mit dem Daumen den Riemen an seinem Pistolenhalfter und trat auf ihn zu.

»Dürfte ich bitte Ihr Ticket sehen, Sir?«

Ich kann mir jetzt keine Unterbrechung erlauben, dachte Russell. Bei einem Auftrag wie diesem trug er nie Ausweispapiere bei sich, nicht einmal einen gefälschten Personalausweis, und der Agent, der ihn durch die Metalldetektoren geschleust hatte, war nirgends in Sicht. Sein Auftrag war geheim, und wenn er jetzt in Polizeigewahrsam genommen wurde, dann würde er jede Aussage verweigern und mit dem einen Telefonanruf, der ihm gestattet war, einen entsprechend ausgerüsteten Sicherheitsoffizier der Navy verständigen und um Hilfe bitten müssen. Und im Augenblick, wo alles völlig versaut war, konnte er es sich nicht leisten, festgenommen zu werden. »Ich hole jemanden ab«, sagte er und entfernte sich ein paar Schritte vom Eingang des Geschäfts.

»Ich würde gern irgendwelche Ausweispapiere von Ihnen sehen«, beharrte der Wachmann, während er näher auf ihn zutrat und die Hand um den Griff seiner 9-mm legte.

Russell lächelte breit, als wollte er der Aufforderung sogleich nachkommen, doch dann verschwand er ganz nebenbei durch eine Tür in die Herrentoilette. Eine der Kabinen war besetzt, aber ansonsten war der Toilettenraum leer, und als der Wachmann wutschnaubend hinter ihm herstürmte, schnellte Russell herum, hieb dem Mann mit dem Handballen von unten gegen das Kinn, so daß er ihm den Kiefer ausrenkte und ihn bewußtlos schlug.

Einen Augenblick lang überlegte Russell, ob er ihn umbringen sollte, doch dann entschied er, daß der Tumult nach dem Auffinden der Leiche letztendlich auch vor ihm nicht haltmachen und ihn in den Arsch kneifen würde. Und so schleifte er ihn in eine der Kabinen und setzte ihn aufrecht auf die Toilette. Er verriegelte die Tür von innen, stützte sich dann auf dem Toilettenpapierhalter ab, schwang sich über die Tür und landete auf dem Boden – eine Sekunde bevor ein Mann im Anzug die Toilette betrat, der sein Handgepäck hinter sich herrollte. Russell ging an ihm vorbei und zurück in die Abflughalle. Jetzt konnte er sich denken, wohin das Mädchen verschwunden war.

Die Damentoilette befand sich rund zehn Meter weiter. Zwei Putzfrauen kamen in diesem Augenblick aus der Toilette, die einen Abfallwagen und einen Putzeimer auf Rädern vor sich herschoben. Russell trat auf sie zu.

»Gesundheitsbehörde Miami. Ist dort irgend jemand drin?«

»Ist sauber«, sagte die Putzfrau. »Wir haben eben saubermachen.«

Diese blöde Guatemaltekin, sie kapierte überhaupt nichts. »Ich muß es trotzdem nachprüfen. Vorschrift der Stadtverwaltung. Ist irgend jemand drin?«

»Eine Dame.«

»Macht sie ein großes Geschäft, oder lungert sie dort nur herum?«

»Sieht in den Spiegel, wäscht sich die Hände, sieht sich um, sieht ängstlich aus.«

Gut, dachte Russell. Es gefiel ihm, wenn er in den Augen seiner Opfer Angst sah, kurz bevor er sie erledigte, und dieses Miststück hatte es nicht anders verdient. Er bedauerte lediglich, daß er den Befehl hatte, sie nicht umzubringen. Sein Auftrag beschränkte sich darauf, zu verhindern, daß sie an Bord ihrer Maschine ging, bis Wolfe und Henderson eintrafen.

In seiner Hosentasche fand er einen zerknitterten Fünfdollarschein.

»Sie passen ein paar Minuten auf, daß keine Damen reinkommen, ja? Nur bis ich für die Stadt Miami alles überprüft habe.«

Die beiden Putzfrauen warfen sich einen Blick zu, während die ältere das Geld einsteckte.

Russell ging hinein.

Der Raum war größer als die Herrentoilette und in zwei Bereiche unterteilt; in einem befanden sich die Toiletten und in dem anderen die Waschbecken, eine Bank und ein Wickeltisch. Als er eintrat, hörte er, wie eine Toilettentür zugeschlagen wurde. Er konnte sich lebhaft vorstellen, wie das Mädchen dort drin kauerte und sich vor Angst in die Hose machte. Wenn sie schlau war – und er wußte, daß sie das war –, dann würde sie vermutlich auf den Toilettendeckel klettern, den Atem anhalten und beten, daß er nur von außen einen Blick unter die Toiletten werfen würde.

Sie würde ihr blaues Wunder erleben.

Er zückte das Messer, das er um die Schulter geschlungen trug, steckte es sich in ein Hosenbein und ging gemächlich um die Ecke und in den Raum, in dem sich die Toiletten befanden.

Aber sie war in keiner der Toiletten. Sie stand vor einem Spiegel und strich sich den Rock glatt, und in der Toilette genau neben ihr wurde in diesem Augenblick gespült. Irgend etwas stimmte hier nicht. Und als die Frau sich umdrehte, sah Russell, wer es war.

»Nun«, sagte Beatrice in hochmütigem, entnervtem Tonfall. »Hast du in puncto Dummheit eigentlich noch Kurse belegt, oder warst du schon blöd genug, als du dich zur Armee gemeldet hast?«

»Madam, es tut mir leid –«

»Steck das Messer weg, bevor du jemandem damit weh tust. Du hast doch begriffen, was deine Aufgabe ist, oder nicht?«

»Ja, Madam, natürlich.«

»Ihr darf kein Haar gekrümmt werden. Nicht ein einziges.«

»Ja, schon, aber ich hab die Erfahrung gemacht, daß dieses Messer ein echter Überredungskünstler sein kann.« Trotzdem steckte er es weg.

»Und was ist, wenn sie zu schreien anfängt?«

»Ich weiß, wie man mit so etwas fertig wird, Madam. Wir sind für Entführungen ausgebildet worden, sonst hätte man mich nicht damit beauftragt, sie zu finden. Die Sache ist die, Madam, ich hatte sie vor fünf Minuten schon aufgespürt, und ich dachte, sie wäre hier drin.«

»Wohl kaum. Ich habe sie eben erst gesehen, wie sie am Flugsteig 15 über die Fluggastbrücke zu ihrer Maschine gegangen ist.«

»Verzeihen Sie, Madam, aber warum haben Sie denn dann niemanden verständigt?«

Beatrice' vernichtender Blick genügte Russell als Antwort vollkommen. In blinder Wut stürzte er aus der Damentoilette. Selbst die Putzfrauen waren verschwunden und hatten ihm nicht den Rücken freigehalten, wofür er sie verdammt noch mal bezahlt hatte. Er zückte sein Walkie-talkie und forderte Verstärkung an. Na schön, vergiß, daß du die Ehre selbst einstreichen wolltest. Hauptsache, du siehst dieses Miststück jetzt endlich in Handschellen. Er raste hinunter zum Flugsteig 15, während gleichzeitig immer mehr Männer auftauchten, die dieselbe Richtung einschlugen. Binnen sechzig Sekunden war das Flugzeug umstellt, und ein halbes Dutzend Elitesoldaten durchkämmten es von vorn bis hinten. Wenn nötig, so lautete ihr Befehl, würden sie auch noch den Frachtraum und das Fahrwerk absuchen.

Inzwischen machten María Morales und Elena Contrares – enge Freundinnen, seit sie vor acht Jahren mit fünfzehn anderen wimmernden und verängstigten illegalen Einwanderern auf einem Lastwagen aus El Salvador ankamen – im Erdgeschoß im Servicebereich halt, entsprechend der Anweisung, die sie erhalten hatten. In den zwanzig Jahren, die sie in einem Kriegsgebiet verbracht hatten, hatten sie schon allerhand merkwürdige Dinge erlebt. Und ein Jahr später, als sie sich durch Guatemala und die Berge von Mexiko nach Norden hocharbeiteten, hatten sie noch mehr gesehen.

Aber noch nie waren sie gebeten worden, gegen Bezahlung etwas derartig Irrsinniges zu tun, und schon gar nicht von einer so eleganten Dame. Einhundert Dollar! In Amerika schien die Verrücktheit wirklich von den Wänden zu regnen. Die Klassefrau stand genau hinter ihnen, nachdem sie auf einem der elektrischen Wägelchen, die für die Alten und Behinderten reserviert waren, mitgefahren war.

»*Hay otras aquí, amigas?*« fragte sie, während sie aus dem Aufzug stieg und sich eine graue Haarsträhne glattstrich.

»Nein«, sagten sie.

»*Bueno*«, sagte Beatrice und schlug mit einer Hand auf die Abfalltonne. »Alles klar, das wär's. Die Luft ist rein.«

Ein paar Papierhandtücher raschelten, und dann kam Elizabeth aus der Tonne zum Vorschein, mit dem Kopf voran, dankbar und verdutzt, aber auf jeden Fall noch wachsam. »Vielen Dank«, sagte sie zu Beatrice, während María und Elena ihr aus der Tonne halfen.

»Keine Ursache«, entgegnete Beatrice. »Hab seit den Wechseljahren keinen solchen Spaß mehr gehabt.«

»Wer sind Sie?«

»Ich bin die Frau, die Ihnen das Leben gerettet hat«, sagte Beatrice. Groll und Mißtrauen lagen in ihrer Stimme, was ihr selbst nicht entging. Würde sich dieses Mädchen in ihr wiedererkennen oder nicht? Ihr neues Gesicht hatte sie inzwischen seit sieben Jahren, dachte Beatrice. War es denn möglich, daß sie ihr altes schon völlig vergessen hatte – oder behielt sie ihre Meinung lediglich für sich? Vielleicht war sie auch einfach nur strohdumm. »Kommen Sie, wir unterhalten uns im Taxi weiter«, sagte sie. Als Elizabeth zögerte, trat Beatrice gebieterisch einen Schritt näher. »Oder wollen wir warten, bis sie den Flughafen wieder abriegeln?«

Beatrice drücke Elena und María noch einmal fünfzig Dollar in die Hand und entfernte sich in Richtung Taxistand, während Elizabeth ihr mit etwas Sicherheitsabstand folgte. » Warum tun Sie das alles?«

»Weil ich will, daß Sie leben«, sagte Beatrice. »Reicht Ihnen das als Grund? Sie haben eben Freunde auf dieser Welt.«

»Annie? Hat sie Sie geschickt?«

»Nein. Ich komme nicht von Annie, wer immer das ist.« Großer Gott, dachte sie, stellt sie sich eigentlich nur dumm – oder hat Peters Begriffsstutzigkeit inzwischen auf sie abgefärbt? Sie versuchte, sich Elizabeth und Peter zusammen vorzustellen, und es fiel ihr schwer, sie nicht zu hassen – bei allem Mitleid, das sie für dieses Mädchen in seiner Notlage empfand. Und dann natürlich die Schuldgefühle. Würde sie sich davon je befreien können?

Das Taxi stand bereits mit offener Tür da, doch Elizabeth zierte sich noch immer. »Ich denke, ich sollte wissen, wer Sie eigentlich sind.«

»Das werden Sie noch früh genug rausfinden. Hinein mit Ihnen«, sagte Beatrice in scharfem Tonfall, packte Elizabeth am Arm und schob sie ins Taxi. »Und an Ihrer Stelle würde ich mich ducken.« Diesmal befolgte Elizabeth die Anweisung, die man ihr gab, und duckte sich unter das Fenster, und der Taxifahrer jagte mit seinem Wagen vom Flughafen.

Als sie die Schnellstraße erreicht hatten, setzte sie sich wieder aufrecht hin und starrte zu Beatrice hinüber, die sich nach Kräften bemühte, nicht zurückzustarren. Ich selbst hätte mich mit Sicherheit wiedererkannt, dachte Beatrice. Auf den ersten Blick.

»Zu welchem Hotel fahren wir?« fragte Elizabeth.

»Ich dachte ans Sherry Netherland«, sagte Beatrice.

»Das letzte Mal, als ich da eincheckte«, sagte Elizabeth, »war das Sherry Netherland noch in New York.«

Selbstbewußt, sardonisch – womöglich wirst du diese Frau irgendwann noch mögen, dachte Beatrice. Und wäre Narziß nicht grün vor Neid? »Ja, da haben Sie wohl recht. Fahrer, bitte nehmen Sie die nächste Abfahrt.«

Der Fahrer schwenkte mit dem Wagen ruckartig auf die Abfahrtsspur und drückte auf die Hupe. »Alles in Ordnung«, sagte Beatrice, als sie sah, wie sich Elizabeth anspannte. »Wir holen nur noch einen Fahrgast ab.«

Der Fahrer warf einen Blick in das Gebüsch, das die Abfahrt säumte. »*Señora,* sind Sie sicher, daß wir ihn hier zurückgelassen haben?«

»Ganz sicher.« Elizabeth sah aus, als wollte sie jeden Augenblick Reißaus nehmen. Beatrice legte eine Hand auf ihre, um sie zu beschwichtigen, während der Taxifahrer ausstieg und über die Leitplanke kletterte.

»*Señor?*« rief er.

Da keine Antwort kam, verschwand der Fahrer tiefer im Gebüsch. Elizabeth begann, sich unter Beatrice' Griff zu winden.

»Was zum Teufel geht hier eigentlich vor?« fragte sie.

»Halten Sie still«, befahl Beatrice. Ihr Mut begann zu schwinden.

»Wer *sind* Sie? Das müssen Sie mir sagen, oder ich gehe.«

Beatrice hielt den Blick auf das Gebüsch geheftet. »Mein Name ist Beatrice Jance.«

Elizabeths Gesicht verfärbte sich aschfahl.

»Die Frau Ihres Liebhabers – oder vielmehr Ihres verflossenen Liebhabers. Sie haben ihn verlassen, und ich habe ihn zurückbekommen.«

Elizabeth sank der Kopf auf die Brust, und sie bedeckte ihr Gesicht mit den Händen. »O mein Gott –«

»– und ich nehme an, ich bin auch Ihre ... ich weiß nicht recht, wie ich es ausdrücken soll –«

Elizabeth sah tief in Beatrice' Augen. »Meine DNA-Mutter?«

»So könnte man sagen.«

Beatrice war im Begriff, noch etwas zu sagen, doch dann versteifte sie sich auf einmal, ließ Elizabeths Hand los, riß die Wagentür auf und stolperte hinaus. Weiter hinten trug der Fahrer irgend jemand aus dem Gebüsch, der betrunken oder verletzt oder in einem noch schlimmeren Zustand war. Und dann war Elizabeth ebenfalls aus dem Taxi gesprungen.

In diesem Augenblick hätte Elizabeth leicht Reißaus nehmen können, doch statt dessen rannte sie mit Beatrice auf Peter zu, der die Augen geschlossen hatte und ein blutbeflecktes Hemd trug. Gemeinsam kamen sie ihm zu Hilfe und stützten ihn ab.

Blut sickerte ihm aus Mund und Nase, und seine Brust hob und senkte sich angestrengt. Er schien kaum noch am Leben zu sein.

»Peter?« flüsterte Elizabeth wie gelähmt. Nur ein Nuscheln als Antwort. Sie warf einen entsetzten Blick auf Beatrice. »Es passiert schon wieder.«

»Wann ist das denn schon einmal passiert?«

»Einmal auf Vieques, und dann noch einmal am Flughafen von Puerto Rico. Aber noch nie so wie jetzt.«

»Er hat nie geblutet?« fragte Beatrice in eisigem, ruhigem Tonfall.

»Nie.«

»War sein Puls erhöht? Seine Pupillen erweitert?«

Elizabeth übernahm die Hauptlast von Peters Gewicht und setzte ihn sanft auf die Rückbank des Taxis. »Ich bin keine Ärztin«, zischte sie zwischen den Zähnen hervor.

»Ja, natürlich nicht«, sagte Beatrice, während sie in den Wagen kletterte.

»Und ich habe auch nichts mit alledem zu tun, was ihn in diesen Zustand versetzt hat«, wurde Elizabeth noch etwas deutlicher. Beatrice schwieg.

»Fahren Sie weiter«, wies sie den Fahrer an. »Auf die I-95 Nord.«

Der Wagen machte einen Satz nach vorn, und Peters Kopf sackte kraftlos auf dem ausgefransten Tweedstoff der Rückbank hin und her. In seinem Delirium sah er aus, als wollte er beiden Frauen gleichzeitig zuhören, Beatrice zu seiner Linken und Elizabeth zu seiner Rechten.

»Das erste Mal bekam er irgendwie einen glasigen Blick«, sagte Elizabeth in etwas sanfterem Tonfall, während sich das Taxi durch den Verkehr schlängelte. »Und dann, in Puerto Rico, als wir nach dem Flugzeugunglück abgehauen sind, da hat er auf einmal einen entsetzlichen Schmerz im Kopf verspürt und ist zusammengebrochen. Was ist das, eine Art Schlaganfall?«

»Etwas in der Richtung.« Und dann nahm Beatrice' Stimme ebenfalls einen sanfteren Klang an. »Das weiß Gott allein.«

»Die Blutgefäße in seinem Gehirn, sind das noch die alten?«

»Genau«, sagte Beatrice.

Blinzelnd schlug Peter die Augen auf. Mit einem Mal war er wieder bei Bewußtsein, wenn auch noch völlig benommen. »Sehr scharfsinnig«, nuschelte er.

»Danke«, antwortete Elizabeth kühl.

Sie nahm ein Kleenex und tupfte das Blut ab, das ihm aus einem Mundwinkel sickerte. Peter warf Elizabeth einen unergründlichen Blick zu, dann drehte er sich zu Beatrice um.

»Alles okay mit dir?« Ungeschickt streckte er eine Hand nach dem Gesicht seiner Frau aus, wobei er ihr fast ins Auge stach. »Entschuldigung.«

»Schon gut. Mit mir ist alles in Ordnung. Wie fühlst du dich?«

»Ich fühle mit den Fingern.«

»Das heißt, im Grunde mit den Stirnlappen. Wie heißt du?«

»Peter Brinkman.«

Beatrice warf einen Blick auf Elizabeth. »Er gehört ganz Ihnen«, sagte sie. Peter warf den Kopf wieder auf die andere Seite und betrachtete Elizabeth, als sähe er sie zum ersten Mal.

»Elizabeth?« sagte er benebelt. »Du bist wieder da?«

Elizabeth wies mit einem Kopfnicken auf Beatrice. »Deine Frau hat mich geholt.«

»Beatrice?« Sein Gesicht verzerrte sich ungläubig.

»So ist es, Peter«, sagte Beatrice.

»Peter«, wiederholte er.

»Und Peter wer?« fragte sie.

»Peter Jance«, sagte er.

»Und weißt du auch, wer ich bin?«

»Meine bessere Hälfte?« fragte er und sah Elizabeth fragend an.

»Verdammt richtig, du alter Bock«, sagte Beatrice. »Wie viele Finger?« sagte sie und streckte ihm die gespreizte Hand entgegen.

»Vier.«

»Versuch's noch einmal.«

»Vier. Das andere ist ein Daumen.«

Er grinste hämisch und verschmitzt. Sie gab ihm einen Knuff. »Sehr witzig. Hör jetzt endlich auf, uns beiden eine Heidenangst einzujagen.«

»Ich habe mir doch selbst vor Angst in die Hose gemacht«, versicherte er feierlich, setzte sich aufrecht hin und schüttelte den Kopf. Es schien, als würde er allmählich wieder klarer denken können. Er wandte sich zu Elizabeth um und fragte sie, ob mit ihr alles okay sei.

Elizabeth zuckte die Schultern. Sie kämpfte mit den Tränen.

»Sie hatten sie fast schon erwischt«, sagte Beatrice.

»Tatsächlich? Siehst du, ich habe dir doch gesagt, bei uns bist du besser aufgehoben, Elizabeth«, sagte Peter.

»›Uns‹ hast du nie gesagt.«

»Das wußte ich zu dem Zeitpunkt noch nicht. Beatrice hat dir das Leben gerettet?«

»Nicht ohne Grund, oder?«

Peter warf einen Blick auf Beatrice. »Ich habe dir ja gleich gesagt, sie würde mißtrauisch sein.«

»Nicht ohne Grund, oder?« wiederholte Beatrice Elizabeths Worte und winkte ihr kurz zu. Sie fing doch tatsächlich an, diese Elizabeth zu mögen. »Sie können Hans umarmen«, sagte Beatrice. »Aber von Peter lassen Sie bitte die Finger.«

»Danke, ich verzichte.«

»Wie Sie wollen«, sagte Beatrice.

Das Taxi schwenkte auf die Auffahrt zur I-95 ein. Einen Augenblick später wandte sich Elizabeth noch einmal an Beatrice, wobei sie genau an Peter vorbeisah.

»Was haben Sie vorhin damit gemeint – ›natürlich bin ich keine Ärztin‹?«

»Das hätte ich nicht sagen sollen.«

»Nein, das hätten Sie nicht. Sie sind wie diese Mütter, die Kuchen backen können und sich freuen, wenn ihre Töchter es nicht können.«

»Ich könnte nicht einmal einen Kuchen backen, um mein Leben zu retten«, sagte Beatrice leise. »Und ich möchte wetten, Sie würden eine erstklassige Ärztin abgeben.«

»Habe ich da etwas nicht mitbekommen?« fragte Peter.

»Schscht«, sagte Beatrice.

Sie und Elizabeth starrten sich weiterhin an, bis es ihnen irgendwann dämlich vorkam, und dann verfielen sie alle in Schweigen.

Als das Taxi eine halbe Stunde später am Internationalen Flughafen Fort Lauderdale/Hollywood vorfuhr, hatten sie Peter ein frisches Hemd angezogen und ihn so weit gesäubert, daß er keine Aufmerksamkeit auf sich zog. Er war schwach, aber scharfsichtig, und nachdem Peter das Kampfmesser und das Reizgas, die er in Coral Gables gekauft hatte, weggeworfen hatte, nahmen sie alle drei den Flug Nr. 406 der Delta Airlines nach New York.

Als sie sich schließlich in der Luft befanden und ihre Flugbegleiterinnen belauschten, erfuhren sie den Grund, weshalb ihnen die Flucht so leicht gelungen war. Einen Wachmann am Internationalen Flughafen Miami hatte man halb erwürgt in einer Herrentoilette aufgefunden – offenbar das Opfer eines terroristischen Anschlags –, und sämtliche zusätzlichen Sicherheitskräfte am Internationalen Flughafen Fort Lauderdale hatte man zur Verstärkung dorthin gerufen.

18

Delta-Flug Nr. 406

Die Boeing 767 war nur zur Hälfte besetzt, so daß sie im hinteren Bereich der Maschine, weit weg von den anderen Passagieren, drei Plätze nebeneinander fanden. Die erste halbe Stunde saß Peter wie auf glühenden Kohlen und rechnete jeden Augenblick damit, daß ihm eine Flugbegleiterin eine Hand auf die Schulter legen würde.

»Er war schon immer ein bißchen zappelig«, sagte Beatrice zu Elizabeth. »Als wir jung waren und kaum Geld hatten, da haben wir uns manchmal bei den Theatern in der Pause ins Foyer geschlichen und sind dann zum zweiten Akt reingegangen. Peter war sich jedesmal sicher, daß man uns ins Gefängnis abführen würde.«

»Ja, und einmal haben sie uns rausgeworfen«, sagte Elizabeth, die sich auf einmal unerwartet an die Hand des Platzanweisers auf ihrem Ellbogen erinnert fühlte.

Beatrice zuckte zusammen. »Nur einmal«, sagte sie nachdenklich. »Irgendein lümmelhafter Platzanweiser, der sich etwas beweisen wollte. Einmal in zehn Fällen.« Sie konnte nicht einfach weiterreden, als sei es nichts als leichtes Geplauder. Das Erinnerungsvermögen dieses Mädchens hatte sie völlig verblüfft. »Peter, Liebster, warum setzt du dich nicht für eine Weile hier ans Fenster? Elizabeth und ich müssen uns ein bißchen von Frau zu Frau unterhalten.«

Peter erhob sich folgsam und tauschte mit seiner Frau

die Plätze. Beatrice setzte sich neben Elizabeth und beugte sich näher zu ihr hinüber.

»Wie viele Stunden schlafen Sie nachts?«

»Ist das ärztliche Neugier?«

»Nennen wir es so, ja.«

Elizabeth beschloß, ihr entgegenzukommen. Wenigstens behandelte Beatrice sie nicht wie eine gewöhnliche Frau. Im Grunde genommen bewunderte sie sogar die Gelassenheit dieser Frau, ihren Sinn für Ironie und ihre Standfestigkeit. Das bin ich in fünfzig Jahren, dachte sie unwillkürlich. Falls ich so lange lebe, verbesserte sie sich.

»Nie mehr als sechs«, antwortete sie.

»Früh zu Bett und früh auf den Beinen?«

»Ja, es sei denn ... nun ja, das ist eben bei mir so.« Elizabeth entspannte sich ein wenig. Beatrice hatte eine durch und durch wohlwollende Miene aufgesetzt – ganz die Ärztin, die sie einmal gewesen war. Sie kann gut mit Patienten umgehen, wie die Leute von Ärzten gern sagten. »Ach ja, und wenn ich aufwache, dann weiß ich, wie spät es ist, ohne –«

»– einen Blick auf die Uhr zu werfen«, sagte Beatrice leise.

»Plus/minus fünf Minuten.«

Beatrice lächelte. »Das war bei mir genauso. Faszinierend. Erzählen Sie mir von Ihren Eltern.«

Sie hatte die Bitte in einem völlig neutralen Tonfall geäußert, und doch lief Elizabeth ein Schauder über den Rücken. Das war die Wissenschaftlerin und Ärztin, die hier sprach. »Mein Dad starb, als ich noch klein war.«

»Haben Sie ihn angehimmelt?« fragte Beatrice rundheraus.

»Ja«, sagte Elizabeth. Ihr Herz schlug Purzelbäume. »Sie Ihren auch?«

»Das war mein wirklich schwacher Punkt. Ich hab lange geglaubt, alle Männer seien perfekt, falls Sie sich das vorstellen können. Inzwischen wissen wir es beide besser, stimmt's?«

Beatrice' Lächeln wurde zärtlicher, überhaupt nicht wie das einer Ärztin. Mütterlich war das Wort, das Elizabeth spontan dazu einfiel.

»Sagen Sie, joggen Sie eigentlich?« fragte sie.

»Nicht mehr oft, seit ich mir das Knie ruiniert habe.«

»Es ist sowieso nicht besonders gesund. Etwa mit fünfzig werden Sie allmählich die ersten arthritischen Veränderungen spüren.«

»Danke für die Warnung«, sagte Elizabeth.

»Trinken Sie?« fragte Beatrice.

»In Maßen.«

»Tequila, habe ich festgestellt, hilft mir oft durch eine leichte Depression. Arbeiten Sie gern am Wochenende?»

»Nicht, wenn sich's vermeiden läßt.«

»Das ist gut. Das finde ich bewundernswert. *Dolce far niente* – ich selbst habe das leider nie geschafft. Viel zu schwungvoll, viel zu hitzköpfig. Geht Ihnen das auch so?«

»Nur, was Männer betrifft.«

»Kurzum, das sind wir beide«, sagte Beatrice und seufzte.

Elizabeth mußte lächeln. Wie anmaßend es von dieser Frau auch gewesen war, sie hatte ihr doch das Leben geschenkt – Fleisch von ihrem Fleisch –, und nun hatte sie es ihr auch noch gerettet. Und der Mann am Fenster, der gelegentlich einen Blick auf sie beide warf, war beiden Frauen zugleich Ehemann beziehungsweise Liebhaber. Das ist noch gar nichts, dachte sie sich. Beatrice ist zugleich meine Mutter und meine Zwillingsschwester. »Wenn ich das alles überlebe –«

»– dann werden Sie ein Buch darüber schreiben«, las Beatrice ihre Gedanken.

»Ja.«

Beatrice berührte ihre Hand. »Ich kann mir im Grunde natürlich gar nicht vorstellen, was Sie durchmachen, aber ich weiß, daß Sie das alles überleben werden. Ich verspreche es Ihnen.«

Wie können Sie mir denn irgend etwas versprechen? dachte Elizabeth.

»Wir werden dafür sorgen. Peter und ich.«

»Und Sie halten sich nicht nur alle Optionen offen?«

Beatrice schüttelte entschieden den Kopf. »Nein, ich schwöre es Ihnen.«

»Ich mußte die Frage stellen.«

»Sie müssen meiner Antwort nicht einfach Glauben schenken. Denken Sie doch einmal über sich selbst nach: Sind Sie vielleicht hinterhältig?«

Elizabeth lächelte matt. »Ich habe nicht Ihre Bildung.«

Beatrice lachte. »Sie haben recht – die schlimmsten Verbrecher sind die mit Bildung!« Dann wurde sie wieder ernst. Ihre grauen Augen bohrten sich in Elizabeths, und Elizabeth spürte, wie es irgendwo tief in ihrem Innern klick machte. Wie ein Schlüssel, der in ein Schloß paßt, ein Modem, dem eine Verbindung gelingt, ein Puzzle, in das sich ein letztes, lange vermißtes Teil einfügt – so kam es ihr vor.

»Ich will nicht Ihren Körper für mein Gehirn haben, Elizabeth. Ich finde diese ganze Idee obszön.«

»Auf einmal?«

»Ich will Sie nicht mit Ausreden beleidigen.«

Elizabeth zog ihre Hand zurück – scheinbar, um sich das Haar aus dem Gesicht zu streichen, vor allem jedoch, da diese Nähe ihr auf einmal unangenehm war. Was für ein Schicksal hatten sich diese beiden nun für sie ausgedacht? Was wartete in New York auf sie? Sie spürte, wie die Angst sie schon wieder beschlich, doch diesmal, seltsamerweise, nicht ganz so bedrohlich. Diesmal hatte sie zumindest jemand, mit dem sie reden konnte.

»Wie viele Leute will dieser Wolfe denn eigentlich klonen?« fragte sie.

»So viele er will. Wenn es nach ihm geht«, schaltete sich Peter in die Unterhaltung ein.

»Und *wer* wählt die Versuchspersonen aus? Er selbst?«

»Bis er die Kontrolle vollständig übernehmen kann, wird er noch Ratschläge annehmen müssen. Was die letzten Jahre betrifft, da müßte man vielleicht einen Blick auf die Gästeliste im Weißen Haus werfen.«

»*Das* ist allerdings ein erschreckender Gedanke.«

Beatrice nickte. »Und dann ist da noch die Sache mit den Ersatzteilen.«

»Davon habe ich gelesen. Ich dachte allerdings, es sei Science-fiction – Körper, die einfach für einen eingelagert werden.«

»Das war die Science-fiction von gestern. Heute ist es die Realität – nach dem eigenen Körper hergestellte Ersatzteilkörper, denen man jede höhere Gehirnfunktion entfernt hat, und die nur warten, bis man eine Nieren-, Lungen-, Herz- oder Knochenmarktransplantation benötigt.«

»Oder Spezialeinheiten von Killersoldaten«, sagte Peter, der jetzt richtig in Fahrt kam. »Aus genetisch veränderten Eizellen hergestellt, die ein extrem aggressives

Verhalten fördern. Oder wie wär's mit geistig völlig abgestumpften Arbeitssklaven, die glücklich und zufrieden für Dritte-Welt-Löhne arbeiten? Und dann, wenn die kryogenische Technologie erst einmal denselben Forschungsstand erreicht hat, wird man die Helden dieser Welt tiefkühlen, sie fünfzig Jahre aufbewahren, bis die Geschichte ausreichend Zeit hatte, sie zu bewerten – und dann diejenigen ausrangieren, die bei dem Test durchgefallen sind, und diejenigen klonen, die ihn bestanden haben.«

»Und all das ist Ihnen einmal als eine gute Sache vorgekommen?« fragte Elizabeth.

Beatrice warf ihr einen Blick zu. »Ich hatte niemals Visionen dieser Art.«

»Das war Wolfe«, sagte Peter. »Er fragte niemals ›Sollen wir?‹, sondern immer nur ›Können wir?‹.«

»Na ja«, sagte Beatrice. »Die Sache ist die – ich war schon bereit, ein paar moralische Grundsätze über den Haufen zu werfen, als es um Peter und mich ging.«

Peter nickte. »Das ist das Unheimliche an der Geschichte. Was wir getan haben, trotz unserer Bedenken.« Er erhob sich und ging auf die Toilette. Elizabeth sah ihm besorgt nach und dann wieder zu Beatrice hinüber, die nun, nachdem Peter verschwunden war, noch grimmiger dreinblickte.

»Wir müssen diese Sache zum Stillstand bringen, Elizabeth. Und dafür brauchen wir Ihre Hilfe.«

»Warum sollte ich Ihnen helfen?«

»Gute Frage«, sagte Beatrice ohne jeden Sarkasmus. »Erstens einmal würden Sie, wenn wir Sie nicht beschützt hätten, in diesem Augenblick im Halbkoma auf dem Weg zurück nach Vieques sein, um das Gehirn ausgeschabt zu bekommen. Und zweitens, weil Sie Peter im

Grunde gar nicht verlassen wollen.« Elizabeth wollte protestieren, doch Beatrice streckte eine Hand aus und legte sie auf ihre.

»Ich kenne Sie. Ich kenne Ihre Gefühle. Es sind auch meine.«

»Hören Sie mal«, sagte Elizabeth, und für einen Moment blitzten ihre Augen böse auf, »nur weil unsere DNA identisch ist, gibt Ihnen das noch lange nicht das Recht, meine Gedanken zu lesen.«

»Dazu muß man nicht Gedanken lesen können. Sie können den Blick ja gar nicht von ihm abwenden.«

Elizabeth öffnete den Mund, um etwas zu sagen, doch dann wollte sie doch nicht. Oder konnte nicht. Beatrice nickte, als hätte ein Schüler soeben eine mathematische Gleichung begriffen. »Hat eigentlich Alex Davies Ihnen gegenüber je New York erwähnt?«

»Nein.«

»Er hat keinerlei Andeutungen über andere Leute gemacht, die in Gefahr schweben könnten?«

»Wir saßen nur ein paar Minuten mit ihm in seinem Wagen, bis wir den Unfall hatten. Wir wurden verfolgt und beschossen. Die Unterhaltung hielt sich sehr in Grenzen.«

»Und die E-Mail?«

»Das war nur eine getürkte Einladung für einen kostenlosen Hotelaufenthalt auf Vieques. Überhaupt nichts Persönliches.« Sie sah kurz auf, als Peter sich wieder zu ihnen gesellte.

»Und als Sie in dem Hotel nicht erschienen sind, hat er dann nicht versucht, Ihnen noch eine E-Mail zu schikken?«

»Nein«, sagte Elizabeth.

»Sind Sie sicher? Haben Sie's nachgeprüft?«

»Nein, ich habe es nicht nachgeprüft«, räumte Elizabeth ein.

Peter deutete den Gang hinunter. »Dort drüben sitzt ein Mann mit einem Laptop. 26B. Und neben ihm ist noch ein Platz frei.« Er sah die beiden an.

»Wäre einen Versuch wert«, sagte Beatrice.

Es geht doch nichts über zwei gegen einen, dachte Elizabeth. Aber in Peters Augen lag ein Blick, der ihr keine Ruhe ließ.

»Das ist das einzige, worum wir Sie bitten. Sobald wir in La Guardia landen, können Sie von uns aus gern allein Ihrer Wege gehen. Nicht daß wir es Ihnen empfehlen würden.«

Manche Leute leben ein normales Leben, dachte Elizabeth. Dank der Molekularbiologie gehöre ich nicht zu ihnen. Sie erhob sich von ihrem Platz und ging den Gang hinunter, bis zur Reihe 26, wo ein Mann mit rötlicher Gesichtsfarbe und einer Kartoffelnase auf seinem Laptop Tetris spielte. Sie ging an ihm vorbei und tat dann, als kehrte sie noch einmal zurück. »Ist das ein Toshiba?« fragte sie.

»Na klar«, sagte er, ohne den Blick von seinem Bildschirm abzuwenden.

»Zufrieden damit?«

»Die besten, die's gibt.«

»Was für ein Modem haben Sie?«

»Sechsundfünfzig Baud«, sagte der Mann. Er drückte bei seinem Spiel die Pausetaste und blickte auf. Sah, wie hübsch sie war. »Wollen Sie'n ausprobieren? Setzen Sie sich.« Er streckte ihr die Hand entgegen. »Darlington – Frank Darlington.«

Sie gab ihm die Hand und nahm neben ihm Platz. »Heidi Boone«, sagte sie. »Stimmt es, daß man mit die-

»Alex *ist* also am Leben. Gott sei Dank.«

»Wir werden Kenner warnen, oder?« fragte Elizabeth.

Bei diesem »wir« warfen sich Beatrice und Peter einen Blick zu. »Wir müssen mehr als nur das tun«, sagte Peter. »Wenn Wolfe Verdacht schöpft, daß Kenner gewarnt wurde, dann wird er ihn sich sofort schnappen.«

»Was werden wir also tun?« fragte Elizabeth.

»Diese gesamte verdammte Operation auffliegen lassen«, sagte Peter.

»Wie denn? Die werden einfach alles abstreiten.«

»Nicht, wenn wir den Klon haben«, sagte Beatrice.

Elizabeths Augen weiteten sich immer mehr. »Wir bringen ihn zu Mike Wallace, wenn's sein muß«, sagte Peter. »Sobald wir ihn zu Gesicht bekommen, werden wir wissen, wessen Klon er ist, und wir werden verlangen, daß sie zwischen den beiden Männern einen DNA-Vergleich erstellen.«

»Aber Wolfe wird behaupten, daß der Klon der identische Zwillingsbruder dieses Mannes ist«, sagte Elizabeth. »Von einem tiefgefrorenen Embryo.« Doch dann unterbrach sie sich, auf einmal noch stärker im Bann der Ereignisse. »Nein, Moment, das kann er nicht. Diese Tiefkühltechnologie war noch gar nicht so weit entwickelt, als er geboren wurde, oder?«

»Kluges Mädchen«, sagte Peter mit einem Kopfnicken in Beatrice' Richtung.

»Behandle mich nicht so von oben herab«, sagte Elizabeth.

Beatrice zog eine Augenbraue hoch. »Viel Glück. Ich hab ein Leben lang versucht, ihm das abzugewöhnen.«

»Kommen wir wieder auf das zurück, was wirklich wichtig ist«, sagte Elizabeth. »Was ist, wenn Kenner uns nicht glaubt?«

»Dann sollten wir uns am besten in ein Raumschiff verkriechen«, sagte Peter. »Auf diesem Planeten hier gibt es nämlich keinen Ort, an dem wir uns sicher fühlen könnten. Wow«, fügte er dann noch hinzu, als das Flugzeug auf einmal durch ein Luftloch schoß. Elizabeth sah, wie er seine Hand nach Beatrice ausstreckte, und dann packte Beatrice Elizabeths. Sie hielten einander fest an den Händen, während die Alarmglocken läuteten und die Flugbegleiterinnen sich durch den Gang kämpften und kontrollierten, ob sich auch alle Passagiere angeschnallt hatten.

»Ich hab vergessen zu fragen, ob Sie irgendwelche Phobien haben«, sagte Beatrice.

»Vor Spinnen ja«, sagte Elizabeth. »Vor dem Fliegen nicht.«

»Faszinierend«, sagte Beatrice. »Es gibt also doch Unterschiede.«

»Vielleicht wiederholt sich die Natur nicht gern«, sagte Elizabeth beherzt. Beatrice nickte.

»Da haben Sie recht«, sagte sie mit Bestimmtheit, während sie Elizabeths Hand fest umklammert hielt. »Gott sei Dank.«

New York City

Am Flughafen La Guardia kamen sie problemlos durch, doch auf der Fahrt nach Manhattan sah die Sache schon anders aus. Es war die Rush-hour, und der Präsident wollte eine Spendenaktion in St. Regis mit einem Auftritt unterstützen. Und da aus diesem Grund die halbe City gesperrt und der Long Island Expressway in einen Parkplatz umfunktioniert war, brauchte das Taxi vom

Flughafen bis zur Upper West Side zwei Stunden. Die Fahrt beinhaltete einen Zwischenstop in Queens, wo sie in einem Geschäft für Sportausrüstung noch einmal ein Kampfmesser und eine Dose Reizgas kauften, die ihnen ein Verkäufer gegen einen Fünfzigdollarschein widerstrebend mit dem Warnhinweis übergab, daß es illegal sei. Schließlich kamen sie die Achte Avenue hoch, fuhren um den Columbus Circle auf die Central Park West und hielten schließlich auf der Höhe der 65. Straße auf der Seite des Central Park an. Sie wollten eben die Straße überqueren, um in die Wohngegend zu gelangen, als Peter sie hinter einen geparkten Lastwagen zurückwinkte.

»Oh, verflucht«, sagte er.

In der 65. Straße, etwa auf der Höhe, auf der sich die Nr. 10 befinden mußte, stürzten zwei Männer aus einem Gebäude und in einen schwarzglänzenden Wagen.

»Wolfe?« fragte Elizabeth.

Sie beobachteten, wie das Fahrzeug in Richtung Columbus Circle davonbrauste. »Und Henderson«, sagte Beatrice.

»Henderson?«

»Das Kapital und die Muskelkraft. Die Verdammnis«, sagte Peter.

»Immer mit der Ruhe«, beschwichtigte ihn Beatrice, die sich seine Pulszahl schon denken konnte.

»Vielleicht war Kenner ja nicht zu Hause«, sagte Elizabeth.

»Hoffen wir's«, sagte Beatrice. »Peter, du bekommst doch nicht etwa schon wieder einen Anfall?«

»Nein, ich bin nur ein bißchen nervös, das ist alles.«

»Versuche, ruhig zu bleiben«, sagte Beatrice. Sie führte sie aus dem Versteck über die Central Park West. Peter, der das Schlußlicht bildete, beobachtete die beiden Frauen.

Schon im Flugzeug hatte er es nicht lassen können, sie anzustarren. Sie hatten eine Art Bund geschlossen und sich darauf geeinigt, daß er in gewisser Weise ein unberechenbares Kind war, um das man sich kümmern mußte – und dazu schienen sie immer entschlossener. Doch als sie sich nun dem Gebäude näherten, verflüchtigte sich sein Lächeln. Jetzt, dachte er, wird es ernst.

Es war tatsächlich das Haus mit der Nr. 10. In dem Gebäude gab es keinen Portier, und ein zerfleddertes Vordach ragte auf den Bürgersteig hinaus. Das Haus war eine verwahrloste Insel in einem Meer des Wohlstands. Die Innentür war verschlossen, die Glasscheibe verschmiert, aber er konnte doch genug erkennen, um zu wissen, daß es im Erdgeschoßflur kein Anzeichen von Leben gab. Lediglich einen Regenschirm neben der Treppe, ein paar schlammige Fußspuren und noch etwas, was nach einer verlorenen Taubenfeder aussah. Er ging die Namen auf der Gegensprechanlage durch. Sie war mit Graffiti übersät, und der Name Kenner war nicht dabei. Peter drückte auf die Klingel des Appartements 7E.

Es kam keine Antwort.

»Sollen wir vielleicht beim Hausmeister klingeln?« überlegte Beatrice laut.

»Und was sollen wir zu ihm sagen?« fragte Peter. Beatrice lief inzwischen immer nervöser in einem kleinen Kreis.

»Hier«, sagte Elizabeth ungeduldig und begann, auf andere Klingelknöpfe zu drücken. Sie ging einen nach dem anderen durch, bis schließlich eine Stimme aus der Gegensprechanlage kam. »Kammerjäger«, sagte Elizabeth.

»Das wurde aber auch Zeit«, krächzte die Stimme. Einen Augenblick später ging der Türsummer, und die drei traten ein. Sie gingen zum Aufzug, und Elizabeth drückte auf den Knopf für den siebten Stock.

»O nein«, sagte sie.

»Was ist?« fragte Peter, und dann sah er ihren ausgestreckten Finger, der an der Spitze rot verfärbt war.

»Es muß nicht unbedingt Blut sein«, sagte er.

»Sieht aber ganz danach aus.«

Peter klopfte sich die Hosentaschen ab und fühlte die harten Kanten des Kampfmessers in der rechten und das Reizgas in der linken. Als die Fahrstuhltür aufging, gab er den beiden Frauen ein Zeichen, noch zu warten, bis er einen Blick hinter die Feuerschutztür und ins Treppenhaus geworfen hatte. Es war nichts festzustellen – bis auf einen drei Tage alten Küchengeruch und ein Echo, weit unten in der dicken, grauen Luft. Vielleicht jemand, der eine Eisentreppe hinuntereilte.

Er konnte es nicht mit Sicherheit sagen.

Er ging weiter den Korridor entlang, wobei er nach Blutspuren auf dem abgewetzten Teppichboden Ausschau hielt. Er konnte keine entdecken. Als er um die Ecke bog, kamen vor dem Ende des Flurs nur noch zwei Appartements, und er stand vor dem Appartement 7E.

Die Tür stand angelehnt.

Die beiden Frauen folgten ihm rasch nach. Er versuchte, sie zurückzuscheuchen, doch sie wollten nicht gehorchen, also streckte er einen Arm aus und wies wortlos mit einem Kopfnicken auf die halbgeöffnete Wohnungstür. Er schob einen Fuß vor und stieß sie sachte auf.

Es war die Wohnung eines Akademikers, mit Bücherregalen an jeder Wand. Grabesstille. Peter ging hinein, dicht gefolgt von Beatrice und Elizabeth.

Instinktiv ging er die Bücherregale durch. Überwiegend Lehrbücher aus den Bereichen Mathematik, Physik und Medizin. Er ging ins Schlafzimmer und sah sogar unter dem Bett und in dem einzigen Wandschrank nach. Niemand. Genau dasselbe in dem kleinen Bad. Und die Küche war ohnehin so winzig, daß man dort nicht einmal ein Eichhörnchen hätte verstecken können.

Er ging zurück zu den beiden Frauen im Wohnzimmer. Auf dem Schreibtisch stand ein eingeschalteter Computer, über dessen Bildschirm ein computeranimiertes Cartoon-Hündchen lief und winselte. Peter berührte die Maus, und der Bildschirmschoner verschwand. Statt dessen baute sich eine Microsoft-Word-Oberfläche mit der Seite 36 einer Monographie auf: »Eichfeldtheorie schwacher Wechselwirkungen.« Peter blätterte ein paar Seiten durch. Man konnte erkennen, daß es sich um gute Arbeit handelte – einen Leitfaden für das mathematische Handwerkszeug, das man für das Verständnis der einheitlichen Feldtheorie benötigte, ergänzt durch Übungen für den Studenten.

»Peter?« fragte Beatrice.

»Wir haben ihn verloren, stimmt's?« sagte Elizabeth.

»Es gibt keine Spuren eines Kampfes. Vielleicht haben sie ihn gar nicht mehr hier angetroffen, genau wie wir, und sind abgehauen, als sie irgend jemand überrascht hat. Wer weiß?«

»Scheint ein Lehrer zu sein, den Büchern nach zu urteilen«, sagte Elizabeth.

»Und zwar ein guter«, stimmte Peter ihr zu.

»Peter ...« Es war Beatrice. Sie kam aus dem Schlafzimmer, ein gerahmtes Foto in der Hand. Sie klang verstört, und sie sah auch so aus, als sie ihm das Foto reichte.

Peter sah einen jungen Mann in der akademischen Tracht seiner Universität, flankiert von stolzen Eltern. Er hatte eine breite, glänzende Stirn, volle Lippen, die sich an den Mundwinkeln nach unten bogen, und dunkle, funkelnde Augen. »Sieht er nicht aus wie jemand, den wir kennen?«

»O mein Gott.«

Den jungen Mann hätte man leicht für einen Sohn von Frederick Wolfe halten können.

»Er hat gewartet«, sagte Beatrice.

»Gewartet? Worauf gewartet?« Und dann begriff er.

»Bis es sicher war. Sechs sind gestorben, und dann hatte er die Wahl zwischen dir und sich selbst.«

»O mein Gott. Ich war lediglich das nächste Versuchskaninchen?«

»Genau. Und als du überlebt hattest, da war für ihn die Zeit gekommen, den entscheidenden Schritt zu tun. Erst er –«

»– und dann du«, begriff Peter mit einem Blick auf Beatrice und dann auf Elizabeth. Beiden Frauen war das Blut aus dem Gesicht gewichen.

»Der Bursche hier sieht recht jung aus, findet ihr nicht?« sagte Peter. »Vielleicht neunzehn.«

»So jung, wie wir Freddy nie kannten.«

»Wir werden ein neueres Foto benötigen«, sagte Peter, während er Beatrice das Bild zurückgab. Er ging in Phillip Kenners Schlafzimmer.

Auch hier quollen die Bücher aus Regalen und Pappkartons. Leichte gelbe Vorhänge hielten die Sonne ab – die einzige persönliche Note in der Wohnung, die auf eine Frau hinwies. Beatrice trat hinter ihm ein, sichtlich nervös. »Peter, wir sollten von hier verschwinden.«

»Augenblick noch«, sagte er und wühlte in Schubladen mit abgetragenen Boxershorts und dunklen Socken, die nicht zusammenpaßten. Dann spürte er, wie unter seinem Fuß irgend etwas knirschte. Als er sich hinabbeugte, fand er einen zerbrochenen Bilderrahmen und ein Foto zwischen Holzsplittern und Glasscheiben.

»Das sieht schon besser aus«, sagte er. Das Foto zeigte Kenner im Alter von etwa dreißig Jahren, den Arm um eine mollige junge Frau mit schwarzen Korkenzieherlokken gelegt. Sie küßte Kenner auf die Wange.

»Peter, wie ist denn dieses Bild kaputtgegangen?«

»Gute Frage.«

Sie verschwand aus dem Zimmer.

Peter zog die oberste Schreibtischschublade auf. Dort fand er Kenners persönliche Wertgegenstände – eine Brieftasche, etwa zwanzig Dollar in bar, einen uralten Taschenrechner, einen Rubik-Würfel und eine Sammlung von Yeats-Gedichten.

»Peter?« rief Beatrice aus dem Wohnzimmer. »Wir gehen jetzt. Es ist töricht, noch länger hier herumzuhängen. Komm schon.«

»Komme.« Er sah ein zerfleddertes Exemplar von Kafkas *Das Schloß* und eine CD mit Haydns Abschiedssymphonie. Ich würde diesen Burschen mögen, dachte Peter. Und dann schoß es ihm durch den Kopf, daß er mit der Zeit vermutlich auch Hans gemocht hätte. Und doch hatte er ihm sein Leben und seinen Körper gestohlen. Und wozu? Damit er Körperflüssigkeiten auf Zellebene überhitzen und Menschen von innen her in die Luft jagen konnte? Wunderbar. Selbst wenn er nicht mehr dieser Mann war, so war er es doch *gewesen* und konnte daher wohl kaum Freddy Moral predigen. In einem neuerlichen Anfall von Schuldgefühlen blätterte er Kenners Brieftasche durch – noch ein Mädchen, nicht das, das ihn auf die Wange geküßt hatte, Mitgliedsausweise der Bürgerrechtsvereinigung, des Automobilclubs, in dem er seit dreizehn Jahren Mitglied war, und der New Yorker Universität. Ein Leben. Kenner hatte, genau wie Hans, die Höhen und Tiefen des Lebens kennengelernt, und das stets in der irrigen Annahme, daß dieses Leben sein eigenes war.

Peter legte die Dinge zurück an ihren Platz und knallte die Schublade zu.

Gott im Himmel, wenn er doch nur *alles* zurücklegen könnte. »O mein Gott, B.«, seufzte er, als er ihre Schritte hörte, die ins Schlafzimmer kamen. Doch als er sich umwandte, starrte er auf die Silhouette eines Mannes mit einem ziemlich großen Messer in der Hand.

»Hey, Dr. Jance«, sagte der Mann.

Der Schatten trat ins Licht, und Peter erkannte den Elitesoldaten aus der Casa del Francés.

»Haben Sie Ihr Taschenmesser, Doc?«

Peter erstarrte. Er warf einen raschen Blick auf Russells Klinge – in panischer Angst, daß sie vielleicht schon blutverschmiert war. Ein Glück, zumindest für die anderen: das Messer glänzte blitzblank wie ein Spiegel.

»Nun, Doc?«

»Ich hab's nicht«, sagte Peter, während er sich langsam in Richtung Tür schob.

»Das werden Sie noch bereuen«, sagte Russell, der nun langsam auf ihn zukam. In Peters Kopf drehte sich alles in wirrer Panik. Anstatt nach dem Kampfmesser in seiner rechten Hosentasche zu greifen, nahm er das Reizgas aus seiner linken. In dem Augenblick, in dem sich Russell mit einem Satz auf ihn stürzte, sprühte Peter es ihm genau ins Auge. Russell taumelte nach hinten, stieß einen Fluch aus und fing dann an, mit dem Messer wild um sich zu schlagen. Schnaubend, keuchend und fluchend ging er auf alles los, was ihm im Weg stand. Peter hörte die beiden Frauen – sie kamen aus dem Flur zurückgelaufen und riefen seinen Namen, als Russell kopfüber über einen Stuhl purzelte und mit dem Gesicht nach unten auf den Boden aufschlug. Peter sprang ihm mit beiden Absätzen aufs Handgelenk, hörte, wie das Gelenk zersplitterte, und trat dann mit voller Wucht gegen das Messer. Es schlitterte davon, und er hechtete hinterher – schnell genug, um Russells verbissener Rage zu entwischen, und leise genug, um den Mann nicht merken zu lassen, wo er sich jetzt befand.

»Raus!« schrie Peter Elizabeth und Beatrice zu.

Er duckte sich in eine andere Stellung, warf das Messer ins Wohnzimmer, damit Beatrice und Elizabeth wenigstens irgendeine Waffe hatten, und knallte die Schlafzimmertür zu. Er drehte sich gerade noch rechtzeitig um, um Russells massiven Angriff abzuwehren. Unwillkürlich reagierte Peter auf einmal, als sei er Hans Brinkman selbst. Er drehte sich zur Seite, rammte Russell eine Faust in die Magengrube, wich einem zweiten Angriff geschickt aus und versetzte ihm dann mit der Rechten einen Hieb, der Russell mit voller Wucht zu Boden streckte.

Er starrte auf seinen geschlagenen Gegner, als warte er darauf, daß ihn irgendein Schiedsrichter auszählte. Dann begriff Peter, daß Hans offenbar stets streng nach allen Regeln gekämpft hatte. Hier war er also auf sich gestellt. In seinem Kopf drehte sich alles, als er auf einmal spürte, wie ihm warmes Blut aus einem Ohr und über den Hals nach unten tropfte. Er taumelte nach hinten, und als er niesen mußte, quoll ihm Blut aus der Nase. Und dann sah er auf einmal alles wie durch einen rötlichen Schleier. Und er begriff, daß es irgendwo in seinem Gehirn zu Blutungen gekommen war.

Peter versuchte, mit beiden Füßen fest auf dem Boden zu bleiben, selbst als er sah, wie sich Russell wieder regte und wie ein verwundetes Ungeheuer keuchte. Der Soldat tastete mit der linken Hand in seinen Hosenaufschlag und zog auf einmal eine halbautomatische Pistole hervor.

Peters Instinkt befahl ihm, dem Mann mit voller Wucht einen Tritt irgendwohin zu versetzen, doch ein dunkler Schleier legte sich in diesem Augenblick über Peters Augen, und er konnte sich nicht mehr vom Fleck bewegen. Er hörte ein lautes Klirren, und er glaubte, es sei vielleicht die Glocke des Teufels, die ihn in die Hölle rief. Doch als er sich zwang, die Augen aufzuschlagen, stand er noch immer im Schlafzimmer. Russell lag reglos auf dem Boden, wie ein niedergeknüppelter Bulle, und Beatrice stand über ihm, eine eiserne Bratpfanne in der Hand, und atmete in kleinen, keuchenden Zügen ein und aus.

»Die Pistole«, stöhnte Peter, während er zu Boden sank und an der Wand in sich zusammensackte. Zaghaft griff Beatrice nach der halbautomatischen Waffe.

»Ich nehm sie. Kümmern Sie sich um Peter!« schrie Elizabeth und riß die Waffe an sich. »Hans hat mich öfter mit auf den Schießplatz genommen. Ich kann damit umgehen.«

Sie vergewisserte sich, daß noch Ladung in der Kammer war, entsicherte die Pistole und richtete sie auf Russells blutenden Kopf. Beatrice warf die Bratpfanne fort, kniete sich neben Peter und sah ihm tief in die Augen.

»Mit mir ist alles okay. Es ist schon wieder vorbei. Das war nur die Anstrengung«, sagte er, selbst überrascht, wie gelassen er klang. Er warf einen Blick zu Russell hinüber, der mit dem Gesicht nach unten auf der Türschwelle lag. »Ist er tot?«

»Nein. Seine Halsschlagader bewegt sich noch.«

»Meinst du, du kannst ihn wieder zu Bewußtsein bringen?«

»Warum?«

»Vermutlich kam er mit Wolfe hierher, also müßte er wissen, auf welchem Weg Wolfe zurück nach Vieques will. Wolfe hat Kenner, das steht fest.«

»Mit dem Learjet?« fragte Beatrice.

»Vielleicht, vielleicht auch nicht«, sagte Peter. »Von welchem New Yorker Flughafen fliegen sie denn ab?«

»Ich hab nicht die blasseste ... Peter, langsam.«

Er winkte ab. Er wollte aufstehen, doch statt dessen schlug er hin. Beatrice berührte sein Gesicht und flüsterte ihm zu: »Ruh dich aus, Peter. Laß uns Frauen das erledigen.«

Das Blut pochte in seinen Schläfen, während er zusah, wie Beatrice und Elizabeth Russell ins Bad schleiften.

»Keine Sorge, falls du irgendwelchen Krach hörst«, sagte Beatrice, während sie die Badezimmertür hinter sich schloß.

Peter sah, wie der Riegel einschnappte, dann hörte er Wasser plätschern. Sie versuchen, Russell wiederzubeleben, dachte er und versuchte erneut, aufzustehen, schlug jedoch wieder hin, und diesmal in eine noch ungünstigere Lage. Er hörte Russell, der langsam wieder zu sich kam, erstickt aufstöhnen; er hörte zornige Frauenstimmen. Dann trat einen Augenblick lang Stille ein, gefolgt von einem Schwall von Flüchen aus Russells Kehle. Als nächstes hörte er ein ängstliches, wimmerndes Flehen, von ihm abzulassen. Dann trat wieder Stille ein.

Die Badezimmertür ging auf. Russell war wieder auf den Beinen und hielt sich mit zitternden Händen die Hose hoch.

Elizabeth hielt ihm die Pistole an den Kopf, während

Beatrice ein Rasiermesser zusammenklappte und es zurück auf den Waschbeckenrand legte.

»Wo ist das Flugzeug?« fragte Peter.

»La Guardia«, sagte Russell. »Hangar 17 im Allgemeinen Luftfahrtsektor.«

»Typ?«

»Eine C-20. Ein zweistrahliger Turbojet. NX-12-Seriennummern auf der Seitenflosse. Keine weiteren Kennzeichen.«

»Danke. Das ist eine sehr umfassende Beschreibung.«

»Sie können mich mal«, sagte Russell mit gesenktem Kopf. Peter wollte sich eben erheben, als er auf einmal einen gewaltigen Ruck im Kreuz verspürte, so daß er zu Boden ging. Fast im selben Augenblick hörte er einen lauten Knall, und dann stürzte Russell der Länge nach über ihn. Peter versuchte, sich auf die Seite zu rollen, aber die Kräfte hatten ihn bereits verlassen, und er war unter dem Mann wie festgenagelt.

Zum Glück bewegte sich Russell nicht.

Elizabeth kam zu ihm herüber, drückte die rauchende Pistole in das Ohr des Mannes und schubste ihn zur Seite. Russell rollte von Peter hinunter und auf den Boden; eine Blutlache bildete sich unter seinem Kopf. Auf seiner Stirn klaffte eine häßliche Wunde, und überall auf Peters Ärmel klebte verschmierter Hirnbrei.

»O mein Gott«, sagte Peter matt. Wundern konnte er sich über gar nichts mehr, auch wenn seine Kräfte allmählich zurückkehrten. Elizabeth starrte auf die Waffe, als hätte sie sich eben von selbst in ihre Hand gelegt. »Die kannst du mir geben«, sagte er.

Sie reichte sie ihm, während sie sich das Chaos um sie herum besah. »Irgendwer hat das alles doch bestimmt gehört«, sagte sie in nüchternem Tonfall.

»Wir sind in New York«, sagte Beatrice. »Die Leute sind das gewohnt.«

»Da hast du allerdings recht«, sagte Peter.

Selbst als sie Kenners Wohnung schließlich verließen – Peter in einem frischen Hemd und mit Russells Pistole in der Hosentasche –, hatte nicht eine Menschenseele an die Tür geklopft, um zu fragen, was denn da los war. Nicht einmal im Hausflur war irgend jemand erschienen. Das war wirklich New York. Sie schlossen die Tür hinter sich, strichen sich die Kleidung glatt und gingen nach unten, um sich ein Taxi heranzuwinken.

Diesmal mußte niemand Elizabeth zu irgend etwas überreden.

Zwischen Manhattan und La Guardia kam es in dem schwarzglänzenden Wagen zu einem Zwischenfall. Der neunte Klon, der dreiunddreißigjährige Physikprofessor Phillip C. Kenner, hatte einen verzweifelten Versuch unternommen, sich aus seiner Gefangenschaft zu befreien. Er nahm an, daß man ihn ohnehin nur von hier fortschaffte, um ihn zu ermorden, da er seinem Buchmacher zwanzigtausend Dollar schuldete und nicht einen Cent davon zurückzahlen konnte – trotz eindringlicher Warnungen, daß die Mafia solche Angelegenheiten nicht lokker handhaben würde. Nachdem ihm seine Ex-Frau jeden Cent abgeknöpft hatte, den sie bekommen konnte, und er den Rest mit sibirischen Ölaktien verloren hatte, war er total pleite. Und zu allem Überfluß war er auch noch nicht fest übernommen worden, und eine seiner Studentinnen im zweiten Studienjahr, die etwas frühreife Stacy, drohte ihm damit, sich an den Dekan zu wenden, falls er sie nicht heiratete und das Kind anerkannte, das sie von ihm erwartete.

Er hatte nicht viel zu verlieren.

Außerdem sah lediglich einer der Männer im Wagen so aus, als ob er es mit Kenner aufnehmen könnte, und den hatte er mit voller Wucht in den Bauch getreten, bevor der Bursche überhaupt wußte, wie ihm geschah. Der andere Bursche mußte so ziemlich das älteste lebende Mafiamitglied sein und hatte seine Scheu vor einem Kampf deutlich erkennen lassen, indem er sich die Arme schützend vor sein fleckiges, leichenblasses Gesicht hielt.

Kenner ließ sich aus dem Wagen fallen, als sie die Brücke der 59. Straße zur Hälfte überquert hatten. Ihm war klar, daß das nicht der beste Ort dafür war, aber er nahm auch an, daß er kaum eine andere Wahl hatte. Er rannte los, und eine Weile glaubte er auch, er hätte es geschafft. Seit 1982 hatte er jedes Jahr am New Yorker Marathonlauf teilgenommen und war meist unter den ersten fünfhundert ins Ziel gelaufen. Während er in einem gemächlichen Tempo mit großen Sätzen davonjoggte, bemerkte er den Fahrer des Wagens erst in dem Augenblick, als der Bursche über die Motorhaube eines Lieferwagens sprang und ihn mit einem Überraschungsangriff zu Boden streckte.

Einen Augenblick später kam Henderson – noch immer blau angelaufen von dem Tritt, den er in die Magengrube bekommen hatte – wutschnaubend hinzu, nahm dem Fahrer Kenner ab, versetzte ihm einen Tritt in die Leistengegend, so daß er zu Boden ging, und schleifte ihn an die Leitplanke der Brücke. »Sie wollen 'nen Abflug machen?« schrie er den völlig verängstigten Professor an. »Dann wollen wir doch mal sehen, wie gut Sie durch die Luft rudern können!«

Er hatte den schluchzenden Mann schon halb über

die Leitplanke gezerrt, als der alte Kerl angerannt kam, hochrot im Gesicht und geifernd vor Zorn.

»Henderson, was zum Teufel machen Sie da? Das bin ich, auf den Sie da einschlagen!«

Henderson sah von Wolfe zu Wolfes jugendlichem Gegenstück. »Dieser Scheißkerl hat mich getreten!«

»Dann lassen Sie's doch an dem Stahlträger dort drüben aus! Wenn Sie ihm irgendwas antun, werde ich für den Rest meines Lebens damit leben müssen!«

Henderson warf Kenner auf den Bürgersteig.

Inzwischen war der Verkehr auf der Brücke zum Erliegen gekommen. Wolfe und Henderson warfen einen Blick zurück nach Manhattan und sahen ein Meer von Schaulustigen, die die Hälse reckten, um noch mehr erkennen zu können.

»Schafft ihn in den Wagen«, befahl Wolfe.

Henderson schubste Kenner dem Fahrer zu. »Steck ihn in den gottverdammten Wagen«, wiederholte er Wolfes Anweisung.

Der Fahrer tat, was ihm befohlen wurde, und lenkte den Wagen wieder in den Verkehr. Kenner saß folgsam und völlig verstört zwischen dem alten Mann und dem Schlägertyp. Im Angesicht des Todes – falls es das gewesen war – mußte sein Gehirn doch einen leichten Schaden erlitten haben, denn auf einmal sah der älteste lebende Mafioso der Welt – Leberflecke hin oder her – auf eine seltsame und abscheuliche Weise aus wie er selbst.

Eine halbe Stunde später, im Hangar 17 des Flughafens La Guardia, begleitete Henderson den verdammten Klon, Dr. Frederick Wolfe und das Ärzteteam von Vieques in die wartende C-20. Der Plan sah vor, daß Henderson entweder mit den anderen in der C-20 zurückfliegen oder später mit dem Learjet nachkommen sollte, je nachdem, wie schnell es Russell zurück zum Flughafen schaffen würde. Russell verspätete sich, also wartete Henderson noch eine Weile, bis die Ärzte Kenner in einen halbkomatösen Zustand versetzt hatten, wie sie es zuletzt bei Jance' Klon getan hatten. Sobald das erledigt war, winkte er Wolfe kurz zu und schloß die Tür des Flugzeugs.

Im Grunde genommen war er froh, nicht mit Wolfe fliegen zu müssen. Auch wenn es Barrola war, der die gesamte Operation vornehmen würde – mit Wolfe selbst auf dem OP-Tisch –, legte dieser arrogante alte Schnösel doch wie vor jeder Operation dieses erhabene Getue an den Tag, auf das Henderson nur zu gern verzichtete.

Als er sich von der C-20 entfernte, trat der Kopilot des Learjets auf ihn zu und legte eine Hand auf seine Schulter. »Verzeihung, Sir, aber ich fürchte, unser Pilot, Kapitän Culpepper, hat einen entsetzlichen Durchfall bekommen.«

»Wo steckt er?« fragte Henderson. Noch eine Panne? Er hatte die Schnauze allmählich voll.

»Er liegt in der Pilotenlounge und will nur noch sterben. Muß irgendwas sein, was er in Bogotá gegessen hat. Es ist völlig ausgeschlossen, daß er heute abend fliegen kann, Sir.«

»Das soll wohl ein Witz sein?«

»Nein, Sir. Aber wir könnten's trotzdem versuchen. Dieses Flugzeug fliegt praktisch wie von allein. Ich werde Sie selbst problemlos dorthin fliegen. Ich wollte es Sie nur wissen lassen.«

Henderson musterte ihn von Kopf bis Fuß. Der Bursche war noch feucht hinter den Ohren. »Wie heißen Sie, mein Sohn?«

»Zweiter Offizier David Anspaugh, Sir.«

»Na schön, Zweiter Offizier David Anspaugh, dann fliegen Sie uns verdammt noch mal nach Vieques, und zwar wie am Schnürchen, denn wenn Sie das nicht tun, dann werde ich Ihnen den Mastdarm von oben durch die Hirnschale zerren, ist das klar?«

Alle Farbe wich aus Anspaughs Gesicht, bis auf zwei ungleichmäßige rötliche Flecken auf den Wangen.

»Alles klar, Sir.«

»Ausgezeichnet«, sagte Henderson und starrte den Burschen an, bis der Kopilot sich umwandte und zurück zu seinem Flugzeug eilte. Henderson holte eine Camel aus seinem Zigarettenpäckchen und sah zu, wie Wolfes C-20 davonzuckelte. Er würde noch zehn Minuten auf Russell warten; danach konnte er sich eigentlich ziemlich sicher sein, daß da irgend etwas völlig in die Hose gegangen war, und dann würde er zurückfahren und nachsehen müssen, was am Ort der Entführung eigentlich los war. Elitesoldaten ließen ihre Leute im allgemeinen nicht zurück, und er würde es auch nicht tun. Außerdem hatte Russell schon in zwei Kämpfen Niederlagen einstecken müssen, und wenn schon ein paarmal etwas schiefgegangen war, dann bekam ein Mann leicht ein allzu loses Mundwerk. Wenn es sein mußte, dann würde er ihn erledigen, bevor er im *National Enquirer* auftauchte und für ein paar Dollar und einen Auftritt in Geraldos Talk-Show auspackte.

Henderson ging zurück zu dem Learjet. Auf einmal wußte er, daß er diesem zappeligen Piloten besser sagen sollte, daß sie noch nicht gleich losfliegen würden, sonst würde dieses Bürschchen womöglich noch eine Stunde hier herumtrödeln und die Motoren überhitzen. Er mußte lediglich in der Wohnung alle Spuren verwischen und hierher zurückkommen – höchstens eineinhalb Stunden, selbst bei diesem Verkehr. Aber was hielt Russell eigentlich auf? Er versuchte es über das Walkie-talkie, aber es kam nur ein Knistern. Er versuchte es ebenfalls über Russells Handy, doch es kam keine Antwort.

Die Sache ging ihm allmählich auf die Nerven. Er stieg in den Learjet – dort saß Anspaugh und blickte so versteinert drein wie ein Zivilist vor seinem ersten Alleinflug.

»Sind Sie sicher, daß Sie dieses Ding hier auch fliegen können?« fragte Henderson.

»Ja, Sir.«

Er trat näher. Der junge Mann war eindeutig grün im Gesicht.

»Sie sehen aber verdammt noch mal nicht so aus, als ob Sie's könnten. Kriegen Sie etwa auch Durchfall?«

»Nein, Sir.«

»Was zum Teufel ist denn dann mit Ihnen los?«

Anspaugh drehte den Kopf ein Stück nach rechts. Henderson wandte sich um und sah genau in die Mündung von Russells Dienstwaffe, einer 9-mm-Beretta.

O heiliger Strohsack, es war Jance.

»Sie wissen, daß ich hier nichts zu verlieren habe, oder?« sagte Peter. »Bitte setzen Sie sich.«

»Sie können mich mal.«

Peters linke Hand schnellte vor und traf Henderson genau am Kiefer. Mit einem verdutzten Grunzen sank der Colonel zu Boden. Peter zückte sein Kampfmesser, schnitt ein paar Sicherheitsgurte los und fesselte Henderson die Hände auf den Rücken. Er hievte ihn auf einen der Ledersitze und schnallte ihn mit dem Sicherheitsgurt fest. Als das erledigt war, stieß er einen kurzen Pfiff aus. Beatrice und Elizabeth kamen aus der Toilette zum Vorschein.

»Behaltet unseren Freund hier im Auge«, sagte er und

drückte Elizabeth die Beretta in die Hand. Peter trat hinüber zu dem Kopiloten und stellte sich hinter ihn.

»Los jetzt. Und keine faulen Tricks mit irgendwelchen Funksprüchen. Falls Sie in irgendeiner Form erkennen lassen sollten, daß hier etwas nicht nach Plan verläuft«, sagte er in seinem besten Clint-Eastwood-Tonfall, »dann schneide ich Ihnen den Kopf ab und leg ihn Ihnen in den Schoß.« Er warf einen Blick auf Beatrice und Elizabeth, die bei dieser Vorstellung beide das Gesicht verzogen.

»Bitte nicht«, sagte Anspaugh.

»Dann folgen Sie einfach dem Flugablaufplan und fliegen Sie uns nach Vieques.«

»Kein Problem.«

»Das ist auch besser so.«

19

Learjet 94383

Der Learjet flog pfeilgerade die Ostküste hinunter, über Atlantic City, Philadelphia, Cape May und die Chesapeake-Bai hinweg. Peter behielt den Kopiloten im Auge und versuchte, jede von Anspaughs Bewegungen im Cockpit vorauszuberechnen. Obwohl der Learjet für ihn eine größere geistige Herausforderung darstellte, konnte er es doch körperlich spüren, wenn die Fluglage oder die Treibstoffzufuhr neu eingestellt werden mußten. Er dachte wie Peter, aber er flog nach Gefühl, wie es ein Pilot tun würde.

Wie es *Hans* tun würde, schoß es ihm durch den Kopf.

Ich fange sogar schon an, wie er zu reden, dachte er spöttisch.

Na schön. Wie auch immer. Du hast dir seinen Körper für den falschen Zweck geborgt. Jetzt verwendest du ihn für den richtigen Zweck. Nicht daß irgend jemand einen Unterschied dazwischen erkennen könnte, aber nun gab es ohnehin kein Zurück mehr.

Hey, Jance, dachte er übermütig, jetzt wirst du in deiner Jugend auch noch religiös. Oder schwülstig.

Vergiß nicht diejenigen, die hier gemeinsam mit dir den Kopf riskiert haben, warnte er sich. Er warf einen Blick nach hinten auf Beatrice und Elizabeth. Ihre Anwesenheit verlieh ihm Kraft, auch wenn sie gleichzeitig

Gewissensbisse in ihm weckte. Du wolltest sie hier bei dir haben, und du brauchst sie hier, aber was ist, wenn deine Blutungen wieder auftreten? Würden sie diese Sache auch allein durchfechten können? Und würden sie es wollen? Beatrice empfand, genau wie er selbst, Abscheu vor dem, was sie mit sich hatten machen lassen – aber was war mit Elizabeth? Was hatte sie je verbrochen, um dieses Schicksal zu verdienen? Nichts. Und doch war sie nun hier bei ihnen, diese tapfere, entschlossene, schöne junge Frau.

Gott steh mir bei, dachte er. Ich liebe sie beide. Er richtete sich in seinem Sitz auf und zwang sich, den Himmel zu beobachten. Norfolk lag nicht mehr weit vor ihnen, also hielt er schon einmal nach möglichem Flugverkehr von dem dortigen Marinestützpunkt Ausschau. Bis jetzt war am Himmel nichts erschienen, was irgendwie bedrohlich wirkte, aber er wußte, daß eine F-14 innerhalb einer Sekunde aufkreuzen und sie abschießen konnte, ohne von ihnen überhaupt bemerkt zu werden. Beatrice trat an seine Seite und hielt ihm einen Becher Kaffee hin.

»Wo hast du den denn aufgetrieben?«

»Hinten steht eine große Thermoskanne. Damit man sich hier wie zu Hause fühlt.«

»Wie geht es Elizabeth?«

»Sie hält sich wacker.«

»Bereut sie vielleicht irgend etwas?«

»Eine ganze Menge, da bin ich mir sicher. Wie steht's mit dir?«

»Oh, ich fühle mich ein bißchen benebelt. Dabei fällt mir ein, daß ich auch seit drei Tagen kein Auge mehr zugetan habe.« Er nahm einen Schluck Kaffee und stupste den Kopiloten mit dem Fuß an. »Wollen Sie auch welchen?«

»Bitte«, sagte Anspaugh. Es war das erste Wort, das ihm seit dem Abflug über die Lippen kam.

»Sie würden schließlich nicht versuchen, heißen Kaffee über mich zu schütten, oder?«

»Nein, Sir.«

Peter betrachtete Anspaugh einen Augenblick lang und fragte sich, was wohl in ihm vorging. Ob er, wenn er wüßte, was seine Regierung eigentlich im Schilde führte, eine bestimmte Meinung, welcher Richtung auch immer, dazu vertreten würde? »Wissen Sie eigentlich, was dort unten auf Vieques mit Menschen gemacht wird?«

»Nein, Sir, und ich bin mir auch nicht sicher, ob ich es wissen will.«

»Na ja, es ist jedenfalls nichts Gutes, und ich müßte es wissen, ich habe es nämlich früher selbst gemacht. Gottes Werk – das war es, dachte ich. Sobald man sich das sagt, kann man sich alles erlauben. B., würdest du dem Herrn hier bitte etwas Kaffee bringen?«

»Gern«, sagte Beatrice, »wenn du aufhörst, ihn zu belästigen.«

»Habe ich Sie belästigt?« fragte Peter.

»Nein, Sir.«

»Die Welt ist gefährlich.«

»Ja, Sir, das ist sie mit Sicherheit.«

»Die Leute, die das sagen, wollen sie im allgemeinen noch gefährlicher machen. Zumindest meiner Erfahrung nach. Der Kaffee«, sagte er zu Beatrice gewandt, die inzwischen Blicke mit Elizabeth wechselte, die noch immer hinter der Cockpittür neben dem bewußtlosen Henderson saß.

Als Beatrice zurück in den Passagierraum ging, sah Peter wieder nach vorn, und er spürte, wie auf einmal Schatten durch seinen Geist zogen. Konzentrier dich, dachte er. Stell Berechnungen an. Sie befanden sich nicht allzu weit hinter der C-20, also standen die Chancen relativ gut, daß sie Vieques erreichten, bevor Kenner mit der geplanten Operation seines Gehirns beraubt wurde. Er war fest entschlossen, nicht nur Kenner das Leben zu retten, sondern auch zu verhindern, daß Wolfe noch einmal fünfzig Jahre geschenkt bekam. Wenn ihm noch soviel Zeit für seine Untaten blieb, dann würde er vielleicht tatsächlich für sich selbst die Unsterblichkeit sichern.

Aber wie sollten sie vom Flughafen Vieques auf den Stützpunkt gelangen, um das zu verhindern? Wolfe würde mit Sicherheit alle Truppen in Alarmbereitschaft versetzen, vor allem wenn sich herausstellte, daß sowohl Henderson als auch Russell vermißt wurden. Dann würde vermutlich auf dem gesamten Komplex höchste Alarmstufe ausgegeben werden. Selbst wenn sie einen Verbündeten im Inneren des Stützpunkts hätten, würde es ihnen nicht einmal gelingen, das Tor zu passieren. Und sein einziger Verbündeter, Alex Davies, hielt sich weiß Gott wo versteckt.

»Anspaugh«, sagte er, »man kann doch von diesem Ding hier einen Funkspruch an einen Telefonanschluß übermitteln, oder?«

»Es gibt hier an Bord ein Telefon, Sir.«

»Aber das wird doch abgehört?«

»Nein, Sir. Es ist ein Geheimtelefon.«

»Wollen Sie mich austricksen?«

»Nein, Sir.«

Natürlich wollte er das. Peter beugte sich lustlos zu dem Kopiloten hinüber. »Wenn Sie auf der Schiene weitermachen, dann werde ich Ihnen die Daumen und die großen Zehen amputieren, und dann können Sie für den

Rest des Lebens wie ein besoffener Orang-Utan durch die Gegend taumeln.«

»Ich würde niemals versuchen, Sie auszutricksen«, sagte der Pilot, und er meinte es ehrlich.

»Aber es besteht doch auch die Möglichkeit, über den Bordfunk ein Telefongespräch zu führen, stimmt's?«

»Ja, Sir. Ich würde einfach die UNICOM anfunken und um eine Landverbindung bitten. Das ist eine zivile Einrichtung. Die machen so etwas ständig, und die werden auch nicht überwacht.«

»Gut. Dann tun Sie das. Stellen Sie die Telefonverbindung her und lassen Sie sich die *New York Times* geben.«

»Ich werde die 411 anwählen«, sagte er, während er den Funk einschaltete.

Innerhalb weniger Minuten hatte Peter die *New York Times*, den *Boston Globe*, die *Washington Post* und das *Wall Street Journal* angerufen. Je nach Zeitung wurde entweder gleich aufgelegt, höhnisch gelacht oder – bestenfalls – mit höflicher Neugier geantwortet. Aber nur, bis die *Post* seinen Namen in einen Computer eingab und feststellte, daß er schon seit zwei Monaten tot war. Und dann, bei seinem letzten Anruf, gab es auf einmal ein unheimliches Knistern und Knacken in der Leitung, und er legte auf.

»Irgend jemand hat eben mitgehört. Haben Sie denen einen Tip gegeben?«

»Nein, Sir, ich schwöre es bei Gott.«

Er wartete darauf, daß irgend etwas geschah, daß irgendein Donnerschlag vom Himmel oder eine Stimme über Funk kam, aber nichts geschah. Nach einer Weile entspannte er sich und ließ Beatrice den versprochenen Kaffee bringen. Obwohl er schon genug zitterte, nahm er selbst auch noch einen. Seltsamerweise schien ihn die zweite Tasse zu beruhigen, und bald starrte er wieder aus dem Fenster, wie ein Tourist, der zum ersten Mal in die Karibik fliegt. Am Kap Hatteras änderte die Küste ihre Form und wich ein Stück nach Südwesten zurück. Der Learjet flog nun wieder über offenem Meer, etwas niedriger als ein Verkehrsflugzeug. Die Aussicht war überwältigender als alles, was er bisher zu Gesicht bekommen hatte. Genieß es, solange du noch kannst, dachte er – bald wirst du diesen großen blauen Planeten vielleicht für immer verlassen. Mit dem Blick des Wissenschaftlers bemerkte er die leichten Veränderungen an der Meeresoberfläche, als sie über den Rand des Kontinentalsokkels flogen – das Wasser wurde dunkler und der Meeresboden zu einem tiefen Abgrund. Sie flogen über den Blake- und den Bahama-Rücken hinweg – riesige Unterwasser-Gebirgsketten, die, wie er wußte, so hoch wie die Rocky Mountains aufragten. Es war schön, dies alles zu wissen, dachte er sich. Wenigstens hatte nicht alles, was er je gelernt hatte, im Dienst der Zerstörung gestanden. Jetzt konnte er über Florida bis hin zum Golf von Mexiko blicken, und vor ihm erstreckten sich die Bahamas wie die ersten Perlen einer großen Halskette, die bis ans Ende der Karibik reichte.

Sie waren fast zu Hause.

Dann warf er einen Blick aus dem Seitenfenster und sprang fast von seinem Sitz.

Er starrte auf einen anderen Menschen. Es war ein Pilot, zweifellos im Einsatz vom Air-Force-Stützpunkt Homestead bei Miami, in einem schwerbewaffneten Jagdflugzeug, einer F-15C-Eagle. Das Flugzeug konnte kaum mehr als fünfzehn Meter entfernt sein; Peter konnte den Helm des Piloten mit dem gezackten Blitzstrahl erken-

Der Pilot sah zu Peter hinüber, der einmal tief Luft holte und sich dann das Mikrophon nahm. »Was zum Teufel soll das alles«, ahmte er Hendersons knurrenden Tonfall nach, so gut er konnte. »Sie sind verdammt nah an uns dran, Cowboy! Wollen Sie vielleicht einen Zusammenstoß mitten in der Luft verursachen? Wer ist Ihr befehlshabender Offizier?«

»Ich bin Colonel Howard Price, US-Luftwaffe, und der kommandierende Offizier dieses Geschwaders«, sagte die Stimme aus dem Jagdflugzeug. »Diese Männer hier stehen unter meinem Kommando.«

Welche Männer? dachte Peter. Er beugte sich etwas näher zu Anspaughs Fenster hinüber und sah nach oben. Sein Herz setzte für eine Sekunde aus. Über ihnen flogen drei weitere Jagdflugzeuge.

»Colonel Henderson, ich habe die Anweisung, Sie nach Ihrem Einsatzcode zu fragen. Würden Sie ihn mir bitte nennen?«

Einsatzcode? O mein Gott, dachte Peter.

»Wir sind die Operation Jungbrunnen-Gesellschaft«, bluffte er.

Knistern. Und dann: »Und Ihr Einsatzcode?«

Peters Gesicht war inzwischen schweißgebadet. »Er ist in meiner Aktentasche. Ich habe sie nicht hier bei mir.«

»Ich fordere Sie in aller Form auf, ihn aus Ihrer Aktentasche zu holen, Sir. Ich muß den Code bestätigen.«

Seine Angst war inzwischen so groß, daß er sich kaum noch bewegen konnte, ohne wie eine Marionette hin und her zu zappeln. Auf Vicques hatte man ihn einmal auf einen Übungsflug eingeladen, bei dem er miterleben konnte, wie ein Flugzeug unter Beschuß genommen wurde, und er wußte, wozu diese Maschinen und ihre Geschütze imstande waren. Die Ziele wurden nicht einfach durchlöchert, sondern flogen in Stücke, in glühendheiße Schrapnellstücke, und waren nicht mehr wiederzuerkennen.

»Bleiben Sie dran«, sagte Peter. Er drehte sich um und sah seine Frau hilflos an.

»Was willst du jetzt machen?« fragte sie.

»Er hat keinen blassen Schimmer, was er jetzt machen soll«, dröhnte eine allzu bekannte Stimme aus dem Passagierraum.

O mein Gott, dachte Peter.

Es war Henderson, der bei vollem Bewußtsein war und laut über sie lachte.

Peter erhob sich und ging nach hinten.

»Das Verfahren ist hundertprozentig sicher«, knurrte Henderson. »Wenn Sie den Code nicht haben, sind Sie aufgeschmissen.«

Peter packte ihn am Revers. »Dann werden Sie ihn mir jetzt nennen.«

»Nein, das werde ich nicht, und wissen Sie auch, warum?«

»Warum?«

»Weil Sie verdammt schlechte Knoten machen«, sagte Henderson in einem nüchternen Tonfall, bevor er auf einmal hochschnellte, mit blutigen, wundgescheuerten Handgelenken und zwei freien Händen. Er schleuderte Peter mit solch brutaler Gewalt gegen die Trennwand, daß dieser bewußtlos liegenblieb. Hinter ihm tastete Elizabeth nach der Beretta. »Legen Sie das Ding weg, bevor Sie sich weh tun«, spottete Henderson, trat nach hinten, ohne sich umzublicken, und traf Peter in der Leistengegend, als dieser sich eben hochrappeln wollte.

Elizabeth feuerte.

Sie verfehlte Henderson, doch im Fenster neben ihm

klaffte auf einmal ein senkrechter Sprung, und durch das gezackte Loch in der Mitte drang ein entsetzliches Kreischen, das durch den Wind und die Dekompression verursacht wurde. Beatrice und Elizabeth hielten die Hände auf die Ohren gepreßt, als der atmosphärische Druck stark abfiel und mit atemberaubender Geschwindigkeit Luft mit einer Temperatur unter dem Gefrierpunkt durch den Passagierraum jagte. Elizabeth, die einen Moment lang durch das höllische Geräusch abgelenkt war, schnellte herum, doch es war schon zu spät. Henderson machte einen Satz nach vorn, wand ihr die Pistole aus der Hand und streckte sie nieder, so daß sie der Länge nach hinschlug. Er schnellte herum, um die Waffe auf Peter zu richten, doch in diesem Augenblick stieg das Flugzeug plötzlich in einem so schwindelerregenden Winkel auf, daß Peter gegen die Sitze geschleudert wurde und Henderson in die zertrümmerte Scheibe taumelte.

Dort blieb er stecken, das Gesicht vor Entsetzen verzerrt.

Einen Augenblick später fiel sein Unterleib in sich zusammen, das Fenster verfärbte sich rot und brach dann völlig auseinander. Hendersons Körper wurde mit ungeheurer Wucht in die Öffnung gezogen. Sein Rückgrat brach mit lautem Knacken entzwei, sein Körper faltete sich zweimal zusammen und verklemmte sich in der Fensterluke, während seine Eingeweide draußen vor dem Fenster seine Hose aufblähten. Seine Augen blitzten einen Moment lang auf, bevor sie auf ekelerregende Weise wieder in seinen Schädel zurückwichen. Er implodierte langsam, doch sein Körper hatte, zumindest für den Augenblick, die Fensteröffnung abgedichtet.

»Gehen Sie mit der Maschine runter, sonst zerplatzen

wir hier alle!« schrie Peter den Kopiloten an. Er schnellte zu Beatrice und Elizabeth herum. »Schnallt euch an!« Die Überziehwarnung ertönte laut, während er sich zu Anspaugh vorkämpfte, der sich nach Kräften bemühte, das Flugzeug abzufangen. Im Funk knisterte es erneut – die Stimme wollte endlich wissen, was denn da eigentlich los war. Peter ließ sich wieder auf seinen Sitz fallen. Ein lautes Knirschen drang aus dem Passagierraum zu ihm durch.

»Er wird nicht mehr lange in dem Fenster dort bleiben!« brüllte Elizabeth.

»Dann haltet noch ein bißchen durch!« schrie Peter, während Anspaugh den Steuerknüppel mit einem Ruck nach vorn drückte. »Neun-vier-acht-drei-acht, bitte antworten, bitte antworten!«

Peter fluchte und schnappte sich das Mikrophon. »Mayday, Mayday!« rief er. »Wir befinden uns in einer explosiven Dekompression und im Sturzflug auf eine niedrigere Höhe. Erbitten Fluganweisung zum nächstgelegenen Stützpunkt. Dies ist kein Ausweichmanöver – ich wiederhole – dies ist *kein* Ausweichmanöver!«

Der Wind heulte am Kabinendach vorbei und pfiff durch den Passagierraum, während sich der Höhenmesser wie eine irrsinnige, rückwärts laufende Uhr wild im Kreis drehte. Peter sah, wie die Jagdflugzeuge mit ausgefahrenen Klappen im Sturzflug mit ihnen nach unten gingen.

Bei dreitausend Fuß gelang es ihnen, das Flugzeug abzufangen.

Wenige Augenblicke später löste sich der traurige Rest, der einmal Oscar Henderson gewesen war, vom Fenster des Learjets und purzelte wie ein tänzelndes Blatt ins Meer hinunter.

Dann knisterte es wieder im Funk. »Neun-vier-acht-drei-acht?«

Peters Hand zog sich krampfhaft zusammen, als er nach dem Mikrophon griff. »Neun-vier-acht-drei-acht.«

»Bitten um Bestätigung, daß es zu einem Todesfall kam.«

»Bestätigt.«

»Identität?«

»... Dr. Peter Jance.«

»Verstanden. Haben Sie inzwischen den Code?«

»Ist mit meiner Aktentasche aus dem Fenster geweht worden«, sagte Peter.

Wieder folgte ein langes Knistern im Funk. »Fluganweisung ergeht wie folgt: Schwenken Sie um zweihundertsechzig Grad nach West und landen Sie in Guantánamo. Dort wird eine Notfallausrüstung bereitgestellt.«

»Verstanden«, sagte Peter. Er drückte zweimal auf die Taste des Mikrophons, um das Gespräch für beendet zu erklären. Während Anspaugh mit zwanzig Grad in den Kurvenflug ging, sah Peter zu, wie die Kompaßnadel herumschwenkte.

»Wohin fliegen wir?« fragte Beatrice.

Sie stand genau hinter ihm. Elizabeth befand sich noch immer im Passagierraum und kauerte sich zusammen, um das Zittern zu unterdrücken. Anspaugh starrte ihn an, stumm und kreidebleich im Gesicht, und wartete auf die nächsten Anweisungen. »Marinestützpunkt Guantánamo, Kuba. Beatrice, du solltest dich anschnallen. Und sag Elizabeth, daß sie es auch tun soll.«

»Warum nach Guantánamo? Ist die Dominikanische Republik nicht näher?«

»In der Dominikanischen Republik gibt es nur einen

zivilen Landeplatz. Ich glaube, sie wollen, daß wir auf einem Militärstützpunkt landen.«

»Ist dort die Notfallausrüstung besser?«

»Ich hoffe, daß das der Grund ist. Ein anderer könnte sein, daß sie keine Zeugen haben wollen, die nicht für die Regierung arbeiten.«

Er sah, wie sie sich verkrampfte, dann aber lächelte und versuchte, weniger besorgt zu wirken, als sie es tatsächlich war.

»Ich glaube, die Angst vor Turbulenzen habe ich hinter mir«, sagte sie.

»Traumatherapie«, sagte Peter, der versuchte, selbst ruhig zu bleiben, indem er sie beruhigte. »Was werden wir also tun, frage ich mich?« sagte er und tätschelte ihre Hand.

Sie blickte ihn lange an. »Peter, ich liebe dich sehr.«

»Ich liebe dich auch. Ich habe dich immer geliebt, und ich werde dich immer lieben.«

»Und Elizabeth?«

Er sah hinaus in das tiefe Blau des Himmels.

»Ja. Sie ist du, und du bist sie, und ich nehme an, ich liebe sie durchaus. Es ist nur so, daß sie und ich nicht all das durchgemacht haben, was du und ich durchgemacht haben.«

Beatrice nickte. »Deine Ehrlichkeit habe ich an dir immer sehr geschätzt«, sagte sie. »Und weißt du, was mir allmählich klargeworden ist, je länger ich mich mit ihr unterhalten habe?«

»Nein, was?«

»Wenn es sich mit ihr und mir genau umgekehrt verhalten hätte? Wenn ich vierundzwanzig gewesen wäre und dich so kennengelernt hätte, wie du jetzt bist? Ich hätte mich auch in dich verliebt.«

»Verstehe«, sagte er. Hieß das etwa, daß er heute ein besserer Mensch war? Er hoffte es.

»Ich habe deine Ehrlichkeit auch immer sehr geschätzt.«

Beatrice seufzte. »Ich finde, du solltest mit ihr reden.«

»Mit Elizabeth? Warum? Verliert sie allmählich die Nerven?«

Beatrice zuckte die Schultern. »Sie hat noch viel mehr zu verlieren, aber sie dreht nicht durch. Unsere Elizabeth hatte sogar eine außerordentlich interessante Idee.«

20

Vieques

Die C-20, die mit Frederick Wolfe und dem halbkomatösen Phillip C. Kenner an Bord aus New York zurückkehrte, wurde von weitaus mehr Fahrzeugen in Empfang genommen als Hans Brinkman damals bei seiner Ankunft aus Zürich. Neben den üblichen Humvees standen dort noch zwei leichte Panzerfahrzeuge, mit 50-Kaliber-Maschinengewehren ausgestattet, in denen jeweils zehn schwerbewaffnete junge Männer saßen, die den Auftrag hatten, die Umgebung des Stützpunkts von beiden Enden der Landebahn aus abzusichern.

Das Flugzeug setzte im Schimmer der Abendröte auf der Landebahn auf, und Kenner wurde zu einem Krankenwagen gerollt, während Wolfe wie eine Glucke hinter ihm hertrottete. Die Ärzte, begriff er in diesem Augenblick, mußten sich bei der Dosierung des Betäubungsmittels verrechnet haben, denn Kenner wand sich unter den Gurten, mit denen man ihn festgeschnallt hatte, offensichtlich gequält vom Alptraum einer Entführung.

Die Soldaten, die von ihren Panzerfahrzeugen aus das Schauspiel beobachteten, saßen schweigend da; einige hatten den Blick abgewandt. Gott allein wußte, was der Alte, den sie den »Schnitter« nannten, mit dem armen Teufel auf der Krankenbahre vorhatte. Sie hatten den Befehl, mit niemandem über das zu sprechen, was sie bei diesen Einsätzen sahen, doch nachdem sie miterlebt hatten, wie so viele Araber – und in letzter Zeit auch Europäer – in diesem Zustand eintrafen, mußten sie sich allmählich doch wundern. Die ganze Angelegenheit war so widerlich geworden, daß die Soldaten der Special Force inzwischen Strohhalme zogen, um auszulosen, wer zum Dienst antreten mußte.

»Los, los, los!« schrie Wolfe, der in diesem Augenblick mit raschen Schritten an ihnen vorbeieilte, während er einen besorgten Blick auf den sich verdüsternden Himmel warf, als würde im nächsten Moment ein Blitzschlag wie ein Urteilsspruch auf ihn niederfahren. Man hatte ihn noch in der C-20 über Funk verständigt, daß Russell in Kenners Appartement tot aufgefunden worden war – offenbar hatte man ihm mit seiner eigenen Pistole das Gehirn weggepustet. Außerdem hatte er erfahren, daß der abtrünnige Learjet, der vor kurzem Hendersons Leiche, ihrer Organe beraubt, aus einem der Seitenfenster ausgespien hatte, noch vor einer Viertelstunde genau Kurs auf Vieques hielt. Während der Krankenwagen in Richtung Jungbrunnen-Komplex davonbrauste, gab ein Colonel, um dessen Namen sich Wolfe noch nie geschert hatte, ihm einen umfassenden Bericht.

»Der Pilot hat sich als Henderson ausgegeben, war jedoch nicht in der Lage, seinen Einsatzcode zu nennen. Man vermutet, daß es sich um Jance handelt.«

»Das ist ausgeschlossen«, behauptete Wolfe.

»Offenbar nicht, Sir.«

»Wo ist der Learjet jetzt?«

»Er hatte Befehl, nach Guantánamo zu fliegen, ist jedoch von diesem Kurs abgewichen. Er befindet sich über kubanischem Luftraum. Die Nationale Sicherheitsbehörde hat ein Telefongespräch zwischen einer noch nicht identifizierten Frau und einem General Jesús Pinar del Río abgehört.«

»Ein Kubaner? Ein Kommunist? Was zum Teufel haben die denn damit zu tun? Wer war diese Frau?«

»Wie ich bereits sagte, wir wissen es nicht. Der Learjet fliegt jetzt offenbar dicht hinter einem kubanischen Verkehrsflugzeug her – Cubana de Aviación Flug Nr. 1204.«

»Schießt ihn ab!«

Der Colonel schüttelte den Kopf.

»Die Möglichkeit haben wir nicht. Sie fliegen zu nah hinter diesem Verkehrsflugzeug her, und offenbar auch sehr geschickt. Wir können keinen internationalen Zwischenfall riskieren.«

»O verflucht noch mal. Es ist nicht Jance, da können wir uns absolut sicher sein. Peter hat es allenfalls noch geschafft, Russell umzulegen, aber einen Learjet könnte er unmöglich fliegen. Da kann er noch so viel Zellulargedächtnis haben.«

»Er fliegt den Learjet nicht. Es ist ein Pilot mit an Bord.«

»Na ja, mein Gott – was sind denn schon ein paar Kubaner, zum Teufel noch mal!«

»Entschuldigen Sie mich bitte einen Augenblick«, sagte der Colonel und klappte sein Handy auf, das in diesem Moment klingelte. Wolfe beäugte Kenner auf der Krankenbahre. Trotz aller Bemühungen des Ärzteteams im Krankenwagen kam er rasch wieder zu Bewußtsein und zappelte und stöhnte vor sich hin. Wolfe fühlte sich an ein Herz-Lungen-Labor erinnert, das er als Student im ersten Semester in einem Physiologiekursus erlebt hatte. Die armen Assistenten wuselten damals mit ihren Spritzen herum, sahen aus wie durchgedrehte Zirkuskünstler, die mit Tellern auf Stäben jonglierten, und bemühten sich verzweifelt, daß diese verdammten Versuchsköter endlich mit dem Jaulen aufhörten. Er hörte, wie Kenner das Wort »Mafia« ausstieß, und dann hörte er den Colonel fluchen.

»Was ist los?« fragte er, während er sich schon auf weitere schlechte Nachrichten gefaßt machte.

»Der Learjet hat inzwischen eine Eskorte. Vier MiG-23, mit Luft-Luft-Raketen vom Typ Aphid ausgestattet.«

»O mein Gott. Das ist nicht Jance, das sind diese gottverdammten roten Kubaner.«

»Da können wir uns nicht sicher sein.«

»Ich bin mir sicher«, sagte Wolfe. »Und zwar verdammt sicher.« Ja, und er hätte es vorhersehen müssen. Die Sonderagenten waren bekannt dafür, daß sie das reinste Sieb waren, und Castro hatte genug Drogengelder, um sich jedes Geheimnis zu kaufen, das er haben wollte. Na schön, dachte er, das ist schließlich der Grund, weshalb wir diese ganze Geschichte überhaupt in Angriff genommen haben: um Kerle wie ihn in die Schranken zu weisen. Er wußte, wenn er Castro wäre und erfahren müßte, daß die USA kurz davorstanden, ihre Führungselite über Jahrhunderte am Leben zu erhalten – und zwar genau die Machthaber, die ihn all die Jahre in die Zange genommen hatten, während er immer älter und schwächer wurde –, dann würde er mit Sicherheit alles versuchen, um diese Bemühungen zu sabotieren. Es wäre eine letzte große, heroische Geste.

Kenner murmelte wieder vor sich hin, irgend etwas von Auftragsmördern und Gnade. Wolfe dachte bei sich, daß er die Mafia wirklich nicht auch noch in die Sache verwickeln wollte, doch ansonsten reimte sich das alles bestens zusammen. Er seufzte tief auf. Die nächste Möglichkeit war noch weitaus beunruhigender.

»Und was ist mit Mrs. Jance?«

»Mrs. Jance?« fragte der Colonel.

»Dr. Beatrice Jance, die Frau des flüchtigen Dr. Peter Jance? Ist sie auf den Stützpunkt zurückgekehrt?«

»Nein, Sir, offenbar nicht.«

Sein Herz flatterte. »Sind Sie sicher?«

»Das würden wir wissen, Sir.«

»Ihr letzter bekannter Aufenthaltsort?«

»Internationaler Flughafen Miami.«

»Sie sollte uns helfen, diese kleine Parker ausfindig zu machen.«

»Ja, das ist richtig, das hat sie auch.«

»Haben Sie irgendeine Ahnung, wo *die* jetzt steckt?«

»Elizabeth Parker? Wurde ebenfalls zuletzt am Internationalen Flughafen Miami gesichtet. Wir glauben, daß beide inzwischen vielleicht wieder mit Jance zusammen sind.«

»Im Flugzeug?« stieß er hervor.

»Gut möglich.«

Nein, dachte Wolfe mit einem Schaudern. Nicht möglich. Das Mädchen vielleicht, aber Beatrice konnte unmöglich wieder bei Peter sein. Sie verachtete ihn. Und die Zärtlichkeit, mit der sie ihn auf dem Weg nach Miami umgeben hatte, die konnte nicht vorgetäuscht sein. Hatte sie vielleicht ihren Klon zu Gesicht bekommen und schließlich doch Reuegefühle entwickelt? Nein. Beatrice war nicht weich, so wie Peter. Beatrice war stahlhart, genau wie er selbst. Die Chance auf ewige Jugend verschenken? Niemals. Sie würde irgendwann auftauchen, vermutlich mit der kleinen Parker im Schlepptau und in Handschellen. Das Schicksal hatte ihn und Beatrice dazu bestimmt, das einundzwanzigste Jahrhundert als ihre Flitterwochen gemeinsam zu verleben: Sein Vertrauen war grenzenlos.

In der Zwischenzeit mußten sie noch mit den Kommunisten fertig werden.

»Ich will, daß jeder ankommende Flug mit einem Fernglas vom Tower bestätigt wird«, erklärte er dem Colonel. »Und alle Jets erhalten bis auf weiteres absolutes Landeverbot.«

»Ja, Sir, wenn Sie das wünschen, werden wir es veranlassen.«

»Und ich will, daß auf jeder Seite der Landebahn ein Bulldozer parkt. Und wenn irgendein Jet gegen unser Verbot verstößt, dann soll der Fahrer seinen Bulldozer genau in die Mitte der Landebahn lenken, haben Sie mich verstanden?«

»Wir werden tun, was wir können, Dr. Wolfe.«

»Was Sie müssen«, sagte Wolfe.

»Ja, Sir!«

Der Krankenwagen hielt vor dem Komplex an, und Wolfe sprang hinaus. Es gab viel zu tun. Ob nun mit Beatrice oder ohne Beatrice – wenn sich dieser ganze Traum innerhalb der nächsten vierundzwanzig Stunden auflösen sollte, dann wollte er zum Teufel noch mal in seinem neuen Körper stecken, wenn es soweit war.

Learjet 94383

Elizabeth dankte Gott, daß sie noch am Leben waren und daß sie noch klar denken konnte. Anfangs war sie sich sicher, daß das Getöse im Flugzeug – der Wind, der in einer Tour durch den Passagierraum pfiff, und das Dröhnen der Motoren durch die zerborstene Fensterscheibe – sie alle taub machen würde. Ganz zu schweigen von dem Jagdflugzeug dort draußen, das ihnen erst damit drohte, sie abzuschießen, und ihnen dann befahl, den Marinestützpunkt Guantánamo anzusteuern, wo ihnen, nach allem, was sie wußte, Agenten aus Langley den Rest geben würden.

Und dann hatte sie sich auf einmal an den Taxifahrer in Miami erinnert, den kleinen Burschen mit der kaugummiförmigen Narbe und dem Onkel, der in Castros Armee General war. Sie hatte noch immer die Visitenkarte, die er ihnen gegeben hatte. In ihrem fehlerfreien Spanisch hatte Beatrice die Nummer gewählt und, Wunder über Wunder, den General selbst ans Telefon bekommen. Zumindest waren sie sich ziemlich sicher, daß es Jesús Pinar del Río war – bei dem Lärm im Passagierraum hatten sie fast nichts hören können.

Und dann, kurz nachdem die F-15 ihnen mit Gegenmaßnahmen gedroht hatte, war dieses kubanische Großraum-Verkehrsflugzeug hinter ihnen aufgetaucht. Auf Peters Drängen hin wagte Anspaugh das Manöver seines Lebens. Der Learjet stieg auf, über die starken Luftwirbel des vierstrahligen Jets hinaus, und glitt dann in die unbewegte Luft über und hinter der Maschine – genau wie Peter es geplant hatte.

Danach kam die kubanische MiG-Eskorte angedonnert, die der General selbst losgeschickt hatte, und verjagte die F-15.

Ja, dachte sie, wenn Peter und Beatrice Gott beleidigt haben, dann hat Gott vielleicht beschlossen, ihnen zu vergeben. Zumindest fürs erste.

Aber vielleicht nicht für immer.

Obwohl Elizabeth und Beatrice staunten, wie gut Peters Körper in dieser Streßsituation zurechtkam, litt er doch allmählich unter Lähmungserscheinungen und sah mitunter alles doppelt. Während Anspaugh schweigend durch die Windschutzscheibe starrte, als säße er allein im Cockpit, hockten Beatrice und Elizabeth neben Peter und kümmerten sich um ihn. Keiner von den dreien wollte von den beiden anderen getrennt sein.

Auf diese Tatsache setzte Elizabeth ihre größte Hoffnung. Es gab ein paar Dinge, um die sie den General hatte bitten wollen, allerdings nicht vor Beatrice und Peter. Sie hatte Pläne für die beiden, aber sie wollte nicht Gefahr laufen, auf vorschnellen Widerstand zu stoßen. Bei Beatrice konnte man eigentlich damit rechnen, daß sie sich vernünftig verhalten würde, aber mit Peter sah die Sache schon anders aus. Sie beobachtete ihn aufmerksam, um festzustellen, ob sich vielleicht schon wieder ein leichter Schlaganfall ankündigte, während er seine Aufmerksamkeit auf das riesige Flugzeug unter ihnen gerichtet hatte.

»Wissen die eigentlich, daß wir hier oben sind?« fragte Elizabeth mit lauter Stimme, um das Dröhnen der Motoren zu übertönen. Rechts von ihnen versank in diesem Augenblick die Sonne im Meer.

»Schwer zu sagen. Hoffen wir, daß del Río irgend jemand befohlen hat, sie zu verständigen. Wär' nicht schön, wenn sie auf einmal aufsteigen würden. Die würden uns wie eine Fliege zerklatschen.«

»Gibt es auf Kuba einen internationalen Flughafen?« fragte Beatrice.

»Ungefähr neun«, sagte Anspaugh. Offenbar hatte er, zumindest für den Augenblick, beschlossen, die Hand zu schütteln, die er nicht abschlagen konnte.

»Wir fliegen nach Havanna«, sagte Beatrice.

»Havanna? Nein«, sagte Peter. »Havanna ist neunhundert Kilometer von hier entfernt. Ich glaube, dieses Flugzeug, bei dem wir hier huckepack mitfliegen, fliegt nach Santiago de Cuba. Was meinen Sie?« fragte er Anspaugh.

Anspaugh wies nach unten, um Peters Vermutung zu bestätigen. »Ja, Sir. Es fährt schon die Landeklappen aus.«

Tatsächlich verlangsamte das Verkehrsflugzeug in diesem Augenblick seine Geschwindigkeit und verlor immer mehr an Höhe. Anspaugh blieb zunächst auf derselben Flughöhe zurück, offenbar, wie Peter vermutete, um Turbulenzen an den Flügelspitzen zu vermeiden. Und dann konnten sie vor sich den Flughafen erkennen. Die MiGs dröhnten über sie hinweg und verschwanden in den Himmel.

Beatrice war nervös. »Sie werden doch nicht gegen uns losschlagen und uns festnehmen, oder?« Von ihnen dreien, dachte Elizabeth, schien Beatrice am ängstlichsten zu sein. Als ob sie etwas weiß, was Peter und ich nicht wissen. Aber was konnte es in diesem Augenblick noch geben, worüber sie noch nicht gesprochen hatten? Schließlich erklärte sie es sich mit Beatrice' Flugangst.

»Wenn sie uns festnehmen, dann werden es Soldaten am Flughafen tun. Aber du hast doch mit del Río selbst gesprochen, oder? Nicht mit einem Adjutanten, das weißt du doch mit Sicherheit?«

»Mit absoluter Sicherheit weiß ich überhaupt nichts mehr«, sagte Beatrice, »außer daß ich nicht blöd bin. Aber ich bin mir fast sicher, daß er es war.«

Sie ballte die Faust, damit ihre Finger nicht mehr zittern konnten. Das einzige, was sie erkennen konnten, während sie in der Abenddämmerung zur Landung ansetzten, war ein hoch aufragender Felsvorsprung und eine Bucht, die sich dunkel darunter erstreckte. Dahinter lagen die Lichter der Stadt und die Berge. Einen Augenblick später blinkten unter ihnen die Scheinwerfer des Flughafens auf. Dann starteten auf einmal russische Jeeps, in dicke Auspuffwolken gehüllt, und rasten mit dem Learjet mit, während dahinter, als dunkle Schatten vor den grellen Lichtern, genug Soldaten, Lastwagen und Panzerfahrzeuge auftauchten, um eine kleine Revolution anzuzetteln.

Der Learjet setzte auf die Landebahn auf, bremste und kam unter großem Getöse zum Stillstand. Sie wunderten sich alle, wie laut ein Jet doch war, wenn ein Fenster fehlte.

»Lassen Sie die Motoren laufen«, brüllte Peter zu Anspaugh hinüber, der nickte, als wollte er in dieser surrealen Umgebung alles hinnehmen, was da noch kam. »Rechnen wir mit dem Schlimmsten«, sagte Peter zu Beatrice und Elizabeth, »dann können wir eigentlich fast nur eine angenehme Überraschung erleben.« Er humpelte in Richtung Tür und öffnete sie, klappte die Treppe aus und trat hinunter in das gleißende Licht unzähliger Scheinwerfer.

Von der Türöffnung aus beobachtete Elizabeth, wie Soldaten hin und her liefen und Fahrzeuge vorbeirasten. Und dann trat ein weißhaariger Mann mit einer Löwenmähne und einer Arbeitsuniform auf Peter zu und streckte ihm die Hand entgegen.

»Willkommen in Santiago de Cuba!« brüllte er über das Dröhnen der Jets hinweg. »Ich bin General Jesús Pinar del Río. Ich begrüße Sie im Namen der drei F's – Freiheit, Freundschaft« – an dieser Stelle warf er einen Blick auf Elizabeth – »und Frohsinn. Sind Sie die Frau, mit der ich am Telefon gesprochen habe?« fragte er Elizabeth.

»Das war ich«, sagte Beatrice, die in diesem Augenblick hinter Elizabeth in der Türöffnung erschien.

»Wunderbares Spanisch, *Señora*!«

»*Gracias.*«

Er strahlte sie alle an. »Ich stehe Ihnen ganz zu Diensten. Was immer Sie wünschen«, sagte er, während er die Stufen hochstieg, um den beiden Frauen die Hand zu küssen. Er hatte große, lebhafte Hände und einen breiten Mund, der von zwei tiefen Linien umrahmt wurde. »Wie geht's meinem Neffen Ramón? Fährt er noch immer Taxi?«

»Ja«, sagte Elizabeth. »Gott sei Dank.«

»Der Sohn meiner Schwester. Ist er inzwischen wenigstens ein bißchen gewachsen?«

»Auf jeden Fall«, sagte Beatrice. »Er muß mindestens einen Meter achtzig groß sein.«

Der General warf den Kopf zurück und lachte. »Armer Niño – er ist hübsch gewachsen, bis er elf war, und dann auf einmal nicht mehr.«

»Er ist trotzdem ein hervorragender Fahrer«, sagte Peter und stellte sich vor, wobei er nicht vergaß, seinen Doktortitel ausdrücklich zu erwähnen. Der General schüttelte ihm feierlich die Hand.

»Er hat sich sehr positiv über Sie geäußert.« Die Falten um seinen Mund vertieften sich noch mehr, als die beiden Frauen sich näherten. Das Flugzeug war umstellt und stand still. »Und diese Damen?«

Peter legte einen Arm um Beatrice. »Das ist meine Frau, Dr. Beatrice Jance.« Der General zuckte fröhlich mit den Schultern, als wollte er sagen: »Schön für Sie beide.« Dann warf er einen Blick auf Elizabeth.

Peter legte seinen anderen Arm um sie. »Und das ist unsere hochgeschätzte, treue Freundin Elizabeth.«

»Ach ja? Ich dachte, Ihre Tochter.«

»Das denken viele«, sagte Peter. Er holte einmal tief

Luft. »Wir sind alle drei auf der Flucht vor Leuten, die als Feinde von Freiheit, Freundschaft und Frohsinn gelten, und wir brauchen Ihre Hilfe.«

»Das dachte ich mir schon«, sagte der General, und dann runzelte er plötzlich die Stirn, als die Motoren des Learjets ein keuchendes Geräusch von sich gaben. Es wurde allmählich schwächer, bis schließlich eine unheilverkündende Stille eintrat. Einer der Soldaten, der auf die andere Seite des Flugzeugs geschlendert war, rief dem General etwas zu und deutete in eine bestimmte Richtung. Der General bückte sich unter das Flugzeug und stieß dann einen leisen Pfiff in die Dunkelheit aus.

»Sieht aus, als ob Sie gerade noch rechtzeitig gelandet sind, meine Freunde«, sagte er mit einem kurzen Blick auf Anspaugh, der in diesem Augenblick benommen aus der Maschine kletterte. »Sie haben ein Loch in Ihrem Treibstofftank.«

Er fuhr mit dem Finger über ein scharfkantiges Loch, das Elizabeth mit ihrem Schuß ins Blaue in den Flügel gerissen hatte, nachdem die Kugel durch das Fenster ausgetreten war. Dann sah er die zertrümmerte Scheibe und die lange Blutspur, die sich vom Fenster über den Rumpf bis ans Ende des Flugzeugs zog.

»Sie hatten wohl ein bißchen Ärger, was?«

»*Un poquito*«, sagte Beatrice leise. Sie lächelte verlegen. »Was genau hat Ihr Neffe Ihnen denn von uns erzählt?« fragte Peter.

»Er hat gesagt, daß Sie ein guter Mann sind«, sagte der General. »Stimmt das?«

»Inzwischen stimmt es«, sagte Peter mit einem Blick auf Elizabeth. Jetzt ist vielleicht nicht unbedingt der richtige Augenblick für Haarspaltereien, dachte sie, aber ihr fiel auf, daß der General wohlwollend nickte.

»Sie haben nicht schon immer für die Freiheit gekämpft?«

»Ich dachte es nur.«

»Ich verstehe Sie vollkommen«, sagte del Río freimütig. »Ich habe selbst einen ähnlichen Weg hinter mir, und ich wünsche mir auch Freiheit für mein Land. Aber irgendwann im Laufe dieses Abends werden noch andere hier aufkreuzen, die vielleicht weniger Verständnis haben. Was kann ich in der Zwischenzeit für Sie tun, mein Freund?«

Elizabeth beobachtete, wie Peter den General beiseite nahm. Sie war, genau wie Beatrice, verärgert, daß sie einfach ausgeschlossen wurde. Die Frauen wollten eben schon zu den Männern treten und verlangen, daß man sie in das Gespräch einbezog, als die beiden sich die Hand gaben. Del Río brüllte irgendwelche Befehle, und mehrere Soldaten stürmten in das Flugzeug.

»Was war das denn eben?« fragte Beatrice. »Ein Gespräch unter Männern?«

Peter sah sie an. »Ich hab ihn gefragt, ob er uns einen Ort nennen kann, an dem wir uns etwas frisch machen können.«

»Und?«

»Er hat uns zu sich nach Hause zum Abendessen eingeladen.«

»Und der Pilot?«

»Sie werden nicht weit vom Flughafen ein Zimmer für ihn suchen. Und morgen früh geht ein Flug von der Insel ab.«

Während sie zusah, wie die Männer des Generals Anspaugh mit zum Terminal nahmen, atmete Elizabeth allmählich entspannter. Die drei Reisenden kletterten in den museumsreifen Bonneville des Generals, und del

Río verabschiedete seinen Adjutanten mit einem kurzen Wink und erklärte, daß er den Wagen selbst steuern würde. Während der Fahrt in die dunkelgrünen Hügel plapperte er in einem fort und wies sie auf die Textilfabrik, die Ölraffinerie und die Straße nach Sierra Maestra hin, wo sich Castro einst mit seinen Anhängern verschanzt hatte. Während er von dem Mann sprach, den er einst verehrt hatte und inzwischen als seinen Gegner ansah, mischte sich ein trauriger Klang in seine tiefe Baritonstimme.

Die Hacienda des Generals befand sich am Ende einer staubigen, mondbeschienenen Straße, über die von Zeit zu Zeit verschwommene kleine Schatten huschten. Er züchtete Katzen, erklärte er ihnen, ein Hobby, das seiner tierliebenden Frau Hausgefährten und seinen Truppen in harten Wintern ordentliche Eiweißrationen bescherte. Das Haus hatte ein amerikanisches Flair – es war, wie sie erfuhren, eine plumpe Nachahmung einer Villa in Palm Springs, die sein früherer Eigentümer, ein professioneller amerikanischer Spieler, für seine kubanische Geliebte hatte errichten lassen. Es lag eingebettet inmitten einer fünfzig Hektar großen Kaffeeplantage.

Als Elizabeth zum Abendessen am Tisch neben del Ríos hocherfreuter Ehefrau Platz nahm, spürte sie, wie sie sich zum ersten Mal seit Tagen entspannte. Die Frau wollte alles wissen, was es über Mode, Make-up und Tom Cruise zu wissen gab. Elizabeth war froh, daß sie ihre Aufmerksamkeit zur Abwechslung einmal solch trivialen Dingen zuwenden durfte. Auch aus Beatrice' Gesicht wich allmählich der besorgte Ausdruck, und Peter selbst schien völlig unbekümmert und verwickelte den General in eine angeregte Debatte über die unterschiedliche Qualität von Haydns und Mozarts Streichquartetten. Dann kam man wieder auf Castro zu sprechen, und beide Männer wurden ernst. Zigarren wurden gereicht, und bald war das Zimmer in einen köstlich duftenden Rauch gehüllt.

»Reformen wachsen sich gern zu Problemen aus«, bemerkte der General. »Und Despotismus ist Despotismus. In Amerika haben Sie immer die freie Wahl.«

Peter sagte nichts. Erstens fehlte ihm dazu der Mut, und zweitens wollte er sich nicht das euphorische Gefühl verderben, endlich sicher und beschützt und gut aufgehoben zu sein. Im Augenblick schien es, als hätten sie das Schlimmste überstanden. Der General stellte klar, daß sie alle die Nacht hier bei ihm verbringen würden, und entfernte sich dann, um mit den Hausangestellten entsprechende Vorkehrungen zu treffen. Beatrice wollte eben sagen, wie sicher sie sich fühlte, als sie Peter dabei ertappte, wie er plötzlich mit ernster Miene einen Blick auf seine Armbanduhr warf.

»Was ist los?«

»Ich hab nur nachgedacht.«

»Du hast nicht nur nachgedacht. Sag's mir, Peter, und lüg mich nicht an.«

Er sah sie für einen langen Moment an, dann zuckte er die Schultern. »Sie werden vermutlich frühestens in ein paar Stunden mit der Operation beginnen«, überlegte er. »Barrola ist diesmal allein, und Wolfe wird mit ihm jeden einzelnen Punkt durchsprechen wollen, bevor er sich unters Messer begibt.«

Sie sah ihn an, und ihre Miene wurde ernst. »Peter, du mußt diese Gedanken endlich abschütteln«, sagte sie.

Er lächelte und legte den Arm um ihre Schultern. »Du hast recht. Im Augenblick können wir ohnehin an alledem nichts ändern. Bis wir ein Boot gechartert und die sechshundert Meilen nach Vieques zurückgelegt hätten, würde Wolfe ohnehin schon wieder auf den Beinen sein –«

»Peter«, sagte Beatrice.

»– und wer weiß überhaupt, ob Hans je ein Boot gesteuert hat? Ich weiß jedenfalls, daß ich noch nie –«

»Hat er nicht«, sagte Elizabeth. Sie wandten sich um. Sie stand keine drei Meter hinter ihnen und hatte das Gespräch offensichtlich mit angehört. »Deswegen wolltest du doch, daß ich ein Boot anmiete, weißt du noch?«

Peter nickte zerknirscht. »Ich bin heutzutage kein besonders guter Schwimmer mehr, das habe ich bemerkt. Und außerdem – was könnte ich schon tun, selbst wenn ich tatsächlich dort ankäme?«

Beatrice beobachtete ihn mit Adleraugen. Es gefiel ihr nicht, wie er hier halbherzig irgendwelche haarsträubenden Ideen entwickelte. »Der Stützpunkt ist bis an die Zähne bewaffnet«, sagte sie. »Ich hoffe, du willst jetzt nicht den Helden spielen. Wir können alle von Glück reden, daß wir überhaupt noch am Leben sind.«

»Ich könnte mich ans Tor ketten«, sagte er ein wenig verträumt.

»Richtig. Und Elizabeth und ich könnten dir Essen bringen.«

»Einen Cheeseburger, bitte. Mit allem drauf.«

»Du würdest der Cheeseburger sein. Hackfleischmasse der Nationalen Sicherheitsbehörde – und Kenner würdest du damit auch nicht retten – also vergiß den Blödsinn, den du da ausheckst, Peter. Du hast alles getan, was in deiner Macht stand. Du kanntest Kenner doch nicht einmal.«

»Und damit ist die Sache in Ordnung?«

Sie funkelte ihn an, und er sie, bis Beatrice schließlich den Blickkontakt abbrach.

»Ich werde den General fragen, in welchen Zimmern er uns unterbringen will«, sagte Beatrice.

»Dort draußen sehe ich eine schöne große Hängematte. Wär doch schön, unter den Sternen einzuschlafen. Weißt du noch, B., den ersten Sommer damals in Bar Harbor? Diese wundervolle Doppelhängematte?«

»Ja, ich weiß es noch. Schlaf du dort, wenn du willst. Meine alten Knochen könnten ein Bett gebrauchen, und zwar ein möglichst weiches.«

Er küßte sie und ging auf die Terrasse.

Beatrice und Elizabeth blickten ihm nach, während sie sich weiter unterhielten.

»Ich will ja nicht die Pferde scheu machen«, bemerkte Beatrice, »aber wir müssen uns ein paar Gedanken darüber machen, wie es jetzt weitergehen soll. Der General hat schon recht deutlich durchblicken lassen, daß er hier eine Ausnahmeerscheinung ist. Und wir wollen schließlich nicht in einem Gefängnis in Havanna landen oder einen großen Prozeß gemacht bekommen.«

»Del Río hat doch gesagt, er wird uns helfen«, sagte Elizabeth.

»Ach ja? Und wie?«

»Er hat gesagt, er kennt einen Ort auf den Cayman-Inseln. Eine kleine Insel mit einer Hütte, die man aus der Luft nicht erkennen kann, mit allem Komfort. Dort könnten Sie beide erst einmal untertauchen, bis Gras über die Sache gewachsen ist.«

»Das ist ein hübscher Gedanke.«

»Es ist nicht nur ein Gedanke«, beharrte Elizabeth. »Es ist machbar.«

Beatrice legte eine Hand auf Elizabeths Arm. »Sie sind wirklich reizend. Aber für Peter und mich wird niemals Gras über diese Sache wachsen, Elizabeth. Wir sind zu tief in das alles verstrickt, und für einige sehr einflußreiche Männer steht einfach zuviel auf dem Spiel.« Sie küßte sie, und dann umarmten sie sich. Elizabeths Augen füllten sich mit Tränen, ebenso die von Beatrice.

»Ich hätte mir kein schöneres Geschenk wünschen können, als Sie es sind«, sagte Beatrice. »Und jetzt gehen Sie und sagen Sie Peter gute Nacht. Ich weiß, daß er es sich wünscht.«

Sie umarmte Elizabeth noch einmal und machte sich dann auf die Suche nach ihrem eigenen Schlafzimmer.

Elizabeth warf einen Blick auf die Terrasse.

Peter schaukelte noch immer in der Hängematte hin und her, verzückt wie ein Kind unter den Sternen.

Sie trat zu ihm hinaus und stellte sich neben die Hängematte. Das Gras schimmerte weiß im Mondlicht. »Weißt du noch – diese riesigen Sterne? Über der Bucht?«

»Natürlich weiß ich es noch«, sagte sie.

Sie setzte sich neben ihn, und sie verlagerten ihr Gewicht, bis die Balance wiederhergestellt war. »Sind das *coquís?*« fragte sie, während sie auf die Laute in den Bäumen lauschte.

»Das solltest du besser mir sagen können. Du bist das Kind der Karibik.«

Sie zuckte zusammen. »Erinnere mich nicht daran.«

Er streckte eine Hand aus und glitt mit dem Knöchel über ihre Wange. »Es tut mir leid.«

»Was?«

»Was geschehen ist. Alles.«

»Bitte nicht. Ich habe schließlich etliche Entscheidungen selbst getroffen, falls du das vergessen hast.«

»Du liebst die Gefahr, das hatte ich vergessen.«

»Nur bis zu einem gewissen Punkt. Aber ehrlich gesagt«, sagte sie sanft, »möchte ich das alles um nichts in der Welt missen.«

»Dann fühle ich mich jetzt schon besser. Nicht daß ich dir Glauben schenke.«

»Das solltest du aber«, sagte sie.

»Würdest du alles noch einmal so machen?«

»*So* weit würde ich nicht gehen.«

»Ah, siehst du, du hast Nietzsches Test nicht bestanden. Wenn du dein Leben nicht noch einmal so leben würdest, warum willst du es dann überhaupt leben?«

»Weil es *einmal* komisch ist«, sagte Elizabeth. »Aber zweimal nicht mehr.«

Er lachte, und als sie sich zu ihm hinabbeugte, um ihn auf die Wange zu küssen, wandte er den Kopf, und ihre Lippen berührten sich sanft für einen langen Augenblick. Dann ging sie zurück ins Haus.

Sie fand ihr Schlafzimmer und legte sich mit dem Gesicht nach unten aufs Bett. Sie war völlig erschöpft. Peter war aus der Hängematte aufgestanden, und sie hörte durch die Wand hindurch, wie er sich im Zimmer nebenan mit Beatrice unterhielt. Sie schlief ein, sie träumte von der Schweiz, und sie wachte von Rabengekrächze in einem Zedernwäldchen auf.

Das Frühstück stand auf der Veranda, für drei gedeckt. Sie trat ins Freie, und das Hausmädchen nickte ihr schüchtern zu.

»Wo ist General del Río?«

Das Mädchen sprach kaum Englisch, aber sie schaffte es, Elizabeth verständlich zu machen, daß der General für eine Weile fortmußte, in der Bibliothek jedoch etwas für sie hinterlegt hatte. Als sie die Bibliothek betrat, entdeckte sie einen aufgeschlagenen Seeatlas, auf dem eine Lupe lag. In der Mitte des vergrößerten Ausschnitts befand sich ein wunderschöner, smaragdgrüner kleiner Fleck: Isla Traquillo.

Als sie den Atlas mit in Peters und Beatrice' Zimmer nehmen wollte, mußte sie feststellen, daß die Tür offenstand und das Zimmer leer war. Auf einem der Kissen befand sich ein Blutfleck, etwa so groß wie ein Daumennagel.

Von Panik ergriffen, rannte sie durchs Haus und rief Peters und Beatrice' Namen. Es kam keine Antwort. Auf der Terrasse räumte das Hausmädchen eben zwei der drei Frühstücksgedecke weg. »Wo ist denn der junge Mann, der hier übernachtet hat?« fragte Elizabeth.

»Er hat schon Frühstück haben. Ist gegangen.«

»Wohin?«

»*Con el general.*«

Ihr stockte das Herz. »Und was ist mit seiner Frau? Der Dame mit dem grauen Haar?«

»Ist später gegangen. Hat Taxi nach Flughafen genommen.« Elizabeth begann am ganzen Körper zu zittern.

Es dauerte eine Ewigkeit, bis das Hausmädchen ein Taxi für sie fand, das bereit war, die weite Strecke bis zu ihnen hinauszufahren. Als sie endlich den Flughafen von Santiago erreichte, war Peter längst in der Luft.

Flughafen Santiago de Cuba

Die museumsreife DC-3 war General del Ríos Beitrag zu dem Geschäft, das Peter unmittelbar nach der Landung mit ihm abgeschlossen hatte. Das Flugzeug war neu, als es bei der Berliner Luftbrücke zum Einsatz kam, noch immer tauglich, als es über Korea Fallschirmjäger absetzte, und relativ zuverlässig, als es schließlich für die Post in den USA Pakete beförderte. Von zwielichtigen Geschäftemachern wurde die Maschine schließlich auf einer Auktion ersteigert und lieferte von da an Marihuana aus Cartagena, bis es irgendwann Probleme mit den Motoren gab und das Flugzeug in Port-au-Prince auf Haiti landen mußte. Dort wurde es von den Tontons Macoutes beschlagnahmt.

Für eine Handvoll russischer Waffen und kubanischer Zigarren verschleuderte Papa Doc das Flugzeug an Fidel Castro, der es noch einmal zehntausend Stunden flog und dann seinem General Jesús Pinar del Río als Geschenk überließ. Für den General war es ein glänzendes Geschäft: eine alte DC-3 für einen leicht beschädigten, aber ansonsten brandneuen Learjet 60 mit Marmortoiletten und Ledersitzen.

Den Sprit gab der General Peter umsonst.

Zehn Minuten nach ihrer Ankunft am Flughafen zukkelte Peter mit seiner Maschine in Richtung Startbahn. Die Steuerung war in vielerlei Hinsicht unkomplizierter und daher leichter zu bedienen als die der einmotorigen Cessna, die er – oder vielmehr *Hans* – geflogen hatte. Es war eben ein Flugzeug, das vor mehr als einem halben Jahrhundert gebaut worden war – im Cockpit hatte es tatsächlich noch Sitze aus Rohrgeflecht. Aber mit einer Maschine in Richtung Startbahn zu rollen, deren Rumpfende auf einem etwa fünfzehn Zentimeter starken Rad ruhte, das war schon etwas anderes. Das Flugzeug driftete immer wieder in die eine oder andere Richtung ab, bis Peter schließlich seinen Verstand völlig abschaltete und einfach durchstartete. Sobald die Maschine eine entsprechende Geschwindigkeit erreicht hatte, blieb sie auch auf ihrer Bahn. Aber würde sie auch vom Boden abheben?

Peter achtete darauf, daß der Gashebel weiterhin

durchgedrückt und sein Kopf frei von Gedanken blieb. Genau am Ende der Startbahn hob die Maschine sanft vom Boden ab und glitt keine zwei Meter über den Palmen in die Luft.

Ich mache das doch gar nicht schlecht, dachte Peter. Irgendwann werde ich vielleicht sogar noch Flugstunden nehmen.

Er sank in seinen Sitz zurück und überließ es seinen Händen, Querruder und Landeklappen zu trimmen und den Luftwiderstandskoeffizienten zu verringern, bis das Flugzeug einwandfrei flog und sich sanft in die Lüfte erhob. Dann ging er mit der Maschine in die Kurve und hielt Kurs nach Osten, parallel zur Startbahn – und sah genau im richtigen Augenblick nach unten, um ein Dutzend Wagen und Panzerfahrzeuge zu erkennen, die in raschem Tempo über die Zufahrtsstraße auf das Flughafengelände zuhielten. Auf dem Weg zum Flughafen hatte der General mehrmals auf Seitenstraßen ausweichen müssen, um Militärfahrzeugen, die ihnen verdächtig vorkamen, die Vorfahrt zu lassen. Nach den Worten des Generals war es durchaus möglich, daß man Peter am Abend zuvor in dem Bonneville gesichtet hatte und mißtrauisch geworden war. Und so war man – obwohl der General sein Bestes getan hatte, um offizielle Stellen im unklaren zu lassen – offenbar zum Haus des Generals gefahren, um Fragen zu stellen. Peter hoffte nur, daß er sich Beatrice und Elizabeth gegenüber anständig verhalten hatte, wenn er auch den Verdacht hatte, daß eine der Hausangestellten damit herausgerückt war, daß der General und der Gringo auf dem Weg zum Flughafen waren.

Und dann sah er die Jagdflugzeuge – winzige Punkte, die sich von oben rasch auf ihn zubewegten. Sie verschwanden ebenso schnell, wie sie gekommen waren, aber schon wenige Augenblicke später vernahm er ein lautes Dröhnen, und dann tauchten sie links und rechts von ihm wieder auf, sämtliche Klappen, einschließlich der Bremsklappen, voll ausgefahren, so daß sie bequem mit ihm mitfliegen konnten. Es waren Kubaner, aber wenn sie unter dem Kommando der Neuankömmlinge unten am Flughafen standen, dann war er endgültig erledigt.

Er machte sich schon darauf gefaßt, in tausend Stücke zerfetzt zu werden, doch als er zu dem führenden Flugzeug hinübersah, winkte ihm der Pilot freundlich zu und hielt beide Daumen hoch.

»Oh, verflucht«, sagte er laut zu sich. »Dieser del Río muß ja wirklich ein einflußreicher Mann sein.«

»Ein Glück, sonst wären wir wohl Fischfutter«, ertönte auf einmal eine Stimme genau hinter ihm.

Einen Augenblick lang glaubte er, er hätte Halluzinationen. Aus seinem Ohr war die ganze Nacht über Blut getropft. »Beatrice?« flüsterte er. Er wagte es nicht, sich umzudrehen – aus Furcht, er würde nichts sehen. Dann zuckte er unfreiwillig zusammen, als sie sich neben ihn auf den Sitz des Kopiloten schwang. Er traute seinen Augen nicht. »Beatrice, was machst du denn hier?«

»Frag mich das bitte nicht.« Sie warf ihm einen kühlen Blick zu und tätschelte ihm dann den Arm. »Ich stehe meinem Mann zur Seite, nehme ich an.«

»Wie bist du denn hier hereingekommen?«

»Mein Taxi war schneller als ihr. Der General muß irgendwo aufgehalten worden sein. Offenbar ging es bei eurem Gespräch am Flughafen also um dieses Geschäft.«

»Du wußtest die ganze Zeit, daß ich etwas Bestimmtes im Sinn hatte?«

»Peter, weißt du eigentlich, wie leicht du zu durchschauen bist?«

»Wenn ich mich einverstanden erklärt hätte, unterzutauchen, hättest du mir ja doch nicht geglaubt.«

»Ich habe dir sowieso nicht geglaubt.«

Er ließ sich in seinen Sitz zurückfallen und schüttelte den Kopf. Frauen waren eben doch eine höherentwickelte Spezies, entschied er.

»Fühl dich nicht allzu schlecht deswegen, Darling«, sagte Beatrice. »Elizabeth hat es dir abgenommen.«

»Sie kennt mich noch nicht so lange wie du.« Er sah sie an. »Du bist losgefahren, ohne es ihr zu sagen?«

»Ja«, sagte Beatrice.

»Gut. Sie hat mit uns schon genug durchgemacht. Ich muß unter diese Sache einen Schlußpunkt setzen.«

»Ich weiß«, sagte sie mit einem Seufzer.

»Schließlich habe ich sie überhaupt erst in Gang gesetzt.«

»*Wir* haben sie in Gang gesetzt. Und wenn du gewußt hättest, daß ich mich hier verkrochen habe, wärst du niemals losgeflogen.«

»Natürlich wäre ich das«, log er. Sie wollte von ihm hören, daß das, was sie hier taten, vernünftig war. »Ich liebe dich, B.«

»Ich liebe dich auch, du alter Trottel.« Sie wies mit einem Kopfnicken auf die kubanischen Jagdflugzeuge vor ihrem Fenster. »Ich nehme an, diese Flugzeuge sind uns freundlich gesinnt, sonst wären wir wohl schon ein Loch in der Erde, oder?«

»Sieht so aus.«

»Werden sie uns bis nach Vieques Geleitschutz geben?«

»Da machst du dir wohl etwas übertriebene Hoffnungen. Vielleicht bis ans Ende ihres Luftraums. Danach sind wir auf uns gestellt. Jedenfalls – wie heißt gleich wieder diese eine Zeile bei Dickens?«

»›Das, was ich tue, ist weitaus besser –‹«, sagte sie lächelnd.

»›– als alles, was ich je zuvor getan habe‹? Oder einfach nur ›je‹?«

»Nur ›je‹, glaube ich.«

»Du warst bei *Bartlett's* immer besser als ich.«

»Im Augenblick ist mein Lieblingsspruch dieser eine von Voltaire: ›Gott ist ein Komödiant, der vor einem Publikum spielt, das Angst hat, zu lachen.‹«

Peter lachte – wenigstens, dachte er, hatte er inzwischen keine Angst mehr. »Mein Lieblingsspruch ist: ›Wenn ein Mann Ärger hat, dann nur, weil er nicht in der Lage ist, still in seiner Kammer zu sitzen‹«, sagte er.

»Pascal, stimmt's?«

»*Sehr* gut.« Er sah sie zärtlich an. »Aber wir haben beide den Großteil unseres Lebens in stillen Kammern verbracht, oder? Vielleicht sollte ich mich lieber nach dem hier richten: ›Durch das Schwert leben und durch das Schwert sterben‹. Oder so ähnlich.«

»Das Neue Testament ist immer gut«, sagte sie.

»Oder vielleicht: ›Weh dir, wenn alle Menschen gut von dir sprechen.‹ Meinst du, man wird gut von uns sprechen, Beatrice?«

»Im Augenblick würde ich nicht unbedingt damit rechnen.«

»Dann tun wir vermutlich das Richtige«, sagte er. Sie lächelten sich an und verfielen in Schweigen.

Die kubanischen Jets begleiteten sie noch auf einer Strecke von über einhundert Meilen, bevor sie über Haiti abdrehten und raketengleich in die Wolkenformationen über ihnen davonschossen.

»Muß spannend sein, so zu fliegen«, bemerkte Beatrice.

»In den Cockpits soll es angeblich nach Kerosin riechen«, sagte Peter nachdenklich. »Da kann man nicht einfach aus dem Fenster spucken, wie bei diesen Babys hier.«

»Stimmt«, sagte sie, und dann streckte sie die Hand aus und legte sie auf seine. »Und man kann seine Frau nicht mit an Bord nehmen.«

Er drückte ihre Hand ebenso fest wie sie seine. Ihre Gedanken flossen ineinander. Sie wußte, was er zu tun hatte. Sein Herz quoll über vor Liebe für sie und für die gesamte gottverlassene Welt.

»Da hast du vollkommen recht«, sagte er.

Vieques

In Wolfes Operationssaal hatten sich die Dinge an diesem Vormittag rasch entwickelt – bei weitem zu rasch für Dr. Emilio Barrolas Geschmack.

Er hatte von Wolfe strengste Anweisungen erhalten, die Transplantation auf jeden Fall durchzuführen – was auch immer geschehen würde. Wolfe hatte Barrola den Deal schmackhaft gemacht, indem er ihm versprochen hatte, ihn noch einmal zu klonen, sobald er selbst in seinem neuen Körper wieder auf den Beinen war. Aber niemand hatte sich die Mühe gemacht, Barrola zu erklären, was denn diese verdammte Hetze sollte, und diese Gerüchte von kubanischen Terroristen und sonstigem Blödsinn, die im OP kursierten, bereiteten ihm allenfalls

Kopfschmerzen. Politik hatte ihn schon immer zu Tode gelangweilt, und das war nicht der Geisteszustand, in dem er sich nun befinden wollte. Ich hätte lernen sollen, wie man meditiert, dachte er sich, während er zusah, wie seine Assistenten das Subjekt, offenbar einen Mann namens Phillip C. Kenner, von der Krankenbahre auf den Operationstisch hievten. Der Name war für ihn ohne jede Bedeutung. In Barrolas Augen – und auch allem Anschein nach – war es lediglich Wolfes Körper, der um etwa vierzig Jahre zurückversetzt war.

Der junge Mann schlug die Augen auf. Er sah benommen um sich, sah die Beleuchtung, die glänzenden Apparate, die Gestalten, die in Operationskitteln und mit Mundschutzbinden rings um ihn standen.

»Oh, Scheiße«, nuschelte Kenner. »Das hat alles gar nichts mit der Mafia zu tun, oder?«

»Entspannen Sie sich einfach«, sagte Barrola. »In einer Minute ist alles vorbei.« Barrola nickte, und ein Pfleger drückte eine Subkutannadel in Kenners Oberarm.

Kenner spürte, wie alles um ihn herum verschwamm. Er wand sich auf dem Tisch, und in einem grauenerregenden Moment glaubte er, auf einmal sich selbst als alten Mann auf einer Bahre neben sich zu erkennen, der mit einem entsetzlich hungrigen Blick zu ihm zurückstarrte – gräßlicher, als man es sich je vorstellen könnte. Und dann wurde ihm schwarz vor den Augen.

Wolfe, der darauf bestanden hatte, nicht nur über die Situation außerhalb des Operationssaals auf dem laufenden gehalten zu werden, sondern auch das Verfahren bis zum letztmöglichen Augenblick mitzuverfolgen, begann nun, unerwünschte Anweisungen zu erteilen, selbst dann noch, als bereits das Valium in seine Blutgefäße tropfte. Barrola fühlte sich an seinen Vater erinnert, der ihm jedesmal, wenn das Familienauto eine Panne hatte, über die Schulter zusah und meinte, er solle schön achtgeben, sonst würde der Wagenheber ihm noch die Hand zerquetschen. Ein Wunder, daß ich mich überhaupt allein anziehen kann, dachte Barrola. Innerhalb weniger Stunden hatte er Kenners Schädeldecke geöffnet und die Nervenbündel hinter dem Kehlkopf des Mannes durchtrennt. Und mit diesen operativen Schritten – die, wie Barrola selbst fand, trotz Wolfes ständiger Nörgeleien hervorragend durchgeführt wurden – endete das Leben von Phillip C. Kenner, dreiunddreißig Jahre alt, der einst eine vielversprechende Karriere als Physikprofessor oder professioneller Spieler vor sich hatte. Kurz danach betrat ein uniformierter Adjutant des Colonel, der inzwischen für die Sicherheit des Projektes zuständig war, den Saal und übermittelte eine Nachricht an Wolfe, der nun auf dem Operationstisch lag. Barrola, der durch diesen Zwischenfall noch mehr verärgert wurde, biß sich auf die Zunge und versuchte, das Gespräch zu belauschen. Offenbar wurde im Augenblick eine unmarkierte DC-3 beobachtet, die von Kuba aus auf sie zusteuerte. Bis ans Ende des kubanischen Luftraums war sie unter dem Geleitschutz von Jagdflugzeugen geflogen, und am Steuer vermutete man Jance.

Die Situation war politisch vertrackt. Wenn sie mit Sicherheit wüßten, daß Jance – und nur Jance – an Bord war, dann könnten sie das Flugzeug einfach ungestraft abschießen. Aber wenn er mit Kubanern zusammen war, die selbstverständlich das Recht hatten, ungehindert durch die Karibik zu fliegen, dann konnte eine solche Aktion durchaus brenzlig werden. Und wenn Jance überhaupt nicht an Bord war, dann würden sie, nach allem, was sie wußten, womöglich eine Maschine voller Schulkinder vom Himmel holen, den Zorn der restlichen Welt auf sich ziehen und bei ihrer Jagd auf Peter keinen Schritt weiterkommen.

Wolfe murmelte irgendwelche beängstigenden Worte im Hinblick auf Dr. *Beatrice* Jance vor sich hin, als er auf einmal erfuhr, daß man den Befehl gegeben hatte, das Flugzeug zu bedrängen und zu provozieren. Er murmelte weiter vor sich hin, daß das Flugzeug, wenn es auf Funksprüche nicht reagierte, durchaus von den Amerikanern abgeschossen werden konnte.

Wie kann man eigentlich von mir erwarten, unter solchen Bedingungen zu arbeiten, das möchte ich gern wissen, dachte Barrola. Er gab den Assistenten einen unauffälligen Wink, die Dosis von Wolfes Narkosemittel zu steigern, und bald schloß der Alte mit einem letzten Zukken die Augenlider. Gott sei Dank. Doch dann – Barrola stöhnte entnervt auf – schlug Wolfe die Augen noch ein letztes Mal auf. Sie glänzten düster und ließen etwas erkennen, was sich unter Umständen als Weisheit deuten ließ.

»Es sind nicht die Kommunisten«, sagte er mit belegter Stimme, was immer das heißen sollte. Dann schlossen sich seine Augen wieder, während Barrola sich an die Arbeit machte, und Frederick Wolfe fiel in einen traumlosen Schlaf.

DC-3

Das Flugzeug jagte im Tiefflug über die grünen Hügel von Haiti, schoß dann über die Bergkette in der Mitte der Insel und schließlich über die Dominikanische Republik hinweg, wobei es so niedrig flog, daß sie selbst die Arbeiter auf den Zuckerrohrplantagen und die Badenden an den Stränden erkennen konnten. Die Nachmittagssonne hatte alles in ein goldenes Licht getaucht. Dann flogen sie eine Zeitlang über dem offenen Meer und bewunderten die unterschiedlichen Blautöne.

»Nassau«, sagten sie fast gleichzeitig.

»Ach Gott«, sagte Beatrice, »weißt du noch, wie glücklich wir waren, als wir dort ankamen?«

»Wie hieß das Schiff gleich wieder?«

»Die *Homeric*?«

»Hat dein Vater eigentlich die gesamten Flitterwochen bezahlt? Oder nur die Kreuzfahrt?«

»Ich glaube, den Sherry haben wir selbst bezahlt.«

»Richtig – in der Privatkabine.«

»Privatkabine«, sagte Peter. »Sie hatte Etagenbetten.«

»Wie im Gefängnis, nur daß man auch ertrinken konnte.«

»Samuel Johnson. Und ein Badezimmer auf dem Flur. Wie in unserer Wohnung an der 31. Straße, mit der Badewanne in der Küche? Und die Tür, die man drauflegen mußte, um eine Abstellfläche zu haben?«

»Und diese Dame, die mit dem Besen gegen die Decke gehämmert hat?«

»Richtig. Jedesmal, wenn wir uns liebten. Sie sah aus, als würde ihr Gesicht auf einen Eindollarschein gehören.«

Sie lachten über ihre Erinnerungen, bis unter ihnen die Küste von Puerto Rico vorbeizog, und dann wurden sie auf einmal still: Die Insel Vieques kam in Sicht. Eine ganze Weile verharrten sie schweigend. Und dann, als sei nicht eine Minute verstrichen, knüpften sie wieder dort an, wo sie ihr Gespräch abgebrochen hatten.

»Welches war die Wohnung, die wir räumen mußten?«

»Die an der Vierten Straße. Du warst im dritten Jahr deines Medizinstudiums.«

»Nein, war ich nicht noch im vorklinischen Semester?«

»Ich bin mir ganz sicher. Weißt du noch, wir haben das Bett völlig abgenutzt, bis die Sprungfedern kaputtgegangen sind und wir die Matratze auf den Boden gelegt haben.«

»Das war so fürchterlich.«

»Und die Flöhe von unserem Terrier.«

»Buntle. Der immer den Toilettensitz abgeleckt hat.«

»Und ich habe immer in meinen Socken geschlafen, und am nächsten Morgen hatte ich Fußringe aus Flohbissen.«

»Und du hast immer behauptet, die Schaben würden irgendwann noch die Matratze forttragen«, sagte sie und schüttelte sich vor Lachen.

»Die waren aber auch riesig. Das war schon fast wie bei den Liliputanern, die Gulliver forttragen.« Er tätschelte ihre Hand.

»Was ist?« fragte sie.

»Nichts.«

»Nein, sag mir, was dir eben durch den Kopf gegangen ist.«

»Ein Gespräch, das ich vor einiger Zeit hatte. Als die Rede eben auf Swift kam, ist es mir wieder eingefallen.«

»Mit wem?«

»Du warst nicht dabei. Mit Freddy. Darüber, weshalb es kein Zuckerschlecken ist, ewig zu leben –«

Er brach ab. Genau über ihnen steuerte eine F-14 auf sie zu, erst ein Punkt, dann ein verschwommener Fleck, schließlich ein gewaltiges Etwas, das mit atemberaubender Geschwindigkeit und ohne das leiseste Geräusch an ihren Cockpitfenstern vorbeiraste. Dann schlug der Überschallknall wie Thors Hammer zu und drückte sich in die Windschutzscheibe, die in Tausende von Spinnennetzen zu zersplittern schien. Sie rissen die Hände hoch und preßten sie gegen die Ohren. Das Flugzeug bäumte sich in dem plötzlich aufkommenden Windstoß auf, und Peter spürte, wie ihm ein warmer Blutschwall in die Nase schoß, während er darum kämpfte, das Flugzeug unter seine Kontrolle zu bringen.

»Großer Gott«, sagte er.

»Können wir sie über Funk erreichen?«

»Ja, ich versuche es.« Das völlig veraltete Gerät zeigte keinerlei Reaktion. »Der Ultraschall-Schock –«

»Hat die Röhren erschüttert, meinst du?«

»Kann sein.« Er schob ein Fenster auf und winkte in den Himmel.

»Ich glaube nicht, daß sie dich erkennen können.« Sie spähte aus dem Fenster. »Ist das dort unten die Landebahn von Vieques?«

»Das ist sie. Kein Problem«, sagte er. »Wird höchstens ein bißchen turbulent. Du hast da ein bißchen Blut auf der Wange.«

Sie betupfte die Stelle. »Ich glaube, mein linkes Ohr hat sich verabschiedet.«

»Ja. Aber nur vorübergehend. Es ist alles in Ordnung«, sagte er.

Irgend etwas explodierte an ihrer Steuerbordseite.

»Eine Sidewinder-Rakete«, sagte Peter. Er fand sich damit ab, ein Wissenschaftler und sonst nichts zu sein. »Schafft 4 Mach. Hat auf den Auspuff gezielt. Wir haben Glück gehabt. Wenn wir in einem modernen Jet sitzen würden, hätte sie uns richtig berechnet. Diese alten Motoren geben eben weitaus weniger Hitze ab.«

»Klingt plausibel«, sagte Beatrice ebenso beiläufig. »Aber ich habe trotzdem das Gefühl, daß unser Flugzeug etwas abgekriegt hat.«

Es wich stark von seinem Kurs ab. »Ein Schrapnellstück muß ein Loch in den Rumpf gerissen haben. Vielleicht hat es ein Kontrollkabel durchtrennt. Oder die Seitenflosse getroffen. Ist mit dir alles in Ordnung?«

Sie nickte krampfhaft. »Und mit dir?«

»Alles bestens. Ich kann schon die Landebahn erkennen. Sie werden nicht noch einmal schießen, wenn wir so nah an anderen Leuten dran sind.«

»Okay«, sagte sie. Sie klang nicht überzeugt.

»Okay? Versuch noch durchzuhalten. Weißt du, ich glaube, ich habe mich geirrt. Ich glaube, es war im zweiten Jahr deines Medizinstudiums. All die Eselsbrücken, die du dir für deinen Pathologiekurs gebaut hast, weil du die Vorlesung so oft geschwänzt hast. Sie haben Beifall geklatscht, als du zur Abschlußprüfung tatsächlich aufgekreuzt bist. Du hast recht, das war auf jeden Fall an der Vierten Straße. Dort waren wir glücklich.«

»Wir waren überall glücklich«, sagte Beatrice.

»Ja, das waren wir«, sagte Peter. »Selbst als wir dem Teufel ins Handwerk pfuschten. Würdest du alles noch einmal genauso machen?«

»Genau dasselbe Leben?«

»Nicht nur die schönen Augenblicke. Die schönen, die schlechten, die Irrtümer, die Fehleinschätzungen, die Kompromisse, all die Lügen, die wir uns selbst aufgetischt haben?«

»Wenn wir es ausbügeln könnten«, sagte Beatrice, als auf einmal ein zweiter Sidewinder einhundert Meter näher als der erste explodierte. »Peter?« fragte sie mit matter Stimme.

»Ich bin hier. Ich hab's«, sagte er, während er mit dem Steuerknüppel kämpfte. Beatrice hielt sich die Rippen. In der Cockpitwand genau neben ihr klaffte ein Loch, und der Steuerbordmotor dahinter brannte lichterloh. Ohne zu überlegen, unterbrach Peter die Treibstoffzufuhr und drehte die Propellerflügel flach, bevor das Flugzeug völlig herumschwenkte. Dann packte er seine Frau am Arm.

»Beatrice?«

Sie hob den Kopf. Sie streckte eine Hand aus und berührte sein Gesicht. Dann sank die Hand schlaff nach unten. Blut tropfte ihr aus der Seite.

»Beatrice!«

»Ich bin hier, Peter.«

»O mein Gott, Beatrice.«

»Ja. Es ist alles in Ordnung. Mach dir keine Sorgen um mich. Du machst alles bestens. Wir machen alles bestens.«

»Ich weiß. Halt durch. Wir schaffen das schon«, sagte er, während er spürte, wie in seinem Kopf alles verschwamm. Die DC-3 schlingerte heftig und begann, an Höhe zu verlieren. Er kämpfte dagegen an, so gut er konnte, doch sein Blick verschleierte sich unter Tränen, sein Herz raste wie wild, und der einzige Motor, der ihnen noch verblieben war, konnte das Flugzeug allein nicht mehr tragen. Fünftausend Fuß weiter unten sah er die Landebahn von Vieques, die sich vor ihm erstreckte. Doch inzwischen standen links und rechts davon Panzerfahrzeuge und ein Bulldozer genau in der Mitte der Runway.

Peters Blick schweifte weiter zu den nahegelegenen geheimen Anlagen der Jungbrunnen-Gesellschaft, genau in der Mitte des Stützpunkts eingebettet und von Natodraht umzäunt, der das Gelände ziehharmonikaförmig umgab. Dort hinein würde er niemals gelangen, begriff er in diesem Augenblick. Zu Fuß niemals. Mit dem letzten Nerv, den er noch hatte, fand er den Hebel, den er suchte, drückte ihn nach vorn und lenkte die Maschine im Sturzflug genau auf den Gebäudekomplex zu.

»Beatrice? Halt dich fest, mein Liebling.«

Sie gab keine Antwort. Sie hatte die Augen geschlossen und die Finger ineinandergeschlungen, während ihr das Blut über die Kleidung und auf den Boden des Cockpits strömte. Peter fühlte, wie ihre Hand erschlaffte, und er stieß einen lauten Klageschrei aus. Er schrie noch immer, als die längliche Form von Wolfes OP-Gebäude bedrohlich nah vor seiner Windschutzscheibe auftauchte.

In der Sekunde vor dem Aufprall schloß Dr. Peter Jance die Augen und umklammerte die Hand seiner toten Frau so fest, wie er nur konnte.

Die Leute im Operationssaal hörten nur für den Bruchteil einer Sekunde das Dröhnen eines Motors, bevor die Decke in genau dem Augenblick in die Luft flog, in dem der Treibstoff in den Tanks der DC-3 explodierte. Der Aufprall und die Detonation, verstärkt durch Dutzende zerspringender Sauerstoffflaschen, fegten durch den Raum und zerfetzten den Operationssaal und alles, was sich in ihm befand, in tausend Stücke. Ein Feuerball aus Trümmern und brennendem Treibstoff erhob sich in schwarzen und orangeroten Farbtönen in den Himmel. Fünf Meilen weiter konnten ihn die Menschen erkennen, die in den Strandcafés von Esperanza vor ihren Drinks saßen, in denen kleine Sonnenschirme als Verzierung steckten. Ein paar Touristen, die sich zwanzig Meilen weiter am anderen Ende der Insel befanden, hielten es für Donner und blickten verwundert auf den klaren, blauen Himmel. Die einheimische Bevölkerung vermutete nichts weiter, als daß wieder einmal Übungen mit Bombenabwürfen geflogen wurden.

Und fast alle fluchten auf die Navy.

21

Copacabana-Hotel, Havanna, Kuba

Elizabeth saß vor dem letzten Rest ihrer zweiten Tasse Kaffee und sah zu, wie der junge Reporter an seinem Laptop herumwerkelte. Er nahm die Diskette heraus und verstaute sie in seiner Brusttasche.

»Ich weiß ja nicht, ob uns das irgend jemand abnehmen wird«, sagte er. »Man hat mich hierhergeschickt, um etwas über die langfristigen Auswirkungen des letzten Papstbesuchs zu schreiben, nicht über die schöne neue Welt.«

Sie zündete sich eine Zigarette an. In den letzten Tagen hatte sie wieder mit dem Rauchen angefangen. Beatrice, erinnerte sie sich, hatte gelegentlich eine Zigarette geraucht, und Peter hatte es mißbilligt. Und jedesmal, wenn sie sich jetzt eine ansteckte, fühlte sie sich den beiden näher. Es war nicht unbedingt ein rationales Empfinden, aber sie rechnete ohnehin nicht damit, in absehbarer Zeit überhaupt irgend etwas rational empfinden zu können.

»Dann bleiben Sie einfach am Ball«, erklärte sie dem Reporter. Angeblich war er ein Korrespondent der *New York Times*, und er hatte auch einen Ausweis, um es zu belegen, aber ihr Vorrat an Vertrauen war in letzter Zeit mächtig zusammengeschrumpft. Mit seinem Babyspeck und seinen wasserblauen Augen wirkte er einfach zu jung, um irgendwo anders als bei McDonald's beschäftigt zu sein. Aber die Leute sahen eben immer jünger aus, und ihre Stimmen klangen immer höher und ähnlicher. Peter hatte sie einmal auf diese Tatsache aufmerksam gemacht – oder war es Hans gewesen? »Offenbar«, sagte sie, »war diese Explosion auf Vieques aus Sicht der USA überhaupt nicht der Rede wert. Die haben mir sogar ein Flugticket nach Zürich gekauft.«

»Sehen Sie, das würde mich schon weitaus mehr beunruhigen«, sagte der Reporter.

Sie wandte den Blick von ihm ab und sah auf die Straße und die blendendweißen Fassaden der Wohnblocks gegenüber dem Hotel. »Falls mir irgend etwas zustoßen sollte, haben Sie ja noch die Diskette. Und meine Gewebeproben. Und wenn es mir gelingen sollte, Mrs. Jance' sterbliche Überreste –«

»Damit würde ich auch nicht unbedingt rechnen. Nach allem, was Sie mir erzählt haben, wird man vermutlich behaupten, daß sie verdampft ist.«

Elizabeth atmete laut aus. »Deswegen ist es noch lange nicht die Wahrheit, oder?«

Er sah sie an, und für einen kurzen Augenblick sah er doch nicht mehr so jung aus. Er wirkte nüchtern und realistisch. »Sie begeben sich da ganz schön aufs Glatteis, wissen Sie, wenn Sie diese Sache noch weiterverfolgen.«

»Ich habe sie alle beide sehr geliebt.«

»Tatsächlich? Entschuldigen Sie, wenn ich das sage, aber mir kommen sie wie Monster vor.«

»Monster?«

»Intellektuelle Riesen und moralische Kretins.«

Er hatte überhaupt nichts begriffen. Oder er glaubte ihr kein einziges Wort und dachte, man müßte alles noch einmal umschreiben. »Die beiden hätten untertauchen können«, protestierte sie. »Ich hab versucht, sie dazu zu bewegen. Um ihr restliches Leben gemeinsam zu verbringen.«

»Vielleicht glaubten sie, Gott einen Tod oder zwei zu schulden.«

»Sie wollte nicht, daß er stirbt. Das weiß ich. Sie hat ihn über alles geliebt.«

»O ja, richtig, und alles andere war zweitrangig. All das, womit sie zu tun hatte?«

Sie zog tief an ihrer Zigarette. »Sind Sie je verliebt gewesen?«

»Kann ich nicht behaupten«, sagte er mit einem beiläufigen Schulterzucken, als hätte sie ihn eben gefragt, ob er je in Afghanistan gewesen sei oder Tiramisu gegessen hätte.

»Die Sache ist die – man will, daß es hält. Und wenn man über Mittel verfügt, dieses Ziel zu erreichen –«

»– dann zum Teufel mit der Ethik«, beendete der Reporter ihren Satz. Er sah zu, wie sie ihre Zigarette ausdrückte, und schien schließlich doch zu merken, wie verärgert sie war. »Es tut mir leid. Ich habe sie nicht gekannt. Ich war nicht dabei. Ich bin sicher, sie waren beide gute Menschen, die einfach irgendwann ein paar schlechte Entscheidungen getroffen haben, genau wie wir alle, nur noch ein bißchen schlechter.« Er warf einen Blick auf seine Armbanduhr. »Werden Sie zurechtkommen?«

»Darauf können Sie Gift nehmen«, sagte sie und winkte dem Kellner.

»Was werden Sie jetzt machen?«

»Meine Optionen ausloten.«

»Wissen Sie«, versuchte er ihr zu helfen, »Cindy Crawford hat an der Northwestern Chemotechnik studiert.«

»Tatsächlich?«

»O ja. Und Brooke Shields hat in Princeton mit magna cum laude abgeschlossen.«

»Sie wollen doch auf irgend etwas hinaus«, sagte sie.

»Sie wirken nur so … klug. So intelligent.«

»Verglichen womit?« fragte sie.

»Nichts. Egal. Wahrscheinlich bin ich einfach … was?«

»Genozentrisch?« schlug sie vor.

»Ja, meinetwegen. Dumm ist eigentlich das Wort, das ich gesucht habe. Hören Sie, kann ich sonst noch irgend etwas für Sie tun?«

Sie dachte nach. »Hat Ihr Computer ein Modem?«

»Na klar.«

Innerhalb weniger Minuten war sie online mit ihrem eigenen Computer in St. Moritz verbunden. Zu ihrer großen Freude war noch eine Nachricht von Alex eingegangen.

Sie las sie einmal durch und löschte sie dann.

»Danke«, sagte sie und erhob sich, schüttelte dem Reporter die Hand und ging dann durch die Lobby, um ein Taxi zum Internationalen Flughafen José Martí zu nehmen.

Die Nachricht, die sie sich mühelos eingeprägt hatte, ging ihr unentwegt durch den Kopf.

Betreff: Endspiel
Datum: 30. 03. 99
Von: *IslandMan@AOL.com*
An: *SwissMs@Int'lAccessCompuServe.com*

DACHTE NUR, ES WÜRDE SIE INTERESSIEREN: DIE WAFFE IST VÖLLIG VERMURKST. ICH HABE SÄMTLICHE COMPUTERMODELLE GETÜRKT. ICH HOF-

FE, DAS HILFT. ICH WÜNSCHE IHNEN EIN SCHÖNES LEBEN, SIE HABEN ES VERDIENT. VIELLEICHT SEHEN WIR UNS JA EINES TAGES WIEDER.

White Sands: Sechs Monate später

Die Waffe war in Rekordzeit fertiggestellt worden. Nachdem man das Jungbrunnen-Projekt aufgegeben hatte, flossen die Forschungsgelder für den »Hammer« um so großzügiger. Und Peter Jance' Aufzeichnungen und Computerdateien hatten die Explosion auf Vieques allesamt unbeschadet überstanden, da Alex Davies sie vor seiner Flucht sorgfältig archiviert und bei seiner Rückkehr wieder hervorgeholt hatte. Auf dem Hügel befanden sich über zweihundert Tiere, an Pflöcken festgebunden und unter Beobachtung, dazu russische Panzer, die man im Golfkrieg erbeutet hatte, und noch ein paar andere Waffen, die im Hinblick auf ihre Belastbarkeit im Angriffsfall getestet werden sollten. Und mehr Kameras als beim Abflug der Apollo 13.

Die Waffe selbst war so klein, daß sie in einen umgebauten Abrams-Angriffspanzer paßte – ein deutlich verkleinertes Format, das das Forschungsteam in dem beengten Bunker begeisterte. Neben Alex, dessen Anwesenheit von Hendersons Nachfolgern für unentbehrlich erachtet wurde, waren auch Peters ehrgeizige junge Gehilfen – Hank Flannagan, Cap Chu und Rosemarie Wiener – anwesend. Keiner hatte sich nah genug am Klinikgelände aufgehalten, um von der Explosion mehr als ein Nasenbluten abzubekommen – auch wenn Flannagan, ein wiedergeborener Christ, aus seinem Bett geschleudert wurde und einen Moment lang glaubte, der Tag des Jüngsten Gerichts sei gekommen. Der Tierpfleger, Perkins, war ebenfalls anwesend, obwohl er inzwischen eine tiefe Abscheu gegen das gesamte Projekt entwickelt hatte. Er konnte es nur noch deshalb ertragen, weil er in zwei Wochen seine Zelte abbrechen und an der Universität von Utah sein Studium der Tiermedizin aufnehmen würde. Er freute sich schon auf all die Jahre, wenn er Tiere endlich retten konnte, anstatt sie zu ihrer Verbrennung aufmarschieren zu lassen, doch im Augenblick benötigte er diese zwei Wochen, um seine Studiengebühren begleichen zu können.

Alle warteten auf den Countdown.

Bei Null wurde die Waffe abgefeuert und verschwand von der Erdoberfläche. Sie zerstörte sich selbst mit einer solchen Wucht, daß die Schutztüren des Bunkers aufflogen und zweieinhalb Milliarden Dollar an Forschung und Entwicklung zu Atomen zertrümmert wurden. Die heiße Gaswolke, die in den Himmel hochschoß, war so heftig, daß sie ein paar tausend Quadratmeter Staub und Gestrüpp mit sich riß.

Jeder, der sich im Bunker befand, wurde durch die Wucht der Explosion zu Boden geschleudert, doch die rund einen Meter dicken Wände retteten ihnen allen das Leben. Danach konnte sich niemand mehr genau erinnern, wie lange sie brauchten, bis sie ihre Sinne wieder beisammenhatten, doch irgendwann taumelten sie schließlich hinaus in das gleißende Wüstenlicht.

Der Himmel war auf einer Seite schwarz von der Wolke, die weiter aufstieg und nun allmählich die bekannte Pilzform einer Atombombe annahm. Verkohlte Beifußgewächse, Felsbrocken und glasartige Klumpen aus geschmolzenem Sand regneten plötzlich vom Himmel, und die Überlebenden kauerten sich schutzsuchend unter das Vordach des Bunkers.

»Also, ich hab endgültig die Schnauze voll«, erklärte Perkins schließlich.

»Man kann eben nicht immer gewinnen«, pflichtete ihm Alex bei und nickte feierlich.

Er zeigte in die entgegengesetzte Richtung des rauchenden Kraters – wo einst die Waffe gestanden hatte. Dort drüben auf dem Hügel lagen die umgestürzten Käfige der Tiere, mit gesprengten Ketten und herausgerissenen Pflöcken. Die Tiere selbst waren nichts weiter als ein Haufen winziger Punkte, die über den Hügel dahinter davonjagten. Und nach ihrer Geschwindigkeit und ihrer Entschlossenheit zu urteilen, würden sich diese Tiere so bald nicht nach ihren menschlichen Pflegern umdrehen.

Elizabeth, Peter und Beatrice, dachte Alex, hätten sich gefreut.

Danksagung

Als Autor eines Erstlingsromans benötigte ich jede Hilfe, die ich bekommen konnte, und es gibt etliche Leute, ohne die es dieses Buch nicht geben würde. Ihnen allen möchte ich aus tiefstem Herzen danken: Jeff Fenner, Tom Baum, Richard Marcus, Leslie King und David Baden, die mit mir in den Schützengräben lagen; Ellen Geiger, die dieses Projekt und mich als Autor unterstützte, als die Story noch nicht ausgereift und ich noch ungeübt war; Bliss Holland, der mich mit Ellen bekannt machte; Marianne Maddalena, die mein Fernbleiben von unseren Dreharbeiten ertrug und unsere Freundschaft niemals in Frage stellte; Laurie Bernstein für all die harte Arbeit und Unterstützung; Dr. Judy Swerling, die mich einigermaßen bei Verstand hielt; John Power, Larry Angen, Andrea Eastman, Robert Newman und Sam Fischer, die allesamt schlauer und abgebrühter als ich und dabei so charmant sind; Michael Korda, der an mich glaubte; meinen Freunden, die nicht lachten; meiner Familie und meinen Kindern, denen ich meine Anfänge und Schlüsse verdanke. Und vor allem Cornelia, die mir heißen Tee und Liebe brachte, bis ich fertig war.

»Schnell, clever – und grauenerregend«
Telegraph

Was wäre, wenn es eine Droge gäbe, die mentale Fähigkeiten, Auffassungsgabe und persönliche Ausstrahlung ins Unermessliche steigert? Eine Art Viagra fürs Gehirn? Eddie Spinola, der sich eben noch als mittelmäßig erfolgreicher Texter in New York durchschlug, ist plötzlich im Besitz einer solchen Substanz. Nun führt er das Leben, von dem er immer nur träumen konnte: Er ist reich, sexy, berühmt. Doch die Droge hat Nebenwirkungen. Und alle, die sie genommen haben, sind tot oder liegen im Sterben …

Stoff
Thriller
Deutsche Erstausgabe
ISBN 978-3-548-26634-3

ULLSTEIN